人民艺术家·王蒙
创作70年全稿

红楼编

评点《红楼梦》

（下）

· 35 ·

王蒙和乡亲

目　录

第八十一回	占旺相四美钓游鱼	奉严词两番入家塾	（1）
第八十二回	老学究讲义警顽心	病潇湘痴魂惊恶梦	（13）
第八十三回	省宫闱贾元妃染恙	闹闺阃薛宝钗吞声	（28）
第八十四回	试文字宝玉始提亲	探惊风贾环重结怨	（42）
第八十五回	贾存周报升郎中任	薛文起复惹放流刑	（55）
第八十六回	受私贿老官翻案牍	寄闲情淑女解琴书	（69）
第八十七回	感秋深抚琴悲往事	坐禅寂走火入邪魔	（81）
第八十八回	博庭欢宝玉赞孤儿	正家法贾珍鞭悍仆	（93）
第八十九回	人亡物在公子填词	蛇影杯弓颦卿绝粒	（105）
第 九 十 回	失绵衣贫女耐嗷嘈	送果品小郎惊叵测	（116）
第九十一回	纵淫心宝蟾工设计	布疑阵宝玉妄谈禅	（127）
第九十二回	评女传巧姐慕贤良	玩母珠贾政参聚散	（137）
第九十三回	甄家仆投靠贾家门	水月庵掀翻风月案	（149）
第九十四回	宴海棠贾母赏花妖	失宝玉通灵知奇祸	（161）
第九十五回	因讹成实元妃薨逝	以假混真宝玉疯颠	（176）
第九十六回	瞒消息凤姐设奇谋	泄机关颦儿迷本性	（188）
第九十七回	林黛玉焚稿断痴情	薛宝钗出闺成大礼	（200）
第九十八回	苦绛珠魂归离恨天	病神瑛泪洒相思地	（217）
第九十九回	守官箴恶奴同破例	阅邸报老舅自担惊	（227）
第 一 百 回	破好事香菱结深恨	悲远嫁宝玉感离情	（238）
第一百一回	大观园月夜感幽魂	散花寺神签惊异兆	（248）
第一百二回	宁国府骨肉病灾祲	大观园符水驱妖孽	（262）

第一百三回	施毒计金桂自焚身	昧真禅雨村空遇旧	……（271）
第一百四回	醉金刚小鳅生大浪	痴公子余痛触前情	……（283）
第一百五回	锦衣军查抄宁国府	骢马使弹劾平安州	……（294）
第一百六回	王熙凤致祸抱羞惭	贾太君祷天消祸患	……（304）
第一百七回	散余资贾母明大义	复世职政老沐天恩	……（315）
第一百八回	强欢笑蘅芜庆生辰	死缠绵潇湘闻鬼哭	……（326）
第一百九回	候芳魂五儿承错爱	还孽债迎女返真元	……（339）
第一百十回	史太君寿终归地府	王凤姐力诎失人心	……（355）
第一百十一回	鸳鸯女殉主登太虚	狗彘奴欺天招伙盗	……（367）
第一百十二回	活冤孽妙尼遭大劫	死雠仇赵妾赴冥曹	……（381）
第一百十三回	忏宿冤凤姐托村妪	释旧憾情婢感痴郎	……（394）
第一百十四回	王熙凤历幻返金陵	甄应嘉蒙恩还玉阙	……（407）
第一百十五回	惑偏私惜春矢素志	证同类宝玉失相知	……（416）
第一百十六回	得通灵幻境悟仙缘	送慈柩故乡全孝道	……（429）
第一百十七回	阻超凡佳人双护玉	欣聚党恶子独承家	……（442）
第一百十八回	记微嫌舅兄欺弱女	惊谜语妻妾谏痴人	……（456）
第一百十九回	中乡魁宝玉却尘缘	沐皇恩贾家延世泽	……（470）
第一百二十回	甄士隐详说太虚情	贾雨村归结红楼梦	……（487）

后记……………………………………………………………………（502）

第八十一回

占旺相四美钓游鱼　奉严词两番入家塾

且说迎春归去之后,邢夫人像没有这事。倒是王夫人抚养了一场,却甚实伤感,在房中自己叹息了一回。只见宝玉走来请安,看见王夫人脸上似有泪痕,也不敢坐,只在傍边站着。王夫人叫他坐下,宝玉才挨上炕来,就在王夫人身旁坐了。王夫人见他呆呆的瞅着,似有欲言不言的光景,便道:"你又为什么这样呆呆的?"宝玉道:"并不为什么。只是昨儿听见二姐姐这种光景,我实在替他受不得。虽不敢告诉老太太,却这两夜只是睡不着。我想咱们这样人家的姑娘,那里受得这样的委屈?况且二姐姐是个最懦弱的人,向来不会和人拌嘴,偏偏儿的遇见这样没人心的东西,竟一点儿不知道女人的苦处。"说着,几乎滴下泪来。王夫人道:"这也是没法儿的事。俗语说的:'嫁出去的女孩儿,泼出去的水。'叫我能怎么样呢?"宝玉道:"我昨儿夜里倒想了一个主意:咱们索性回明了老太太,把二姐姐接回来,还叫他紫菱洲住着,仍旧我们姐妹弟兄们一块儿吃,一块儿玩,省得受孙家那混账行子的气。等他来接,咱们硬不叫他去。由他接一百回,咱们留一百回。只说是老太太的主意。这个岂不好呢?"

王夫人听了,又好笑,又好恼,说道:"你又

> 颇似有意贬邢夫人。

> 其实这样人家的生活便是我委屈你,你委屈我。迎春为何懦弱,如何懦弱,这个人物比较扁平。

发了呆气了,混说的是什么!大凡做了女孩儿,终久是要出门子的。嫁到人家去,娘家那里顾得?也只好看他自己的命运,碰得好就好,碰得不好也就没法儿。你难道没听见人说,'嫁鸡随鸡,嫁狗随狗',那里个个都像你大姐姐做娘娘呢?况且你二姐姐是新媳妇,孙姑爷也还是年轻的人,各人有各人的脾气,新来乍到,自然要有些扭别的。过几年,大家摸着脾气儿,生儿长女以后,那就好了。你断断不许在老太太跟前说起半个字。我知道了,是不依你的。快去干你的去罢,不要在这里混说。"说得宝玉也不敢作声,坐了一回,无精打彩的出来了。瞥着一肚子闷气,无处可泄,走到园中,一径往潇湘馆来。刚进了门,便放声大哭起来。

　　黛玉正在梳洗才毕,见宝玉这个光景,倒吓了一跳,问:"是怎么了?合谁怄了气了?"连问几声。宝玉低着头,伏在桌子上,呜呜咽咽,哭的说不出话来。黛玉便在椅子上怔怔的瞅着他,一会子问道:"到底是别人合你怄了气了,还是我得罪了你呢?"宝玉摇手道:"都不是,都不是!"黛玉道:"那么着,为什么这么伤起心来?"宝玉道:"我只想着,咱们大家越早些死的越好,活着真真没趣儿。"黛玉听了这话,更觉惊讶,道:"这是什么话,你真正发了疯了不成?"宝玉道:"也并不是我发疯。我告诉你,你也不能不伤心。前儿二姐姐回来的样子和那些话,你也都听见看见了。我想人到了大的时候,为什么要嫁?嫁出去,受人家这般苦楚!还记得咱们初结海棠社的时候,大家吟诗做东道,那时候何等热闹!如今宝姐姐家去了,连香菱也不能过来,二姐姐又出了门子了,几个知心知意的人,

> 已接触到了女权问题。

> 这相当于"磨合"论。

> 宝玉作儿童语。王夫人作认命语,更突出了"女儿"们的无助。

> 宝玉呆呆的,黛玉怔怔的。

> 宝玉的这话其实并不稀奇,只是人们不好公开这样讲罢了。

> 这也是逝者如斯夫的永恒叹息,光阴如流水,好景不长在也。何况大观园的那种超级聚集、享乐、青年联欢节,又怎可能长命百岁!

都不在一处,弄得这样光景!我原打算去告诉老太太,接二姐姐回来,谁知太太不依,倒说我呆、混说。我又不敢言语。这不多几时,你瞧瞧,园中光景,已经大变了;若再过几年,又不知怎么样了。故此,越想不由人不心里难受起来。"黛玉听了这番言语,把头渐渐的低了下去,身子渐渐的退至炕上,一言不发,叹了口气,便向里躺下去了。

> 这些描写,似曾相识,没有什么新意。

紫鹃刚拿进茶来,见他两个这样,正在纳闷,只见袭人来了,进来看见宝玉,便道:"二爷在这里呢么?老太太那里叫呢。我估量着二爷就是在这里。"黛玉听见是袭人,便欠身起来让坐。黛玉的两个眼圈儿已经哭的通红了。宝玉看见,道:"妹妹,我刚才说的,不过是些呆话,你也不用伤心。你要想我的话时,身子更要保重才好。你歇歇儿罢。老太太那边叫我,我看看去就来。"说着,往外走了。袭人悄问黛玉道:"你两个人又为什么?"黛玉道:"他为他二姐姐伤心;我是刚才眼睛发痒,揉的,并不为什么。"袭人也不言语,忙跟了宝玉出来,各自散了。宝玉来到贾母那边,贾母却已经歇响,只得回到怡红院。

> 说来说去,未免同义反复,缺少新意也缺少浓度。

> 袭人不言语?似有狐疑。

到了午后,宝玉睡了中觉起来,甚觉无聊,随手拿了一本书看。袭人见他看书,忙去沏茶伺候。谁知宝玉拿的那本书却是《古乐府》,随手翻来,正看见曹孟德"对酒当歌,人生几何"一首,不觉刺心。因放下这一本,又拿一本看时,却是晋文,翻了几页,忽然把书掩上,托着腮,只管痴痴的坐着。袭人倒了茶来,见他这般光景,便道:"你为什么又不看了?"宝玉也不答言,接过茶来,喝了一口,便放下了。袭人一时摸不着

> 文心在我,我即文心。

头脑,也只管站在傍边,呆呆的看着他。忽见宝玉站起来,嘴里咕咕哝哝的说道:"好一个'放浪形骸之外'!"袭人听了,又好笑,又不敢问他,只得劝道:"你若不爱看这些书,不如还到园里逛逛,也省得闷出毛病来。"

> 宝玉聪慧,自幼便有遐思怅惘,解决不了人生终极的大问题。
>
> 袭人多话,无知无文却又自信占理。

那宝玉只管口中答应,只管出着神,往外走了。一时,走到沁芳亭,但见萧疏景象,人去房空。又来至蘅芜院,更是香草依然,门窗掩闭。转过藕香榭来,远远的只见几个人,在蓼溆一带栏干上靠着,有几个小丫头蹲在地下找东西。宝玉轻轻的走在假山背后听着。只听一个说道:"看他浮上来不浮上来。"好似李纹的语音。一个笑道:"好!下去了。我知道他不上来的。"这个却是探春的声音。一个又道:"是了。姐姐,你别动,只管等着,他横竖上来。"一个又说:"上来了。"这两个是李绮邢岫烟的声儿。

> 难得再安排几个人继续享受生活。写过了吃蟹、行酒令、赏雪、赏月、烤肉、联诗……再写写钓鱼,应属相宜。

宝玉忍不住,拾了一块小砖头儿,往那水里一撂,"咕咚"一声,四个人都吓了一跳,惊讶道:"这是谁这么促狭?唬了我们一跳。"宝玉笑着从山子后直跳出来,笑道:"你们好乐啊,怎么不叫我一声儿?"探春道:"我就知道再不是别人,必是二哥哥这样淘气。没什么说的,你好好儿的赔我们的鱼罢!刚才一个鱼上来,刚刚儿的要钓着,叫你唬跑了。"宝玉笑道:"你们在这里顽,竟不找我,我还要罚你们呢。"大家笑了一回。宝玉道:"咱们大家今儿钓鱼,占占谁的运气好。看谁钓得着,就是他今年的运气好;钓不着,就是他今年运气不好。咱们谁先钓?"探春便让李纹,李纹不肯。探春笑道:"这样就是我先钓。"回头向宝玉说道:"二哥哥,你再赶走了我的鱼,我可不依了。"宝玉道:"头里原是我要

> "咕咚"一声,如临其境。

> 被围剿的青春,终有漏网钓鱼之乐。

唬你们顽,这会子你只管钓罢。"

探春把丝绳抛下,没十来句话的工夫,就有一个杨叶窜儿,吞着钩子,把漂儿坠下去。探春把竿一挑,往地下一撩,却是活迸的。侍书在满地上乱抓,两手捧着搁在小磁坛内,清水养着。探春把钓竿递与李纹。李纹也把钓竿垂下,但觉丝儿一动,忙挑起来,却是个空钩子。又垂下去半晌,钩丝一动,又挑起来,还是空钩子。李纹把那钩子拿上来一瞧,原来往里钩了。李纹笑道:"怪不得钓不着!"忙叫素云把钩子敲好了,换上新虫子,上边贴好了苇片儿。垂下去一会儿,见苇片直沉下去,急忙提起来,倒是一个二寸长的鲫瓜儿。李纹笑着道:"宝哥哥钓罢。"宝玉道:"索性三妹妹合邢妹妹钓了我再钓。"岫烟却不答言。只见李绮道:"宝哥哥先钓罢。"说着,水面上起了一个泡儿。探春道:"不必尽着让了。你看那鱼都在三妹妹那边呢,还是三妹妹快着钓罢。"李绮笑着接了钓竿儿,果然沉下去就钓了一个。然后岫烟也钓着了一个,随将竿子仍旧递给探春,探春才递与宝玉。宝玉道:"我是要做姜太公的。"便走下石矶,坐在池边钓起来。岂知那水里的鱼,看见人影儿,都躲到别处去了。宝玉抡着钓竿,等了半天,那钓丝儿动也不动。刚有一个鱼儿在水边吐沫,宝玉把竿子一晃,又唬走了,急的宝玉道:"我最是个性儿急的人,他偏性儿慢,这可怎么样呢?好鱼儿,快来罢!你也成全成全我呢。"说的四人都笑了。一言未了,只见钓丝微微一动。宝玉喜得满怀,用力往上一兜,把钓竿往石上一碰,折作两段,丝也振断了,钩子也不知往那里去了。众人越发笑起来。探春道:"再没见像你这样

愁无解释且钓鱼。又添一种生活情趣。
写得生动有味。

宝玉钓鱼,充当了一个准搅屎棍角色。

你钓我钓他钓,钓断竿和丝,钓丢了钩子完事。当代作家高晓声小说《鱼钓》则写钓鱼老手被鱼拖进了水里——被鱼钓了过去完事。

钓鱼一段,生气洋溢,文笔不俗。

卤人！"

正说着，只见麝月慌慌张张的跑来说："二爷，老太太醒了，叫你快去呢。"五个人都唬了一跳。探春便问麝月道："老太太叫二爷什么事？"麝月道："我也不知道。就只听见说是什么闹破了，叫宝玉来问；还要叫琏二奶奶一块儿查问呢。"吓得宝玉发了一回呆，说道："不知又是那个丫头遭了瘟了。"探春道："不知什么事，二哥哥，你快去。有什么信儿，先叫麝月来告诉我们一声儿。"说着，便同李纹、李绮、岫烟走了。

故弄玄虚，虚张声势。

宝玉走到贾母房中，只见王夫人陪着贾母摸牌。宝玉看见无事，才把心放下了一半。贾母见他进来，便问道："你前年那一次大病的时候，后来亏了一个疯和尚和个瘸道士治好了的。那会子病里，你觉得是怎么样？"宝玉想了一回，道："我记得得病的时候儿，好好的站着，倒像背地里有人把我拦头一棍，疼的眼睛前头漆黑，看见满屋子里都是些青面獠牙、拿刀举棒的恶鬼。躺在炕上，觉着脑袋上加了几个脑箍似的。已后便疼的任什么不知道了。到好的时候，又记得堂屋里一片金光，直照到我房里来，那些鬼都跑着躲避，便不见了。我的头也不疼了，心上也就清楚了。"贾母告诉王夫人道："这个样儿也就差不多了。"

进一步往实里写，近似画蛇添脚，反无趣味。

说着凤姐也进来了。见了贾母，又回身见过了王夫人，说道："老祖宗要问我什么？"贾母道："你前年害了邪病，你还记得怎么样？"凤姐儿笑道："我也全不记得。但觉自己身子不由自主，倒像有些鬼怪，拉拉扯扯，要我杀人才好。有什么拿什么，见什么杀什么，自己原觉狠乏，

没有新情节、新意味、新描述。

只是不能住手。"贾母道:"好的时候还记得么?"凤姐道:"好的时候好像空中有人说了几句话是的,却不记得说什么来着。"贾母道:"这么看起来,竟是他了。他姐儿两个病中的光景合才说的一样。这老东西竟这样坏心,宝玉枉认了他做干妈!倒是这个和尚道人,阿弥陀佛!才是救宝玉性命的,只是没有报答他。"凤姐道:"怎么老太太想起我们的病来呢?"贾母道:"你问你太太去,我懒待说。"

> 反邪教,也是传说。

王夫人道:"才刚老爷进来,说起宝玉的干妈,竟是个混账东西,邪魔外道的。如今闹破了,被锦衣府拿住送入刑部监,要问死罪的了。前几天被人告发的。那个人叫做什么潘三保,有一所房子,卖与斜对过当铺里。这房子加了几倍价钱,潘三保还要加,当铺里那里还肯?潘三保便买嘱了这老东西——因他常到当铺里去,那当铺里人的内眷都与他好的——他就使了个法儿,叫人家的内人便得了邪病,家翻宅乱起来。他又去说,这个病他能治,就用些神马纸钱烧献了,果然见效。他又向人家内眷们要了十几两银子。岂知老佛爷有眼,应该败露了。这一天急要回去,掉了一个绢包儿,当铺里人捡起来一看,里头有许多纸人,还有四丸子狠香的香。正咤异着呢,那老东西倒回来找这绢包儿。这里的人就把他拿住。身边一搜,搜出一个匣子,里面有象牙刻的一男一女,不穿衣服,光着身子的两个魔王,还有七根朱红绣花针。立时送到锦衣府去,问出许多官员家大户太太姑娘们的隐情事来,所以知会了营里,把他家中一抄,抄出好些泥塑的煞神,几匣子闹香。炕背后空屋子里挂着一盏七星灯,灯下有几个草人,有

> 这是那个时候人们对邪魔外道的认识与估量。

> 小儿科邪教。

> 邪术种种,想得相当天真幼稚。虽然天真幼稚,却也能使许多人相信或将信将疑。

> 反正被人嫉恨,被坏人盯住是很危险的——这种危险不知从何处来。正是这种危险感,产生了种种说法。

头上戴着脑箍的,有胸前穿着钉子的,有项上拴着锁子的。柜子里无数纸人儿。底下几篇小账,上面记着某家验过,应找银若干。得人家油钱香分也不计其数。"凤姐道:"咱们的病一准是他。我记得咱们病后,那老妖精向赵姨娘处来过几次,要向赵姨娘讨银子,见了我,便脸上变貌变色,两眼鷺鸡是的。我当初还猜疑了几遍,总不知什么原故。如今说起来,却原来都是有因的。但只我在这里当家,自然惹人恨怨,怪不得人治我。宝玉可合人有什么仇呢?忍得下这样毒手!"贾母道:"焉知不因我疼宝玉,不疼环儿,竟给你们种了毒了呢。"王夫人道:"这老货已经问了罪,决不好叫他来对证。没有对证,赵姨娘那里肯认账?事情又大,闹出来,外面也不雅。等他自作自受,少不得要自己败露的。"贾母道:"你这话说的也是。这样事,没有对证,也难作准。只是佛爷菩萨看的真,他们姐儿两个,如今又比谁不济了呢?罢了,过去的事,凤哥儿也不必提了。今日你合你太太都在我这边吃了晚饭再过去罢。"遂叫鸳鸯琥珀等传饭。凤姐赶忙笑道:"怎么老祖宗倒操起心来?"王夫人也笑了。只见外头几个媳妇伺候。凤姐连忙告诉小丫头子传饭:"我合太太都跟着老太太吃。"正说着,只见玉钏儿走来对王夫人道:"老爷要找一件什么东西,请太太伺候了老太太的饭完了,自己去找一找呢。"贾母道:"你去罢,保不住你老爷有要紧的事。"

王夫人答应着,便留下凤姐儿伺候,自己退了出来,回至房中,合贾政说了些闲话,把东西找了出来。贾政便问道:"迎儿已经回去了,他在孙家怎么样?"王夫人道:"迎丫头一肚子眼

怎么不仅是宝玉,连贾母、王夫人直到凤姐也愈益像长不大的孩子了?

这一段交谈可以理解为二十五回"叔嫂逢五鬼"的必要的结局,也可以理解为是低水平的勉强的画蛇添足。

不济云云,话说早了。谁能长"济"!

这些描写平淡空洞。

"红"写日常生活,叫了去又叫了去,做了诗散了又做诗,吃了又吃,饮了又饮,说了笑话又说笑话。重复是难免的,但大体每次都有特色。这回宝玉又上起学来,倒也可以,只是写得平平。

泪,说孙姑爷凶横的了不得。"因把迎春的话述了一遍。贾政叹道:"我原知不是对头。无奈大老爷已说定了,教我也没法。不过迎丫头受些委屈罢了。"王夫人道:"这还是新媳妇,只指望他已后好了好。"说着,"嗤"的一笑。贾政道:"笑什么?"王夫人道:"我笑宝玉今儿早起,特特的到这屋里来,说的都是些孩子话。"贾政道:"他说什么?"王夫人把宝玉的言语笑述了一遍。贾政也忍不住的笑,因又说道:"你提宝玉,我正想起一件事来。这小孩子天天放在园里,也不是事。生女儿不得济,还是别人家的人;生儿若不济事,关系非浅。前日倒有人和我提起一位先生来,学问人品都是极好的,也是南边人。但我想南边先生,性情最是和平。咱们城里的孩子,个个踢天弄井,鬼聪明倒是有的,可以搪塞就搪塞过去了;胆子又大,先生再要不肯给没脸,一日哄哥儿是的,没的白耽误了。所以老辈子不肯请外头的先生,只在本家择出有年纪再有点学问的请来掌家塾。如今儒大太爷虽学问也只中平,但还弹压的住这些小孩子们,不至以颠顶了事。我想宝玉闲着总不好,不如仍旧叫他家塾中读书去罢了。"王夫人道:"老爷说的狠是。自从老爷外任去了,他又常病,竟耽搁了好几年。如今且在家学里温习温习,也是好的。"贾政点头,又说些闲话,不提。

且说宝玉次日起来,梳洗已毕,早有小厮们传进话来,说:"老爷叫二爷说话。"宝玉忙整理了衣服,来至贾政书房中,请了安,站着。贾政

信息重复。

贾府的教育危机与继承人危机。

道:"你近来作些什么功课?虽有几篇字,也算不得什么。我看你近来的光景,越发比头几年散荡了;况且每每听见你推病,不肯念书。如今可大好了?我还听见你天天在园子里和姐妹们顽顽笑笑,甚至和那些丫头们混闹,把自己的正经事,总丢在脑袋后头。就是做得几句诗词,也并不怎么样,有什么稀罕处?比如应试选举,到底以文章为主。你这上头倒没有一点儿工夫。我可嘱咐你:自今日起,再不许做诗做对的了,单要习学八股文章。限你一年,若毫无长进,你也不用念书了,我也不愿有你这样的儿子了。"遂叫李贵来,说:"明儿一早,传焙茗跟了宝玉去收拾应念的书籍,一齐拿过来我看看。亲自送他到家学里去。"喝命宝玉:"去罢!明日起早来见我。"

> 几篇字的故事不能提也!

宝玉听了,半日竟无一言可答,因回到怡红院来。袭人正在着急听信,见说取书,倒也喜欢。独是宝玉要人即刻送信与贾母,欲叫拦阻。贾母得信,便命人叫过宝玉来,告诉他说:"只管放心先去,别叫你老子生气。有什么难为你,有我呢。"宝玉没法,只得回来,嘱咐了丫头们:"明日早早叫我,老爷要等着送我到家学里去呢。"袭人等答应了,同麝月两个倒替着醒了一夜。

> 无言可答,比有言、数言、巧言、伪言可答好。

> 遇到让宝玉"学好"的事,贾母也只能捣糨糊。

次日一早,袭人便叫醒宝玉,梳洗了,换了衣服,打发小丫头子传了焙茗在二门上伺候,拿着书籍等物。袭人又催了两遍,宝玉只得出来,过贾政书房中来,先打听老爷过来了没有。书房中小厮答应:"方才一位清客相公请老爷回话,里边说:'梳洗呢。'命清客相公出去候着去了。"宝玉听了,心里稍稍安顿,连忙到贾政这边来。恰好贾政着人来叫,宝玉便跟着进去。贾

> 这些交代都似曾、实曾相识。

政不免又嘱咐几句话,带了宝玉,上了车,焙茗拿着书籍,一直到家塾中来。

早有人先抢一步,回代儒说:"老爷来了。"代儒站起身来,贾政早已走入,向代儒请了安。代儒拉着手问了好,又问:"老太太近日安么?"宝玉过来也请了安。贾政站着,请代儒坐了,然后坐下。贾政道:"我今日自己送他来,因要求托一番。这孩子年纪也不小了,到底要学个成人的举业,才是终身立身成名之事。如今他在家中,只是和些孩子们混闹。虽懂得几句诗词,也是胡诌乱道的;就是好了,也不过是风云月露,与一生的正事,毫无关涉。"代儒道:"我看他相貌也还体面,灵性也还去得,为什么不念书,只是心野贪顽?诗词一道,不是学不得的,只要发达了已后,再学还不迟呢。"贾政道:"原是如此。目今只求叫他读书、讲书、作文章。倘或不听教训,还求太爷认真的管教管教他,才不至有名无实的,白耽误了他的一世。"说毕,站起来,又作了一个揖,然后说了些闲话,才辞了出去。代儒送至门首,说:"老太太前替我问好请安罢。"贾政答应着,自己上车去了。

代儒回身进来,看见宝玉在西南角靠窗户摆着一张花梨小桌,右边堆下两套旧书,薄薄儿的一本文章,叫焙茗将纸墨笔砚都搁在抽屉里藏着。代儒道:"宝玉,我听见说你前儿有病,如今可大好了?"宝玉站起来道:"大好了。"代儒道:"如今论起来,你可也该用功了。你父亲望你成人,恳切的狠。你且把从前念过的书,打头儿理一遍。每日早起理书,饭后写字,晌午讲书,念几遍文章就是了。"宝玉答应了个"是",回身坐下时,不免四面一看。见昔时金荣辈不见

子不教,父之过,教不严,师之惰。是贾政有理,还是宝玉反封建有理呢?

文艺自然不是正事,甚至妨碍正事。

发达以后,再附庸风雅,听来恶心。

"有名"是什么意思?不过豪门子弟之名而已。

宝玉读书,一副凄惨相儿。

了几个,又添了几个小学生,都是些粗俗异常的。忽然想起秦钟来,如今没有一个做得伴、说句知心话儿的,心上凄然不乐;却不敢作声,只是闷着看书。代儒告诉宝玉道:"今日头一天,早些放你家去罢。明日要讲书了。但是你又不是狠愚夯的,明日我倒要你先讲一两章书我听,试试你近来的工课何如,我才晓得你到怎么个分儿上头。"说得宝玉心中乱跳。欲知明日听解何如,且听下回分解。

> 对于读者来说,更怀念的是茗烟。
>
> 稍稍闪回,对于大长篇,倒也使得。

舒缓一下,也算承前启后。

第八十二回

老学究讲义警顽心　病潇湘痴魂惊恶梦

话说宝玉下学回来,见了贾母。贾母笑道:"好了,如今野马上了笼头了。去罢,见见你老爷回来,散散儿去罢。"宝玉答应着,去见贾政。贾政道:"这早晚就下了学了么?师父给你定了工课没有?"宝玉道:"定了。早起理书,饭后写字,晌午讲书念文章。"贾政听了,点点头儿,因道:"去罢,还到老太太那边陪着坐坐去。你也该学些人功道理,别一味的贪顽。晚上早些睡,天天上学,早些起来。你听见了?"

宝玉连忙答应几个"是",退出来,忙忙又去见王夫人,又到贾母那边打了个照面儿,赶着出来,恨不得一走就走到潇湘馆才好。刚进门口,便拍着手笑道:"我依旧回来了。"猛可里倒唬了黛玉一跳。紫鹃打起帘子,宝玉进来坐下。黛玉道:"我恍惚听见你念书去了,这么早就回来了?"宝玉道:"嗳呀,了不得!我今儿不是被老爷叫了念书去么?心上倒像没有和你们见面的日子了。好容易熬了一天,这会子瞧见你们,竟如死而复生的一样。真真古人说,'一日三秋',这话再不错的。"黛玉道:"你上头去过了没有?"宝玉道:"都去过了。"黛玉道:"别处呢?"宝玉道:"没有。"黛玉道:"你也该瞧瞧他们去。"宝玉道:"我这会子懒待动了,只和妹妹坐

> 生活在斯时斯地斯府,宝玉不可能置身于主流文化与生活之外。

> 能"依旧回事",又有什么过不去的事儿呢?

> 倒像真情,虽略夸张。

着,说一会子话儿罢。老爷还叫早睡早起,只好明儿再瞧他们去了。"黛玉道:"你坐坐儿,可是正该歇歇儿去了。"宝玉道:"我那里是乏,只是闷得慌。这会子咱们坐着,才把闷散了,你又催起我来。"黛玉微微的一笑,因叫紫鹃:"把我的龙井茶给二爷沏一碗。二爷如今念书了,比不得头里。"紫鹃笑着答应,去拿茶叶,叫小丫头子沏茶。宝玉接着说道:"还提什么念书,我最厌这些道学话。更可笑的,是八股文章,拿他诓功名,混饭吃,也罢了,还要说'代圣贤立言'。好些的,不过拿些经书凑搭凑搭还罢了;更有一种可笑的,肚子里原没有什么,东拉西扯,弄的牛鬼蛇神,还自以为博奥。这那里是阐发圣贤的道理?目下老爷口口声声叫我学这个,我又不敢违拗,你这会子还提念书呢!"黛玉道:"我们女孩儿家虽然不要这个,但小时跟着你们雨村先生念书,也曾看过。内中也有近情近理的,也有清微淡远的。那时候虽不大懂,也觉得好,不可一概抹倒。况且你要取功名,这个也清贵些。"宝玉听到这里,觉得不甚入耳,因想:"黛玉从来不是这样人,怎么也这样势欲熏心起来?"又不敢在他跟前驳回,只在鼻子眼里笑了一声。

正说着,忽听外面两个人说话,却是秋纹和紫鹃。只听秋纹道:"袭人姐姐叫我老太太那里接去,谁知却在这里!"紫鹃道:"我们这里才沏了茶,索性让他喝了再去。"说着,二人一齐进来。宝玉和秋纹笑道:"我就过去。又劳动你来找。"秋纹未及答言,只见紫鹃道:"你快喝了茶去罢,人家都想了一天了。"秋纹啐道:"呸,好混账丫头!"说的大家都笑了。宝玉起身,才辞了出来。黛玉送到屋门口儿,紫鹃在台阶下站着,

这些见解,第七十三回已讲过。翻过来掉过去,还是那些。

斜刺一击,虽不中要害,仍可解颐。

难解。与前八十回不一致。但也并非绝对不可以解释,性格并不是不可更易的铁板一块。

这些调笑中不无微妙。

宝玉出去,才回房里来。

却说宝玉回到怡红院中,进了屋子,只见袭人从里间迎出来,便问:"回来了么?"秋纹应道:"二爷早来了。在林姑娘那边来着。"宝玉道:"今日有事没有?"袭人道:"事却没有。方才太太叫鸳鸯姐姐来吩咐我们:如今老爷发狠叫你念书,如有丫鬟们再敢和你顽笑,都要照着晴雯司棋的例办。我想伏侍你一场,赚了这些言语,也没什么趣儿。"说着,便伤起心来。宝玉忙道:"好姐姐,你放心。我只好生念书,太太再不说你们了。我今儿晚上还要看书,明日师父叫我讲书呢。我要使唤,横竖有麝月秋纹呢,你歇歇去罢。"袭人道:"你要真肯念书,我们伏侍你也是欢喜的。"宝玉听得了,赶忙吃了晚饭,就叫点灯,把念过的《四书》翻出来,"只是从何处看起?"翻了一本看去,章章里头,似乎明白;细按起来,却不狠明白。看着小注,又看讲章。闹到梆子下来了,自己想道:"我在诗词上觉得狠容易,在这个上头竟没头脑。"便坐着呆呆的呆想。袭人道:"歇歇罢。做工夫也不在这一时的。"宝玉嘴里只管胡乱答应。麝月袭人才伏侍他睡下,两个才也睡了。及至睡醒一觉,听得宝玉炕上还是翻来复去。袭人道:"你还醒着呢么?你倒别混想了,养养神,明儿好念书。"宝玉道:"我也是这样想,只是睡不着,你来给我揭去一层被。"袭人道:"天气不热,别揭罢。"宝玉道:"我心里烦躁的狠。"自把被窝褪下来。袭人忙爬起来按住,把手去他头上一摸,觉得微微有些发烧。袭人道:"你别动了,有些发烧了。"宝玉道:"可不是。"袭人道:"这是怎么说呢!"宝玉道:"不怕,是我心烦的原故,你别吵嚷,省得老爷

老是把诗词与文章对立着比较。
宝玉竟然自我检讨起来了么?

"呢么"连用,倒甚是口语化。

学习则烦躁发烧,有趣。

知道了,必说我装病逃学;不然,怎么病的这样巧。明儿好了,原到学里去,就完事了。"袭人也觉得可怜,说道:"我靠着你睡罢。"便和宝玉捶了一回脊梁,不知不觉,大家都睡着了。

> 袭人捶脊梁,有按摩的服务。

直到红日高升,方才起来。宝玉道:"不好了,晚了!"急忙梳洗毕,问了安,就往学里来了。代儒已经变着脸,说:"怪不得你老爷生气,说你没出息。第二天你就懒惰。这是什么时候才来?"宝玉把昨儿发烧的话说了一遍,方过去了,原旧念书。

到了下晚,代儒道:"宝玉,有一章书,你来讲讲。"宝玉过来一看,却是"后生可畏"章。宝玉心上说:"这还好,幸亏不是《学》《庸》。"问道:"怎么讲呢?"代儒道:"你把节旨句子细细儿讲来。"宝玉把这章先朗朗的念了一遍,说:"这章书是圣人勉励后生,教他及时努力,不要弄到……"说到这里,抬头向代儒一瞧。代儒觉得了,笑了一笑道:"你只管说,讲书是没有什么避忌的。《礼记》上说:'临文不讳。'只管说,'不要弄到'什么?"宝玉道:"不要弄到老大无成。先将'可畏'二字激发后生的志气,后把'不足畏'三字警惕后生的将来。"说罢,看着代儒。代儒道:"也还罢了。串讲呢?"宝玉道:"圣人说:人生少时,心思才力,样样聪明能干,实在是可怕的,那里料得定他后来的日子不像我的今日?若是悠悠忽忽,到了四十岁,又到五十岁,既不能勊发达,这种人,虽是他后生时像个有用的,到了那个时候,这一辈子就没有人怕他了。"代儒笑道:"你方才节旨讲的倒清楚,只是句子里有些孩子气。'无闻'二字,不是不能发达做官的话。'闻'是实在自己能够明理见道,就不做

> 临文不讳,甚好。
> 如果反过来呢,多无禁忌,唯讳文!

> 宝玉讲到老大无成,有所避讳,是怕刺激代儒;代儒这样讲,则可为自己这种"不发达"者开脱。

按照"红"的"百科全书"特色,这一节讲书,也是一种补充。只是愈讲愈没有宝玉的特点了。

官也是有'闻'了。不然,古圣贤有循世不见知的,岂不是不做官的人,难道也是无闻么?'不足畏'是使人料得定,方与'焉知'的'知'字对针,不是'怕'的字眼。要从这里看出,方能入细。你懂得不懂得?"宝玉道:"懂得了。"代儒道:"还有一章,你也讲一讲。"代儒往前揭了一篇,指给宝玉。宝玉看是,"吾未见好德如好色者也"。宝玉觉得这一章却有些刺心,便陪笑道:"这句话没有什么讲头。"代儒道:"胡说!譬如场中出了这个题目,也说没有做头么?"宝玉不得已,讲道:"是圣人看见人不肯好德,见了色,便好的了不得,殊不想德是性中本有的东西,人偏都不肯好他。至于那个色呢,虽也是从先天中带来,无人不好的,但是德乃天理,色是人欲,人那里肯把天理好的像人欲是的?孔子虽是叹息的话,又是望人回转来的意思。并且见得人就有好德的,好得终是浮浅,直要像色一样的好起来,那才是真好呢。"代儒道:"这也讲的罢了。我有句话问你:你既懂得圣人的话,为什么正犯着这两件病?我虽不在家中,你们老爷也不曾告诉我,其实你的毛病,我却尽知的。做一个人,怎么不望长进?你这回儿正是'后生可畏'的时候。'有闻','不足畏',全在你自己做去了。我如今限你一个月,把念过的旧书全要理清。再念一个月文章,已后我要出题目叫你作文章了。如若懈怠,我是断乎不依的。自古道:'成人不自在,自在不成人。'你好生记着我的话。"宝玉答应了,也只得天天按着功课干去,不提。

代儒之解,一家之言,比宝玉的解更"正确",但不够自然。"无闻",应该说是并无可圈可点之外,包含了代儒之解。

一个是生理本能,一个是文化初衷,没有可比性。

从情节线索上看,带有拾遗补阙的作用。否则闹完书房,宝玉从此辍学了,不合理。

且说宝玉上学之后，怡红院中甚觉清净闲暇，袭人倒可做些活计，拿着针线要绣个槟榔包儿。想着如今宝玉有了功课，丫头们可也没有饥荒了，早要如此，晴雯何至弄到没有结果？兔死狐悲，不觉滴下泪来。忽又想到自己终身，本不是宝玉的正配，原是偏房。宝玉的为人，却还拿得住；只怕娶了一个利害的，自己便是尤二姐香菱的后身。素来看着贾母王夫人光景，及凤姐儿往往露出话来，自然是黛玉无疑了。那黛玉就是个多心人。想到此际，脸红心热，拿着针不知戳到那里去了。便把活计放下，走到黛玉处去探探他的口气。

> 渐渐从外围向宝黛婚姻前景这一主要悬念上引。

　　黛玉正在那里看书，见是袭人，欠身让坐。袭人也连忙迎上来问："姑娘这几天身子可大好了？"黛玉道："那里能彀？不过略硬朗些。你在家里做什么呢？"袭人道："如今宝二爷上了学，房中一点事儿没有，因此来瞧瞧姑娘，说说话儿。"

　　说着，紫鹃拿茶来。袭人忙站起来道："妹妹坐着罢。"因又笑道："我前儿听见秋纹说，妹妹背地里说我们什么来着？"紫鹃也笑道："姐姐信他的话！我说宝二爷上了学，宝姑娘又隔断了，连香菱也不过来，自然是闷的。"袭人道："你还提香菱呢，这才苦呢，撞着这位'太岁奶奶'，难为他怎么过！"把手伸着两个指头，道："说起来，比他还利害，连外头的脸面都不顾了。"黛玉接着道："他也彀受了，尤二姑娘怎么死了！"袭人道："可不是，想来都是一个人，不过名分里头差些，何苦这样毒？外面名声也不好听。"黛玉从不闻袭人背地里说人，今听此话有因，便说道："这也难说。但凡家庭之事，不是东风压了

> 袭人来找黛玉谈这些话题，嫌直露了。

> 黛玉如何能对家庭之事发表这种见怪不怪的见解？

西风,就是西风压了东风。"袭人道:"做了旁边人,心里先怯了,那里倒敢去欺负人呢。"

说着,只见一个婆子在院里问道:"这里是林姑娘的屋子么?那位姐姐在这里呢?"雪雁出来一看,模模糊糊认得是薛姨妈那边的人,便问道:"作什么?"婆子道:"我们姑娘打发来给这里林姑娘送东西的。"雪雁道:"略等等儿。"雪雁进来回了黛玉,黛玉便叫领他进来。那婆子进来,请了安,且不说送什么,只是觑着眼睛黛玉。看的黛玉脸上倒不好意思起来,因问道:"宝姑娘叫你来送什么?"婆子方笑着回道:"我们姑娘叫给姑娘送了一瓶儿蜜饯荔枝来。"回头又睄见袭人,便问道:"这位姑娘,不是宝二爷屋里的花姑娘么?"袭人笑笑:"妈妈怎么认得我?"婆子笑道:"我们只在太太屋里看屋子,不大跟太太姑娘出门,所以姑娘们都不大认得。姑娘们碰着到我们那边去,我们都模糊记得。"说着,将一个瓶儿递给雪雁,又回头看看黛玉,因笑着向袭人道:"怨不得我们太太说:这林姑娘和你们宝二爷是一对儿。原来真是天仙似的!"袭人见他说话造次,连忙岔道:"妈妈,你乏了,坐坐吃茶罢。"那婆子笑嘻嘻的道:"我们那里忙呢,都张罗琴姑娘的事呢。姑娘还有两瓶荔枝,叫给宝二爷送去。"说着,颤颤巍巍,告辞出去。

黛玉虽恼这婆子方才冒撞,但因是宝钗使来的,也不好怎么样他,等他出了屋门,才说一声道:"给你们姑娘道费心。"那老婆子还只管嘴里咕咕哝哝的说:"这样好模样儿,除了宝玉,什么人擎受的起。"黛玉只装没听见。袭人笑道:"怎么人到了老来,就是混说白道的,叫人听着又生气,又好笑。"一时雪雁拿过瓶子来给黛玉

"东风压倒西风"这一著名命题竟可在"红"中找到。当然,用作国际形势的论断时,它被赋予了完全不同的内容。

宝玉是中心,宝玉是混世魔王。宝玉一上学,读者都有失落感。

矛盾在积累,在尖锐化。

浅白无趣。

看,黛玉道:"我懒待吃,拿了搁起去罢。"又说了一回话,袭人才去了。

一时,晚妆将卸,黛玉进了套间,猛抬头看见了荔枝瓶,不禁想起日间老婆子的一番混话,甚是刺心。当此黄昏人静,千愁万绪,堆上心来,想起:"自己身子不牢,年纪又大了,看宝玉的光景,心里虽没别人,但是老太太舅母又不见有半点意思,深恨父母在时,何不早定了这头婚姻。"又转念一想道:"倘若父母在时,别处定了婚姻,怎能觏似宝玉这般人材心地?不如此时尚有可图。"心内一上一下,辗转缠绵,竟像辘轳一般。叹了一回气,吊了几点泪,无情无绪,和衣倒下。

> 他人的说三道四,成事不足,坏事有余。

> 这个判断是准确的,要害在此。

不知不觉,只见小丫头走来说道:"外面雨村贾老爷请姑娘。"黛玉道:"我虽跟他读过书,却不比男学生,要见我作什么?况且他和舅舅往来,从未提起,我也不便见的。"因叫小丫头回复:"身上有病,不能出来,与我请安道谢就是了。"小丫头道:"只怕要与姑娘道喜,南京还有人来接。"说着,又见凤姐同邢夫人、王夫人、宝钗等都来笑道:"我们一来道喜,二来送行。"黛玉慌道:"你们说什么话?"凤姐道:"你还装什么呆?你难道不知道:林姑爷升了湖北的粮道,娶了一位继母,十分合心合意;如今想着你搁在这里,不成事体,因托了贾雨村作媒,将你许了你继母的什么亲戚,还说是续弦,所以着人到这里来接你回去。大约一到家中,就要过去的。都是你继母作主。怕的是道儿上没有照应,还叫你琏二哥哥送去。"说得黛玉一身冷汗。

> 现在是梦了,其实极可能是真,比"红"的叙述描写更真。
> 黛玉之悲在于父母双亡。如果不是双亡呢?一定能好些吗?

黛玉又恍惚父亲果在那里做官的样子。心上急着,硬说道:"没有的事,都是凤姐姐混闹。"

只见邢夫人向王夫人使个眼色儿:"他还不信呢,咱们走罢。"黛玉含着泪道:"二位舅母坐坐去。"众人不言语,都冷笑而去。黛玉此时心中干急,又说不出来,哽哽咽咽;恍惚又是和贾母在一处的似的,心中想道:"此事惟求老太太,或还可救。"于是两腿跪下去,抱着贾母的腰说道:"老太太救我! 我南边是死也不去的。况且有了继母,又不是我的亲娘,我是情愿跟着老太太一块儿的。"但见老太太呆着脸儿笑道:"这个不干我事。"黛玉哭道:"老太太,这是什么事呢。"老太太道:"续弦也好,倒多一副妆奁。"黛玉哭道:"我若在老太太跟前,决不使这里分外的闲钱,只求老太太救我。"贾母道:"不中用了。做了女人,总是要出嫁的。你孩子家,不知道。在此地终非了局。"黛玉道:"我在这里,情愿自己做个奴婢过活,自做自吃,也是愿意。只求老太太作主。"老太太总不言语,黛玉抱着贾母的腰哭道:"老太太,你向来最是慈悲的,又最疼我的,到了紧急的时候,怎么全不管? 不要说我是你的外孙女儿,是隔了一层了;我的娘是你的亲生女儿,看我娘分上,也该护庇些。"说着,撞在怀里痛哭。听见贾母道:"鸳鸯,你来送姑娘出去歇歇,我到被他闹乏了。"黛玉情知不是路了,求去无用,不如寻个自尽,站起来,往外就走。深痛自己没有亲娘,便是外祖母与舅母姊妹们,平时何等待的好,可见都是假的。又一想:"今日怎么独不见宝玉? 或见一面,看他还有法儿。"便见宝玉站在面前,笑嘻嘻的说:"妹妹大喜呀!"黛玉听了这一句话,越发急了,也顾不得什么了,把宝玉紧紧拉住,说:"好,宝玉,我今日才知道你是个无情无义的人了!"宝玉道:"我怎

心中干急,虽是粗话,却甚贴切。

亦梦亦真,合情合理:孤独无依,无人做主的苦处,不想不知道,一想受不了。

此梦真切。

此地用"笑嘻嘻"最妥。

这个梦写得不错。入情入理，似假似真，事体虽未必然，情理却未必不然。

矛盾愈益尖锐了。黛玉毫无依靠，毫无希望。

黛玉梦中宝玉抉心，并非全然不经。前八十回二人的许多痛苦就是由于心曲不通造成的。实际上，宝玉已经抉心多次，而黛玉，既要求他抉心，又怕他抉心。她渴望而又不敢正视宝玉的心。在后四十回中，这节梦算是写得相当精彩的。

么无情无义？你既有了人家儿，咱们各自干各自的了。"黛玉越听越气，越没了主意，只得拉着宝玉哭道："好哥哥，你叫我跟了谁去？"宝玉道："你要不去，就在这里住着。你原是许了我的，所以你才到我们这里来。我待你是怎么样的？你也想想。"黛玉恍惚又像果曾许过宝玉的，心内忽又转悲作喜，问宝玉道："我是死活打定主意的了，你到底叫我去不去？"宝玉道："我说叫你住下。你不信我的话，你就瞧瞧我的心！"说着，就拿着一把小刀子往胸口上一划，只见鲜血直流。黛玉吓得魂飞魄散，忙用手握着宝玉的心窝，哭道："你怎么做出这个事来？你先来杀了我罢！"宝玉道："不怕，我拿我的心给你瞧。"还把手在划开的地方儿乱抓。黛玉又颤又哭，又怕人撞破，抱住宝玉痛哭。宝玉道："不好了，我的心没有了，活不得了！"说着，眼睛往上一翻，"咕咚"就倒了。黛玉拚命放声大哭。只听见紫鹃叫道："姑娘，姑娘！怎么魇住了？快醒醒儿，脱了衣服睡罢。"

黛玉一翻身，却原来是一场恶梦，喉间犹是哽咽，心上还是乱跳，枕头上已经湿透，肩背身心，但觉冰冷，想了一回，"父亲死得久了，与宝玉尚未放定，这是从那里说起？"又想梦中光景，无倚无靠，再真把宝玉死了，那可怎么样好？一时痛定思痛，神魂俱乱。又哭了一回，遍身微微的出了一点儿汗。扎挣起来，把外罩大袄脱了，

> 前面梦境描写，或嫌过实。这一段却是极精彩的。

> 令人想起《封神演义》中比干的故事。

叫紫鹃盖好了被窝,又躺下去。翻来复去,那里睡得着?只听得外面淅淅飒飒,又像风声,又像雨声。又停了一会子,又听得远远的吆呼声儿,却是紫鹃已在那里睡着,鼻息出入之声。自己扎挣着爬起来,围着被坐了一会,觉得窗缝里透进一缕凉风来,吹得寒毛直竖,便又躺下。正要蒙眬睡去,听得竹枝上不知有多少家雀儿的声儿,啾啾唧唧,叫个不住。那窗上的纸,隔着屉子,渐渐的透进清光来。

> 睡不着而焦虑,焦虑演变成胡思乱想,再变成噩梦,再变成淅淅飒飒,再变成一缕凉风。悲夫。

> 真实可信。

　　黛玉此时已醒得双眸炯炯,一会儿咳嗽起来,连紫鹃都咳嗽醒了。紫鹃道:"姑娘,你还没睡着么?又咳嗽起来了。想是着了风了,这会儿窗户纸发清了,也待好亮起来了。歇歇儿罢,养养神,别尽着想长想短的了。"黛玉道:"我何尝不要睡?只是睡不着。你睡你的罢。"说了,又嗽起来。紫鹃见黛玉这般光景,心中也自伤感,睡不着了。听见黛玉又嗽,连忙起来,捧着痰盒。这时天已亮了。黛玉道:"你不睡了么?"紫鹃笑道:"天都亮了,还睡什么呢?"黛玉道:"既这样,你就把痰盒儿换了罢。"

　　紫鹃答应着,忙出来换了一个痰盒儿,将手里的这个盒儿放在桌上,开了套间门出来,仍旧带上门,放下撒花软帘,出来叫醒雪雁。开了屋门去倒那盒子时,只见满盒子痰,痰中好些血星,唬了紫鹃一跳,不觉失声道:"嗳哟,这还了得!"黛玉里面接着问:"是什么?"紫鹃自知失言,连忙改说道:"手里一滑,几乎撂了痰盒子。"黛玉道:"不是盒子里的痰有了什么?"紫鹃道:"没有什么。"说着这句话时,心中一酸,那眼泪直流下来,声儿早已岔了。

> 由精神痛苦发展到了身体的危机。

　　黛玉因为喉间有些甜腥,早自疑惑;方才听

见紫鹃在外边咤异,这会子又听见紫鹃说话声音带着悲惨的光景,心中觉了八九分,便叫紫鹃:"进来罢,外头看冷着。"紫鹃答应了一声,这一声更比头里凄惨,竟是鼻中酸楚之音。黛玉听了,凉了半截。看紫鹃推门进来时,尚拿手帕拭眼。黛玉道:"大清早起,好好的为什么哭?"紫鹃勉强笑道:"谁哭来?早起起来,眼睛里有些不舒服。姑娘今夜大概比往常醒的时候更大罢?我听见咳嗽了大半夜。"黛玉道:"可不是!越要睡,越睡不着。"紫鹃道:"姑娘身上不大好,依我说,还得自己开解着些。身子是根本,俗语说的:'留得青山在,依旧有柴烧。'况这里自老太太、太太起,那个不疼姑娘?"只这一句话,又勾起黛玉的梦来,觉得心里一撞,眼中一黑,神色俱变。紫鹃连忙端着痰盒,雪雁捶起脊梁,半日才吐出一口痰来,痰中一缕紫血,簌簌乱跳。紫鹃雪雁脸都吓黄了。两个旁边守着,黛玉便昏昏躺下。紫鹃看着不好,连忙努嘴叫雪雁叫人去。

　　雪雁才出屋门,只见翠缕翠墨两个人笑嘻嘻的走来。翠缕便道:"林姑娘怎么这早晚还不出门?我们姑娘和三姑娘都在四姑娘屋里,讲究四姑娘画的那张园子景儿呢。"雪雁连忙摆手儿。翠缕翠墨二人倒都吓了一跳,说:"这是什么原故?"雪雁将方才的事一一告诉他二人。二人都吐了吐舌头儿,说:"这可不是顽的!你们怎么不告诉老太太去?这还了得!你们怎么这么糊涂。"雪雁道:"我这里才要去,你们就来了。"

　　正说着,只听紫鹃叫道:"谁在外头说话?姑娘问呢。"三个人连忙一齐进来。翠缕翠墨见黛玉盖着被,躺在床上,见了他二人,便说道:

不写黛自睹病变,而写黛对紫鹃的声息的疑惑,这是极有味道的曲笔。

前八十回,写黛玉的悲观,还是比较含蓄、虚化的,进入此四十回,立刻成了实打实的麻烦了。

情节进展,悲哀严重,黛玉愈益痛苦,合情合理,真实自然。

孤独的命运,戕害了健康,健康问题,更坐实了悲惨无望的命运。

悲哀,悲哀,无尽的悲哀……林黛玉的悲哀具有一种超验的性质。我们可以具体地理解她的悲哀,为爱宝玉而婚姻无人做主。但面临同样的有情人难成眷属的女子多矣,她们或私奔,或自戕,情感变得麻木,或转移感情,或疯癫,或脾气乖戾乃至专门再去扼杀旁的女子的感情(如王夫人那样),总之,不一定一悲到底。

换句话说,即使黛玉与宝玉结了婚,她也会有新的悲哀的。过去以为一切情感都是有缘故的,具体的,可以解决的。读"红",乃觉不然。林的超验、无条件的悲哀,亦极富震撼力。

"谁告诉你们了,你们这样大惊小怪的?"翠墨道:"我们姑娘和云姑娘才都在四姑娘屋里,讲究四姑娘画的那张园子图儿,叫我们来请姑娘来。不知姑娘身上又欠安了。"黛玉道:"也不是什么大病,不过觉得身子略软些,躺躺儿就起来了。你们回去告诉三姑娘和云姑娘,饭后若无事,倒是请他们来这里坐坐罢。宝二爷没到你们那边去?"二人答道:"没有。"翠墨又道:"宝二爷这两天上了学了,老爷天天要查功课,那里还能像从前那么乱跑呢。"黛玉听了,默然不言。二人又略站了一回,都悄悄的退出来了。

> 宝二爷一上学,众女儿也是失魂落魄了。这也是"谁也离不开谁了"。

且说探春湘云正在惜春那边评论惜春所画"大观园图",说这个多一点,那个少一点;这个太疏,那个太密。大家又议着题诗,着人去请黛玉商议。正说着,忽见翠缕翠墨二人回来,神色匆忙。湘云便先问道:"林姑娘怎么不来?"翠缕道:"林姑娘昨日夜里又犯了病了,咳嗽了一夜。我们听见雪雁说,吐了一盒子痰血。"探春听了,咤异道:"这话真么?"翠缕道:"怎么不真?"翠墨道:"我们刚才进去去瞧了瞧,颜色不成颜色,说话儿的气力儿都微了。"湘云道:"不好的这么着,怎么还能说话呢?"探春道:"怎么你这么糊涂!不能说话,不是已经……"说到这里,却咽宝玉二次上学远无第一次上学、茗烟闹书房的生动活泼了。特别是学堂状况，一字也写不真切。这样安排亦煞费苦心。宝玉一上学，黛玉更寂寞了。

宝黛爱情线，发展得很慢，几乎无法发展。这一回，又有加速发展、矛盾加速尖锐化的迹象。

住了。惜春道："林姐姐那样一个聪明人，我看他总有些瞧不破，一点半点儿都要认起真来，天下事那里有多少真的呢？"探春道："既这么着，咱们都过去看看。倘若病的利害，咱们好过去告诉大嫂子，回老太太，传大夫进来瞧瞧，也得个主意。"湘云道："正是这样。"惜春道："姐姐们先去，我回来再过去。"

> 惜春讲得固对，但人活着常常是为了自认为真的那一点东西，而自认为真的那一点东西是很有味道的——哪怕日后证明了它的不真。日后知其不真是日后的事情。例如婚姻，新婚甜蜜才结婚，如果婚前就预见了婚后的全部不愉快，那还有新婚的甜蜜吗？那还有结婚的兴趣吗？

于是探春湘云扶了小丫头，都到潇湘馆来。进入房中，黛玉见他二人，不免又伤心起来。因又转念，想起梦中，"连老太太尚且如此，何况他们。况且我不请他们，他们还不来呢！"心里虽是如此，脸上却碍不过去，只得勉强令紫鹃扶起，口中让坐。探春湘云都坐在床沿上，一头一个；看了黛玉这般光景，也自伤感。探春便道："姐姐怎么身上又不舒服了？"黛玉道："也没什么要紧，只是身子软得狠。"紫鹃在黛玉身后，偷偷的用手指那痰盒儿。湘云到底年轻，性情又兼直爽，伸手便把痰盒拿起来看。不看则已，看了吓的惊疑不止，说："这是姐姐吐的？这还了得！"初时黛玉昏昏沉沉，吐了也没细看；此时见湘云这么说，回头看时，自己早已灰了一半。探春见湘云冒失，连忙解说道："这不过是肺火上炎，带出一半点来，也是常事。偏是云丫头，不拘什么，就这样蝎蝎螫螫的！"湘云红了脸，自悔失言。

> 谁也不可能真正帮助你。

> 天真烂漫，也可以成就伤害。

探春见黛玉精神短少，似有烦倦之意，连忙起身说道："姐姐静静的养养神罢。我们回来再瞧你。"黛玉道："累你二位惦着。"探春又嘱咐紫鹃："好生留神伏侍姑娘。"紫鹃答应着。探春才要走,只听外面一个人嚷起来。未知是谁,下回分解。

> 这样的叙述合情理,但不精彩,太一般。

讲义虚套,噩梦惊心,破灭的过程也令作者煞费苦心。

第八十三回

省宫闱贾元妃染恙　闹闺阃薛宝钗吞声

　　话说探春湘云才要走时,忽听外面一个人嚷道:"你这不成人的小蹄子!你是个什么东西,来这园子里头混搅!"黛玉听了,大叫一声道:"这里住不得了!"一手指着窗外,两眼反插上去。原来黛玉住在大观园中,虽靠着贾母疼爱,然在别人身上,凡事终是寸步留心。听见窗外老婆子这样骂着,在别人呢,一句是贴不上的,竟像专骂着自己的。自思一个千金小组,只因没了爹娘,不知何人指使这老婆子来这般辱骂,那里委屈得来!因此,肝肠崩裂,哭晕去了。紫鹃只是哭叫:"姑娘怎么样了?快醒转来罢。"探春也叫了一回。半晌,黛玉回过这口气,还说不出话来,那只手仍向窗外指着。

　　探春会意,开门出去,看见老婆子手中拿着拐棍,赶着一个不干不净的毛丫头道:"我是为照管这园中的花果树木,来到这里,你作什么来了?等我家去,打你一个知道。"这丫头扭着头,把一个指头探在嘴里,瞅着老婆子笑。探春骂道:"你们这些人,如今越发没了王法了,这里是你骂人的地方儿吗!"老婆子见是探春,连忙陪着笑脸儿说道:"刚才是我的外孙女儿,看见我来了,他就跟了来。我怕他闹,所以才吆喝他回去,那里敢在这里骂人呢。"探春道:"不用多说

> 缺少的是钝感力、耐受性。

> 已是死兆。

> 这个岔打得人心惊。

了,快给我都出去。这里林姑娘身上不大好,还不快去么!"老婆子答应了几个"是",说着,一扭身去了,那丫头也就跑了。

探春回来,看见湘云拉着黛玉的手只管哭,紫鹃一手抱着黛玉,一手给黛玉揉胸口,黛玉的眼睛方渐渐的转过来了。探春笑道:"想是听见老婆子的话,你疑了心了么?"黛玉只摇摇头儿。探春道:"他是骂他外孙女儿;我才刚也听见了。这种东西说话,再没有一点道理的。他们懂得什么避讳。"黛玉听了,点点头儿,拉着探春的手道:"妹妹。"叫了一声,又不言语了。探春又道:"你别心烦。我来看你,是姊妹们应该的。你又少人伏侍。只要你安心肯吃药,心上把喜欢事儿想想,能彀一天一天的硬朗起来,大家依旧结社做诗,岂不好呢。"湘云道:"可是三姐姐说的,那么着不乐?"黛玉哽咽道:"你们只顾要我喜欢,可怜我那里赶得上这日子?只怕不能彀了!"探春道:"你这话说的太过了。谁没个病儿灾儿的,那里就想到这里来了?你好生歇歇儿罢。我们到老太太那边,回来再看你。你要什么东西,只管叫紫鹃告诉我。"黛玉流泪道:"好妹妹,你到老太太那里,只说我请安,身上略有点不好,不是什么大病,也不用老太太烦心的。"探春答应道:"我知道,你只管养着罢。"说着,才同湘云出去了。

这里紫鹃扶着黛玉躺在床上,地下诸事,自有雪雁照料,自己只守着傍边看着黛玉,又是心酸,又不敢哭泣。那黛玉闭着眼躺了半晌,那里睡得着!觉得园里头平日只见寂寞,如今躺在床上,偏听得风声、虫鸣声、鸟语声,人走的脚步响声,又像远远的孩子们啼哭声,一阵一阵的聒

揉胸口云云,缺少美感。

须知好花不长开,好景不长在也。

这些话也嫌浅白直露。

写紫鹃心态行为,大致不差。

这个感觉写得逼真。写主观感觉,这在我国传统小说中并不多见。

噪的烦躁起来，因叫紫鹃放下帐子来。雪雁捧了一碗燕窝汤，递与紫鹃。紫鹃隔着帐子，轻轻问道："姑娘，喝一口汤罢？"黛玉微微应了一声，紫鹃复将汤递给雪雁，自己上来，搀扶黛玉坐起，然后接过汤来，搁在唇边试了一试，一手搂着黛玉肩臂，一手端着汤送到唇边。黛玉微微睁眼喝了两三口，便摇摇头儿不喝了。紫鹃仍将碗递给雪雁，轻轻扶黛玉睡下。

静了一时，略觉安顿，只听窗外悄悄问道："紫鹃妹妹在家么？"雪雁连忙出来，见是袭人，因悄悄说道："姐姐屋里坐着。"袭人也便悄悄问道："姑娘怎么着？"一面走，一面雪雁告诉夜间及方才之事。袭人听了这话，也唬怔了，因说道："怪道刚才翠缕到我们那边说你们姑娘病了，唬的宝二爷连忙打发我来，看看是怎么样。"

> 命运损伤人，人的状况又恶化命运。

正说着，只见紫鹃从里间掀起帘子，望外看见袭人，点头儿叫他。袭人轻轻走过来，问道："姑娘睡着了吗？"紫鹃点点头儿，问道："姐姐才听见说了？"袭人也点点头儿，蹙着眉道："终久怎么样好呢？那一位昨夜也把我唬了个半死儿。"紫鹃忙问："怎么了？"袭人道："昨日晚上睡觉，还是好好儿的。谁知半夜里，一叠连声的嚷起心疼来，嘴里胡说白道，只说好像刀子割了去的是的。直闹到打亮梆子以后才好些了。你说唬人不唬人？今日不能上学，还要请大夫来吃药呢。"

> 心电感应，第六感官，"红"已有之。
> 不是作为"科幻"，而是作为"情痴"的浪漫化处理，就有其精彩之处。

正说着，只听黛玉在帐子里又咳嗽起来，紫鹃连忙过来捧痰盒儿接痰。黛玉微微睁眼问道："你合谁说话呢？"紫鹃道："袭人姐姐来瞧姑娘来了。"说着，袭人已走到床前。黛玉命紫鹃扶起，一手指着床边，让袭人坐下。袭人侧身坐

> 前八十回，袭人并不常到黛玉这边来，近连来两次，想是晴雯已不在了的缘故，也（客观上）是黛玉更加受到压迫的一个方面。

大观园之变，晴雯之死，司棋、芳官等人之逐，直至迎春、薛蟠婚事之不如意，应亦对黛玉有相当刺激。客观上，这些东西与她的病重紧紧相连。

结构上的蒙太奇效果虽然不就是因果关系的判定，起码是因果关系的暗示。

具体描写则黛玉只关心自己，从不为别人操心。这一点与宝玉大不相同。

了，连忙陪着笑劝道："姑娘倒还是躺着罢。"黛玉道："不妨，你们快别这样大惊小怪的。刚才是说谁半夜里心疼起来？"袭人道："是宝二爷偶然魇住了，不是认真怎么样。"黛玉会意，知道是袭人怕自己又悬心的原故，又感激，又伤心，因趁势问道："既是魇住了，不听见他还说什么？"袭人道："也没说什么。"黛玉点点头儿，迟了半日，叹了一声，才说道："你们别告诉宝二爷说我不好，看耽搁了他的工夫，又叫老爷生气。"袭人答应了，又劝道："姑娘，还是躺躺歇歇罢。"黛玉点头，命紫鹃扶着歪下。袭人不免坐在旁边，又宽慰了几句，然后告辞。回到怡红院，只说黛玉身上略觉不受用，也没什么大病。宝玉才放了心。

> 宝玉与她心连心，她感动、伤心。
>
> 宝玉有时对她关照不足，她也是气恼、伤心。她的爱情便是伤心恋，她的情史便是伤心史。

且说探春湘云出了潇湘馆，一路往贾母这边来。探春因嘱咐湘云道："妹妹回来见了老太太，别像刚才那样冒冒失失的了。"湘云点头笑道："知道了。我头里是叫他唬的忘了神了。"说着，已到贾母那边，探春因提起黛玉的病来。贾母听了，自是心烦，因说道："偏是这两个'玉'儿多病多灾的。林丫头一来二去的大了，他这个身子也要紧。我看那孩子太是个心细。"众人也不敢答言。贾母便向鸳鸯道："你告诉他们，明儿大夫来瞧了宝玉，就叫他到林姑娘那屋里去。"鸳鸯答应着出来，告诉了婆子们。婆子们自去传话。这里探春湘云就跟着贾母吃了晚

> 微词。故众人不敢搭言。
>
> 有人怀疑贾母不会这样说话，其实如果你有黛玉这样一个外孙女，也会有微词。
>
> 没意思的一些交代。

饭,然后同回园中去,不提。

到了次日,大夫来了。瞧了宝玉,不过说饮食不调,着了点儿风邪,没大要紧,疏散疏散就好了。这里王夫人凤姐等,一面遣人拿了方子回贾母;一面使人到潇湘馆,告诉说:"大夫就过来。"紫鹃答应了,连忙给黛玉盖好被窝,放下帐子,雪雁赶着收拾房里的东西。

> 医学有其极无力的一面。

一时,贾琏陪着大夫进来了,便说道:"这位老爷是常来的,姑娘们不用回避。"老婆子打起帘子,贾琏让着,进入房中坐下。贾琏道:"紫鹃姐姐,你先把姑娘的病势向王老爷说说。"王大夫道:"且慢说。等我诊了脉,听我说了,看是对不对。若有不合的地方,姑娘们再告诉我。"紫鹃便向帐中扶出黛玉的一只手来,搁在迎手上。紫鹃又把镯子连袖子轻轻的搂起,不叫压住了脉息。那王大夫诊了好一会儿,又换那只手也诊了,便同贾琏出来,到外间屋里坐下,说道:"六脉皆弦,因平日郁结所致。"说着,紫鹃也出来,站在里间门口。那王大夫便向紫鹃道:"这病时常应得头晕,减饮食,多梦;每到五更,必醒个几次;即日间听见不干自己的事,也必要动气,且多疑多惧。不知者疑为性情乖诞,其实因肝阴亏损,心气衰耗,都是这个病在那里作怪。不知是否?"紫鹃点点头儿,向贾琏道:"说的狠是。"王太医道:"既这样,就是了。"说毕,起身同贾琏往外书房去开方子。小厮们早已预备下一张梅红单帖。王太医吃了茶,因提笔先写道:

> 与第十回张太医给可卿看病,不让贾蓉说病情的路子一致。其实医术高低并不表现在这里。
> 至今有看医生而不肯讲病情以"考验"医生者,蠢乎哉!

> 精神症状与身体症状密切相关。

六脉弦迟,素由积郁。左寸无力,心气已衰。关脉独洪,肝邪偏旺。木气不能疏达,势必上侵脾土,饮食无味;甚至胜所不胜,肺金定受其殃。气不流精,凝而为痰;

> 百科全本文体。

血随气涌,自然咳吐。理宜疏肝保肺,涵养心脾。虽有补剂,未可骤施。姑拟"黑逍遥"以开其先,后用"归肺固金"以继其后。不揣固陋,俟高明裁服。

> 屡写中医诊病,好歹自成体系,各有说词。

又将七味药与引子写了。

贾琏拿来看时,问道:"血势上冲,柴胡使得么?"王大夫笑道:"二爷但知柴胡是升提之品,为吐衄所忌,岂知用鳖血拌炒,非柴胡不足宣少阳甲胆之气。以鳖血制之,使其不致升提,且能培养肝阴,制遏邪火。所以《内经》说:'通因通用,塞因塞用。'柴胡用鳖血拌炒,正是'假周勃以安刘'的法子。"贾琏点头道:"原来是这么着。这就是了。"王大夫又道:"先请服两剂,再加减,或再换方子罢。我还有一点小事,不能久坐,容日再来请安。"说着,贾琏送了出来,说道:"舍弟的药就是那么着了?"王大夫道:"宝二爷倒没什么大病,大约再吃一剂就好了。"说着,上车而去。

> 又论一次医病。
> 中国式的普适性思维,用药如用人,乃至用兵。想象性大于实证性。

> 反衬黛玉病得不轻。

这里贾琏一面叫人抓药,一面回到房中告诉凤姐黛玉的病原,与大夫用的药,述了一遍。只见周瑞家的走来,回了几件没要紧的事。贾琏听到一半,便说道:"你回二奶奶罢,我还有事呢。"说着,就走了。周瑞家的回完了这件事,又说道:"我方才到林姑娘那边,看他那个病,竟是不好呢。脸上一点血色也没有,摸了摸身上,只剩得一把骨头。问问他,也没有话说,只是淌眼泪。回来紫鹃告诉我说:'姑娘现在病着,要什么,自己又不肯要,我打算要问二奶奶那里支用一两个月的月钱。如今吃药,虽是公中的,零用也得几个钱。'我答应了他,替他来回奶奶。"凤姐低了半日头,说道:"竟这么着罢,我送他几两大富之家的艰窘穷困，外人难知。外人但以为他们富而又富，何能知道高一尺，魔高一丈，在他们的那个经济生活中，他们也痛感穷困之难之苦。犹如权贵，别人但知其颐指气使，怎知其战战兢兢，深渊薄冰，左右为难，上下夹攻！

银子使罢。也不用告诉林姑娘。这月钱却是不好支的。一个人开了例，要是都支起来，那如何使得呢？你不记得赵姨娘和三姑娘拌嘴了？也无非为的是月钱。况且近来你也知道，出去的多，进来的少，总绕不过湾儿来。不知道的，还说我打算的不好。更有那一种嚼舌根的，说我搬运到娘家去了。周嫂子，你倒是那里经手的人，这个自然还知道些。"周瑞家的道："真正委屈死人！这样大门头儿，除了奶奶这样心计儿当家罢了。别说是女人当不来，就是三头六臂的男人，还撑不住呢。还说这些个混账话。"说着，又笑了一声，道："奶奶还没听见呢，外头的人还更糊涂呢。前儿，周瑞回家来，说起外头的人，打谅着咱们府里不知怎么样有钱呢。也有说：'贾府里的银库几间，金库几间，使的家伙都是金子镶了、玉石嵌了的。'也有说：'姑娘做了王妃，自然皇上家的东西分的了一半子给娘家。前儿贵妃娘娘省亲回来，我们还亲见他带了几车金银回来，所以家里收拾摆设的水晶宫是的。那日在庙里还愿，花了几万银子，只算得牛身上拔了一根毛罢咧。'有人还说：'他门前的狮子，只怕还是玉石的呢！园子里还有金麒麟，叫人偷了一个去，如今剩下一个了。家里的奶奶姑娘不用说，就是屋里使唤的姑娘们，也是一点儿不动，喝酒下棋，弹琴画画，横竖有伏侍的人呢，单管穿罗罩纱；吃的带的，都是人家不认得的。那些哥儿姐儿们，更不用说了，要天上的月亮，也有人去拿下来给他顽。'还有歌儿呢，说是：

凤姐的难处，钱财的难处，管理的难处，做人的难处，纠结在一起。

所谓"大有大的难处"，所谓"一家一本难念的经"。

这些话倒生动真实，可笑亦复可悲。
人与人之间，阶级与阶级之间的隔膜，难以交通，大矣。

'宁国府,荣国府,金银财宝如粪土。吃不穷,穿不穷,算来……'"说到这里,猛然咽住。原来那时歌儿说道是"算来总是一场空",这周瑞家的说溜了嘴,说到这里,忽然想起这话不好,因咽住了。

> 话可以咽住,大趋势能够扭转吗?

凤姐儿听了,已明白必是句不好的话了,也不便追问。因说道:"那都没要紧,只是这'金麒麟'的话从何而来?"周瑞家的笑道:"就是那庙里的老道士送给宝二爷的小金麒麟儿。后来丢了几天,亏了史姑娘捡着,还了他,外头就造出这个谣言来了。奶奶说这些人可笑不可笑?"凤姐道:"这些话倒不是可笑,倒是可怕的!咱们一日难似一日,外面还是这么讲究。俗语儿说的,'人怕出名猪怕壮',况且又是个虚名儿。终久还不知怎么样呢。"周瑞家的道:"奶奶虑的也是。只是满城里茶坊酒铺儿以及各胡同儿,都是这样说,并且不是一年了。那里握的住众人的嘴?"凤姐点点头儿。因叫平儿称了几两银子,递给周瑞家的道:"你先拿去交给紫鹃,只说我给他添补买东西的。若要官中的,只管要去,别提这月钱的话,他也是个伶透人,自然明白我的话。我得了空儿,就去瞧姑娘去。"周瑞家的接了银子,答应着自去,不提。

> 回应三十一回。

> 此话清醒。人怕出名云云,至今流行在人们的口头上。毛泽东氏亦爱用此谚。

> 人言可畏。人言难防难禁。

且说贾琏走到外面,只见一个小厮迎上来,回道:"大老爷叫二爷说话呢。"贾琏急忙过来,见了贾赦。贾赦道:"方才风闻宫里头传了一个太医院御医、两个吏目去看病,想来不是宫女儿下人了。这几天,娘娘宫里有什么信儿没有?"贾琏道:"没有。"贾赦道:"你去问问二老爷和你珍大哥;不然,还该叫人去到太医院里打听打听

> 娘娘是贾府的重要背景,娘娘欠安,是大灾难。

才是。"贾琏答应了,一面吩咐人往太医院去,一面连忙去见贾政贾珍。贾政听了这话,因问道:"是那里来的风声?"贾琏道:"是大老爷才说的。"贾政道:"你索性和你珍大哥到里头打听打听。"贾琏道:"我已经打发人往太医院打听去了。"一面说着,一面退出来去找贾珍。只见贾珍迎面来了,贾琏忙告诉贾珍。贾珍道:"我正为也听见这话,来回大老爷二老爷去的。"于是两个人同着来见贾政。贾政道:"如系元妃,少不得终有信的。"说着,贾赦也过来了。

到了晌午,打听的尚未回来,门上人进来回说:"有两个内相在外,要见二位老爷呢。"贾赦道:"请进来。"门上的人领了老公进来。贾赦贾政迎至二门外,先请了娘娘的安,一面同着进来,走至厅上,让了坐。老公道:"前日这里贵妃娘娘有些欠安,昨日奉过旨意,宣召亲丁四人,进里头探问。许各带丫头一人,余皆不用。亲丁男人,只许在宫门外递个职名请安,听信,不得擅入。准于明日辰巳时进去,申酉时出来。"

黛玉的病,已经过诸多铺垫,元妃的病,则似从天上猛然掉下来。对于小说结构来说,病这个元素的方便处是招之即来,挥之即去。如今的电视剧也是这样,戏不够,癌症凑。

贾政贾赦等站着听了旨意,复又坐下,让老公吃茶毕,老公辞了出去。贾赦贾政送出大门,回来先禀贾母。贾母道:"亲丁四人,自然是我和你们两位太太了。那一个人呢?"众人也不敢答言。贾母想了想,道:"必得是凤姐儿,他诸事有照应。你们爷儿们各自商量去罢。"贾赦贾政答应了出来,因派了贾琏贾蓉看家外,凡"文"字辈至"草"字辈一应都去。遂吩咐家人预备四乘绿轿,十余辆大车,明儿黎明伺候。家人答应去了。贾赦贾政又进去回明老太太:"辰巳时进去,申酉时出来。今日早些歇歇,明日好早些起来,收拾进宫。"贾母道:"我知道,你们去罢。"赦

虽然仍是青睐凤姐,却只给人以不祥之感。

政等退出。这里邢夫人、王夫人、凤姐儿也都说了一会子元妃的病，又说了些闲话，才各自散了。

次日黎明，各间屋子丫头们将灯火俱已点齐，太太们各梳洗毕，爷们亦各整顿好了；一到卯初，林之孝合赖大进来，至二门口回道："轿车俱已齐备，在门外伺候着呢。"不一时，贾赦邢夫人也过来了。大家用了早饭，凤姐先扶老太太出来，众人围随，各带使女一人，缓缓前行。又命李贵等二人先骑马去外宫门接应，自己家眷随后。"文"字辈至"草"字辈各自登车骑马，跟着众家人，一齐去了。贾琏贾蓉在家中看家。〔也是排场，唯气氛与省亲时大不相同。曾几何时，面目全非，哀哉！〕

且说贾家的车辆轿马，俱在外西垣门口歇下等着，一会儿，有两个内监出来，说道："贾府省亲的太太奶奶们，着令入宫探问；爷们，俱着令内宫门外请安，不得入见。"门上人叫："快进去。"贾府中四乘轿子跟着小内监前行，贾家爷们在轿后步行跟着，令众家人在外等候。走近宫门口，只见几个老公在门上坐着。见他们来了，便站起来说道："贾府爷们至此。"贾赦贾政便挨次立定。〔"礼"的要义在于把人们隔开，如山，如河，如铁丝网。这其实反映了人与人之间的矛盾、警惕、冲突。这是中国式的"他人即地狱"。记住，保持距离即"礼"。〕轿子抬至宫门口，便都出了轿，早有几个小内监引路，贾母等各有丫头扶着步行。〔记住，保持距离即"礼"。〕走至元妃寝宫，只见奎壁辉煌，琉璃照耀。又有两个小宫女儿传谕道："只用请安，一概仪注都免。"贾母等谢了恩，来至床前，请安毕，元妃都赐了坐。贾母等又告了坐。元妃便问贾母道："近日身上可好？"贾母扶着小丫头，颤颤巍巍站起来，答应道："托娘娘洪福，起居尚健。"元妃又向邢夫人王夫人问了好。邢王二夫人站着回了话。元妃又问凤姐："家中过的日子若何？"凤姐站起来回奏道："尚可支持。"〔君臣之礼，肃杀得很。〕元妃道："这几年来,难为你操心!"凤姐正要站起来回奏,只见一个宫女传进许多职名,请娘娘龙目。元妃看时,就是贾赦贾政等若干人。那元妃看了职名,眼圈儿一红,止不住流下泪来。宫女儿递过绢子,元妃一面拭泪,一面传谕道:"今日稍安,令他们外面暂歇。"贾母等站起来,又谢了恩。元妃含泪道:"父女弟兄,反不如小家子得以常常亲近!"贾母等都忍着泪道:"娘娘不用悲伤,家中已托着娘娘的福多了。"元妃又问:"宝玉近来若何?"贾母道:"近来颇肯念书。因他父亲逼得严紧,如今文字也都做上来了。"元妃道:"这样才好。"遂命外宫赐宴。便有两个宫女儿,四个小太监,引了到一座宫里。已摆得齐整,各按坐次坐了。不必细述。

> 再重复以前的话。
> 前八十回的再现与回声。

　　一时吃完了饭,贾母带着他婆媳三人,谢过宴。又耽搁了一回,看看已近酉初,不敢羁留,俱各辞了出来。元妃命宫女儿引道,送至内宫门,门外仍是四个小太监送出。贾母等依旧坐着轿子出来,贾赦接着,大伙儿一齐回去。到家,又要安排明后日进宫,仍令照应齐集,不提。

> 又病了一个,病即命,命牵病急。
> 此次探望,病情未见严重,但为以后的元妃之死做好了铺垫。

　　且说薛家夏金桂赶了薛蟠出去,日间拌嘴,没有对头,秋菱又住在宝钗那边去了,只剩得宝蟾一人同住。既给与薛蟠作妾,宝蟾的意气又不比从前了;金桂看去,更是一个对头,自己也后悔不来。一日,吃了几杯闷酒。躺在炕上,便要借那宝蟾做个醒酒汤儿,因问着宝蟾道:"大爷前日出门,到底是到那里去,你自然是知道的了?"宝蟾道:"我那里知道?他在奶奶跟前还不说,谁知道他那些事!"金桂冷笑道:"如今还有什么'奶奶''太太'的?都是你们的世界了。

> 恰如秋桐之与贾琏。

> 寻衅起事。

别人是惹不得的,有人护庇着,我也不敢去虎头上捉虱子;你还是我的丫头,问你一句话,你就和我摔脸子,说塞话。你既这么有势力,为什么不把我勒死了,你和秋菱,不拘谁做了奶奶,那不清净了么!偏我又不死,碍着你们的道儿",宝蟾听了这话,那里受得住?便眼睛直直的瞅着金桂道:"奶奶这些闲话只好说给别人听去!我并没合奶奶说什么。奶奶不敢惹人家,何苦来拿着我们小软儿出气呢?正经的,奶奶又装听不见,'没事人一大堆'了。"说着,便哭天哭地起来。金桂越发性起,便爬下炕来,要打宝蟾。宝蟾也是夏家的风气,半点儿不让。金桂将桌椅杯盏尽行打翻,那宝蟾只管喊冤叫屈,那里理会他半点儿。

坏人说话不受约束,往往比"好人"丰富生动。这是"坏人优势"之一。

如系续作,写到这一段,语言也就算够生动的了。

岂知薛姨妈在宝钗房中,听见如此吵嚷,叫香菱:"你去瞧瞧,且劝劝他。"宝钗道:"使不得,妈妈别叫他去。他去了,岂能劝他?那更是火上浇了油了。"薛姨妈道:"既这么样,我自己过去。"宝钗道:"依我说,妈妈也不用去,由着他们闹去罢。这也是没法儿的事了。"薛姨妈道:"这那里还了得!"说着,自己扶了丫头,往金桂这边来。宝钗只得也跟着过去。又嘱咐香菱道:"你在这里罢。"

香菱是甄士隐之女英莲,读者未能稍忘,宝钗能庇护她,得分。

母女同至金桂房门口,听见里头正还嚷哭不止。薛姨妈道:"你们是怎么着,又这样家翻宅乱起来?这还像个人家儿吗?矮墙浅屋的,难道都不怕亲戚们听见笑话了么?"金桂屋里接声道:"我倒怕人笑话呢!只是这里'扫帚颠倒竖',也没有主子,也没有奴才,也没有妻,没有妾,是个混账世界了!我们夏家门子里没见过这样规矩,实在受不得你们家这样委屈了!"宝

劝架本是人间极难之事。何况是薛姨妈劝金桂。

国之将亡,必有妖孽;家之将败,必有刁悍。

全是不祥不妙而且酝酿着更大的不祥不妙的事。虽说是"树倒猢狲散""病来如山倒""颓势不可救",也还要入情入理地一步一步地倒,一层一层地颓。

悲剧性就恰恰在这一步步、一层层里。如厄运如原子弹,一声巨响,大观园,荣、宁府片瓦无存人影无有,反而不悲、无可悲了。

> 钗道:"大嫂子,妈妈因听见闹得慌才过来的,就是问的急了些,没有分清'奶奶''宝蟾'两字,也没有什么。如今且先把事情说开,大家和和气气的过日子,也省的妈妈天天为咱们操心那。"薛姨妈道:"是啊,先把事情说开了,你再问我的不是,还不迟呢。"金桂道:"好姑娘,好姑娘!你是个大贤大德的。你日后必定有个好人家,好女婿,决不像我这样守活寡,举眼无亲,叫人家骑上头来欺负的。我是个没心眼儿的人,只求姑娘,我说话,别往死里挑捡,我从小儿到如今,没有爹娘教道。再者,我们屋里老婆、汉子、大女人、小女人的事,姑娘也管不得!"
>
> 　　宝钗听了这话,又是羞,又是气;见他母亲这样光景,又是疼不过。因忍了气,说道:"大嫂子,我劝你少说句儿罢。谁挑捡你?又是谁欺负你?不要说是嫂子,就是秋菱,我也从来没有加他一点声气儿的。"金桂听了这几句话,更加拍着炕沿大哭起来说:"我那里比得秋菱?连他脚底下的泥我还跟不上呢!他是来久了的,知道姑娘的心事,又会献勤儿。我是新来的,又不会献勤儿,如何拿我比他?何苦来,天下有几个都是贵妃的命?行点好儿罢。别修的像我嫁个糊涂行子,守活寡;那就是活活儿的现了眼了!"薛姨妈听到那里,万分气不过,便站起身来道:"不是我护着自己的女孩儿,他句句劝你,你却句句怄他。你有什么过不去,不要寻他,勒死我倒也是希松的。"宝钗忙劝道:"妈妈,你老人家

宝钗够能忍的了,但她陪着母亲来劝嫂子,仍属多事。

不用动气。咱们既来劝他,自己生气,倒多了层气。不如且出去,等嫂子歇歇儿再说。"因吩咐宝蟾道:"你可别再多嘴了。"跟了薛姨妈,出得房来。

走过院子里,只见贾母身边的丫头同着秋菱迎面走来。薛姨妈道:"你从那里来,老太太身上可安?"那丫头道:"老太太身上好,叫来请姨太太安,还谢谢前儿的荔枝,还给琴姑娘道喜。"宝钗道:"你多早晚来的?"那丫头道:"来了好一会子了。"薛姨妈料他知道,红着脸说道:"这如今,我们家里闹得也不像个过日子的人家了,叫你们那边听见笑话。"丫头道:"姨太太说那里的话?谁家没个'碟大碗小,磕着碰着'的呢。那是姨太太多心罢咧。"说着,跟了回到薛姨妈房中,略坐一回,就去了。

宝钗正嘱咐香菱些话,只听薛姨妈忽然叫道:"左胁疼痛的狠!"说着,便向炕上躺下。唬得宝钗香菱二人手足无措。要知后事如何,下回分解。

> 宝钗的承受力第一流。
>
> 以俗补雅,以邪气补文气,倒也有看头。
>
> "碟大碗小"句鲜活通俗。

　　宝黛俱病,二病相通。元春亦病,似有不幸。薛家悍妇,前来助兴。乱中见微,磕磕碰碰。人有祸福,家有吉凶。

第八十四回

试文字宝玉始提亲　探惊风贾环重结怨

却说薛姨妈一时因被金桂这场气怄得肝气上逆,左胁作痛。宝钗明知是这个原故,也等不及医生来看,先叫人去买了几钱钩藤来,浓浓的煎了一碗,给他母亲吃了。又和秋菱给薛姨妈捶腿揉胸。停了一会儿,略觉安顿。这薛姨妈只是又悲又气,气的是金桂撒泼,悲的是宝钗有涵养,倒觉可怜。宝钗又劝了一回,不知不觉的睡了一觉,肝气也渐渐平复了。宝钗便说道:"妈妈,你这种闲气不要放在心上才好。过几天走的动了,乐得往那边老太太姨妈处去说说话儿,散散闷也好。家里横竖有我和秋菱照看着,谅他也不敢怎么样。"薛姨妈点点头道:"过两日看罢了。"

> 一个接一个地揉胸,呜呼。

且说元妃疾愈之后,家中俱各喜欢。过了几日,有几个老公走来,带着东西银两,宣贵妃娘娘之命,因家中省问勤劳,俱有赏赐,把物件银两一一交代清楚。贾赦贾政等禀明了贾母,一齐谢恩毕,太监吃了茶去了。大家回到贾母房中,说笑了一回,外面老婆子传进来说:"小厮们来回道:'那边有人请大老爷说要紧的话呢。'"贾母便向贾赦道:"你去罢。"贾赦答应着,退出来自去了。

> 也是欲擒又纵。

这里贾母忽然想起,合贾政笑道:"娘娘心里却甚实惦记着宝玉,前儿还特特的问他来着呢。"贾政陪笑道:"只是宝玉不大肯念书,辜负了娘娘的美意。"贾母道:"我倒给他上了个好儿,说他近日文章都做上来了。"贾政笑道:"那里能像老太太的话呢。"贾母道:"你们时常叫他出去作诗作文,难道他都没作上来么?小孩子家,慢慢的教导他。可是人家说的:'胖子也不是一口儿吃的。'"贾政听了这话,忙陪笑道:"老太太说的是。"贾母又道:"提起宝玉,我还有一件事和你商量:如今他也大了,你们也该留神,看一个好孩子,给他定下。这也是他终身的大事。也别论远近亲戚,什么穷啊富的,只要深知那姑娘的脾性儿好模样儿周正的就好。"贾政道:"老太太吩咐的狠是。但只一件,姑娘也要好,第一要他自己学好才好;不然,不稂不莠的,反倒耽误了人家的女孩儿,岂不可惜。"贾母听了这话,心里却有些不喜欢,便说道:"论起来,现放着你们作父母的,那里用我去张心。但只我想宝玉这孩子,从小儿跟着我,未免多疼他一点儿,耽误了他成人的正事,也是有的;只是我看他那生来的模样儿,也还端正,心性儿也还实在,未必一定是那种没出息的、必至遭塌了人家的女孩儿。也不知是我偏心,我看着横竖比环儿略好些。不知你们看着怎么样?"

几句话,说得贾政心中甚实不安,连忙陪笑道:"老太太看的人也多了,既说他好,有造化的,想来是不错的。只是儿子望他成人性儿太急了一点,或者竟合古人的话相反,倒是'莫知其子之美'了。"一句话把贾母也怄笑了,众人也都陪着笑了。贾母因说道:"你这会子也有了几

不管怎样,宝玉是圆心,诸事是围绕波心的涟漪。

这些事往实里写,都很不好写,前八十回写得越好,后四十回越难写。

怎么忽然提起贾环来?
莫非贾政偏爱赵姨兼及贾环,使贾母不满,使王夫人变态。但这些又不好全写出来。如是高鹗续撰,也说明高对前八十回的人物关系有此等理解体察。

43

岁年纪，又居着官，自然越历练越老成。"说到这里，回头瞅着邢夫人合王夫人，笑道："想他那年轻的时候，那一种古怪脾气，比宝玉还加一倍呢。直等娶了媳妇，才略略的懂了些人事儿。如今只抱怨宝玉。这会子，我看宝玉比他还略体些人情儿呢！"说的邢夫人王夫人都笑了，因说道："老太太又说起逗笑儿的话儿来了。"说着，小丫头子们进来告诉鸳鸯："请示老太太，晚饭伺候下了。"贾母便问："你们又咕咕唧唧的说什么？"鸳鸯笑着回明了。贾母道："那么着，你们也都吃饭去罢，单留凤姐儿和珍哥媳妇跟着我吃罢。"贾政及邢王二夫人都答应着，伺候摆上饭来，贾母又催了一遍，才都退出各散。

都是过来人。
此话之可悲处在于，哪怕一个贾宝玉，磨来磨去，积以时日，也会变成一个贾政。
思之怵然，一凉透心。

却说邢夫人自去了。贾政同王夫人进入房中。贾政因提起贾母方才的话来，说道："老太太这样疼宝玉。毕竟要他有些实学，日后可以混得功名才好：不枉老太太疼他一场，也不至遭塌了人家的女儿。"王夫人道："老爷这话自然是该当的。"贾政因着个屋里的丫头传出去告诉李贵："宝玉放学回来，索性吃饭后再叫他过来，说我还要问他话呢。"李贵答应了"是"。至宝玉放了学，刚要过来请安，只见李贵道："二爷先不用过去。老爷盼咐了，今日叫二爷吃了饭再过去呢。听见还有话问二爷呢。"宝玉听了这话，又是一个闷雷，只得见过贾母，便回园吃饭。三口两口吃完，忙漱了口，便往贾政这边来。

贾政此时在内书房坐着。宝玉进来请了安，一旁侍立。贾政问道："这几日我心上有事，也忘了问你。那一日，你说你师父叫你讲一个月的书，就要给你开笔。如今算来，将两个月

贾政望子成龙心切，可解。动不动上纲到糟蹋人家女儿上去，不可解。糟蹋女儿云云，是宝玉的语言而不是贾政的语言。

了,你到底开了笔了没有?"宝玉道:"才做过三次,师父说:'且不必回老爷知道;等好些,再回老爷知道罢。'因此,这两天总没敢回。"贾政道:"是什么题目?"宝玉道:"一个是'吾十有五而志于学',一个是'人不知而不愠',一个是'则归墨'三字。"贾政道:"都有稿儿么?"宝玉道:"都是作了抄出来,师父又改的。"贾政道:"你带了家来了,还是在学房里呢?"宝玉道:"在学房里呢。"贾政道:"叫人取了来我瞧。"宝玉连忙叫人传话与焙茗,叫他往学房中去,"我书桌子抽屉里有一本薄薄儿竹纸本子,上面写着'窗课'两字的就是,快拿来。"

用意不善,内容干巴。

　　一回儿,焙茗拿了来,递给宝玉,宝玉呈与贾政。贾政翻开看时,见头一篇写着题目是"吾十有五而志于学"。他原本破的是"圣人有志于学,幼而已然矣"。代儒却将"幼"字抹去,明用"十五"。贾政道:"你原本'幼'字便扣不清题目了,幼字是从小起,至十六已前都是'幼'。这章书是圣人自言学问工夫与年俱进的话,所以十五、三十、四十、五十、六十、七十,俱要明点出来,才见得到了几时有这么个光景,到了几时又有那么个光景。师父把你幼字改了十五,便明白了好些。"看到承题,那抹去的原本云:"夫不志于学,人之常也。"贾政摇头道:"不但是孩子气,可见你本性不是个学者的志气。"又看后句:"圣人十五而志之,不亦难乎?"说道:"这更不成话了。"然后看代儒的改本云:"夫人孰不学?而志于学者卒鲜。此圣人所为自信于十五时欤。"便问:"改的懂得么?"宝玉答应道:"懂得。"

与年俱进。

宝玉之语可爱。
代儒改得合适。

　　又看第二艺,题目是"人不知而不愠"。便先看代儒的改本云:"不以不知而愠者,终无改

贾代儒讲一次还不算完,再由贾政详论八股文。

其说乐矣。"方觑着眼看那抹去的底本,说道:"你是什么?——'能无愠人之心,纯乎学者也。'上一句似单做了'而不愠'三个字的题目,下一句又犯了下文君子的分界;必如改笔,才合题位呢。且下句找清上文,方是书理。须要细心领略。"宝玉答应着。贾政又往下看:"夫不知,未有不愠者也;而竟不然。是非由说而乐者,曷克臻此?"原本末句"非纯学者乎"。贾政道:"这也与破题同病的。这改的也罢了,不过清楚,还说得去。"

　　第三艺是"则归墨"。贾政看了题目,自己扬着头想了一想,因问宝玉道:"你的书讲到这里了么?"宝玉道:"师父说,《孟子》好懂些,所以倒先讲《孟子》,大前日才讲完了。如今讲上《论语》呢。"贾政因看这个破承,倒没大改。破题云:"言于舍杨之外,若别无所归者焉。"贾政道:"第二句倒难为你。""夫墨,非欲归者也,而墨之言已半天下矣,则舍杨之外,欲不归于墨,得乎?"贾政道:"这是你做的么?"宝玉答应道:"是。"贾政点点头儿,因说道:"这也并没有什么出色处,但初试笔能如此,还算不离。前年我在任上时,还出过'惟士为能'这个题目。那些童生都读过前人这篇,不能自出心裁,每多抄袭。你念过没有?"宝玉道:"也念过。"贾政道:"我要你另换个主意,不许雷同了前人,只做个破题也使得。"宝玉只得答应着,低头搜索枯肠。贾政背着手,也在门口站着作想。只见一个小厮往外飞走,看见贾政,连忙侧身垂手站住。贾政便问道:"作什么?"小厮回道:"老太太那边姨太太来了,二奶奶传出话来,叫预备饭呢。"贾政听了,也没言语,那小厮自去了。

> 枝枝节节的一些说法,可见贾政并无大用。

> 听贾政讲作文,读者有败兴感。还不如听薛蟠的话,多少有点活气。

> 这一套"腐儒"的东西,写到小说里一是无趣,二是与宝玉性格不合。但是,第一,这一套玩意儿在中国行时了数千年,自有它的道理;第二,即使前八十回,宝玉也离不开他的具体环境,也不可能事事造反有理:让他来做做八股文,也算一景罢了。

> 这也是欲擒故纵,以退为进。要写元妃之死,先写她的病愈;要写宝玉之出家,先写他学做八股。

> 现在已成为编成本大套的电视连续剧之法。喜了悲,悲了喜,胜了败,败了胜,静了动,动了静,就铺陈大观了。

谁知宝玉自从宝钗搬回家去,十分想念,听见薛姨妈来了,只当宝钗同来,心中早已忙了,便乍着胆子回道:"破题倒作了一个,但不知是不是?"贾政道:"你念来我听。"宝玉念道:"天下不皆士也,能无产者,亦仅矣。"贾政听了,点着头道:"也还使得。已后作文,总要把界限分清,把神理想明白了,再去动笔。你来的时候,老太太知道不知道?"宝玉道:"知道的。"贾政道:"既如此,你还到老太太处去罢。"

　　宝玉答应了个"是",只得拿捏着,慢慢的退出。刚过穿廊月洞门的影屏,便一溜烟跑到老太太院门口。急得焙茗在后头赶着叫道:"看跌倒了!老爷来了。"宝玉那里听得见?刚进得门来,便听见王夫人、凤姐、探春等笑语之声。丫鬟们见宝玉来了,连忙打起帘子,悄悄告诉道:"姨太太在这里呢。"宝玉赶忙进来给薛姨妈请安,过来才给贾母请了晚安。贾母便问:"你今儿怎么这早晚才散学?"宝玉悉把贾政看文章并命作破题的话述了一遍。贾母笑容满面。宝玉因问众人道:"宝姐姐在那里坐着呢?"薛姨妈笑道:"你宝姐姐没过来,家里和香菱作活呢。"

　　宝玉听了,心中索然,又不好就走。只见说着话儿已摆上饭来。自然是贾母薛姨妈上坐,探春等陪坐。薛姨妈道:"宝哥儿呢?"贾母忙笑说道:"宝玉跟着我这边坐罢。"宝玉连忙回道:"头里散学时,李贵传老爷的话,叫吃了饭过去,我赶着要了一碟菜,泡茶吃了一碗饭,就过去了。老太太和姨妈、姐姐们用罢。"贾母道:"既这么着,凤丫头就过来跟着我。你太太才说他今儿吃斋,叫他们自己吃去罢。"王夫人也道:"你跟着老太太姨太太吃罢,不用等我,我吃斋

| 天真烂漫、淘气小儿之状。 |

| 宝钗是不是已经有了点预感呢?有意保持尊重。 |

| 宝玉凤姐,凤姐宝玉,贾母有这么两个"眼珠子"。 |

呢。"于是凤姐告了坐,丫头安了杯箸。凤姐执壶,斟了一巡,才归坐。

大家吃着酒,贾母便问道:"可是才姨太太提香菱;我听见前儿丫头们说'秋菱',不知是谁,问起来才知道是他。怎么那孩子好好的又改了名字呢?"薛姨妈满脸飞红,叹了口气,道:"老太太再别提起。自从蟠儿娶了这个不知好歹的媳妇,成日家咕咕唧唧,如今闹的也不成个人家了。我也说过他几次,他牛心不听说,我也没那么大精神和他们尽着吵去,只好由他们去。可不是他嫌这丫头的名儿不好改的。"贾母道:"名儿什么要紧的事呢?"薛姨妈道:"说起来,我也怪臊的。其实老太太这边,有什么不知道的。他那里是为这名儿不好?听见说,他因为是宝丫头起的,他才有心要改。"贾母道:"这又是什么原故呢?"薛姨妈把手绢子不住的擦眼泪,未从说,又叹了一口气,道:"老太太还不知道呢!这如今媳妇子专和宝丫头怄气。前日老太太打发人看我去,我们家里正闹呢。"贾母连忙接着问道:"可是前儿听见姨太太肝气疼,要打发人看去;后来听见说好了,所以没着人去。依我劝,姨太太竟把他们别放在心上。再者,他们也是新过门的小夫妻,过些时,自然就好了。我看宝丫头性格儿温厚和平,虽然年轻,比大人还强几倍。前日那小丫头子回来说,我们这边,还都赞叹了他一会子。都像宝丫头那样心胸儿,脾气儿,真是百里挑一的!不是我说句冒失话,那给人家作了媳妇儿,怎么叫公婆不疼、家里上上下下的不宾服呢?"

宝玉头里已经听烦了,推故要走,及听见这话,又坐了呆呆的往下听。薛姨妈道:"不中用。

> 从首问起,倒也使得,只是版本大同小异,无什么"结构现实主义"。

> 因人生事。

> 什么事都是说好几遍,拖沓了。

> 贾母的倾向性愈益明显。

他虽好,到底是女孩儿家。养了蟠儿这个糊涂孩子,真真叫我不放心。只怕在外头喝点子酒,闹出事来。幸亏老太太这里的大爷二爷常和他在一块儿,我还放点儿心。"宝玉听到这里,便接口道:"姨妈更不用悬心。薛大哥相好的都是些正经买卖大客人,都是有体面的,那里就闹出事来?"薛姨妈笑道:"依你这样说,我敢只不用操心了。"说话间,饭已吃完。宝玉先告辞了:"晚间还要看书。"便各自去了。

> 这话说得世故。

这里丫头们刚捧上茶来,只见琥珀走过来向贾母耳朵旁边说了几句,贾母便向凤姐儿道:"你快去罢,瞧瞧巧姐儿去罢。"凤姐听了,还不知何故。大家也怔了。琥珀遂过来向凤姐道:"刚才平儿打发小丫头子来回二奶奶,说:'巧姐儿身上不大好,请二奶奶忙着些过来才好呢。'"贾母因说道:"你快去罢,姨太太也不是外人。"凤姐连忙答应,在薛姨妈跟前告了辞。又见王夫人说道:"你先过去,我就去。小孩子家魂儿还不全呢,别叫丫头们大惊小怪的。屋里的猫儿狗儿,也叫他们留点神儿。尽着孩子贵气,偏有这些琐碎。"凤姐答应了,然后带了小丫头回房去了。

> 病灾正在蔓延。

> 一病接一病。
> 一病未平,一病又起。
> 你病我病他病她病,孰能无病?

这里薛姨妈又问了一回黛玉的病。贾母道:"林丫头那孩子倒罢了,只是心重些,所以身子就不大狠结实了。要赌灵性儿,也和宝丫头不差什么;要赌宽厚待人里头,却不济他宝姐姐有耽待、有尽让了。"薛姨妈又说了两句闲话儿,便道:"老太太歇着罢,我也要到家里去看看,只剩下宝丫头和香菱了。打那么同着姨太太看看巧姐儿。"贾母道:"正是。姨太太上年纪的人,看看是怎么不好,说给他们,也得点主意儿。"薛

> 引入择偶正题以前,先进行德才考量。

姨妈便告辞，同着王夫人出来，往凤姐院里去了。

却说贾政试了宝玉一番，心里却也喜欢，走向外面和那些门客闲谈，说起方才的话来。便有新近到来最善大棋的一个王尔调，名作梅的，说道："据我们看来，宝二爷的学问已是大进了。"贾政道："那有进益，不过略懂得些罢咧。'学问'两个字，早得狠呢。"詹光道："这是老世翁过谦的话。不但王大兄这般说，就是我们看，宝二爷必定要高发的。"贾政笑道："这也是诸位过爱的意思。"那王尔调又道："晚生还有一句话，不揣冒昧，合老世翁商议。"贾政道："什么事？"王尔调陪笑道："也是晚生的相与，做过南韶道的张大老爷家，有一位小姐，说是生得德容功貌俱全，此时尚未受聘。他又没有儿子，家资巨万，但是要富贵双全的人家，女婿又要出众，才肯作亲。晚生来了两个月，瞧着宝二爷的人品学业，都是必要大成的。老世翁这样门楣，还有何说！若晚生过去，包管一说就成。"贾政道："宝玉说亲，却也是年纪了，并且老太太常说起。但只张大老爷素来尚未深悉。"詹光道："王兄所提张家，晚生却也知道，况合大老爷那边是旧亲，老世翁一问便知。"贾政想了一回，道："大老爷那边，不曾听得这门亲戚。"詹光道："老世翁原来不知：这张府上原和邢舅太爷那边有亲的。"贾政听了，方知是邢夫人的亲戚。坐了一回，进来了，便要向王夫人说知，转问邢夫人去。谁知王夫人陪了薛姨妈到凤姐那边看巧姐儿去了。那天已经掌灯时候，薛姨妈去了，王夫人才过来了。贾政告诉了王尔调和詹光的话，又问：

这些写法都有前例可循。

切入核心腹地以前，先打外围战。扎中要害以前，先虚晃几枪。

本来一钗一黛就够麻烦的了，偏偏张道士提过一个，贾母考虑过宝琴也是一个，这里又出来一个。

"巧姐儿怎么了?"王夫人道:"怕是惊风的光景。"贾政道:"不甚利害呀?"王夫人道:"看着是搐风的来头,只还没搐出来呢。"贾政听了,便不言语,各自安歇一宿晚景不提。

> 不忘说明"各自安歇"。

却说次日邢夫人过贾母这边来请安,王夫人便提起张家的事,一面回贾母,一面问邢夫人。邢夫人道:"张家虽系老亲,但近年来久已不通音信,不知他家的姑娘是怎么样的。倒是前日孙亲家太太打发老婆子来问安,却说起张家的事,说他家有个姑娘,托孙亲家那边有对劲的提一提。听见说,只这一个女孩儿,十分娇养,也识得几个字,见不得大阵仗儿,常在房中不出来的。张大老爷又说:只有这一个女孩儿,不肯嫁出去,怕人家公婆严,姑娘受不得委屈。必要女婿过门,赘在他家,给他料理些家事。"贾母听到这里,不等说完,便道:"这个使不得。我们宝玉,别人伏侍他还不彀呢,倒给人家当家去!"邢夫人道:"正是老太太这个话。"贾母因向王夫人道:"你回来告诉你老爷,就说我的话,这张家的亲事是作不得的。"王夫人答应了。贾母便问:"你们昨日看巧姐儿怎么样?头里平儿来回我,说狠不大好,我也要过去看看呢。"邢王二夫人道:"老太太虽疼他,他那里耽的住?"贾母道:"却也不止为他,我也要走动走动,活活筋骨儿。"说着,便吩咐:"你们吃饭去罢,回来同我过去。"

> 似是又一个潜在的夏金桂。

邢王二夫人答应着出来,各自去了。一时,吃了饭,都来陪贾母到凤姐房中。凤姐连忙出来,接了进去。贾母便问:"巧姐儿到底怎么样?"凤姐儿道:"只怕是搐风的来头。"贾母道:"这么着还不请人赶着瞧?"凤姐道:"已经请去

> 反复说巧儿的事,无趣,有戏。

了。"贾母因同邢王二夫人进房来看。只见奶子抱着,用桃红绫子小绵被儿裹着,脸皮趣青,眉梢鼻翅,微有动意。贾母同邢王二夫人看了看,便出外间坐下。

> 小儿病状。

　　正说间,只见一个小丫头回凤姐道:"老爷打发人问姐儿怎么样。"凤姐道:"替我回老爷,就说请大夫去了。一会儿开了方子,就过去回老爷。"贾母忽然想起张家的事来,向王夫人道:"你该就去告诉你老爷,省得人家去说了,回来又驳回。"又问邢夫人道:"你们和张家如今为什么不走了?"邢夫人因又说:"论起那张家行事,也难合咱们作亲,太啬克,没的玷辱了宝玉。"凤姐听了这话,已知八九,便问道:"太太不是说宝兄弟的亲事?"邢夫人道:"可不是么!"贾母接着,因把刚才的话,告诉凤姐。凤姐笑道:"不是我当着老祖宗太太们跟前说句大胆的话:现放着天配的姻缘,何用别处去找?"贾母笑问道:"在那里?"凤姐道:"一个'宝玉',一个'金锁',老太太怎么忘了?"贾母笑了一笑,因说:"昨日你姑妈在这里,你为什么不提?"凤姐道:"老祖宗和太太们在前头,那里有我们小孩子家说话的地方儿?况且姨妈过来瞧老祖宗,怎么提这些个?这也得太太们过去求亲才是。"贾母笑了,邢王二夫人也都笑了。贾母因道:"可是我背晦了。"

> 老太太有暗示在先,二奶奶有明提在后。
> 为了提出宝钗来,先拉一个张家小姐垫背。

　　说着,人回:"大夫来了。"贾母便坐在外间,邢王二夫人略避。那大夫同贾琏进来,给贾母请了安,方进房中。看了出来,站在地下,躬身回贾母道:"姐儿一半是内热,一半是惊风。须先用一剂发散风痰药,还要用四神散才好,因病势来得不轻。如今的牛黄都是假的,要找真牛

> 伪劣药品,"红"已有之。

黄方用得。"贾母道了乏。那大夫同贾琏出去，开了方子，去了。凤姐道："人家家里常有，这牛黄倒怕未必有，外头买去，只是要真的才好。"王夫人道："等我打发人到姨太太那边去找找。他家蟠儿是向与那些西客们做买卖，或者有真的，也未可知。我叫人去问问。"正说话间，众姊妹都来瞧来了。坐了一回，也都跟着贾母等去了。

> 人参亦不合格。
> 牛黄更是没戏。
>
> 这些细节也都以前八十回为据。

这里煎了药，给巧姐儿灌了下去，只见"喀"的一声，连药带痰都吐出来，凤姐才略放了一点儿心。只见王夫人那边的小丫头，拿着一点儿的小红纸包儿，说道："二奶奶，牛黄有了。太太说了，叫二奶奶亲自把分两对准了呢。"凤姐答应着，接过来，便叫平儿配齐了真珠、冰片、朱砂，快熬起来。自己用戥子按方秤了，搋在里面，等巧姐儿醒了，好给他吃。只见贾环掀帘进来，说："二姐姐，你们巧姐儿怎么了？妈叫我来瞧瞧他。"凤姐见了他母子便嫌，说："好些了。你回去说，叫你们姨娘想着。"那贾环口里答应，只管各处瞧看。看了一回，便问凤姐儿道："你这里听的说有牛黄，不知牛黄是怎么个样儿？给我瞧瞧呢。"凤姐道："你别在这里闹了，妞儿才好些。那牛黄都煎上了。"贾环听了，便去伸手拿那铞子瞧时，岂知措手不及，"沸"的一声，铞子倒了，火已泼灭了一半。贾环见不是事，自觉没趣，连忙跑了。凤姐急的火星直爆，骂道："真真那一世的对头冤家！你何苦来还来使促狭！从前你妈要想害我，如今又来害妞儿，我和你几辈子的仇呢！"一面骂平儿不照应。

> 厉害了我的《红楼梦》，明知作者不待见贾环，读到贾环出场，立即感觉扫兴。

正骂着，只见丫头来找贾环。凤姐道："你去告诉赵姨娘，说他操心也太苦了！巧姐儿死定了，不用他惦着了。"平儿急忙在那里配药再元妃的疾病,宝玉的婚姻,巧姐的命运及凤姐与赵姨娘、贾环的矛盾,都在徐徐发展演进。中间插以贾政论八股,疏散筋骨。

熬。那丫头摸不着头脑,便悄悄问平儿道:"二奶奶为什么生气?"平儿将环哥弄倒药铫子说了一遍。丫头道:"怪不得他不敢回来,躲了别处去了。这环哥儿明日还不知怎么样呢!平姐姐,我替你收拾罢。"平儿说:"这倒不消。幸亏牛黄还有一点,如今配好了,你去罢。"丫头道:"我一准回去告诉赵姨奶奶,也省得他天天说嘴。"

　　丫头回去,果然告诉了赵姨娘。赵姨娘气的叫快找环儿。环儿在外间屋子里躲着,被丫头找了来。赵姨娘便骂道:"你这个下作种子!你为什么弄澥了人家的药,招的人家咒骂。我原叫你去问一声,不用进去。你偏进去,又不就走,还要'虎头上捉虱子'。你看我回了老爷,打你不打!"这里赵姨娘正说着,只听贾环在外间屋子里,更说出些惊心动魄的话来。未知何言,下回分解。

> 贾环可怜,一出现就讨嫌,一出现就坏事,成了瘟神瘟鬼。
>
> 暗示环哥儿日后还要害巧姐。
>
> 一写到赵姨娘母子,就不知道怎么糟蹋女子。

　　宝玉学做八股,贾政亲自教授,这是冷锅里冒热气,正话反说,出其不意。而探望元妃之病,跑到巧姐病体近旁闯祸,则更像与前八十回呼应,是前文的缩微拷贝。

第 八 十 五 回

贾存周报升郎中任　薛文起复惹放流刑

话说赵姨娘正在屋里抱怨贾环,只听贾环在外间屋里发话道:"我不过弄倒了药铫子,溅了一点子药,那丫头子又没就死了,值的他也骂我,你也骂我,赖我心坏,把我往死里遭塌。等着我明儿还要那小丫头子的命呢!看你们怎么着!只叫他们堤防着就是了。"那赵姨娘赶忙从里间出来,握住他的嘴,说道:"你还只管信口胡唚,还叫人家先要了我的命呢!"娘儿两个吵了一回。赵姨娘听见凤姐的话,越想越气,也不着人来安慰凤姐一声儿。过了几天,巧姐儿也好了。因此,两边结怨比从前更加一层了。

一日,林之孝进来回道:"今日是北静郡王生日,请老爷的示下。"贾政吩咐道:"只按向年旧例办了,回大老爷知道,送去就是了。"林之孝答应了,自去办理。

不一时,贾赦过来同贾政商议带了贾珍、贾琏、宝玉去与北静王拜寿。别人还不理论,惟有宝玉素日仰慕北静王的容貌威仪,巴不得常见才好,遂连忙换了衣服,跟着来到北府。贾赦贾政递了职名候谕。不多时,里面出来了一个太监,手里掐着数珠儿。见了贾赦贾政,笑嘻嘻的说道:"二位老爷好?"贾赦贾政也都赶忙问好,

---

逼急了,贾环只有更黑更坏一条路了,这也是物极必反。

也是预告下文。应说是处理得相当自然。

赵姨娘、贾环永远低人一等。越尴尬就越是低人一等。越是低人一等行事出言就越尴尬。

她们不无可同情处。

后四十回有诸多重复处,倒是写贾环的性格发展,确实"惊心动魄"。

又是重复前文。真难为了后四十回写(续)作。

他兄弟三人也过来问了好。那太监道："王爷叫请进去呢。"于是爷儿五个跟着那太监进入府中。过了两层门，转过一层殿去，里面方是内宫门。刚到门前，大家站住，那太监先进去回王爷去了。这里门上小太监都迎着问了好。一时，那太监出来说了个"请"字，爷儿五个肃敬跟入。只见北静郡王穿着礼服，已迎到殿门廊下。贾赦贾政先上来请安，挨次便是珍、琏、宝玉请安。那北静郡王单看宝玉道："我久不见你，狠惦记你。"因又笑问道："你那块玉儿好？"宝玉躬着身打着一半千儿回道："蒙王爷福庇，都好。"北静王道："今日你来，没有什么好东西给你吃的，倒是大家说说话儿罢。"说着，几个老公打起帘子。北静王说："请。"自己却先进去，然后贾赦等都躬着身跟进去。先是贾赦请北静王受礼，北静王也说了两句谦辞。那贾赦早已跪下，次及贾政等挨次行礼，自不必说。

　　那贾赦等复肃敬退出，北静王吩咐太监等让在众戚旧一处，好生款待，却单留宝玉在这里说话儿，又赏了坐。宝玉又磕头谢了恩，在挨门边绣墩上侧坐，说了一回读书作文诸事。北静王甚加爱惜，又赏了茶。因说道："昨儿巡抚吴大人来陛见，说起令尊翁前任学政时，秉公办事，凡属生童，俱心服之至。他陛见时，万岁爷也曾问过，他也十分保举，可知是令尊翁的喜兆。"宝玉连忙站起，听毕这一段话，才回启道："此是王爷的恩典，吴大人的盛情。"

　　正说着，小太监进来回道："外面诸位大人老爷都在前殿谢王爷赏宴。"说着，呈上谢宴并请午安的帖子来。北静王略看了一看，仍递给小太监，笑了一笑，说道："知道了，劳动他们。"

亦感平淡，了无新意。

重复第十四回。

有（十四回）之表，无其实。写了过程，却没有生气，没有灵魂。

此节写赦、政、宝玉为北静王拜寿，毫无生气，直如走过场一般。

那小太监又回道:"这贾宝玉,王爷单赏的饭预备了。"北静王便命那太监带了宝玉到一所极小巧精致的院里,派人陪着吃了饭,又过来谢了恩。北静王又说了些好话儿,忽然笑说道:"我前次见你那块玉,倒有趣儿,回来说了个式样,叫他们也作了一块来。今日你来得正好,就给你带回去顽罢。"因命小太监取来,亲手递给宝玉。宝玉接过来捧着,又谢了,然后退出,北静王又命两个小太监跟出来,才同着贾赦等回来了。

> 好在前八十回头绪事件极多,好事拉过来再描一描便又是一段——跳也跳不出前八十回的圈子了。

> 玉上加玉,仍然是玉。续了再续再再续,仍然是"红"。

贾赦便各自回院里去。这里贾政带着他三人回来见过贾母,请过了安,说了一回府里遇见的人。宝玉又回了贾政,吴大人陛见保举的话。贾政道:"这吴大人,本来咱们相好,也是我辈中人,还倒是有骨气的。"又说了几句闲话儿,贾母便叫:"歇着去罢。"贾政退出,珍、琏、宝玉都跟到门口。贾政道:"你们都回去陪老太太坐着去罢。"说着便回房去。刚坐了一坐,只见一个小丫头回道:"外面林之孝请老爷回话。"说着递上个红单帖来,写着吴巡抚的名字。贾政知是来拜,便叫小丫头叫林之孝进来。贾政出至廊檐下。林之孝进来回道:"今日巡抚吴大人来拜,奴才回了去了。再奴才还听见说,现今工部出了一个郎中缺,外头人和部里都吵嚷是老爷拟正呢。"贾政道:"瞧罢咧。"林之孝又回了几句话,才出去了。

> "瞧罢咧",这话还好。贾政虽不中用,尚未跑官要官,蝇营狗苟。

且说珍、琏、宝玉三人回去,独有宝玉到贾母那边,一面述说北静王待他的光景,并拿出那块玉来。大家看着,笑了一回,贾母因命人:"给他收起去罢,别丢了。"因问:"你那块玉好生带着罢,别闹混了。"宝玉在项上摘了下来,说:"这不是我那一块玉?那里就掉了呢!比起来,两块玉差远着呢,那里混得过?我正要告诉老太太:前儿晚上,我睡的时候,把玉摘下来挂在帐子里,他竟放起光来了,满帐子都是红的。"贾母说道:"又胡说了。帐子的檐子是红的,火光照着,自然红是有的。"宝玉道:"不是。那时候灯已灭了,屋里都漆黑的了,还看得见他呢。"邢王二夫人抿着嘴笑。凤姐道:"这是喜信发动了。"宝玉道:"什么喜信?"贾母道:"你不懂得。今儿个闹了一天,你去歇歇儿去罢,别在这里说呆话了。"宝玉又站了一会儿,才回园中去了。

　　这里贾母问道:"正是,你去看薛姨妈说起这事没有?"王夫人道:"本来就要去看的,因凤丫头为巧姐儿病着,耽搁了两天,今日才去的。这事我们都告诉了,姨妈倒也十分愿意,只说蟠儿这时候不在家,目今他父亲没了,只得和他商量商量再办。"贾母道:"这也是情理的话。既这么样,大家先别提起,等姨太太那边商量定了再说。"

　　不说贾母处谈论亲事。且说宝玉回到自己房中,告诉袭人道:"老太太与凤姐姐方才说话,含含糊糊,不知是什么意思?"袭人想了想,笑了一笑,道:"这个,我也猜不着。但只刚才说这些话时,林姑娘在跟前没有?"宝玉道:"林姑娘才病起来,这些时何曾到老太太那边去呢?"正说着,只听外间屋里麝月与秋纹拌嘴。袭人道:"你两个又闹什么?"麝月道:"我们两个斗牌,他赢了我的钱,他拿了去;他输了钱,就不肯拿出来。这也罢了,他倒把我的钱都抢了去了。"宝

也是失玉的预兆。

又开始闹神鬼了。玉上的文章还要做到何时何处?

逐步进行,注意程序。

全书节奏已经确定,情节进展不能操之过急,宁失于啰唆,不可失于简略直行。

玉笑道:"几个钱,什么要紧?傻丫头,不许闹了!"说的两个人都咕嘟着嘴,坐着去了。这里袭人打发宝玉睡下,不提。

　　却说袭人听了宝玉方才的话,也明知是给宝玉提亲的事,因恐宝玉每有痴想,这一提起,不知又招出他多少呆话来,所以故作不知。自己心上,却也是头一件关切的事。夜间躺着,想了个主意:不如去见见紫鹃,看他有什么动静,自然就知道了。次日,一早起来,打发宝玉上了学,自己梳洗了,便慢慢的去到潇湘馆来。只见紫鹃正在那里掐花儿呢,见袭人进来,便笑嘻嘻的道:"姐姐屋里坐着。"袭人道:"坐着,妹妹,掐花儿呢吗?姑娘呢?"紫鹃道:"姑娘才梳洗完了,等着温药呢。"紫鹃一面说着,一面同袭人进来。见了黛玉正在那里拿着一本书看,袭人陪着笑道:"姑娘怨不得劳神,起来就看书。我们宝二爷念书,若能像姑娘这样,岂不好了呢。"黛玉笑着把书放下。雪雁已拿着个小茶盘里托着一钟药,一钟水,小丫头在后面捧着痰盒漱盂进来。

　　原来袭人来时,要探探口气,坐了一回,无处入话。又想着黛玉最是心多,探不成消息,再惹着了他,倒是不好。又坐了坐,搭讪着辞了出来了。将到怡红院门口,只见两个人在那里站着呢,袭人不便往前走。那一个早看见了,连忙跑过来。袭人一看,却是锄药,因问:"你作什么?"锄药道:"刚才芸二爷来了,拿了个帖儿,说给咱们宝二爷瞧的,在这里候信。"袭人道:"宝二爷天天上学,你难道不知道?还候什么信呢?"锄药笑道:"我告诉他了,他叫告诉姑娘,听姑娘的信呢。"袭人正要说话,只见那一个也慢

似是废话。

与宝玉有关的鸡毛蒜皮、衣食屎尿,都有一个精明端正的袭人分析掂量,不知是喜是忧。

进入后四十回,袭人屡去潇湘馆,细想起来实在惨兮兮的。

不来时要来,来了要走,这就是人,这就是人生,正如"围城"出进之喻。

没有忘贾芸,没有忘第三第四第五世界。

慢的蹭了过来。细看时，就是贾芸，溜溜湫湫往这边来了。袭人见是贾芸，连忙向锄药道："你告诉说：知道了，回来给宝二爷瞧罢。"那贾芸原要过来和袭人说话，无非亲近之意，又不敢造次，只得慢慢踱来。相离不远，不想袭人说出这话，自己也不好再往前走，只好站住。这里袭人已掉背脸往回里去了。贾芸只得怏怏而回，同锄药出去了。

　　晚间，宝玉回房，袭人便回道："今日廊下小芸二爷来了。"宝玉道："作什么？"袭人道："他还有个帖儿呢。"宝玉道："在那里？拿来我看看。"麝月便走去，在里间屋里书榥子上头拿了来。宝玉接过看时，上面皮儿上写着："叔父大人安禀。"宝玉道："这孩子怎么又不认我作父亲了？"袭人道："怎么？"宝玉道："前年他送我白海棠时，称我作父亲大人，今日这帖子封皮上写着叔父，可不是又不认了么。"袭人道："他也不害臊，你也不害臊。他那么大了，倒认你这么大儿的作父亲，可不是他不害臊？你正经连个……"刚说到这里，脸一红，微微的一笑。宝玉也觉得了，便道："这倒难讲，俗语说：'和尚无儿孝子多着呢。'只是我看着他还伶俐得人心儿，才这么着；他不愿意，我还不希罕呢。"说着一面拆那帖儿。袭人也笑道："那小芸二爷也有些鬼鬼头头的。什么时候又要看人，什么时候又躲躲藏藏的，可知也是个心术不正的货。"宝玉只顾拆开看那字儿，也不理会袭人这些话。袭人见他看那帖儿，皱一回眉，又笑一笑儿，又摇摇头儿，后来光景竟大不耐烦起来。袭人等他看完了，问道："是什么事情？"宝玉也不答言，把那帖子已经撕作几断。袭人见这般光景，也

"溜溜湫湫"，好词儿。

也算沉渣开始泛起。

又爹又叔，有点幽默。

这俗语用得巧。
亦有预告性。(和尚……)

不便再问,便问宝玉:"吃了饭还看书不看?"宝玉道:"可笑芸儿这孩子,竟这样的混帐!"袭人见他所答非所问,便微微的笑着问道:"到底是什么事?"宝玉道:"问他作什么,咱们吃饭罢。吃了饭歇着罢,心里闹的怪烦的。"说着,叫小丫头子点了一点火儿来,把那撕的帖儿烧了。

一时,小丫头们摆上饭来,宝玉只是怔怔的坐着。袭人连哄带怄,催着,吃了一口儿饭,便搁下了,仍是闷闷的歪在床上。一时间,忽然吊下泪来。此时袭人麝月都摸不着头脑。麝月道:"好好儿的,这又是为什么?都是什么'芸儿''雨儿'的,不知什么事,弄了这么个浪帖子来,惹的这么傻了的是的,哭一会子,笑一会子。要天长日久,闹起这闷葫芦来,可叫人怎么受呢!"说着,竟伤起心来。袭人旁边由不得要笑,便劝道:"好妹妹,你也别怄人了。他一个人就彀受了,你又这么着。他那帖子上的事,难道与你相干?"麝月道:"你混说起来了。知道他帖儿上写的是什么混账话,你混往人身上扯。要那么说,他帖儿上只怕倒与你相干呢!"袭人还未答言,只听宝玉在床上"扑哧"的一声笑了,爬起来,抖了抖衣裳,说:"咱们睡觉罢,别闹了。明日我还起早念书呢。"说着便躺下睡了。一宿无话。

次日,宝玉起来,梳洗了,便往家塾里去。走出院门,忽然想起,叫焙茗略等,急忙转身回来叫:"麝月姐姐呢?"麝月答应着出来问道:"怎么又回来了?"宝玉道:"今日芸儿要来了,告诉他别在这里闹;再闹,我就回老太太和老爷去了。"麝月答应了。宝玉才转身去了。刚往外走着,只见贾芸慌慌张张往里来。看见宝玉,连忙

人生何事不怔怔?何事不烦恼?何事不掉泪?何事不闷葫芦?

干脆奉还,是神来之笔。

好事坏事,搅屎棍最热乎。

请安,说:"叔叔大喜了!"那宝玉估量着是昨日那件事,便说道:"你也太冒失了,不管人心里有事没事,只管来搅。"贾芸陪笑道:"叔叔不信,只管睄去。人都来了,在咱们大门口呢。"宝玉越发急了,说:"这是那里的话!"

正说着,只听外边一片声嚷起来。贾芸道:"叔叔听,这不是?"宝玉越发心里狐疑起来。只听一个人嚷道:"你们这些人好没规矩,这是什么地方,你们在这里混嚷!"那人答道:"谁叫老爷升了官呢,怎么不叫我们来吵喜呢?别人家盼着吵还不能呢。"宝玉听了,才知道是贾政升了郎中了,人来报喜的,心中自是甚喜。连忙要走时,贾芸赶着说道:"叔叔乐不乐?叔叔的亲事要再成了,不用说,是两层喜了。"宝玉红了脸,啐了一口,道:"呸!没趣儿的东西!还不快走呢。"贾芸把脸红了,道:"这有什么的?我看你老人家就不……"宝玉沉着脸道:"就不什么?"贾芸未及说完,也不敢言语了。

宝玉连忙来到家塾中,只见代儒笑着说道:"我才刚听见你老爷升了,你今日还来么?"宝玉陪笑道:"过来见了太爷,好到老爷那边去。"代儒道:"今日不必来了,放你一天假罢。可不许回园子里顽去。你年纪不小了,虽不能办事,也当跟着你大哥他们学学才是。"宝玉答应着回来。刚走到二门口,只见李贵走来迎着,旁边站住,笑道:"二爷来了么?奴才才要到学里请去。"宝玉笑道:"谁说的?"李贵道:"老太太才打发人到院里去找二爷。那边的姑娘们说:二爷学里去了。刚才老太太打发人出来,叫奴才去给二爷告几天假。听说还要唱戏贺喜呢。二爷就来了。"

> 贾芸之流对这一类升降之事最上心。

> 将退再进,将降再升,将败再胜,命运就是这样地与人开玩笑吗?

> 都是过场戏。

说着,宝玉自己进去。进了二门,只见满院里丫头老婆都是笑容满面;见他来了,笑道:"二爷这早晚才来,还不快进去给老太太道喜去呢。"宝玉笑着进了房门,只见黛玉挨着贾母左边坐着呢,右边是湘云。地下邢王二夫人,探春、惜春、李纨、凤姐、李纹、李绮、邢岫烟一干姐妹,都在屋里,只不见宝钗、宝琴、迎春三人。宝玉此时喜的无话可说,忙给贾母道了喜,又给邢王二夫人道喜,一一见了众姐妹,便向黛玉笑道:"妹妹身体可大好了?"黛玉也微笑道:"大好了。听见说二哥哥身上也欠安,好了么?"宝玉道:"可不是,我那日夜里,忽然心里疼起来,这几天刚好些,就上学去了,也没能过去看妹妹。"黛玉不等他说完,早扭过头和探春说话去了。凤姐在地下站着,笑道:"你两个那里像天天在一处的,倒像是客一般,有这些套话,可是人说的'相敬如宾'了。"说的大家一笑。林黛玉满脸飞红,又不好说,又不好不说,迟了一会儿,才说道:"你懂得什么!"众人越发笑了。凤姐一时回过味来,才知道自己出言冒失,正要拿话岔时,只见宝玉忽然向黛玉道:"林妹妹,你瞧芸儿这种冒失鬼。"说了这一句,方想起来,便不言语了。招的大家又都笑起来,说:"这从那里说起?"黛玉也摸不着头脑,也跟着讪讪的笑。宝玉无可搭赸,因又说道:"可是刚才我听见有人要送戏,说是几儿?"大家都瞅着他笑。凤姐儿道:"你在外头听见,你来告诉我们,你这会子问谁呢?"宝玉得便说道:"我外头再去问问去。"贾母道:"别跑到外头去。头一件,看报喜的笑话;第二件,你老子今日大喜,回来碰见你,又该生气了。"宝玉答应了个"是",才出来了。

"满院里丫头老婆都是笑容满面",词句有哏儿。

进入"决赛"了,各有关方面都敏感起来。
这一节写得不错。

有意无意,皆如反讽;有心无心,偏可刺心。

这里贾母因问凤姐:"谁说送戏的话?"凤姐道:"说是舅太爷那边说:后儿日子好,送一班新出的小戏儿给老太太、老爷、太太贺喜。"因又笑着说道:"不但日子好,还是好日子呢。"说着这话,却瞅着黛玉笑。黛玉也微笑。王夫人因道:"可是呢,后日还是外甥女儿的好日子呢。"贾母想了一想,也笑道:"可见我如今老了,什么事都糊涂了。亏了有我这凤丫头,是我个'给事中'。既这么着,很好。他舅舅家给他们贺喜,你舅舅家就给你做生日,岂不好呢。"说的大家都笑起来,说道:"老祖宗说句话儿,都是上篇上论的;怎么怨得有这么大福气呢。"说着,宝玉进来,听见这些话,越发乐的手舞足蹈了。一时大家都在贾母这边吃饭,甚热闹,自不必说。饭后,那贾政谢恩回来,给宗祠里磕了头,便来给贾母磕头。站着说了几句话,便出去拜客去了。这里接连着亲戚族中的人,来来去去,闹闹攘攘,车马填门,貂蝉满坐。真个是:

> 凤姐笑什么?她不是已经了解并开始贯彻贾母的意图了么?
> 莫非是幸灾乐祸的笑?
> 人心难测。

花到正开蜂蝶闹,月逢十足海天宽。

如此两日,已是庆贺之期。这日一早,王子腾和亲戚家已送过一班戏来,就在贾母正厅前,搭起行台。外头爷们都穿着公服陪侍。亲戚来贺的约有十余桌酒。里面为着是新戏,又见贾母高兴,便将琉璃戏屏隔在后厦,里面也摆下酒席。上首薛姨妈一桌,是王夫人宝琴陪着;对面老太太一桌,是邢夫人岫烟陪着。下面尚空两桌,贾母叫他们快来。

> 福固有双至,祸更非单行。

> 将欲取之,必先予之。
> 天道好此,奈何?

一回儿,只见凤姐领着众丫头,都簇拥着黛玉来了。黛玉略换了几件新鲜衣服,打扮得宛如嫦娥下界,含羞带笑的,出来见了众人。湘云、李纹、李绮都让他上首坐,黛玉只是不肯。

贾母笑道："今日你坐了罢。"薛姨妈站起来问道："今日林姑娘也有喜事么？"贾母笑道："是他的生日。"薛姨妈道："咳，我倒忘了。"走过来说道："恕我健忘，回来叫宝琴过来拜姐姐的寿。"黛玉笑说："不敢。"大家坐了。那黛玉留神一看，独不见宝钗，便问道："宝姐姐可好么？为什么不过来？"薛姨妈道："他原该来的，只因无人看家，所以不来。"黛玉红着脸，微笑道："姨妈那里又添了大嫂子，怎么倒用宝姐姐看起家来？大约是他怕人多热闹，懒待来罢。我倒怪想他的。"薛姨妈笑道："难得你惦记他。他也常想你们姐妹们，过一天，我叫他来大家叙叙。"

<blockquote>宝钗在吊胃口。
连读者也开始想念宝钗了。</blockquote>

说着，丫头们下来斟酒上菜，外面已开戏了。出场自然是一两出吉庆戏文。及至第三出，只见金童玉女，旗幡宝幢，引着一个霓裳羽衣的小旦，头上披着一条黑帕，唱了一回儿进去了。众皆不识。听见外面人说："这是新打的《蕊珠记》里的'冥升'。小旦扮的是嫦娥，前因堕落人寰，几乎给人为配；幸亏观音点化，他就未嫁而逝。此时升引月宫。不听见曲里头唱的：'人间只道风情好，那知道秋月春花容易抛，几乎不把广寒宫忘却了！'"第四出是"吃糠"。第五出是达摩带着徒弟过江回去。正扮出些海市蜃楼，好不热闹。

<blockquote>也是暗示黛玉的命运。也是前八十回已经多次用过的法子。</blockquote>

众人正在高兴时，忽见薛家的人满头汗闯进来，向薛蝌说道："二爷快回去！并里头回明太太，也请速回去，家中有要紧事。"薛蝌道："什么事？"家人道："家去说罢。"薛蝌也不及告辞，就走了。薛姨妈见里头丫头传进话去，更骇得面如土色，即忙起身，带着宝琴，别了一声，即刻

<blockquote>几家欢乐几家愁？
也是上天的黄牌警告，不可乐大发了！
每遇喜事，必有变故，是"红"常用的法子，也是生活的规律，可以叫做"天意"的。</blockquote>

65

上车回去了。弄得内外愕然。贾母道:"咱们这里打发人跟过去听听,到底是什么事,大家都关切的。"众人答应了个"是"。

不说贾府依旧唱戏,单说薛姨妈回去,只见有两个衙役站在二门口,几个当铺里伙计陪着,说:"太太回来,自有道理。"正说着,薛姨妈已进来了。那衙役们见跟从着许多男妇,簇拥着一位老太太,便知是薛蟠之母。看见这个势派,也不敢怎么,只得垂手侍立,让薛姨妈进去了。那薛姨妈走到厅房后面,早听见有人大哭,却是金桂。薛姨妈赶忙走来,只见宝钗迎出来,满面泪痕,见了薛姨妈,便道:"妈妈听了,先别着急,办事要紧。"

有更严重的问题,金桂如何,不足挂齿了。

薛姨妈同着宝钗进了屋子,因为头里进门时,已经走着听见家人说了,吓的战战兢兢的了,一面哭着,因问:"到底是合谁?"只见家人回道:"太太此时且不必问那些底细。凭他是谁,打死了总是要偿命的,且商量怎么办才好。"薛姨妈哭着出来道:"还有什么商议?"家人道:"依小的们的主见,今夜打点银两,同着二爷赶去,和大爷见了面,就在那里访一个有斟酌的刀笔先生,许他些银子,先把死罪撕掳开,回来再求贾府去上司衙门说情。还有外面的衙役,太太先拿出几两银子来打发了他们,我们好赶着办事。"薛姨妈道:"你们找着那家子,许他发送银子,再给他些养济银子。原告不追,事情就缓了。"宝钗在帘内说道:"妈妈,使不得。这些事,越给钱越闹的凶,倒是刚才小厮说的话是。"薛姨妈又哭道:"我也不要命了,赶到那里见他一面,同他死在一处就完了。"宝钗急的一面劝,一面在帘子里叫人:"快同二爷办去罢。"丫头们搀

薛家面对这样的难题并非首次,包括家人,都有经验。官司靠律师,"红"已有之。

宝钗精通一切世故,包括打死人的处理办法。

进薛姨妈来。薛蝌才往外走,宝钗道:"有什么信,打发人即刻寄了来,你们只管在外头照料。"薛蝌答应着去了。

这宝钗方劝薛姨妈,那里金桂趁空儿抓住香菱,又和他嚷道:"平常你们只管夸他们家里打死了人,一点事也没有,就进京来了的;如今撺掇的真打死人了。平日里只讲有钱,有势,有好亲戚,这时候我看着也是吓的慌手慌脚的了。大爷明儿有个好歹儿不能回来时,你们各自干你们的去了,撂下我一个人受罪!"说着,又大哭起来。这里薛姨妈听见,越发气的发昏,宝钗急的没法。正闹着,只见贾府中王夫人早打发大丫头过来打听来了。宝钗虽心知自己是贾府的人了,一则尚未提明,二则事急之时,只得向那大丫头道:"此时事情头尾尚未明白,就只听见说我哥哥在外头打死了人,被县里拿了去了,也不知怎么定罪呢。刚才二爷才去打听去了。一半日得了准信,赶着就给那边太太送信去。你先回去道谢太太惦记着,底下我们还有多少仰仗那边爷们的地方呢。"那丫头答应着去了。

薛姨妈和宝钗在家,抓摸不着。过了两日,只见小厮回来,拿了一封书,交给小丫头拿进来。宝钗拆开看时,书内写着:

大哥人命是误伤,不是故杀。今早用蝌出名,补了一张呈纸进去,尚未批出。大哥前头口供甚是不好。待此纸批准后,再录一堂,能彀翻供得好,便可得生了。快向当铺内再取银五百两来使用,千万莫迟!并请太太放心。余事问小厮。

宝钗看了,一一念给薛姨妈听了。薛姨妈拭着眼泪说道:"这么看起来,竟是死活不定

> 金桂此话不能完全视为混搅。为什么不早一点给薛蟠一个教训呢?

> 到这时候倒是不掉文嚼字了。
> 这种文体在"红"的人物中应属罕见。

> 此信文字简练,是电报体。

续书本来是不可能的。读者面对续作,就和机体面对异物一样,必有排异反应。续书而被接受,则是独一无二的奇迹。

两种可能:一、续而有残篇佚稿做依据,不是纯然续作。二、续作充分利用了前八十回的种种提供,并没有出前八十回的圈子。如此回,给北静王拜寿,贾芸的骚扰,薛蟠打死人……均有出处。

我们还可以做另一种想象:前八十回已经写得太丰富活现了,即使是雪芹本人,写这后四十回,也突破不了自己的前八十回了。

长篇小说总是越写越难的,前面写得越好,后面就越跳不出新高度来。

了。"宝钗道:"妈妈先别伤心,等着叫进小厮来问明了再说。"一面打发小丫头把小厮叫进来。薛姨妈便问小厮道:"你把大爷的事细说与我听听。"小厮道:"我那一天晚上,听见大爷和二爷说的,把我唬糊涂了。"未知小厮说出什么话来,下回分解。

> 每循环——重复一次事情就严重化一次,家业就衰败一次。事物总是螺旋式、波浪式发展的,这确是中国式的辩证的发展观。

人生就是这样,常常失去自己的方向,左顾右盼,东张西望,进进退退,惚惚恍恍,等方向明确了,不但不可挽回,而且似乎是祸从天降。

第八十六回

受私贿老官翻案牍　寄闲情淑女解琴书

话说薛姨妈听了薛蟠的来书,因叫进小厮,问道:"你听见你大爷说,到底是怎么就把人打死了呢?"小厮道:"小的也没听真切。那一日,大爷告诉二爷说……"说着回头看了一看,见无人,才说道:"大爷说:自从家里闹的特利害,大爷也没心肠了,所以要到南边置货去。这日想着约一个人同行,这人在咱们这城南二百多地住。大爷找他去了,遇见在先和大爷好的那个蒋玉函,带着些小戏子进城,大爷同他在个铺子里吃饭喝酒。因为这当槽儿的尽着拿眼瞟蒋玉函,大爷就有了气了。后来蒋玉函走了。第二天,大爷就请找的那个人喝酒。酒后想起头一天的事来,叫那当槽儿的换酒,那当槽儿的来迟了,大爷就骂起来了。那个人不依,大爷就拿起酒碗照他打去。谁知那个人也是个泼皮,便把头伸过来叫大爷打。大爷拿碗就砸他的脑袋,一下他就冒了血了,躺在地下。头里还骂,后头就不言语了。"薛姨妈道:"怎么也没人劝劝吗?"那小厮道:"这个没听见大爷说,小的不敢妄言。"薛姨妈道:"你先去歇歇罢。"小厮答应出来。

这里薛姨妈自来见王夫人,托王夫人转求贾政。贾政问了前后,也只好含糊应了,只说等

> 蒋玉函久违了,别来无恙乎?"红"之降大任于斯人也,需要找出来温习温习了。怎么蒋玉函老是与麻烦同在?

> 也是泼皮,"也"字妙,说明薛蟠已被确认为泼皮。

薛蟠递了呈子,看他本县怎么批了,再作道理。

这里薛姨妈又在当铺里兑了银子,叫小厮赶着去了。三日后,果有回信,薛姨妈接着了,即叫小丫头告诉宝钗,连忙过来看了。只见书上写道:

> 带去银两做了衙门上下使费。哥哥在监,也不大吃苦,请太太放心。独是这里的人狠刁,尸亲见证都不依,连哥哥请的那个朋友也帮着他们。我与李祥两个俱系生地生人,幸找着一个好先生,许他银子,才讨个主意,说是:须得拉扯着同哥哥喝酒的吴良,弄人保出他来,许他银两,叫他撕掳。他若不依,便说张三是他打死,明推在异乡人身上。他吃不住,就好办了。我依着他,果然吴良出来。现在买嘱尸亲见证,又做了一张呈子,前日递的,今日批来,请看呈底便知。

因又念呈底道:

> "具呈人某,呈为兄遭飞祸、代伸冤抑事:窃生胞兄薛蟠,本籍南京,寄寓西京,于某年月日,备本往南贸易。去未数日,家奴送信回家,说遭人命,生即奔宪治,知兄误伤张姓。及至囹圄,据兄泣告,实与张姓素不相认,并无仇隙。偶因换酒角口,生兄将酒泼地,恰值张三低头拾物,一时失手,酒碗误碰囟门身死。蒙恩拘讯,兄惧受刑,承认斗殴致死。仰蒙宪天仁慈,知有冤抑,尚未定案。生兄在禁,具呈诉辩,有干例禁;生念手足,冒死代呈。伏乞宪慈恩准提证质讯,开恩莫大,生等举家仰戴鸿仁,永永无既矣!激切上呈。"批的是:"尸场检验,

新官尚未上任,人命官司的后兑已开,"正"在何处?

遇到人命官司如何赖账,叫做如何"撕掳",讲得头头是道。

自古以来,官司中黑幕亦多。

无理搅三分,有钱赢七成。司法腐败,无可救药。

证据确凿。且并未用刑,尔兄自认斗杀,招供在案。今尔远来,并非目睹,何得捏词妄控?理应治罪;姑念为兄情切,且恕。不准。"

薛姨妈听到那里,说道:"这不是救不过来了么,这怎么好呢?"宝钗道:"二哥的书还没看完,后面还有呢。"因又念道:"有要紧的,问来使便知。"薛姨妈便问来人。因说道:"县里早知我们的家当充足。须得在京里谋干得大情,再送一分大礼,还可以复审,从轻定案。太太此时,必得快办,再迟了就怕大爷要受苦了。"

薛姨妈听了,叫小厮自去,即刻又到贾府与王夫人说明原故,恳求贾政。贾政只肯托人与知县说情,不肯提及银物。薛姨妈恐不中用,求凤姐与贾琏说了,花上几千银子,才把知县买通,薛蟠那里也便弄通了,然后知县挂牌坐堂,传齐了一干邻保、证见、尸亲人等,监里提出薛蟠,刑房书吏俱一一点名。知县便叫地保对明初供,又叫尸亲张王氏并尸叔张二问话。张王氏哭禀道:"小的的男人是张大,南乡里住,十八年前死了。大儿子、二儿子,也都死了。光留下这个死的儿子,叫张三,今年二十三岁,还没有娶女人呢。为小人家里穷,没得养活,在李家店里做当槽儿的。那一天晌午,李家店里打发人来叫俺,说:'你儿子叫人打死了。'我的青天老爷!小的就唬死了。跑到那里,看见我儿子头破血出的躺在地下喘气儿,问他话也说不出来,不多一会儿,就死了。小人就要揪住这个小杂种拚命。"众衙役吆喝一声,张王氏便磕头道:"求青天老爷伸冤,小人就只这一个儿子了。"知县便叫:"下去。"又叫李家店的人问道:"那张三

这个利用权势、金钱、亲友关系颠倒黑白为薛蟠开脱死罪的故事写得细,合情合理。比第四回同类事件写得充实。后四十回中同类情节能写过前八十回的,绝无仅有,这是一个。
或谓这反映了薛家权势的没落?打死冯某时,何等轻松就没了事!

行贿受挫,只好行更大的贿;腐败无功,必须腐更高的败。

张王氏的叙述很有水平,清晰准确。

一声"下去!"伸冤无望了。

是在你店内佣工的么?"那李二回道:"不是佣工,是做当槽儿的。"知县道:"那日尸场上,你说张三是薛蟠将碗砸死的,你亲眼见的么?"李二说道:"小的在柜上,听见说客房里要酒,不多一回,便听见说,'不好了,打伤了!'小的跑进去,只见张三躺在地下,也不能言语。小的便喊禀地保,一面报他母亲去了。他们到底怎样打的,实在不知道,求太爷问那喝酒的便知道了。"知县喝道:"初审口供你是亲见的,怎么如今说没有见?"李二道:"小的前日唬昏了乱说。"衙役又吆喝了一声。知县便叫吴良问道:"你是同在一处喝酒的么?薛蟠怎么打的?据实供来!"吴良说:"小的那日在家,这个薛大爷叫我喝酒。他嫌酒不好,要换,张三不肯。薛大爷生气,把酒向他脸上泼去,不晓得怎么样,就碰在那脑袋上了。这是亲眼见的。"知县道:"胡说!前日尸场上,薛蟠自己认拿碗砸死的,你说你亲眼见的,怎么今日的供不对?掌嘴!"衙役答应着要打。吴良求着说:"薛蟠实没有与张三打架,酒碗失手,碰在脑袋上的。求老爷问薛蟠,便是恩典了。"

　　知县叫提薛蟠,问道:"你与张三到底有什么仇隙?毕竟是如何死的?实供上来!"薛蟠道:"求太老爷开恩,小的实没有打他,为他不肯换酒,故拿酒泼地。不想一时失手,酒碗误碰在他的脑袋上。小的即忙掩他的血,那里知道再掩不住,血淌多了,过一回就死了。前日尸场上,怕太老爷要打,所以说是拿碗砸他的。只求太老爷开恩。"知县便喝道:"好个糊涂东西!本县问你怎么砸他的,你便供说恼他不换酒,才砸的,今日又供是失手碰的。"知县假作声势,要打

> 偷梁换柱。
> 黑!

> 已经翻掉一部分了。

> 知县做态,实为联手。

> 强调有何仇隙,便是有意开脱。

> 薛蟠已是熟练角色,大傻子翻供流畅。

> 审案翻供,上下其手,以假做真,头头是道,一出不好演的戏能演得这么好,难煞"导演"。
> 应作为司法史的一个参考资料读。人治大于法治,此是一例。

要夹。薛蟠一口咬定。知县叫仵作:"将前日尸场填写伤痕,据实报来。"仵作禀报说:"前日验得张三尸身无伤,惟囟门有磁器伤,长一寸七分,深五分,皮开,囟门骨脆,裂破三分。实系磕碰伤。"

　　知县查对尸格相符,早知书吏改轻,也不驳诘,胡乱便叫画供。张王氏哭喊道:"青天老爷!前日听见还有多少伤,怎么今日都没有了?"知县道:"这妇人胡说!现有尸格,你不知道么?"叫尸叔张二,便问道:"你侄儿身死,你知道有几处伤?"张二忙供道:"脑袋上一伤。"知县道:"可又来。"叫书吏将尸格给张王氏瞧去,并叫地保、尸叔指明与他瞧:现有尸场亲押、证见,俱供并未打架,不为斗殴,只依误伤,吩咐画供,将薛蟠监禁候详,余令原保领出,退堂。张王氏哭着乱嚷,知县叫众衙役:"撵他出去!"张二也劝张王氏道:"实在误伤,怎么赖人?现在太老爷断明,不要胡闹了。"

> 暗无天日,积恶终将引起大地震。

> 衙门口朝南开,有理无钱莫进来。

　　薛蝌在外打听明白,心内喜欢,便差人回家送信,等批详回来,便好打点赎罪,且住着等信。只听路上三三两两传说:"有个贵妃薨了,皇上辍朝三日。"这里离陵寝不远,知县办差垫道,一时料着不得闲,住在这里无益,不如到监,告诉哥哥:"安心等着,我回家去,过几日再来。"薛蟠也怕母亲痛苦,带信说:"我无事,必须衙门再使费几次,便可回家了,只是不要可惜银钱。"薛蝌留下李祥在此照料,一径回家,见了薛姨妈,陈说知县怎样徇情,怎样审断,终定了误伤:"将来

> 薛蝌并非恶人,他的喜欢却走向了十恶不赦。

尸亲那里再花些银子，一准赎罪，便没事了。"薛姨妈听说，暂且放心，说："正盼你来家中照应。贾府里本该谢去，况且周贵妃薨了，他们天天进去，家里空落落的。我想着要去替姨太太那边照应照应，作伴儿，只是咱们家又没人，你这来的正好。"薛蝌道："我在外头，原听见说是贾妃薨，这么才赶回来的。我们元妃好好儿的，怎么说死了？"薛姨妈道："上年原病过一次，也就好了。这回又没听见元妃有什么病，只闻那府里头几天老太太不大受用，合上眼便看见元妃娘娘，众人都不放心。直至打听起来，又没有什么事。到了大前儿晚上，老太太亲口说是'怎么元妃独自一个人到我这里？'众人只道是病中想的话，总不信。老太太又说：'你们不信，元妃还与我说是："荣华易尽，须要退步抽身。"'众人说：'谁不想到？这是有年纪的人思前想后的心事。'所以也不当件事。恰好第二天早起，里头吵嚷出来，说娘娘病重，宣各诰命进去请安。他们就惊疑的了不得，赶着进去。他们还没有出来，我们家里已听见周贵妃薨逝了。你想外头的讹言，家里的疑心，恰碰在一处，可奇不可奇？"宝钗道："不但是外头的讹言舛错，便在家里的，一听见'娘娘'两个字，也就都忙了，过后才明白。这两天那府里这些丫头婆子来说，他们早知道不是咱们家的娘娘。我说：'你们那里拿得定呢？'他说道：'前几年正月，外省荐了一个算命的，说是狠准。那老太太叫人将元妃八字夹在丫头们八字里头，送出去叫他推算，他独说这正月初一日生日的那位姑娘，只怕时辰错了，不然，真是个贵人，也不能在这府中。老爷和众人说，不管他错不错，照八字算去。那先生便说，

一笔笔的账，留下后患。

贾妃病而复愈，周妃病死，铺垫贾妃终于病死。
贾妃要死，也不能一下就死。

荣华易尽，退步抽身，原则是对的，但缺少可操作性。
可卿托梦时谈得倒具体些。

厄运将至，草木皆兵。
也是造势，造贵妃病死之势。

大谈占卜算命，也是中国传

甲申年,正月丙寅,这四个字内,有"伤官""败财"。惟"申"字内有"正官""禄马",这就是家里养不住的,也不见什么好。这日子是乙卯,初春木旺,虽是"比肩",那里知道愈"比"愈好,就像那个好木料,愈经斫削,才成大器。"独喜得时上什么辛金为贵,什么巳中"正官""禄马"独旺;这叫作"飞天禄马格"。又说什么"日禄归时",贵重的狠。天月二德坐本命,贵受椒房之宠。这位姑娘,若是时辰准了,定是一位主子娘娘。这不是算准了么?我们还记得说,可惜荣华不久;只怕遇着寅年卯月,这就是"比而又比,劫而又劫",譬如好木,太要做玲珑剔透,本质就不坚了。'他们把这些话都忘记了,只管瞎忙。我才想起来,告诉我们大奶奶,今年那里是寅年卯月呢。"宝钗尚未说完,薛蝌急道:"且不要管人家的事,既有这样个神仙算命的,我想哥哥今年什么恶星照命,遭这么横祸?快开八字与我,给他算去,看有妨碍么。"宝钗道:"他是外省来的,不知如今在京不在了。"

说着,便打点薛姨妈往贾府去。到了那里,只有李纨探春等在家接着,便问道:"大爷的事,怎么样了?"薛姨妈道:"等详上司才定,看来也到不了死罪了。"这才大家放心。探春便道:"昨晚太太想着说:'上回家里有事,全仗姨太太照应;如今自己有事,也难提了。'心里只是不放心。"薛姨妈道:"我在家里,也是难过。只是你大哥遭了这事,你二兄弟又办事去了,家里你姐姐一个人,中什么用?况且我们媳妇儿又是个不大晓事的,所以不能脱身过来。目今那里知县也正为预备周贵妃的差事,不得了结案件,所以你二兄弟回来了,我才得过来看看。"李纨便

统文化的一个部分(糟粕也罢)。又补上百科全书的一个空白。算命虽是迷信,但阴阳五行相生相克,天干地支,强调宿命的同时又强调随机转化的可能性、可塑性,反映了古人对于命运的朴素辩证见解。

不要忘记寅年卯月。"虎兔相逢大梦归。"

谁遭横祸?杀人犯还是苦主?

神龙见首不见尾。如当真找了来,就不"神"了。

道:"请姨太太这里住几天更好。"薛姨妈点头道:"我也要在这边给你们姐妹们作作伴儿,就只你宝妹妹冷静些。"惜春道:"姨妈要惦着,为什么不把宝姐姐也请过来?"薛姨妈笑着说道:"使不得。"惜春道:"怎么使不得?他先怎么住着来呢?"李纨道:"你不懂的。人家家里如今有事,怎么来呢?"惜春也信以为实,不便再问。

> 不断零敲碎打,旁敲侧击。这些对于书中人物未必要紧,更要紧的是对于读者的吊胃口。续作还是注意阅读心理的。

正说着,贾母等回来,见了薛姨妈,也顾不得问好,便问薛蟠的事。薛姨妈细述了一遍。宝玉在旁听见什么蒋玉函一段,当着人不问,心里打量是:"他既回了京,怎么不来瞧我?"又见宝钗也不过来,不知是怎么个原故,心内正自呆呆的想呢,恰好黛玉也来请安,宝玉稍觉心里喜欢,便把想宝钗来的念头打断,同着姊妹们在老太太那里吃了晚饭。大家散了,薛姨妈将就住在老太太的套间屋里。

宝玉回到自己房中,换了衣服,忽然想起蒋玉函给的汗巾,便向袭人道:"你那一年没系的那条红汗巾子,还有没有?"袭人道:"我搁着呢,问他做什么?"宝玉道:"我白问问。"袭人道:"你没有听见薛大爷相与这些混账人,所以闹到人命关天!你还提那些作什么?有这样白操心,倒不如静静儿的念念书,把这些个没要紧的事撂开了也好。"宝玉道:"我并不闹什么,偶然想起,有也罢,没也罢,我白问一声,你们就有这些话。"袭人笑道:"并不是我多话。一个人知书达礼,就该往上巴结才是。就是心爱的人来了,也叫他睄着喜欢尊敬啊。"宝玉被袭人一提,便说:"了不得!方才我在老太太那边,看见人多,没有与林妹妹说话,他也不曾理我。散的时候,

> 这些都是往书的收拢、结束方面使劲。

> 袭人称之为"混账人",命运是何等地善于与人开玩笑呀!

> "心爱的人"四字,很摩登的说法。

他先走了。此时必在屋里,我去就来。"说着就走。袭人道:"快些回来罢。这都是我提头儿,倒招起你的高兴来了。"

　　宝玉也不答言,低着头,一径走到潇湘馆来,只见黛玉靠在桌上看书。宝玉走到跟前,笑说道:"妹妹早回来了?"黛玉也笑道:"你不理我,我还在那里做什么?"宝玉一面笑说:"他们人多说话,我插不下嘴去,所以没有和你说话。"一面瞧着黛玉看的那本书,书上的字一个也不认得。有的像"芍"字;有的像"茫"字;也有一个"大"字旁边"九"字加上一勾,中间又添个"五"字;也有上头"五"字"六"字又添一个"木"字,底下又是一个"五"字:看着又奇怪,又纳闷,便说:"妹妹近日愈发进了,看起天书来了。"黛玉"嗤"的一声笑道:"好个念书的人,连个琴谱都没有见过?"宝玉道:"琴谱怎么不知道? 为什么上头的字一个也不认得? 妹妹,你认得么?"黛玉道:"不认得瞧他做什么?"宝玉道:"我不信,从没有听见你会抚琴。我们书房里挂着好几张,前年来了一个清客先生,叫做什么嵇好古,老爷烦他抚了一曲。他取下琴来,说都使不得,还说:'老先生若高兴,改日携琴来请教。'想是我们老爷也不懂,他便不来了。怎么你有本事藏着?"黛玉道:"我何尝真会呢? 前日身上略觉舒服,在大书架上翻书,看有一套琴谱,甚有雅趣,上头讲的琴理甚通,手法说的也明白,真是古人静心养性的工夫。我在扬州,也听得讲究过,也曾学过,只是不弄了,就没有了。这果真是'三日不弹,手生荆棘',前日看这几篇,没有曲文,只有操名,我又到别处找了一本有曲文的来看着,才有意思。究竟怎么弹得好,实在也

> 生活流,流淌得还算自然。

> 算完卦再论琴,又补一"科"。

> 嵇康之后乎? 思慕嵇康乎?

> 古人追求以艺术静心养性,强调的是艺术的消解作用。今人则讲究以艺术唤醒、鼓劲,强调其激发作用。

宝钗论卜,黛玉论琴,各司其职,各尽其妙。以琴调理性情,以卜过问天机,以古人的观点,后者实更"伟大"。太伟大了,就难于持久与经受推敲。所以今人益发喜欢黛玉。

其实今人的生活里黛玉情趣、黛玉精神日益萎缩了。便更觉难能可贵。

难。书上说的:师旷鼓琴,能来风雷龙凤。孔圣人尚学琴于师襄,一操便知其为文王。高山流水,得遇知音。"说到这里,眼皮儿微微一动,慢慢的低下头去。

> 对音乐有一种夸张的、形而上的敬畏。
>
> 对文化的敬畏,对艺术的敬畏,对圣人的敬畏,对历史的敬畏。

宝玉正听得高兴,便道:"好妹妹,你才说的实在有趣。只是我才见上头的字,都不认得,你教我几个呢。"黛玉道:"不用教的,一说便可以知道的。"宝玉道:"我是个糊涂人,得教我那个'大'字加一勾,中间一个'五'字的。"黛玉笑道:"这'大'字'九'字是用左手大拇指按琴上的'九徽',这一勾加'五'字是右手钩'五弦',并不是一个字,乃是一声,是极容易的。还有吟、揉、绰、注、撞、走、飞、推等法,是讲究手法的。"宝玉乐得手舞足蹈的说:"好妹妹,你既明琴理,我们何不学起来?"黛玉道:"琴者,禁也。古人制下,原以治身,涵养性情,抑其淫荡,去其奢侈。若要抚琴,必择静室高斋,或在层楼的上头,在林石的里面,或是山巅上,或是水涯上。再遇着那天地清和的时候,风清月朗,焚香静坐,心不外想,气血和平,才能与神合灵,与道合妙。所以古人说:'知音难遇。'若无知音,宁可独对着那清风明月,苍松怪石,野猿老鹤,抚弄一番,以寄兴趣,方为不负了这琴。还有一层,又要指法好,取音好。若必要抚琴,先须衣冠整齐,或鹤氅,或深衣,要知古人的象表,那才能称圣人之器。然后盥了手,焚上香,方才将身就在榻边,把琴放在案上,坐在第五徽的地方儿,对

> 这一段写得入神。
> 联想一下现代摇滚乐中例如弹电吉他的,令人哑然失笑而又怅然若失。
>
> 音乐神学。
> 回到自然中去。
> 超尘脱俗。
> 心向往之。

着自己的当心，两手方从容抬起：这才心身俱正。还要知道轻重疾徐、卷舒自若、体态尊重方好。"宝玉道："我们学着顽，若这么讲究起来，那就难了。"

> 黛玉是一个较有艺术气质的人。黛玉论琴与黛玉（教香菱）论诗各有其妙。
> 从某种意义上说，她的论诗仍嫌皮相，不若此论琴，尽从精神状态上做文章。

两个人正说着，只见紫鹃进来，看见宝玉，笑说道："宝二爷，今日这样高兴。"宝玉笑道："听见妹妹讲究的，叫人顿开茅塞，所以越听越爱听。"紫鹃道："不是这个高兴，说的是二爷到我们这边来的话。"宝玉道："先时妹妹身上不舒服，我怕闹的他烦，再者，我又上学，因此显着就疏远了是的。"紫鹃不等说完，便道："姑娘也是才好。二爷既这么说，坐坐也该让姑娘歇歇儿了，别叫姑娘只是讲究劳神了。"宝玉笑道："可是我只顾爱听，也就忘了妹妹劳神了。"黛玉笑道："说这些倒也开心，也没有什么劳神的。只是怕我只管说，你只管不懂呢。"宝玉道："横竖慢慢的自然明白了。"说着，便站起来，道："当真的妹妹歇歇儿罢。明儿我告诉三妹妹和四妹妹去，叫他们都学起来，让我听。"黛玉笑道："你也太受用了。即如大家学会了抚起来，你不懂，可不是对。"黛玉说到那里，想起心上的事，便缩住口，不肯往下说了。宝玉便笑道："只要你们能弹，我便爱听，也不管'牛'不'牛'的了。"黛玉红了脸一笑，紫鹃雪雁也都笑了。于是走出门来。只见秋纹带着小丫头，捧着一小盆兰花来，说："太太那边有人送了四盆兰花来，因里头有事，没有空儿顽他，叫给二爷一盆，林姑娘一盆。"黛玉看时，却有几枝双朵儿的，心中忽然一动，也不知是喜是悲，便呆呆的呆看。那宝玉此时却一心只在琴上，便说："妹妹有了兰花，就可以做《猗兰操》了。"

> 妙语何来？何谓懂？何谓不懂？

> 对牛弹琴的故事用在这里，不觉其蠢，但觉其纯。

黛玉听了，心里反不舒服。回到房中，看着花，想到"草木当春，花鲜叶茂，想我年纪尚小，便像三秋蒲柳。若是果能随愿，或者渐渐的好来；不然，只恐似那花柳残春，怎禁得风催雨送！"想到那里，不禁又滴下泪来。紫鹃在旁看见这般光景，却想不出原故来："方才宝玉在这里，那么高兴；如今好好的看花，怎么又伤起心来？"正愁着没法儿劝解，只见宝钗那边打发人来。未知何事，下回分解。

> 八十六回，一半讲薛蟠的官司，中间插一段讲元妃的命相，后一小半则大讲抚琴，这也算一生二，二生三，三生万物了。

> 有专业知识，有传统文化，有宝黛之情，有前景迷茫，够得上精彩了。

论卜论琴，中国文化是论不完的。多一人命，薛蟠的麻烦与司法的黑暗是演不完的。恶贯满盈，指日可待矣。

第八十七回

感秋深抚琴悲往事　坐禅寂走火入邪魔

却说黛玉叫进宝钗家的女人来,问了好,呈上书子,黛玉叫他去喝茶,便将宝钗来书打开看时,只见上面写着:

　　妹生辰不偶,家运多艰,姊妹伶仃,萱亲衰迈。兼之猇声狺语,旦暮无休;更遭惨祸飞灾,不啻惊风密雨。夜深辗侧,愁绪何堪!属在同心,能不为之愍恻乎?回忆海棠结社,序属清秋,对菊持螯,同盟欢洽。犹记"孤标傲世偕谁隐,一样花开为底迟"之句,未尝不叹冷节遗芳,如吾两人也。感怀触绪,聊赋四章。匪曰无故呻吟,亦长歌当哭之意耳。

　　悲时序之递嬗兮,又属清秋。感遭家之不造兮,独处离愁。北堂有萱兮,何以忘忧?无以解忧兮,我心咻咻!一解。

　　云凭凭兮秋风酸,步中庭兮霜叶干。何去何从兮,失我故欢。静言思之兮恻肺肝!二解。

　　惟鲔有潭兮,惟鹤有梁。鳞甲潜伏兮,羽毛何长!搔首问兮茫茫,高天厚地兮,谁知余之永伤?三解。

　　银河耿耿兮寒气侵,月色横斜兮玉漏沉。忧心炳炳兮,发我哀吟。吟复吟兮,寄我知音。四解。

> 文以传心,文以拢人,文以精心,文以移心。

> 文词俱佳,不让前八十回。

从才具、悟性、学问方面看,钗黛应属知音。从个性、追求上看,二人实能互补。

形而上地看,这二人真该合而一,兼美平衡,此二人判词、图画合一之原因也。

从创作论上看,这二人俱是作者的理想与困惑的果实(不等于说各占一半),统一在作者的向往、夸赞、遗憾和叹息里,统一在即色是空的观念里,统一在贾宝玉的"意淫"与心灵里,统一在一个煊赫一时而终于败落的家族史里。而一进入形而下的领域,二人就成了情敌,乃至二人发生了春秋战国的关系。现实的利害冲突,侵入并歪曲了人间的友谊。这又能怨谁呢?

> 黛玉看了,不胜伤感。又想:"宝姐姐不寄与别人,单寄与我,也是'惺惺惜惺惺'的意思。"正在沉吟,只听见外面有人说道:"林姐姐在家里呢么?"黛玉一面把宝钗的书叠起,口内便答应道:"是谁?"正问着,早见几个人进来,却是探春、湘云、李纹、李绮。彼此问了好,雪雁倒上茶来,大家喝了,说些闲话。因想起前年的"菊花诗"来,黛玉便道:"宝姐姐自从挪出去,来了两遭,如今索性有事也不来了,真真奇怪。我看他终久还来我们这里不来。"探春微笑道:"怎么不来?横竖要来的。如今是他们尊嫂有些脾气,姨妈上了年纪的人,又兼有薛大哥的事,自然得宝姐姐照料一切。那里还比得先前有工夫呢。"
>
> 正说着,忽听得"唿喇喇"一片风声,吹了好些落叶打在窗纸上。停了一回儿,又透过一阵清香来。众人闻着,都说道:"这是何处来的香风?这像什么香?"黛玉道:"好像木樨香。"探春笑道:"林姐姐终不脱南边人的话。这大九月里的,那里还有桂花呢?"黛玉笑道:"原是啊!不然,怎么不竟说'是'桂花香,只说似乎'像'呢?"湘云道:"三姐姐,你也别说。你可记得'十里荷花,三秋桂子'?在南边正是晚桂开的时候了,你只没有见过罢了。等你明日到南边去的时候,你自然也就知道了。"探春笑道:"我有什么事到南边去?况且这个也是我早知道的,不

其实不仅爱情,"各条战线"莫不如此,能够成为对手,正说明了彼此的承认,而所谓"小爬虫""酷评家"之类,正是削尖了脑袋往对手圈里钻。

大观园的黄金时期,一去不复返矣。

探春不那么多情。

用你们说嘴。"李纹李绮只抿着嘴儿笑。黛玉道:"妹妹,这可说不齐。俗语说:'人是地行仙。'今日在这里,明日就不知在那里。譬如我原是南边人,怎么到了这里呢?"湘云拍着手笑道:"今儿三姐姐可叫林姐姐问住了。不但林姐姐是南边人到这里,就是我们这几个人就不同:也有本来是北边的;也有根子是南边,生长在北边的;也有生长在南边,到这北边的,今儿大家都凑在一处。可见人总有一个定数。大凡地和人,总是各自有缘分的。"众人听了,都点头,探春也只是笑。又说了一会子闲话儿,大家散出。黛玉送到门口,大家都说:"你身上才好些,别出来了,看着了风。"

　　于是黛玉一面说着话儿,一面站在门口,又与四人殷勤了几句,便看着他们出院去了。进来坐着,看看已是林鸟归山,夕阳西坠。因史湘云说起南边的话,便想着:"父母若在,南边的景致,春花秋月,水秀山明,二十四桥,六朝遗迹。不少下人伏侍,诸事可以任意,言语亦可不避。香车画舫,红杏青帘,惟我独尊。今日寄人篱下,纵有许多照应,自己无处不要留心。不知前生作了什么罪孽,今生这样孤凄。真是李后主说的'此间日中只以眼泪洗面'矣!"一面思想,不知不觉神往那里去了。紫鹃走来,看见这样光景,想着必是因刚才说起南边北边的话来,一时触着黛玉的心事了,便问道:"姑娘们来说了半天话,想来姑娘又劳了神了。刚才我叫雪雁告诉厨房里,给姑娘作了一碗火肉白菜汤,加了一点儿虾米儿,配了点青笋紫菜,姑娘想着好么?"黛玉道:"也罢了。"紫鹃道:"还熬了一点江米粥。"黛玉点点头儿,又说道:"那粥该你们

事事皆有预兆预告。闲言笑语亦关天意。令人怵惕。

未经之时,一切都是变数。既经之后,一切都是定数。只能用缘分(的无解释)来解释一切。

黛玉是屡病屡好,终于不治;元妃是屡传屡虚,终于坐实。

略说几句,虽是俗套,已是怅然。

人人都要惟我独尊,殆矣。

几是专业感伤者。

续作凡写到黛玉处,都比别处略好。黛玉才情,保佑高老夫子!

两个自己熬了,不用他们厨房里熬才是。"紫鹃道:"我也怕厨房里弄的不干净,我们各自熬呢。就是那汤,我也告诉雪雁合柳嫂儿说了,要弄干净着。柳嫂儿说了:他打点妥当,拿到他屋里,叫他们五儿瞅着燉呢。"黛玉道:"我倒不是嫌人家腌臜;只是病了好些日子,不周不备,都是人家,这会子又汤儿粥儿的调度,未免惹人厌烦。"说着,眼圈儿又红了。紫鹃道:"姑娘这话也是多想。姑娘是老太太的外孙女儿,又是老太太心坎儿上的。别人求其在姑娘跟前讨好儿还不能呢,那里有抱怨的?"黛玉点点头儿,因又问道:"你才说的五儿,不是那日合宝二爷那边的芳官在一处的那个女孩儿?"紫鹃道:"就是他。"黛玉道:"不听见说要进来么?"紫鹃道:"可不是,因为病了一场;后来好了,才要进来,正是晴雯他们闹出事来的时候,也就耽搁住了。"黛玉道:"我看那丫头倒也还头脸儿干净。"

　　说着,外头婆子送了汤来。雪雁出来接时,那婆子说道:"柳嫂儿叫回姑娘:这是他们五儿作的,没敢在大厨房里作,怕姑娘嫌腌臜。"雪雁答应着,接了进来。黛玉在屋里,已听见了,盼咐雪雁:"告诉那老婆子回去说,叫他费心。"雪雁出来说了,老婆子自去。这里雪雁将黛玉的碗箸安放在小几儿上,因问黛玉道:"还有咱们南来的五香大头菜,拌些麻油、醋,可好么?"黛玉道:"也使得,只不必累坠了。"一面盛上粥来。黛玉吃了半碗,用羹匙舀了两口汤喝,就搁下了。两个丫鬟撤下来了,拭净了小几,端下去,又换上一张常放的小几。黛玉漱了口,盥了手,

略有洁癖。

这方面,黛玉并未遭遇不友好。适可而止,则是人人都应遵守的礼数,无可抱怨。

五儿的"进来",好事多磨。

五香大头菜,至今受欢迎。这种吃粥之法至今不衰。先说是婆子送上汤来,又说是粥,汤乎粥乎,汤即粥乎?

便道:"紫鹃,添了香了没有?"紫鹃道:"就添去。"黛玉道:"你们就把那汤合粥吃了罢,味儿还好,且是干净。待我自己添香罢。"两个人答应了,在外间自吃去了。这里黛玉添了香,自己坐着,才要拿本书看,只听得园内的风,自西边直透到东边,穿过树枝,都在那里"唏嚟哗喇"不住的响。一会儿,檐下的铁马也只管"叮叮当当"的乱敲起来。一时,雪雁先吃完了,进来伺候。黛玉便问道:"天气冷了,我前日叫你们把那些小毛儿衣服晾晾,可曾晾过没有?"雪雁道:"都晾过了。"黛玉道:"你拿一件来我披披。"雪雁走去,将一包小毛衣服抱来,打开毡包,给黛玉自拣。只见内中夹着个绢包儿。黛玉伸手拿起,打开看时,却是宝玉病时送来的旧手帕,自己题的诗,上面泪痕犹在。里头却包着那剪破了的香囊、扇袋并宝玉通灵玉上的穗子。原来晾衣服时,从箱中检出,紫鹃恐怕遗失了,遂夹在这毡包里的。

这黛玉不看则已,看了时,也不说穿那一件衣服,手里只拿着那两方手帕,呆呆的看那旧诗;看了一回,不觉得簌簌泪下。紫鹃刚从外间进来,只见雪雁正捧着一毡包衣裳,在傍边呆立。小几上却搁着剪破的香囊和两三截儿扇袋和那铰拆了的穗子;黛玉手中自拿着两方旧帕,上边写着字迹,在那里对着滴泪。正是:

　　　失意人逢失意事,新啼痕间旧啼痕。

紫鹃见了这样,知是他触物伤情,感怀旧事,料道劝也无益,只得笑着道:"姑娘,还看那些东西作什么?那都是那几年宝二爷和姑娘小时,一时好了,一时恼了,闹出来的笑话儿。要像如今这样斯抬斯敬,那里能把这些东西白遭

汤和粥共用乎?

是风铃吧?

闻西风而思衣,倒叫人觉得实在。

赠帕题诗,十分重要的情节,该有所温习了。转眼赠帕已成往事,何待林卿,余亦落泪矣。《论语》云,温故而知新。今次温故而不知新,温故而迷,不亦悲乎?

这句对得不工。若改为"倦意人思失意事,新啼痕间旧啼痕"或"失意人逢无意事……"不知可否?

塌了呢？"紫鹃这话原给黛玉开心，不料这几句话更提起黛玉初来时和宝玉的旧事来，一发珠泪连绵起来。紫鹃又劝道："雪雁这里等着呢，姑娘披上一件罢。"那黛玉才把手帕撂下，紫鹃连忙拾起，将香袋等物包起拿开。这黛玉方披了一件皮衣，自己闷闷的走到外间来坐下。回头看见案上宝钗的诗启尚未收好，又拿出来瞧了两遍，叹道："境遇不同，伤心则一。不免也赋四章，翻入琴谱，可弹可歌，明日写出来寄去，以当和作。"便叫雪雁将外边桌上笔砚拿来，濡墨挥毫，赋成四叠。又将琴谱翻出，借他《猗兰》《思贤》两操，合成音韵。与自己做的配齐了，然后写出，以备送与宝钗，又即叫雪雁向箱中将自己带来的短琴拿出，调上弦，又操演了指法。黛玉本是个绝顶聪明人，又在南边学过几时，虽是手生，到底一理就熟。抚了一番，夜已深了，便叫紫鹃收拾睡觉，不题。 | 黛玉本是雅女，再抚一回琴，更雅了。

却说宝玉这日起来，梳洗了，带着焙茗正往书房中来，只见墨雨笑嘻嘻的跑来，迎头说道："二爷，今日便宜了！太爷不在书房里，都放了学了。"宝玉道："当真的么？"墨雨道："二爷不信，那不是三爷和兰哥儿来了？"宝玉看时，只见贾环贾兰跟着小厮们，两个笑嘻嘻的，嘴里咕咕呱呱，不知说些什么，迎头来了，见了宝玉都垂手站住。宝玉问道："你们两个怎么就回来了？" | 长幼有序，规矩很多。
贾环道："今日太爷有事，说是放一天学，明儿再去呢。"宝玉听了，方回身到贾母贾政处去禀明了，然后回到怡红院中。袭人问道："怎么又回来了？"宝玉告诉了他，只坐了一坐儿，便往外走，袭人道："往那里去，这样忙法？就放了学， | 这一段纯属水分。

依我说,也该养养神儿了。"宝玉站住脚,低了头,说道:"你的话也是,但是好容易放一天学,还不散散去?你也该可怜我些儿了。"袭人见说的可怜,笑道:"由爷去罢。"

正说着,端了饭来。宝玉也没法儿,只得且吃饭。三口两口,忙忙的吃完,漱了口,一溜烟往黛玉房中去了。走到门口,只见雪雁在院中晾绢子呢。宝玉因问:"姑娘吃了饭了么?"雪雁道:"早起喝了半碗粥,懒待吃饭,这时候打盹儿呢。二爷且到别处走走,回来再来罢。"

> 各方对宝玉婚事日益瞩目,趋向宝钗日益明确,宝玉心向黛玉日益坚决,能不人生长恨水长东乎?

宝玉只得回来。无处可去,忽然想起惜春有好几天没见,便信步走到蓼风轩来。刚到窗下,只见静悄悄一无人声;宝玉打谅他也睡午觉,不便进去。才要走时,只听屋里微微一响,不知何声;宝玉站住再听,半日,又"咔"的一响。宝玉还未听出,只见一个人道:"你在这里下了一个子儿,那里你不应么?"宝玉方知是下大棋。但只急切听不出这个人的语音是谁。底下方听见惜春道:"怕什么?你这么一吃我,我这么一应,你又这么吃,我又这么应;还缓着一着儿呢,终久连得上。"那一个又道:"我要这么一吃呢?"惜春道:"阿嗄!还有一着反扑在里头呢,我倒没防备。"宝玉听了听,那一个声音狠熟,却不是他们姊妹。料着惜春屋里也没外人,轻轻的掀帘进去,看时,不是别人,却是那栊翠庵的"槛外人"妙玉。这宝玉见是妙玉,不敢惊动。妙玉和惜春正在凝思之际,也没理会。宝玉却站在旁边,看他两个的手段。只见妙玉低着头,问惜春道:"你这个畸角儿不要了么?"惜春道:"怎么不要?你那里头都是死子儿,我怕什么?"妙玉道:"且别说满话,试试看。"惜春道:"我便打了起

> 琴棋书画无所不有,诗词歌赋无所不通。

> 看了宝钗之文,听了黛玉论琴,再随宝玉窥视一下惜春与妙玉弈棋,不能不佩服后四十回的文化含量。

来，看你怎么样。"妙玉却微微笑着，把边上子一接，却搭转一吃，把惜春的一个角儿都打起来了，笑着说道："这叫做'倒脱靴势'。"

　　惜春尚未答言，宝玉在旁，情不自禁，哈哈一笑。把两个人都唬了一大跳。惜春道："你这是怎么说？进来也不言语。这么使促狭唬人。你多早晚进来的？"宝玉道："我头里就进来了，看着你们两个争这个畸角儿。"说着，一面与妙玉施礼，一面又笑问道："妙公轻易不出禅关，今日何缘下凡一走？"妙玉听了，忽然把脸一红，也不答言，低了头，自看那棋。宝玉自觉造次，连忙陪笑道："倒是出家人比不得我们在家的俗人。头一件，心是静的。静则灵，灵则慧……"宝玉尚未说完，只见妙玉微微的把眼一抬，看了宝玉一眼，复又低下头去，那脸上的颜色渐渐的红晕起来。宝玉见他不理，只得讪讪的旁边坐了。惜春还要下子，妙玉半日说道："再下罢。"便起身理理衣裳，重新坐下，痴痴的问着宝玉道："你从何处来？"宝玉巴不得这一声，好解释前头的话，忽又想道："或是妙玉的机锋。"转红了脸，答应不出来。妙玉微微一笑，自合惜春说话。惜春也笑道："二哥哥，这什么难答的？你没的听见人家常说的，'从来处来'么？这也值得把脸红了，见了生人的是的。"妙玉听了这话，想起自家，心上一动，脸上一热，必然也是红的，倒觉不好意思起来。因站起来说道："我来得久了，要回庵里去了。"惜春知妙玉为人，也不深留，送出门口。妙玉笑道："久已不来，这里湾湾曲曲，回去的路头都要迷住了。"宝玉道："这到要我来指引指引，何如？"妙玉道："不敢，二爷前请。"

妙玉与惜春弈棋，叫做棋逢对手；宝钗将新作给黛玉，叫做文遇良材。

一红。

二红。

"痴痴的"，也动情了吗？

"从来处来"其实是同义反复，是嘛也没说。与答不出来并无区别。

三红。

语带禅机。
这些情节的设计——钓鱼、作赋、抚琴、饮粥、弈棋都很不差，既是延伸，又是补充，既合理，又谐调。

于是二人别了惜春,离了蓼风轩,弯弯曲曲,走近潇湘馆,忽听得叮咚之声。妙玉道:"那里的琴声?"宝玉道:"想必是林妹妹那里抚琴呢。"妙玉道:"原来他也会这个?怎么素日不听见提起?"宝玉悉把黛玉的事述了一遍,因说:"咱们去看他。"妙玉道:"从古只有听琴,再没有看琴的。"宝玉笑道:"我原说我是个俗人。"说着,二人走至潇湘馆外,在山子石坐着静听,甚觉音调清切。只听得低吟道:

  风萧萧兮秋气深,美人千里兮独沉吟。
  望故乡兮何处?倚栏杆兮涕沾襟。

歇了一回,听得又吟道:

  山迢迢兮水长,照轩窗兮明月光。
  耿耿不寐兮银河渺茫,罗衫怯怯兮风露凉。

又歇了一歇,妙玉道:"刚才'侵'字韵是第一叠,如今'扬'字韵是第二叠了。咱们再听。"里边又吟道:

  子之遭兮不自由,予之遇兮多烦忧。
  之子与我兮心焉相投,思古人兮俾无尤。

妙玉道:"这又是一拍。何忧思之深也!"宝玉道:"我虽不懂得,但听他音啊,也觉得过悲了。"里头又调了一回弦。妙玉道:"君弦太高了,与无射律只怕不配呢。"里边又吟道:

  人生斯世兮如轻尘,天上人间兮感凤因。
  感凤因兮不可惙,素心如何天上月。

妙玉听了,呀然失色道:"如何忽作变徵之声?音韵可裂金石矣,只是太过。"宝玉道:"太过便怎么?"妙玉道:"恐不能持久。"正议论时,

---

宝玉与妙玉听黛玉之琴,三玉的组合与各自角色,妙极!

"不自由"的抱怨,"红"已有之。不自由毋宁死的心气,"红"已有了吗?

写抚琴不若写听琴;写宝玉听琴(不可无)不若写宝玉与妙玉共同听琴;宝玉是情的知音,妙玉是琴的知音:三个两两互补。

人物结局特别是出人意料的结局,很难写。出性格难。长篇小说已写了七成,人物性格已经产生了"惯性",扭一下,不易。妙玉如此孤高,这一回要写她脸红、胡思乱想、走火入魔,就有些生硬。恐不能只责续作,前八十回留下的可能性太少了。(只有宝玉生日,妙玉致帖祝贺一节略有消息。)

听得君弦"嘣"的一声断了。妙玉站起来,连忙就走。宝玉道:"怎么样?"妙玉道:"日后自知,你也不必多说。"竟自走了。弄得宝玉满肚疑团,没精打采的,归至怡红院中,不表。

> 戛然而止,不得尽兴,不得圆满,正是写得好处。

单说妙玉归去,早有道婆接着,掩了庵门,坐了一回,把"禅门日诵"念了一遍。吃了晚饭,点上香,拜了菩萨,命道婆自去歇着,自己的禅床靠背俱已整齐,屏息垂帘,跏趺坐下,断除妄想,趋向真如。坐到三更过后,听得屋上"唿喇"一片响声,妙玉恐有贼来,下了禅床,出到前轩,但见云影横空,月华如水。那时天气尚不狠凉,独自一个,凭栏站了一回,忽听房上两个猫儿一递一声厮叫。

> 追光跟上妙玉,构成视角变化,结构主体。

> 又是铺垫,预兆预告。
> 这也是弗洛伊德。

那妙玉忽想起日间宝玉之言,不觉一阵心跳耳热,自己连忙收摄心神,走进禅房,仍到禅床上坐了。怎奈神不守舍,一时如万马奔驰,觉得禅床便恍荡起来,身子已不在庵中。便有许多王孙公子,要来娶他;又有些媒婆,扯扯拽拽,扶他上车,自己不肯去。一回儿,又有盗贼劫他,持刀执棍的逼勒,只得哭喊求救。早惊醒了庵中女尼道婆等众,都拿火来照看,只见妙玉两手撒开,口中流沫。急叫醒时,只见眼睛直竖,两颧鲜红,骂道:"我是有菩萨保佑,你们这些强徒敢要怎么样?"众人都唬的没了主意,都说道:"我们在这里呢,快醒转来罢。"妙玉道:"我要回家去!你们有什么好人,送我回去罢。"道婆道:

> 宝玉日间并无什么言,是妙姑自己的问题。

> 这些描写完全符合弗洛伊德理论。

> 妙玉的这一段,合理,感人,预示了下场,无愧于《红楼梦》的艺术结构。

"这里就是你住的房子。"说着,又叫别的女尼忙向观音前祷告。求了签,翻开签书看时,是触犯了西南角上的阴人。就有一个说:"是了,大观园中西南角上本来没有人住,阴气是有的。"一面弄汤弄水的在那里忙乱。那女尼原是自南边带来的,伏侍妙玉,自然比别人尽心,围着妙玉坐在禅床上。妙玉回头道:"你是谁?"女尼道:"是我。"妙玉仔细瞧了一瞧道:"原来是你。"便抱住那女尼,呜呜咽咽的哭起来,说道:"你是我的妈呀,你不救我,我不得活了。"那女尼一面唤醒他,一面给他揉着。道婆倒上茶来喝了,直到天明才睡了。女尼便打发人去请大夫来看脉。也有说是思虑伤脾的,也有说是热入血室的,也有说是邪祟触犯的,也有说是内外感冒的,终无定论。后请得一个大夫来看了,问:"曾打坐过没有?"道婆说道:"向来打坐的。"大夫道:"这病可是昨夜忽然来的么?"道婆道:"是。"大夫道:"这是走魔入火的原故。"众人问:"有碍没有?"大夫道:"幸亏打坐不久,魔还入得浅,可以有救。"写了降伏心火的药,吃了一剂,稍稍平复些。外面那些游头浪子听见了,便造作许多谣言,说:"这样年纪,那里忍得住?况且又是狠风流的人品,狠乖觉的性灵。以后不知飞在谁手里,便宜谁去呢。"过了几日,妙玉病虽略好,神思未复,终有些恍惚。

　　一日,惜春正坐着,彩屏忽然进来,回道:"姑娘知道妙玉师父的事吗?"惜春道:"他有什么事?"彩屏道:"我昨日听见邢姑娘和大奶奶那里说呢:他自从那日合姑娘下棋回去,夜间忽然中了邪,嘴里乱嚷,说强盗来抢他来了。到如今还没好。姑娘,你说这不是奇事吗?"惜春听了,

属于癔症。

从几次请医看病的叙写看,对斯时中医的水准并不满意。

现称"走火入魔"。
当今练气功、鹤翔桩者亦有发生此类情况者。

默然无语。因想:"妙玉虽然洁净,毕竟尘缘未断。可惜我生在这种人家,不便出家,我若出了家时,那有邪魔缠扰?一念不生,万缘俱寂。"想到这里,蓦与神会,若有所得,便口占一偈云:

　　大造本无方,云何是应住?
　　既从空中来,应向空中去。

占毕,即命丫头焚香。自己静坐了一回,又翻开那棋谱来,把孔融、王积薪等所著看了几篇。内中"荷叶包蟹势""黄莺搏兔势",都不出奇;"三十六局杀角势",一时也难会难记;独看到"八龙走马",觉得甚有意思。正在那里作想,只听见外面一个人走进院来,连叫:"彩屏!"未知是谁,下回分解。

> 一语道破,却嫌直露了。

> 从空中来,到空中去,应无问题。问题是来去中间这一段,空不了,怎么办呢?

　　有所怀念,有所补充,有所发展(如妙玉的癔症),有所重复,渐渐向收官走去,能不惨然?

第八十八回

博庭欢宝玉赞孤儿　正家法贾珍鞭悍仆

却说惜春正在那里揣摩棋谱,忽听院内有人叫彩屏,不是别人,却是鸳鸯的声儿。彩屏出去,同着鸳鸯进来。那鸳鸯却带着一个小丫头,提了一个小黄绢包儿。惜春笑问道:"什么事?"鸳鸯道:"老太太因明年八十一岁,是个'暗九',许下一场九昼夜的功德,发心要写三千六百五十零一部《金刚经》。这已发出外面人写了。但是俗说:《金刚经》就像那道家的符壳,《心经》才算是符胆,故此,《金刚经》内必要插着《心经》,更有功德。老太太因《心经》是更要紧的,观自在又是女菩萨,所以要几个亲丁奶奶姑娘们写上三百六十五部。如此,又虔诚,又洁净。咱们家中,除了二奶奶:头一宗,他当家没有空儿;二宗,他也写不上来。其余会写字的,不论写得多少,连东府珍大奶奶姨娘们都分了去。本家里头自不用说。"惜春听了,点头道:"别的我做不来,若要写经,我最信心的。你搁下,喝茶罢。"鸳鸯才将那小包儿搁在桌上,同惜春坐下。

彩屏倒了一钟茶来。惜春笑问道:"你写不写?"鸳鸯道:"姑娘又说笑话了。那几年还好;这三四年来,姑娘见我还拿了拿笔儿么?"惜春道:"这却是有功德的。"鸳鸯道:"我也有一件

$\sqrt{8}$ 与 9^2。3651 = ?
反映古人的数字观念与数字迷信,直到数学学问。把知识不断活用到小说写作里,愈益完整丰富。

运与数紧密相连,数的抽象性似含神意。

续作在横向发展,填补空白方面,进展得很自觉也很迅速。继八股文、占卜、操琴、博弈之后,迅速又讲起写经来了。唯似略嫌俗了些。

前八十回有谈禅机内容,至于写经念佛等俗人宗教活动,这里有新的开拓补充。

事:向来伏侍老太太安歇后,自己念上米佛,已经念了三年多了。我把这个米收好,等老太太做功德的时候,我将他衬在里头,供佛施食;也是我一点诚心。"惜春道:"这样说来,老太太做了观音,你就是龙女了。"鸳鸯道:"那里跟得上这个分儿?却是除了老太太,别的也服侍不来,不晓得前世什么缘分儿。"说着要走,叫小丫头把小绢包打开,拿出来道:"这素纸一扎,是写《心经》的。"又拿起一子儿藏香,道:"这是叫写经时点着写的。"惜春都应了。

可见当时佛教生活一斑。

鸳鸯遂辞了出来,同小丫头来至贾母房中,回了一遍,看见贾母与李纨打双陆,鸳鸯旁边瞧着。李纨的骰子好,掷下去,把老太太的锤打下了好几个去,鸳鸯抿着嘴儿笑。

忽见宝玉进来,手中提了两个细篾丝的小笼子,笼内有几个蝈蝈儿,说道:"我听说老太太夜里睡不着,我给老太太留下解解闷。"贾母笑道:"你别瞅着你老子不在家,你只管淘气。"宝玉笑道:"我没有淘气。"贾母道:"你没淘气,不在学房里念书,为什么又弄这个东西呢?"宝玉道:"不是我自己弄的。今儿因师父叫环儿和兰儿对对子,环儿对不来,我悄悄的告诉了他。他说了,师父喜欢,夸了他两句。他感激我的情,买了来孝敬我的。我才拿了来孝敬老太太的。"

祖孙之情,舐犊之爱。

贾母道:"他没有天天念书么?为什么对不上来?对不上来,就叫你儒大爷爷打他的嘴巴子,看他臊不臊!你也戆受了。不记得你老子在家时,一叫做诗做词,唬的倒像个小鬼儿是的?这会子又说嘴了。那环儿小子更没出息:求人替做了,就变着方法儿打点人。这么点子孩子,就闹鬼闹神的,也不害臊。赶大了,还不知是个什

祖母这样说话,未免不得体。但也难说,老太太倾向性历来很强。

适当把读者的注意力往环、兰身上引一引,是为了安排后事。

么东西呢!"说的满屋子人都笑了。贾母又问道:"兰小子呢,做上来了没有?这该环儿替他了,他又比他小了,是不是?"宝玉笑道:"他倒没有,却是自己对的。"贾母道:"我不信;不然,就也是你闹了鬼了。如今你还了得,'羊群里跑出骆驼来了',就只你大,你又会做文章了!"宝玉笑道:"实在是他作的,师父还夸他明儿一定有大出息呢。老太太不信,就打发人叫了他来亲自试试,老太太就知道了。"贾母道:"果然这么着,我才喜欢。我不过怕你撒谎。既是他做的,这孩子明儿大概还有一点儿出息。"因看着李纨,又想起贾珠来,"这也不枉你大哥哥死了你大嫂子拉扯他一场,日后也替你大哥哥顶门壮户。"说到这里,不禁流下泪来。

李纨听了这话,却也动心,只是贾母已经伤心,自己连忙忍住泪,笑劝道:"这是老祖宗的余德,我们托着老祖宗的福罢咧。只要他应得了老祖宗的话,就是我们的造化了。老祖宗看着也喜欢,怎么倒伤起心来呢?"因又回头向宝玉道:"宝叔叔明儿别这么夸他,他多大孩子,知道什么?你不过是爱惜他的意思,他那里懂得,一来二去,眼大心肥,那里还能彀有长进呢?"贾母道:"你嫂子这也说的是。就只他还太小呢,也别逼紧了他;小孩子胆儿小,一时逼急了,弄出点子毛病来,书倒念不成,把你的工夫都白遭塌了。"贾母说到这里,李纨却忍不住,扑簌簌掉下泪来,连忙擦了。

只见贾环贾兰也都进来给贾母请了安。贾兰又见过他母亲,然后过来,在贾母傍边侍立。贾母道:"我刚才听见你叔叔说你对的好对子,师父夸你来着。"贾兰也不言语,只管抿着嘴儿

> 小说作者就像上帝,他得安排一切。

> 怕人撒谎就激将一番,这种做法本身就不老实。
> 重视血缘关系,把个人看成整个血缘遗传链条中一个承上启下的环节,个人要为"链条"服务,要服从于"链条"的需要。

> 贾府的文化危机关于寄生纨绔,谎骗虚伪,糜烂空间。钩心斗角内部的孝悌,还是有的。

> 这话多次用在宝玉身上。

> 贾兰经常和贾环在一起,但

95

笑。鸳鸯过来说道:"请示老太太,晚饭伺候下了。"贾母道:"请你姨太太去罢。"琥珀接着便叫人去王夫人那边请薛姨妈。

二人殊非同路。看来近朱者也可以黑,近墨者也可以赤。

这里宝玉贾环退出,素云和小丫头们过来把双陆收起,李纨尚等着伺候贾母的晚饭。贾兰便跟着他母亲站着。贾母道:"你们娘儿两个跟着我吃罢。"李纨答应了。一时,摆上饭来,丫鬟回来禀道:"太太叫回老太太:姨太太这几天浮来暂去,不能过来回老太太,今日饭后家去了。"于是贾母叫贾兰在身傍边坐下,大家吃饭,不必细述。

却说贾母刚吃完了饭,盥漱了,歪在床上,说闲话儿。只见小丫头子告诉琥珀,琥珀过来回贾母道:"东府大爷请晚安来了。"贾母道:"你们告诉他,如今他办理家务乏乏的,叫他歇着去罢。我知道了。"小丫头告诉老婆子们,老婆子才告诉贾珍,贾珍然后退出。

全部过场。

对贾珍亦无多大兴趣。

越是宅男,越多礼数,无正业可务。

到了次日,贾珍过来料理诸事。门上小厮陆续回了几件事。又一个小厮回道:"庄头送果子来了。"贾珍道:"单子呢?"那小厮连忙呈上。贾珍看时,上面写着不过是时鲜果品,还夹带菜蔬野味若干在内。贾珍看完,问:"向来经管的是谁?"门上的回道:"是周瑞。"便叫周瑞:"照账点清,送往里头交代。等我把来账抄下一个底子,留着好对。"又叫:"告诉厨房,把下菜中添几宗,给送果子的来人,照常赏饭给钱。"

可参照五十三回,照虎画猫,支应而已。

周瑞答应了,一面叫人搬至凤姐儿院子里去,又把庄上的账和果子交代明白,出去了。一回儿,又进来回贾珍道:"才刚来的果子,大爷曾点过数目没有?"贾珍道:"我那里有工夫点这个呢？给了你账,你照账点就是了。"周瑞道:"小的曾点过,也没有少,也不能多出来。大爷既留下底子,再叫送果子来的人问问他,这账是真的假的。"贾珍道:"这是怎么说?不过是几个果子罢咧,有什么要紧?我又没有疑你。"说着,只见鲍二走来磕了一个头,说道:"求大爷原旧放小的在外头伺候罢。"贾珍道:"你们这又是怎么着?"鲍二道:"奴才在这里又说不上话来。"贾珍道:"谁叫你说话?"鲍二道:"何苦来,在这里作眼睛珠儿。"周瑞接口道:"奴才在这里经管地租庄子银钱出入,每年也有三五十万来往,老爷太太奶奶们从没有说过话的,何况这些零星东西。若照鲍二说起来,爷们家里的田地房产都被奴才们弄完了。"贾珍想道:"必是鲍二在这里拌嘴,不如叫他出去。"因向鲍二说道:"快滚罢!"又告诉周瑞说:"你也不用说了,你干你的事罢。"二人各自散了。

> 鲍二似是贾琏的人,周瑞家的则是凤姐干将。这二人的矛盾有无"线"的背景?

贾珍正在厢房里歇着,听见门上闹的翻江搅海,叫人去查问,回来说道:"鲍二和周瑞的干儿子打架。"贾珍道:"周瑞的干儿子是谁?"门上的回道:"他叫何三,本来是个没味儿的,天天在家里喝酒闹事,常来门上坐着。听见鲍二和周瑞拌嘴,他就插在里头。"贾珍道:"这却可恶!把鲍二和那个什么何几给我一块儿捆起来!周瑞呢?"门上的回道:"打架时,他先走了。"贾珍道:"给我拿了来!这还了得了!"众人答应了。

> 翻江搅海,令人想起赵姨娘与芳官之战。

正嚷着,贾琏也回来了,贾珍便告诉了一遍。贾琏道:"这还了得!"又添了人去拿周瑞。周瑞知道躲不过,也找到了。贾珍便叫:"都捆上!"贾琏便向周瑞道:"你们前头的话也不要紧,大爷说开了狠是了,为什么外头又打架?你

> 礼崩乐坏,秩序互解。

们打架已经使不得,又弄个野杂种什么何三来闹。你不压伏压伏他们,倒竟走了。"就把周瑞踢了几脚。贾珍道:"单打周瑞不中用。"喝命人把鲍二和何三各人打了五十鞭子,撵了出去,方和贾琏两个商量正事。下人背地里便生出许多议论来:也有说贾珍护短的;也有说不会调停的;也有说他本不是好人,前儿尤家姐妹弄出许多丑事来,那鲍二不是他调停着二爷叫了来的吗?这会子又嫌鲍二不济事,必是鲍二的女人伏侍不到了。人多嘴杂,纷纷不一。

内有许多黑幕,供读者猜测。

腐烂、衰败、分裂、混乱的因素也是多元的,叫做四面阴风,八方鬼火。

却说贾政自从在工部掌印,家人中尽有发财的。那贾芸听见了,也要插手弄一点事儿,便在外头说了几个工头,讲了成数,便买了些时新绣货,要走凤姐儿门子。

又一条毒蛇活动上了。

凤姐正在房中,听见丫头们说:"大爷二爷都生了气,在外头对打人呢。"凤姐听了,不知何故。正要叫人去问,只见贾琏已进来了,把外面的事告诉了一遍。凤姐道:"事情虽不要紧,但这风俗儿断不可长。此刻还算咱们家里正旺的时候儿,他们就敢打架,已后小辈儿们当了家,他们越发难制伏了。前年我在东府里亲眼见过焦大吃的烂醉,躺在台阶子底下骂人,不管上上下下,一混汤子的混骂。他虽是有过功的人,倒底主子奴才的名分,也要存点儿体统才好。珍大奶奶,不是我说,是个老实头,个个人都叫他养得无法无天的。如今又弄出一个什么鲍二。我还听见是你和珍大爷得用的人,为什么今儿又打他呢?"贾琏听了这话刺心,便觉赸赸的,拿话来支开,借有事,说着就走了。

其实已经不是"正旺"了。

回忆焦大,就是回忆宁府的腐烂肮脏。

回味鲍二家的被逼上吊的故事与尤二姐的故事。

小红进来回道:"芸二爷在外头要见奶奶。"

凤姐一想:"他又来做什么?"便道:"叫他进来罢。"小红出来,瞅着贾芸微微一笑。贾芸赶忙凑近一步,问道:"姑娘替我回了没有?"小红红了脸,说道:"我就是见二爷的事多!"贾芸道:"何曾有多少事能到里头来劳动姑娘呢?就是那一年姑娘在宝二叔房里,我才和姑娘……"小红怕人撞见,不等说完,赶忙问道:"那年我换给二爷的一块绢子,二爷见了没有?"那贾芸听了这句话,喜的心花俱开,才要说话,只见一个小丫头从里面出来,贾芸连忙同着小红往里走。两个人一左一右,相离不远。贾芸悄悄的道:"回来我出来,还是你送出我来。我告诉你,还有笑话儿呢。"小红听了,把脸飞红,瞅了贾芸一眼,也不答言。同他到了凤姐门口,自己先进去回了,然后出来,掀起帘子,点手儿,口中却故意说道:"奶奶请芸二爷进来呢。"

> 前面的伏笔,后一直没有下文。现写到,给人以前面欠了账,后面慢慢还的感觉。

贾芸笑了一笑,跟着他走进房来,见了凤姐儿,请了安,并说:"母亲叫问好。"凤姐也问了他母亲好。凤姐道:"你来有什么事?"贾芸道:"侄儿从前承婶娘疼爱,心上时刻想着,总过意不去。欲要孝敬婶娘。又怕婶娘多想。如今重阳时候,略备了一点儿东西。婶娘这里那一件没有?不过是侄儿一点孝心。只怕婶娘不肯赏脸。"凤姐儿笑道:"有话坐下说。"贾芸才侧身坐了,连忙将东西捧着搁在傍边桌上。凤姐又道:"你不是什么有余的人,何苦又去花钱?我又不等着使。你今日来意,是怎么个想头儿,你倒是实说。"贾芸道:"并没有别的想头儿,不过感念婶娘的恩惠,过意不去罢咧。"说着,微微的笑了。凤姐道:"不是这么说。你手里窄,我狠知道,我何苦白白儿使你的?你要我收下这个东

> 上梁歪了下梁歪,心里短了皮上烂,主上乱了下人乱。

> 凤姐倒是实在,她的性格也是喜人趋奉,并为趋奉者办事。属于顺我者昌,逆我者亡一流。

西,须先和我说明白了。要是这么'含着骨头露着肉'的,我倒不收。"

贾芸没法儿,只得站起来,陪着笑儿说道:"并不是有什么妄想:前几日听见老爷总办陵工,侄儿有几个朋友办过好些工程,极妥当的,要求婶娘在老爷跟前提一提。办得一两种,侄儿再忘不了婶娘的恩典!若是家里用得着侄儿,也能给婶娘出力。"凤姐道:"若是别的,我却可以作主。至于衙门里的事,上头呢,都是堂官司员定的;底下呢,都是那些书办衙役们办的,别人只怕插不上手,连自己的家人也不过跟着老爷伏侍伏侍。就是你二叔去,亦只是为的是各自家里的事,他也并不能揽越公事。论家事,这里是踩一头儿撬一头儿的,连珍大爷还弹压不住。你的年纪儿又轻,辈数儿又小,那里缠的清这些人呢?况且衙门里头的事差不多儿也要完了,不过吃饭瞎跑。你在家里什么事作不得,难道没了这碗饭吃不成?我这是实在话,你自己回去想想就知道了。你的情意,我已经领了,把东西快拿回去,是那里弄来的,仍旧给人家送了去罢。"

正说着,只见奶妈子一大起带了巧姐儿进来。那巧姐儿身上穿得锦团花簇,手里拿着好些顽意儿,笑嘻嘻走到凤姐身边学舌。贾芸一见,便站起来,笑盈盈的赶着说道:"这就是大妹妹么?你要什么好东西不要?"那巧姐儿便"哑"的一声哭了。贾芸连忙退下。凤姐道:"乖乖不怕。"连忙将巧姐揽在怀里,道:"这是你芸大哥哥,怎么认起生来了?"贾芸道:"妹妹生得好相貌,将来又是个有大造化的。"那巧姐儿回头把贾芸一瞧,又哭起来,叠连几次。

符合凤姐脾气。快人快语。

搞建筑,有油水。
"老爷"那里,显然已被各种猫腻包围。

各有潜规则,凤姐不外行。

这些对话写得都过得去。

预示预告,贾芸心术不正,将有大害于巧姐。

贾芸看这光景坐不住,便起身告辞要走。凤姐道:"你把东西带了去罢。"贾芸道:"这一点子,婶娘还不赏脸?"凤姐道:"你不带去,我便叫人送到你家去。芸哥儿,你不要这么样。你又不是外人。我这里有机会,少不得打发人去叫你;没有事也没法儿,不在乎这些东东西西上的。"贾芸看见凤姐执意不受,只得红着脸道:"既这么着,我再找得用的东西来孝敬婶娘罢。"凤姐儿便叫小红拿了东西,跟着贾芸送出来。

> 凤姐处理贾芸送礼事相当漂亮、利索,可为今人处理类似事情的参考。

贾芸走着,一面心中想道:"人说二奶奶利害,果然利害。一点儿都不漏缝,真正斩钉截铁!怪不得没有后世。这巧姐儿更怪,见了我好像前世的冤家是的,真正晦气。白闹了这么一天。"小红见贾芸没得彩头,也不高兴,拿着东西跟出来。贾芸接过来,打开包儿,拣了两件,悄悄的递给小红。小红不接,嘴里说道:"二爷别这么着。看奶奶知道了,大家倒不好看。"贾芸道:"你好生收着罢。怕什么,那里就知道了呢?你若不要,就是瞧不起我了。"小红微微一笑,才接过来,说道:"谁要你这些东西!算什么呢?"说了这句话,把脸又飞红了。贾芸也笑道:"我也不是为东西。况且那东西也算不了什么。"说着话儿,两个已走到二门口。贾芸把下剩的仍旧揣在怀内。小红催着贾芸道:"你先去罢。有什么事情,只管来找我。我如今在这院里了,又不隔手。"贾芸点点头儿,说道:"二奶奶太利害,我可惜不能长来!刚才我说的话,你横竖心里明白,得了空儿,再告诉你罢。"小红满脸羞红,说道:"你去罢。明儿也长来走走。谁叫你和他生疏呢?"贾芸道:"知道了。"贾芸说着,

> "前世的冤家",容不得你不信。

> 第二十七回,宝钗误听到小红与贾芸事时,已想到"奸淫狗盗""刁钻古怪""眼空心大"等语,显然,作者是把小红与贾芸作为不安定因素来写的。

> 红、芸关系是不是自由恋爱呢?心术不好的男女,也可能有自由恋爱的要求,在历史的前进中,恶人有恶人的作用。

101

出了院门。这里小红站在门口，怔怔的看他去远了，才回来了。

却说凤姐在房中吩咐预备晚饭，因又问道："你们熬了粥了没有？"丫鬟们连忙去问，回来道："预备了。"凤姐道："你们把那南边来的糟东西弄一两碟来罢。"秋桐答应了，叫丫头们伺候。平儿走来笑道："我倒忘了：今儿晌午，奶奶在上头老太太那边的时候，水月庵的师父打发人来，要向奶奶讨两瓶南小菜，还要支用几个月的月钱，说是身上不受用。我问那道婆来着：'师父怎么不受用？'他说：'四五天了。前儿夜里，因那些小沙弥小道士里头有几个女孩子，睡觉没有吹灯，他说了几次不听。那一夜，看见他们三更以后灯还点着呢，他便叫他们吹灯，个个都睡着了，没有人答应，只得自己亲自起来给他们吹灭了。回到炕上，只见有两个人，一男一女，坐在炕上。他赶着问是谁，那里把一根绳子往他脖子上一套，他便叫起人来。众人听见，点上灯火，一齐赶来，已经躺在地下，满口吐白沫子。幸亏救醒了。此时还不能吃东西，所以叫来寻些小菜儿的。'我因奶奶不在房中，不便给他。我说：'奶奶此时没有空儿，在上头呢，回来告诉。'便打发他回去了。才刚听见说起南菜，方想起来了；不然，就忘了。"凤姐听了，呆了一呆，说道："南菜不是还有呢，叫人送些去就是了。那银子，过一天叫芹哥来领就是了。"又见小红进来回道："才刚二爷差人来，说是今晚城外有事，不能回来，先通知一声。"凤姐道："是了。"

说着，只听见小丫头从后面喘吁吁的嚷着，直跑到院子里来。外面平儿接着，还有几个丫头们，咕咕唧唧的说话。凤姐道："你们说什么

频频谈粥。

描写日常生活的小说，倒真成了日常闲篇了。

果然处处是奸淫狗盗。

贾芸邪恶，贾芹亦是一路货。各路邪货泛起，渐渐积成压顶乌云。

家贫出孝子，国乱显忠臣，这是一种经验。
国乱因奸佞，家败因恶奴，或因不肖，这是另一种经验。

赞孤儿平平泛泛。鞭悍仆写得尚好,虽不细腻。人物语言能写到这个样子已属奇迹。(作为高氏续作要求。)生活细节水分多,过场多。

呢?"平儿道:"小丫头子有些胆怯,说鬼话。"凤姐说:"那一个?"小丫头进来。问道:"什么鬼话?"那丫头道:"我才刚到后边去叫打杂儿的添煤,只听得三间空屋子里'哗喇哗喇'的响,我还道是猫儿耗子;又听得'嗳'的一声,像个人出气儿的是的。我害怕,就跑回来了。"凤姐骂道:"胡说!我这里断不兴说神说鬼。我从来不信这些个话,快滚出去罢!"那小丫头出去了。

> 凤姐坚持无神论,弄权铁槛寺时已表白过。

凤姐便叫彩明将一天零碎日用账对过一遍。时已将近二更,大家又歇了一回,略说些闲话,遂叫各人安歇去罢。凤姐也睡下了。将近三更,凤姐似睡不睡,觉得身上寒毛一乍,自己惊醒了,越躺着越发起渗来,因叫平儿秋桐过来作伴。二人也不解何意。那秋桐本来不顺凤姐,后来贾琏因尤二姐之事,不大爱惜他了,凤姐又笼络他,如今倒也安静,只是心里比平儿差多了,外面情儿。今见凤姐不受用,只得端上茶来。凤姐喝了一口道:"难为你,睡去罢,只留平儿在这里就彀了。"秋桐却要献勤儿,因说道:"奶奶睡不着,倒是我们两个轮流坐坐也使得。"凤姐一面说,一面睡着了。平儿秋桐看见凤姐已睡,只听得远远的鸡声叫了,二人方都穿着衣服略躺了一躺,就天亮了,连忙起来伏侍凤姐梳洗。

> 国之将亡,必有妖孽;家之将败,必有狐鬼。亡败是客观趋势,心惊肉跳是主观反映,心惊肉跳便会幻视幻听,出现各种神秘恐怖现象。呜呼,贾府无宁日矣。

> 紧张、不安,直至恐怖、崩溃的心情,倒是好小说材料。

凤姐因夜中之事,心神恍惚不宁,只是一味要强,仍然扎挣起来。正坐着纳闷,忽听个小丫头子在院里问道:"平姑娘在屋里么?"平儿答应了一声。那小丫头掀起帘子进来,却是王夫人打发过来来找贾琏,说:"外头有人回要紧的官事。老爷才出了门,太太叫快请二爷过去呢。"凤姐听见,唬了一跳。未知何事,下回分解。

  大势已去,沉渣泛起。
  王熙凤当然无德,但是凤最红火的时候恰是贾府鲜花着锦、烈火烹油之日,凤心劳日拙之时也就是贾府走下坡路之时。

第八十九回

人亡物在公子填词　蛇影杯弓颦卿绝粒

却说凤姐正自起来纳闷，忽听见小丫头这话，又唬了一跳，连忙问道："什么官事？"小丫头道："也不知道。刚才二门上小厮回进来，回老爷有要紧的官事，所以太太叫我请二爷来了。"凤姐听是工部里的事，才把心略略的放下。因说道："你回去回太太，就说二爷昨日晚上出城有事，没有回来，打发人先回珍大爷去罢。"那丫头答应着去了。

> 虚惊几次，最后变成真正的灾难。这是"红"常用的手法。这也是一种生活经验。虚惊表现的是灾难的可能性，灾难则是这种可能性的终于变成现实性。

一时，贾珍过来，见了部里的人，问明了，进来见了王夫人，回道："部中来报：昨日总河奏到，河南一带决了河口，湮没了几府州县。又要开销国帑，修理城工。工部司官又有一番照料。所以部里特来报知老爷的。"说完退出。及贾政回家来，回明。从此，直到冬间，贾政天天有事，常在衙门里。宝玉的工课也渐渐松了，只是怕贾政觉察出来，不敢不常在学房里去念书，连黛玉处也不敢常去。

> 国事家事，事事惊心。

那时已到十月中旬，宝玉起来，要往学房中去。这日天气陡寒，只见袭人早已打点出一包衣服，向宝玉道："今日天气狠冷，早晚宁使暖些。"说着，把衣裳拿出来，给宝玉挑了一件穿。又包了一件，叫小丫头拿出，交给焙茗，嘱咐道："天气凉，二爷要换时，好生预备着。"焙茗答应

> 致力于写生活，而不是像其他续作那样的致力于掰扯情节，这恰恰是高续的优胜处。

105

了,抱着毡包,跟着宝玉自去。

宝玉到了学房中,做了自己的工课,忽听得纸窗"呼喇喇"一派风声。代儒道:"天气又发冷。"把风门推开一看,只见西北上一层层的黑云,渐渐往东南扑上来。焙茗走进来回宝玉道:"二爷,天气冷了,再添些衣服罢。"宝玉点点头儿。只见焙茗拿进一件衣服来。宝玉不看则已,看了时,神已痴了。那些小学生都巴着眼瞧。却原是晴雯所补的那件雀金裘。宝玉道:"怎么拿这一件来?是谁给你的?"焙茗道:"是里头姑娘们包出来的。"宝玉道:"我身上不大冷,且不穿呢,包上罢。"代儒只当宝玉可惜这件衣服,却也心里喜他知道俭省。焙茗道:"二爷穿上罢。着了凉,又是奴才的不是了。二爷只当疼奴才罢!"宝玉无奈,只得穿上,呆呆的对着书坐着。代儒也只当他看书,不甚理会。晚间放学时,宝玉便往代儒托病告假一天。代儒本来上年纪的人,也不过伴着几个孩子解闷儿,时常也八病九痛的,乐得去一个少操一日心。况且明知贾政事忙,贾母溺爱,便点点头儿。

宝玉一径回来,见过贾母王夫人,也是这样说,自然没有不信的。略坐一坐,便回园中去了。见了袭人等,也不似往日有说有笑的,便和衣躺在炕上。袭人道:"晚饭预备下了,这会儿吃,还是等一等儿?"宝玉道:"我不吃了,心里不舒服。你们吃去罢。"袭人道:"那么着,你也该把这件衣服换下来了。那个东西那里禁得住揉搓?"宝玉道:"不用换。"袭人道:"倒也不但是娇嫩物儿,你瞧瞧那上头的针线,也不该这么遭塌他呀。"宝玉听了这话,正碰在他心坎儿上,叹了一口气道:"那么着,你就收起来,给我包好

> 后四十回不断温习旧事。这些呼应都是写得好的,必要的。

> 应有此等呆坐,不然,晴雯更冤枉了。

> 这些对话读似无心无意,实际还比较合乎身份与人情,写得很顺手。

宝玉的感情，常常只能是一种精神上的自我完成。对金钏是如此，对晴雯也是如此，她们活着，他不能挺身而出，仗义执言，分担责任，反对暴行，与人抗争。她们死了，他不能诉说和表达自己的悲愤，哪怕只是辛酸，他不能公开自己的情感，他不能与人交流。然后他最多去偷偷烧一炷香，闹一回情绪，少吃一顿饭，少睡几个小时觉而已。可怜。

了。我也总不穿他了！"说着，站起来脱下。袭人才过来接时，宝玉已经自己叠起。袭人道："二爷怎么今日这样勤谨起来了？"宝玉也不答言，叠好了，便问："包这个的包袱呢？"麝月连忙递过来，让他自己包好，回头却和袭人挤着眼儿笑。宝玉也不理会，自己坐着，无精打彩。猛听架上钟响，自己低头看了看表针已指到酉初二刻了。一时小丫头点上灯来。袭人道："你不吃饭，喝一口粥儿罢，别净饿着。看仔细饿上虚火来，那又是我们的累赘了。"宝玉摇摇头儿，说："这不大饿，强吃了倒不受用。"袭人道："既这么着，就索性早些歇着罢。"于是袭人麝月铺设了，宝玉也就歇下。翻来复去，只睡不着，将及黎明，反蒙眬睡去，不一顿饭时，早又醒了。

此时袭人麝月也都起来。袭人道："昨夜听着你翻腾到五更多，我也不敢问你。后来我就睡着了，不知到底你睡着了没有？"宝玉道："也睡了一睡，不知怎么就醒了。"袭人道："你没有什么不受用？"宝玉道："没有，只是心上发烦。"袭人道："今日学房里去不去？"宝玉道："我昨儿已经告了一天假了，今儿我要想园里逛一天，散散心，只是怕冷。你叫他们收拾一间屋子，备下一炉香，搁下纸墨笔砚，你们只管干你们的，我自己静坐半天才好，别叫他们来搅我。"麝月接着道："二爷要静静儿的用工夫，谁敢来搅！"袭人道："这么着狠好，也省得着了凉，自己坐坐，心神也不散。"因又问："你既懒待吃饭，今日吃

好一个"挤着眼儿笑"！冷漠，麻木，无情，已经达到了残忍得令人发指的程度。而且，她们的这种残忍麻木并非有所为的（不是与死者有冤仇），而是自然无觉察的。

这一节的分量恰到好处。

社会如此，规矩如此，观点如此，不受用也得受而不用。

袭人的"心神不散论"，是无

什么,早说,好传给厨房里去。"宝玉道:"还是随便罢,不必闹的大惊小怪的。倒是要几个果子搁在那屋里,借点果子香。"袭人道:"那个屋里好?别的都不大干净,只是晴雯起先住的那一间,因一向无人,还干净。就是清冷些。"宝玉道:"不妨,把火盆挪过去就是了。"袭人答应了。

　　正说着,只见一个小丫头端了一个茶盘儿,一个碗,一双牙箸,递给麝月,道:"这是刚才花姑娘要的,厨房里老婆子送了来了。"麝月接了一看,却是一碗燕窝汤,便问袭人道:"这是姐姐要的么?"袭人笑道:"昨夜二爷没吃饭,又翻腾了一夜,想来今日早起心里必是发空的,所以我告诉小丫头们,叫厨房里作了这个来的。"袭人一面叫小丫头放桌儿。麝月打发宝玉喝了,漱了口,只见秋纹走来说道:"那屋里已经收拾妥了,但等着一时炭劲过了,二爷再进去罢。"宝玉点头,只是一腔心事,懒意说话。

　　一时,小丫头来请,说:"笔砚都安放妥当了。"宝玉道:"知道了。"又一个小丫头回道:"早饭得了,二爷在那里吃?"宝玉道:"就拿了来罢,不必累赘了。"小丫头答应了自去,一时端上饭来。宝玉笑了一笑,向麝月袭人道:"我心里闷得狠,自己吃只怕又吃不下去,不如你们两个同我一块儿吃,或者吃的香甜,我也多吃些。"麝月笑道:"这是二爷的高兴,我们可不敢。"袭人道:"其实也使得,我们一处喝酒,也不止今日。只是偶然替你解闷儿,还使得;若认真这样,还有什么规矩体统呢。"说着,三人坐下,宝玉在上首,袭人麝月两个打横陪着。吃了饭,小丫头端上漱口茶来,两个看着撤了下去。

　　宝玉因端着茶,默默如有所思,又坐了一

师自通的,心理健康维护方法。

完全是四十三回"不了情暂撮土为香"的路子。

"一腔心事",二美空陪,一碗燕窝,三人共享。

亦令人想起晴雯的"没大没小"的亲切活泼。

宝玉的神态言谈,都恰到好处。

坐,便问道:"那屋里收拾妥了么?"麝月道:"头里就回过了,这会子又问。"宝玉略坐了一坐,便过这间屋子来。亲自点了一炷香,摆上些果品,便叫人出去,关上了门。外面袭人等都静悄无声。宝玉拿了一幅泥金角花的粉红笺出来,口中祝了几句,便提起笔来写道:

怡红主人焚付晴姐知之:

酌茗清香,庶几来飨。

其词云:

随身伴,独自意绸缪。谁料风波平地起,顿教躯命即时休。孰与话轻柔?东逝水,无复向西流。想象更无怀梦草,添衣还见翠云裘。脉脉使人愁!

"想象"二句不错。
写得尚潇洒,没有如一些人所诟病的高鹗的迂腐气。

写毕,就在香上点个火,焚化了。静静儿等着,直待一炷香点尽了,才开门出来。袭人道:"怎么出来了?想来又闷的慌了。"宝玉笑了一笑,假说道:"我原是心里烦,才找个地方儿静坐坐儿。这会子好了,还要外头走走去呢。"

说着,一径出来。到了潇湘馆中,在院里问道:"林妹妹在家里呢么?"紫鹃接应道:"是谁?"掀帘看时,笑道:"原来是宝二爷。姑娘在屋里呢,请二爷到屋里坐着。"宝玉同着紫鹃走进来。黛玉却在里间呢,说道:"紫鹃,请二爷屋里坐罢。"宝玉走到里间门口,看见新写的一副紫墨色泥金云龙笺的小对,上写着:"绿窗明月在,青史古人空。"宝玉看了,笑了一笑,走入门去,笑问道:"妹妹做什么呢?"黛玉站起来,迎了两步,笑着让道:"请坐。我在这里写经,只剩得两行了。等写完了再说话儿。"因叫雪雁倒茶。宝玉道:"你别动,只管写。"说着,一面看见中间挂一幅单条,上面画着一个嫦娥,带着一个侍

一追悼晴雯便接着见黛玉,无怪乎有所谓"晴雯是黛玉的影子"之说。
影说虽然无稽,性格(心曲)自有相通。

黛玉不是惜春,并不那样迷佛,写经仍是合理。中华文化常能大而化之,多而一之,异而同之,混沌一片,道通为一。

者；又一个女仙，也有一个侍者，捧着一个长长儿的衣囊似的：二人身旁边略有些云护，别无点缀，全仿李龙眠白描笔意，上有"斗寒图"三字，用八分书写着。宝玉道："妹妹这幅斗寒图可是新挂上的？"黛玉道："可不是。昨日他们收拾屋子，我想起来，拿出来叫他们挂上的。"宝玉道："是什么出处？"黛玉笑道："眼前熟的狠，还要问人。"宝玉笑道："我一时想不起，妹妹告诉我罢。"黛玉道："岂不闻'青女素娥俱耐冷，月中霜里斗婵娟'？"宝玉道："是啊，这个实在新奇雅致，却好此时拿出来挂。"说着，又东瞧瞧，西走走。

> 给香菱讲诗的时候黛玉对李义山的诗评价不高，这里却引用其诗。她的诗论诗话正统主流，她的诗记忆另类。

雪雁沏了茶来，宝玉吃着。又等了一会子，黛玉经才写完，站起来道："简慢了。"宝玉笑道："妹妹还是这么客气。"但见黛玉身上穿着月白绣花小毛皮袄，加上银鼠坎肩；头上挽着随常云髻，簪上一枝赤金扁簪，别无花朵；腰下系着杨妃色绣花绵裙。真比如：

亭亭玉树临风立，冉冉香莲带露开。

宝玉因问道："妹妹这两日弹琴来着没有？"黛玉道："两日没弹了。因为写字已经觉得手冷，那里还去弹琴？"宝玉道："不弹也罢了。我想琴虽是清高之品，却不是好东西，从没有弹琴里弹出富贵寿考来的，只有弹出忧思怨乱来的。再者，弹琴也得心里记谱，未免费心。依我说，妹妹身子又单弱，不操这心也罢了。"黛玉抿着嘴儿笑。宝玉指着壁上道："这张琴可就是么？怎么这么短？"黛玉笑道："这张琴不是短，因我小时学抚的时候，别的琴都彀不着，因此特地做起来的。虽不是焦尾枯桐，这鹤山凤尾，还配得齐整；龙池雁足，高下还相宜。你看这断纹，不

> 艺术有害论。
> 艺术憎命达。
> 此论有理，唯不像宝玉的理。
> 再者，虽有理而艺术不灭。

是牛筋是的么？所以音韵也还清越。"宝玉道："妹妹这几天来做诗没有？"黛玉道："自结社以后，没大作。"宝玉笑道："你别瞒我。我听见你吟的，什么'不可惙，素心如何天上月'，你搁在琴里，觉得音响分外的响亮。有的没有？"黛玉道："你怎么听见了？"宝玉道："我那一天从蓼风轩来听见的，又恐怕打断你的清韵，所以静听了一会，就走了。我正要问你：前路是平韵，到末了儿忽转了仄韵，是个什么意思？"黛玉道："这是人心自然之音，做到那里就到那里，原没有一定的。"宝玉道："原来如此。可惜我不知音，枉听了一会子。"黛玉道："古来知音人能有几个？"宝玉听了，又觉得出言冒失了，又怕寒了黛玉的心。坐了一坐，心里像有许多话，却再无可讲的。黛玉因方才的话也是冲口而出，此时回想，觉得太冷淡些，也就无话。宝玉一发打量黛玉设疑，遂讪讪的站起来说道："妹妹坐着罢，我还要到三妹妹那里瞧瞧去呢。"黛玉道："你若见了三妹妹，替我问候一声罢。"宝玉答应着，便出来了。

　　黛玉送至屋门口，自己回来，闷闷的坐着，心里想道："宝玉近来说话，半吐半吞，忽冷忽热，也不知他是什么意思。"正想着，紫鹃走来道："姑娘，经不写了？我把笔砚都收好了。"黛玉道："不写了，收起去罢。"说着，自己走到里间屋里床上歪着，慢慢的细想。紫鹃进来问道："姑娘喝碗茶罢？"黛玉道："不喝呢。我略歪歪儿。你们自己去罢。"

　　紫鹃答应着出来，只见雪雁一个人在那里发呆。紫鹃走到他跟前，问道："你这会子也有了什么心事了么？"雪雁只顾发呆，倒被他吓了

那次听琴，只和妙玉共赏共析，却未与主角黛玉见面，这不，找补过来了。

不好谬托知音，又不好说不知音，也是两难。

宝黛之情发展到这一步，进退维谷了。

实际问题，已到了短兵相接之时。
他的意思，一不能明说，二不能算数。

一跳；因说道："你别嚷，今日我听见了一句话，我告诉你听，奇不奇。你可别言语！"说着，往屋里努嘴儿。因自己先行，点着头儿叫紫鹃同他出来，到门外平台底下，悄悄儿的道："姐姐，你听见了么？宝玉定了亲了。"紫鹃听见，吓了一跳，说道："这是那里来的话？只怕不真罢？"雪雁道："怎么不真！别人大概都知道，就只咱们没听见。"紫鹃道："你在那里听来的？"雪雁道："我听见侍书说的，是个什么知府家，家资也好，人才也好。"

> 雪雁在黛玉这边，本来像是一个可有可无的角色，这回可派了大用场了。
> 也是"天生我材必有用"啊。

　　紫鹃正听时，只听得黛玉咳嗽了一声，似乎起来的光景。紫鹃恐怕他出来听见，便拉了雪雁，摇摇手儿，往里望望，不见动静，才又悄悄儿的问道："他到底怎么说来？"雪雁道："前儿不是叫我到三姑娘那里去道谢吗，三姑娘不在屋里，只有侍书在那里。大家坐着，无意中说起宝二爷的淘气来。他说：'宝二爷怎么好！只会顽儿，全不像大人的样子，已经说亲了，还是这么呆头呆脑。'我问他：'定了没有？'他说是：'定了，是个什么王大爷做媒的。那王大爷是东府里的亲戚，所以也不用打听，一说就成了。'"紫鹃侧着头想了一想，"这句话奇！"又问道："怎么家里没有人说起？"雪雁道："侍书也说的，是老太太的意思。若一说起，恐怕宝玉野了心，所以都不提起。侍书告诉了我，又叮咛千万不可露风说出来，只道是我多嘴。"往里一指，"所以他面前也不提。今日是你问起，我不犯瞒你。"

> 此事正需要一个吃凉不管酸的雪雁来报，如换成别的房里的姑娘，不能来传话。如换成紫鹃，势必会问清弄清，收不到杯弓蛇影，似是而非的效果。
> 各种小道消息，可靠的不可靠的，原来确有后来变了的，"红"已有之。

　　正说到这里，只听鹦鹉叫唤，学着说："姑娘回来了，快倒茶来！"倒把紫鹃雪雁吓了一跳。回头并不见有人，便骂了鹦鹉一声。走进屋内，只见黛玉喘吁吁的刚坐在椅子上。紫鹃搭讪着

> 鹦鹉掺和一下，更妙。疑得自"鹦鹉前头不敢言"句。

问茶问水。黛玉问道:"你们两个那里去了?再叫不出一个人来。"说着,便走到炕边,将身子一歪,仍旧倒在炕上,往里躺下,叫把帐子撩下。紫鹃雪雁答应出去,他两个心里疑惑方才的话只怕被他听了去了,只好大家不提。

亦是自虚惊起。

谁知黛玉一腔心事,又窃听了紫鹃雪雁的话,虽不狠明白,已听得了七八分,如同将身撂在大海里一般。思前想后,竟应了前日梦中之谶,千愁万恨,堆上心来。左右打算,不如早些死了,免得眼见了意外的事情,那时反倒无趣。又想到自己没了爹娘的苦,自今以后,把身子一天一天的遭塌起来,一年半载,少不得身登清净。打定了主意,被也不盖,衣也不添,竟是合眼装睡。紫鹃和雪雁来伺候几次,不见动静,又不好叫唤。晚饭都不吃。点灯已后,紫鹃掀开帐子,见已睡着了,被窝都蹬在脚后。怕他着了凉,轻轻儿拿来盖上。黛玉也不动,单待他出去,仍然褪下。那紫鹃只管问雪雁:"今儿的话到底是真的是假的?"雪雁道:"怎么不真!"紫鹃道:"侍书怎么知道的?"雪雁道:"是小红那里听来的。"紫鹃道:"头里咱们说话,只怕姑娘听见了。你看刚才的神情,大有原故。今日以后,咱们倒别提这件事了。"说着,两个人也收拾要睡。紫鹃进来看时,只见黛玉被窝又蹬下来,复又给他轻轻盖上。一宿晚景不提。

如撂大海的比喻有趣,盖那个时候的中国人有海上航行、海上游泳或失事堕海的经验的人很少,不知此话的经验依据来自何处。

最宠宝玉的是老太太,决定宝儿命运的是老太太,决定保密的也是老太太,说明老太太知道她们的决策将给宝玉带来莫大的痛苦。

次日,黛玉清早起来,也不叫人,独自一个,呆呆的坐着。紫鹃醒来,看见黛玉已起,便惊问道:"姑娘怎么这样早?"黛玉道:"可不是!睡得早,所以醒得早。"紫鹃连忙起来,叫醒雪雁,伺候梳洗。那黛玉对着镜子,只管呆呆的自看。看了一回,那泪珠儿断断连连,早已湿透了罗

呆呆的神情最可怕,胜过一切激烈表现。

再次呆呆,连续呆呆。

与晴雯天人相隔,与黛玉人人相隔,他人更是地狱,宝玉苦也,黛玉风雨飘摇,确实是一口气就能吹倒。

宝玉的婚姻之日,亦即黛玉的必死之时,这一回已经写足了。焦虑过度,自成抑郁之症,我国古典小说绝少从正面写人物的精神变态。"红"独秀于写宝玉与黛玉之心理疾患。为什么病呢?由于爱情。在那样的文化氛围中,爱即(精神)病。

帕。正是:

　　瘦影正临春水照,卿须怜我我怜卿。

　　紫鹃在旁也不敢劝,只怕倒把闲话勾引旧恨来。迟了好一会,黛玉才随便梳洗了,那眼中泪渍,终是不干。又自坐了一会,叫紫鹃道:"你把藏香点上。"紫鹃道:"姑娘,你睡也没睡得几时,如何点香?不是要写经?"黛玉点点头儿。紫鹃道:"姑娘今日醒得太早,这会子又写经,只怕太劳神了罢。"黛玉道:"不怕!早完了早好!况且我也并不是为经,倒借着写字解解闷儿。以后你们见了我的字迹,就算见了我的面儿了。"说着,那泪直流下来。紫鹃听了这话,不但不能再劝,连自己也掌不住滴下泪来。

黛玉永远充满着不幸的预感,感受着超前的悲哀。
谁能无死?唯预先体验设想得如此细致入微,就太令人难过了。
黛玉一直生活在死亡的阴影中。
生命何等软弱!

　　原来黛玉立定主意,自此以后,有意遭塌身子,茶饭无心,每日渐减下来。宝玉下学时,也常抽空问候。只是黛玉虽有万千言语,自知年纪已大,又不便似小时可以柔情挑逗,所以满腔心事,只是说不出来。宝玉欲将实言安慰,又恐黛玉生嗔,反添病症。两个人见了面,只得用浮言劝慰,真真是"亲极反疏"了。

亲极反疏,这种表达相当微妙。

　　那黛玉虽有贾母王夫人等怜恤,不过请医调治,只说黛玉常病,那里知他的心病?紫鹃等虽知其意,也不敢说。从此,一天一天的减。到半月之后,肠胃日薄一日,果然粥都不能吃了。黛玉日间听见的话,都似宝玉娶亲的话;看见怡红院中的人,无论上下,也像宝玉娶亲的光景。

厌食症。
也是极准确的精神症状描写。堪入临床诊断病历。

薛姨妈来看，黛玉不见宝钗，越发起疑心。索性不要人来看望，也不肯吃药，只要速死。睡梦之中，常听见有人叫"宝二奶奶"的。一片疑心，竟成蛇影。一日竟是绝粒，粥也不喝，恹恹一息，垂毙殆尽。未知黛玉性命如何，且看下回分解。

> 这个过程写得可信、可感。

晴雯事件是强硬的与冤枉的，黛玉悲剧是无形的与无言的。宝玉必呆、黛玉必亡之势已成。

第 九 十 回

失绵衣贫女耐嗷嘈　送果品小郎惊叵测

　　却说黛玉自立意自戕之后,渐渐不支,一日竟至绝粒。从前十几天内,贾母等轮流看望,他有时还说几句话;这两日索性不大言语。心里虽有时昏晕,却也有时清楚。贾母等见他这病不似无因而起,也将紫鹃雪雁盘问过两次。两个那里敢说?便是紫鹃欲向侍书打听消息,又怕越闹越真,黛玉更死得快了,所以见了侍书,毫不提起。那雪雁是他传话弄出这样缘故来,此时恨不得长出百十个嘴来说"我没说",自然更不敢提起。到了这一天黛玉绝粒之日,紫鹃料无指望了,守着哭了会子,因出来偷向雪雁道:"你进屋里来,好好儿的守着他,我去回老太太、太太和二奶奶去。今日这个光景,大非往常可比了。"雪雁答应,紫鹃自去。

　　这里雪雁正在屋里伴着黛玉,见他昏昏沉沉,小孩子家那里见过这个样儿,只打谅如此便是死的光景了,心中又痛又怕,恨不得紫鹃一时回来才好。正怕着,只听窗外脚步走响,雪雁知是紫鹃回来,才放下心了,连忙站起来,掀着里间帘子等他。只见外面帘子响处,进来了一个人,却是侍书。那侍书是探春打发来看黛玉的,见雪雁在那里掀着帘子,便问道:"姑娘怎么样?"雪雁点点头儿,叫他进来。侍书跟进来,见

> 这样写既增加了此后黛玉因婚姻不成而死的可信性,也延长了她在爱情上的悲剧体验,使小说更加"有戏"。

> 世上不知有多少这样的无头公案。

> 小孩子才以为死这样容易。不受完"生"要受的罪,让你死吗?

> 侍书是被续作者派来的吧?

紫鹃不在屋里，睄了睄黛玉，只剩得残喘微延，嗐的惊疑不止。因问："紫鹃姐姐呢？"雪雁道："告诉上屋里去了。"

　　那雪雁此时只打谅黛玉心中一无所知了，又见紫鹃不在面前，因悄悄的拉了侍书的手问道："你前日告诉我说的什么王大爷给这里宝二爷说了亲，是真话么？"侍书道："怎么不真！"雪雁道："多早晚放定的？"侍书道："那里就放定了呢？那一天我告诉你时，是我听见小红说的。后来我到二奶奶那边去，二奶奶正和平姐姐说呢，道：'那都是门客们借着这个事讨老爷的喜欢，往后好拉拢的意思。别说大太太说不好，就是大太太愿意，说那姑娘好，那大太太眼里看的出什么人来？再者，老太太心里早有了人了，就在咱们园子里的，大太太那里摸的着底呢？老太太不过因老爷的话，不得不问问罢咧。'又听见二奶奶说：'宝玉的事，老太太总是要亲上作亲的，凭谁来说亲，横竖不中用。'"雪雁听到这里，也忘了神了，因说道："这是怎么说！白白的送了我们这一位的命了！"侍书道："这是从那里说起？"雪雁道："你还不知道呢！前日都是我和紫鹃姐姐说来着，这一位听见了，就弄到这步田地了。"侍书道："你悄悄儿的说罢，看仔细他听见了。"雪雁道："人事都不醒了，睄睄罢，左不过在这一两天了。"正说着，只见紫鹃掀帘进来说："这还了得！你们有什么话，还不出去说，还在这里说！索性逼死他就完了。"侍书道："我不信有这样奇事。"紫鹃道："好姐姐，不是我说，你又该恼了。你懂得什么呢？懂得也不传这些舌了。"

　　这里三个人正说着，只听黛玉忽然又嗽了

这里略显人为痕迹。

像"肥皂剧"里的情节。

不忘两个山头。

这一节人为痕迹稍重。

侍书闲言，是以弄假成真；无心辟谣，却可起死回生。令人想起汤显祖的名言，情，"生者可以死，死者可以生"，做不到为之生死，"非情之至也"。

117

一声,紫鹃连忙跑到炕沿前站着,侍书雪雁也都不言语了。紫鹃湾着腰,在黛玉身后轻轻问道:"姑娘,喝口水罢?"黛玉微微答应了一声。雪雁连忙倒了半钟滚白水,紫鹃接了托着,侍书也走近前来。紫鹃和他摇头儿,不叫他说话,侍书只得咽住了。站了一回,黛玉又嗽了一声。紫鹃趁势问道:"姑娘,喝水呀?"黛玉又微微应了一声,那头似有欲抬之意,那里抬得起?紫鹃爬上炕去,爬在黛玉傍边,端着水,试了冷热,送到唇边,扶了黛玉的头,就到碗边,喝了一口。紫鹃才要拿时,黛玉意思还要喝一口,紫鹃便托着那碗不动。黛玉又喝了一口,摇摇头儿,不喝了。喘了一口气,仍旧躺下。半日,微微睁眼,说道:"刚才说话不是侍书么?"紫鹃答应道:"是。"侍书尚未出去,因连忙过来候。黛玉睁眼看了,点点头儿,又歇了一歇,说道:"回去问你姑娘好罢。"侍书见这番光景,只当黛玉嫌烦,只得悄悄的退出去了。

> 要经过几次生死,才有结果,才能尽情尽泪。

原来那黛玉虽则病势沉重,心里却还明白。起先侍书雪雁说话时,他也模糊听见了一半句,却只作不知,也因实无精神答理。及听了雪雁侍书的话,才明白过前头的事情原是议而未成的。又兼侍书说是凤姐说的,老太太的主意,亲上作亲,又是园中住着的,非自己而谁?因此一想,阴极阳生,心神顿觉清爽许多,所以才喝了两口水,又要想问侍书的话。恰好贾母、王夫人、李纨、凤姐听见紫鹃之言都赶着来看。黛玉心中疑团已破,自然不似先前寻死之意。虽身体软弱,精神短少,却也勉强答应一两句了。凤姐因叫过紫鹃,问道:"姑娘也不至这样。这是怎么说,你这样唬人。"紫鹃道:"实在头里看

> 爱情使人死。爱情使人生。爱情使人死去活来。爱情活活地要人的命。
> 体验过这样的爱情的人有福了。
> 体验过这样的爱情的人生未免也太痛苦了。
> 一辈子没有过要死要活的体验,不是白活了吗?

着不好,才敢去告诉的。回来见姑娘竟好了许多,也就怪了。"贾母笑道:"你也别怪他。他懂得什么?看见不好就言语,这倒是他明白的地方。小孩子家不嘴懒脚嫩就好。"说了一回,贾母等料着无妨,也就去了。正是:

　　心病终须心药治,解铃还是系铃人。

不言黛玉病渐减退。且说雪雁紫鹃背地里都念佛。雪雁向紫鹃说道:"亏他好了,只是病的奇怪,好的也奇怪。"紫鹃道:"病的倒不怪,就只好的奇怪。想来宝玉和姑娘必是姻缘。人家说的:'好事多磨。'又说道:'是姻缘棒打不回。'这样看起来,人心天意,他们两个竟是天配的了。再者,你想那一年,我说了林姑娘要回南去,把宝玉没急死了,闹得家翻宅乱;如今一句话又把这一个弄的死去活来:可不说的'三生石上'百年前结下的么?"说着,两个悄悄的抿着嘴笑了一回。雪雁又道:"幸亏好了!咱们明儿再别说了,就是宝玉娶了别的人家儿的姑娘,我亲见他在那里结亲,我也再不露一句话了。"紫鹃笑道:"这就是了。"不但紫鹃和雪雁在私下里讲究,就是众人也都知道黛玉的病也病的奇怪,好也好得奇怪,三三两两,唧唧哝哝议论着。不多几时,连凤姐儿也知道了,邢王二夫人也有些疑惑,倒是贾母略猜着了八九。

那时正值邢王二夫人、凤姐等在贾母房中说闲话,说起黛玉的病来。贾母道:"我正要告诉你们。宝玉和林丫头是从小儿在一处的,我只说小孩子们,怕什么?以后时常听得林丫头忽然病,忽然好,都为有了些知觉了。所以我想他们若尽着搁在一块儿,毕竟不成体统。你们怎么说?"王夫人听了,便呆了一呆,只得答应

	封建主义是风,少女爱情是草,风吹在草上,必偃。
	总认为愿望迟早会变成事实,这是普通人的通病。
	形势更加紧张,黛玉已面临人言可畏的形势。
	其实,噩梦成真,比愿望成真还更容易发生。
	为什么贾母偏要"对着干"呢?

道:"林姑娘是个有心计儿的。至于宝玉,呆头呆脑,不避嫌疑是有的。看起外面,却还都是个小孩儿形象。此时若忽然或把那一个分出园外,不是倒露了什么痕迹了么?古来说的:'男大须婚,女大须嫁。'老太太想,倒是赶着把他们的事办办也罢了。"贾母皱了一皱眉,说道:"林丫头的乖僻,虽也是他的好处,我的心里不把林丫头配他,也是为这点子;况且林丫头这样虚弱,恐不是有寿的。只有宝丫头最妥。"王夫人道:"不但老太太这么想,我们也是这样。但林姑娘也得给他说了人家儿才好。不然,女孩儿家长大了,那个没有心事?倘或真与宝玉有些私心,若知道宝玉定下宝丫头,那倒不成事了。"贾母道:"自然先给宝玉娶了亲,然后给林丫头说人家。再没有先是外人、后是自己的。况且林丫头年纪到底比宝玉小两岁。依你们这样说,倒是宝玉定亲的话,不许叫他知道倒罢了。"凤姐便盼咐众丫头们道:"你们听见了?宝二爷定亲的话,不许混吵嚷;若有多嘴的,堤防着他的皮!"贾母又向凤姐道:"凤哥儿,你如今自从身上不大好,也不大管园里的事了。我告诉你,须得经点儿心。不但这个,就像前年那些人喝酒耍钱,都不是事。你还精细些,少不得多分点心儿,严紧严紧他们才好。况且我看他们也就只还服你。"凤姐答应了。娘儿们又说了一回话,方各自散了。

> 作为家长,不仅是封建家长,不喜自己的孙子与一乖僻女子成亲,倒也可以理解。

> 可惜爱情毕竟不是家长的事,而是个人的事。

> 都是过场话。

> 所谓"严紧"与"只还服你",透露的是松弛与渐渐谁也不服的信息。

从此,凤姐常到园中照料。一日,刚走进大观园,到了紫菱洲畔,只听见一个老婆子在那里嚷。凤姐走到跟前,那婆子才瞧见了,早垂手侍立,口里请了安。凤姐道:"你在这里闹什么?"婆子道:"蒙奶奶们派我在这里看守花果,我也没有差错,不料邢姑娘的丫头说我们是贼。"凤姐道:"为什么呢?"婆子道:"昨儿我们家的黑儿跟着我到这里顽了一回,他不知道,又往邢姑娘那边去瞧了一瞧,我就叫他回去了。今儿早起,听见他们丫头说,丢了东西了。我问他丢了什么,他就问起我来了。"凤姐道:"问了你一声,也犯不着生气呀。"婆子道:"这里园子,到底是奶奶家里的,并不是他们家里的。我们都是奶奶派的,贼名儿怎么敢认呢?"凤姐照脸啐了一口,厉声道:"你少在我跟前唠唠叨叨的!你在这里照看,姑娘丢了东西,你们就该问哪,怎么说出这些没道理的话来?把老林叫了来,撵他出去。"丫头们答应了。只见邢岫烟赶忙出来,迎着凤姐陪笑道:"这使不得,没有的事。事情早过去了。"凤姐道:"姑娘,不是这个话。倒不讲事情,这名分上太岂有此理了。"岫烟见婆子跪在地下告饶,便忙请凤姐到里边去坐。凤姐道:"他们这种人,我知道他,除了我,其余都没上没下的了。"岫烟再三替他讨饶,只说自己的丫头不好。凤姐道:"我看着邢姑娘的分上,饶你这一次。"婆子才起来磕了头,又给岫烟磕了头,才出去了。

这里二人让了坐,凤姐笑问道:"你丢了什么东西了?"岫烟笑道:"没有什么要紧的,是一件红小袄儿,已经旧了的。我原叫他们找,找不着就罢了。这小丫头不懂事,问了那婆子一声,那婆子自然不依了。这都是小丫头糊涂不懂事,我也骂了几句。已经过去了,不必再提了。"凤姐把岫烟内外一瞧,看见虽有些皮绵衣服,已是半新不旧的,未必能暖和,他的被窝多半是薄的。至于房中桌上摆设的东西,就是老太太拿

> 同类情节,前八十回写来是何等可钉可铆、严丝合缝、引人入胜,而这里又写得何等粗草应付、马虎搪塞。

> 凤姐也是摆姿态,以使岫烟面子上过得去。
> 岫烟实不敢得罪这些婆子,否则凤姐走了,她还怎么和她们处?

> 直露生硬,毫无婉转之态。

来的,却一些不动,收拾的干干净净。凤姐心上便狠爱敬他,说道:"一件衣服,原不要紧。这时候冷,又是贴身的,怎么就不问一声儿呢?这撒野的奴才,了不得了!"说了一回,凤姐出来,各处去坐了一坐,就回去了。到了自己房中,叫平儿取了一件大红洋绉的小袄儿,一件松花色绫子一抖珠儿的小皮袄,一条宝蓝盘锦镶花绵裙,一件佛青银鼠褂子,包好叫人送去。

那时岫烟被那老婆子聒噪了一场,虽有凤姐来压住,心上终是不安。想起"许多姐妹们在这里,没有一个下人敢得罪他的,独自我这里,他们言三语四,刚刚凤姐来碰见"。想来想去,终是没意思,又说不出来。正在吞声饮泣,看见凤姐那边的丰儿送衣服过来。岫烟一看,决不肯受。丰儿道:"奶奶吩咐我说:'姑娘要嫌是旧衣裳,将来送新的来。'"岫烟笑谢道:"承奶奶的好意。只是因我丢了衣服,他就拿来,我断不敢受的。拿回去,千万谢你们奶奶!承你奶奶的情,我算领了。"倒拿个荷包给了丰儿,那丰儿只得拿了去了。

> 岫烟种种,写得是合理但粗糙。

不多时,又见平儿同着丰儿过来,岫烟忙迎着问了好,让了坐。平儿笑说道:"我们奶奶说:姑娘特外道的了不得!"岫烟道:"不是外道,实在不过意。"平儿道:"奶奶说:'姑娘要不收这衣裳,不是嫌太旧,就是瞧不起我们奶奶。'刚才说了:我要拿回去,奶奶不依我呢。"岫烟红着脸笑谢道:"这样说了,叫我不敢不收。"又让了一回茶。

> 有个岫烟也好,大观园诸事总不能往一团漆黑、无尽猛料的方向发展。

平儿同丰儿回去,将到凤姐那边,碰见薛家差来的一个老婆子,接着问好。平儿便问道:"你那里来的?"婆子道:"那边太太、姑娘叫我来请各位太太、奶奶、姑娘们的安。我才刚在奶奶前问起姑娘来,说姑娘到园中去了。可是从邢姑娘那里来么?"平儿道:"你怎么知道?"婆子道:"方才听见说,真真的二奶奶和姑娘们的行事叫人感念!"平儿笑了一笑说:"你回来坐着罢。"婆子道:"我还有事,改日再过来瞧姑娘罢。"说着走了。平儿回来,回复了凤姐。不在话下。

且说薛姨妈家中被金桂搅得翻江倒海,看见婆子回来,说起岫烟的事,宝钗母女二人不免滴下泪来。宝钗道:"都为哥哥不在家,所以叫邢姑娘多吃几天苦。如今还亏凤姐姐不错。咱们底下也得留心,到底是咱们家里人。"说着,只见薛蝌进来说道:"大哥哥这几年在外头相与的都是些什么人!连一个正经的也没有,来一起子,都是些狐群狗党。我看他们那里是不放心,不过将来探探消息儿罢咧。这两天都被我赶出去了。以后吩咐了门上,不许传进这种人来。"薛姨妈道:"又是蒋玉函那些人哪?"薛蝌道:"蒋玉函却倒没来,倒是别人。"薛姨妈听了薛蝌的话,不觉又伤心起来,说道:"我虽有儿,如今就像没有的了。就是上司准了,也是个废人。你虽是我侄儿,我看你还比你哥哥明白些,我这后辈子全靠你了。你自己从今更要学好。再者,你聘下的媳妇儿,家道不比往时了。人家的女孩儿出门子不是容易,再没别的想头,只盼着女婿能干,他就有日子过了。若邢丫头也像这个东西……"说着,把手往里头一指,道:"我也不说了。邢丫头实在是个有廉耻有心计儿的,又守得贫,耐得富。只是等咱们的事过去了,早些

> 写了黛玉、岫烟以后,再写写金桂、宝蟾,也算笔墨更换一下。

> 各有各的难念之经。

儿把你们的正经事完结了,也了我一宗心事。"薛蝌道:"琴妹妹还没有出门子,这倒是太太烦心的一件事。至于这个,可算什么呢。"

大家又说了一回闲话,薛蝌回到自己房中,吃了晚饭,想起邢岫烟住在贾府园中,终是寄人篱下;况且又穷,日用起居不想可知。况兼当初一路同来,模样儿,性格儿,都知道的。可知天意不均:如夏金桂这种人,偏叫他有钱,娇养得这般泼辣;邢岫烟这种人,偏叫他这样受苦。阎王判命的时候,不知如何判法的?想到闷来,也想吟诗一首,写出来出出胸中的闷气,又苦自己没有工夫,只得混写道:

蛟龙失水似枯鱼,两地情怀感索居。
同在泥涂多受苦,不知何日向清虚!

写毕,看了一回,意欲拿来粘在壁上,又不好意思,自己沉吟道:"不要被人看见笑话。"又念了一遍,道:"管他呢,左右粘上自己看着解闷儿罢。"又看了一回,到底不好,拿来夹在书里。又想:"自己年纪可也不小了,家中又碰见这样飞灾横祸,不知何日了局。致使幽闺弱质,弄得这般凄凉寂寞。"

正在那里想时,只见宝蟾推进门来,拿着一个盒子,笑嘻嘻放在桌上。薛蝌站起来让坐。宝蟾笑着向薛蝌道:"这是四碟果子,一小壶儿酒:大奶奶叫给二爷送来的。"薛蝌陪笑道:"大奶奶费心!但是叫小丫头们送来就完了,怎么又劳动姐姐呢?"宝蟾道:"好说。自家人,二爷何必说这些套话?再者,我们大爷这件事,实在叫二爷操心,大奶奶久已要亲自弄点什么儿谢二爷,又怕别人多心。二爷是知道的,咱们家里都是言合意不合,送点子东西没要紧,倒没的惹

> 薛蝌、岫烟给人以树标兵,反衬薛蟠、金桂之糟烂的感觉。尤其薛蝌这个人物,写得没意思。

> 这些感慨,也正好用来烘托黛玉。

> 写出这样的货色,也许与薛蝌此人般配,却与"红"的诗文部分不般配。
> 此诗令人想起当今某些附庸风雅却是连《唐诗三百首》也没读过的人的厚颜之作。

人七嘴八舌的讲究。所以今日些微的弄了一两样果子,一壶酒,叫我亲自悄悄儿的送来。"说着,又笑瞅了薛蝌一眼,道:"明儿二爷再别说这些话,叫人听着怪不好意思的。我们不过也是底下的人;伏侍的着大爷,就伏侍的着二爷,这有何妨呢?"

"不好意思"(港台影视中常用语),"红"已有之。

薛蝌一则秉性忠厚,二则到底年轻,只是向来不见金桂和宝蟾如此相待,心中想到刚才宝蟾说为薛蟠之事,也是情理,因说道:"果子留下罢,这个酒儿,姐姐只管拿回去。我向来的酒上实在很有限,挤住了,偶然喝一钟;平白无事,是不能喝的。难道大奶奶和姐姐还不知道么?"宝蟾道:"别的我作得主,独这一件事,我可不敢应。大奶奶的脾气儿,二爷是知道的:我拿回去,不说二爷不喝,倒要说我不尽心了。"薛蝌没法,只得留下。宝蟾方才要走,又到门口往外看看,回过头来向着薛蝌一笑;又用手指着里面说道:"他还只怕要来亲自给你道乏呢。"薛蝌不知何意,反倒讪讪的起来,因说道:"姐姐替我谢大奶奶罢。天气寒,看凉着。再者,自己叔嫂也不必拘这些个礼。"宝蟾也不答言,笑着走了。

这类情节往潘金莲、武松故事上发展。

薛蝌始而以为金桂为薛蟠之事,或者真是不过意,备此酒果给自己道乏,也是有的。及见了宝蟾这种鬼鬼祟祟、不尴不尬的光景,也觉了几分,却自己回心一想:"他到底是嫂子的名分,那里就有别的讲究了呢?或者宝蟾不老成,自己不好意思怎么样,却指着金桂的名儿,也未可知。然而到底是哥哥的屋里人,也不好……"忽又一转念:"那金桂素性为人,毫无闺阁理法,况且有时高兴,打扮得妖调非常,自以为美,又焉知不是怀着坏心呢?不然,就是他和琴妹妹也

这些笔墨,不像《红楼》,倒像《水浒》里描写淫妇的写法了。

事到如此,岫烟、薛蝌、宝蟾种种,只不过是疏散情节的闲笔罢了。黛玉虚惊几死,写得曲折有致。"救活"了,再"整死",就更悲惨。凤姐照顾岫烟,则似是宝钗照顾岫烟的再现,当然已不如那次精彩。薛蝌之事,则提供不出什么艺术信息、艺术活气来了。

有了什么不对的地方儿,所以设下这个毒法儿,要把我拉在浑水里,弄一个不清不白的名儿,也未可知。"想到这里,索性倒怕起来。正在不得主意的时候,忽听窗外"噗哧"的笑了一声,把薛蝌倒唬了一跳。未知是谁,下回分解。

> 整个说来,"红"对女性写得还是比较尊重体贴的。但这些笔墨则不同,实在是女人是祸水、女"性"最丑恶的极为愚昧的东方式的野蛮观念的形象化。

再舒缓一步,使黛玉没有绝食而亡,而且随便写写薛蝌等人物。对于"红"的格局与节奏能把握到与前四十回无异,亦属难能。

第九十一回

纵淫心宝蟾工设计　布疑阵宝玉妄谈禅

话说薛蝌正在狐疑，忽听窗外一笑，唬了一跳，心中想道："不是宝蟾，定是金桂。只不理他们，看他们有什么法儿。"听了半日，却又寂然无声。自己也不敢吃那酒果，掩上房门，刚要脱衣时，只听见窗纸上微微一响。薛蝌此时被宝蟾鬼混了一阵，心中七上八下，竟不知是如何是好，见窗纸微响，细看时又无动静，自己反倒疑心起来，掩了怀，坐在灯前，呆呆的细想；又把那果子拿了一块，翻来复去的细看。猛回头，看见窗上纸湿了一块。走过来觑着眼看时，冷不防外面往里一吹，把薛蝌唬了一大跳，听得"吱吱"的笑声，薛蝌连忙把灯吹灭了，屏息而卧。只听外面一个人说道："二爷为什么不喝酒吃果子，就睡了？"这句话仍是宝蟾的话音，薛蝌只不作声装睡。又隔有两句话时，又听得外面似有恨声道："天下那里有这样没造化的人！"薛蝌听了是宝蟾，又似是金桂的语音，这才知道他们原来是这一番意思。翻来复去，直到五更后才睡着了。

刚到天明，早有人来扣门。薛蝌忙问："是谁？"外面也不答应。薛蝌只得起来，开了门看时，却是宝蟾，拢着头发，掩着怀，穿一件片锦边琵琶襟小紧身，上面系一条松花绿半新的汗巾，

令人想起潘金莲与武松、潘巧云与石秀。

这一类描写固然写出了其时某些女性的素质低下，却也反衬了封建礼法的无效，自愿受其辖制者自受辖制，视之如儿戏的人则视如儿戏。把薛蝌吓成这样则令人叹息。

事情本身可粗可雅，可文可野，可喜可叹，可推可就，但应不致如此惊悚，且如谋杀血案。这就是文化的压力造成的了。

下面并未穿裙,正露着石榴红洒花夹裤,一双新绣红鞋。原来宝蟾尚未梳洗,恐怕人见,赶早来取家伙。薛蝌见他这样打扮便走进来,心中又是一动,只得陪笑问道:"怎么这样早就起来了?"宝蟾把脸红着,并不答言,只管把果子折在一个碟子里,端着就走。薛蝌见他这般,知是昨晚的原故,心里想道:"这也罢了。倒是他们恼了,索性死了心,也省得来缠。"于是把心放下,唤人舀水洗脸,自己打算在家里静坐两天,一则养养心神,二则出去怕人找他。原来和薛蟠好的那些人,因见薛家无人,只有薛蝌在那里办事,年纪又轻,便生许多觊觎之心。也有想插在里头做跑腿的;也有得做状子的,认得一二个书役的,要给他上下打点的;甚至有叫他在内趁钱的;也有造作谣言恐吓的:种种不一。薛蝌见了这些人,远远躲避,又不敢面辞,恐怕激出意外之变,只好藏在家中听候转详,不提。

有点人情世故,有点洞明练达了。

这个处境与思虑写得有理。

且说金桂昨夜打发宝蟾送了些酒果去探探薛蝌的消息,宝蟾回来,将薛蝌的光景一一的说了。金桂见事有些不大投机,便怕白闹一场,反被宝蟾瞧不起;欲把两三句话遮饰,改过口来,又可惜了这个人。心里倒没了主意,怔怔的坐着。那知宝蟾亦知薛蟠难以回家,正欲寻个头路,因怕金桂拿他,所以不敢透漏。今见金桂所为,先已开了端了,他便乐得借风使船,先弄薛蝌到手,不怕金桂不依,所以用言挑拨。见薛蝌似非无情,又不甚兜揽,一时也不敢造次。后来见薛蝌吹灯自睡,大觉扫兴,回来告诉金桂,看金桂有甚方法,再作道理。及见金桂怔怔的,似乎无技可施,他也只得陪金桂收拾睡了。夜里那里睡得着?翻来复去,想出一个法子来:不如

恶主刁奴,关系微妙。

从对贾桂、金桂、宝蟾的行事的描写看,封建中国的奸夫淫妇记录亦不在少数。

一男一女都名桂,不知有无用意。

明儿一早起来,先去取了家伙,却自己换上一两件动人的衣服,也不梳洗,越显出一番娇媚来;只看薛蝌的神情,自己反倒装出一番恼意,索性不理他;那薛蝌若有悔心,自然移船泊岸,不愁不先到手。及至见了薛蝌,仍是昨晚这般光景,并无邪僻之意,自己只得以假为真,端了碟子回来;却故意留下酒壶,以为再来搭转之地。只见金桂问道:"你拿东西去,有人碰见么?"宝蟾道:"没有。""二爷也没问你什么?"宝蟾道:"也没有。"金桂因一夜不曾睡着,也想不出一个法子来,只得回思道:"若作此事,别人可瞒,宝蟾如何能瞒?不如我分惠于他,他自然没有不尽心的。我又不能自去,少不得要他作脚,倒不如和他商量一个稳便主意。"因带笑说道:"你看二爷到底是个怎么样的人?"宝蟾道:"倒像个糊涂人。"金桂听了笑道:"你如何说起爷们来了?"宝蟾也笑道:"他辜负奶奶的心,我就说得他!"金桂道:"他怎么辜负我的心?你倒得说说。"宝蟾道:"奶奶给他好东西吃,他倒不吃,这不是辜负奶奶的心么?"说着,却把眼溜着金桂一笑。金桂道:"你别胡想!我给他送东西,为大爷的事不辞劳苦,我所以敬他;又怕人说瞎话,所以问你。你这些话向我说,我不懂是什么意思。"宝蟾笑道:"奶奶别多心。我是跟奶奶的,还有两个心么?但是事情要密些,倘或声张起来,不是顽的。"

　　金桂也觉得脸飞红了,因说道:"你这个丫头,就不是个好货!想来你心里看上了,却拿我作筏子,是不是呢?"宝蟾道:"只是奶奶那么想罢咧,我到是替奶奶难受。奶奶要真瞧二爷好,我倒有个主意。奶奶想,'那个耗子不偷油'呢?

如果讲对于既定秩序、体制的挑战,金桂、宝蟾亦是一种。只是显得不堪。

这问问答答、虚虚实实、试试探探,写得尚好。

明知故问。有事的小姐与丫鬟之间,有一种虽同性而挑逗调笑的关系。

人之"性",如猫如鼠之食欲。

类似耗子偷油论,在贾母那里就是猫儿吃腥论。

他也不过怕事情不密，大家闹出乱子来不好看。依我想：奶奶且别性急，时常在他身上不周不备的去处，张罗张罗。他是个小叔子，又没娶媳妇儿，奶奶就多尽点心儿，和他贴个好儿，别人也说不出什么来。过几天，他感奶奶的情，他自然要谢候奶奶。那时奶奶再备点东西儿在咱们屋里，我帮着奶奶灌醉了他，怕跑了他？他要不应，咱们索性闹起来，就说他调戏奶奶。他害怕，他自然得顺着咱们的手儿。他再不应，他也不是人，咱们也不至白丢了脸面。奶奶想怎么样？"金桂听了这话，两颧早已红晕了，笑骂道："小蹄子，你倒偷过多少汉子的是的，怪不得大爷在家时，离不开你。"宝蟾把嘴一撇，笑说道："罢哟！人家倒替奶奶拉纤，奶奶倒往我们说这个话咧。"从此，金桂一心笼络薛蝌，倒无心混闹了，家中也少觉安静。

> 性阴谋。
> 实在是人的堕落。
> 动物交尾，至少没有别的阴谋算计。

　　当日宝蟾自去取了酒壶，仍是稳稳重重，一脸的正气。薛蝌偷眼看了，反倒后悔，疑心"或者是自己错想了他们，也未可知。果然如此，倒辜负了他这一番美意，保不住日后倒要和自己也闹起来，岂非自惹的呢？"过了两天，甚觉安静。薛蝌遇见宝蟾，宝蟾便低头走了，连眼皮儿也不抬；遇见金桂，金桂却一盆火儿的赶着。薛蝌见这般光景，反倒过意不去。这且不表。

　　且说宝钗母女觉得金桂几天安静，待人忽亲热起来，一家子都为罕事。薛姨妈十分欢喜，想到："必是薛蟠娶这媳妇时冲犯了什么，才败坏了这几年。目今闹出这样事来，亏得家里有钱，贾府出力，方才有了指望。媳妇儿忽然安静起来，或者是蟠儿转过运气来了，也未可知。"于

> 小小幽默。迷信常能具有幽默感。

在中国传统小说中,"红"也不例外,男人的性要求性活动(只要不是乱伦)都是合理的,是风流,是"馋嘴儿猫"(四十四回,贾母语)难免的。而女性哪怕只是调情,也是大逆不道。不但要受到社会的严惩,也受到小说的嘲笑。男尊女卑,男权中心,男性的性霸权主义,令人发指。

> 是自己心里倒以为希有之奇。这日饭后,扶了同贵过来,到金桂房里瞧瞧。走到院中,只听一个男人和金桂说话。同贵知机,便说道:"大奶奶,老太太过来了。"说着,已到门口,只见一个人影儿在房门后一躲。薛姨妈一吓,倒退了出来。金桂道:"太太请里头坐,没有外人。他就是我的过继兄弟,本住在屯里,不惯见人。因没有见过太太,今儿才来,还没去请太太的安。"薛姨妈道:"既是舅爷,不妨见见。"金桂叫兄弟出来见了薛姨妈,作了一个揖,问了好。薛姨妈也问了好,坐下叙起话来。薛姨妈道:"舅爷上京几时了?"那夏三道:"前月我妈没有人管家,把我过继的。前日才进京,今日来瞧姐姐。"薛姨妈看那人不尴尬,于是略坐坐儿,便起身道:"舅爷坐着罢。"回头向金桂道:"舅爷头上末下的来,留在咱们这里吃了饭再去罢。"金桂答应着,薛姨妈自去了。
>
> 金桂见婆婆去了,便向夏三道:"你坐着。今日可是过了明路的了,省得我们二爷查考你。我今日还叫你买些东西,只别叫众人看见。"夏三道:"这个交给我就完了。你要什么,只要有钱,我就买得来。"金桂道:"且别说嘴。你买上了当,我可不收。"说着,二人又笑了一回,然后金桂陪夏三吃了晚饭,又告诉他买的东西,又嘱咐一回,夏三自去。从此夏三往来不绝。虽有个年老的门上人,知是舅爷,也不常回。从此生出无限风波。这是后话不表。

从前的逻辑,一男一女在一起就没有好事。

现在的说法应是"不尴不尬"。

夏金桂的描写也是定论在先。

夏金桂无论在薛家表现如何恶劣,没有夏三上场,还做不到批倒批臭、批烂。

一日，薛蟠有信寄回，薛姨妈打开叫宝钗看时，上写：

> 男在县里也不受苦，母亲放心。但昨日县里书办说，府里已经准详，想是我们的情到了。岂知府里详上去，道里反驳下来。亏得县里主文相公好，即刻做了回文顶上去了，那道里却把知县申伤。现在道里要亲提，若一上去，又要吃苦。必是道里没有托到。母亲见字，快快托人求道爷去。还叫兄弟快来，不然，就要解道。银子短不得。火速，火速！

> 封建司法，从上层烂到底层。

薛姨妈听了，又哭了一场，自不必说。薛蝌一面劝慰，一面说道："事不宜迟。"薛姨妈没法，只得叫薛蝌到县照料，命人即便收拾行李，兑了银子，家人李祥本在那里照应的，薛蝌又同了一个当中伙计，连夜起程。那时手忙脚乱，虽有下人办理，宝钗又恐他们思想不到，亲来帮着，直闹至四更才歇。到底富家女子娇养惯的，心上又急，又苦劳了一会，晚上就发烧，到了明日，汤水都吃不下。莺儿去回了薛姨妈。

> 网状结构，不可大意。
> "撕掳"开死罪，谈何容易。
> 这样写合理。

薛姨妈急来看时，只见宝钗满面通红，身如燔灼，话都不说。薛姨妈慌了手脚，便哭得死去活来。宝琴扶着劝薛姨妈。秋菱也泪如泉涌，只管叫着。宝钗不能说话，手也不能摇动，眼干鼻塞。叫人请医调治，渐渐苏醒回来，薛姨妈等大家略略放心。早惊动荣宁两府的人。先是凤姐打发人送十香返魂丹来，随后王夫人又送至宝丹来，贾母邢王二夫人以及尤氏等都打发丫头来问候，却都不叫宝玉知道。一连治了七八天，终不见效。还是他自己想起"冷香丸"，吃了三丸，才得病好。后来宝玉也知道了，因病好

> 又温习冷香丸的故事。
> 宝钗病好了，宝玉没有瞧去，这个说法未免简略过分，不太稳得住。

了,没有瞧去。

那时薛蝌又有信回来。薛姨妈看了,怕宝钗耽忧,也不叫他知道,自己来求王夫人,并述了一会子宝钗的病。薛姨妈去后,王夫人又求贾政。贾政道:"此事上头可托,底下难托,必须打点才好。"王夫人又提起宝钗的事来,因说道:"这孩子也苦了。既是我家的人了,也该早些娶了过来才是,别叫他遭塌坏了身子。"贾政道:"我也是这么想。但是他家乱忙,况且如今到了冬底,已经年近岁逼,不无各自要料理些家务。今冬且放了定,明春再过礼。过了老太太的生日,就定日子娶。你把这番话先告诉薛姨太太。"王夫人答应了。

> 何时给宝玉娶亲,作者其实是煞费苦心。太早了爱情主线结束得太早,黛玉死得太早,影响此后情节的吸引力。晚了则他婚后的情节展不开,而且还有一大批重要人物死的死散的散,不好处理得太集中。

到了明日,王夫人将贾政的话向薛姨妈述了,薛姨妈想着也是。到了饭后,王夫人陪着来到贾母房中,大家让了坐。贾母道:"姨太太才过来?"薛姨妈道:"还是昨儿过来的,因为晚了,没得过来给老太太请安。"王夫人便把贾政昨夜所说的话向贾母述了一遍,贾母甚喜。说着,宝玉进来了,贾母便问道:"吃了饭了没有?"宝玉道:"才打学房里回来,吃了,要往学房里去,先见见老太太。又听见说姨妈来了,过来给姨妈请请安。"因问:"宝姐姐可大好了?"薛姨妈笑道:"好了。"原来方才大家正说着,见宝玉进来,都煞住了。宝玉坐了坐,见薛姨妈情形不似从前亲热,"虽是此刻没有心情,也不犯大家都不言语。"满腹猜疑,自往学中去了。

> 即使最亲近的人际关系,也把互瞒互骗互谋视为常态。

> 这倒有趣。

> 蒙在鼓里。

晚间回来,都见过了,便往潇湘馆来。掀帘进去,紫鹃接着。见里间屋内无人。宝玉道:"姑娘那里去了?"紫鹃道:"上屋里去了。知道薛姨妈过来,姑娘请安去了。二爷没有到上屋里去么？"宝玉道："我去了来的，没有见你姑娘。"紫鹃道："这也奇了。"宝玉问："姑娘到底那里去了？"紫鹃道："不定。"宝玉往外便走，刚出屋门，只见黛玉带着雪雁，冉冉而来。宝玉道："妹妹回来了。"缩身退步进来。黛玉进来，走入里间屋内，便请宝玉里头坐，紫鹃拿了一件外罩换上，然后坐下，问道："你上去，看见姨妈没有？"宝玉道："见过了。"黛玉道："姨妈说起我没有？"宝玉道："不但没有说起你，连见了我也不像先时亲热。今日我问起宝姐姐病来，他不过笑了一笑，并不答言。难道怪我这两天没有去瞧他么？"黛玉笑了一笑，道："你去瞧过有？"宝玉道："头几天不知道；这两天知道了，也没有去。"黛玉道："可不是！"宝玉道："老太太不叫我去，太太也不叫我去，老爷又不叫我去，我如何敢去？若是像从前这扇小门走得通的时候，我一天瞧他十趟也不难，如今把门堵了，要打前头过去，自然不便了。"黛玉道："他那里知道这个原故。"宝玉道："宝姐姐为人是最体谅我的。"黛玉道："你不要自己打错了主意。若论宝姐姐，更不体谅，又不是姨妈病，是宝姐姐病。向来在园中做诗，赏花，饮酒，何等热闹，如今隔开了，你看见他家里有事了，他病到那步田地，你没事人一般，他怎么不恼呢？"宝玉道："这样，难道宝姐姐便不和我好了不成？"黛玉道："他和你好不好，我却不知，我也不过是照理而论。"

宝玉听了，瞪着眼呆了半响。黛玉看见宝玉这样光景，也不睬他，只是自己叫人添了香，又翻出书来，细看了一会。只见宝玉把眉一皱，把脚一跺，道："我想这个人，生他做什么！天地间没有了我，倒也干净！"黛玉道："原是有了我，

原来不只黛玉，宝玉也过着"满腹猜疑"的日子。

读之毛骨悚然。

各有各的想法。裤裆里放屁——两岔里走了。

黛玉讲这一大段话的潜台词很复杂，她有进一步观察宝玉与宝钗的情感关系的意思，有实际上的满意，又有表面的猜测与回答宝玉的疑问……

这是一个古老的困难问题。哈姆雷特式的问题。

续作包括以下几个内容:一、不断温习前八十回故事。二、不断重演或变相重演前八十回故事。三、横向补充前八十回未及写的生活(或学问)内容:操琴、占卜、八股文,等等。四、缓缓推进人和事走向结局,结局的基调是:家败人亡,有情人不成眷属。

便有了人;有了人,便有无数的烦恼生出来:恐怖,颠倒,梦想,更有许多缠碍。才刚我说的,都是顽话。你不过是看见姨妈没精打彩,如何便疑到宝姐姐身上去?姨妈过来原为他的官司事情,心绪不宁,那里还来应酬你?都是你自己心上胡思乱想,钻入魔道里去了。"宝玉豁然开朗,笑道:"狠是,狠是。你的性灵,比我竟强远了。怨不得前年我生气的时候,你和我说过几句禅语,我实在对不上来。我虽丈六金身,还藉你一茎所化。"

> 黛玉的聪明是可以讲解禅机,黛玉的性格,则使她的心灵鸡汤不甚自然可信。

黛玉乘此机会,说道:"我便问你一句话,你如何回答?"宝玉盘着腿,合着手,闭着眼,噓着嘴,道:"进来。"黛玉道:"宝姐姐和你好,你怎么样?宝姐姐不和你好,你怎么样?宝姐姐前儿和你好,如今不和你好,你怎么样?今儿和你好,后来不和你好,你怎么样?你和他好,他偏不和你好,你怎么样?你不和他好,他偏要和你好,你怎么样?"宝玉呆了半晌,忽然大笑道:"任凭弱水三千,我只取一瓢饮。"黛玉道:"瓢之漂水,奈何?"宝玉道:"非瓢漂水;水自流,瓢自漂耳。"黛玉道:"水止珠沉,奈何?"宝玉道:"禅心已作沾泥絮,莫向春风舞鹧鸪。"黛玉道:"禅门第一戒是不打诳语的。"宝玉道:"有如三宝。"

> 禅机之类的见识,讲给别人不等于自己已能身体力行。

> 其实已经单刀直入,却采取更换符号系统的方式。

> 有点像密电码、对暗号、讲黑话了。

> 换一套符号系统,进行一次小小的"口试"。宝玉所答合格,态度明确。

黛玉低头不语。只听见檐外老鸹"呱呱"的叫了几声,便飞向东南上去。宝玉道:"不知主何吉凶?"黛玉道:"人有吉凶事,不在鸟音中。"忽见秋纹走来说道:"请二爷回去。老爷叫人到园里来问过,说:二爷打学里回来了没有?袭人姐姐只说：'已经来了。'快去罢。"吓的宝玉站起身来，往外忙走。黛玉也不敢相留。未知何事，下回分解。

> 妄谈禅云云，写得好，解决了一些心曲不通的难题。

内忧外患，各有麻烦，本来情况比较好的薛家也陷入困境，有此关难过之势。金桂、宝蟾对薛蝌的骚扰本极低俗，但她们热火朝天的下流反而衬显了黛玉、宝玉的无能、沉闷、无计可施。卑下者虽未必聪明，高贵者却注定愚蠢。

第九十二回

评女传巧姐慕贤良　玩母珠贾政参聚散

　　话说宝玉从潇湘馆出来,连忙问秋纹道:"老爷叫我作什么?"秋纹笑道:"没有叫。袭人姐姐叫我请二爷,我怕你不来,才哄你的。"宝玉听了,才把心放下,因说:"你们请我也罢了,何苦来唬我?"说着,回到怡红院内。袭人便问道:"你这好半天到那里去了?"宝玉道:"在林姑娘那边,说起薛姨妈宝姐姐的事来,就坐住了。"袭人又问道:"说些什么?"宝玉将打禅语的话述了一遍。袭人道:"你们再没个计较。正经说些家常闲话儿,或讲究些诗句,也是好的,怎么又说到禅语上了?又不是和尚。"宝玉道:"你不知道,我们有我们的禅机,别人是插不下嘴去的。"袭人笑道:"你们参禅参翻了,又叫我们跟着打闷葫芦了。"宝玉道:"头里我也年纪小,他也孩子气,所以我说了不留神的话,他就恼了。如今我也留神,他也没有恼的了。只是他近来不常过来,我又念书,偶然到一处,好像生疏了是的。"袭人道:"原该这么着才是。都长了几岁年纪了,怎么好意思还像小孩子时候的样子?"
　　宝玉点头道:"我也知道。如今且不用说那个。我问你:老太太那里打发人来说什么来着没有?"袭人道:"没有说什么。"宝玉道:"必是老太太忘了。明儿不是十一月初一日么?年年

　　也是老伎俩。

　　袭人事事"监管"宝玉,实叫人受不了。

　　旁观者只能打闷葫芦。

老太太那里必是个老规矩,要办'消寒会',齐打伙儿坐下,喝酒说笑。我今日已经在学房里告了假了。这会子没有信儿,明儿可是去不去呢?若去了呢,白白的告了假;若不去,老爷知道了,又说我偷懒。"袭人道:"据我说,你竟是去的是,才念的好些儿了,又想歇着。依我说也该上紧些才好。昨儿听见太太说,兰哥儿念书真好,他打学房里回来,还各自念书作文章,天天晚上弄到四更多天才睡。你比他大多了,又是叔叔,倘或赶不上他,又叫老太太生气,倒不如明儿早起去罢。"麝月道:"这样冷天,已经告了假,又去,倒叫学房里说:既这么着,就不该告假呀。显见的是告谎假,脱滑儿。依我说,落得歇一天。就是老太太忘记了,咱们这里就不消寒了么?咱们也闹个会儿,不好么?"袭人道:"都是你起头儿,二爷更不肯去了。"麝月道:"我也是乐一天是一天,比不得你要好名儿,使唤一个月,再多得二两银子。"袭人啐道:"小蹄子!人家说正经话,你又来胡拉混扯的了。"麝月道:"我倒不是混拉扯,我是为你。"袭人道:"为我什么?"麝月道:"二爷上学去了,你又该咕嘟着嘴想着,巴不得二爷早一刻儿回来,就有说有笑的了。这会子又假撇清,何苦呢!我都看见了。"

袭人正要骂他,只见老太太那里打发人来,说道:"老太太说了,叫二爷明儿不用上学去呢。明儿请了姨太太来给他解闷,只怕姑娘们都来家里的。史姑娘、邢姑娘、李姑娘们都请了,明儿来赴什么'消寒会'呢。"宝玉没有听完,便喜欢道:"可不是?老太太最高兴的,明日不上学,是过了明路的了。"袭人也便不言语了。那丫头回去。宝玉认真念了几天书,巴不得顽这一天,

> 我国边疆少数民族聚居区域有"乞寒节",这里有"消寒会"。冬天到来,也是大事。

> 再为兰哥儿的前程铺垫。对贾兰终无生动描写,不过也是符号而已。

> 越有计谋、越心细就越两难——拿不定主意。

> 也与袭人有矛盾。

> 晴雯没有了,还有别人,不平则鸣,这是压不住的。

> 后四十回,很难提供新的信息,麝月的反讽,立马令人想起晴雯,似乎前边已有类似的情节与语言。

宝玉给巧姐讲《列女传》,未免不伦不类。小说至此,再补充一个巧姐的形象,也不易。

又听见薛姨妈过来,想着宝姐姐自然也来,心里喜欢,便说:"快睡罢,明日早些起来。"于是一夜无话。

到了次日,果然一早到老太太那里请了安,又到贾政王夫人那里请了安,回明了老太太今儿不叫上学。贾政也没言语,便慢慢退出来。走了几步,便一溜烟跑到贾母房中。见众人都没来,只有凤姐那边的奶妈子,带了巧姐儿,跟着几个小丫头,过来给老太太请了安,说:"我妈妈先叫我来请安,陪着老太太说说话儿。妈妈回来就来。"贾母笑着道:"好孩子,我一早就起来了。等他们总不来,只有你二叔叔来了。"那奶妈子便说:"姑娘,给你二叔叔请安。"宝玉也问了一声"妞妞好?"巧姐儿道:"我昨夜听见我妈妈说,要请二叔叔去说话。"宝玉道:"说什么呢?"巧姐儿道:"我妈妈说,跟着李妈认了几年字,不知道我认得不认得。我说:'都认得。我认给妈妈瞧。'妈妈说我瞎认,不信,说我一天尽子顽,那里认得!我瞧着那些字也不要紧,就是那《女孝经》也是容易念的。妈妈说我哄他,要请二叔叔得空儿的时候给我理理。"贾母听了,笑道:"好孩子,你妈妈是不认得字的,所以说你哄他。明儿叫你二叔叔理给他瞧瞧,他就信了。"宝玉道:"你认了多少字了?"巧姐儿道:"认了三千多字。念了一本《女孝经》,半个月头里又上了《列女传》。"宝玉道:"你念了懂得吗?你要不懂,我倒是讲讲这个你听罢。"贾母道:"做叔叔的也该讲究给侄女儿听听。"

宝玉道:"那文王后妃是不必说了。想来是

对上学的反应,贾政与袭人都是"没言语",默契一致。

我补一下次要人物与情节。

已达"脱盲"标准。

知道的。那姜后脱簪待罪,齐国的无盐虽丑,能安邦定国,是后妃里头的贤能的。若说有才的,是曹大姑、班婕妤、蔡文姬、谢道韫诸人。孟光的荆钗裙布,鲍宣妻的提瓮出汲,陶侃母的截发留宾,还有画荻教子的,这是不厌贫的。那苦的里头,有乐昌公主破镜重圆,苏蕙的回文感主。那孝的是更多了,木兰代父从军,曹娥投水寻父的尸首等类也多,我也说不得许多。那个曹氏的引刀割鼻,是魏国的故事。那守节的更多了,只好慢慢的讲。若是那些艳的,王嫱、西子、樊素、小蛮、绛仙等,妒的是秃妾发、怨洛神等类也少,文君、红拂,是女中的……"贾母听到这里,说:"嗀了,不用说了。你讲的太多,他那里还记得呢。"巧姐儿道:"二叔叔才说的,也有念过的,也有没念过的。念过的二叔叔一讲,我更知道了好些。"宝玉道:"那字是自然认得的了,不用再理。明儿我还上学呢。"巧姐儿道:"我还听见我妈妈昨儿说:我们家的小红,头里是二叔叔那里的,我妈妈要了来,还没有补上人呢。我妈妈想着要把什么柳家的五儿补上,不知二叔叔要不要。"宝玉听了更喜欢,笑着道:"你听你妈妈的话,要补谁就补谁罢咧,又问什么要不要呢!"因又向贾母笑道:"我瞧大妞妞这个小模样儿,又有这个聪明儿,只怕将来比凤姐姐还强呢,又比他认的字。"贾母道:"女孩儿家认得字呢也好,只是女工针黹倒是要紧的。"巧姐儿道:"我也跟着刘妈妈学着做呢。什么扎花儿咧,拉锁子,我虽弄不好,却也学着会做几针儿。"贾母道:"咱们这样人家,固然不仗着自己做,但只到底知道些,日后才不受人家的拿捏。"巧姐儿答应着"是",还要宝玉解说《列女传》,见宝玉呆

这一段讲述,从今人的观点看,缺少了叛逆性独特性,从宝玉看,他不可能言必反封建、言必造反有理,前八十回他也有循规蹈矩处。从"红"全书来看,也需要这些东西圆一圆,"红"毕竟不是,不敢是也不可能是"打倒孔家店"的宣传品。

又开拓了女儿教化的专题新科目。

巧姐儿怎么像个"小人精"。

宝钗讲过这个理论。

又一位理想女性的苗子。

呆的,也不敢再说。

你道宝玉呆的是什么?只因柳五儿要进怡红院,头一次是他病了,不能进来;第二次王夫人撵了晴雯,大凡有些姿色的,都不敢挑;后来又在吴贵家看晴雯去,五儿跟着他妈给晴雯送东西去,见了一面,更觉娇娜妩媚。今日亏得凤姐想着,叫他补入小红的窝儿,竟是喜出望外了,所以呆呆的想他。

> 前面柳五儿的故事十分精彩,至平儿判冤决狱,她的前半部故事便完了。
> 即使屡屡提及,也只是防止读者忘掉而已,没什么意思。

贾母等着那些人,见这时候还不来,又叫丫头去请。回来李纨同着他妹子、探春、惜春、史湘云、黛玉都来了。大家请了贾母的安,众人厮见。独有薛姨妈未到,贾母又叫请去。果然姨妈带着宝琴过来。宝玉请了安,问了好,只不见宝钗邢岫烟二人。黛玉便问起:"宝姐姐为何不来?"薛姨妈假说身上不好。邢岫烟知道薛姨妈在坐,所以不来。宝玉虽见宝钗不来,心中纳闷,因黛玉来了,便把想宝钗的心暂且搁开。

> 吃完鹿肉联完诗,宝琴亦无事可做了。

不多时,邢王二夫人也来了。凤姐听见婆婆们先到了,自己不好落后,只得打发平儿先来告假,说是:"正要过来,因身上发热,过一回儿就来。"贾母道:"既是身上不好,不来也罢。咱们这时候狠该吃饭了。"丫头们把火盆往后挪了一挪儿,就在贾母榻前一溜摆下两桌,大家序次坐下。吃了饭,依旧围炉闲谈,不须多赘。

且说凤姐因何不来?头里为着倒比邢王二夫人迟了不好意思,后来旺儿家的来回说:"迎姑娘那里打发人来请奶奶安,还说并没有到上头,只到奶奶这里来。"凤姐听了纳闷,不知又是什么事,便叫那人进来,问:"姑娘在家好?"那人道:"有什么好的!奴才并不是姑娘打发来的,完全是中国的罗密欧与朱丽叶。可惜是通过不相干人的口转述，等于暗场处理。大大影响了感人的效果。这也和续作者的观念有关，司棋是丫头，又有"不名誉"的风流韵事，不能大书特书。故事毕竟动人，毁在续作者手里了。

实在是司棋的母亲央我来求奶奶的。"凤姐道："司棋已经出去了，为什么来求我？"那人道："自从司棋出去，终日啼哭。忽然那一日，他表兄来了。他母亲见了，恨的什么是的，说他害了司棋，一把拉住要打。那小子不敢言语。谁知司棋听见了，急忙出来，老着脸，和他母亲道：'我是为他出来的，我也恨他没良心。如今他来了，妈要打他，不如勒死了我。'他母亲骂他：'不害臊的东西！你心里要怎么样？'司棋说道：'一个女人配一个男人。我一时失脚，上了他的当，我就是他的人了，决不肯再失身给别人的。我恨他为什么这样胆小！'一身作事一身当'，为什么要逃？就是他一辈子不来了，我也一辈子不嫁人的。妈要给我配人，我原拚着一死的。今儿他来了，妈问他怎么样。若是他不改心，我在妈跟前磕了头，只当是我死了，他到那里，我跟到那里，就是讨饭吃也是愿意的。'他妈气得了不得，便哭着骂着说：'你是我的女儿，我偏不给他，你敢怎么着？'那知道那司棋这东西糊涂，便一头撞在墙上，把脑袋撞破，鲜血直流，竟死了。他妈哭着，救不过来，便要叫那小子偿命。他表兄也奇：'你们不用着急。我在外头原发了财，因想着他才回来的，心也算是真了。你们若不信，只管瞧。'说着，打怀里掏出一匣子金珠首饰来。他妈妈看见了，便心软了，说：'你既有心，为什么总不言语？'他外甥道：'大凡女人都是水性杨花，我若说有钱，他便是贪图银钱了。如今，他只为人就是难得的。我把金珠给你们，我

司棋故事插在这里，更只是交代过程而已了。

失之毫厘，差之千里，失之分秒，遗恨终身，对于读者来说则是遗恨世世代代。其实莎士比亚的悲剧如《罗密欧与朱丽叶》，也用这种戏剧化的手段。

去买棺盛殓他。'那司棋的母亲接了东西,也不顾女孩儿了,便由着外甥去。那里知道他外甥叫人抬了两口棺材来。司棋的母亲看见,咤异说:'怎么棺材要两口?'他外甥笑道:'一口装不下,得两口才好。'司棋的母亲见他外甥又不哭,只当是他心疼的傻。岂知他忙着把司棋收拾了,也不啼哭,眼错不见,把带的小刀子往脖子里一抹,也就抹死了。司棋的母亲懊悔起来,倒哭得了不得。如今坊上知道了,要报官。他急了,央我来求奶奶说个人情,他再过来给奶奶磕头。"

> 何等悲壮,何等壮烈!殉情亦如殉国,是有点"精神"的。
>
> 本是中国的罗密欧与朱丽叶,无奈写得太粗。另此处对于司棋表兄的描写似与前边不谐,前边是写他胆小跑掉的。

凤姐听了,咤异道:"那有这样傻丫头,偏偏的就碰见这个傻小子!怪不得那一天翻出那些东西来,他心里没事人是的。敢只是这么个烈性孩子。论起来我也没这么大工夫管他这些闲事,但只你才说的,叫人听着,怪可怜见儿的。也罢了,你回去告诉他,我和你二爷说,打发旺儿给他撕掳就是了。"凤姐打发那人去了,才过贾母这边来,不提。

> 能爱的人,珍惜爱情的人,非癫即傻。
> 只有摒弃了爱,才能聪明。此亦"大智大勇"之谓也。
>
> 从搜检到驱逐,是王夫人主的事,故凤姐能表达对司棋的小有怜惜。

且说贾政这日正与詹光下大棋,通局的输赢也差不多,单为着一只角儿,死活未分,在那里打结。门上的小厮进来回道:"外面冯大爷要见老爷。"贾政道:"请进来。"小厮出去请了,冯紫英走进门来,贾政即忙迎着。冯紫英进来,在书房中坐下,见是下棋,便道:"只管下棋,我来观局。"詹光笑道:"晚生的棋是不堪瞧的。"冯紫英道:"好说,请下罢。"贾政道:"有什么事么?"冯紫英道:"没有什么话。老伯只管下棋,我也学几着儿。"贾政向詹光道:"冯大爷是我们相好的,既没事,我们索性下完了这一局再说话儿。

> 下棋始终没有描写好,没有写出"神"写出"味"来。

冯大爷在旁边瞧着。"冯紫英道："下采不下采？"詹光道："下采的。"冯紫英道："下采的是不好多嘴的。"贾政道："多嘴也不妨，横竖他输了十来两银子，终久是不拿出来的。往后只好罚他做东便了。"詹光笑道："这倒使得。"冯紫英道："老伯和詹公对下么？"贾政笑道："从前对下，他输了；如今让他两个子儿，他又输了。时常还要悔儿着。不叫他悔，他就急了。"詹光也笑道："没有的事。"贾政道："你试试瞧。"大家一面说笑，一面下完了，做起棋来，詹光还了棋头，输了七个子儿。冯紫英道："这盘终吃亏在打结里头。老伯结少，就便宜了。"

> 贾政有说有笑，有亲切随意的一面。

> 孩子话。

> 一路看下来，贾政一无可取。写写他棋下得好，也算是有所找补。

贾政对冯紫英道："有罪，有罪，咱们说话儿罢。"冯紫英道："小侄与老伯久不见面。一来会会，二来因广西的同知进来引见，带了四种洋货，可以做得贡的。一件是围屏，有二十四扇槅子，都是紫檀雕刻的。中间虽说不是玉，却是绝好的硝子石，石上镂出山水、人物、楼台、花鸟等物。一扇上有五六十个人，都是宫妆的女子。名为'汉宫春晓'。人的眉、目、口、鼻以及出手、衣褶，刻的又清楚，又细腻。点缀布置，都是好的。我想尊府大观园中正厅上却可用得着。还有一个钟表，有三尺多高，也是一个小童儿拿着时辰牌，到了什么时候，他就报什么时辰；里头也有些人在那里打十番的。这是两件重笨的，却还没有拿来。现在我带在这里两件，却有些意思儿。"就在身边拿出一个锦匣子，见几重白绵裹着，揭开了绵子，第一层是一个玻璃盒子，里头金托子，大红绉绸托底，上放着一颗桂圆大的珠子，光华耀目。冯紫英道："据说这就叫做'母珠'。"因叫："拿一个盘儿来。"詹光即忙端

> 这次写写外贸洋货，是再开拓，也是炫富炫识。

> 钟表进入中国。无怪乎故宫有钟表馆。

写物,也是"红"的一个重要内容。稀罕之物、豪华之物、讲究之物、预兆之物……炫物以示人。物是荣华富贵的表现。是纪念也是哀悼。物依旧而人全非。

当然,通过物也能表现人的命运。运至物来,运去物走,故曰"身外"。

过一个黑漆茶盘,道:"使得么?"冯紫英道:"使得。"便又向怀里掏出一个白绢包儿,将包儿里的珠子都倒在盘里散着,把那颗母珠搁在中间,将盘置于桌上。看见那些小珠子儿,滴溜滴溜都滚到大珠身边来,一回儿把这颗大珠子抬高了,别处的小珠子一颗也不剩,都粘在大珠上。詹光道:"这也奇怪!"贾政道:"这是有的,所以叫做'母珠',原是珠之母。"

> 多少有点身在贾府,心通世界的意思。

> 此物颇离奇。不知是真还是夸张性的道听途说之语。

那冯紫英又回头看着他跟来的小厮道:"那个匣子呢?"那小厮赶忙捧过一个花梨木匣子来。大家打开看时,原来匣内衬着虎纹锦,锦上叠着一束蓝纱。詹光道:"这是什么东西?"冯紫英道:"这叫做'鲛绡帐'。"在匣子里拿出来时,叠得长不满五寸,厚不上半寸。冯紫英一层一层的打开,打到十来层,已经桌上铺不下了。冯紫英道:"你看,里头还有两褶,必得高屋里去,才张得下。这就是鲛丝所织。暑热天气,张在堂屋里头,苍蝇蚊子,一个不能进来,又轻又亮。"贾政道:"不用全打开,怕叠起来倒费事。"詹光便与冯紫英一层一层折好收拾。冯紫英道:"这四件东西,价儿也不狠贵,两万银他就卖。母珠一万,鲛绡帐五千,'汉宫春晓'与自鸣钟五千。"贾政道:"那里买的起。"冯紫英道:"你们是个国戚,难道宫里头用不着么?"贾政道:"用得着的狠多,只是那里有这些银子? 等我叫人拿进去给老太太瞧瞧。"冯紫英道:"狠是。"

> 以物的豪华珍奇反衬家道的艰难衰败。
> 物日益奇巧、神奇、贵重,人日益紧张、(相对)贫困、垂涎三尺了,这是恒久的死结。

> 依传统,这类精品应属"奇巧""淫巧",大人物是看不上的。但在小说描写中颇有吸引眼球之功。

由冯紫英推销贵重商品到贾家买不起,上上下下叹息,就此谈起仕途沉浮、家业荣枯来,倒很自然。眼见一个轰轰烈烈的家族冷寂下来,最后再给以致命一击,便也是定数了。

贾政便着人叫贾琏把这两件东西送到老太太那边去,并叫人请了邢王二夫人、凤姐儿都来瞧着,又把两样东西一一试过。贾琏道:"他还有两件:一件是围屏,一件是乐钟。共总要卖二万银子呢。"凤姐儿接着道:"东西自然是好的,但是那里有这些闲钱?咱们又不比外任督抚要办贡。我已经想了好些年了,像咱们这种人家,必得置些不动摇的根基才好:或是祭地,或是义庄,再置些坟屋。往后子孙遇见不得意的事,还是点儿底子,不到一败涂地。我的意思是这样,不知老太太、老爷、太太们怎么样?若是外头老爷们要买只管买。"贾母与众人都说:"这话说的倒也是。"贾琏道:"还了他罢。原是老爷叫我送给老太太瞧,为的是宫里好进;谁说买来搁在家里?老太太还没开口,你便说了一大些丧气话。"说着,便把两件东西拿了出去,告诉贾政,只说:"老太太不要。"便与冯紫英道:"这两件东西,好可好,就只没银子。我替你留心,有要买的人我便送信给你去。"

冯紫英只得收拾好,坐下说些闲话,没有兴头,就要起身。贾政道:"你在我这里吃了晚饭去罢。"冯紫英道:"罢了,来了就叨扰老伯吗?"贾政道:"说那里的话!"正说着,人回:"大老爷来了。"贾赦早已进来。彼此相见,叙些寒温。不一时,摆上酒来,肴馔罗列,大家喝着酒。至四五巡后,说起洋货的话。冯紫英道:"这种货本是难消的。除非要像尊府这种人家,还可消得,其余就难了。"贾政道:"这也不见得。"贾赦

可卿托梦早早讲过,凤姐刚刚想起来么?

怕听丧气话,也是积习。中亚有"语言通天"之语,我们也怕不好听的话影响了气运。

道:"我们家里也比不得从前了,这回儿也不过是个空门面。"冯紫英又问:"东府珍大爷可好么?我前儿见他,说起家常话儿来,提到他令郎续娶的媳妇远不及头里那位秦氏奶奶了。如今后娶的到底是那一家的?我也没有问起。"贾政道:"我们这个侄孙媳妇儿也是这里大家,从前做过京畿道的胡老爷的女孩儿。"冯紫英道:"胡道长我是知道的。但是他家教上也不怎么样。也罢了,只要姑娘好就好。"

> 贾赦也明白了?
> "空门面"三字概括力极强,是没落大户的写照。

> 无姓无名的这位"贾蓉媳妇"(二世),终于有了出处。当是续作者发了不忍之心吧。

　　贾琏道:"听得内阁里人说起,雨村又要升了。"贾政道:"这也好。不知准不准?"贾琏道:"大约有意思的了。"冯紫英道:"我今儿从吏部里来,也听见这样说。雨村老先生是贵本家不是?"贾政道:"是。"冯紫英道:"是有服的,还是无服的?"贾政道:"说也话长。他原籍是浙江湖州府人,流寓到苏州,甚不得意。有个甄士隐和他相好,时常周济他。已后中了进士,得了榜下知县,便娶了甄家的丫头。如今的太太不是正配。岂知甄士隐弄到零落不堪,没有找处。雨村革了职以后,那时还与我家并未相识。只因舍妹丈林如海林公在扬州巡盐的时候,请他在家做西席,外甥女儿是他的学生。因他有起复的信,要进京来,恰好外甥女儿要上来探亲,林姑老爷便托他照应上来。还有一封荐书托我吹嘘吹嘘。那时看他不错,大家常会。岂知雨村也奇:我家世袭起,从'代'字辈下来,宁荣两宅,人口房舍,以及起居事宜,一概都明白。因此,遂觉得亲热了。"因又笑说道:"几年间,门子也会钻了,由知府推升转了御史,不过几年,升了吏部侍郎,署兵部尚书。为着一件事降了三级。如今又要升了。"冯紫英道:"人世的荣枯,

> 都是温习旧事,毫无"信息量"。

仕途的得失，终属难定。"贾政道："像雨村算便宜的了。还有我们差不多的人家，就是甄家，从前一样功勋，一样的世袭，一样的起居，我们也是时常往来。不多几年，他们进京来，差人到我这里请安，狠还热闹。一会儿抄了原籍的家财，至今杳无音信。不知他近况若何，心下也着实惦记，看了这样，你想做官的怕不怕。"

> 姑荣得失浮沉，都是常态。

贾赦道："咱们家是最没有事的。"冯紫英道："果然尊府是不怕的：一则里头有贵妃照应；二则故旧好，亲戚多；三则你家自老太太起，至于少爷们，没有一个刁钻刻薄的。"贾政道："虽无刁钻刻薄，却没有德行才情。白白的衣租食税，那里当得起？"贾赦道："咱们不用说这些话，大家吃酒罢。"大家又喝了几杯，摆上饭来。吃毕喝茶。冯家的小厮走来，轻轻的向紫英说了一句。冯紫英便要告辞了。贾赦贾政道："你说什么？"小厮道："外面下雪，早已下了榍子了。"贾政叫人看时，已是雪深一寸多了。贾政道："那两件东西，你收拾好了么？"冯紫英道："收好了。若尊府要用，价钱还自然让些。"贾政道："我留神就是了。"冯紫英道："我再听信罢。天气冷，请罢，别送了。"贾赦贾政便命贾琏送了出去。未知后事如何，下回分解。

> 怕也还要做官，如一句粗话所说——狗改不了……

> 刁钻刻薄必败。
> 不刁钻刻薄却也未必胜。
> 贾政的自我评价还算有自知之明。

> 这样说便自然些，留有余地些也礼貌些。

千头万绪，大致写得立体，也算面面俱到，殊不易。但多数文笔给人以似曾相识感。

第九十三回

甄家仆投靠贾家门　水月庵掀翻风月案

却说冯紫英去后,贾政叫门上的人来吩咐道:"今儿临安伯那里来请吃酒,知道是什么事?"门上的人道:"奴才曾问过,并没有什么喜庆事,不过南安王府里到了一班小戏子,都说是个名班,伯爷高兴,唱两天戏,请相好的老爷们瞧瞧,热闹热闹。大约不用送礼的。"说着,贾赦过来问道:"明儿二老爷去不去?"贾政道:"承他亲热,怎么好不去的?"说着,门上进来回道:"衙门里书办来请老爷明日上衙门。有堂派的事,必得早些去。"贾政道:"知道了。"说着,只见两个管屯里地租子的家人走来,请了安,磕了头,旁边站着。贾政道:"你们是郝家庄的?"两个答应了一声。贾政也不往下问,竟与贾赦各自说了一回话儿散了。家人等秉着手灯,送过贾赦去。

> 平平淡淡,白水豆腐。

> 贾政竟也日理多机,无事之事,无机之机。

这里贾琏便叫那管租的人道:"说你的。"那人说道:"十月里的租子,奴才已经赶上来了。原是明儿可到,谁知京外拿车,把车上的东西,不由分说,都掀在地下。奴才告诉他,说是府里收租子的车,不是买卖车,他更不管这些。奴才叫车夫只管拉着走,几个衙役就把车夫混打了一顿,硬扯了两辆车去了。奴才所以先来回报。求爷打发个人到衙门里去要了来才好。再者,

> 短短几行字,可以想象当时社会的无法无天的黑暗,这样的描写还是很尖锐的,即使前八十回亦绝无仅有。

149

也整治整治这些无法无天的差役才好。爷还不知道呢,更可怜的是那买卖车,客商的东西全不顾,掀下来,赶着就走。那些赶车的但说句话,打的头破血出的。"贾琏听了,骂道:"这个还了得!"立刻写了一个帖儿,叫家人:"拿去向拿车的衙门里要车去,并车上东西。若少了一件,是不依的!快叫周瑞。"周瑞不在家,又叫旺儿。旺儿晌午出去了,还没有回来。贾琏道:"这些忘八羔子,一个都不在家,他们终年家吃粮不管事。"因吩咐小厮们:"快给我找去。"说着,也回到自己屋里,睡下不题。

略涉民疾民瘼。

涣散。指挥不灵。

且说临安伯第二天又打发人来请。贾政告诉贾赦道:"我是衙门里有事。琏儿要在家等候拿车的事情,也不能去。倒是大老爷带宝玉应酬一天也罢了。"贾赦点头道:"也使得。"贾政遣人去叫宝玉,说:"今儿跟大爷到临安伯那里听戏去。"宝玉喜欢的了不得,便换上衣服,带了焙茗、扫红、锄药三个小子,出来见了贾赦,请了安,上了车,来到临安伯府里。门上人回进去,一会子出来说:"老爷请。"于是贾赦带着宝玉走入院内,只见宾客喧阗。贾赦宝玉见了临安伯,又与众宾客都见过了礼,大家坐着,说笑了一回。只见一个掌班的拿着一本戏单,一个牙笏,向上打了一个千儿,说道:"求各位老爷赏戏。"先从尊位点起,挨至贾赦,也点了一出。那人回头见了宝玉,便不向别处去,竟抢步上来,打个千儿道:"求二爷赏两出。"

宝玉随贾赦活动,这种老少组合在"红"中还是第一回。这样的安排使"红"的网络结构添加了一点活泛。

"喧阗"一词,很雅。"红"书不避俗也不避雅,不媚俗也不媚雅,不求清也不求浊,气象阔大。

宝玉一见那人,面如傅粉,唇若涂朱;鲜润如出水芙蕖,飘扬似临风玉树;原来不是别人,就是蒋玉函。前日听得他带了小戏儿进京,也

这样引到蒋玉函身上,算是自然。

按写法,蒋玉函这个人物相当重要,自始至终,贯穿到底。惜实写甚少,只是一个影子。

没有到自己那里;此时见了,又不好站起来,只得笑道:"你多早晚来的?"蒋玉函把手在自己身子上一指,笑道:"怎么二爷不知道么?"宝玉因众人在坐,也难说话,只得胡乱点了一出。蒋玉函去了,便有几个议论道:"此人是谁?"有的说:"他向来是唱小旦的,如今不肯唱小旦,年纪也大了,就在府里掌班。头里也改过小生。他也攒了好几个钱,家里已经有两三个铺子,只是不肯放下本业,原旧领班。"有的说:"想必成了家了。"有的说:"亲还没有定。他倒掌定一个主意,说是人生配偶,关系一生一世的事,不是混闹得的,不论尊卑贵贱,总要配的上他的才能。所以到如今还并没娶亲。"宝玉暗忖度道:"不知日后谁家的女孩儿嫁他?要嫁着这样的人才儿,也算是不辜负了。"

"红"的人物故事太多了,供应过剩,降低了可注意力。

前面放出去的线索,最后要一一归拢。

前缘已定,莫失莫忘。

那时开了戏,也有昆腔,也有高腔,也有弋腔,梆子腔:做得热闹。到了响午,便摆开桌子吃酒。又看了一回,贾赦便欲起身。临安伯过来留道:"天色尚早。听见说蒋玉函还有一出《占花魁》,他们顶好的首戏。"宝玉听了,巴不得贾赦不走;于是贾赦又坐了一会。果然蒋玉函扮着秦小官,伏侍花魁醉后神情,把这一种怜香惜玉的意思,做得极情尽致。以后对饮对唱,缠绵缱绻。宝玉这时不看花魁,只把两支眼睛独射在秦小官身上。更加蒋玉函声音响亮,口齿清楚,按腔落板,宝玉的神魂都唱了进去了。直等这出戏进场后,更知蒋玉函极是情种,非寻常戏子可比。因想着:"《乐记》上说的是:'情动于中,故形于声;声成文,谓之音。'所以知声,知

"戏子"都应是情种。

音,知乐,有许多讲究。声音之原,不可不察。诗词一道,但能传情,不能入骨,自后想要讲究讲究音律。"宝玉想出了神,忽见贾赦起身,主人不及相留。宝玉没法,只得跟了回来。

> 进入后四十回以来,虽屡有蒋玉函出现,终没有什么性格,也没有什么"戏"。
>
> 有学问可转,是小说家的底气。

到了家中,贾赦自回那边去了。宝玉来见贾政。贾政才下衙门,正向贾琏问起拿车之事。贾琏道:"今儿叫人拿帖儿去,知县不在家。他的门上说了:'这是本官不知道的,并无牌票出去拿车,都是那些混帐东西在外头撒野挤讹头。既是老爷府里的,我便立刻叫人去追办,包管明儿连车连东西一并送来。如有半点差迟,再行禀过本官,重重处治。此刻本官不在家,求这里老爷看破些,可以不用本官知道更好。'"贾政道:"既无官票,到底是何等样人在那里作怪?"贾琏道:"老爷不知,外头都是这样。想来明儿必定送来的。"贾琏说完下来。宝玉上去见了。贾政问了几句,便叫他往老太太那里去。

> 社会黑暗,秩序混乱,衙役横行,可见一斑。
>
> 衙已不衙,家已不家,庵已不庵,奴已不奴,社会角色均失去了应有的明晰、制约与平衡。
>
> 另有黑(或灰)社会,与正规官衙无关,也与普通百姓无关。

贾琏因为昨夜叫空了家人,出来传唤,那起人多已伺候齐全。贾琏骂了一顿,叫大管家赖升:"将各行档的花名册子拿来,你去查点查点,写一张谕帖,叫那些人知道。若有并未告假,私自出去,传唤不到,贻误公事的,立刻给我打了撵出去!"赖升连忙答应了几个"是",出来吩咐了一回,家人各自留意。

> 礼崩乐坏,孔子关心、痛心、操心了两千多年。

过不几时,忽见有一个人,头上戴着毡帽,身上穿着一身青布衣裳,脚下穿着一双撒鞋,走到门上,向众人作了个揖。众人拿眼上上下下打谅了他一番,便问他:"是那里来的?"那人道:"我自南边甄府中来的。并有家老爷手书一封,求这里的爷们呈上尊老爷。"众人听见他是甄府

> 突兀,无味,写来读来寡淡得很。

来的,才站起来让他坐下,道:"你乏了,且坐坐。我们给你回就是了。"门上一面进来回明贾政,呈上来书。贾政拆书看时,上写着:

> 世交凤好,气谊素敦,遥仰襜帷,不胜依切。弟因菲材获谴,自分万死难偿,幸邀宽宥,待罪边隅。迄今门户雕零,家人星散。所有奴子包勇,向曾使用,虽无奇技,人尚悫实。倘使得备奔走,糊口有资,屋乌之爱,感佩无涯矣!专此奉达,余容再叙,不宣。

贾政看完,笑道:"这里正因人多,甄家倒荐人来。又不好却的。"盼咐门上:"叫他见我,且留他住下,因材使用便了。"门上出去,带进人来,见贾政,便磕了三个头,起来道:"家老爷请老爷安。"自己又打个千儿,说:"包勇请老爷安。"贾政回问了甄老爷的好,便把他上下一瞧,但见包勇身长五尺有零,肩背宽肥,浓眉爆眼,磕额长髯,气色粗黑,垂着手站着。便问道:"你是向来在甄家的,还是住过几年的?"包勇道:"小的向在甄家的。"贾政道:"你如今为什么要出来呢?"包勇道:"小的原不肯出来,只是家爷再四叫小的出来,说是别处你不肯去,这里老爷家里只当原在自己家里一样的,所以小的来的。"贾政道:"你们老爷不该有这事情,弄到这样的田地。"包勇道:"小的本不敢说:我们老爷只是太好了,一味的真心待人,反倒招出事来。"贾政道:"真心是最好的了。"包勇道:"因为太真了,人人都不喜欢,讨人厌烦是有的。"贾政笑了一笑道:"既这样,皇天自然不负他的。"

包勇还要说时,贾政又问道:"我听见说你们家的哥儿不是也叫宝玉么?"包勇道:"是。"贾

包勇似乎是从天上掉下来的。盖在焦大被灌马粪和年老以后,贾府已无生成忠仆的环境、土壤,忠仆只能"引进"。顺便提一提甄家,令人咀嚼。

典型的忠奴模样。

"红"中已有此叹,着实可叹!
真则讨嫌,但能有忠奴。

甄宝玉变成了真正的封建社会的宝玉了？以意为之的痕迹太重。

甄、贾宝玉的互映互比，本是极佳的艺术构思，但这一构思并没得到艺术的体现。好比有了好的战略计划，却没有一支部队去打赢。

好的艺术情节、艺术语言、艺术细节，有时比好的构思还难。

政道："他还肯向上巴结么？"包勇道："老爷若问我们哥儿，倒是一段奇事。哥儿的脾气也和我家老爷一个样子，也是一味的诚实，从小儿只管和那些姐妹们在一处顽。老爷太太也狠打过几次，他只是不改。那一年太太进京的时候儿，哥儿大病了一场，已经死了半日，把老爷几乎急死，装裹都预备了。幸喜后来好了，嘴里说道：走到一座牌楼那里，见了一个姑娘，领着他到了一座庙里，见了好些柜子，里头见了好些册子；又到屋里，见了无数女子，说是多变了鬼怪似的，也有变做骷髅儿的；他吓急了，便哭喊起来。老爷知他醒过来了，连忙调治，渐渐的好了。老爷仍叫他在姐妹们一处顽去，他竟改了脾气了：好着时候的玩意儿一概都不要了，惟有念书为事。就有什么人来引诱他，他也全不动心。如今渐渐的能彀帮着老爷料理些家务了。"贾政默然想了一回，道："你去歇歇去罢。等这里用着你时，自然派你一个行次儿。"包勇答应着，退下来，跟着这里人出去歇息不提。

一日贾政早起，刚要上衙门，看见门上那些人在那里交头接耳，好像要使贾政知道的是的，又不好明回，只管咕咕唧唧的说话。贾政叫上来问道："你们有什么事这么鬼鬼祟祟的？"门上的人回道："奴才们不敢说。"贾政道："有什么事不敢说的？"门上的人道："奴才今儿起来，开门出去，见门上贴着一张白纸，上写着许多不成事体的字。"贾政道："那里有这样的事！写的是什

> 回应第五回宝玉的神游太虚境。
>
> 人生只有一次，选择的机会也不会再现，倒是写小说好，可以一分为二、为三、为数个不同的版本。

> 这里有一个脱胎换骨，彻底改造成功的宝玉。
>
> 提醒去设想：如果宝玉是另一种选择呢？

么?"门上的人道:"是水月庵里的腌臜话。"贾政道:"拿给我瞧。"门上的人道:"奴才本要揭下来,谁知他帖的结实,揭不下来,只得一面抄,一面洗。刚才李德揭了一张给奴才瞧,就是那门上帖的话。奴才们不敢隐瞒。"说着,呈上那帖儿。贾政接来看时,上面写着:

"西贝草斤"年纪轻,水月庵里管尼僧。
一个男人多少女,窝娼聚赌是陶情。
不肖子弟来办事,荣国府内出新闻。

贾政看了,气得头昏目晕,赶着叫门上的人不许声张,悄悄叫人往宁荣两府靠近的夹道子墙壁上再去找寻。随即叫人去唤贾琏出来。贾琏即忙赶至。贾政忙问道:"水月庵中寄居的那些女尼女道,向来你也查考查考过没有?"贾琏道:"没有,一向都是芹儿在那里照管。"贾政道:"你知芹儿照管得来,照管不来?"贾琏道:"老爷既这么说,想来芹儿必有不妥当的地方儿。"贾政叹道:"你瞧瞧这个帖儿写的是什么。"贾琏一看道:"有这样事么。"正说着,只见贾蓉走来,拿着一封书子,写着"二老爷密启"。打开看时,也是无头榜一张,与门上所帖的话相同。贾政道:"快叫赖大带了三四辆车子到水月庵里去,把那些女尼女道士一齐拉回来。不许泄漏,只说里头传唤。"赖大领命去了。

且说水月庵中小女尼女道士等,初到庵中,沙弥与道士原系老尼收管,日间教他些经忏。已后元妃不用,也便习学得懒怠了。那些女孩子们年纪渐渐的大了,都也有个知觉了。更兼贾芹也是风流人物,打量芳官等出家,只是小孩子性儿,便去招惹他们。那知芳官竟是真心,不

一个信息交通十分迟滞的环境里,"揭帖"确实带有相当的爆炸性。
当然,坏人也会利用这种形式。
大(小)字报——揭帖,"红"已有之。
大(小)民主,"红"已有之。

这也是防民之口,甚于防川。

如果向来查考,早就是千疮百孔了。

匿名信一类。

芳官在"寿怡红群芳开夜

能上手,便把这心肠移到女尼女道士身上。因那小沙弥中有个名叫沁香的,和女道士中有个叫做鹤仙的,长的都甚妖娆,贾芹便和这两个人勾搭上了,闲时便学些丝弦,唱个曲儿。

那时正当十月中旬,贾芹给庵中那些人领了月例银子,便想起法儿来,告诉众人道:"我为你们领月钱,不能进城,又只得在这里歇着。怪冷的,怎么样?我今儿带些果子酒,大家吃着乐一夜,好不好?"那些女孩子都高兴,便摆起桌子,连本庵的女尼也叫了来。惟有芳官不来。贾芹喝了几杯,便说道要行令。沁香等道:"我们都不会,倒不如撂拳罢。谁输了喝一杯,岂不爽快?"本庵的女尼道:"这天刚过晌午,混嚷混喝的不像,且先喝几钟,爱散的先散去。谁爱陪芹大爷的,回来晚上尽子喝去,我也不管。"

正说着,只见道婆急忙进来说:"快散了罢,府里赖大爷来了。"众女尼忙乱收拾,便叫贾芹躲开。贾芹因多喝了几杯,便道:"我是送月钱来的,怕什么!"话犹未完,已见赖大进来。见这般样子,心里大怒。为的是贾政吩咐不许声张,只得含糊装笑道:"芹大爷也在这里呢么?"贾芹连忙站起来道:"赖大爷,你来作什么?"赖大说:"大爷在这里更好。快快叫沙弥道士收拾,上车进城,宫里传呢。"贾芹等不知原故,还要细问。赖大说:"天已不早了,快快的,好赶进城。"众女孩子只得一齐上车。赖大骑着大走骡,押着赶进城,不提。

却说贾政知道这事,气得衙门也不能上了,独坐在内书房叹气。贾琏也不敢走开。忽见门上的进来禀道:"衙门里今夜该班是张老爷。因张老爷病了,有知会来请老爷补一班。"贾政正

宴"中达到顶峰,搜检大观园后她已经"死"了。被扼杀的一个又一个!

有人,就有人的欲望。人欲不能走明处,便走暗处,走黑处,便成为犯罪。
水月庵里不仅有水中之月,清凉世界里其实也不清凉。

一句话就变成了被押解的犯人。

腐烂。每个角落都在霉变。

等赖大回来要办贾芹,此时又要该班,心里纳闷,也不言语。贾琏走上去说道:"赖大是饭后出去的,水月庵离城二十来里,就赶进城,也得二更天。今日又是老爷的帮班,请老爷只管去。赖大来了,叫他押着,也别声张,等明儿老爷回来再发落。倘或芹儿来了,也不用说明,看他明儿见了老爷怎么样说。"贾政听来有理,只得上班去了。贾琏抽空才要回到自己房中,一面走着,心里抱怨凤姐出的主意,欲要埋怨,因他病着,只是隐忍,慢慢的走着。

> 可以说凤姐用人不当,也可以说这里并无正当之人可用。

且说那些下人,一人传十,传到里头,先是平儿知道,即忙告诉凤姐。凤姐因那一夜不好,恹恹的总没精神,正是惦记铁槛寺的事情。听说"外头贴了匿名揭帖"的一句话,吓了一跳,忙问:"贴的是什么?"平儿随口答应,不留神,就错说了,道:"没要紧,是馒头庵里的事情。"凤姐本是心虚,听见"馒头庵的事情",这一唬直唬怔了,一句话没说出来,急火上攻,眼前发晕,咳嗽了一阵,哇的一声,吐出一口血来。平儿慌了,说道:"水月庵里,不过是女沙弥女道士的事,奶奶着什么急?"凤姐听是水月庵,才定了定神,说道:"呸,糊涂东西!到底是水月庵呢,是馒头庵?"平儿笑道:"是我头里错听了,是馒头庵,后来听见不是馒头庵,是水月庵。我刚才也说说溜了嘴,说成馒头庵了。"凤姐道:"我就知道是水月庵。那馒头庵与我什么相干!原是这水月庵是我叫芹儿管的。大约刻扣了月钱。"平儿道:"我听着不像月钱的事,还有些腌臜话呢。"凤姐道:"我更不管那个。你二爷那里去了?"平儿说:"听见老爷生气,他不敢走开。我听见事

> 凤姐也怕曝光。

> 是账,就需要还。天下没有不需要还的账。

情不好,我吩咐这些人不许吵嚷,不知太太们知道了么。但听见说,老爷叫赖大拿这些女孩子去了。且叫个人前头打听打听。奶奶现在病着,依我竟先别管他们的闲事。"

正说着,只见贾琏进来。凤姐欲待问他,见贾琏一脸的怒气,暂且装作不知。贾琏饭没吃完,旺儿来说:"外头请爷呢,赖大回来了。"贾琏道:"芹儿来了没有?"旺儿道:"也来了。"贾琏便道:"你去告诉赖大,说:老爷上班儿去了,把这些个女孩子暂且收在园里,明日等老爷回来,送进宫去。只叫芹儿在内书房等着我。"旺儿去了。贾芹走进书房,只见那些下人指指点点不知说什么,看起这个样儿来,不像宫里要人。想着问人,又问不出来。正在心里疑惑,只见贾琏走出来,贾芹便请了安,垂手侍立,说道:"不知道娘娘宫里即刻传那些孩子们做什么? 叫侄儿好赶! 幸喜侄儿今儿送月钱去,还没有走,便同着赖大来了。二叔想来是知道的。"贾琏道:"我知道什么? 你才是明白的呢!"贾芹摸不着头脑儿,也不敢再问。贾琏道:"你干的好事! 把老爷都气坏了。"贾芹道:"侄儿没有干什么。庵里月钱是月月给的,孩子们经忏是不忘记的。"贾琏见他不知,又是平素常在一处顽笑的,便叹口气道:"打嘴的东西! 你各自去瞧瞧罢。"便从靴掖儿里头拿出那个揭帖来,扔与他瞧。贾芹拾来一看,吓得面如土色,说道:"这是谁干的! 我并没得罪人,为什么这么坑我? 我一月送钱去,只走一趟,并没有这些事。若是老爷回来,打着我问,侄儿便该死了。我母亲知道,更要打死。"说着,见没人在旁边,便跪下去说道:"好叔叔,救我一救儿罢!"说着,只管磕头,满眼流泪。贾

凤姐管家,也只能有所不问,有所不为。

从品德上看,琏、芹本是一丘之貉。

一个揭帖竟有这等威力。

一个豪门望族，真正的人物很少，纠纠缠缠的鼠窃狗偷之徒、爬虫癞蛙之类附着的很多。水至清则无鱼，清是困难的。一条浑水弄脏一河一江水，浑了也是不行的。贾政思清，实际无能治家。琏、凤之类本身就是"四不清干部"，奈何！

水月庵事本写得合情合理，惜无生动细节，草草交代而已。甄家仆包勇来投，也只是就事论事，平铺直叙。甄宝玉"改邪归正"或有意思，但写得粗率。甄家是理念的产物，写不出活气来。

琏想道："老爷最恼这些，要是问准了有这些事，这场气也不小。闹出去也不好听，又长那个贴帖儿的人的志气了。将来咱们的事多着呢。倒不如趁着老爷上班儿，和赖大商量着，若混过去，就可以没事了。现在没有对证。"想定主意，便说："你别瞒我。你干的鬼鬼祟祟的事，你打谅我都不知道呢。若要完事，就是老爷打着问你，你一口咬定没有才好。没脸的，起去罢！"叫人去唤赖大。

也是关系网。
贾政越"正"，就越脱离生活，脱离实际，永远被蒙在鼓里。

抗拒才能从宽。

不多时，赖大来了，贾琏便与他商量。赖大说："这芹大爷本来闹的不像了。奴才今儿到庵里的时候，他们正在那里喝酒呢。帖儿上的话，是一定有的。"贾琏道："芹儿，你听！赖大还赖你不成？"贾芹此时红涨了脸，一句也不敢言语。还是贾琏拉着赖大，央他："护庇护庇罢，只说贾芹哥儿在家里找来的。你带了他去，只说没有见我。明日你求老爷，也不用问那些女孩子了。竟是叫了媒人来，领了去，一卖完事。果然娘娘再要的时候儿，咱们再买。"赖大想来，闹也无益，且名声不好，就应了。贾琏叫贾芹："跟了赖大爷去罢！听着他教你，你就跟着他。"说罢，贾芹又磕了一个头，跟着赖大出去。到了没人的地方儿，又给赖大磕头。赖大说："我的小爷，你太闹的不像了。不知得罪了谁，闹出这个乱儿。你想想，谁和你不对罢？"贾芹想了一想，忽然想起一个人来，未知是谁，下回分解。

以捂起来应对，其结果是越捂越黑，后患无尽。

贾琏的包庇，只能招灾害己。

有照应也有发展，可以讲得通。小字报与匿名信，说明的是言路不通、缺少监督情况下的大路不通走小道的必然。

第九十四回

宴海棠贾母赏花妖　失宝玉通灵知奇祸

话说赖大带了贾芹出来,一宿无话,静候贾政回来。单是那些女尼女道重进园来,都喜欢的了不得,欲要到各处逛逛,明日预备进宫。不料赖大便吩咐了看园的婆子并小厮看守,惟给了些饭食,却是一步不准走开。那些女孩子摸不着头脑,只得坐着,等到天亮。园里各处的丫头虽都知道拉进女尼们来,预备宫里使唤,却也不能深知原委。

到了明日早起,贾政正要下班,因堂上发下两省城工估销册子,立刻要查核,一时不能回家,便叫人回来告诉贾琏,说:"赖大回来,你务必查问明白。该如何办就如何办了,不必等我。"贾琏奉命,先替芹儿喜欢,又想道:"若是办得一点影儿都没有,又恐贾政生疑,不如回明二太太,讨个主意办去,便是不合老爷的心,我也不至甚担干系。"主意定了,进内去见王夫人,陈说:"昨日老爷见了揭帖生气,把芹儿和女尼女道等都叫进府来查办。今日老爷没空问这种不成体统的事,叫我来回太太,该怎么便怎么样。我所以来请示太太,这件事如何办理?"王夫人听了咤异道:"这是怎么说!若是芹儿这么样起来,这还成咱们家的人了么?但只这个贴帖儿的也可恶!这些话可是混嚼说得的么?你到底

> 阴差阳错,让贾芹溜了过去。风气已恶劣至此,即使贾政大动干戈也不会收到比搜检大观园更好的效果。

> 好人坏人,好事坏事,都有中庸之道。

> 把矛盾转嫁到王夫人这里,应算高明,后果就更不堪了。

> 王夫人既不欢迎一个办事的人被揭发,也不欢迎揭发别人的人。

问了芹儿有这件事没有呢？"贾琏道："刚才也问过了。太太想，别说他干了没有，就是干了，一个人干了混账事也肯应承么？但只我想芹儿也不敢行此事：知道那些女孩子都是娘娘一时要叫的，倘或闹出事来，怎么样呢？依侄儿的主见，要问也不难，若问出来，太太怎么个办法呢？"王夫人道："如今那些女孩子在那里？"贾琏道："都在园里锁着呢。"王夫人道："姑娘们知道不知道？"贾琏道："大约姑娘们也都知道是预备宫里头的话，外头并没提起别的来。"王夫人道："狠是。这些东西一刻也是留不得的。头里我原要打发他们去来着，都是你们说留着好，如今不是弄出事来了么？你竟叫赖大那些人带去细细的问他的本家有人没有，将文书查出，花上几十两银子，雇只船，派个妥当人，送到本地，一概连文书发还了，也落得无事。若是为着一两个不好，个个都押着他们还俗，那又太造孽了；若在这里发给官媒，虽然我们不要身价，他们弄去卖钱，那里顾人的死活呢？芹儿呢，你便狠狠的说他一顿，除了祭祀喜庆，无事叫他不用到这里来。看仔细碰在老爷气头儿上，那可就吃不了兜着走了。并说与账房儿里，把这一项钱粮档子销了。还打发个人到水月庵说：老爷的谕，除了上坟烧纸，要有本家爷们到他那里去，不许接待。若再有一点不好风声，连老姑子一并撵出去。"

> 凡年轻女性，王夫人大体恨之入骨。

> 贾政怒的是贾芹，王夫人恨的是小尼姑，其中有点心理学。

> "吃不了兜着走"，此话沿用至今。

贾琏一一答应了出去，将王夫人的话告诉赖大，说："是太太主意，叫你这么办去。办完了，告诉我去回太太。你快办去罢。回来老爷来，你也按着太太的话回去。"赖大听说，便道："我们太太真正是个佛心，这班东西着人送回

> 请示太太是假，摆脱干系与责任是真。

去。既是太太好心,不得不挑个好人。芹哥儿竟交给二爷开发了罢。那贴帖儿的,奴才想法儿查出来,重重的收拾他才好。"贾琏点头说:"是了。"即刻将贾芹发落。赖大也赶着把女尼等领出,按着主意办去了。晚上贾政回来,贾琏赖大回明贾政。贾政本是省事的人,听了也便撂开手了。独有那些无赖之徒,听得贾府发出二十四个女孩子出来,那个不想?究竟那些人能彀回家不能,未知着落,亦难虚拟。

且说紫鹃因黛玉渐好,园中无事,听见女尼等预备宫内使唤,不知何事,便到贾母那边打听打听。恰遇着鸳鸯下来闲着,坐下说闲话儿,提起女尼的事,鸳鸯咤异道:"我并没有听见。回来问问二奶奶就知道了。"

正说着,只见傅试家两个女人过来请贾母的安,鸳鸯要陪了上去。那两个女人因贾母正睡晌觉,就与鸳鸯说了一声儿,回去了。紫鹃问:"这是谁家差来的?"鸳鸯道:"好讨人嫌!家里有了一个女孩儿,生得好些,便献宝的是的,常常在老太太面前夸他家姑娘长得怎么好,心地怎么好,礼貌上又能,说话儿又简绝,做活计儿手儿又巧,会写会算,尊长上头最孝敬的,就是待下人也是极和平的,来了就编这么一大套,常常说给老太太听。我听着狠烦,这几个老婆子真讨人嫌。我们老太太偏爱听那些个话!老太太也罢了,还有宝玉,素常见了老婆子,便狠厌烦的,偏见了他们家的老婆子便不厌烦,你说奇不奇?前儿还来说:他们姑娘现有多少人家儿来求亲,他们老爷总不肯应,心里只要和咱们这种人家作亲才肯。一回夸奖,一回奉承,把老

某种意义上,掀翻风月案是搜检大观园的重演。同样,第一次是悲剧,第二次是喜剧。
一、实际接受了贴小字报的人的意思,处理了有关事宜。在实际处理上是"宁信其有"。
二、坚决惩办贴帖的人,在用人上,是"宁爱其无"。
这个结局甚合情理,又留下伏笔——贾芹真正的兴风作浪,还在后头呢。
情节安排得好,写得一般。

为了宝玉的婚事,左一个陪衬右一个陪衬,前一个陪衬后一个陪衬。

太太的心都说活了。"紫鹃听了一呆,便假意道:"若老太太喜欢,为什么不就给宝玉定了呢?"

鸳鸯正要说出原故,听见上头说:"老太太醒了。"鸳鸯赶着上去,紫鹃只得起身出来。回到园里,一头走,一头想道:"天下莫非只有一个宝玉?你也想他,我也想他。我们家的那一位,越发痴心起来了。看他的那个神情儿,是一定在宝玉身上的了。三番五次的病,可不是为着这个是什么!这家里'金'的'银'的还闹不清,若添了一个什么傅姑娘,更了不得了。我看宝玉的心也在我们那一位的身上;听着鸳鸯的说话,竟是见一个爱一个的。这不是我们姑娘白操了心了吗?"紫鹃本是想着黛玉,往下一想,连自己也不得主意了,不免掉下泪来。要想叫黛玉不用瞎操心呢,又恐怕他烦恼;若是看着他这样,又可怜见儿的。左思右想,一时烦躁起来,自己啐自己道:"你替人耽什么忧!就是林姑娘真配了宝玉,他的那性情儿也是难伏侍的。宝玉性情虽好,又是贪多嚼不烂的。我倒劝人不必瞎操心,我自己才是瞎操心呢!从今已后,我尽我的心伏侍姑娘,其余的事全不管。"这么一想,心里倒觉清净。回到潇湘馆来,见黛玉独自一人,坐在炕上理从前做过的诗文词稿,抬头见紫鹃来,便问:"你到那里去了?"紫鹃道:"我今儿睄了睄姐妹们去。"黛玉道:"敢是找袭人姐姐去么?"紫鹃道:"我找他做什么?"

黛玉一想,这话怎么顺嘴说了出来?反觉不好意思,便啐道:"你找谁与我什么相干!倒茶去罢。"紫鹃也心里暗笑,出来倒茶。只听见园里一叠声乱嚷,不知何故。一面倒茶,一面叫人去打听。回来说道:"怡红院里的海棠本来萎

宝玉的这种地位,令旁人羡慕,令自己和有关女子何等苦恼!

"在我们那一位的身上"属实,"见一个爱一个"亦属实。

实话。贪多嚼不烂云云,有趣。
为人而不瞎操心,确能清净,但亦无味了许多。

这一问一答蛮妙。

了几棵,也没人去浇灌他。昨日宝玉走去瞧,见枝头上好像有了蓇朵儿是的。人都不信,没有理他。忽然今日开得狠好的海棠花,众人咤异,都争着去看,连老太太、太太都哄动了,来瞧花儿呢。所以大奶奶叫人收拾园里败叶枯枝,这些人在那里传唤。"

黛玉也听见了,知道老太太来,便更了衣,叫雪雁去打听:"若是老太太来了,即来告诉我。"雪雁去不多时,便跑来说:"老太太、太太好些人都来了,请姑娘就去罢。"黛玉略自照了一照镜子,掠了一掠鬓发,便扶着紫鹃到怡红院来,已见老太太坐在宝玉常卧的榻上。黛玉便说道:"请老太太安。"退后便见了邢王二夫人,回来与李纨、探春、惜春、邢岫烟彼此问了好。只有凤姐因病未来;史湘云因他叔叔调任回京,接了家去;薛宝琴跟他姐姐家去住了;李家姐妹因见园内多事,李婶娘带了在外居住:所以黛玉今日见的只有数人。大家说笑了一回,讲究这花开得古怪。贾母道:"这花儿应在三月里开的,如今虽是十一月,因节气迟,还算十月,应着小阳春的天气,因为和暖,开花也是有的。"王夫人道:"老太太见的多,说得是,也不为奇。"邢夫人道:"我听见这花已经萎了一年,怎么这回不应时候儿开了?必有个原故。"李纨笑道:"老太太与太太说得都是。据我的糊涂想头,必是宝玉有喜事来了,此花先来报信。"探春虽不言语,心内想:"此花必非好兆。大凡顺者昌,逆者亡,草木知运,不时而发,必是妖孽。"只不好说出来。独有黛玉听说是喜事,心里触动,便高兴说道:"当初田家有荆树一棵,三个弟兄因分了家,

萎而又开,小阳春开花,这在植物界都是有的。

人怎么看? 就有触景生情,"接受美学"的意思了。

贾母定性一:不是异态。

探春有败落感、灾异感,或曰"忧患意识"。
也是一种天人感应,天人合一的观念。

海棠花开:吉兆乎?凶兆乎?贾母只准说是吉兆。而且下令预备酒席,还下令作诗。诗倒是遵命做出来了,而且做得还可以(起码合辙押韵),但仍然没有吉成,反而日益凶险化了。可见:诗决定不了吉凶。文字的作用其实有限。

那荆树便枯了;后来感动了他弟兄们,仍旧归在一处,那荆树也就荣了。可知草木也随人的。如今二哥哥认真念书,舅舅喜欢,那棵树也就发了。"贾母王夫人听了喜欢,便说:"林姑娘比方得有理,狠有意思。"

"认真念书"论与林的一贯思想不符。

正说着,贾赦、贾政、贾环、贾兰都进来看花。贾赦便说:"据我的主意,把他砍去。必是花妖作怪。"贾政道:"'见怪不怪,其怪自败。'不用砍他,随他去就是了。"贾母听见,便说:"谁在这里混说?人家有喜事好处,什么怪不怪的!若有好事,你们享去;若是不好,我一个人当去。你们不许混说!"贾政听了,不敢言语,赸赸的同贾赦等走了出来。

不准败兴,只准鼓劲。气可鼓,不可泄。

贾母定性二:是好事,必须好事,只能好事,我说了好事,就是好事。

那贾母高兴,叫人传话到厨房里,快快预备酒席,大家赏花。叫:"宝玉、环儿、兰儿各人做一首诗志喜。林姑娘的病才好,不要他费心;若高兴,给你们改改。"对着李纨道:"你们都陪我喝酒。"李纨答应了"是",便笑对探春笑道:"都是你闹的。"探春道:"饶不叫我们做诗,怎么我们闹的?"李纨道:"海棠社不是你起的么?如今那棵海棠也要来入社了。"大家听着,都笑了。

李纨此言,淡定聪慧。不去定海棠的性,只定自己的心。

一时,摆上酒菜,一面喝着。彼此都要讨老太太的欢喜,大家说些兴头话。宝玉上来斟了酒,便立成了四句诗,写出来念与贾母听,道:

　　海棠何事忽摧隤,今日繁花为底开?
　　应是北堂增寿考,一阳旋复占先梅。

"应是"?未必。信心不足。

贾环也写了来,念道:
> 草木逢春当茁芽,海棠未发候偏差。
> 人间奇事知多少,冬月开花独我家。

"偏差""独我家",都不是正面的含义。

贾兰恭楷誊正,呈与贾母。贾母命李纨念道:
> 烟凝媚色春前萎,霜浥微红雪后开。
> 莫道此花知识浅,欣荣预佐合欢杯。

清爽适宜。

贾母听毕,便说:"我不大懂诗,听去倒是兰儿的好,环儿做得不好。都上来吃饭罢。"宝玉看见贾母喜欢,更是兴头,因想起:"晴雯死的那年,海棠死的;今日海棠复荣,我们院内这些人,自然都好,但是晴雯不能像花的死而复生了。"顿觉转喜为悲。忽又想起前日巧姐提凤姐要把五儿补入,或此花为他而开,也未可知。却又转悲为喜,依旧说笑。

贾环从未被主流派夸奖过一回。

一株海棠,各有想法。海棠自萎自开,人自喜复自悲,本不相关,偏要联系在一起,赋予海棠以某种意思。

贾母还坐了半天,然后扶了珍珠回去了,王夫人等跟着过来。只见平儿笑嘻嘻的迎上来,说:"我们奶奶知道老太太在这里赏花,自己不得来,叫奴才来伏侍老太太、太太们。还有两匹红送给宝二爷包裹这花,当作贺礼。"袭人过来接了,呈与贾母看。贾母笑道:"偏是凤丫头行出点事儿来,叫人看着又体面,又新鲜,狠有趣儿!"袭人笑着向平儿道:"回去替宝二爷给二奶奶道谢:要有喜,大家喜。"贾母听了,笑道:"嗳哟,我还忘了呢!凤丫头虽病着,还是他想得到,送得也巧。"一面说着,众人就随着去了。平儿私与袭人道:"奶奶说,这花开得奇怪,叫你铰块红绸子挂挂,便应在喜事上了。已后也不必只管当作奇事混说。"袭人点头答应,送了平儿出去不题。

对凤姐是百夸不烦、百赞不倦。

要有灾呢?

对奇事有恐惧心,对大自然有恐惧心。这方面,比现代人可爱些。

玉为何是"性命似的东西"？是宝玉的对应物？

作为对应物写，抽抽象象，审美效果就比较好。作为"宝贝"来写，拿来治病，丢了昏心，太具体，流于俗，不好。

抽象地讲，它丢了，即宝玉丢了，就好。真当一个宝贝来找，就杀风景。

且说那日宝玉本来穿着一裹圆的皮袄在家歇息，因见花开，只管出来看一回、赏一回、叹一回、爱一回的，心中无数悲喜离合，都弄到这株花上去了。忽然听说贾母要来，便去换了一件狐腋箭袖，罩一件玄狐腿外褂，出来迎接贾母。匆匆穿换，未将"通灵宝玉"挂上。及至后来贾母去了，仍旧换衣，袭人见宝玉脖子上没有挂着，便问："那块玉呢？"宝玉道："刚才忙乱换衣，摘下来放在炕桌上，我没有带。"袭人回看桌上，并没有玉，便向各处找寻，踪影全无，吓得袭人满身冷汗。宝玉道："不用着急，少不得在屋里的。问他们就知道了。"袭人当作麝月等藏起吓他顽，便向麝月等笑着说道："小蹄子们！顽呢，到底有个顽法。把这件东西藏在那里了？别真弄丢了，那可就大家活不成了。"麝月等都正色道："这是那里的话？顽是顽，笑是笑，这个事非同儿戏，你可别混说！你自己昏了心了，想想罢，想想搁在那里了？这会子又混赖人了。"袭人见他这般光景，不像是顽话，便着急道："皇天菩萨，小祖宗！到底你摆在那里了？"宝玉道："我记得明明放在炕桌上的，你们到底找啊。"袭人麝月秋纹等也不敢叫人知道，大家偷偷儿的各处搜寻。闹了大半天，毫无影响，甚至翻箱倒笼，实在没处去找，便疑到方才这些人进来，不知谁捡了去了。袭人说道："进来的，谁不知道这玉是性命似的东西呢？谁敢捡了去呢！你们好歹先别声张，快到各处问去。若有姐妹们捡

> 由海棠不时而开连结到丢玉上，这个构思奇巧而又不失自然。本来好模好样地又丢玉是令人厌烦的。

> 宝玉常常丢玉。人的这种失落感、迷惑感，这种丢掉了自己的身份和灵魂的自我认同危机，失我无我的危机，其实写得很超前，乃至很"后现代"。

> 含玉而生的情节没有现实主义也没有逻辑，丢玉的情节也没有。这里表现的是小说家的想象与坚持想象，想象可以合理也可以荒谬，可以不可信而坚定地存在着。

着吓我们顽呢,你们给他磕头,要了回来;若是小丫头偷了去,问出来,也不回上头,不论做什么送他换了出来,都使得的。这可不是小事,真要丢了这个,比丢了宝二爷的还利害呢。"麝月秋纹刚要往外走,袭人又赶出来嘱咐道:"头里在这里吃饭的倒别先问去。找不成,再惹出些风波来,更不好了。"麝月等依言,分头各处追问。人人不晓,个个惊疑。麝月等回来,俱目瞪口呆,面面相窥,宝玉也吓怔了,袭人急的只是干哭。找是没处找,回又不敢回:怡红院里的人吓得个个像木雕泥塑一般。

"宝玉"丢了,袭人最急。袭人的急把丢玉这一哲学事件拉到了地面生活里。

宝玉的玉,令众人发呆,令读者发呆,令红学家发呆,迄今并没有哪位大家给衔玉而生一个漂亮的解读。

大家正在发呆,只见各处知道的都来了。探春叫把园门关上,先命个老婆子带着两个丫头,再往各处去寻去;一面又叫告诉众人:"若谁找出来,重重的赏银。"大家头宗要脱干系,二宗听见重赏,不顾命的混找了一遍,甚至于茅厕里都找到。谁知那块玉竟像绣花针儿一般,找了一天,总无影响。李纨急了,说:"这件事不是顽的,我要说句无礼的话了。"众人道:"什么呢?"李纨道:"事情到了这里,也顾不得了。现在园里,除了宝玉都是女人。要求各位姐姐、妹妹、姑娘都要叫跟来的丫头脱了衣服,大家搜一搜。若没有,再叫丫头们去搜那些老婆子并粗使的丫头。"大家说道:"这话也说的有理。现在人多手乱,鱼龙混杂,到是这么一来,你们也洗洗清。"探春独不言语。那些丫头们也都愿意洗净自己。先是平儿起。平儿说道:"打我先搜起。"于是各人自己解怀。李纨一气儿混搜。探春嗔着李纨道:"大嫂子,你也学那起不成材料的样子来了。那个人既偷了去还肯藏在身上?况且这件东西,在家里是宝,到了外头不知道的是废

李纨的思路是普遍清查,人人过关。
这是一种原始、野蛮的土办法。
小儿科的想法。

探春思路与抵制搜检大观园一节一致。

此宝玉非彼宝玉。此宝玉象征"能指"彼宝玉。

此宝玉先失,彼宝玉后失。彼宝玉决定于此宝玉。此宝玉为彼宝玉的"命根子",魂儿。

这里既有传奇性故事,又有文字游戏。此做彼时,彼亦此。失为得处,得为失。

写这种情节,还是虚一点、玄一点好。

物,偷他做什么?我想来必是有人使促狭。"

众人听说,又见环儿不在这里,昨儿是他满屋里乱跑,都疑到他身上,只是不肯说出来。探春又道:"使促狭的只有环儿。你们叫个人去悄悄的叫了他来,背地里哄着他,叫他拿出来,然后吓着他,叫他不要声张,这就完了。"大家点头称是。李纨便向平儿道:"这件事还是得你去才弄得明白。"平儿答应,就赶着去了。不多时,同了环儿来了。众人假意装出没事的样子,叫人沏了碗茶,搁在里间屋里。众人故意搭赸走开,原叫平儿哄他。平儿便笑着向环儿道:"你二哥哥的玉丢了,你瞧见了没有?"贾环便急得紫涨了脸,瞪着眼,说道:"人家丢了东西,你怎么又叫我来查疑我,我是犯过案的贼么?"平儿见这样子,到不敢再问,便又陪笑道:"不是这么说。怕三爷要拿了去吓他们,所以白问问瞧见了没有,好叫他们找。"贾环道:"他的玉在他身上,看见不看见该问他,怎么问我?捧着他的人多着咧!得了什么不来问我,丢了东西就来问我!"说着,起身就走。众人不好拦他。这里宝玉倒急了,说道:"都是这劳什子闹事!我也不要他了,你们也不用闹了。环儿一去,必是嚷得满院里都知道了,这可不是闹事了么?"袭人等急得又哭道:"小祖宗,你看这玉丢了没要紧;若是上头知道了,我们这些人就要粉身碎骨了。"说着,便嚎啕大哭起来。

众人更加伤感,明知此事掩饰不来,只得要

以疑为实,因疑处分,探春这方面的思路并不比他人高明。

便又鸡飞狗跳,挑起各种矛盾。

贾环的反应合理。

袭人的使命是把宝玉看住拴住,然而,她已经意识到,她不可能成功。

皇上没急,太监急了。

商议定了话,回来好回贾母诸人。宝玉道:"你们竟也不用商量,硬说我砸了就完了。"平儿道:"我的爷,好轻巧话儿!上头要问为什么砸的呢?他们也是个死啊!倘或要起砸破的碴儿来,那又怎么样呢?"宝玉道:"不然,便说我前日出门丢了。"众人一想:"这句话倒还混得过去,但只这两天又没上学,又没往别处去。"宝玉道:"怎么没有?大前儿还到南安王府里听戏去了呢。便说那日丢的。"探春道:"那也不妥。既是前儿丢的,为什么当日不来回?"

众人正在胡思乱想要装点撒谎,只听得赵姨娘的声儿,哭着喊着走来,说:"你们丢了东西,自己不找,怎么叫人背地里拷问环儿!我把环儿带了来,索性交给你们这一起泷上水的。该杀该剐,随你们罢。"说着,将环儿一推,说:"你是个贼,快快的招罢!"气得环儿也哭喊起来。李纨正要劝解,丫头来说:"太太来了。"袭人等此时无地可容。宝玉等赶忙出来迎接。赵姨娘暂且也不敢作声,跟了出来。王夫人见众人都有惊惶之色,才信方才听见的话,便道:"那块玉真丢了么?"众人都不敢作声。王夫人走进屋里坐下,便叫袭人,慌得袭人连忙跪下,含泪要禀。王夫人道:"你起来,快快叫人细细找去,一忙乱倒不好了。"袭人哽咽难言。宝玉生恐袭人直告诉出来,便说道:"太太,这事不与袭人相干,是我前日到南安王府那里听戏在路上丢了。"王夫人道:"为什么那日不找?"宝玉道:"我怕他们知道,没有告诉他们。我叫焙茗等在外头各处找过的。"王夫人道:"胡说!如今脱换衣服,不是袭人他们伏侍的么?大凡哥儿出门回来,手巾荷包短了,还要个明白,何况这块玉

> 与第三回宝玉初见黛玉便要砸玉相呼应。

> 本来不是混战,人为地搞成混战。

> 赵、环是异己力量中的重要人物,有点什么事,她们与主流派的矛盾便要表现出来。

> 这是"宝玉丢了"的预演彩排。

> 玉总是要丢的,丢了肯定是找不回来的,没到真丢的时候,丢了的玉又是总能送回来的。丢失,复返;再丢失,再复返;直至永远失去。这里有一种命运的威严,天地的不仁,也有一种模模糊糊的暗示。

宝玉的最终结果只能是"自行走失",无影无响。失去了宝玉,最有本事的袭人也罢,平儿也罢,直到王夫人,又能怎么样呢?闹下大天来,失去了只能是失去了。此时不失彼时失,园内不失园外失,海棠花开不失海棠花落失。

不见了,便不问的么?"宝玉无言可答。赵姨娘听见,便得意了,忙接过口道:"外头丢了东西,也赖环儿……"话未说完,被王夫人喝道:"这里说这个,你且说那些没要紧的话!"赵姨娘便不敢言语了。还是李纨探春从实的告诉了王夫人一遍。王夫人也急得泪如雨下,索性要回明贾母,去问邢夫人那边跟来的这些人去。

  凤姐病中,也听见宝玉失玉,知道王夫人过来,料躲不住,便扶了丰儿来到园里。正值王夫人起身要走,凤姐姣怯怯的说:"请太太安。"宝玉等过来问了凤姐好。王夫人因说道:"你也听见了么?这可不是奇事吗?刚才眼错不见就丢了,再找不着。你去想想:打老太太那边丫头起,至你们平儿,谁的手不稳,谁的心促狭;我要回了老太太,认真的查出来才好。不然,是断了宝玉的命根子了。"凤姐回道:"咱们家人多杂,自古说的,'知人知面不知心',那里保得住谁是好的?但是一吵嚷,已经都知道了,偷玉的人,若叫太太查出来,明知是死无葬身之地,他着了急,反要毁坏了灭口,那时可怎么处呢?据我的糊涂想头,只说宝玉本不爱他,撂丢了,也没有什么要紧,只要大家严密些,别叫老太太老爷知道;这么说了,暗暗的派人去各处察访,哄骗出来,那时玉也可得,罪名也好定;不知太太心里怎么样?"王夫人迟了半日,才说道:"你这话虽也有理,但只是老爷跟前怎么瞒的过呢?"便叫环儿过来道:"你二哥哥的玉丢了,白问了你一句,怎么你就乱嚷?若是嚷破了,人家把那

见了绣春囊也是泪如雨下,一下"雨",不知何方遭难。

偷窃是可查的。
自行走失是不可查的。

宝玉的命根子是那块玉,无玉的人的命根子呢?
丢玉是天意。
找玉是人事,是徒劳,是制造混乱。
凤姐的思路则是阴柔一路,外松内紧一路。

个毁坏了,我看你活得活不得!"贾环吓得哭道:"我再不敢嚷了。"赵姨娘听了,那里还敢言语。王夫人便吩咐众人道:"想来自然有没找到的地方儿。好端端的在家里的,还怕他飞到那里去不成?只是不许声张。限袭人三天内给我找出来。要是三天找不着,只怕也瞒不住,大家那就不用过安静日子了。"说着,便叫凤姐儿跟到邢夫人那边,商议踩缉不题。

> 为何活不得?不合逻辑。赵、环不敢言语了,并没服气,也不能保证他们真的不再言语。

> 时限有什么用?王夫人管得了儿子,管不了儿子口中的荒诞不经的玉。

这里李纨等纷纷议论,便传唤看园子的一干人来,叫把园门锁上,快传林之孝家的来,悄悄儿的告诉了他,叫他:"吩咐前后门上,三天之内,不论男女下人,从里头可以走动,要出时,一概去不许放出。只说里头丢了东西,待这件东西有了着落,然后放人出来。"林之孝家的答应了"是",因说:"前儿奴才家里也丢了一件不要紧的东西,林之孝必要明白,上街去找了一个测字的。那人叫做什么刘铁嘴,测了一个字,说的狠明白,回来依旧一找,便找着了。"袭人听见,便央及林家的道:"好林奶奶!出去快求林大爷替我们问问去。"那林之孝家的答应着出去了。邢岫烟道:"若说那外头测字打卦的,是不中用的。我在南边闻妙玉能扶乩,何不烦他问一问?况且我听见说,这块玉原有仙机,想来问得出来。"众人都咤异道:"咱们常见的,从没听他说起。"麝月便忙问岫烟道:"想来别人求他是不肯的,好姑娘,我给姑娘磕个头,求姑娘就去。若问出来了,我一辈子总不忘你的恩!"说着,赶忙就要磕下头去,岫烟连忙拦住。黛玉等也都怂恿着岫烟速往栊翠庵去。一面林之孝家的进来说道:"姑娘们大喜!林之孝测了字回来,说这玉是丢不了的,将来横竖有人送还来的。"众

> 又是老一套的王善保家的路子。

> 病急乱投医。

> 黛玉也参加到这个闹轰轰的污浊行列里来了么?

173

花开玉丢,乌烟瘴气。拆字扶乩,更加昏乱。但作为小说家,写一种乌烟瘴气的气氛,不足为病。或嫌"档次"上显低了些? 倒难以评断了。

人听了,也都半信半疑。惟有袭人麝月喜欢的了不得。探春便问:"测的是什么字?"林之孝家的道:"他的话多,奴才也学不上来。记得是拈了个赏人东西的'赏'字。那刘铁嘴也不问,便说:'丢了东西不是?'"李纨道:"这就算好。"林之孝家的道:"他还说:'"赏"字上头一个"小"字,底下一个"口"字,这件东西,狠可嘴里放得,必是个珠子宝石。'"众人听了,夸赞道:"真是神仙! 往下怎么说?"林之孝家的道:"他说:'底下"贝"字拆开,不成一个"见"字,可不是"不见"了?'因上头拆了'当'字,叫快到当铺里找去。'"赏"字加一"人"字,可不是"偿"字? 只要找着当铺就有人,有了人便赎了来,可不是偿还了吗?'"众人道:"既这么着,就先往左近找起。横竖几个当铺都找遍了,少不得就有了。咱们有了东西,再问人就容易了。"李纨道:"只要东西,那怕不问人都使得。林嫂子,烦你就把测字的话快去告诉二奶奶,回了太太,先叫太太放心。就叫二奶奶快派人查去。"林家的答应了便走。

　　众人略安了一点儿神,呆呆的等岫烟回来。正呆等,只见跟宝玉的焙茗在门外招手儿,叫小丫头子快出来。那小丫头赶忙的出去了。焙茗便说道:"你快进去告诉我们二爷和里头太太、奶奶、姑娘们,天大喜事。"那小丫头子道:"你快说罢,怎么这么累赘?"焙茗笑着拍手道:"我告诉姑娘,姑娘进去回了,咱们两个人都得赏钱呢! 你打量什么,宝二爷的那块玉呀,我得了准信来了。"未知如何,下回分解。

汉字游戏。

天意难测。

测字、扶乩之类.是人类于无法是好中创造的一种自慰手段,也是于必然的论断中得不出道理而寄希望于随机,碰运气。

给莫名其妙的玉派一点莫名其妙的用场,不失为小说学手段。

女娲补天剩下的玉既已下凡,那么除了被神化、被珍重、被宠爱、被抬举以外,也难免闹神闹鬼,失失得得,落到泥泞里,发出各种俗臭的气味,引出丑态毕露的闹剧来。

第九十五回

因讹成实元妃薨逝　以假混真宝玉疯颠

　　话说焙茗在门口和小丫头子说宝玉的玉有了,那小丫头急忙回来告诉宝玉。众人听了,都推着宝玉出去问他。众人在廊下听着。宝玉也觉放心,便走到门口,问道:"你那里得了? 快拿来。"焙茗道:"拿是拿不来的,还得托人做保去呢。"宝玉道:"你快说是怎么得的,我好叫人取去。"焙茗道:"我在外头,知道林爷爷去测字,我就跟了去。我听见说在当铺里找,我没等他说完,便跑到几个当铺里去。我比给他个瞧,有一家便说'有'。我说:'给我罢。'那铺子里要票子。我说:'当多少钱?'他说:'三百钱的也有,五百钱的也有。前儿有一个人拿这么一块玉,当了三百钱去;今儿又有人也拿一块玉,当了五百钱去。'"宝玉不等说完,便道:"你快拿三百五百钱去取了来,我们挑着看是不是。"里头袭人便啐道:"二爷不用理他! 我小时候儿听见我哥哥常说,有些人卖那些小玉儿,没钱用,便去当。想来是家家当铺里有的。"众人正在听得咤异,被袭人一说,想了一想,倒大家笑起来,说:"快叫二爷进来罢,不用理那糊涂东西了。他说的那些玉,想来不是正经东西。"宝玉正笑着,只见岫烟来了。

　　原来岫烟走到栊翠庵,见了妙玉,不及闲

―― 各种混乱出现,表明气数已尽。

―― 此玉非彼玉。
你要找的那个玉,不那么容易找到。
不是你要找的玉,可多呢。

―― 有虚惊便也有"虚喜",虚惊终于变成了真灾实难,虚喜呢?

―― 丢玉的事往通俗化、市井化、粗鄙化方面发展。

话,便求妙玉扶乩。妙玉冷笑几声,说道:"我与姑娘来往,为的是姑娘不是势利场中的人。今日怎么听了那里的谣言,过来缠我?况且我并不晓得什么叫'扶乩'。"说着,将要不理。岫烟懊悔此来;知他脾气是这么着的,"一时我已说出,不好白回去。"又不好与他质证他会扶乩的话,只得陪着笑将袭人等性命关系的话说了一遍。见妙玉略有活动,便起身拜了几拜。妙玉叹道:"何必为人作嫁?但是我进京以来,素无人知,今日你来破例,恐将来缠绕不休。"岫烟道:"我也一时不忍。知你必是慈悲的。便是将来他人求你,愿不愿在你,谁敢相强?"妙玉笑了一笑,叫道婆焚香,在箱子里找出沙盘乩架,书了符,命岫烟行礼祝毕,起来同妙玉扶着乩。不多时,只见那仙乩疾书道:

  噫!来无迹,去无踪,青埂峰下倚古松。欲追寻,山万重,入我门来一笑逢。

书毕,停了乩。岫烟便问:"请是何仙?"妙玉道:"请的是拐仙。"岫烟录了出来,请教妙玉解识。妙玉道:"这个可不能,连我也不懂。你快拿去,他们的聪明人多着哩。"

  岫烟只得回来。进入院中,各人都问:"怎么样了?"岫烟不及细说,便将所录乩语递与李纨,众姊妹及宝玉争看,都解的是:"一时要找是找不着的,然而丢是丢不了的,不知几时不找便出来了。但是青埂峰不知在那里?"李纨道:"这是仙机隐语。咱们家里那里跑出青埂峰来?必是谁怕查出,撂在有松树的山子石底下,也未可定。独是'入我门来'这句,到底是入谁的门呢?"黛玉道:"不知请的是谁?"岫烟道:"拐仙。"探春道:"若是仙家的门,便难入了。"

妙玉也只好向通俗化方向走一步。
宝钗占卜,妙玉扶乩,格虽不高,方法不少。
中华文化有它的博大精深,也自有它的杂乱浅陋。
又在为宝玉的遁入空门铺垫了。

妙玉的角色,使鄙俗的丢玉事件勾连上一些风雅。

乩语也有通俗化的解释。

袭人心里着忙,便捕风捉影的混找,没一块石底下不找到,只是没有。回到院中,宝玉也不问有无,只管傻笑。麝月着急道:"小祖宗!你到底是那里丢的?说明了,我们就是受罪,也在明处啊。"宝玉笑道:"我说外头丢的,你们又不依。你如今问我,我知道么?"李纨探春道:"今儿从早起闹起,已到三更来的天了。你瞧林妹妹已经掌不住,各自去了。我们也该歇歇儿了,明儿再闹罢。"说着,大家散去。宝玉即便睡下。可怜袭人等哭一回,想一回,一夜无眠,暂且不题。

> 袭人找玉最积极、最可怜、最粗鄙。
> 俗人可以俗用,俗亦不可少。但不可与之言"命根子",言生命的来源、归宿、象征与物化。

且说黛玉先自回去,想起"金""石"的旧话来,反自喜欢;心里说道:"和尚道士的话真个信不得。果真'金''玉'有缘,宝玉如何能把这玉丢了呢?或者因我之事,拆散他们的'金玉',也未可知。"想了半天,更觉安心,把这一天的劳乏,竟不理会,重新倒看起书来。紫鹃倒觉身倦,连催黛玉睡下。黛玉虽躺下,又想到海棠花上,说:"这块玉原是胎里带来的,非比寻常之物,来去自有关系。若是这花主好事呢,不该失了这玉呀。看来此花开的不祥,莫非他有不吉之事?"不觉又伤起心来。又转想到喜事上头,此花又似应开,此玉又似应失:如此一悲一喜,直想到五更方睡着。

> 黛玉有黛玉的角度,奇的是她的思考也是通俗化的。

> 这个思路很绝。

> 面对人间诸事,谁个是解人?都瞎猜。都猜不对。人好可怜!

> 一悲一喜,便是人情,便是人生。

次日,王夫人等早派人到当铺里去查问,凤姐暗中设法找寻。一连闹了几天,总无下落。还喜贾母贾政未知。袭人等每日提心吊胆。宝玉也好几天不上学,只是怔怔的,不言不语,没心没绪的。王夫人只知他因失玉而起,也不大着意。那日正在纳闷,忽见贾琏进来请安,嘻嘻的笑道:"今日听得军机贾雨村打发人来告诉二

> 去当铺寻找宝玉,也是缘木求鱼。

> 即使玉不是命根子,众人一闹,也就成了命根子了,而宝玉,只有怔忡一途。

老爷,说:'舅太爷升了内阁大学士,奉旨来京,已定明年正月二十日宣麻,有三百里的文书去了。'想舅太爷昼夜趱行,半个多月就要到了。侄儿特来回太太知道。"王夫人听说,便欢喜非常。正想娘家人少,薛姨妈家又衰败了;兄弟又在外任,照应不着。今日忽听兄弟拜相回京,王家荣耀,将来宝玉都有倚靠。便把失玉的心又略放开些了,天天专望兄弟来京。

> 又一个烈火烹油、鲜花着锦的肥皂泡。

忽一天,贾政进来,满脸泪痕,喘吁吁的说道:"你快去禀知老太太,即刻进宫!不用多人的,是你伏侍进去。因娘娘忽得暴病,现在太监在外立等。他说:'太医院已经奏明痰厥,不能医治。'"王夫人听说,便大哭起来。贾政道:"这不是哭的时候,快快去请老太太。说得宽缓些,不要吓坏了老人家。"贾政说着,出来吩咐家人伺候。王夫人收了泪,去请贾母,只说元妃有病,进去请安。贾母念佛道:"怎么又病了?前番吓的我了不得,后来又打听错了。这回情愿再错了也罢。"王夫人一面回答,一面催鸳鸯等开箱取衣饰穿戴起来。王夫人赶着回到自己房中也穿戴好了,过来伺候。一时出厅,上轿进宫不题。

> "因讹成实"回目甚好,世界上多少事是因讹成实呀。
> "讹"已是无风不起浪,是量变的开始,"实"是变化的完成。
> 从讹到实,是事物发展变化的一个过程。乃至具有一定的规律性。

且说元春自选了凤藻宫后,圣眷隆重,身体发福,未免举动费力。每日起居劳乏,时发痰疾。因前日侍宴回宫,偶沾寒气,勾起旧病。不料此回甚属利害,竟至痰气壅塞,四肢厥冷。一面奏明,即召太医调治。岂知汤药不进,连用通关之剂,并不见效。内官忧虑,奏请预办后事,所以传旨命贾氏椒房进见。贾母王夫人遵旨进宫,见元妃痰塞口涎,不能言语。见了贾母,只

> 发福成疾。
> 无福能少疾乎?
> 是脑溢血还是脑血栓?

179

有悲泣之状,却少眼泪。贾母进前请安,奏些宽慰的话。少时贾政等职名递进,宫嫔传奏,元妃目不能顾,渐渐脸色改变。内官太监即要奏闻,恐派各妃看视,椒房姻戚未便久羁,请在外宫伺候。贾母王夫人怎忍便离,无奈国家制度,只得下来,又不敢啼哭,惟有心内悲感。朝门内官员有信。不多时,只见太监出来,立传钦天监。贾母便知不好,尚未敢动。稍刻,小太监传谕出来,说:"贾娘娘薨逝。"是年甲寅年十二月十八日立春;元妃薨日,是十二月十九日,已交卯年寅月,存年四十三岁。贾母含悲起身,只得出宫上轿回家。贾政等亦已得信,一路悲戚。到家中,邢夫人、李纨、凤姐、宝玉等出厅,分东西迎着贾母,请了安,并贾政王夫人请安,大家哭泣不题。

> 虎兔相逢大梦归。

次日早起,凡有品级的,按贵妃丧礼进内请安哭临。贾政又是工部,虽按照仪注办理,未免堂上又要周旋他些,同事又要请教他,所以两头更忙,非比从前太后与周妃的丧事了。但元妃并无所出,惟谥曰贤淑贵妃。此是王家制度,不必多赘。只讲贾府中男女,天天进宫,忙的了不得。幸亏凤姐儿近日身子好些,还得出来照应家事;又要预备王子腾进京,接风贺喜。凤姐胞兄王仁,知道叔叔入了内阁,仍带家眷来京。凤姐心里喜欢,便有些心病,有这些娘家的人,也便撂开,所以身子倒觉比前好了些。王夫人看见凤姐照旧办事,又把担子卸了一半;又眼见兄弟来京,诸事放心,倒觉安静些。

> 元春的死写得如此干巴,不及可卿葬礼之什一。
> 这里没有什么"小说"可写,只是人事无常,好花不长开,好景不常在,该死便死了。

独有宝玉原是无职之人,又不念书,代儒学里知他家里有事,也不来管他;贾政正忙,自然没有空儿查他:想来宝玉趁此机会竟可与姊妹宝玉的痴呆症状写得好。这符合他的脾气，读者通得过，读者也觉得，他该发呆了。

联系到丢玉，也就是联系到大荒、无稽、青埂，不忘来处处是，不受尘世五色迷惑。

这个情节也为他的婚事种种作好铺垫，打好根基。

这个痴呆也是不成功的爱情的极致，一往情深至于痴，一往情深报以呆。巨大的感情冲动，导致了一种痴呆状态，是歇斯底里状态的反面，但也是歇斯底里。

们天天畅乐。不料他自失了玉后，终日懒怠走动，说话也糊涂了。并贾母等出门回来，有人叫他去请安，便去；没人叫他，他也不动。袭人等怀着鬼胎，又不敢去招惹他，恐他生气。每天茶饭，端到面前便吃，不来也不要。袭人看这光景，不像是有气，竟像是有病的。袭人偷着空儿到潇湘馆告诉紫鹃，说是："二爷这么着，求姑娘给他开导开导。"紫鹃虽即告诉黛玉，只因黛玉想着亲事上头，一定是自己了，如今见了他，反觉不好意思，"若是他来呢，原是小时在一处的，也难不理他；若说我去找他，断断使不得。"所以黛玉不肯过来。袭人又背地里去告诉探春。那知探春心里明明知道海棠开得怪异，"宝玉"失的更奇，接连着元妃姐姐薨逝，谅家道不祥，日日愁闷，那有心肠去劝宝玉？况兄妹们男女有别，只好过来一两次，宝玉又终是懒懒的，所以也不大常来。宝钗也知失玉。因薛姨妈那日应了宝玉的亲事，回去便告诉了宝钗。薛姨妈还说："虽是你姨妈说了，我还没有应准，说等你哥哥回来再定。你愿意不愿意？"宝钗反正色的对母亲道："妈妈这话说错了。女孩儿家的事情是父母作主的。如今我父亲没了，妈妈应该作主的；再不然，问哥哥；怎么问起我来？"所以薛姨妈更爱惜他，说他虽是从小娇养惯了，却也生来的贞静。因此，在他面前，反不提起宝玉了。宝钗自从听此一说，把"宝玉"两字自然更不提起

人的最可怜处之一便是事事常往自己的心愿上想。自己哄自己。

"反正色……道"云云令人反感，觉得太严正得过分，严正得不近人情了。
羞答答低头不语也要好得多。

了。如今虽然听见失了玉，心里也甚惊疑，倒不好问，只得听旁人说去，竟像不与自己相干的。只有薛姨妈打发丫头过来了好几次问信。因他自己的儿子薛蟠的事焦心，只等哥哥进京，便好为他出脱罪名；又知元妃已薨，虽然贾府忙乱，却得凤姐好了，出来理家；也把贾家的事撂开了。只苦了袭人，虽然在宝玉跟前低声下气的伏侍劝慰，宝玉竟是不懂。袭人只有暗暗的着急而已。

> 宝钗不急，也好。急也无用。急更有害。
> 遇事稍微凉一点，好。

过了几日，元妃停灵寝庙，贾母等送殡去了几天。岂知宝玉一日呆似一日，也不发烧，也不疼痛，只是吃不像吃，睡不像睡，甚至说话都无头绪。那袭人麝月等一发慌了，回过凤姐几次。凤姐不时过来。起先道是找不着玉生气，如今看他失魂落魄的样子，只有日日请医调治。煎药吃了好几剂，只有添病的，没有减病的。及至问他那里不舒服，宝玉也不说出来。

> 失玉，失忆，失意，失己，玉与宝玉此人，都已经被否定着，失落着，粉碎着。

直至元妃事毕，贾母惦记宝玉，亲自到园看视，王夫人也随过来，袭人等叫宝玉接去请安。宝玉虽说是病，每日原起来行动。今日叫他接贾母去，他依然仍是请安，惟是袭人在旁扶着指教。贾母见了，便道："我的儿！我打谅你怎么病着，故此过来瞧你。今你依旧的模样儿，我的心放了好些。"王夫人也自然是宽心的。但宝玉并不回答，只管嘻嘻的笑。贾母等进屋坐下，问他的话，袭人教一句，他说一句，大不似往常，直是一个傻子似的。贾母愈看愈疑，便说："我才进来看时，不见有什么病；如今细细一瞧，这病果然不轻，竟是神魂失散的样子！到底因什么起的呢？"王夫人知事难瞒，又瞧瞧袭人怪可怜的样子，只得便依着宝玉先前的话，将那往南

> 惦记，宠爱，娇纵，只是不尊重其人格与意愿。

> 神魂何在？聚集在哪里？何时失散？为何失散？他的神魂已给了黛玉，而得不到黛玉，能不失散么？

宝玉的命根子是一块石头——玉。是一个物什么？甚荒唐！命根子怎成了身外之物？人有生老病死，物有损坏残失，何者能永全？我们的命根子在哪里？我们保全得好吗？如果丢失了，到哪里去找？怎样方能找回来？

思之怅然，思之怵然。我们自身的生命是最大的神秘，最大的难解之谜。

王府里去听戏时丢了这块玉的话悄悄的告诉了一遍，心里也彷徨的狠，生恐贾母着急。并说："现在着人在四下里找寻。求签问卦，都说在当铺里找，少不得找着的。"贾母听了，急得站起来，眼泪直流，说道："这件玉，如何是丢得的！你们忒不懂事了！难道老爷也是撂开手的不成？"王夫人知贾母生气，叫袭人等跪下，自己敛容低首回说："媳妇恐老太太着急，老爷生气，都没敢回。"贾母"咳"道："这是宝玉的命根子，因丢了，所以他是这么失魂丧魄的！还了得！况是这玉满城里都知道，谁检了去，便叫你们找出来么？叫人快快请老爷，我与他说。"那时吓得王夫人袭人等俱哀告道："老太太这一生气，回来老爷更了不得了。现在宝玉病着，交给我们尽命里找来就是了。"贾母道："你们怕老爷生气，有我呢！"便叫麝月传人去请。不一时，传进话来，说："老爷谢客去了。"贾母道："不用他也使得。你们便说我说的话，暂且也不用责罚下人。我便叫琏儿来，写出赏格，悬在前日经过的地方，便说：'有人检得送来者，情愿送银一万两；如有知人检得，送信找得者，送银五千两。'如真有了，不可吝惜银子。这么一找，少不得就找出来了。若是靠着咱们家几个人找，就找一辈子，也不能得！"王夫人也不敢直言。贾母传话，告诉贾琏，叫他速办去了。

贾母便叫人："将宝玉动用之物，都搬到我那里去。只派袭人秋纹跟过来，余者仍留园内

从北静王到贾母，直到宝钗，袭人，护之赞之宠之异之命根子之，直到后世"红迷"，谁解玉性玉心玉味？不是格格不入也是相距一万八千里。

悬赏缉拿。

在玉前，竟无一个通人。

看屋子。"宝玉听了,终不言语,只是傻笑。贾母便携了宝玉起身,袭人等搀扶出园。回到自己房中,叫王夫人坐下,看人收拾里间屋内安置,便对王夫人道:"你知道我的意思么?我为的园里人少,怡红院的花树,忽萎忽开,有些奇怪。头里仗着一块玉能除邪祟;如今此玉丢了,生恐邪气易侵:故我带他过来一块儿住着。这几天也不用叫他出去。大夫来,就在这里瞧。"王夫人听说,便接口道:"老太太想的自然是。如今宝玉同着老太太住了,老太太的福气大,不论什么都压住了。"贾母道:"什么福气!不过我屋里干净些,经卷也多,都可以念念,定定心神。你问宝玉好不好?"那宝玉见问,只是笑。袭人叫他说好,宝玉也就说好。王夫人见了这般光景,未免落泪,在贾母这里,不敢出声。贾母知王夫人着急,便说道:"你回去罢,这里有我调停他。晚上老爷回来,告诉他不必来见我,不许言语就是了。"王夫人去后,贾母叫鸳鸯找些安神定魄的药,按方吃了,不题。

> 说明贾母对海棠事也心有疑惑,但以她的身份,她必须嘴硬,只准说是好兆,不准谈凶谈妖,以免发生混乱不安的情状。

> 经卷的"定心神",似乎是指一种催眠作用。

> 宝玉也疏离此玉了,从第一天见到黛玉,知道黛玉不玉,不遇开始。

> 玉乃天命,有其不仁与生硬的特点。

且说贾政当晚回家,在车内听见道儿上人说道:"人要发财,也容易的狠。"那个人道:"怎么见得?"这个人又道:"今日听见荣府里丢了什么哥儿的玉了,贴着招帖儿,上头写着玉的大小式样颜色,说:有人检了送去,就给一万两银子;送信的还给五千呢!"

贾政虽未听得如此真切,心里咤异,急忙赶回,便叫门上的人,问起那事来。门上的人禀道:"奴才头里也不知道;今儿晌午,琏二爷传出老太太的话,叫人去贴帖儿,才知道的。"贾政便叹气道:"家道该衰!偏生养这么一个孽障!才

> 这个信息变成了"出口转内销"。

> 解释虽然不同,家道该衰则已成为共识。谣言可畏。

养他的时候,满街的谣言,隔了十几年,略好了些。这会子又大张晓谕的找玉,成何道理!"说着,忙走进里头去问王夫人。王夫人便一五一十的告诉。贾政知是老太太的主意,又不敢违拗,只抱怨王夫人几句。又走出来,叫瞒着老太太,背地里揭了这个帖儿下来。岂知早有那些游手好闲的人揭了去了。

> 养尊处优,太平无事。一旦有事,乱了阵脚,对策不一致。

过了些时,竟有人到荣府门上,口称送玉来。家内人们听见,喜欢的了不得,便说:"拿来,我给你回去。"那人便怀内掏出赏格来,指给门上人瞧:"这不是你府上的帖子么?写明送玉来的给银一万两。二太爷,你们这会子瞧我穷,回来我得了银子,就是个财主了,别这么待理不理的!"门上听他话头来得硬,说道:"你到底略给我瞧一瞧,我好给你回去。"那人初到不肯,后来听人说得有理,便掏出那玉,托在掌中一扬,说:"这是不是?"众家人原是在外服役,只知有玉,也不常见;今日才看见这玉的模样儿了,急忙跑到里头抢头报似的。那日贾政贾赦出门,只有贾琏在家。众人回明,贾琏还细问:"真不真?"门上人口称:"亲眼见过,只是不给奴才,要见主子,一手交银,一手交玉。"贾琏却也喜欢,忙去禀知王夫人,即便回明贾母,把个袭人乐得合掌念佛。贾母并不改口,一叠连声:"快叫琏儿请那人到书房内坐下,将玉取来一看,即便送银。"贾琏依言,请那人进来,当客待他,用好言道谢:"要借这玉送到里头本人见了,谢银分厘不短。"那人只得将一个红绸子包儿送过去。贾琏打开一看,可不是那一块晶莹美玉吗?贾琏素昔原不理论,今日倒要看看。看了半日,上面的字也仿佛认得出来,什么"除邪祟"等字。贾

> 老太太急于找玉,有点不择手段。
> 贾政多少有点政治头脑,考虑影响。
> 不但通俗化,而且群体行动、群众运动化了。

> 焙茗已经虚喜过一次了,还要再虚喜下去。任何事件,时间一长就要普及,就要普遍参与,就要庸俗化,庸俗化的结果便使一个超尘脱俗的美玉故事变得乌烟瘴气。普遍参与,成也普及,毁也普及。

琏看了，喜之不胜，便叫家人伺候，忙忙的送与贾母王夫人认去。

这会子惊动了合家的人，都等着争看。凤姐见贾琏进来，便劈手夺去，不敢先看，送到贾母手里，贾琏笑道："你这么一点儿事，还不叫我献功呢！"贾母打开看时，只见那玉比先前昏暗了好些，一面用手擦摸，鸳鸯拿上眼镜儿来，戴着一瞧，说："奇怪！这块玉倒是的！怎么把头里的宝色都没了呢？"王夫人看了一会子，也认不出，便叫凤姐过来看。凤姐看了道："像倒像，只是颜色不大对，不如叫宝兄弟自己一看，就知道了。"袭人在旁，也看着未必是那一块，只是盼得的心盛，也不敢说出不像来。凤姐于是从贾母手中接过来，同着袭人，拿来给宝玉瞧。这时宝玉正睡着才醒。凤姐告诉道："你的玉有了。"宝玉睡眼蒙眬，接在手里也没瞧，便往地下一摔，道："你们又来哄我了！"说着，只是冷笑。凤姐连忙拾起来道："这也奇了。怎么你没瞧，就知道呢？"宝玉也不答言，只管笑。王夫人也进屋里来了，见他这样，便道："这不用说了。他那玉原是胎里带来的一种古怪东西，自然他有道理。想来这个必是人见了帖儿，照样做的。"大家此时恍然大悟。

贾琏在外间屋里听见这个话，便说道："既不是，快拿来给我问问他去。人家这样事，他敢来鬼混！"贾母喝住道："琏儿，拿了去给他，叫他去罢。那也是穷极了的人，没法儿了，所以见我们家有这样事，他便想着赚给个钱，也是有的。如今白白的花了钱，弄了这个东西，又叫咱们认出来了。依着我，不要难为他，把这玉还他，说不是我们的，赏给他几两银子。外头的人知道

真正能做事的人不多，跟上来起哄的不少。一起哄，悲剧就变了味，变成了悲喜剧。喜而益悲，乱而益悲，急而益悲。

最后悲成了闹剧。

伪劣假冒，不仅"茅台"。

人就是这样常常是被动与盲目地生活在讹一实、假一真、得一失之间。如果说"红"也是一面镜子,我们不妨从中照出这些区分来。如果说"红"是一梦,梦中又如何区分讹实、假真与得失呢?元春之死本是一大悲剧。如今,这悲剧淹没在全面的混乱与闹剧里了。

了,才肯有信儿就送来呢。若是难为了这一个人,就有真的,人家也不敢拿来了。"贾琏答应出去。那人还等着呢,半日不见人来,正在那里心里发虚,只见贾琏气忿走出来了。未知如何,下回分解。

老太太心里颇有春秋战国呢。

  这里的丢玉与宝玉痴呆化的设计颇具匠心。一、丢玉是灾难的象征。二、丢玉是呆化的原因,而呆化是宝玉的命运的必然,他的性情与环境已经不共戴天,除了呆化,能是别的化吗?三、丢玉很小说化、世俗化,为小说增添热闹,读者有看热闹感。内行看门道,外行看热闹。与"水浒""三国""西游"比,"红"更需热闹,没有世俗,就没有小说的热闹。

  象征、混沌、神秘、荒诞、N色幽默。中国那时没有什么小说家,所以曹、高的小说学无所不色。

第九十六回

瞒消息凤姐设奇谋　　泄机关颦儿迷本性

　　话说贾琏拿了那块假玉忿忿走出,到了书房。那个人看见贾琏的气色不好,心里先发了虚了,连忙站起来迎着。刚要说话,只见贾琏冷笑道:"好大胆!我把你这个混帐东西!这里是什么地方儿,你敢来掉鬼!"回头便问:"小厮们呢?"外头轰雷一般,几个小厮齐声答应。贾琏道:"取绳子去捆起他来!等老爷回来回明了,把他送到衙门里去。"众小厮又一齐答应:"预备着呢!"嘴里虽如此,却不动身。那人先自唬的手足无措,见这般势派,知道难逃公道,只得跪下给贾琏碰头,口口声声只叫:"老太爷,别生气!是我一时穷极无奈,才想出这个没脸的营生来。那玉是我借钱做的,我也不敢要了,只得孝敬府里的哥儿顽罢。"说毕,又连连磕头。贾琏啐道:"你这个不知死活的东西!这府里希罕你的那朽不了的浪东西!"

　　正闹着,只见赖大进来,陪着笑,向贾琏道:"二爷别生气了。靠他算个什么东西!饶了他,叫他滚出去罢。"贾琏道:"实在可恶。"赖大贾琏作好作歹,众人在外头都说道:"糊涂狗攮的!还不给爷和赖大爷磕头呢!快快的滚罢,还等窝心脚呢!"那人赶忙磕了两个头,抱头鼠窜而去。从此,街上闹动了:"贾宝玉弄

贾母还是宽大为怀的。贾琏执行起来走了样儿。

假冒伪劣之风,阳奉阴违之风,仗势欺人之风,盖有年矣。

出'假宝玉'来。"

　　且说贾政那日拜客回来，众人因为灯节底下，恐怕贾政生气，已过去的事了，便也都不肯回。只因元妃的事，忙碌了好些时，近日宝玉又病着，虽有旧例家宴，大家无兴，也无有可记之事。到了正月十七日，王夫人正盼王子腾来京，只见凤姐进来回说："今日二爷在外听得有人传说：我们家大老爷赶着进京，离城只二百多里地，在路上没了。太太听见了没有？"王夫人吃惊道："我没有听见，老爷昨晚也没有说起。到底在那里听见的？"凤姐道："说是在枢密张老爷家听见的。"王夫人怔了半天，那眼泪早流下来了，因拭泪说道："回来再叫琏儿索性打听明白了来告诉我。"凤姐答应去了。王夫人不免暗里落泪，悲女哭弟，又为宝玉耽忧，如此连三接二，都是不随意的事，那里搁得住？便有些心口疼痛起来。又加贾琏打听明白了，来说道："舅太爷是赶路劳乏，偶然感冒风寒。到了十里屯地方，延医调治；无奈这个地方没有名医，误用了药，一剂就死了。但不知家眷可到了那里没有。"王夫人听了，一阵心酸，便心口疼得坐不住，叫彩云等扶了上炕，还扎挣着叫贾琏去回了贾政。"即速收拾行装，迎到那里，帮着料理完毕，即刻回来告诉我们，好叫你媳妇儿放心。"贾琏不敢违拗，只得辞了贾政起身。

　　贾政早已知道，心里狠不受用；又知宝玉失玉后，神志惛愦，医药无效；又值王夫人心疼。那年正值京察，工部将贾政保列一等，二月，吏部带领引见。皇上念贾政勤俭谨慎，即放了江西粮道。即日谢恩，已奏明起程日期。虽有众亲朋贺喜，贾政也无心应酬，只念家中人口不

又是谐音游戏。

肥皂泡逐一破灭，家败如山倒！

"红"写到这里，头绪纷繁：水月庵"翻"了，元妃死了，玉丢了，违背当事人意愿的婚姻大事正在筹办，又加上王子腾的事。难得一一写来，虽无神来精彩之笔，大致还顺得过去，混得过去。已是极难。如是高氏续作，则已是奇迹。

乱成这样，死得又这样扎堆，仍有责高续未能写出白茫茫大地真干净者。看来后四十回当需要"大规模杀伤性"武器出手了。

宁,又不敢耽延在家。

　　正在无计可施,只听见贾母那边叫:"请老爷。"贾政即忙进去。看见王夫人带着病也在那里,便向贾母请了安。贾母叫他坐下,便说:"你不日就要赴任,我有多少话与你说,不知你听不听?"说着,掉下泪来。贾政忙站起来,说道:"老太太有话,只管吩咐,儿子怎敢不遵命呢?"贾母哽咽着说道:"我今年八十一岁的人了,你又要做外任去。偏有你大哥在家,你又不能告亲老。你这一去了,我所疼的只有宝玉,偏偏的又病得糊涂,还不知道怎么样呢!我昨日叫赖升媳妇出去,叫人给宝玉算算命,这先生算得好灵,说:'要娶了金命的人帮扶他,必要冲冲喜才好;不然,只怕保不住。'我知道你不信那些话,所以教你来商量。你的媳妇也在这里,你们两个也商量商量:还是要宝玉好呢?还是随他去呢?"贾政陪笑说道:"老太太当初疼儿子这么疼的,难道做儿子的就不疼自己的儿子不成么?只为宝玉不上进,所以时常恨他,也不过是'恨铁不成钢'的意思。老太太既要给他成家,这也是该当的,岂有逆着老太太不疼他的理?如今宝玉病着,儿子也是不放心。因老太太不叫他见我,所以儿子也不敢言语。我到底瞧瞧宝玉是个什么病?"王夫人见贾政说着也有些眼圈儿红,知道心里是疼的,便叫袭人扶了宝玉来。宝玉见了他父亲,袭人叫他请安,他便请了个安。贾政见他脸面很瘦,目光无神,大有疯傻之状,便叫人扶了进去,便想到:"自己也是望六的人了,如今又放外任,不知道几年回来。倘或这孩子果然不好,一则年老无嗣,虽说有孙子,到底隔了一层;二则老太太最疼的是宝玉,若有差错,可不

> 要宝玉的婚姻杀人,需使宝玉呆化,需丢玉。一旦丢玉,又成为宝玉的精神毁灭与贾府的大难临头。这个情节很关键。

> 贾母此语带有道德讹诈的气味。

> 元春死于四十三岁,贾政才"望六",他是十六岁得的长女么?

是我的罪名更重了?"瞧瞧王夫人一包眼泪,又想到他身上,复站起来说:"老太太这么大年纪,想法儿疼孙子,做儿子的还敢违拗?老太太主意该怎么便怎么就是了。但只姨太太那边,不知说明白了没有?"王夫人便道:"姨太太是早应了的;只为蟠儿的事没有结案,所以这些时总没提起。"贾政又道:"这就是第一层的难处。他哥哥在监里,妹子怎么出嫁?况且贵妃的事虽不禁婚嫁,宝玉应照已出嫁的姐姐,有九个月的功服,此时也难娶亲。再者,我的起身日期已经奏明,不敢耽搁,这几天怎么办呢?"

> 这些描写,有情有义,符合正统孝道,十分动人。世上有大逆不道之情,有大顺合道之情,都可以十分动人。

贾母想了一想:"说的果然不错。若是等这几件事过去,他父亲又走了,倘或这病一天重似一天,怎么好?只可越些礼办了才好。"想定主意,便说道:"你若给他办呢,我自然有个道理,包管都碍不着:姨太太那边,我和你媳妇亲自过去求他。蟠儿那里,我央蝌儿去告诉他,说是要救宝玉的命,诸事将就,自然应的。若说服里娶亲,当真使不得;况且宝玉病着,也不可教他成亲,不过是冲冲喜。我们两家愿意,孩子们又有'金玉'的道理,婚是不用合的了,即挑了好日子,按着咱们家分儿过了礼。赶着挑个娶亲日子,一概鼓乐不用,倒按宫里的样子,用十二对提灯,一乘八人轿子抬了来,照南边规矩拜了堂,一样坐床撒帐,可不是算娶了亲了么?宝丫头心地明白,是不用虑的。内中又有袭人,也还是个妥妥当当的孩子,再有个明白人常劝他,更好。他又和宝丫头合的来。再者,姨太太曾说:'宝丫头的金锁也有个和尚说过,只等有玉的便是婚姻。'焉知宝丫头过来,不因金锁倒招出他那块玉来,也定不得。从此一天好似一天,岂不

> 这也是你有政策,我有对策,你的规矩多,我的变通更多。

> 实际也没有考虑宝丫头的感受与愿望。

> 越想越美,越美越想。喜欢一件事,便推想这一事可以带出一千件好事,反对一事,便推想这一事可以带出一千件坏事,这也是怎么说怎么有理。

是大家的造化？这会子只要立刻收拾屋子，铺排起来，这屋子是要你派的。一概亲友不请，也不排筵席；待宝玉好了，过了功服，然后再摆席请人；这么着，都赶的上；你也看见了他们小两口儿的事，也好放心的去。"贾政听了，原不愿意，只是贾母做主，不敢违命，勉强陪笑说道："老太太想得极是，也狠妥当。只是要吩咐家下众人，不许吵嚷得里外皆知，这要耽不是的。姨太太那边，只怕不肯；若是果真应了，也只好按着老太太的主意办去。"贾母道："姨太太那里有我呢，你去罢。"贾政答应出来，心中好不自在。因赴任事多，部里领凭，亲友们荐人，种种应酬不绝，竟把宝玉的事听凭贾母交与王夫人凤姐儿了。惟将荣禧堂后身王夫人内屋旁边一大跨所二十余间房屋指与宝玉，余者一概不管。贾母定了主意，叫人告诉他去，贾政只说"狠好"。此是后话。

> 贾政在宝玉结婚事件中，什么角色，总算有个说法，如此而已。

且说宝玉见过贾政，袭人扶回里间炕上。因贾政在外，无人敢与宝玉说话，宝玉便昏昏沉沉的睡去。贾母与贾政所说的话，宝玉一句也没有听见。袭人等却静静儿的听得明白，头里虽也听得些风声，到底影响，只不见宝钗过来，却也有些信真。今日听了这些话，心里方才水落归漕，倒也喜欢。心里想道："果然上头的眼力不错！这才配得是。我也造化！若他来了，我可以卸了好些担子。但是这一位的心里只有一个林姑娘，幸亏他没有听见，若知道了，又不知要闹到什么分儿了。"袭人想到这里，转喜为悲，心想："这件事怎么好？老太太、太太那里知道他们心里的事？一时高兴，说给他知道，原想

> 小说学的一个命题，写出最最不可能如何变成真实来。

> 上头眼力，当然错不了。

> 袭人的反应相对切实一些。

要他病好。若是他仍似前的心事,初见林姑娘,便要摔玉砸玉;况且那年夏天在园里,把我当作林姑娘,说了好些私心话;后来因为紫鹃说了句顽话儿,便哭得死去活来。若是如今和他说要娶宝姑娘,竟把林姑娘撂开,除非是他人事不知还可,若稍明白些,只怕不但不能冲喜,竟是催命了。我再不把话说明,那不是一害三个人了么?"袭人想定主意,待等贾政出去,叫秋纹照看着宝玉,便从里间出来,走到王夫人身旁,悄悄的请了王夫人到贾母后身屋里去说话。贾母只道是宝玉有话,也不理会,还在那里打算怎么过礼,怎么娶亲。

> 回忆温习一遍,如电影之"闪回"。

> 不是冲喜,而是催命,事与愿违,谁能预见,谁能回天?

那袭人同了王夫人到了后间,便跪下哭了。王夫人不知何意,把手拉着他说:"好端端的,这是怎么说?有什么委屈,起来说。"袭人道:"这话奴才是不该说的,这会子因为没有法儿了。"王夫人道:"你慢慢的说。"袭人道:"宝玉的亲事,老太太、太太已定了宝姑娘了,自然是极好的一件事。只是奴才想着,太太看去,宝玉和宝姑娘好,还是和林姑娘好呢?"王夫人道:"他两个因从小儿在一处,所以宝玉和林姑娘又好些。"袭人道:"不是'好些'。"便将宝玉素与黛玉这些光景一一的说了,还说:"这些事都是太太亲眼见的,独是夏天的话,我从没敢和别人说。"王夫人拉着袭人道:"我看外面儿已瞧出几分来了,你今儿一说,更加是了。但是刚才老爷说的话,想必都听见了,你看他的神情儿怎么样?"袭人道:"如今宝玉若有人和他说话他就笑,没人和他说话他就睡,所以头里的话却倒都没听见。"王夫人道:"倒是这件事叫人怎么样呢?"袭人道:"奴才说是说了,还得太太告诉老

> 汇报军机大事、绝密情报,自有不同寻常的方式和腔调。

> "认真念书"论与林的一贯思想不符。

> 袭人知宝玉之心,她的汇报她的万全之策不是让宝玉舒心,而是灭宝玉之心。

凤姐掉包奇谋,开古今中外婚姻爱情史的特例。

我国颇有奇谋掉包传统,"狸猫换太子""赵氏孤儿""王佐断臂说陆文龙",都与掉包奇谋有关。初看十分离奇,继想又合情合理,只有这一计谋才能把宝玉蒙在鼓里,才能把宝玉不能接受的婚事办成,也才终于要了黛玉的命。阴险、残酷、专横而且富阴谋家的气味。

太太,想个万全的主意才好。"王夫人便道:"既这么着,你去干你的。这时候满屋子的人,暂且不用提起。等我瞅空儿回明老太太,再作道理。"说着,仍到贾母跟前。

贾母正在那里和凤姐儿商议,见王夫人进来,便问道:"袭人丫头说什么,这么鬼鬼祟祟的?"王夫人趁问,便将宝玉的心事细细回明贾母。贾母听了,半日没言语。王夫人和凤姐也都不再说了。只见贾母叹道:"别的事都好说。林丫头倒没有什么。若宝玉真是这样,这可叫人作了难了!"只见凤姐想了一想,因说道:"难倒不难。只是我想了个主意,不知姑妈肯不肯。"王夫人道:"你有主意,只管说给老太太听,大家娘儿们商量着办罢了。"凤姐道:"依我想,这件事,只有一个'掉包儿'的法子。"贾母道:"怎么'掉包儿'?"凤姐道:"如今不管宝兄弟明白不明白,大家吵嚷起来,说是老爷做主,将林姑娘配了他了,瞧他的神情儿怎么样。要是他全不管,这个包儿也就不用掉了;若是他有些喜欢的意思,这事却要大费周折呢!"王夫人道:"就算他喜欢,你怎么样办法呢?"凤姐走到王夫人耳边,如此这般的说了一遍。王夫人点了几点头儿,笑了一笑,说道:"也罢了。"贾母便问道:"你娘儿两个捣鬼,到底告诉我是怎么着呀。"凤姐恐贾母不懂,露泄机关,便也向耳边轻轻的告诉了一遍。贾母果真一时不懂。凤姐笑着又说了几句。贾母笑道:"这么着也好,可就

> 批评高氏续作的人都诟病掉包的情节,但你很难设想出更好、更合理的情节来写这些人物的下场,按照某些学者的(大多依据脂批推断)说法,如何使小说结束呢?会不会太平直了呢?

> 笑了,罢了,绝对不把宝玉的意愿当做一回事。

> 也是瞒和骗的法子。任意践

只忒苦了宝丫头了。倘或吵嚷出来,林丫头又怎么样呢?"凤姐道:"这个话,原只说给宝玉听,外头一概不许提起,有谁知道呢?"

踏、牺牲别人的幸福和意愿,只求符合自己的安排。

正说间,丫头传进话来,说:"琏二爷回来了。"王夫人恐贾母问及,使个眼色与凤姐。凤姐便出来迎着贾琏,努了个嘴儿,同到王夫人屋里等着去了。一会儿,王夫人进来,已见凤姐哭的两眼通红。贾琏请了安,将到十里屯料理王子腾的丧事的话说了一遍,便说:"有恩旨赏了内阁的职衔,谥了文勤公,命本宗扶柩回籍,着沿途地方官员照料。昨日起身,连家眷回南去了。舅太太叫我回来请安问好,说:'如今想不到不能进京,有多少话不能说。'听见我大舅子要进京,若是路上遇见了,便叫他来到咱们这里细细的说。"王夫人听毕,其悲痛自不必言。凤姐劝慰了一番,"请太太略歇一歇,晚上来,再商量宝玉的事罢。"说毕,同了贾琏回到自己房中,告诉了贾琏,叫他派人收拾新房不题。

皇恩浩荡,人命无常。

一日,黛玉早饭后,带着紫鹃到贾母这边来,一则请安,二则也为自己散散闷。出了潇湘馆,走了几步,忽然想起忘了手绢子来,因叫紫鹃回去取来,自己却慢慢的走着等他。刚走到沁芳桥那边山石背后当日同宝玉葬花之处,忽听一个人呜呜咽咽在那里哭。黛玉煞住脚听时,又听不出是谁的声音,也听不出哭着叨叨的是些什么话,心里甚是疑惑;便慢慢的走去。及到了跟前,却见一个浓眉大眼的丫头在那里哭呢。黛玉未见他时,还只疑府里这些大丫头有什么说不出的心事,所以来这里发泄发泄;及至见了这个丫头,却又好笑,因想到:"这种蠢货,

人人都挖空心思在那里缘木求鱼、南辕北辙。小说家也是挖空心思,写好虚枉荒唐,匪夷所思。

有什么情种！自然是那屋里作粗活的丫头,受了大女孩子的气了。"细瞧了一瞧,却不认得。那丫头见黛玉来了,便也不敢再哭,站起来拭眼泪。黛玉问道:"你好好的为什么在这里伤心?"那丫头听了这话,又流泪道:"林姑娘,你评评这个理:他们说话,我又不知道,我就说错了一句话,我姐姐也不犯就打我呀!"黛玉听了,不懂他说的是什么,因笑问道:"你姐姐是那一个?"那丫头道:"就是珍珠姐姐。"黛玉听了,才知他是贾母屋里的。因又问:"你叫什么?"那丫头道:"我叫傻大姐儿。"黛玉笑了一笑,又问:"你姐姐为什么打你?你说错了什么话了?"那丫头道:"为什么呢!就是为我们宝二爷娶宝姑娘的事情。"黛玉听了这句话,如同一个疾雷,心头乱跳,略定了定神,便叫这丫头:"你跟了我这里来。"那丫头跟着黛玉到那畸角儿上葬桃花的去处,那里背静,黛玉因问道:"宝二爷娶宝姑娘,他为什么打你呢?"傻大姐道:"我们老太太和太太、二奶奶商量了,因为我们老爷要起身,说:就赶着往姨太太商量,把宝姑娘娶过来罢。头一宗,给宝二爷冲什么喜;第二宗……"说到这里,又瞅着黛玉笑了一笑,才说道:"赶着办了,还要给林姑娘说婆婆家呢。"黛玉已经听呆了。这丫头只管说道:"我又不知道他们怎么商量的,不叫人吵嚷,怕宝姑娘听见害臊。我白和宝二爷屋里的袭人姐姐说了一句:'咱们明儿更热闹了,又是宝姑娘,又是宝二奶奶,这可怎么叫呢?'林姑娘,你说我这话害着珍珠姐姐什么了吗?他走过来就打了我一个嘴巴,说我混说,不遵上头的话,要撵出我去。我知道上头为什么不叫言语呢?你们又没告诉我,就打我!"说着,

贾府的漏子,相当一部分是傻丫头造成的。绣春囊事便是如此。

久违了,傻大姐。又是傻大姐。傻大姐一出场就是一场风波。戏不够,傻丫头凑。

说得这么头头是道,又不傻了嘛。干脆傻成了白痴,也许反而太平一些。

傻大姐如此,林黛玉何堪!

这一段写得成功。不论雪芹原意如何（未必可考），反正写出了林黛玉的悲痛绝望，直至痴呆。权衡续作的成败得失，无法按或有的原意（意图），而只能按写出来、阅读后的艺术效果来判断。

又哭起来。

　　那黛玉此时心里，竟是油儿酱儿糖儿醋儿倒在一处的一般，甜、苦、酸、咸，竟说不上什么味儿来了。停了一会儿，颤巍巍的说道："你别混说了。你再混说，叫人听见，又要打你了。你去罢。"说着，自己转身要回潇湘馆去。那身子竟有千百斤重的，两只脚却像踩着绵花一般，早已软了。只得一步一步慢慢的走将来。走了半天，还没到沁芳桥畔。原来脚下软了，走的慢，且又迷迷痴痴，信着脚从那边绕过来，更添了两箭地的路。这时刚到沁芳桥畔，却又不知不觉的顺着堤往回里走起来。紫鹃取了绢子来，却不见黛玉。正在那里看时，只见黛玉颜色雪白，身子恍恍荡荡的，眼睛也直直的，在那里东转西转。又见一个丫头往前头走了，离的远，也看不出是那一个来。心中惊疑不定，只得赶过来，轻轻的问道："姑娘，怎么又回去？是要往那里去？"黛玉也只模糊听见，随口应道："我问问宝玉去。"紫鹃听了，摸不着头脑，只得搀着他到贾母这边来。黛玉走到贾母门口，心里微觉明晰，回头看见紫鹃搀着自己，便站住了，问道："你作什么来的？"紫鹃陪笑道："我找了绢子来了。头里见姑娘在桥那边呢，我赶着过去问姑娘，姑娘没理会。"黛玉笑道："我打量你来瞧宝二爷来了呢，不然，怎么往这里走呢？"紫鹃见他心里迷惑，便知黛玉必是听见那丫头什么话了，惟有点头微笑而已。只是心里怕他见了宝玉，那一个

她也丢了命根子。"红"的主题或可定为大家都失落了命根子。

又痴呆了一个。

这些描写都到位。

已经是疯疯傻傻,这一个又这样恍恍惚惚,一时说出些不大体统的话来,那时如何是好?心里虽如此想,却也不敢违拗,只得搀他进去。

那黛玉却又奇怪了,这时不似先前那样软了,也不用紫鹃打帘子,自己掀起帘子进来。却是寂然无声,因贾母在屋里歇中觉,丫头们也有脱滑顽去,也有打盹的,也有在那里伺候老太太的。倒是袭人听见帘子响,从屋里出来一看,见是黛玉,便让道:"姑娘,屋里坐罢。"黛玉笑着道:"宝二爷在家么?"袭人不知底里,刚要答言,只见紫鹃在黛玉身后和他努嘴儿,指着黛玉,又摇摇手儿。袭人不解何意,也不敢言语。黛玉却也不理会,自己走进房来。看见宝玉在那里坐着,也不起来让坐,只瞅着嘻嘻的傻笑。黛玉自己坐下,却也瞅着宝玉笑。两个人也不问好,也不说话,也无推让,只管对着脸傻笑起来。袭人看见这番光景,心里大不得主意,只是没法儿。忽然听着黛玉说道:"宝玉,你为什么病了?"宝玉笑道:"我为林姑娘病了!"袭人紫鹃两个吓得面目改色,连忙用言语来岔。两个却又不答言,仍旧傻笑起来。袭人见了这样,知道黛玉此时心中迷惑,不减于宝玉。因悄和紫鹃说道:"姑娘才好了,我叫秋纹妹妹同着你搀回姑娘,歇歇去罢。"因回头向秋纹道:"你和紫鹃姐姐送林姑娘去罢。你可别混说话。"秋纹笑着,也不言语,便来同着紫鹃搀起黛玉。那黛玉也就站起来,瞅着宝玉只管笑,只管点头儿。紫鹃又催道:"姑娘,回家去歇歇罢。"黛玉道:"可不是,我这就是回去的时候儿了。"说着,便回身笑着出来了,仍旧不用丫头们搀扶,自己却走得比往常飞快。紫鹃秋纹后面赶忙跟着走。

一个是疯疯傻傻,一个是恍恍惚惚,爱情呀,你是何等沉重!

进入一种梦游状态。

两颗流血的、被扭曲被践踏的心相对,便是这般光景。

对宝黛悲剧,还能怎么写?这就相当于一次热烈的拥抱了。

很难说宝黛爱情遭遇有什么典型性,强烈到极点,便成了典型。

已经是不能成眷属的绝唱了。

笑着,更令人毛骨悚然。

爱情上的失望是这样深重的打击！情重,则关生死,关魂魄,轻则令人痴呆,重则令人丧命。这也是生命诚可贵,爱情价更高！

> 黛玉出了贾母院门,只管一直走去,紫鹃连忙搀住,叫道:"姑娘,往这么来。"黛玉仍是笑着,随了往潇湘馆来。离门口不远,紫鹃道:"阿弥陀佛！可到了家了。"只这一句话没说完,只见黛玉身子往前一栽,"哇"的一声,一口血直吐出来。未知性命如何,且听下回分解。

写情,已达极致,已达顶峰。

我为林姑娘病了！宝玉痴呆丢玉之后,终于发出了最后的吼声:我病了！我们病了！我们都有病！救救我们自己吧！

第九十七回

林黛玉焚稿断痴情　薛宝钗出闺成大礼

回目力透纸背。一个黛玉,一个宝钗,难分轩轾。黛玉死得太惨,宝钗婚也结得太惨。玉带林中挂,金簪雪里埋。没有胜利者。

　　话说黛玉到潇湘馆门口,紫鹃说了一句话,更动了心,一时吐出血来,几乎晕倒,亏了还同着秋纹,两个人搀扶着黛玉到屋里来。那时秋纹去后,紫鹃雪雁守着,见他渐渐苏醒过来,问紫鹃道:"你们守着哭什么?"紫鹃见他说话明白,倒放了心了,因说:"姑娘刚才打老太太那边回来,身上觉着不大好,唬的我们没了主意,所以哭了。"黛玉笑道:"我那里就能殀死呢!"这一句话没完,又喘成一处。

真到了死的时候,反说自己"那里就能殀死"了。

　　原来黛玉因今日听得宝玉宝钗的事情,这本是他数年的心病,一时急怒,所以迷惑了本性。及至回来吐了这一口血,心中却渐渐的明白过来,把头里的事一字也不记得了。这会子见紫鹃哭,方模糊想起傻大姐的话来。此时反不伤心,惟求速死,以完此债。这里紫鹃雪雁只得守着,想要告诉人去,怕又像上次招得凤姐儿说他们失惊打怪的。那知秋纹回去神情慌张,正值贾母睡起中觉来,看见这般光景,便问:"怎么了?"秋纹吓的连忙把刚才的事回了一遍。贾母大惊,说:"这还了得!"连忙着人叫了王夫人

作为精神症状,写得相当精确合理。高夫子也精医道。

始而大惊。

凤姐过来，告诉了他婆媳两个。凤姐道："我都嘱咐到了，这是什么人去走了风？这不更是一件难事了吗！"贾母道："且别管那些，先瞧瞧去是怎么样了。"说着，便起身带着王夫人凤姐等过来看视。见黛玉颜色如雪，并无一点血色，神气昏沉，气息微细，半日又咳嗽了一阵，丫头递了痰盂，吐出都是痰中带血的。大家都慌了。只见黛玉微微睁眼，看见贾母在他旁边，便喘吁吁的说道："老太太！你白疼了我了！"贾母一闻此言，十分难受，便道："好孩子，你养着罢，不怕的。"黛玉微微一笑，把眼又闭上了。外面丫头进来回凤姐道："大夫来了。"于是大家略避。王大夫同着贾琏进来，诊了脉，说道："尚不妨事。这是郁气伤肝，肝不藏血，所以神气不定。如今要用敛阴止血的药，方可望好。"王大夫说完，同着贾琏出去开方取药去了。

  贾母看黛玉神气不好，便出来告诉凤姐等道："我看这孩子的病，不是我咒他，只怕难好。你们也该替他预备预备，冲一冲，或者好了，岂不是大家省心？就是怎么样，也不至临时忙乱。咱们家里这两天正有事呢。"凤姐儿答应了。贾母又问了紫鹃一回，到底不知是那个说的。贾母心里只是纳闷，因说："孩子们从小儿在一处儿顽，好些是有的。如今大了，懂的人事，就该要分别些，才是做女孩儿的本分，我才心里疼他。若是他心里有别的想头，成了什么人了呢！我可是白疼了他了。你们说了，我倒有些不放心。"因回到房中，又叫袭人来问。袭人仍将前日回王夫人的话并方才黛玉的光景述了一遍。贾母道："我方才看他却还不至糊涂，这个理我就不明白了。咱们这种人家，别的事自然没有

贾母自然老到，还有点处变不惊，水来土掩。

蛮横、愚蠢、悲哀相伴，死神与它们同行。

贾母当然无法理解与同情黛玉。

至此，经袭人的第一手材料汇报，贾母、王夫人、凤姐都知道宝黛在恋爱。愈知道你恋爱愈不让你爱成。这也是一种逆反心理，逆当事人的心愿而行。

这还显现权势的骄傲，你的心愿不重要，有权势者的心愿才算数。以她们的想法来看，她们是为宝玉好，对宝玉负责。择偶要择宝钗这样的，不是至今许多人这样看么？

用优选法、博弈论，用电脑综合计算，永远解决不了爱情的问题。在电脑愈益精密、发达，在许多功能上赛过人脑的今天，幸亏还有爱情，还有性爱，保持了人与电脑的区别。

的，这心病也是断断有不得的。林丫头若不是这个病呢，我凭着花多少钱都使得；若是这个病，不但治不好，我也没心肠了。"凤姐道："林妹妹的事，老太太倒不必张心，横竖有他二哥哥天天同着大夫瞧看；倒是姑妈那边的事要紧。今日早起，听见说，房子不差什么就妥当了。竟是老太太、太太到姑妈那边，我也跟了去商量商量。就只一件：姑妈家里有宝妹妹在那里，难以说话，不如索性请姑妈晚上过来，咱们一夜都说结了，就好办了。"贾母王夫人都道："你说的是。今日晚了，明日饭后，咱们娘儿们就过去。"说着，贾母用了晚饭，凤姐王夫人各自归房不提。

且说次日凤姐吃了早饭过来，便要试试宝玉，走进里间说道："宝兄弟大喜！老爷已择了吉日，要给你娶亲了。你喜欢不喜欢？"宝玉听了，只管瞅着凤姐笑，微微的点点头儿。凤姐笑道："给你娶林妹妹过来，好不好？"宝玉却大笑起来。凤姐看着，也断不透他是明白，是糊涂，因又问道："老爷说：你好了才给你娶林妹妹呢；若还是这么傻，便不给你娶了。"宝玉忽然正色道："我不傻，你才傻呢！"说着，便站起来说："我去瞧瞧林妹妹，叫他放心。"凤姐忙扶住了，说："林妹妹早知道了。他如今要做新媳妇了，自然害羞，不肯见你的。"宝玉道："娶过来，他到底是见我不见？"凤姐又好笑，又着忙，心想想："袭人

为防心病，必诛其心。诛心，是封建道德的起码要求、前提，也是厉害所在。

把个人的事变成家长、家族、长辈的事。

凤姐所言，带有猫耍耗子的色彩。
凤姐的笑伤天害理。
凤姐的角色也还说得过去，有可信性。

制造痛苦的时候不会有任何抵抗或者异议。

人人有权,乃至有义务给别人制造痛苦。平平淡淡、按部就班、高高兴兴地制造旁人的痛苦。

的话不差。提了林妹妹,虽说仍旧说些疯话,却觉得明白些。若真明白了,将来不是林姑娘,打破了这个灯虎儿,那饥荒才难打呢!"便忍笑说道:"你好好儿的便见你;若是疯疯癫癫的,他就不见你了。"宝玉说道:"我有一个心,前儿已交给林妹妹了。他要过来,横竖给我带来,还放在我肚子里头。"凤姐听着竟是疯话,便出来看着贾母笑。贾母听了又是笑,又是疼,便说道:"我早听见了。如今且不用理他,叫袭人好好的安慰他,咱们走罢。"说着,王夫人也来。大家到了薛姨妈那里,只说:"惦记着这边的事,来瞧瞧。"薛姨妈感激不尽,说些薛蟠的话。喝了茶,薛姨妈才要叫人告诉,凤姐连忙拦住,说:"姑妈不必告诉宝妹妹。"又向薛姨妈陪笑说道:"老太太此来,一则为瞧姑妈,二则也有句要紧的话,特请姑妈到那边商议。"薛姨妈听了,点点头儿说:"是了。"于是大家又说些闲话,便回来了。

　　当晚,薛姨妈果然过来,见过了贾母,到王夫人屋里来,不免说起王子腾来,大家落了一回泪。薛姨妈便问道:"刚才我到老太太那里,宝哥儿出来请安,还好好儿的,不过略瘦些,怎么你们说得狠利害?"凤姐便道:"其实也不怎么样,只是老太太悬心。目今老爷又要起身外任去,不知几年才来。老太太的意思:头一件叫老爷看着宝兄弟成了家,也放心;二则也给宝兄弟冲冲喜,借大妹妹的金锁压压邪气,只怕就好了。"薛姨妈心里也愿意,只虑着宝钗委屈,说道:"也使得,只是大家还要从长计较计较才

心即是玉,玉即是心。心失玉失,终难再得。

贾母的笑和疼里充满残酷和专制。

薛姨妈也参加到这个扼杀爱情,扼杀生命的罪恶里。

这两条理由现在看来荒谬绝伦,当时看也太"单边主义"。

好。"王夫人便按着凤姐的话和薛姨妈说,只说:"姨太太这会子家里没人,不如把妆奁一概蠲免,明日就打发蝌儿去告诉蟠儿,一面这里过门,一面给他变法儿撕掳官事。"并不提宝玉的心事。又说:"姨太太既作了亲,娶过来,早早好一天,大家早放一天心。"正说着,只见贾母差鸳鸯过来候信。薛姨妈虽恐宝钗委屈,然也没法儿,又见这般光景,只得满口应承。鸳鸯回去回了贾母,贾母也甚喜欢,又叫鸳鸯过来求薛姨妈和宝钗说明原故,不叫他受委屈。薛姨妈也答应了。便议定凤姐夫妇作媒人。大家散了,王夫人姊妹不免又叙了半夜话儿。

> 其实对薛家是颇不尊重的。不能说薛宝钗在三角关系中取得了(哪怕是表面的)胜利。
> 贾母强加于人。
> 强加于人就是她们的生活方式。

次日,薛姨妈回家,将这边的话细细的告诉了宝钗,还说:"我已经应承了。"宝钗始则低头不语,后来便自垂泪。薛姨妈用好言劝慰,解释了好些话。宝钗自回房内,宝琴随去解闷。薛姨妈又告诉了薛蝌,叫他:"明日起身,一则打听审详的事,二则告诉你哥哥一个信儿。你即便回来。"

> 心思不明。
> 至少不像十分愉快。也不再正色讲女儿经了。
> 宝钗此次的反应应属合理。

薛蝌去了四日,便回来回复薛姨妈道:"哥哥的事,上司已经准了误杀,一过堂就要题本了,叫咱们预备赎罪的银子。妹妹的事,说:'妈妈做主狠好的。赶着办又省了好些银子。叫妈妈不用等我。该怎么着就怎么办罢。'"薛姨妈听了,一则薛蟠可以回家,二则完了宝钗的事,心里安放了好些,便是看着宝钗心里好像不愿意似的,"虽是这样,他是女儿家,素来也孝顺守礼的人,知我应了,他也没得说。"便叫薛蝌:"办泥金庚帖,填上八字,即叫人送到琏二爷那边去,还问过了礼的日子来,你好预备。本来咱们不惊动亲友。哥哥的朋友,是你说的,都是混

> 不无交易性质:贾家出力帮助营救薛蟠,薛家把闺女匆匆给了贾家。
> 绝对不把人(包括自己的爱女)当人。

账人；亲戚呢，就是贾王两家。如今贾家是男家，王家无人在京里。史姑娘放定的事，他家没有来请咱们，咱们也不用通知。倒是把张德辉请了来，托他照料些，他上几岁年纪的人，到底懂事。"薛蝌领命，叫人送帖过去。

次日，贾琏过来见了薛姨妈，请了安，便说："明日就是上好的日子。今日过来回姨太太，就是明日过礼罢。只求姨太太不要挑饬就是了。"说着，捧过通书来。薛姨妈也谦逊了几句，点头应允。贾琏赶着回去，回明贾政。贾政便道："你回老太太说：既不叫亲友们知道，诸事宁可简便些。若是东西上，请老太太瞧了就是了，不必告诉我。"贾琏答应，进内将话回明贾母。这里王夫人叫了凤姐命人将过礼的物件都送与贾母过目，并叫袭人告诉宝玉。那宝玉又嘻嘻的笑道："这里送到园里，回来园里又送到这里，咱们的人送，咱们的人收，何苦来呢？"贾母王夫人听了，都喜欢道："说他糊涂，他今日怎么这么明白呢？"鸳鸯等忍不住好笑，只得上来一件一件的点明给贾母瞧，说："这是金项圈，这是金珠首饰，共八十件。这是妆蟒四十匹。这是各色绸缎一百二十匹。这是四季的衣服，共一百二十件。外面也没有预备羊酒，这是折羊酒的银子。"贾母看了，都说好，轻轻的与凤姐说道："你去告诉姨太太，说：不是虚礼，求姨太太等蟠儿出来，慢慢的叫人给他妹妹做来就是了。那好日子的被褥，还是咱们这里代办了罢。"凤姐答应了出来，叫贾琏先过去。又叫周瑞旺儿等，吩咐他们："不必走大门，只从园里从前开的便门内送去。我也就过去。这门离潇湘馆还远，倘别处的人见了，嘱咐他们不用在潇湘馆里提

何等急迫！贾家何等说了就算！

两个这样的家庭联姻，能够这样潦草匆忙么？

鸳鸯也拿旁人的病痛、不如意当笑料么？

似乎全然无关的薛蟠的人命官司，也与此草草的荒诞婚姻有关。否则，当有变数。

大包大揽，有一种专横性在里头。

起。"众人答应着,送礼而去。宝玉认以为真,心里大乐,精神便觉得好些,只是语言总有些疯傻。那过礼的回来,都不提名说姓,因此上下人等虽都知道,只因凤姐吩咐,都不敢走漏风声。

> 可以断定,如宝玉娶了黛玉,自然病也就好了。

且说黛玉虽然服药,这病日重一日。紫鹃等在旁苦劝,说道:"事情到了这个分儿,不得不说了。姑娘的心事,我们也都知道。至于意外之事,是再没有的。姑娘不信,只拿宝玉的身子说起,这样大病,怎么做得亲呢?姑娘别听瞎话,自己安心保重才好。"黛玉微笑一笑,也不答言,又咳嗽数声,吐出好些血来。紫鹃等看去,只有一息奄奄,明知劝不过来,惟有守着流泪。天天三四趟去告诉贾母,鸳鸯测度贾母近日比前疼黛玉的心差了些,所以不常去回。况贾母这几日的心都在宝钗宝玉身上,不见黛玉的信儿,也不大提起,只请太医调治罢了。

> 紫鹃不得不明说,袭人也是不得不汇报了。
> 不论绕多少弯子,摊牌的时候还是要摆到桌面上。

> 疼爱也是有前提的:你必须顺着我的心。

黛玉向来病着,自贾母起直到姊妹们的下人,常来问候;今见贾府中上下人等都不过来,连一个问的人都没有,睁开眼,只有紫鹃一人,自料万无生理,因扎挣着向紫鹃说道:"妹妹,你是我最知心的,虽是老太太派你伏侍我,这几年,我拿你就当作我的亲妹妹……"说到这里,气又接不上来。紫鹃听了,一阵心酸,早哭得说不出话来。迟了半日,黛玉又一面喘,一面说道:"紫鹃妹妹!我躺着不受用,你扶起我来靠着坐坐才好。"紫鹃道:"姑娘的身上不大好,起来又要抖搂着了。"黛玉听了,闭上眼不言语了。一时,又要起来,紫鹃没法,只得同雪雁把他扶起,两边用软枕靠住,自己却倚在旁边。黛玉那里坐得住,下身自觉硌的疼,狠命的撑着。叫过

> 《别紫鹃》,这是大鼓书的著名唱段,因其真情感人,或者说是有煽情效果。

> 硌得疼,瘦人的感觉。

黛玉将死,要毁掉她与宝玉的情感的一切痕迹。毁掉她自己的青春、生命的一切痕迹。这些举动,表达了她深切的绝望与痛苦,客观上,也是对人生的抗议。人生长恨水长东! 人算什么! 爱算什么! 青春算什么! 以死相争! 首先从精神上自杀干净,再从肉体上闭眼,撒手而去。

雪雁来道:"我的诗本子……"说着,又喘。雪雁料是要他前日所理的诗稿,因找来送到黛玉跟前。黛玉点点头儿,又抬眼看那箱子。雪雁不解,只是发怔。黛玉气的两眼直瞪,又咳嗽起来,又吐了一口血。雪雁连忙回身取了水来,黛玉漱了,吐在盒内。紫鹃用绢子给他拭了嘴,黛玉便拿那绢子指着箱子,又喘成一处,说不上来,闭了眼。紫鹃道:"姑娘歪歪儿罢。"黛玉又摇摇头儿。紫鹃料是要绢子,便叫雪雁开箱,拿出一块白绫绢子来。黛玉瞅了,撂在一边,使劲说道:"有字的!"紫鹃这才明白过来要那块题诗的旧帕,只得叫雪雁拿出来,递给黛玉。紫鹃劝道:"姑娘歇歇儿罢,何苦又劳神? 等好了再瞧罢。"只见黛玉接到手里也不瞧诗,扎挣着伸出那只手来,狠命的撕那绢子,却是只有打颤的分儿,那里撕得动。紫鹃早已知他是恨宝玉,却也不敢说破,只说:"姑娘,何苦自己又生气!"黛玉点点头儿,掖在袖里。便叫:"雪雁点灯。"雪雁答应,连忙点上灯来。黛玉瞧瞧,又闭了眼坐着,喘了一会子,又道:"笼上火盆。"紫鹃打谅他冷,因说道:"姑娘躺下,多盖一件罢。那炭气只怕耽不住。"黛玉又摇头儿。雪雁只得笼上,搁在地下火盆架上。黛玉点头,意思叫挪到炕上来。雪雁只得端上来,出去拿那张火盆炕桌。那黛玉却又把身子欠起,紫鹃只得两只手来扶着他。黛玉这才将方才的绢子拿在手中,瞅着那火,点点头儿,往上一撂。紫鹃唬了一跳,欲

血泪情,生死恨。

撕肝裂肺,好不惨然!

207

要抢时,两只手却不敢动。雪雁又出去拿火盆桌子,此时那绢子已经烧着了。紫鹃劝道:"姑娘,这是怎么说呢。"黛玉只作不闻,回手又把那诗稿拿起来,瞅了瞅,又撂下了。紫鹃怕他也要烧,连忙将身倚住黛玉,腾出手来拿时,黛玉又早拾起,撂在火上。此时紫鹃却劝不着,干急。雪雁正拿进桌子来,看见黛玉一撂,不知何物,赶忙抢时,那纸沾火就着,如何能劝少待,早已烘烘的着了。雪雁也顾不得烧手,从火里抓起来,撂在地下乱踩,却已烧得所余无几了。那黛玉把眼一闭,往后一仰,几乎不曾把紫鹃压倒。紫鹃连忙叫雪雁上来,将黛玉扶着放倒,心里突突的乱跳。欲要叫人时,天又晚了;欲不叫人时,自己同着雪雁和鹦哥等几个小丫头,又怕一时有什么原故。好容易熬了一夜,到了次日早起,觉黛玉又缓过一点儿来。饭后,忽然又嗽又吐,又紧起来。

　　紫鹃看着不祥了,连忙将雪雁等都叫进来看守,自己却来回贾母。那知到了贾母上房,静悄悄的,只有两三个老妈妈和几个做粗活的丫头在那里看屋子呢。紫鹃因问道:"老太太呢?"那些人都说:"不知道。"紫鹃听这话咤异,遂到宝玉屋里去看,竟也无人。遂问屋里的丫头,也说不知。紫鹃已知八九:"但这些人怎么竟这样狠毒冷淡!"又想到黛玉这几天竟连一个人问的也没有,越想越悲,索性激起一腔闷气来,一扭身,便出来了。自己想了一想:"今日倒要看看宝玉是何形状,看他见了我怎么样过的去!那一年我说了一句谎话,他就急病了,今日竟公然做出这件事来。可知天下男子之心真真是冰寒雪冷,令人切齿的!"一面走,一面想,早已来到

焚稿断痴情的描写是经典的,比世界文学宝库中的同类描写毫不逊色,无怪乎这一回家喻户晓,人人为之落泪。

痴情焚不尽,诗恨痛终生。

死的过程比生还要庄严,悲壮,认真。

总算通过紫鹃之口骂了两句。

同一个环境,同一个对象,同一个事件。不同的目光,写出血泪来。

在大观园,谁能快乐而自由?谁能不狠毒与冷淡?所有的人的感情与欲望都是被漠视的,也都漠视旁人的尤其是女人的欲望与感情。不仅漠视,而且仇视。人成为人(性)的仇敌。可怕!

怡红院。只见院门虚掩,里面却又寂静的狠,紫鹃忽然想到:"他要娶亲,自然是有新屋子的,但不知他这新屋子在何处?"

正在那里徘徊瞻顾,看见墨雨飞跑,紫鹃便叫住他。墨雨过来笑嘻嘻的道:"姐姐在这里做什么?"紫鹃道:"我听见宝二爷娶亲,我要来看看热闹儿,谁知不在这里。也不知是几儿?"墨雨悄悄的道:"我这话,只告诉姐姐,你可别告诉雪雁。他们上头吩咐了,连你们都不叫知道呢。就是今日夜里娶。那里是在这里? 老爷派琏二爷另收拾了房子了。"说着,又问:"姐姐有什么事么?"紫鹃道:"没什么事,你去罢。"墨雨仍旧飞跑去了。

紫鹃自己发了一回呆,忽然想起黛玉来,这时候还不知是死是活,因两泪汪汪,咬着牙,发狠道:"宝玉!我看他明儿死了,你算是躲的过不见了,你过了你那如心如意的事儿,拿什么脸来见我!"一面哭一面走,呜呜咽咽的,自回去了。还未到潇湘馆,只见两个小丫头在门里往外探头探脑的,一眼看见紫鹃,那一个便嚷道:"那不是紫鹃姐姐来了吗!"紫鹃知道不好了,连忙摆手儿不叫嚷,赶忙进去看时,只见黛玉肝火上炎,两颧红赤。紫鹃觉得不妥,叫了黛玉的奶妈王奶奶来,一看,他便大哭起来。这紫鹃因王奶妈有些年纪,可以仗个胆儿,谁知竟是个没主意的人,反倒把紫鹃弄得心里七上八下。忽然想起一个人来,便命小丫头急忙去请。你道是谁?原来紫鹃想起李宫裁是个孀居,今日宝玉

紫鹃似不知宝玉已呆,要宝玉负责。

死亡进行曲!

结亲,他自然回避;况且园中诸事,向系李纨料理,所以打发人去请他。

李纨正在那里给贾兰改诗,冒冒失失的见一个丫头进来回说:"大奶奶!只怕林姑娘好不了,那里都哭呢。"李纨听了,吓了一大跳,也不及问了,连忙站起身来便走。素云碧月跟着。一头走着,一头落泪,想着:"姐妹在一处一场,更兼他那容貌才情,真是寡二少双,惟有青女素娥可以仿佛一二,竟这样小小的年纪就作了北邙乡女!偏偏凤姐想出一条偷梁换柱之计,自己也不好过潇湘馆来,竟未能少尽姊妹之情,真真可怜可叹!"一头想着,已走到潇湘馆的门口。里面却又寂然无声,李纨倒着起忙来:"想来必是已死,都哭过了,那衣衾未知装裹妥当了没有?"连忙三步两步走进屋子来。里间门口一个小丫头已经看见,便说:"大奶奶来了。"紫鹃忙往外走,和李纨走了个对脸。李纨忙问:"怎么样?"紫鹃欲说话时,惟有喉中哽咽的分儿,却一字说不出,那眼泪一似断线珍珠一般,只将一只手回过去指着黛玉。李纨看了紫鹃这般光景,更觉心酸,也不再问,连忙走过来看时,那黛玉已不能言。李纨轻轻叫了两声。黛玉却还微微的开眼,似有知识之状,但只眼皮嘴唇微有动意,口内尚有出入之息,却要一句话、一点泪,也没有了。

李纨回身,见紫鹃不在跟前,便问雪雁。雪雁道:"他在外头屋里呢。"李纨连忙出来,只见紫鹃在外间空床上躺着,颜色青黄,闭了眼,只管流泪,那鼻涕眼泪把一个砌花锦边的褥子已湿了碗大的一片。李纨连忙唤他,那紫鹃才慢慢的睁开眼,欠起身来。李纨道:"傻丫头!这

> 李纨这个角色也安排得好。幸亏还有李纨。要不然呢?
>
> 李纨的处境不比黛玉好,她的悲已经消失和升华,由她实现对黛玉的临终关怀,没有更合适的了。
>
> 怎能全赖凤姐?
> 不怨贾母怨凤姐,弱者只敢怨下边的人,不敢怨上头的。
>
> 忠奴也是感人的。黛玉将去,犹留下了种种怨嗟、抗议、悲愤在紫鹃身上。
>
> 死亡的过程也是一步一个脚印。

是什么时候,且只顾哭你的!林姑娘的衣衾,还不拿出来给他换上,还等多早晚呢?难道他个女孩儿家,你还叫他失身露体,精着来,光着去吗?"紫鹃听了这句话,一发止不住痛哭起来。李纨一面也哭,一面着急,一面拭泪,一面拍着紫鹃的肩膀说:"好孩子,你把我的心都哭乱了,快着收拾他的东西罢,再迟一会子就了不得了。"

正闹着,外边一个人慌慌张张跑进来,倒把李纨唬了一跳。看时,却是平儿,跑进来,看见这样,只是呆磕磕的发怔。李纨道:"你这会子不在那边,做什么来了?"说着,林之孝家的也进来了。平儿道:"奶奶不放心,叫来瞧瞧。既有大奶奶在这里,我们奶奶就只顾那一头儿了。"李纨点点头儿。平儿道:"我也见见林姑娘。"说着,一面往里走,一面早已流下泪来。这里李纨因和林之孝家的道:"你来的正好,快出去瞧瞧去,告诉管事的预备林姑娘的后事。妥当了,叫他来回我,不用到那边去。"林之孝家的答应了,还站着。李纨道:"还有什么话呢?"林之孝家的道:"刚才二奶奶和老太太商量了,那边用紫鹃姑娘使唤使唤呢。"李纨还未答言,只见紫鹃道:"林奶奶,你先请罢!等着人死了,我们自然是出去的,那里用怎……"说到这里,却又不好说了,因又改说道:"况且我们在这里守着病人,身上也不洁净。林姑娘还有气儿呢,不时的叫我。"李纨在旁解说道:"当真,这林姑娘和这丫头也是前世的缘法儿。倒是雪雁是他南边带来的,他倒不理会;惟有紫鹃,我看他两个一时也离不开。"

林之孝家的头里听了紫鹃的话,未免不受

又多了一双眼睛。

不忘平儿的忠厚善良形象。

紫鹃的抗议,平儿的折衷方案,都写得合理。

黛玉之死，对于全书来说，也是写得精彩的。有戏剧性，也有合理性。"红"内容丰富，各种本子改编戏剧，都给人以挂一漏万的感觉。其实，黛玉之死才是最好的戏剧料子。

用；被李纨这番一说，却也没的说。又见紫鹃哭得泪人一般，只好瞅着他微微的笑，因又说道："紫鹃姑娘这些闲话倒不要紧，只是他却说得，我可怎么回老太太呢？况且这话是告诉得二奶奶的吗？"正说着，平儿擦着眼泪出来道："告诉二奶奶什么事？"林之孝家的将方才的话说了一遍。平儿低了一回头，说："这么着罢，就叫雪姑娘去罢。"李纨道："他使得吗？"平儿走到李纨耳边说了几句。李纨点点头儿道："既是这么着，就叫雪雁过去也是一样的。"林之孝家的因问平儿道："雪姑娘使得吗？"平儿道："使得，都是一样。"林家的道："那么，姑娘就快叫雪姑娘跟了我去。我先去回了老太太和二奶奶。这可是大奶奶和姑娘的主意，回来姑娘再各自回二奶奶去。"李纨道："是了，你这么大年纪，连这么点子事还不耽呢！"林家的笑道："不是不耽：头一宗，这件事，老太太和二奶奶办的，我们都不能狠明白；再者，又有大奶奶和平姑娘呢。"说着，平儿已叫了雪雁出来。原来雪雁因这几日嫌他小孩子家懂得什么，便也把心冷淡了；况且听是老太太和二奶奶叫，也不敢不去，连忙收拾了头。平儿叫他换了新鲜衣服，跟着林家的去了。随后平儿又和李纨说了几句话。李纨又嘱咐平儿打那么催着林之孝家的叫他男人快办了来。平儿答应着出来，转了个湾子，看见林家的带着雪雁在前头走呢，赶忙叫住道："我带了他去罢。你先告诉林大爷办林姑娘的东西去罢。奶奶那里我替回就是了。"那林家的答应着去了。这里平

紫鹃的同情心，林之孝家的责任感。

天生我材必有用！
雪雁是太被林黛玉，也被作者冷落了。终于，有了只有她才演得来的角色！

这些细节丝丝入扣，令人嗟叹。

雪雁是个最没有戏、没有故事也没有多少个性的角色。但此处的用场合情合理。

是人的缘分，也是黛玉的孤独，她从自家带来的丫头，与她平平。

一般地说，这一类情节最少"小说家言"性质，最可能直接取自生活素材。

儿带了雪雁到了新房子里回明了，自去办事。

却说雪雁看见这个光景，想起他家姑娘，也未免伤心，只是在贾母凤姐跟前不敢露出，因又想道："也不知用我作什么？我且瞧瞧。宝玉一日家和我们姑娘好的蜜里调油，这时候总不见面了，也不知是真病假病。怕我们姑娘不依他，假说丢了玉，装出傻子样儿来，叫我们姑娘寒了心，他好娶宝姑娘的意思。我看看他去，看他见了我傻不傻。莫不成今儿还装傻么！"一面想着，已溜到里间屋子门口，偷偷儿的瞧。这时宝玉虽因失玉昏愦，但只听见娶了黛玉为妻，真乃是从古至今、天上人间、第一件畅心满意的事了，那身子顿觉健旺起来，只不过不似从前那般灵透，所以凤姐的妙计，百发百中，巴不得即见黛玉。盼到今日完姻，真乐得手舞足蹈，虽有几句傻话，却与病时光景大相悬绝了。雪雁看了，又是生气，又是伤心，他那里晓得宝玉的心事，便各自走开。

这里宝玉便叫袭人快快给他装新，坐在王夫人屋里，看见凤姐尤氏忙忙碌碌，再盼不到吉时，只管问袭人道："林妹妹打园里来，为什么这么费事，还不来？"袭人忍着笑道："等好时辰回来。"又听见凤姐与王夫人道："虽然有服，外头不用鼓乐，咱们南边规矩要拜堂的，冷清清使不得。我传了家内学过音乐管过戏子的那些女人来，吹打热闹些。"王夫人点头说："使得。"一时，

续作也心细，照顾角角落落。

雪雁的态度合乎分寸，拿捏得准。

宝玉不可能被理解，更不可能被原谅。

以伤害人，欺骗人为乐。

大轿从大门进来,家里细乐迎出去,十二对宫灯排着进来,倒也新鲜雅致。傧相请了新人出轿,宝玉见新人蒙着盖头,喜娘披着红,扶着。下首扶新人的,你道是谁?原来就是雪雁。宝玉看见雪雁,犹想:"因何紫鹃不来,倒是他呢?"又想道:"是了,雪雁原是他南边家里带来的;紫鹃仍是我们家的,自然不必带来。"因此,见了雪雁竟如见了黛玉的一般欢喜。傧相赞礼,拜了天地,请出贾母受了四拜,后请贾政夫妇登堂行礼毕,送入洞房。还有坐床撒帐等事,俱是按金陵旧例。贾政原为贾母作主,不敢违拗,不信冲喜之说。那知今日宝玉居然像个好人一般,贾政见了,倒也喜欢。

越是聪明人越是会寻找解释。

　　那新人坐了床,便要揭起盖头的。凤姐早已防备,故请贾母王夫人等进去照应。宝玉此时到底有些傻气,便走到新人跟前说道:"妹妹,身上好了?好些天不见了。盖着这劳什子做什么?"欲待要揭去,反把贾母急出一身冷汗来。宝玉又转念一想道:"林妹妹是爱生气的,不可造次。"又歇了一歇,仍是按捺不住,只得上前揭了,喜娘接去盖头。雪雁走开,莺儿等上来伺候。宝玉睁眼一看,好像宝钗,心中不信,自己一手持灯,一手擦眼一看,可不是宝钗么!只见他盛妆艳服,丰肩憪体,鬓低鬓耽,眼瞤息微,真是荷粉露垂,杏花烟润了。宝玉发了一回怔,又见莺儿立在傍边,不见了雪雁。宝玉此时心无主意,自己反以为是梦中了,呆呆的只管站着。众人接过灯去,扶了宝玉,仍旧坐下,两眼直视,半语全无。贾母恐他病发,亲自扶他上床。凤姐尤氏请了宝钗进入里间床上坐下。宝钗此时自然是低头不语。

"早已防备",临战状态。

魔术一般!

宝玉"完婚",真是天下奇事。奇闻。奇文。"红"真是奇书。

人生多误区！本以为走入这一间房子,却走入那一间房子去了。婚姻离奇,凤姐离奇,薛宝钗更加离奇。她对这种"神出鬼没"的做法怎么毫无反应？连些微的疑惑、烦乱也没有？

事奇理不奇,自以为天从人愿得到了黛玉,揭开盖头却是宝钗,黛玉已经一命呜呼。追求 A,得到 B,毁了 A,这样的事固不止宝玉碰见也。后四十回诸多瑕疵仍被接受,与关键段落写得好有关。

宝玉定了一回神,见贾母王夫人坐在那边,便轻轻的叫袭人道:"我是在那里呢？这不是做梦么？"袭人道:"你今日好日子,什么梦不梦的混说！老爷可在外头呢。"宝玉悄悄的拿手指着道:"坐在那里的这一位美人儿是谁？"袭人握了自己的嘴,笑的说不出话来,歇半日才说道:"是新娶的二奶奶。"众人也都回过头去,忍不住的笑。宝玉又道:"好糊涂！你说'二奶奶',到底是谁？"袭人道:"宝姑娘。"宝玉道:"林姑娘呢？"袭人道:"老爷作主娶的是宝姑娘,怎么混说起林姑娘来？"宝玉道:"我刚才看见林姑娘了么,还有雪雁呢。怎么说没有？你们这都是做什么顽呢？"凤姐便走上来,轻轻的说道:"宝姑娘在屋里坐着呢,别混说。回来得罪了他,老太太不依的。"宝玉听了,这会子糊涂更利害了。本来原有昏愦的病,加以今夜神出鬼没,更叫他不得主意,便也不顾别的了,口口声声只要找林妹妹去。贾母等上前安慰,无奈他只是不懂。又有宝钗在内,又不好明说。知宝玉旧病复发,也不讲明,只得满屋里点起安息香来,定住他的神魂,扶他睡下。众人鸦雀无闻。停了片时,宝玉便昏沉睡去,贾母等才得略略放心,只好坐以待旦,叫凤姐去请宝钗安歇。宝钗置若罔闻,也便和衣在内暂歇。贾政在外,未知内里原由,只就方才眼见的光景想来,心下倒放宽了。恰是明日就是起程的吉日,略歇了一歇,众人贺喜送

袭人帮凶！

仍需借重父权的威严恐怖。

袭人已经与闻机要,宝玉却是傻×。袭人有满足感。

这样的婚姻也是独一无二,堪上吉尼斯世界纪录。

如果前边不丢玉,这项奇婚的戏就更唱不成了。现在的前提是宝玉已经糊涂,于是只能糊涂更厉害。

摧其情,灭其心,加上安息香,才能略定其神魂。

怎么能置若罔闻？
简直比李纨还要"槁木死灰"。
不可理解！

行。贾母见宝玉睡着,也回房去暂歇。

次早,贾政辞了宗祠,过来拜别贾母,禀称:"不孝远离,惟愿老太太顺时颐养。儿子一到任所,即修禀请安,不必挂念。宝玉的事,已经依了老太太完结,只求老太太训诲。"贾母恐贾政在路不放心,并不将宝玉复病的话说起,只说:"我有一句话:宝玉昨夜完姻,并不是同房,今日你起身,必该叫他远送才是。他因病冲喜,如今才好些,又是昨日一天劳乏,出来恐怕着了风。故此问你:你叫他送呢,我即刻去叫他;你若疼他,我就叫人带了他来你见见,叫他给你磕头就算了。"贾政道:"叫他送什么?只要他从此已后认真念书,比送我还喜欢呢。"贾母听了,又放了一条心。便叫贾政坐着,叫鸳鸯去,如此如此,带了宝玉,叫袭人跟着来。鸳鸯去了不多一会,果然宝玉来了,仍是叫他行礼,宝玉见了父亲,神志略敛些,片时清楚,也没什么大差。贾政盼咐了几句,宝玉答应了。贾政叫人扶他回去了,自己回到王夫人房中,又切实的叫王夫人管教儿子,"断不可如前骄纵。明年乡试,务必叫他下场。"王夫人一一的听了,也没提起别的,即忙命人扶了宝钗过来,行了新妇送行之礼,也不出房。其余内眷俱送至二门而回。贾珍等也受了一番训饬。大家举酒送行,一班子弟及晚辈亲友直送至十里长亭而别。不言贾政起程赴任。且说宝玉回来,旧病陡发,更加昏愦,连饮食也不能进了。未知性命如何,下回分解。

> 贾母此言,不无微词。

> 贾母做的不合规矩的事很多,但总很振振有词。

> 虽非要紧关节,倒也说得过去。
> 形象思维活跃起来,自会有这样的笔墨。

> 关心乡试下场,却不关心其死活。

> 谁能不昏?谁能不愦?

　　此回与下一回,丝丝入扣而又激情沉郁,撕心裂肺,催人泪下,写作水准即使放到前八十回中去比,也是精彩篇章。如果说这是高鹗所写,那么高鹗就是另一个曹雪芹。

第九十八回

苦绛珠魂归离恨天　病神瑛泪洒相思地

回目涵天覆地，苦彻神魂，实乃绝唱。
魂归离恨天，泪洒相思地，此两句已脍炙人口矣！读之怆然泪下。语言的力量是难以转述的。
此回回目极佳。特别是联系到神瑛侍者与绛珠仙草的故事，令人神伤！

话说宝玉见了贾政，回至房中，更觉头昏脑闷，懒待动弹，连饭也没吃，便昏沉睡去。仍旧延医诊治，服药不效，索性连人也认不明白了。大家扶着他坐起来，还是像个好人。一连闹了几天。那日恰是回九之期，若不过去，薛姨妈脸上过不去；若说去呢，宝玉这般光景，贾母明知是为黛玉而起，欲要告诉明白，又恐气急生变。宝钗是新媳妇，又难劝慰，必得姨妈过来才好。若不回九，姨妈嗔怪。便与王夫人凤姐商议道："我看宝玉竟是魂不守舍，起动是不怕的。用两乘小轿，叫人扶着，从园里过去，应了回九的吉期；以后请姨妈过来安慰宝钗，咱们一心一计的调治宝玉，可不两全？"王夫人答应了，即刻预备。幸亏宝钗是新媳妇，宝玉是个疯傻的，由人掇弄过去了，宝钗也明知其事，心里只怨母亲办得糊涂，事已至此，不肯多言。独有薛姨妈看见宝玉这般光景，心里懊悔，只得草草完事。

到家，宝玉越加沉重，次日连起坐都不能了；日重一日，甚至汤水不进。薛姨妈等忙了手

> 他已经被摧毁了，封建的一套终于战胜了宝玉的性灵，取得了伟大胜利。

> 一不做，二不休，已经错了，便坚决错下去吧。

> 叫做"调治"，呜乎痛哉。

> 连薛姨妈也相当被动。

脚,各处遍请名医,皆不识病源。只有城外破寺中住着个穷医姓毕别号知庵的,诊得病源是悲喜激射,冷暖失调,饮食失时,忧忿滞中,正气壅闭:此内伤外感之症。于是度量用药。至晚服了,二更后,果然省些人事,便要水喝。贾母王夫人等才放了心,请了薛姨妈带了宝钗,都到贾母那里,暂且歇息。

> 太医不中用了,便找穷医。往上不成功,便再往下。

宝玉片时清楚,自料难保,见诸人散后,房中只有袭人,因唤袭人至跟前,拉着手哭道:"我问你:宝姐姐怎么来的?我记得老爷给我娶了林妹妹过来,怎么被宝姐姐赶了去了?他为什么霸占住在这里?我要说呢,又恐怕得罪了他。你们听见林妹妹哭得怎么样了?"袭人不敢明说,只得说道:"林姑娘病着呢。"宝玉又道:"我瞧瞧他去。"说着,要起来,那知连日饮食不进,身子那能动转,便哭道:"我要死了!我有一句心里的话,只求你回明老太太:横竖林妹妹也是要死的,我如今也不能保,两处两个病人,都要死的!死了越发难张罗,不如腾一处空房子,趁早将我同林妹妹两个抬在那里,活着也好一处医治、伏侍,死了也好一处停放。你依我这话,不枉了几年的情分。"袭人听了这些话,便哭的哽嗓气噎。

> 总算有几句责备的话。宝钗的角色,尴尬得令人发指。

> 宝玉此话好苦。

宝钗恰好同了莺儿过来,也听见了,便说道:"你放着病不保养,何苦说这些不吉利的话?老太太才安慰了些,你又生出事来。老太太一生疼你一个,如今八十多岁的人了,虽不图你的诰封,将来你成了人,老太太也看着乐一天,也不枉了老人家的苦心。太太更是不必说了,一生的心血精神,抚养了你这一个儿子,若是半途死了,太太将来怎么样呢?我虽是命薄,也不至

> "老太太"成了杀手锏。以压倒之势压下来。

于此。据此三件看来,你便要死,那天也不容你死的,所以你是不得死的。只管安稳着养个四五天后,风邪散了,太和正气一足,自然这些邪病都没有了。"宝玉听了,竟是无言可答,半晌,方才嘻嘻的笑道:"你是好些时不和我说话了,这会子说这些大道理的话给谁听?"宝钗听了这话,便又说道:"实告诉你说罢:那两日你不知人事的时候,林妹妹已经亡故了。"宝玉忽然坐起来,大声咤道:"果真死了吗?"宝钗道:"果真死了。岂有红口白舌咒人死的呢!老太太、太太知道你姐妹和睦,你听见他死了,自然你也要死,所以不肯告诉你。"

自以为是替"天"说话吗?
高屋建瓴,泰山压顶。
欲死亦不允许。

宝钗放胆一搏,不死就是活。她深信,死神也已出手,拆散宝黛。

宝玉听了,不禁放声大哭,倒在床上,忽然眼前漆黑,辨不出方向,心中正自恍惚,只见眼前好像有人走来。宝玉茫然问道:"借问此是何处?"那人道:"此阴司泉路。你寿未终,何故至此?"宝玉道:"适闻有一故人已死,遂寻访至此,不觉迷途。"那人道:"故人是谁?"宝玉道:"姑苏林黛玉。"那人冷笑道:"林黛玉生不同人,死不同鬼,无魂无魄,何处寻访?凡人魂魄,聚而成形,散而为气,生前聚之,死则散焉。常人尚无可寻访,何况林黛玉呢?汝快回去罢。"宝玉听了,呆了半晌,道:"既云死者散也,又如何有这个'阴司'呢?"那人冷笑道:"那'阴司'说有便有,说无就无。皆为世俗溺于生死之说,设言以警世,便道上天深怒愚人,或不守分安常;或生禄未终,自行夭折;或嗜淫欲,尚气逞凶,无故自殒者:特设此地狱,囚其魂魄,受无边的苦,以偿生前之罪。汝寻黛玉,是无故自陷也。且黛玉已归太虚幻境,汝若有心寻访,潜心修养,自然有时相见;如不安生,即以自行夭折之罪,因

虽是牵强、迷信,却也是一个昏迷一复苏的过程。
黛玉已是死而复生,生而终死了。宝玉又来一次死而复生。

中华生死观,也是绝唱。

凡胡说八道,也有一番道理讲究。

禁阴司,除父母外,欲图一见黛玉,终不能矣。"那人说毕,袖中取出一石,向宝玉心口掷来。宝玉听了这话,又被这石子打着心窝,吓的即欲回家,只恨迷了道路。正在踌躇,忽听那边有人唤他。回首看时,不是别人,正是贾母、王夫人、宝钗、袭人等围绕哭泣叫着,自己仍旧躺在床上。见案上红灯,窗前皓月,依然锦绣丛中,繁华世界。定神一想,原来竟是一场大梦。浑身冷汗,觉得心内清爽。仔细一想,真正无可奈何,不过长叹数声而已。

> 石乎玉乎?

  宝钗早知黛玉已死,因贾母等不许众人告诉宝玉知道,恐添病难治,自己却深知宝玉之病实因黛玉而起,失玉次之,故趁势说明,使其一痛决绝,神魂归一,庶可疗治。贾母王夫人等不知宝钗的用意,深怪他造次,后来见宝玉醒了过来,方才放心,立即到外书房请了毕大夫进来诊视。那大夫进来诊了脉,便道:"奇怪!这回脉气沉静,神安郁散,明日进调理的药,就可以望好了。"说着出去。众人各自安心散去。袭人起初深怨宝钗不该告诉,惟是口中不好说出。莺儿背地也说宝钗道:"姑娘忒性急了。"宝钗道:"你知道什么!好歹横竖有我呢。"那宝钗任人诽谤,并不介意,只窥察宝玉心病,暗下针砭。

> 休克疗法,"红"已有之。所谓"长痛不如短痛"是也。悬着最苦,宁可落入万丈深渊也不要悬着。

> 宝钗参加到对宝玉诛心的"系统工程"里来了。大德无名,大勇无功。

  一日,宝玉渐觉神志安定。虽一时想起黛玉,尚有糊涂。更有袭人缓缓的将"老爷选定的宝姑娘为人和厚,嫌林姑娘秉性古怪,原恐早夭。老太太恐你不知好歹,病中着急,所以叫雪雁过来哄你"的话,时常劝解。宝玉终是心酸落泪。欲待寻死,又想着梦中之言,又恐老太太、太太生气,又不得撩开。又想黛玉已死,宝钗又是第一等人物,方信"金石姻缘"有定,自己也解

> 袭人兼有生活服务、监督汇报与谆谆做思想工作的职能。

> 只要想活,就终不可能随着死者走。

了好些。宝钗看来不妨大事,于是自己心也安了,只在贾母王夫人等前尽行过家庭之礼后,便设法以释宝玉之忧。宝玉虽不能时常坐起,亦常见宝钗坐在床前,禁不住生来旧病。宝钗每以正言劝解,以"养身要紧,你我既为夫妇,岂在一时"之语安慰他。那宝玉心里虽不顺遂,无奈日里贾母王夫人及薛姨妈等轮流相伴,夜间宝钗独去安寝,贾母又派人服侍,只得安心静养。又见宝钗举动温柔,也就渐渐的将爱慕黛玉的心肠略移在宝钗身上。此是后话。

> 封建主义的核心之一是"人身控制学",特别是"精神控制学",宝钗以之自控成功,便进一步以之控制宝玉。

> 死的死了,活的还要活。死死生生更可哀。

却说宝玉成家的那一日,黛玉白日已经昏晕过去,却心头口中一丝微气不断,把个李纨和紫鹃哭的死去活来。到了晚间,黛玉却又缓过来了,微微睁开眼,似有要水要汤的光景。此时雪雁已去,只有紫鹃和李纨在旁。紫鹃便端了一盏桂圆汤和的梨汁,用小银匙灌了两三匙。黛玉闭着眼,静养了一会子,觉得心里似明似暗的。此时李纨见黛玉略缓,明知是回光返照的光景,却料着还有一半天耐头,自己回到稻香村,料理了一回事情。

> 如此补叙,更见参差,尤其刺心。

这里黛玉睁开眼一看,只有紫鹃和奶妈并几个小丫头在那里,便一手攥了紫鹃的手,使着劲说道:"我是不中用的人了!你伏侍我几年,我原指望咱们两个总在一处,不想我……"说着,又喘了一会子,闭了眼歇着。紫鹃见他攥着不肯松手,自己也不敢挪动。看他光景,比早半天好些,只当还可以回转,听了这话,又寒了半截。半天,黛玉又说道:"妹妹,我这里并没亲人,我的身子是干净的,你好歹叫他们送我回去。"说到这里,又闭了眼不言语了。那手却渐

> 这里,令人想起一场歌剧。

死,总有一死。可悲在于临死不得交通,隔膜着,怨恨着,遗憾着。这样的人生的终结,便只有痛苦了。这样的痛苦,又何必生?天乎!天乎!

渐紧了,喘成一处,只是出气大,入气小,已经促疾的狠了。

　　紫鹃忙了,连忙叫人请李纨,可巧探春来了。紫鹃见了,忙悄悄的说道:"三姑娘,瞧瞧林姑娘罢!"说着,泪如雨下。探春过来,摸了摸黛玉的手,已经凉了,连目光也都散了。探春紫鹃正哭着叫人端水来给黛玉擦洗,李纨赶忙进来了。三个人才见了,不及说话。刚擦着,猛听黛玉直声叫道:"宝玉,宝玉!你好……"说到"好"字,便浑身冷汗,不作声了。紫鹃等急忙扶住,那汗愈出,身子便渐渐的冷了。探春李纨叫人乱着拢头穿衣,只见黛玉两眼一翻,呜呼!

　　香魂一缕随风散,愁绪三更入梦遥!

　　当时黛玉气绝,正是宝玉娶宝钗的这个时辰,紫鹃等都大哭起来。李纨探春想他素日的可疼,今日更加可怜,也便伤心痛哭。因潇湘馆离新房子甚远,所以那边并没听见。一时,大家痛哭了一阵,只听得远远一阵音乐之声,侧耳一听,却又没有了。探春李纨走出院外再听时,惟有竹梢风动,月影移墙,好不凄凉冷淡。

　　一时叫了林之孝家的过来,将黛玉停放毕,派人看守,等明早去回凤姐。凤姐因见贾母王夫人等忙乱,贾政起身,又为宝玉昏愦更甚,正在着急异常之时,若是又将黛玉的凶信一回,恐贾母王夫人愁苦交加,急出病来,只得亲自到园。到了潇湘馆内,也不免哭了一场。见了李纨探春,知道诸事齐备,便说:"狠好。只是刚才你们为什么不言语,叫我着急?"探春道:"刚才

死亡也是文学的一个永恒题目,这一段写得也相当成功:可信可感。

到关键时刻就上来这样的轻薄套话!
还香什么!可恶!
怎样的对比!
怎样的悲剧!

写声响,写影动,益发可叹可恼!
写李纨在此,写平儿过来,以彰显二人的仁厚。那么写探春在此呢,盖探春大智,不可能同意,以她的女儿身份,也不可能掺和凤姐的恶劣奇谋。

哭归哭,行事归行事,这也是一种人格的分裂。

送老爷,怎么说呢?"凤姐道:"倒是你们两个可怜他些。这么着,我还得那边去招呼那个冤家呢。但是这件事好累坠,若是今日不回,使不得;若回了,恐怕老太太搁不住。"李纨道:"你去见机行事,得回再回方好。"凤姐点头,忙忙的去了。

　　凤姐到了宝玉那里,听见大夫说不妨事,贾母王夫人略觉放心,凤姐便背了宝玉,缓缓的将黛玉的事回明了。贾母王夫人听得,都唬了一大跳。贾母眼泪交流,说道:"是我弄坏了他了。但只是这个丫头也忒傻气!"说着,便要到园里去哭他一场,又惦记着宝玉,两头难顾。王夫人等含悲共劝贾母:"不必过去,老太太身子要紧。"贾母无奈,只得叫王夫人自去。又说:"你替我告诉他的阴灵:'并不是我忍心不来送你,只为有个亲疏。你是我的外孙女儿,是亲的了;若与宝玉比起来,可是宝玉比你更亲些。倘宝玉有些不好,我怎么见他父亲呢。'"说着,又哭起来。王夫人劝道:"林姑娘是老太太最疼的,但只寿夭有定,如今已经死了,无可尽心,只是葬礼上要上等的发送。一则可以少尽咱们的心;二则就是姑太太和外甥女儿的阴灵儿也可以少安了。"贾母听到这里,越发痛哭起来。

　　凤姐恐怕老人家伤感太过,明仗着宝玉心中不甚明白,便偷偷的使人来撒个谎儿,哄老太太道:"宝玉那里找老太太呢。"贾母听见,才止住泪问道:"不是又有什么缘故?"凤姐陪笑道:"没什么缘故,他大约是想老太太的意思。"贾母连忙扶了珍珠儿,凤姐也跟着,过来。走至半路,正遇王夫人过来,一一回明了贾母,贾母自然又是哀痛的;只因要到宝玉那边,只得忍泪含悲的说道:"既这么着,我也不过去了,由你们办罢。我看着心里也难受,只

哭他一场云云,既是真情,又是形式、程序了。
黛玉毕竟以自己的死给贾母等的专横圆满计划捅了一个洞。

贾母的反应也只可如此。应该说,在这些事情上,贾母也是不自由的。

好人坏人,好事坏事,劫辄撒个谎儿。

别委屈了他就是了。"王夫人凤姐一一答应了,贾母才过宝玉这边来。见了宝玉,因问:"你做什么找我?"宝玉笑道:"我昨日晚上看见林妹妹来了,他说要回南去。我想没人留的住,还得老太太给我留一留他。"贾母听着,说:"使得,只管放心罢。袭人可扶宝玉躺下。"

　　贾母出来,到宝钗这边来。那时宝钗尚未回九,所以每每见了人,到有些含羞之意。这一天,见贾母满面泪痕,递了茶,贾母叫他坐下。宝钗侧身陪着坐了,才问道:"听得林妹妹病了,不知他可好些了?"贾母听了这话,那眼泪止不住流下来,因说道:"我的儿!我告诉你,你可别告诉宝玉。都是因你林妹妹,才叫你受了多少委屈!你如今作媳妇了,我才告诉你,这如今你林妹妹没了两三天了,就是娶你的那个时辰死的。如今宝玉这一番病,还是为着这个。你们先都在园子里,自然也都是明白的。"宝钗把脸飞红了,想到黛玉之死,又不免落下泪来。贾母又说了一回话,去了。自此,宝钗千回万转,想了一个主意,只不肯造次,所以过了回九,才想出弄个法子来。如今果然好些,然后大家说话才不至似前留神。

　　独是宝玉虽然病势一天好似一天,他的痴心总不能解,必要亲去哭他一场。贾母等知他病未除根,不许他胡思乱想,怎奈他郁闷难堪,病多反复。倒是大夫看出心病,索性叫他开散了再用药调理,倒可好得快些。宝玉听说,立刻要往潇湘馆来。贾母等只得叫人抬了竹椅子过来,扶宝玉坐上,贾母王夫人即便先行。到了潇湘馆内,一见黛玉灵柩,贾母已哭得泪干气绝。凤姐等再三劝住。王夫人也哭了一场。李纨便

可恶!

这里有一个词:"捂盖子"。

宝钗反应,写得太粗。

可以大哭,泪乱气绝,决不反省,决不忏悔。

请贾母王夫人在里间歇着,犹自落泪。宝玉一到,想起未病之先,来到这里,今日屋在人亡,不禁嚎啕大哭。想起从前何等亲密,今日死别,怎不更加伤感!众人原恐宝玉病后过哀,都来解劝。宝玉已经哭得死去活来,大家搀扶歇息。其余随来的,如宝钗,俱极痛哭。独是宝玉必要叫紫鹃来见,问明姑娘临死有何话说。紫鹃本来深恨宝玉,见如此,心里已回过来些;又有贾母王夫人都在这里,不敢洒落宝玉,便将林姑娘怎么复病,怎么烧毁帕子,焚化诗稿,并将临死说的话一一的都告诉了。宝玉又哭得气噎喉干。探春趁便又将黛玉临终嘱咐带柩回南的话也说了一遍。贾母王夫人又哭起来。多亏凤姐能言劝慰,略略止些,便请贾母等回去。宝玉那里肯舍,无奈贾母逼着,只得勉强回房。

> 场面极哀伤。
> 似应写一点宝玉的举止动作,方见生动,亦能与黛玉焚稿等对应。

> 哭最痛心!哭最无力!哭最容易成为形式过场!
> 带柩回南,连鬼魂也不再进大观园了。

贾母有了年纪的人,打从宝玉病起,日夜不宁,今又大痛一阵,已觉头晕身热,虽是不放心惦着宝玉,却也扎挣不住,回到自己房中睡下。王夫人更加心痛难禁,也便回去,派了彩云帮着袭人照应,并说:"宝玉若再悲戚,速来告诉我们。"宝钗是知宝玉一时必不能舍,也不相劝,只用讽刺的话说他。宝玉倒恐宝钗多心,也便饮泣收心。歇了一夜,倒也安稳。明日一早,众人都来瞧他,但觉气虚身弱,心病倒觉去了几分。于是加意调养,渐渐的好起来。贾母幸不成病,惟是王夫人心痛未痊。那日薛姨妈过来探望,看见宝玉精神略好,也就放心,暂且住下。

> 死是悲痛的极致,但也是悲痛的结束。宝钗采取的是置之死地而后生的法子。

一日,贾母特请薛姨妈过去商量,说:"宝玉的命,都亏姨太太救的。如今想来不妨了,独委屈了你的姑娘。如今宝玉调养百日,身体复旧,又过了娘娘的功服,正好圆房。要求姨太太作连续几回写宝黛爱情悲剧,和玉钗婚姻悲剧,熙熙攘攘,大喜大悲,甚见功力。实是续作的奇迹,古今中外,有这样的续作,令人难以置信。

> 主,另择个上好的吉日。"薛姨妈便道:"老太太主意狠好,何必问我?宝丫头虽生的粗笨,心里却还是极明白的。他的情性,老太太素日是知道的。但愿他们两口儿言和意顺,从此老太太也省好些心,我姐姐也安慰些,我也放了心了。老太太便定个日子。还通知亲戚不用呢?"贾母道:"宝玉和你们姑娘生来第一件大事,况且费了多少周折,如今才得安逸,必要大家热闹几天。亲戚都要请的。一来酬愿,二则咱们吃杯喜酒,也不枉我老人家操了好些心。"薛姨妈听说,自然也是喜欢的,便将要办妆奁的话也说了一番。贾母道:"咱们亲上做亲,我想也不必这些。若说动用的,他屋里已经满了;必定宝丫头他心爱的要你几件,姨太太就拿了来。我看宝丫头也不是多心的人,不比我那外孙女儿的脾气,所以他不得长寿。"说着,连薛姨妈也便落泪。恰好凤姐进来,笑道:"老太太姑妈又想着什么了?"薛姨妈道:"我和老太太说起你林妹妹来,所以伤心。"凤姐笑道:"老太太和姑妈且别伤心。我刚才听了个笑话儿来了,意思说给老太太和姑妈听。"贾母拭了拭眼泪,微笑道:"你又不知要编派谁呢?你说来,我和姨太太听听。说不笑,我们可不依。"只见那凤姐未从张口,先用两只手比着,笑弯了腰了。未知他说出些什么来,下回分解。

乐极生悲,悲极也要生乐了么?

周折是真,安逸无望。

黛玉一死,谁能释然?凤姐的笑话开始令读者反感了。

让读者回到天宫中的神瑛侍者与绛珠仙子的故事上去吧,悲痛或可升华,悲痛永为忆念。

这一回是后四十回的巅峰,是难以企及的杰作。

第九十九回

守官箴恶奴同破例　阅邸报老舅自担惊

浓墨重彩地写宝黛爱情悲剧凡三回之后,这一回,又岔开写别的事去了。
固然有把宝黛爱情作为"红"的主线的评家,这个爱情也确实重要、感人。各种戏曲本子都是以此为主线的,但是,它占的篇幅并不大,到此为止,写这个"主线"的不过二十几回。
续作能写三回,已属罕见。"主线"云云,因为评家乐道,但确与"红"的丰富性、立体性不甚贴切。

话说凤姐见贾母和薛姨妈为黛玉伤心,便说:"有个笑话儿说给老太太和姑妈听。"未从开口,先自笑了。因说道:"老太太和姑妈打谅是那里的笑话儿?就是咱们家的那二位新姑爷新媳妇啊!"贾母道:"怎么了?"凤姐拿手比着道:"一个这么坐着,一个这么站着;一个这么扭过去,一个这么转过来。一个又……"说到这里,贾母已经大笑起来,说道:"你好生说罢,倒不是他们两口儿,你倒把人怄的受不得了。"薛姨妈也笑道:"你往下直说罢,不用比了。"凤姐才说道:"刚才我到宝兄弟屋里,我听见好几个人笑。我只道是谁,巴着窗户眼儿一瞧,原来宝妹妹坐在炕沿上,宝兄弟站在地下。宝兄弟拉着宝妹妹的袖子,口口声声只叫:'宝姐姐!你为什么不会说话了?你这么说一句话,我的病包管全好。'宝妹妹却扭着头,只管躲。宝兄弟却作了一个揖,上去又拉宝妹妹的衣服。宝妹妹急得一扯,宝兄弟自然病后是脚软的,索性一扑,扑在宝妹妹身上了。宝妹妹急得红了脸,说道:

> 凤姐说什么贾母都爱听爱笑,别人就未必,这也是音乐与音乐之耳的关系。
>
> 有时候要死要活,有时候不过如此;雷霆电闪之后或是鸦雀无声,无奈之后或是无赖。

'你越发比先不尊重了。'"说到这里，贾母和薛姨妈都笑起来。凤姐又道："宝兄弟便立起身来，笑道：'亏了跌了这一交，好容易才跌出你的话来了。'"薛姨妈笑道："这是宝丫头古怪。这有什么的？既作了两口儿，说说笑笑的怕什么？他没见他琏二哥和你。"凤姐儿笑道："这是怎么说呢？我饶说笑话给姑妈解闷儿，姑妈反到拿我打起卦来了。"贾母也笑道："要这么着才好。夫妻固然要和气，也得有个分寸儿。我爱宝丫头就在这尊重上头。只是我愁着宝玉还是那么傻头傻脑的，这么说起来，比头里竟明白多了。你再说说，还有什么笑话儿没有？"凤姐道："明儿宝玉圆了房，亲家太太抱了外孙子，那时候不更是笑话儿了么？"贾母笑道："猴儿，我在这里同着姨太太想你林妹妹，你来怄个笑儿也罢了，怎么臊起皮来了！你不叫我们想你林妹妹，你不用太高兴了，你林妹妹恨你，将来不要独自一个到园里去，堤防他拉着你不依。"凤姐笑道："他倒不怨我，他临死咬牙切齿，倒恨着宝玉呢。"贾母薛姨妈听着还道是顽话儿，也不理会，便道："你别胡拉扯了。你去叫外头挑个狠好的日子给你宝兄弟圆了房儿罢。"凤姐去了，择了吉日，重新摆酒，唱戏，请亲友，这不在话下。

　　却说宝玉虽然病好复元，宝钗有时高兴，翻书观看，谈论起来，宝玉所有眼前常见的，尚可记忆，若论灵机，大不似从前活变了，连他自己也不解。宝钗明知是"通灵"失去，所以如此。倒是袭人时常说他："你何故把从前的灵机都忘了？那些旧毛病忘了才好，为什么你的脾气还觉照旧，在道理上更糊涂了呢？"宝玉听了，并不生气，反是嘻嘻的笑。有时宝玉顺性胡闹，多亏

> 如果这也算笑话，人生中可笑之话也太少了。

> 把婚配选择价值化。

> 不恨您老人家吗？也是预告。

> 有理解也有隐瞒，充满了爱恋才激起了怨恨。比起熙凤，当然更怨贾母。

宝钗劝说，诸事略觉收敛些。袭人倒可少费些唇舌，惟知悉心伏侍。别的丫头素仰宝钗贞静和平，各人心服，无不安静。

> 晴雯已死，芳官已不知所终，还有什么"别的丫头"可说？

只有宝玉到底是爱动不爱静的，时常要到园里去逛。贾母等一则怕他招受寒暑，二则恐他睹景伤情，虽黛玉之柩已寄放城外庵中，然而潇湘馆依然人亡屋在，不免勾起旧病来，所以也不使他去。况且亲戚姊妹们，薛宝琴已回到薛姨妈那边去了；史湘云因史侯回京，也接了家去了，又有了出嫁的日子，所以不大常来，只有宝玉娶亲那一日，与吃喜酒这天，来过两次，也只在贾母那边住下，为着宝玉已经娶过亲的人，又想自己就要出嫁的，也不肯如从前的诙谐谈笑，就是有时过来，也只和宝钗说话，见了宝玉，不过问好而已；那邢岫烟却是因迎春出嫁之后，便随着邢夫人过去；李家姊妹也另住在外，即同着李婶娘过来，亦不过到太太们与姐妹们处请安问好，即回到李纨那里略住一两天就去了，所以园内的只有李纨、探春、惜春了。贾母还要将李纨等挪进来，为着元妃薨后，家中事情接二连三，也无暇及此。现今天气一天热似一天，园里尚可住得，等到秋天再挪。此是后话，暂且不提。

> 好景不在，好梦难圆。

> 无忧无虑的少年时代已经一去不复返了。

> 遥想芦雪亭联诗的场面，怎能不如隔世？

> 人有荣枯定数，园亦有定数乎？

且说贾政带了几个在京请的幕友，晓行夜宿，一日，到了本省，见过上司，即到任拜印受事，便查盘各属州县粮米仓库。贾政向来作京官，只晓得郎中事务都是一景儿的事情；就是外任，原是学差，也无关于吏治上，所以外省州县，折收粮米，勒索乡愚，这些弊端，虽也听见别人讲究，却未尝身亲其事，只有一心做好官。便与幕宾商议，出示严禁，并谕以一经查出，必定详参揭报。初到之时，果然胥吏畏惧，便百计钻营；偏遇贾政这般古执。那些家人，跟了这位老爷，在都中一无出息，好容易盼到主人放了外任，便在京指着在外发财的名头向人借贷做衣裳，装体面，心里想着到了任，银钱是容易的了。不想这位老爷呆性发作，认真要查办起来，州县馈送，一概不受。门房、签押等人，心里盘算道："我们再挨半个月，衣服也要当完了，账又逼起来，那可怎么样好呢？眼见得白花花的银子，只是不能到手。"那些长随也道："你们爷们到底还没花什么本钱来的。我们才冤；花了若干的银子，打了个门子，来了一个多月，连半个钱也没见过！想来跟这个主儿是不能捞本儿的了。明儿我们齐打伙儿告假去。"次日，果然聚齐，都来告假。贾政不知就里，便说："要来也是你们，要去也是你们。既嫌这里不好，就都请便。"

那些长随怨声载道而去，只剩下些家人，又商议道："他们可去的去了，我们去不了的，到底想个法儿才好。"内中有一个管门的叫李十儿，便说："你们这些没能耐的东西，着什么忙！我见这'长'字号儿的在这里，不犯给他出头。如今都饿跑了，瞧瞧你十太爷的本领，少不得本主儿依我。只是要你们齐心，打伙儿弄几个钱，回家受用；若不随我，我也不管了，横竖拚得过你们。"众人都说："好十爷！你还主儿信得过。若你不管，我们实在是死症了。"李十儿道："不要我出了头，得了银钱，又说我得了大分儿了，窝儿里反起来，大家没意思。"众人道："你万安，没有的事。就没有多少，也强似我们腰里掏钱。"

正说着，只见粮房书办走来找周二爷。李

外任官吏种种弊病，病入膏肓，无法医治。甚至是愈治愈病。

恶人吏治，需要恶人治吏，便是恶性循环。

清官岂是容易做的？

斯时邪气大于势，势大于理，理大于义。行政危机，价值危机，文化危机。

十儿坐在椅子上,跷着一只腿,挺着腰,说道:"找他做什么?"书办便垂手陪着笑,说道:"本官到了一个多月的任,这些州县太爷见得本官的告示利害,知道不好说话,到了这时候,都没有开仓。若是过了漕,你们太爷们来做什么的?"李十儿说:"你别混说,老爷是有根蒂的,说到那里是要办到那里。这两天原要行文催兑,因我说了缓几天,才歇的。你到底找我们周二爷做什么?"书办道:"原为打听催文的事,没有别的。"李十儿道:"越发胡说!方才我说催文,你就信嘴胡诌。可别鬼鬼祟祟来讲什么账,我叫本官打了你,退你。"书办道:"我在这衙门内已经三代了,外头也有些体面,家里还过得,就规规矩矩伺候本官升了还能够,不像那些等米下锅的。"说着,回了一声:"二太爷,我走了。"李十儿便站起,堆着笑说:"这么不禁玩,几句话就脸急了。"书办道:"不是我脸急,若再说什么,岂不带累了二太爷的清名呢。"李十儿过来拉着书办的手,说:"你贵姓啊?"书办道:"不敢,我姓詹,单名是个会字。从小儿也在京里浑了几年。"李十儿道:"詹先生,我是久闻你的名的。我们弟兄们是一样的。有什么话,晚上到这里,咱们说一说。"书办也说:"谁不知道李十太爷是能事的,把我一诈,就吓毛了。"大家笑着走开。那晚便与书办咕唧了半夜。

> 真真假假,互相试探,真人不露相,露相非真人,不到火候不揭锅。一副鬼鬼祟祟而又装模作样的行状。

第二天,拿话去探贾政,被贾政痛骂了一顿。隔一天拜客,里头吩咐伺候,外头答应了。停了一会子,打点已经三下了,大堂上没有人接鼓,好容易叫个人来打了鼓。贾政踱出暖阁,站班喝道的衙役只有一个。贾政也不查问,在墀下上了轿,等轿夫,又等了好一回,来齐了,抬出衙门，那个炮只响得一声。吹鼓亭的鼓手，只有一个打鼓，一个吹号筒。贾政便也生气，说："往常还好，怎么今儿不齐集至此？"抬头看那执事，却是拣前落后。勉强拜客回来，便传误班的要打。有的说因没有帽子误的；有的说是号衣当了误的；又有的说是三天没吃饭抬不动。贾政生气，打了一两个，也就罢了。

> 有中国特色的罢工、怠工，"红"已有之。

　　隔一天，管厨房的上来要钱，贾政带来银两付了。以后便觉样样不如意，比在京的时候倒不便了好些，无奈，便唤李十儿问道："我跟来这些人，怎样都变了？你也管管。现在带来银两，早使没有了。藩库俸银尚早，该打发京里取去。"李十儿禀道："奴才那一天不说他们？不知道怎么样，这些人都是没精打彩的，叫奴才也没法儿。老爷说家里取银子，取多少？现在打听节度衙门这几天有生日，别的府道老爷都上千上万的送了，我们到底送多少呢？"贾政道："为什么不早说？"李十儿说："老爷最圣明的。我们新来乍到，又不与别位老爷狠来往，谁肯送信？巴不得老爷不去，便好想老爷的美缺。"贾政道："胡说！我这官是皇上放的，不与节度做生日，便叫我不做不成！"李十儿笑着回道："老爷说的也不错。京里离这里狠远，凡百的事，都是节度奏闻。他说好便好，说不好便吃不住。到得明白，已经迟了。就是老太太、太太们，那个不愿意老爷在外头烈烈轰轰的做官呢！"

> 下人联合起来，照样可以整官员。
> 恶联合起来，明目张胆地战胜善。

> 迂腐无能。
> 权力虽然集中，行事仍然一层层地来。

　　贾政听了这话，也自然心里明白，道："我正要问你，为什么都说起来？"李十儿回说："奴才本不敢说，老爷既问到这里，若不说，是奴才没良心；若说了，少不得老爷又生气。"贾政道："只要说得在理。"李十儿说道："那些书吏衙役，都

> 直接痛写地方官府的腐败，这在前八十回也罕见，虽有贾雨村护官符一节，没有这里揭得深透。

是花了钱买着粮道的衙门，那个不想发财？俱要养家活口。自从老爷到了任，并没见为国家出力，倒先有了口碑载道。"贾政道："民间有什么话？"李十儿道："百姓说：'凡有新到任的老爷，告示出的愈利害，愈是想钱的法儿。州县害怕了，好多多的送银子。'收粮的时候，衙门里便说，新道爷的法令；明是不敢要钱，这一留难切蹬，那些乡民心里愿意花几个钱，早早了事。所以那些人不说老爷好，反说不谙民情。便是本家大人，是老爷最相好的，他不多几年，已巴到极顶的分儿，也只为识时达务，能毂上和下睦罢了。"贾政听到这话，道："胡说！我就不识时务吗？若是上和下睦，叫我与他们'猫鼠同眠'吗？"李十儿回说道："奴才为着这点忠心儿掩不住，才这么说。若是老爷就是这样做去，到了功不成、名不就的时候，老爷又说奴才没良心，有什么话，不告诉老爷了。"

贾政道："依你怎么做才好？"李十儿道："也没有别的，趁着老爷的精神年纪，里头的照应，老太太的硬朗，为顾着自己就是了。不然，到不了一年，老爷家里的钱也都贴补完了，还落了自上至下的人抱怨，都说老爷是做外任的，自然弄了钱藏着受用。倘遇着一两件为难的事，谁肯帮着老爷？那时办也办不清，悔也悔不及。"贾政道："据你一说，是叫我做贪官吗？送了命还不要紧，必定将祖父的功勋抹了才是？"李十儿回禀道："老爷极圣明的人，没看见旧年犯事的几位老爷吗？这几位都与老爷相好，老爷常说是个做清官的，如今名在那里？现有几位亲戚，老爷向来说他们不好的，如今升的升，迁的迁。只在要做的好就是了。老爷要知道：民也要顾，

大国古国成国，风气主宰着社会，主宰着命运，不可救了。

入木三分！

清官也拿体制性腐败无法。

清官无名，赃官无报应。多么严酷的事实！李十儿的话把清官明镜的神话撕了个粉碎！

正面实写大观园之外乃至京都之外的吏治官情,除此回是绝无仅有的,这是续作的一个突破。贪赃枉法有理,清廉没门儿,风气已经如此,实际利害关系已经这样构筑起来,任何人都没有回天之力。而且贾政并不清廉,他不是也参与了"营救薛蟠"的事了么?贾政又不了解下情,没有一套应付对策,怎能不落个虚张声势,徒落笑柄的下场?

> 官也要顾。若是依着老爷,不准州县得一个大钱,外头这些差使谁办?只要老爷外面还是这样清名声原好;里头的委屈,只要奴才办去,关碍不着老爷的。奴才跟主儿一场,到底也要掏出忠心来。"贾政被李十儿一番言语,说得心无主见,道:"我是要保性命的,你们闹出来不与我相干!"说着,便踱了进去。
>
> 李十儿便自己做起威福,钩连内外一气的哄着贾政办事,反觉得事事周到,件件随心,所以贾政不但不疑,反多相信。便有几处揭报,上司见贾政古朴忠厚,也不查察。惟是幕友们耳目最长,见得如此,得便用言规谏,无奈贾政不信,也有辞去的,也有与贾政相好在内维持的。于是,漕务事毕,尚无越。
>
> 一日,贾政无事,在书房中看书,签押上呈进一封书子,外面官封,上开着"镇守海门等处总制公文一角,飞递江西粮道衙门"。贾政拆封看时,只见上写道:
>
>> 金陵契好,桑梓情深。昨岁供职来都,窃喜常依座右。仰蒙雅爱,许结"朱陈",至今佩德勿谖。只因调任海疆,未敢造次奉求,衷怀歉仄,自叹无缘。今幸荣戴遥临,快慰平生之愿。正申燕贺,先蒙翰教,边帐光生,武夫额手。虽隔重洋,尚叨樾荫。想蒙不弃卑寒,希望茑萝之附。小儿已承青盼,淑媛素仰芳仪。如蒙践诺,即遣冰人。途路虽遥,一水可通。不敢云百辆之迎,敬

一接触到实际生活实际问题,贾政给李十儿当跟班也不配。

未必是真不信,实是真不能。写出风气之坏,也是后四十回的一个亮点。

尺牍写作,十分规范。

恶是吏治的最高统治者,是吏治的上帝。离开了恶,寸步难行。认同于恶,一切才能运转。封建道德、《四书》《五经》的大道理,与实际生活完全脱离,只能使恶往更加恶的方向发展。

> 备仙舟以俟。兹修寸幅,恭贺升祺,并求金允。临颖不胜待命之至。
> 　　　　世弟周琼顿首。

贾政看了,心想:"儿女姻缘,果然有一定的。旧年因见他就了京职,又是同乡的人,素来相好,又见那孩子长得好,在席间原提起这件事。因未说定,也没有与他们说起。后来他调了海疆,大家也不说了。不料我今升任至此,他写书来问。我看起门户,却也相当,与探春到也相配。但是我并未带家眷,只可写字与他商议。"正在踌躇,只见门上传进一角文书,是议取到省会议事件,贾政只得收拾上省,候节度派委。

一般交代而已,了无趣味。甚至给人以匆匆赶走探春之感。

一日,在公馆闲坐,见桌上堆着一堆字纸,贾政一一看去,见刑部一本:"为报明事,会看得金陵籍行商薛蟠……"贾政便吃惊道:"了不得!已经提本了。"随用心看下去,是薛蟠殴伤张三身死,串嘱尸证,捏供误杀一案。贾政一拍桌道:"完了!"只得又看底下,是:

没有不需要还的欠账。欠了账,就坐到火炉上了。

高化对官式文书熟悉?

> 据京营节度使咨称:"缘薛蟠籍隶金陵,行过太平县,在李家店歇宿,与店内当槽之张三素不相认。于某年月日,薛蟠令店主备酒邀请太平县民吴良同饮,令当槽张三取酒。因酒不甘,薛蟠令换好酒。张三因称酒已沽定,难换。薛蟠因伊倔强,将酒照脸泼去,不期去势甚猛,恰值张三低头拾箸,一时失手,将酒碗掷在张三囟门,皮

破血出,逾时殒命。李店主趋救不及,随向张三之母告知。伊母张王氏往看,见已身死,随喊禀地保,赴县呈报。前署县诣验,仵作将骨破一寸三分及腰眼一伤,漏报填格,详府审转。看得薛蟠实系泼酒失手,掷碗误伤张三身死,将薛蟠照过失杀人,准斗杀罪收赎"等因前来。臣等细阅各犯证尸亲前后供词不符,且查斗杀律注云:"相争为斗,相打为殴。必实无争斗情形,邂逅身死,方可以过失杀定拟。"应令该节度审明实情,妥拟具题。今据该节度疏称:薛蟠因张三不肯换酒,醉后拉着张三右手,先殴腰眼一拳,张三被殴回骂,薛蟠将碗掷出,致伤囟门深重,骨碎脑破,立时殒命。是张三之死实由薛蟠以酒碗砸伤深重致死,自应以薛蟠拟抵,将薛蟠依斗杀律拟绞监候,吴良拟以杖徒。承审不实之府州县,应请……

> 反复说一件事,未免拖沓。

以下注着"此稿未完"。

贾政因薛姨妈之托,曾托过知县;若请旨革审起来,牵连着自己,好不放心。即将下一本开看,偏又不是,只好翻来复去,将报看完,终没有接这一本的,心中狐疑不定,更加害怕起来。正在纳闷,只见李十儿进来:"请老爷到官厅伺候去,大人衙门已经打了二鼓了。"贾政只是发怔,没有听见。李十儿又请一遍。贾政道:"这便怎么处?"李十儿道:"老爷有什么心事?"贾政将看报之事说了一遍。李十儿道:"老爷放心。若是部里这么办了,还算便宜薛大爷呢!奴才在京的时候,听见薛大爷在店里叫了好些媳妇,都喝醉了生事,直把个当槽儿的活活打死的。奴才这个贾政欲"清廉"而不得,一败涂地,终于向腐败风气投降的故事,写得很精彩也很尖锐。从阶级斗争的观点看,这一回的描写的批判性之强,是全书的一个高峰。可联系第四回看,而又比第四回更怵目惊心。

听见不但是托了知县,还求琏二爷去花了好些钱,各衙门打通了,才提的,不知道怎么部里没有弄明白。如今就是闹破了,也是官官相护的,不过认个承审不实,革职处分罢,那里还肯认得银子听情呢?老爷不用想,等奴才再打听罢,不要误了上司的事。"贾政道:"你们那里知道?只可惜那知县听了一个情,把这个官都丢了,还不知道有罪没有呢!"李十儿道:"如今想他也无益,外头伺候着好半天了,请老爷就去罢。"贾政不知节度传办何事,且听下回分解。

李十儿这一类人,各衙门里都有,他们极为危险,惹是生非,制造后患。但官员又常常离不开他们。如果官员精明,就可以用之而不为所用,如是贾政这种迂人,忽"左"忽右,只能身受其害。

府内府外,京官外任,都是一片黑暗腐恶。醒醒吧,那些相信至今可以以《三字经》《弟子规》治天下的人。

第 一 百 回

破好事香菱结深恨　悲远嫁宝玉感离情

话说贾政去见了节度，进去了半日，不见出来，外头议论不一。李十儿在外也打听不出什么事来，便想到报上的饥荒，实在也着急。好容易听见贾政出来，便迎上来跟着，等不得回去，在无人处，便问："老爷进去这半天，有什么要紧的事？"贾政笑道："并没有事。只为镇海总制是这位大人的亲戚，有书来嘱托照应我，所以说了些好话。又说：'我们如今也是亲戚了。'"李十儿听得，心内喜欢，不免又壮了些胆子，便竭力怂恿贾政许这亲事。贾政心想，薛蟠的事到底有什么挂碍，在外头信息不早，难以打点，故回到本任来便打发家人进京打听；顺便将总制求亲之事回明贾母，如若愿意，即将三姑娘接到任所。家人奉命，赶到京中回明了王夫人，便在吏部打听得贾政并无处分，惟将署太平县的这位老爷革职。即写了禀帖，安慰了贾政，然后住着等信。

> 也是从虚惊开始，渐渐恶化。

> 看来贾政对这门亲事难说十分称心，更多的是对自己仕途的考虑。

且说薛姨妈为着薛蟠这件人命官司，各衙门内不知花了多少银钱，才定了误杀具题。原打量将当铺折变给人，备银赎罪，不想刑部驳审，又托人花了好些钱，总不中用，依旧定了个死罪，监着守候秋天大审。薛姨妈又气又疼，日夜啼哭。宝钗虽时常过来劝解,说是:"哥哥本来没造化,承受了祖父这些家业,就该安安顿顿的守着过日子。在南边已经闹的不像样,便是香菱那件事情,就了不得。因为仗着亲戚们的势力,花了些银钱,这算白打死了一个公子。哥哥就该改过,做起正经人来,也该奉养母亲才是,不想进了京仍是这样。妈妈为他,不知受了多少气,哭掉了多少眼泪。给他娶了亲,原想大家安安逸逸的过日子,不想命该如此,偏偏娶的嫂子又是一个不安静的,所以哥哥躲出门的。真正俗语说的,'冤家路儿狭',不多几天就闹出人命来了!妈妈和二哥哥也算不得不尽心的了:花了银钱不算,自己还求三拜四的谋干。无奈命里应该,也算自作自受。大凡养儿女是为着老来有靠,便自小户人家,还要挣一碗饭养活母亲;那里有将现成的闹光了,反害的老人家哭的死去活来的?不是我说,哥哥的这样行为,不是儿子,竟是个冤家对头。妈妈再不明白,明哭到夜,夜哭到明,又受嫂子的气。我呢,又不能常在这里劝解。我看见妈妈这样,那里放得下心。他虽说是傻,也不肯叫我回去。前儿老爷打发人回来说,看见京报,唬的了不得,所以才叫人来打点的。我想哥哥闹了事,担心的人也不少。幸亏我还是在跟前的一样;若是离乡调远,听见了这个信,只怕我想妈妈也就想杀了。我求妈妈暂且养养神,趁哥哥的活口现在,问问各处的账目。人家该咱们的,咱们该人家的,亦该请个旧伙计来算一算,看看还有几个钱没有。"薛姨妈哭着说道:"这几天为闹你哥哥的事,你来了,不是你劝我,便是我告诉你衙门的事。你还不知道:京里的官商名字已经退了,两

> 宝钗的长篇大论不过平平常常的话。

> 从父母与子女的相互伦理义务上谈问题,抓不住症结。

> 宝钗分析问题,合乎当时的"原则",但决不像贾政那样迂腐不通,而是以实求实,入理入情,也算个人才了。

个当铺已经给了人家，银子早拿来使完了。还有一个当铺，管事的逃了，亏空了好几千两银子，也夹在里头打官司。你二哥哥天天在外头要账，料着京里的账已经去了几万银子，只好拿南边公分里银子并住房折变才毕。前两天还听见一个荒信，说是南边的公当铺也因为折了本儿收了。若是这么着，你娘的命可就活不成的了！"说着，又大哭起来。宝钗也哭着劝道："银钱的事，妈妈操心也不中用，还有二哥哥给我们料理。单可恨这些伙计们，见咱们的势头儿败了，各自奔各自的去也罢了，我还听见说帮着人家来挤我们的讹头。可见我哥哥活了这么大，交的人总不过是些个酒肉弟兄，急难中是一个没有的。妈妈若是疼我，听我的话：有年纪的人自己保重些；妈妈这一辈子想来还不致挨冻受饿。家里这点子衣裳家伙，只好听凭嫂子去，那是没法儿的了。所有的家人婆子，瞧他们也没心在这里，该去的叫他们去。就可怜香菱苦了一辈子，只好跟着妈妈过去。实在短什么，我要是有的，还可以拿些个来；料我们那个也没有不依的。就是袭姑娘也是心术正道的，他听见我哥哥的事，他到提起妈妈来就哭。我们那一个还道是没事的，所以不大着急；若听见了，也是要唬个半死儿的。"薛姨妈不等说完，便说："好姑娘！你可别告诉他！他为一个林姑娘，几乎没要了命，如今才好了些。要是他急出个原故来，不但你添一层烦恼，我越发没了依靠了。"宝钗道："我也是这么想，所以总没告诉他。"

　　正说着，只听见金桂跑来外间屋里哭喊道："我的命是不要的了！男人呢，已经是没有活的分儿了。咱们如今索性闹一闹，大伙儿到法场

薛家也是一败涂地。自作自受，何能怨天尤人！

历来如此，自然如此，不足为奇。

只求温饱了。
既有今日，何必当初？

这些对话，写得极好，与前四十回并无轩轾。

有些漫画化了。

上去拚一拚。"说着,便将头往隔断板上乱撞,撞的披头散发。气的薛姨妈白瞪着两只眼,一句话也说不出来。还亏得宝钗"嫂子"长、"嫂子"短、好一句、歹一句的劝他。金桂道:"姑奶奶!如今你是比不得头里的了。你两口儿好好的过日子,我是个单身人儿,要脸做什么!"说着,便要跑到街上回娘家去。亏得人还多,扯住了,又劝了半天方住。把个宝琴唬的再不敢见他。若是薛蝌在家,他便抹粉施脂,描眉画鬓,奇情异致的打扮收拾起来。不时打从薛蝌住房前过,或故意咳嗽一声,或明知薛蝌在屋,特问房里何人;有时遇见薛蝌,他便妖妖乔乔、娇娇痴痴的问问寒热,忽喜忽嗔。丫头们看见,都赶忙躲开。他自己也不觉得,只是一心一意要弄得薛蝌感情时,好行宝蟾之计。那薛蝌却止躲着,有时遇见也不敢不周旋一二,只怕他撒泼放刁的意思。更加金桂一则为色迷心,越睄越爱,越想越幻,那里还看得出薛蝌的真假来?只有一宗,他见薛蝌有什么东西都是托香菱收着;衣服缝洗,也是香菱;两个人偶然说话,他来了,急忙散开,一发动了一个"醋"字。欲待发作薛蝌,却是舍不得,只得将一腔隐恨都搁在香菱身上。却又恐怕闹了香菱得罪了薛蝌,倒弄得隐忍不发。

一日,宝蟾走来,笑嘻嘻的向金桂道:"奶奶,看见了二爷没有?"金桂道:"没有。"宝蟾笑道:"我说二爷的那种假正经是信不得的。咱们前日送了酒去,他说不会喝,刚才我见他到太太那屋里去,那脸上红扑扑儿的一脸酒气。奶奶不信,回来只在咱们院门口等他。他打那边过来时,奶奶叫住他问问,看他说什么。"金桂听了,一心的怒气,便道:"他那里就出来了呢?他

不要脸也是一种武器。

毫无忌惮?可信吗?

香菱为人好,反而成了眼中钉。好人的存在客观上已经打击了坏人,故好人遭恨。

既无情义，问他作什么？"宝蟾道："奶奶又迂了。他好说，咱们也好说；他不好说，咱们再另打主意。"金桂听着有理，因叫宝蟾："瞧着他，看他出去了。"宝蟾答应着出来，金桂却去打开镜奁，又照了一照，把嘴唇儿又抹了一抹，然后拿一条洒花绢子，才要出来，又似忘了什么的，心里倒不知怎么是好了。只听宝蟾外面说道："二爷，今日高兴啊！那里喝了酒来了？"金桂听了，明知是叫他出来的意思，连忙掀起帘子出来。只见薛蝌和宝蟾说道："今日是张大爷的好日子，所以被他们强不过，吃了半钟。到这时候脸还发烧呢。"一句话没说完，金桂早接口道："自然人家外人的酒比咱们自己家里的酒是有趣儿的。"薛蝌被他拿话一激，脸越红了，连忙走过来陪笑道："嫂子说那里的话？"宝蟾见他二人交谈，便躲到屋里去了。这金桂初时原要假意发作薛蝌两句，无奈一见他两颊微红，双眸带涩，别有一种谨愿可怜之意，早把自己那骄悍之气，感化到爪洼国去了，因笑说道："这么说，你的酒是硬强着才肯喝的呢。"薛蝌道："我那里喝得来？"金桂道："不喝也好，强如像你哥哥喝出乱子来，明儿娶了你们奶奶儿，像我这样守活寡受孤单呢！"说到这里，两个眼已经乜斜了，两腮上也觉红晕了。薛蝌见这话越发邪僻了，打算着要走。金桂也看出来了，那里容得，早已走过来一把拉住。薛蝌急了道："嫂子，放尊重些。"说着，浑身乱颤。金桂索性老着脸道："你只管进来，我和你说一句要紧的话。"正闹着，忽听背后一个人叫道："奶奶！香菱来了。"把金桂唬了一跳。回头瞧时，却是宝蟾掀着帘子看他二人的光景，一抬头见香菱从那边来了，赶忙知会金桂。金桂

> 金桂亦甚善于辞令，歪着邪着出来，更具艺术效果。

> "红"中的防淫反淫，是防了晴雯，反了司棋，而对于金桂、宝蟾，人们一筹莫展。

> 中国小说对坏女人的描写也有自己的套路。小说对好女儿写得新奇生动，而写到坏人反而是老一套。

这一惊不小,手已松了。薛蝌得便脱身跑了。那香菱正走着,原不理会,忽听宝蟾一嚷,才瞧见金桂在那里拉住薛蝌,往里死拽。香菱却唬的心头乱跳,自己连忙转身回去。这里金桂早已连吓带气,呆呆的瞅着薛蝌去了,怔了半天,恨了一声,自己扫兴归房。从此把香菱恨入骨髓。那香菱本是要到宝琴那里,刚走出腰门,看见这般,吓回去了。

> 是八十回"美香菱屈受贪夫棒"故事的变奏。

是日,宝钗在贾母屋里,听得王夫人告诉老太太要聘探春一事。贾母说道:"既是同乡的人,狠好。只是听见说那孩子到过我们家里,怎么你老爷没有提起?"王夫人道:"连我们也不知道。"贾母道:"好便好,但是道儿太远。虽然老爷在那里,倘或将来老爷调任,可不是我们孩子太单了吗?"王夫人道:"两家都是做官的,也是拿不定。或者那边还调进来;即不然,终有个叶落归根。况且老爷既在那里做官,上司已经说了,好意思不给么?想来老爷的主意定了,只是不敢做主,故遣人来回老太太的。"贾母道:"你们愿意更好,但是三丫头这一去了,不知三年两年那边可能回家?若再迟了,恐怕我赶不上再见他一面了!"说着,掉下泪来。王夫人道:"孩子

> 这倒是老年人难免的心理。

们大了,少不得总要给人家的。就是本乡本土的人,除非不做官还使得;若是做官的,谁保得住总在一处?只要孩子们有造化就好。譬如迎姑娘倒配得近呢,偏是时常听见他被女婿打闹,甚至不给饭吃。就是我们送了东西去,他也摸不着。近来听见益发不好了,也不放他回来。两口子拌起来,就说咱们使了他家的银钱。可怜这孩子总不得个出头的日子!前儿我惦记

> 写到金桂,便又写到迎春,恰成对比。

> 未必无此事。

他，打发人去瞧他，迎丫头藏在耳房里，不肯出来。老婆子们必要进去；看见我们姑娘这样冷天还穿着几件旧衣裳。他一包眼泪的告诉婆子们说：'回去别说我这么苦，这也是命里所招！也不用送什么衣服东西来，不但摸不着，反要添一顿打，说是我告诉的。'老太太想想，这倒是近处眼见的，若不好，更难受。到亏了大太太也不理会他，大老爷也不出个头。如今迎姑娘实在比我们三等使唤的丫头还不如。我想探丫头虽不是我养的，老爷既看见过女婿，定然是好才许的。只请老太太示下；择个好日子，多派几个人，送到他老爷任上。该怎么着，老爷也不肯将就。"贾母道："有他老子作主，你就料理妥当，拣个长行的日子送去，也就定了一件事。"王夫人答应着"是"。宝钗听得明白，也不敢则声，只是心里叫苦："我们家里姑娘们就算他是个尖儿，如今又要远嫁，眼看着这里的人一天少似一天了。"见王夫人起身告辞出去，他也送了出来，一径回到自己房中，并不与宝玉说知。见袭人独自一个做活，便将听见的话说了。袭人也狠不受用。

> 啰啰嗦嗦，平平淡淡。

却说赵姨娘听见探春这事，反欢喜起来，心里说道："我这个丫头，在家忒瞧不起我，我何从还是个娘？比他的丫头还不济！况且泼上水，护着别人。他挡在头里，连环儿也不得出头。如今老爷接了去，我倒干净。想要他孝敬我，不能彀了。只愿意他像迎丫头似的，我也称称愿。"一面想着，一面跑到探春那边与他道喜，说："姑娘，你是要高飞的人了。到了姑爷那边，自然比家里还好，想来你也是愿意的。便是养了你一场，并没有借你的光儿。就是我有七分

> 赵姨娘心思非常人常理所能解说。
> 反正往糟糕了写。

不好,也有三分的好,总不要一去了把我搁在脑枸子后头。"探春听着毫无道理,只低头作活,一句也不言语。赵姨娘见他不理,气忿忿的自己去了。

> 母与女的文化冲突。

这里探春又气,又笑,又伤心,也不过自己掉泪而已。坐了一回,闷闷的走到宝玉这边来。宝玉因问道:"三妹妹,我听见林妹妹死的时候,你在那里来着。我还听见说:林妹妹死的时候,远远的有音乐之声。或者他是有来历的,也未可知。"探春笑道:"那是你心里想着罢了。只是那夜却怪,不似人家鼓乐之音,你的话或者也是。"宝玉听了,更以为实。又想前日自己神魂飘荡之时,曾见一人,说是黛玉生不同人,死不同鬼,必是那里的仙子临凡。忽又想起那年唱戏做的嫦娥,飘飘艳艳,何等风致。过了一回,探春去了,因必要紫鹃过来,立刻回了贾母去叫他。

> 迷信也是自慰,是感情郁结的释放,是精神病现象,也是类文学,是小说学现象。

> 还是祭晴雯的路子。

无奈紫鹃心里不愿意,虽经贾母王夫人派了过来,也就没法,只是在宝玉跟前,不是嗳声,就是叹气的。宝玉背地里拉着他,低声下气,要问黛玉的话,紫鹃从没好话回答。宝钗倒背地里夸他有忠心,并不嗔怪他。那雪雁虽是宝玉娶亲这夜出过力的,宝钗见他心地不甚明白,便回了贾母王夫人,将他配了一个小厮,各自过活去了。王奶妈,养着他将来好送黛玉的灵柩回南。鹦哥等小丫头,仍伏侍了老太太。

宝玉本想念黛玉,因此及彼,又想跟黛玉的人已经云散,更加纳闷。闷到无可如何,忽又想黛玉死得这样清楚,必是离凡返仙去了,反又欢喜。忽然听见袭人和宝钗那里讲究探春出嫁之事,宝玉听了,"啊呀"的一声,哭倒在炕上。唬

> 宝玉有许多惦念、悲悼、回忆,但从无认真的思考、自责、他责与改变这一切的愿望。

年轻的兄弟姊妹亲戚,各奔前程,各自婚配,本是好事。

可惜,前程不利,婚配不佳,长大的结果是痛苦,便误以为小儿女时期最好。

何况死的死,病的病,一片生离死别的凋零景象。宝玉的悲哀并不稀奇。谁没有过这样的悲哀?不过宝玉更敏感,更不能控制分寸就是了。

得宝钗袭人都来扶起,说:"怎么了?"宝玉早哭的说不出来,定了一回子神,说道:"这日子过不得了!我姊妹们都一个一个的散了!林妹妹是成了仙去了。大姐姐呢,已经死了,这也罢了,没天天在一块。二姐姐呢,碰着了一个混账不堪的东西。三妹妹又要远嫁,总不得见的了。史妹妹又不知要到那里去?薛妹妹是有了人家的。这些姐姐妹妹,难道一个都不留在家里,单留我做什么?"袭人忙又拿话解劝。宝钗摆着手说:"你不用劝他,让我来问他。"因问着宝玉道:"据你的心里,要这些姐妹都在家里陪到你老了,都不要为终身的事吗?若说别人,或者还有别的想头。你自己的姐姐妹妹,不用说没有远嫁的;就是有,老爷作主,你有什么法儿?打量天下独是你一个人爱姐姐妹妹呢?若是都像你,就连我也不能陪你了。大凡人念书,原为的是明理,怎么你益发糊涂了?这么说起来,我同袭姑娘各自一边儿去,让你把姐姐妹妹们都邀了来守着你。"宝玉听了,两只手拉住宝钗袭人道:"我也知道。为什么散的这么早呢?等我化了灰的时候再散也不迟。"袭人掩着他的嘴道:"又胡说!才这两天身上好些,二奶奶才吃些饭。若是你又闹翻了,我也不管了。"宝玉慢慢的听他两个人说话都有道理,只是心上不知道怎样才好,只得强说道:"我却明白,但只是心里闹得慌。"宝钗也不理他,暗叫袭人快把定心丸给他吃了,慢慢的开导他。袭人便欲告诉探春,

也是分久必合,合久必分。岂能长聚不散?

前八十回宝钗虽然正统,但不会如此平庸,她总该讲得更高超些。

读书明理的命题在我国传统文化中本很重要,由宝钗宣讲,反而令人叹息。

这一回写得相当无趣。是续作也是全书最差的段落之一。

说临行不必来辞。宝钗道:"这怕什么?等消停几日,待他心里明白,还要叫他们多说句话儿呢。况且三姑娘是极明白的人,不像那些假惺惺的人,少不得有一番箴谏,他已后便不是这样了。"正说着,贾母那边打发过鸳鸯来说:"知道宝玉旧病又发,叫袭人劝说安慰,叫他不要胡思乱想。"袭人等应了。鸳鸯坐了一会子去了。

那贾母又想起探春远行,虽不备妆奁,其一应动用之物,俱该预备,便把凤姐叫来,将老爷的主意告诉了一遍,即叫他料理去。凤姐答应。不知怎么办理,下回分解。

宝玉的"阳病",应属少年悲观主义,与黛玉葬花词的少女悲观主义类似。真诚、强烈、天真、幼稚,在成长过程中不是为奇,文学化地一写,反倒悚目惊心了。

也是秦氏的名言:树倒猢狲散。

第 一 百 一 回

大观园月夜感幽魂　散花寺神签惊异兆

却说凤姐回至房中,见贾琏尚未回来,便分派那管办探春行妆奁事的一干人。那天已有黄昏以后,因忽然想起探春来,要瞧瞧他去,便叫丰儿与两个丫头跟着,头里一个丫头打着灯笼。走出门来,见月光已上,照耀如水,凤姐便命:"打灯笼的回去罢。"因而走至茶房窗下,听见里面有人喊喊喳喳的,又似哭,又似笑,又似议论什么的。凤姐知道不过是家下婆子们,又不知搬什么是非,心内大不受用,便命小红:"进去装做无心的样子,细细打听着,用话套出原委来。"小红答应着去了。

> 多余。

凤姐只带着丰儿来至园门前,门尚未关,只虚虚的掩着。于是主仆二人方推门进去,只见园中月色比着外面更觉明朗,满地下重重树影,杳无人声,甚是凄凉寂静。刚欲往秋爽斋这条路来,只听"唿唿"的一声风过,吹的那树枝上落叶,满园中"唰喇喇"的作响,枝梢上"吱娄娄"的发哨,将那些寒鸦宿鸟都惊飞起来。凤姐吃了酒,被风一吹,只觉身上发噤起来。那丰儿后面也把头一缩,说:"好冷!"凤姐也掌不住,便叫丰儿:"快回去把那件银鼠坎肩儿拿来,我在三姑娘那里等着。"丰儿巴不得一声,也要回去穿衣裳来,答应了一声,回头就跑了。

> 幽魂、异兆,其实是写内心的悲凉恐惧,是心灵的外化。

> 第九十九回贾母刚刚与凤姐开过玩笑,立即应验,略急了些。

凤姐刚举步走了不远，只觉身后"哼哼哧哧"，似有闻嗅之声，不觉头发森然竖了起来。由不得回头一看，只见黑油油一个东西在后面伸着鼻子闻他呢，那两只眼睛恰似灯光一般。凤姐吓的魂不附体，不觉失声的"咳"了一声，却是一只大狗。那狗抽头回身，拖着个扫帚尾巴，一气跑上大土山上，方站住了，回身犹向凤姐拱爪儿。

这是实写。

凤姐儿此时心跳神移，急急的向秋爽斋来，将已来至门口，方转过山子，只见迎面有一个人影儿一恍。凤姐心中疑惑，心里想着必是那一房里的丫头，便问："是谁？"问了两声，并没有人出来，已经吓得神魂飘荡，恍恍忽忽的似乎背后有人说道："婶娘连我也不认得了？"凤姐忙回头一看，只见这人形容俊俏，衣履风流，十分眼熟，只是想不起是那房那屋里的媳妇来。只听那人又说道："婶娘只管享荣华、受富贵的心盛，把我那年说的'立万年永远之基'，都付于东洋大海了。"凤姐听说，低头寻思，总想不起。那人冷笑道："婶娘那时怎样疼我了，如今就忘在九霄云外了。"凤姐听了，此时方想起来是贾蓉的先妻秦氏，便说道："嗳呀！你是死了的人哪，怎么跑到这里来了呢？"啐了一口，方转回身，脚下不防一块石头绊了一跤，犹如梦醒一般，浑身汗如雨下。虽然毛发悚然，心中却也明白，只见小红丰儿影影绰绰的来了。凤姐恐怕落人的褒贬，连忙爬起来，说道："你们做什么呢，去了这半天？快拿来我穿上罢。"一面丰儿走至跟前，伏侍穿上，小红过来搀扶凤姐，凤姐道："我才到那里，他们都睡了，咱们回去罢。"一面说，一面带了两个丫头，急急忙忙回到家中。贾琏已回来了，只

由实而虚，由真而幻。谁能不怕？

这里照应一下第十三回的托梦，很有必要，也使全书更加完整。

真真假假，终是自己吓了自己。
写得倒是很像，并非"洒狗血"。

迷信、邪祟来自幻觉，幻觉来自心理变态，故不经的内容常常是中式的心理描写、心理独白。

一切阴谋、强梁人物,多有内心虚弱一面。

是见他脸上神色更变,不似往常,待要问他,又知他素日性格,不敢突然相问,只得睡了。

至次日五更,贾琏就起来要往总理内庭都检点太监裘世安家来打听事务,因太早了,见桌上有昨日送来的抄报,便拿起来闲看。第一件是云南节度使王忠一本,新获了一起私带神枪火药出边事,共十八名人犯,头一名鲍音,口称系太师镇国公贾化家人。第二件苏州刺史李孝一本,参劾纵放家奴,倚势凌辱军民,以致因奸不遂,杀死节妇一家人命三口事。凶犯姓时,名福,自称系世袭三等职衔贾范家人。贾琏看见这两件,心中早又不自在起来,待要看第三件,又恐迟了不能见裘世安的面,因此急急的穿了衣服,也等不得吃东西,恰好平儿端上茶来,喝了两口,便出来骑马走了。平儿在房内收拾换下的衣服。

到处都是坏消息,自远而近,坏消息围了上来。

此时凤姐尚未起来,平儿因说道:"今儿夜里我听着奶奶没睡什么觉,我这会子替奶奶捶着,好生打个盹儿罢。"凤姐半日不言语。平儿料着这意思是了,便爬上炕来,坐在身边,轻轻的捶着。才捶了几拳,那凤姐刚有要睡之意,只听那边大姐儿哭了,凤姐又将眼睁开。平儿连向那边叫道:"李妈,你到底是怎么着?姐儿哭了,你到底拍着他些。你也忒爱睡了。"那边李妈从梦中惊醒,听得平儿如此说,心中没好气,只得狠命拍了几下,口里嘟嘟哝哝的骂道:"真真的小短命鬼儿!放着尸不挺,三更半夜嚎你娘的丧!"一面说,一面咬牙,便向那孩子身上拧了一把。那孩子"哇"的一声大哭起来。凤姐听

诸种压力、难题下,凤姐精神也开始崩溃了。

李妈按道理不该如此说。除非凤姐已经失势。既积怨,又失势,危险了!

说来都是偶然小事。但有一种整体的危机感,并非偶然。

见,说:"了不得!你听听,他该挫磨孩子了。你过去把那黑心的养汉老婆下死劲的打他几下子,把妞妞抱过来罢。"平儿笑道:"奶奶别生气,他那里敢挫磨姐儿?只怕是不堤防碰了一下子,也是有的。这会子打他几下子没要紧,明儿叫他们背地里嚼舌根,倒说三更半夜打人。"凤姐听了,半日不言语,长叹一声,说道:"你瞧瞧,这会子不是我十旺八旺的呢!明儿我要是死了,剩下这小孽障,还不知怎么样呢!"平儿笑道:"奶奶,这怎么说!大五更的,何苦来呢?"凤姐冷笑道:"你那里知道?我是早已明白了,我也不久了!虽然活了二十五岁,人家没见的也见了,没吃的也吃了,也算全了,所以世上有的也都有了,气也算赌尽了,强也算争足了;就是'寿'字儿上头缺一点儿,也罢了。"平儿听说,由不的滚下泪来。凤姐笑道:"你这会子不用假慈悲,我死了,你们只有欢喜的。你们一心一计和和气气的,省得我是你们眼里的刺是的。只有一件,你们知好歹,只疼我那孩子就是了。"平儿听说这话,越发哭的泪人是的。凤姐笑道:"别扯你娘的臊!那里就死了呢?哭的那么痛!我不死还叫你哭死了呢。"平儿听说,连忙止住哭,道:"奶奶说得这么伤心。"一面说,一面又捶,半日不言语,凤姐又蒙眬睡去。

平儿方下炕来,要去,只听外面脚步响。谁知贾琏去迟了,那裘世安已经上朝去了,不遇而回,心中正没好气,进来就问平儿道:"那些人还没起来呢么?"平儿回说:"没有呢。"贾琏一路摔帘子进来,冷笑道:"好,好!这会子还都不起

这一类丧气话反映心情,又预见了真实。如果说"红"亦有教化、劝诫之旨,就在于提醒人们往丧气里想一想。

颇有自知之明。

这一点凤姐的冷冷热热怨怨的说法,很有情致,也很符合凤姐的性格,写得较有生气。

气数将尽,东倒西歪,南破北绽,全面乱套。

来,安心打擂台打撒手儿!"一叠声又要吃茶。平儿忙倒了一碗茶来。原来那些丫头老婆见贾琏出了门,又复睡了,不打谅这会子回来,原不曾预备,平儿便把温过的拿了来。贾琏生气,举起碗来,"哗啷"一声,摔了个粉碎。凤姐惊醒,唬了一身冷汗,"嗳哟"一声,睁开眼,只见贾琏气狠狠的坐在傍边,平儿弯着腰拾碗片子呢。凤姐道:"你怎么就回来了?"问了一声,半日不答应,只得又问一声。贾琏嚷道:"你不要我回来,叫我死在外头罢?"凤姐笑道:"这又是何苦来呢?常时我见你不像今儿回来的快,问你一声,也没什么生气的。"贾琏又嚷道:"又没遇见,怎么不快回来呢!"凤姐笑道:"没有遇见,少不得耐烦些,明儿再去早些儿,自然遇见了。"贾琏嚷道:"我可不'吃着自己的饭,替人家赶獐子'呢!我这里一大堆的事,没个动秤儿的;没来由,为人家的事,瞎闹了这些日子,当什么呢!正经那有事的人还在家里受用,死活不知,还听见说要锣鼓喧天的摆酒唱戏做生日呢。我可瞎跑他娘的腿子!"一面说,一面往地下啐了一口,又骂平儿。

> 贾琏主动发脾气,少有。

> 完全生动口语,写来谈何容易?没有一点民粹主义的味儿,写不来的。

凤姐听了,气的干咽,要和他分证,想了一想,又忍住了,勉强陪笑道:"何苦来生这么大气?大清早起,和我叫喊什么?谁叫你应了人家的事?你既应了,只得耐烦些,少不得替人家办办。也没见这个人自己有为难的事,还有心肠唱戏摆酒的闹。"贾琏道:"你可说么!你明儿倒也问问他。"凤姐诧异道:"问谁?"贾琏道:"问谁!问你哥哥!"凤姐道:"是他吗?"贾琏道:"可不是他,还有谁呢?"凤姐忙问道:"他又有什么事,叫你替他跑?"贾琏道:"你还在坛子

> 凤姐绝无低声下气地迁就贾琏的时候。此一时也,彼一时也。"时不利兮骓不驰,骓不驰兮可奈何?"

> 凤姐什么时候被装到坛子里过?

凤姐很现实。她不相信神鬼，不相信仁义道德，也不相信甜言蜜语。赤裸裸的利害关系决定着她的行止，她也只从利害关系考虑一切直至自己的死。她不相信任何温情，包括平儿她也完全不相信。

里呢。"凤姐道："真真这就奇了！我连一个字儿也不知道。"贾琏道："你怎么能知道呢，这个事，连太太和姨太太还不知道呢。头一件，怕太太和姨太太不放心；二则你身上又常嚷不好，所以我在外头压住了，不叫里头知道的。说起来，真真可人恼！你今儿不问我，我也不便告诉你。你打谅你哥哥行事像个人呢，你知道外头人都叫他什么？"凤姐道："叫他什么？"贾琏："你叫他什么，叫他'忘仁'！"凤姐"扑哧"的一笑："他可不叫王仁，叫什么呢？"贾琏道："你打谅那个'王仁'吗？是忘了仁义礼智信的那个'忘仁'哪！"凤姐道："这是什么人这么刻薄嘴儿遭塌人。"贾琏道："不是遭塌他吗！今儿索性告诉你，你也不知道知道你那哥哥的好处，到底知道他给他二叔做生日呵！"凤姐想了一想，道："嗳哟！可是呵，我还忘了问你，二叔不是冬天的生日吗？我记得年年都是宝玉去。前者老爷升了，二叔那边送过戏来，我还偷偷儿的说：'二叔为人是最啬刻的，比不得大舅太爷。他们各自家里还乌眼鸡是的。不么，昨儿大舅太爷没了，你瞧他是个兄弟，他还出了个头儿揽了一事儿吗？'所以那一天说赶他的生日，咱们还他一班子戏，省了亲戚跟前落亏欠。如今这么早就做生日，也不知是什么意思。"贾琏道："你还作梦呢！他一到京，接着舅太爷的首尾就开了一个吊。他怕咱们知道拦他，所以没告诉咱们，弄了好几千银子。后来二舅嗔着他，说他不该一网

为以后情节铺垫。

贾家、薛家，情势都已不妙，如今借着贾琏之口，再说说王家的晦气。

叙事太多，活气太少。

打尽。他吃不住了，变了个法子，就指着你们二叔的生日撒了个网，想着再弄几个钱，好打点二舅太爷不生气。也不管亲戚朋友冬天夏天的，人家知道不知道，这么丢脸！你知道我起早为什么？这如今因海疆的事情，御史参了一本，说是大舅太爷的亏空，本员已故，应着落其弟王子胜、侄王仁赔补。爷儿两个急了，找了我给他们托人情。我见他们吓的那个样儿，再者，又关系太太和你，我才应了。想着找找总理内庭都检点老裘替办办，或者前任后任挪移挪移，偏又去晚了，他进里头去了。我白起来跑了一趟，他们家里还那里定戏摆酒呢！你说说，叫人生气不生气？"

> 以过生日为由撒网，今日的贪腐官员犹是这样。

> 揭露批判，并不手软。

凤姐听了，才知王仁所行如此，但他素性要强护短，听贾琏如此说，便道："凭他怎么样，到底是你的亲大舅儿。再者，这件事，死的大太爷，活的二叔，都感激你。罢了，没什么说的，我们家的事，少不得我低三下四的求你了，省了带累别人受气，背地里骂我！"说着，眼泪早下来了，掀开被窝，一面坐起来，一面挽头发，一面披衣裳。贾琏道："你倒不用这么着，是你哥哥不是人，我并没说你呀。况且我出去了，你身上又不好，我都起来了，他们还睡觉，咱们老辈子有这个规矩么？你如今作'好好先生'，不管事了。我说了一句，你就起来；明儿我要嫌这些人，难道你都替了他们么？好没意思啊！"凤姐听了这些话，才把泪止住了，说道："天呢不早了，我也该起来了。你有这么说的，你替他们家在心的办办，那就是你的情分了。再者，也不光为我，就是太太听见也喜欢。"贾琏道："是了，知道了。'大萝卜还用屎浇'？"平儿道："奶奶这么早起

> 凤姐与贾琏夫妻间，也有恩爱，也有勾心斗角，也有互相迁怒。
> 贾琏的埋怨中不无在凤姐面前报功的因素。

> 贾琏的语言比前八十回生动。

来做什么?那一天奶奶不是起来有一定的时候儿呢。爷也不知是那里的邪火,拿着我们出气。何苦来呢!奶奶也算替爷挣够了,那一点儿不是奶奶挡头阵?不是我说,爷把现成儿的也不知吃了多少,这会子替奶奶办了一点子事,就关会着好几层儿呢,就这么拿糖作醋的起来,也不怕人家寒心。况且这也不单是奶奶的事呀!我们起迟了,原该爷生气,左右到底是奴才呀;奶奶跟前,尽着身子累的成了个病包儿了,这是何苦来呢!"说着,自己的眼圈儿也红了。那贾琏本是一肚子闷气,那里见得这一对娇妻美妾,又尖利又柔情的话呢?便笑道:"够了,算了罢!他一个人就够使的了,不用你帮着。左右我是外人,多早晚我死了,你们就清净了。"凤姐道:"你也别说那个话,谁知道谁怎么样呢?你不死,我还死呢!早死一天早心净。"说着,又哭起来。平儿只得又劝了一回。

<blockquote>凤姐、平儿、贾琏的三重唱不错。</blockquote>

那时天已大亮,日影横窗,贾琏也不便再说,站起来出去了。这里凤姐自己起来,正在梳洗,忽见王夫人那边小丫头过来道:"太太说了,叫问二奶奶今日过太舅爷那边去不去?要去,说叫二奶奶同着宝二奶奶一路去呢。"凤姐因方才一段话已经灰心丧意,恨娘家不给争气;又兼昨夜园中受了那一惊,也实在没精神,便说道:"你先回太太去,我还有一两件事没办清,今日不能去;况且他们那又不是什么正经事。宝二奶奶要去,各自去罢。"小丫头答应着回去回复了,不在话下。

且说凤姐梳了头,换了衣服,想了想,虽然自己不去,也该带个信儿;再者,宝钗还是新媳妇出门子,自然要过去照应照应的。于是见过王夫人，支吾了一件事，便过来到宝玉房中。只见宝玉穿着衣服，歪在炕上，两个眼睛呆呆的看宝钗梳头。凤姐站在门口，还是宝钗一回头看见了，连忙起身让坐。宝玉也爬起来，凤姐才笑嘻嘻的坐下。宝钗因说麝月道："你们瞧着二奶奶进来，也不言语声儿。"麝月笑着道："二奶奶头里进来就摆手儿不叫言语么。"凤姐因向宝玉道："你还不走，等什么呢？没见这么大人了，还是这么小孩子气的。人家各自梳头，你爬在傍边看什么？成日家一块子在屋里，还看不够？也不怕丫头们笑话？"说着，"哧"的一笑，又瞅着他咂嘴儿。宝玉虽也有些不好意思，还不理会。把个宝钗直臊的满脸飞红，又不好听着，又不好说什么。只见袭人端过茶来，只得搭讪着，自己递了一袋烟。凤姐儿笑着站起来接了，道："二妹妹，你别管我们的事，你快穿衣服罢。"

　　宝玉一面也搭讪着，找这个，弄那个，凤姐道："你先去罢，那里有个爷们等着奶奶们一块儿走的理呢？"宝玉道："我只是嫌我这衣裳不大好，不如前年穿着老太太给的那件'雀金呢'好。"凤姐因怄他道："你为什么不穿？"宝玉道："穿着太早些。"凤姐忽然想起，自悔失言。幸亏宝钗也和王家是内亲，只是那些丫头们跟前，已经不好意思了。袭人却接着说道："二奶奶还不知道呢，就是穿得，他也不穿了。"凤姐儿道："这是什么原故？"袭人道："告诉二奶奶，真真是我们这位爷的行事都是天外飞来的。那一年因二舅太爷的生日，老太太给了他这件衣裳，谁知那一天就烧了。我妈病重了，我没在家。那时候还有晴雯妹妹呢，听见说，病着整给他缝了一夜，第二天，老太太才没瞧出来呢。去年那一

这些地方都拖拖沓沓，啰啰唆唆。

看梳头一节，有点新婚味道。

又复习一遍。

天,上学天冷,我叫焙茗拿了去给他披披,谁知这位爷见了这件衣裳,想起晴雯来了,说了总不穿了,叫我给他收一辈子呢。"凤姐不等说完,便道:"你提晴雯,可惜了儿的!那孩子模样儿手儿都好,就只嘴头子利害些。偏偏儿的太太不知听了那里的谣言,活活儿的把个小命儿要了。还有一件事,那一天,我瞧见厨房里柳家的女人,他女孩儿叫什么五儿,那丫头长的和晴雯脱了个影儿是的。我心里要叫他进来,后来我问他妈,他妈说是很愿意。我想着宝二爷屋里的小红跟了我去,我还没还他呢,就把五儿补过来。平儿说:'太太那一天说了,凡像那个样儿的都不叫派到宝二爷屋里呢。'我所以也就搁下了。这如今宝二爷也成了家了,还怕什么呢?不如我就叫他进来。可不知宝二爷愿意不愿意?要想着晴雯,只瞧见这五儿就是了。"宝玉本要走,听见这些话已呆了。袭人道:"为什么不愿意?早就要弄了来的,只是因为太太的话说的结实罢了。"凤姐道:"那么着,明儿我就叫他进来。太太的跟前有我呢。"宝玉听了,喜不自胜,才走到贾母那边去了。这里宝钗穿衣服。

> 说明凤姐不赞成王夫人的做法。有微词。

> 五儿一节虽嫌啰唆,但还贴谱,也说明搜检大观园一事的影响如何不绝。

> 太太的精神是除美灭美、反美防美。

凤姐儿看他两口儿这般恩爱缠绵,想起贾琏方才那种光景,好不伤心,坐不住,便起身向宝钗笑道:"我和你向太太屋里去罢。"笑着出了房门,一同来见贾母。宝玉正在那里回贾母往舅舅家去。贾母点头说道:"去罢,只是少吃酒,早些回来,你身子才好些。"宝玉答应着出来,刚走到院内,又转身回来,向宝钗耳边说了几句不知什么。宝钗笑道:"是了,你快去罢。"将宝玉催着去了。这贾母和凤姐宝钗说了没三句话,只见秋纹进来传说:"二爷打发焙茗转来说,请

> 凤姐能羡慕宝玉这样的夫君吗?令人困惑。

二奶奶。"宝钗说道："他又忘了什么,又叫他回来?"秋纹道："我叫小丫头问了焙茗,说是'二爷忘了一句话,二爷叫我回来告诉二奶奶:若是去呢,快些来罢;若不去呢,别在风地里站着'。"说的贾母凤姐并地下站着的众老婆子丫头都笑了。宝钗飞红了脸,把秋纹啐了一口,说道："好个糊涂东西!这也值得这样慌慌张张跑了来说?"秋纹也笑着回去叫小丫头去骂焙茗。那焙茗一面跑着,一面回头说道："二爷把我巴巴的叫下马来,叫回来说的;我若不说,回来对出来,又骂我了。这会子说了,他们又骂我。"那丫头笑着跑回来说了。贾母向宝钗道："你去罢,省的他这么记卦。"说的宝钗站不住,才走了,又被凤姐怄着玩笑,没好意思。

> 这样侧面写"金玉良缘"的发展变化,笔法尚属游刃有余。

> 与黛玉是要死要活的爱情,黛玉去矣,与宝钗也不无恩爱了。生与死,恩爱与怨怼,不过如此。又当如何?

只见散花寺的姑子大了来了,给贾母请安,见过了凤姐,坐着吃茶。贾母因问他："这一向怎么不来?"大了道："因这几日庙中作好事,有几位诰命夫人不时在庙里起坐,所以不得空儿来。今日特来回老祖宗:明儿还有一家作好事,不知老祖宗高兴不高兴?若高兴,也去随喜随喜。"贾母便问："做什么好事?"大了道："前月为王大人府里不干净,见神见鬼,偏生那太太夜间又看见去世的老爷。因此,昨日在我庙里告诉我,要在散花菩萨跟前许愿烧香,做四十九天的水陆道场,保佑家口安宁,亡者升天,生者获福。所以我不得空儿来请老太太的安。"

却说凤姐素日最厌恶这些事的,自从昨夜见鬼,心中总只是疑疑惑惑的,如今听了大了这些话,不觉把素日的心性改了一半,已有三分信意,便问大了道："这散花菩萨是谁?他怎么就能避邪除鬼呢?"大了见问,便知他有些信意,便

> 上升时期倾向于自信。下降时期倾向于迷信。

说道:"奶奶今日问我,让我告诉奶奶知道:这个散花菩萨,来历根基不浅,道行非常。生在西天大树园中,父母打柴为生。养下菩萨来,头长三角,眼横四目,身长三尺,两手拖地。父母说这是妖精,便弃在冰山之后了。谁知这山上有一个得道的老猢狲出来打食,看见菩萨顶上白气冲天,虎狼远避,知道来历非常,便抱回洞中抚养。谁知菩萨带了来的聪慧,禅也会谈,与猢狲天天谈道参禅,说的天花散漫缤纷。至一千年后,飞升了。至今山上犹见谈经之处,天花散漫,所求必灵,时常显圣,救人苦厄。因此世人才盖了庙,塑了像供奉。"凤姐道:"这有什么凭据呢?"大了道:"奶奶又来搬驳了。一个佛爷可有什么凭据呢?就是撒谎,也不过哄一两个人罢咧,难道古往今来多少明白人都被他哄了不成?奶奶只想,惟有佛家香火历来不绝,他到底是祝国裕民,有些灵验,人才信服。"凤姐听了,大有道理,因道:"既这么,我明儿去试试。你庙里可有签?我去求一求。我心里的事,签上批的出?批的出来,我从此就信了。"大了道:"我们的签最是灵的,明儿奶奶去求一签就知道了。"贾母道:"既这么着,索性等到后日初一,你再去求。"说着,大了吃了茶,到王夫人各房里去请了安,回去不提。

这里凤姐勉强扎挣着,到了初一清早,令人预备了车马,带着平儿并许多奴仆,来至散花寺。大了带了众姑子接了进去,献茶后,便洗手至大殿上焚香。那凤姐儿也无心瞻仰圣像,一秉虔诚,磕了头,举起签筒,默默的将那见鬼之事并身体不安等故,祝告了一回,才摇了三下,只听"唰"的一声,筒中撺出一支签来。于是叩

信则有,不信则无。信则表达自己的信,向所信表达自己的祈求与愿望,壮自己的胆子。
用某种仪式调整自己的心态,自古已然。

迷信中又有民间文学。散花菩萨也像民间自发创造的神。
怪、力、乱、神。

众人相信就是凭据。众人相信就是力量。

后四十回这种低端迷信活动显著增加。

头,拾起一看,只见写着"第三十三签,上上大吉"。大了忙查签簿看时,只见上面写着:"王熙凤衣锦还乡。"凤姐一见这几个字,吃一大惊,惊问大了道:"古人也有叫王熙凤的么?"大了笑道:"奶奶最是通今博古的,难道汉朝的王熙凤求官的这一段事也不晓得?"周瑞家的在旁笑道:"前年李先儿还说这一回书的。我们还告诉他重着奶奶的名字,不要叫呢。"凤姐笑道:"可是呢,我倒忘了。"说着,又瞧底下的,写的是:

> 去国离乡二十年,于今衣锦返家园。
> 蜂采百花成蜜后,为谁辛苦为谁甜?
> 行人至。音信迟。讼宜和。婚再议。

看完也不甚明白。大了道:"奶奶大喜,这一签巧得很。奶奶自幼在这里长大,何曾回南京去了?如今老爷放了外任,或者接家眷来,顺便还家,奶奶可不是'衣锦还乡'了?"一面说,一面抄了个签经交与丫头。凤姐也半疑半信的。大了摆了斋来,凤姐只动了一动,放下了要走,又给了香银。大了苦留不住,只得让他走了。凤姐回至家中,见了贾母王夫人等,问起签来,命人一解,都欢喜非常:"或者老爷果有此心,咱们走一趟也好!"凤姐儿见人人这么说,也就信了,不在话下。

却说宝玉这一日正睡午觉,醒来不见宝钗,正要问时,只见宝钗进来。宝玉问道:"那里去了,半日不见?"宝钗笑道:"我给凤姐姐瞧一回签。"宝玉听说,便问是怎么样的。宝钗把签帖念了一回,又道:"家中人人都说好的,据我看,这'衣锦还乡'四字里头,还有原故。后来再瞧罢了。"宝玉道:"你又多疑了,妄解圣意。'衣锦还乡'四字,从古至今都知道是好的,今儿你又

> 要显灵了。

> 又是复习前事。
> 扣上王熙凤的命名,也算有个交代。

> 一曰散花,二曰大了,三曰衣锦返家园,都含结束之意。

> 谁解天机?

> 事事冷静过人。

感幽魂,惊异兆,益发地不祥了。

尽管求签之类的描写格调不高,但反映了凤姐——这一贾府的铁腕人物、贾府的运转中枢的内心的恐惧与空虚。

女强人的内心也惶惶然不可终日了,何等可悲可叹!

> 偏生看出缘故来了。依你说,这'衣锦还乡'还有什么别的解说?"宝钗正要解说,只见王夫人那边打发丫头过来请二奶奶,宝钗立刻过去。未知何事,下回分解。

　　月夜幽魂,神签异兆,迁物移情地写起来比直接写人的心理更可读可信可感。

第一百二回

宁国府骨肉病灾祲　大观园符水驱妖孽

话说王夫人打发人来唤宝钗，宝钗连忙过来请了安。王夫人道："你三妹妹如今要出嫁了，只得你们作嫂子的大家开导开导他，也是你们姊妹之情。况且他也是个明白孩子，我看你们两个也很合的来。只是我听见说，宝玉听见他三妹妹出门子，哭的了不的。你也该劝劝他。如今我的身子是十病九痛的，你二嫂子也是三日好两日不好。你还心地明白些，诸事也别说只管吞着，不肯得罪人。将来这一番家事，都是你的担子。"宝钗答应着。王夫人又说道："还有一件事，你二嫂子昨儿带了柳家媳妇的丫头来，说补在你们屋里。"宝钗道："今日平儿才带过来，说是太太和二奶奶的主意。"王夫人道："是呦，你二嫂子和我说，我想也没要紧，不便驳他的回。只是一件，我见那孩子眉眼儿上头也不是个很安顿的。起先为宝玉房里的丫头狐狸是的，我撵了几个，那时候你也知道，不然你怎么搬回家去了呢。如今有你，自然不比先前了。我告诉你，不过留点神儿就是了。你们屋里，就是袭人那孩子还可以使得。"宝钗答应了，又说了几句话，便过来了。饭后到了探春那边，自有一番殷勤劝慰之言，不必细说。

次日，探春将要起身，又来辞宝玉。宝玉自

过场废话。

王夫人希望宝钗接她的班，控制住年轻人的情性。

王夫人警惕性够使的。
也都是重复已有的东西，没有信息量。

然难割难分。探春便将纲常大体的话说的宝玉始而低头不语,后来转悲作喜,似有醒悟之意。于是探春放心辞别众人,竟上轿登程,水舟陆车而去。

> 探春毫无惜别之情?可疑。这里依"红"风格似应有点赠别诗词。

先前众姊妹们都住在大观园中,后来贾妃薨后,也不修葺。到了宝玉娶亲,林黛玉一死,史湘云回去,宝琴在家住着,园中人少,况兼天气寒冷,李纨姊妹、探春、惜春等俱挪回旧所。到了花朝月夕,依旧相约玩耍。如今探春一去,宝玉病后不出屋门,益发没有高兴的人了。所以园中寂寞,只有几家看园的人住着。那日,尤氏过来送探春起身,因天晚省得套车,便从前年在园里开通宁府的那个便门里走过去了,觉得凄凉满目,台榭依然,女墙一带都种作园地一般,心中怅然如有所失。因到家中,便有些身上发热,扎挣一两天,竟躺倒了。日间的发烧犹可,夜里身热异常,便谵语绵绵。贾珍连忙请了大夫看视,说感冒起的,如今缠经入了足阳明胃经,所以谵语不清,如有所见,有了大秽,即可身安。

> 人去人亡,人事全非,园何以堪?

> 尤氏亦怅然如有所失么?她没有怎么与众女孩子一起活动呀。

尤氏服了两剂,并不稍减,更加发起狂来。贾珍着急,便叫贾蓉来:"打听外头有好医生,再请几位来瞧瞧。"贾蓉回道:"前儿这位太医是最兴时的了,只怕我母亲的病不是药治得好的。"贾珍道:"胡说!不吃药,难道由他去罢?"贾蓉道:"不是说不治,为的是前日母亲往西府去,回来是穿着园子里走来家的。一到了家,就身上发烧,别是撞客着了罢。外头有个毛半仙,是南方人,卦起的很灵,不如请他来占卦占卦。看有信儿呢,就依着他;要是不中用,再请别的好大夫来。"贾珍听了,即刻叫人请来,坐在书房内喝

> "红"中的病,都是找重要人物,如黛玉、凤姐、宝玉、晴雯、元妃等,如今轮到尤氏病了,似是重视到尤氏头上了,但后果却极低俗。

> 怪力乱神,越说越有,不一而足。

了茶,便说:"府上叫我,不知占什么事?"贾蓉道:"家母有病,请教一卦。"毛半仙道:"既如此,取净水洗手,设下香案,让我起出一课来看就是了。"一时,下人安排定了,他便怀里掏出卦筒来,走到上头,恭恭敬敬的作了一个揖,手内摇着卦筒,口里念道:"伏以太极两仪,绌缊交感,图书出而变化不穷,神圣作而诚求必应。兹有信官贾某,为因母病,虔请伏羲、文王、周公、孔子四大圣人,鉴临在上,诚感则灵,有凶报凶,有吉报吉。先请内象三爻。"说着,将筒内的钱倒在盘内,说:"有灵的,头一爻就是'交'。"拿起来又摇了一摇,倒出来,说是"单"。第三爻又是"交"。检起钱来,嘴里说是:"内爻已示,更请外象三爻,完成一卦。"起出来,是"单拆单"。那毛半仙收了卦筒和铜钱,便坐下问道:"请坐,请坐,让我来细细的看看。这个卦乃是'未济'之卦。世爻是第三爻,午火兄弟劫财,晦气是一定该有的。如今尊驾为母问病,用神是初爻,真是父母爻动出官鬼来。五爻上又有一层官鬼。我看令堂太夫人的病是不轻的。还好,还好,如今子亥之水休囚,寅木动而生火。世爻上动出一个子孙来,倒是克鬼的。况且日月生身,再隔两日,子水官鬼落空,交到戌日就好了。但是父母爻上变鬼,恐怕令尊大人也有些关碍。就是本身世爻,比劫过重,到了水旺土衰的日子,也不好。"说完了,便撅着胡子坐着。

　　贾蓉起先听他捣鬼,心里忍不住要笑;听他讲的卦理明白,又说生怕父亲也不好,便说道:"卦是极高明的,但不知我母亲到底是什么病?"毛半仙道:"据这卦上,世爻午火变水相克,必是寒火凝结。若要断得清楚,揲蓍也不大明白,除

神秘高深,乌烟瘴气。

这也是当时的学问,难为续作者了。

乌烟瘴气,大洒狗血,却也是人生,也是中华文化。

这种卦的特点是两面话都说着,亦凶亦吉,亦逆亦顺,这样的卦才站得住,但也符合现实规律。续作对之是有批判的。

非用'大六壬'才断的准。"贾蓉道:"先生都高明的么?"毛半仙道:"知道些。"贾蓉便要请教,报了一个时辰。毛先生便画了盘子,将神将排定算去,是戌上白虎,"这课叫做'魄化课'。大凡白虎乃是凶将,乘旺象气受制,便不能为害。如今乘着死神死煞,及时令囚死,则为饿虎,定是伤人。就如魄神受惊消散,故名'魄化'。这课象说是人身丧鬼,忧患相仍,病多丧死,讼有忧惊。按象有日墓虎临,必定是傍晚得病的。象内说:'凡占此课,必定旧宅有伏虎作怪,或有形响。'如今尊驾为大人而占,正合着虎在阳忧男,在阴忧女。此课十分凶险呢。"贾蓉没有听完,唬得面上失色道:"先生说得很是。但与那卦又不大相合,到底有妨碍么?"毛半仙道:"你不用慌,待我慢慢的再看。"低着头又咕哝了一会子,便说:"好了,有救星了!算出巳上有贵神救解,谓之'魄化魂归'。先忧后喜,是不妨事的;只要小心些就是了。"

> 可以说是胡言乱语,可以说是人生常态。旧宅云云,令人浮想联翩,疑而且惧。

> 既要唬住,又要给甜头,方能控制"客户"。

贾蓉奉上卦金,送了出去;回禀贾珍,说是:"母亲的病,是在旧宅傍晚得的,为撞着什么'伏尸白虎'。"贾珍道:"你说你母亲前日从园里走回来的,可不是那里撞着的。你还记得你二婶娘到园里去,回来就病了?他虽没有见什么,后来那些丫头老婆们,都说是山子上一个毛烘烘的东西,眼睛有灯笼大,还会说话,把他二奶奶赶了回来,唬出一场病来。"贾蓉道:"怎么不记得!我还听见宝二叔家的焙茗说,晴雯做了园里芙蓉花的神;林姑娘死了,半空里有音乐,必定他也是管什么花儿了。想这许多妖怪在园里,还了得!头里人多阳气重,常来常往不打紧;如今冷落的时候,母亲打那里走,还不知踹

> 一百零一回的"一只大狗",到了这里就变成妖魔鬼怪了。
> 真是心魔腹鬼。

> 贾府诸人,都有些亏心。

想修园子时是何等富贵荣华,集天下美景,万物皆备于斯;园子起用时,庆寿宴请唱戏吟诗,集中了人间一切幸福;曾几何时,垮成了这个样子。人事已非,园子变成了鬼鬼妖妖的凶宅凶地!月有阴晴圆缺,人有吉凶祸福,本无足奇,奇其速也。

了什么花儿呢,不然,就是撞着那一个。那卦也还算是准的。"贾珍道:"到底说有妨碍没有呢?"贾蓉道:"据他说,到了戌日就好了。只愿早两天好,或除两天才好。"贾珍道:"这又是什么意思?"贾蓉道:"那先生若是这样准,生怕老爷也有些不自在。"

正说着,里头喊说:"奶奶要坐起到那边园里去,丫头们都按捺不住。"贾珍等进去安慰定了,只闻尤氏嘴里乱说:"穿红的来叫我,穿绿的来赶我!"地下这些人又怕又好笑。贾珍便命人买些纸钱,送到园里烧化。果然那夜出了汗,便安静些。到了戌日,也就渐渐的好起来。

> 这里的人们(特别是女人)常犯精神病。

由是,一人传十,十人传百,都说大观园中有了妖怪,唬得那些看园的人也不修花补树,灌溉果蔬。起先晚上不敢行走,以致鸟兽逼人,甚至日里也是约伴持械而行。过了些时,果然贾珍也病,竟不请医调治,轻则到园化纸许愿,重则详星拜斗。贾珍方好,贾蓉等相继而病。如此接连数月,闹的两府俱怕。从此风声鹤唳,草木皆妖。园中出息一概全蠲,各房月例重新添起,反弄的荣府中更加拮据。那些看园的没有了想头,个个要离此处,每每造言生事,便将花妖树怪编派起来,各要搬出,将园门封固,再无人敢到园中。以致崇楼高阁,琼馆瑶台,皆为禽兽所栖。

> 群魔乱舞。如此传说,也是败象,叫做事出有因。

> 探春"改革",至此以失败而彻底结束。盖一个以超经济的压迫剥削为特色的社会,一切经济杠杆,都是不可靠的。
> 气数既尽,楼阁更荒。

却说晴雯的表兄吴贵正住在园门口。他媳妇自从晴雯死后,听见说作了花神,每日晚间便不敢出门。这一日，吴贵出门买东西，回来晚了。那媳妇子本有些感冒着了，日间吃错了药，晚上吴贵到家，已死在炕上。外面的人因那媳妇子不妥当，便都说妖怪爬过墙吸了精去死的。于是老太太着急的了不得，另派了好些人将宝玉的住房围住，巡逻打更。这些小丫头们还说，有的看见红脸的，有的看见很俊的女人的，吵嚷不休，唬的宝玉天天害怕。亏得宝钗有把持，听得丫头们混说，便唬吓着要打，所以那些谣言略好些。无奈各房的人都是疑人疑鬼的不安静，也添了人坐更，于是更加了好些食用。独有贾赦不大很信，说："好好园子，那里有什么鬼怪！"挑了个风清日暖的日子，带了好几个家人，手内持着器械，到园踹看动静。众人劝他不依。到了园中，果然阴气逼人。贾赦还扎挣前走，跟的人都探头缩脑。内中有个年轻的家人，心内已经害怕，只听"唿"的一声，回过头来，只见五色灿烂的一件东西跳过去了，唬得"嗳哟"一声，腿子发软，就躺倒了。贾赦回身查问，那小子喘嘘嘘的回道："亲眼看见一个黄脸红须绿衣青裳一个妖怪走到树林子后头山窟窿里去了。"贾赦听了，便也有些胆怯，问道："你们都看见么？"有几个"推顺水船儿"的回说："怎么没瞧见？因老爷在头里，不敢惊动罢了。奴才们还掌得住。"说得贾赦害怕，也不敢再走，急急的回来，吩咐小子们："不要提及，只说看遍了，没有什么东西。"心里实也相信，要到真人府里请法官驱邪。岂知那些家人无事还要生事，今见贾赦怕了，不但不瞒着，反添些穿凿，说得人人吐舌。

贾赦没法，只得请道士到园作法事，驱邪逐妖。择吉日，先在省亲正殿上铺排起坛场，上供

这里有恶有恶报的含意。

写得活泼热闹。
没有别的戏演了，便自己演悲剧、闹剧、恐怖剧。
上风头便一哄而上，下风头便一哄而垮。人间事常常如此。
贾赦此意见正确，可惜底气不足。

不健康的生态传染着病态，病态制造出胡说八道，针对胡说八道只能半信半疑地捂，捂又捂不住，更是一片混乱。

三清圣像,旁设二十八宿并马、赵、温、周四大将,下排三十六天将图像。香花灯烛设满一堂,钟鼓法器排两边,插着五方旗号。道纪司派定四十九位道众的执事,净了一天的坛。三位法官行香取水毕,然后擂起法鼓。法师们俱戴上七星冠,披上九宫八卦的法衣,踏着登云履,手执牙笏,便拜表请圣。又念了一天的消灾邪的接福的《洞元经》,以后便出榜召将。榜上大书"太乙、混元、上清三境灵宝符箓演教大法师,行文敕令本境诸神到坛听用"。那日,两府上下爷们仗着法师擒妖,都到园中观看,都说:"好大法令!呼神遣将的闹起来,不管有多少妖怪也唬跑了。"大家都挤到坛前。只见小道士们将旗幡举起,按定五方站住,伺候法师号令。三位法师,一位手提宝剑,拿着法水;一位捧着七星皂旗;一位举着桃木打妖鞭:立在坛前。只听法器一停,上头令牌三下,口中念念有词,那五方便团团散布。法师下坛,叫本家领着到各处楼阁殿亭,房廊屋舍,山崖水畔,洒了法水,将剑指画了一回。回来连击令牌,将七星旗祭起,众道士将旗幡一聚,接下打妖鞭望空打了三下。本家众人都道拿住妖怪,争着要看,及到跟前,并不见有什么形响。只见法师叫众道士拿取瓶罐,将妖收下,加上封条,法师朱笔书符收起,令人带回在本观塔下镇住,一面撤坛谢将。贾赦恭敬叩谢了法师。

　　贾蓉等小弟兄背地都笑个不住,说:"这样的大排场,我打量拿着妖怪给我们瞧瞧,到底是些什么东西,那里知道是这样收罗,究竟妖怪拿去了没有?"贾珍听见,骂道:"糊涂东西!妖怪原是聚则成形,散则成气,如今多少神将在这

> 盛时歌舞升平,福寿祥瑞,宛若百年不散之筵席。衰时乌烟瘴气,鬼哭狼嚎,诚然十面埋伏之鬼域。

> 这也算民俗文化?

> 不等树倒猢狲散,已是树衰猢狲乱。

> 家(国)之将亡,必有妖孽。

> 这就叫文化走邪,成了无文化、灭文化、反文化,成了愚蠢、混乱、自乱、自戕。

> 很像地方戏曲的场面。

里,还敢现形吗?无非把这妖气收了,便不作祟,就是法力了。"众人将信将疑,且等不见响动再说。

那些下人只知妖怪被擒,疑心去了,便不大惊小怪,往后果然没人提起了。贾珍等病愈复原,都道法师神力。独有一个小子笑说道:"头里那些响动,我也不知道。就是跟着大老爷进园这一日,明明是个大公野鸡飞过去了,拴儿吓离了眼,说得活像。我们都替他圆了个谎,大老爷就认真起来。倒瞧了个很热闹的坛场。"众人虽然听见,那里肯信,究无人住。

> 愚人蠢病,需要庸医傻治。

> 混账胡闹,也是娱乐活动。有些时候,闹剧是喜剧的顶峰。

一日,贾赦无事,正想要叫几个家下人搬往园中看守书屋,惟恐夜晚藏匿奸人。方欲传出话去,只见贾琏进来,请了安,回说:"今日到他大舅家去,听见一个荒信,说是二叔被节度使参进来,为的是失察属员,重征粮米,请旨革职的事。"贾赦听了,吃惊道:"只怕是谣言罢?前儿你二叔带书子来,说探春于某日到了任所,择了某日吉时,送了你妹子到了海疆,路上风恬浪静,合家不必挂念。还说节度认亲,倒设席贺喜。那里有做了亲戚倒提参起来的?且不必言语,快到吏部打听明白,就来回我。"

贾琏即刻出去,不到半日回来,便说:"才到吏部打听,果然二叔被参。题本上去,亏得皇上的恩典,没有交部,便下旨意,说是:'失察属员,重征粮米,苛虐百姓,本应革职,姑念初膺外任,不谙吏治,被属员蒙蔽,着降三级,加恩仍以工部员外上行走,并令即日回京。'这信是准的。正在吏部说话的时候,来了一个江西引见知县,说起我们二叔是很感激的。但说是个好上司,

> 做清官做不成功,做糊涂官则被参,也是两难。

> 不谙吏治云云,令人欲哭无泪。

乱轰轰一败涂地。有些做法似有失贾府身份。按道理贾母是见过世面的,凤姐是不信怪力乱神的,至少宝玉宝钗也不是弄这一套的。但未见他们拦阻。前八十回的"大活动",都较有身份有格调。这几回则极差。是高鹗写不了那种高级活动呢,还是贾府已经直线破败堕落,以至于斯呢?

只是用人不当,那些家人在外招摇撞骗,欺凌属员,已经把好名声都弄坏了。节度大人早已知道,也说我们二叔是个好人。不知怎么样,这回又参了。想是忒闹得不好,恐将来弄出大祸,所以借了一件失察的事情参的,倒是避重就轻的意思,也未可知。"贾赦未听说完,便叫贾琏:"先去告诉你婶子知道,且不必告诉老太太就是了。"贾琏去回王夫人。未知有何话说,下回分解。

李十儿的胜利。

参中有保。
高鹗相当精通官场诸事。

贾府、大观园已成鬼域,而且似乎是很客观、很自然地发展到了这一步,没有谁有意为之,也没有谁能改变趋势。

第一百三回

施毒计金桂自焚身　昧真禅雨村空遇旧

话说贾琏到了王夫人那边,一一的说了。次日,到了部里,打点停妥,回来又到王夫人那边将打点吏部之事告知。王夫人便道:"打听准了么?果然这样,老爷也愿意,合家也放心。那外任是何尝做得的?若不是这样的参回来,只怕叫那些混账东西把老爷的性命都坑了呢!"贾琏道:"太太那里知道?"王夫人道:"自从你二叔放了外任,并没有一个钱拿回来,把家里的倒掏摸了好些去了。你瞧,那些跟老爷去的人,他男人在外头不多几时,那些小老婆子们便金头银面的妆扮起来了,可不是在外头瞒着老爷弄钱?你叔叔便由着他们闹去。要弄出事来,不但自己的官做不成,只怕连祖上的官也要抹掉了呢。"贾琏道:"婶子说得很是。方才我听见参了,吓的了不得,直等打听明白才放心。也愿意老爷做个京官,安安逸逸的做几年,才保得住一辈子的声名。就是老太太知道了,倒也是放心的。只要太太说得宽缓些。"王夫人道:"我知道,你到底再去打听打听。"

贾琏答应了,才要出来,只见薛姨妈家的老婆子慌慌张张的走来,到王夫人里间屋内,也没说请安,便道:"我们太太叫我来告诉这里的姨太太说,我们家了不得了,又闹出事来了!"王夫

> 王夫人的反应倒很明白。倒也懂得急流勇退的道理。

> 这笔账是糊涂账。

> 此话有预见性。

> 前八十回,王夫人刚愎自用,这里倒好了些。

> 跟着插科打诨。这一段很有戏曲味道。

人听了，便问："闹出什么事来？"那婆子又说："了不得，了不得！"王夫人哼道："糊涂东西！有紧要事，你到底说啊！"婆子便说："我们家二爷不在家，一个男人也没有，这件事情出来，怎么办！要求太太打发几位爷们去料理料理。"王夫人听着不懂，便着急道："究竟要爷们去干什么事？"婆子道："我们大奶奶死了。"王夫人听了，便啐道："这种女人死了罢咧，也值得大惊小怪的！"婆子道："不是好好儿死的，是混闹死的。快求太太打发人去办办。"说着就要走。王夫人又生气，又好笑，说："这婆子好混账！琏哥儿，倒不如你过去瞧瞧，别理那糊涂东西。"那婆子没听见打发人去，只听见说"别理他"，他便赌气跑回去了。

> 一段加进去疏散结构的丑角戏。

> 人命关天，王夫人的口气竟如此轻飘。

这里薛姨妈正在着急，再等不来。好容易见那婆子来了，便问："姨太太打发谁来？"婆子叹说道："人最不要有急难事。什么好亲好眷，看来也不中用。姨太太不但不肯照应我们，倒骂我糊涂。"薛姨妈听了，又气又急道："姨太太不管，你姑奶奶怎么说了？"婆子道："姨太太既不管，我们家的姑奶奶自然更不管了，没有去告诉。"薛姨妈啐道："姨太太是外人，姑娘是我养的，怎么不管？"婆子一时省悟道："是啊，怎么着我还去。"

> 千疮百孔，到处都在告急。

> 话传不清楚，听不清楚，说不清楚，至今这样的人并不罕见。

正说着，只见贾琏来了，给薛姨妈请了安，道了恼，回说："我婶子知道弟妇死了，问老婆子，再说不明，着急得很，打发我来问个明白，还叫我在这里料理。该怎么样，姨太太只管说了办去。"薛姨妈本来气得干哭，听见贾琏的话，便笑着说："倒要二爷费心。我说姨太太是待我最好的，都是这老货说不清，几乎误了事。请二爷前八十回也不乏丑闻,但丑闻中仍有灵气。如尤三姐陪珍、琏吃酒时的痛快淋漓,以毒攻毒。凤姐整尤二姐的机关算尽而又心狠手辣。赵姨娘马道婆妖术一节虽不佳,但归结到一僧一道来为宝玉持诵摩弄,仍有含义。后四十回中的金桂故事则一味俗恶,水平一下子塌了下来。

坐下,等我慢慢的告诉你。"便说:"不为别的事,为的是媳妇不是好死的。"贾琏道:"想是为兄弟犯事,怨命死的?"薛姨妈道:"若这样倒好了。前几个月头里,他天天蓬头赤脚的疯闹。后来听见你兄弟问了死罪,他虽哭了一场,以后倒擦胭抹粉的起来。我若说他,又要吵个了不得,我总不理他。有一天,不知怎么样来要香菱去作伴。我说:'你放着宝蟾,还要香菱做什么?况且香菱是你不爱的,何苦招气生?'他必不依。我没法儿,便叫香菱到他屋里去。可怜这香菱不敢违我的话,带着病就去了。谁知道他待香菱很好,我倒喜欢,你大妹妹知道了,说:'只怕不是好心罢。'我也不理会。头几天香菱病着,他倒亲手去做汤给他吃。谁知香菱没福,刚端到跟前,他自己烫了手,连碗都砸了。我只说必要迁怒在香菱身上,他倒没生气,自己还拿笤帚扫了,拿水泼净了地,仍旧两个人很好。昨儿晚上,又叫宝蟾去做了两碗汤来,自己说同香菱一块儿喝。隔了一回,听见他屋里两只脚蹬响,宝蟾急的乱嚷,以后香菱也嚷着,扶着墙出来叫人。我忙着看去,只见媳妇鼻子眼睛里都流出血来,在地下乱滚,两只手在心口乱抓,两脚乱蹬,把我就吓死了。问他也说不出来,只管直嚷,闹了一回就死了。我瞧那光景是服了毒的。宝蟾就哭着来揪香菱,说他把药药死了奶奶了。我看香菱也不是这么样的人。再者,他病的起还起不来,怎么能药人呢?无奈宝蟾一口咬定。

小儿科手段。

神佛保佑,姑妄说之。

令人联想起此前的窦娥、张驴儿故事与此后的杨乃武、小白菜故事。小说是可以模式化的,莫非生活也可以模式化?

我的二爷,这叫我怎么办?只得硬着心肠,叫老婆子们把香菱捆了,交给宝蟾,便把房门反扣了。我同你二妹妹守了一夜,等府里的门开了,才告诉去的。二爷,你是明白人,这件事怎么好?"贾琏道:"夏家知道了没有?"薛姨妈道:"也得撕掳明白了,才好报啊。"贾琏道:"据我看起来,必要经官才了得下来。我们自然疑在宝蟾身上,别人便说宝蟾为什么药死他奶奶,也是没答对的,若说在香菱身上,竟还装得上。"

> 从原则上说,金桂之死应该第一时间通知夏家。但已经交代过夏家不良,暂不通报。自认为是妇人便不按规矩办事,此是一例。

正说着,只见荣府女人们进来说:"我们二奶奶来了。"贾琏虽是大伯子,因从小儿见的,也不回避。宝钗进来见了母亲,又见了贾琏,便往里间屋里同宝琴坐下。薛姨妈也将前事告诉一遍。宝钗便说:"若把香菱捆了,可不是我们也说是香菱药死的了么?妈妈说这汤是宝蟾做的,就该捆起宝蟾来问他呀。一面便该打发人报夏家去,一面报官的是。"薛姨妈听见有理,便问贾琏。贾琏道:"二妹子说得很是。报官还得我去托了刑部里的人。相验问口供的时候,有照应得。只是要捆宝蟾放香菱,倒怕难些。"薛姨妈道:"并不是我要捆香菱,我恐怕香菱病中受冤着急,一时寻死,又添了一条人命,才捆了交给宝蟾,也是一个主意。"贾琏道:"虽是这样说,我们倒帮了宝蟾了。若要放都放,要捆都捆,他们三个人是一处的。只要叫人安慰香菱就是了。"薛姨妈便叫人开门进去,宝钗就派了带来几个女人帮着捆宝蟾。只见香菱已哭得死去活来,宝蟾反得意洋洋。以后见人要捆他,便乱嚷起来。那禁得荣府的人吆喝着,也就捆了,竟开着门,好叫人看着。

> 贾琏、宝钗都重视报官,他们本身与官穿一条裤子,经官才有仗恃,才有把握。

> 拘留、隔离直至收监而曰"保护","文革"中常用的法子。"红"已有之。

> 又是小儿科。

这里报夏家的人已经去了。那夏家先前不

住在京里，因近年消索，又记挂女儿，新近搬进京来。父亲已没，只有母亲，又过继了一个混账儿子，把家业都花完了，不时的常到薛家。那金桂原是个水性人儿，那里守得住空房，况兼天天心里想念薛蝌，便有些饥不择食的光景。无奈他这一干兄弟又是个蠢货，虽也有些知觉，只是尚未入港，所以金桂时常回去，也帮贴他些银钱。这些时正盼金桂回家，只见薛家的人来，心里就想："又拿什么东西来了。"不料说这里姑娘服毒死了，他便气得乱嚷乱叫。金桂的母亲听见了，更哭喊起来，说："好端端的女孩儿在他家，为什么服了毒呢？"哭着喊着的，带了儿子，也等不的雇车，便要走来。那夏家本是买卖人家，如今没了钱，那顾什么脸面，儿子头里就走，他跟了一个破老婆子出了门，在街上啼啼哭哭的雇了一辆破车，便跑到薛家。进门也不搭话，就"儿"一声"肉"一声的要讨人命。

　　那时贾琏到刑部托人，家里只有薛姨妈、宝钗、宝琴，何曾见过这个阵仗，都吓得不敢则声。便要与他讲理，他们也不听，只说："我女孩儿在你家，得过什么好处？两口朝打暮骂，闹了几时，还不容他两口子在一处。你们商量着把女婿弄在监里，永不见面。你们娘儿们仗着好亲戚受用也罢了，还嫌他碍眼，叫人药死了他，倒说是服毒！他为什么服毒？"说着，直奔着薛姨妈来。薛姨妈只得退后，说："亲家太太，且瞧瞧你女儿，问问宝蟾，再说歪话不迟。"宝钗宝琴因外面有夏家的儿子，难以出来拦护，只在里边着急。

　　恰好王夫人打发周瑞家的照看，一进门来，见一个老婆子指着薛姨妈的脸哭骂。周瑞家的

夏家也在"消索"（萧索）。

尤其不堪。

买卖人家与官宦人家的比照。

蛮不讲理，硬栽硬扣，不要证据，不要逻辑，不要分析。这种横蛮作风，倒也是"红"已有之了。

相对来说，在针尖麦芒的争斗中，好人比恶人相形见绌，哀哉。

金桂母亲闹是完全可以理解的。说薛家"商量着把女婿弄在监里",则难以思议,异想天开,血口喷人。这样的硬栽论断,居然可以理直气壮地叫喊一番,也算是红楼奇观。我想说你什么就说你什么,我说你怎样你就是怎样,一口咬定,绝不松口,就是这等人的行为模式。

知道必是金桂的母亲,便走上来说:"这位是亲家太太么?大奶奶自己服毒死的,与我们姨太太什么相干?也不犯这么遭塌呀!"那金桂的母亲问:"你是谁?"薛姨妈见有了人,胆子略壮了些,便说:"这就是我亲戚贾府里的。"金桂的母亲便说:"谁不知道你们有仗腰子的亲戚,才能够叫姑爷坐在监里。如今我的女孩儿倒白死了不成?"说着,便拉薛姨妈说:"你到底把我女儿怎样弄杀了?给我瞧瞧!"周瑞家的一面劝说:"只管瞧瞧,用不着拉拉扯扯。"便把手一推。夏家的儿子便跑进来不依,道:"你仗着府里的势头儿来打我母亲么?"说着,便将椅子打去,却没有打着。里头跟宝钗的人听见外头闹起来,赶着来瞧,恐怕周瑞家的吃亏,齐打伙的上去,半劝半喝,那夏家的母子,索性撒起泼来,说:"知道你们荣府的势头儿。我们家的姑娘已经死了,如今也都不要命了!"说着,仍奔薛姨妈拚命。地下的人虽多,那里挡得住,自古说的:"一人拚命,万夫莫当。"

　　正闹到危急之际,贾琏带了七八个家人进来,见是如此,便叫人先把夏家的儿子拉出去,便说:"你们不许闹,有话好好儿的说。快将家里收拾收拾,刑部里头的老爷们就来相验了。"金桂的母亲正在撒泼,只见来了一位老爷。几个在头里吆喝,那些人都垂手侍立。金桂的母亲见这个光景,也不知是贾府何人。又见他儿子已被众人揪住,又听见说刑部来验,他心里原

此话的横蛮性也可观。把各种需要调查分析论证的前提事先坐定,无条件认定有罪。有罪推定,然后再说底下的。

泼皮传统。

写写较低俗的人的语言方式、行为方式,倒也不恶,也算长见识。

想看见女儿尸首,先闹了一个稀烂,再去喊官去,不承望这里先报了官,也便软了些。薛姨妈已吓糊涂了,还是周瑞家的回说:"他们来了也没有去瞧他姑娘,便作践起姨太太来了。我们为好劝他,那里跑进一个野男人,在奶奶们里头混撒村混打,这可不是没有王法了。"贾琏道:"这回子不用和他讲理,等一会子打着问他,说:男人有男人的所在,里头都是些姑娘奶奶们。况且有他母亲还瞧不见他们姑娘么,他跑进来不是要打抢来了么!"家人们做好做歹,压伏住了。

> 见官则软,这等人物的特色。泼皮虽然厉害,却常怕官。河北农村有谚云:乡下的光棍怕大墙(老爷),城里的光棍怕大堂(见官)。

> 也是抓住辫子往死里扣。

周瑞家的仗着人多,便说:"夏太太,你不懂事!既来了,该问个青红皂白。你们姑娘是自己服毒死了;不然,便是宝蟾药死他主子了。怎么不问明白,又不看尸首,就想讹人来了呢?我们就肯叫一个媳妇儿白死了不成?现在把宝蟾捆着,因为你们姑娘必要点病儿,所以叫香菱陪着他,也在一个屋里住,故此,两个人都看守在那里。原等你们来眼看着刑部相验,问出道理来才是啊!"金桂的母亲此时势孤,也只得跟着周瑞家的到他女孩儿屋里,只见满脸黑血,直挺挺的躺在炕上,便叫哭起来。宝蟾见是他家的人来,便哭喊说:"我们姑娘好意待香菱,叫他在一块儿住,他倒抽空儿药死我们姑娘!"那时薛家上下人等俱在,便齐声吆喝道:"胡说!昨日奶奶喝了汤才药死的,这汤可不是你做的?"宝蟾道:"汤是我做的,端了来,我有事走了。不知香菱起来放些什么在里头药死的。"金桂的母亲听未说完,就奔香菱,众人拦住。薛姨妈便道:"这样子是砒霜药的,家里决无此物。不管香菱宝蟾,终有替他买的。回来刑部少不得问出来,

> 太太奶奶们变成废物,周瑞家的还管一点用。

> 宝蟾一类人的特点是愚而诈,恶而闹,谎而漏馅,向着灭亡猛冲。

才赖不去。如今把媳妇权放平正,好等官来相验。"众婆子上来抬放。宝钗道:"都是男人进来,你们将女人动用的东西检点检点。"只见炕褥底下有一个揉成团的纸包儿。金桂的母亲瞧见,便拾起打开看时,并没有什么,便撂开了。宝蟾看见道:"可不是有了凭据了!这个纸包儿我认得,头几天耗子闹的慌,奶奶家去与舅爷要的,拿回来搁在首饰匣内。必是香菱看见了,拿来药死奶奶的。若不信,你们看见首饰匣里有没有了。"

> 宝蟾说话如此没遮拦么?如此乐于提供线索么?

　　金桂的母亲便依着宝蟾的所言,取出匣子,只有几支银簪子。薛姨妈便说:"怎么好些首饰都没有了?"宝钗叫人打开箱柜,俱是空的,便道:"嫂子这些东西被谁拿去?这可要问宝蟾。"金桂的母亲心里也虚了好些,见薛姨妈查问宝蟾,便说:"姑娘的东西,他那里知道?"周瑞家的道:"亲家太太别这么说呢。我知道宝姑娘是天天跟着大奶奶的,怎么说不知?"这宝蟾见问得紧,又不好胡赖,只得说道:"奶奶自己每每带回家去,我管得么!"众人便说:"好个亲家太太!哄着拿姑娘的东西,哄完了,叫他寻死,来讹我们。好罢了!回来相验,便是这么说。"宝钗叫人:"到外头告诉琏二爷说,别放了夏家的人。"里面金桂的母亲忙了手脚,便骂宝蟾道:"小蹄子别嚼舌头了!姑娘几时拿东西到我家去?"宝蟾道:"如今东西是小,给姑娘偿命是大。"宝琴道:"有了东西,就有偿命的人了。快请琏二哥哥问准了夏家的儿子买砒霜的话,回来好回刑部里的话。"金桂的母亲着了急道:"这宝蟾必是撞见鬼了,混说起来!我们姑娘何尝买过砒霜?若这么说,必是宝蟾药死了的。"宝蟾急的乱嚷,

> 宝蟾并没有估计到金桂之死,没有预案。谎而不圆,不如不谎。

> 贾、薛虽呈败势,镇压夏家,尚富富有余。
> 宝蟾开始吐露真相。

> 直露至此,令人骇然。别说大户人家,就是小户人家,除了赌气乱骂,能这样说话吗?

这个破案的过程,宝蟾据实坦白交待的过程,夏家诸人从狗咬狗到被制服的过程,似嫌太小儿科了。愚而诈,思想简单而又坏水阴谋,天真幼稚而又凶恶诡诈,莫非他们当真如此?

说:"别人赖我也罢了,怎么你们也赖起我来呢?你们不是常和姑娘说,叫他别受委屈,闹得他们家破人亡,那时将东西卷包儿一走,再配一个好姑爷。这个话是有的没有?"金桂的母亲还未及答言,周瑞家的便接口说道:"这是你们家的人说的,还赖什么呢?"金桂的母亲恨的咬牙切齿的骂宝蟾,说:"我待你不错呀!为什么你倒拿话来葬送我呢?回来见了官,我就说是你药死姑娘的。"宝蟾气得瞪着眼说:"请太太放了香菱罢,不犯着白害别人,我见官自有我的话。"

宝钗听出这个话头儿来了,便叫人反倒放开了宝蟾,说:"你原是个爽快人,何苦白冤在里头?你有话,索性说了,大家明白,岂不完了事了呢?"宝蟾也怕见官受苦,便说:"我们奶奶天天抱怨说:'我这样人,为什么碰着这个瞎眼的娘,不配给二爷,偏给了这么个混账糊涂行子。要是能够同二爷过一天,死了也是愿意的。'说到那里,便恨香菱,我起初不理会,后来看见与香菱好了,我只道是香菱教他什么了。不承望昨儿的汤不是好意。"金桂的母亲接说道:"益发胡说了!若是要药香菱,为什么倒药了自己呢?"宝钗便问道:"香菱,昨日你喝汤来着没有?"香菱道:"头几天我病得抬不起头来,奶奶叫我喝汤,我不敢说不喝。刚要扎挣起来,那碗汤已经洒了,倒叫奶奶收拾了个难,我心里很过不去。昨儿听见叫我喝汤,我喝不下去,没有法儿,正要喝的时候儿呢,偏又头晕起来。见宝蟾姐姐端了去,我正喜欢;刚合上眼,奶奶自己喝

这样的发展,并非不可能。

贾薛等家中也会有、一定有这些低级烂事,问题是写得应有点新意。这里的金桂毒计一节,则写得像是三流笔墨。

着汤,叫我尝尝,我便勉强也喝了。"宝蟾不待说完便道:"是了!我老实说罢。昨儿奶奶叫我做两碗汤,说是和香菱同喝。我气不过,心里想着:香菱那里配我做汤给他喝呢?我故意的一碗里头多抓了一把盐,记了暗记儿,原想给香菱喝的。刚端进来,奶奶却拦着我到外头叫小子们雇车,说今日回家去。我出去说了回来,见盐多的这碗汤在奶奶跟前呢。我恐怕奶奶喝着咸,又要骂我。正没法的时候,奶奶往后头走动,我眼错不见,就把香菱这碗汤换了过来。也是合该如此,奶奶回来就拿了汤去到香菱床边,喝着说:'你到底尝尝。'那香菱也不觉咸,两个人都喝完了。我正笑香菱没嘴道儿,那里知道这死鬼奶奶要药香菱,必定趁我不在,将砒霜撒上了,也不知道我换碗。这可就是'天理昭彰,自害自身'了。"于是众人往前后一想,真正一丝不错,便将香菱也放了,扶着他仍旧睡在床上。

> 更加孩子气了。生下来就狡猾,到老还长不大。

> 倒也符合恶有恶报、现世报的原则。

> 宝蟾居然也讲"天理昭彰",她有这样的正气吗?

不说香菱得放,且说金桂的母亲心虚事实,还想辩赖。薛姨妈等你言我语,反要他儿子偿还金桂之命。正然吵嚷,贾琏在外嚷说:"不用多说了,快收拾停当。刑部的老爷就到了。"此时惟有夏家母子着忙,想来总要吃亏的,不得已反求薛姨妈道:"千不是,万不是,终是我死的女孩儿不长进。这也是他自作自受。若是刑部相验,到底府上脸面不好看,求亲家太太息了这件事罢。"宝钗道:"那可使不得。已经报了,怎么能息呢?"周瑞家的等人大家做好做歹的劝说:"若要息事,除非夏亲家太太自己出去拦验,我们不提长短罢了。"贾琏在外也将他儿子吓住。他情愿迎到刑部具结拦验,众人依允。薛姨妈命人买棺成殓,不提。

> 脸面高于事实,脸面重于刑法,看家的本领只有欺骗二字。

> 贾夏合谋,共同行骗。

且说贾雨村升了京兆府尹,兼管税务。一日,出都查勘开垦地亩,路过知机县,到了急流津,正要渡过彼岸,因待人夫,暂且停轿。只见村旁有一座小庙,墙壁坍颓,露出几株古松,倒也苍老。雨村下轿,闲步进庙,但见庙内神象,金身脱落,殿宇歪斜,旁有断碣,字迹模糊,也看不明白。意欲行至后殿,只见一株翠柏下荫着一间茅庐,庐中有一个道士,合眼打坐。雨村走近看时,面貌甚熟,想着倒像在那里见来的,一时再想不出来。从人便欲吆喝,雨村止住,徐步向前,叫一声"老道"。那道士双眼微启,微微的笑道:"贵官何事?"雨村便道:"本府出都查勘事件,路过此地,见老道静修自得,想来道行深通,意欲冒昧请教。"那道人说:"来自有地,去自有方。"雨村知是有些来历,便长揖请问:"老道从何处修来,在此结庐?此庙何名?庙中共有几人?或欲真修,岂无名山?或欲结缘,何不通衢?"那道人道:"'葫芦'尚可安身,何必名山结舍?庙名久隐,断碣犹存,形影相随,何须修募?岂似那'玉在椟中求善价,钗于奁内待时飞'之辈耶!"

雨村原是个颖悟人,初听见"葫芦"两字,后闻"钗玉"一对,忽然想起甄士隐的事来,重复将那道士端详一回,见他容貌依然,便屏退从人,问道:"君家莫非甄老先生么?"那道人微微笑道:"什么'真',什么'假'!要知道'真'即是'假','假'即是'真'。"雨村听说出"贾"字来,益发无疑,便从新施礼,道:"学生自蒙慨赠到都,托庇获隽公车,受任贵乡,始知老先生超悟尘凡,飘举仙境。学生虽溯洄思切,自念风尘俗

"红"的大情节,从甄士隐、贾雨村始。这里,开始以他们二人的眼光归结。

又是紧扣前文。
这一类文字倒还像续作者或续编者补上的。
编辑打点补丁,收收线头,完全可能。
编辑写新的大情节、大场面,一般应无可能。

太讽刺了,不是出世深修者的口吻。

甄贾相遇,红楼梦将要结束了。
起在何处,结在何处,古典小说喜用此法。

此回金桂死、雨村遇旧事,情节设计已乏善可陈,写得更如同儿戏。读后令人摇头。这种水平,续它做甚!

吏,末由再睹仙颜,今何幸于此处相遇!求老仙翁指示愚蒙。倘荷不弃,京寓甚近,学生当得供奉,得以朝夕聆教。"那道人也站起来回礼,道:"我于蒲团之外,不知天地间尚有何物。适才尊官所言,贫道一概不解。"说毕,依旧坐下。雨村复又心疑:"想去若非士隐,何貌言相似若此?离别来十九载,面色如旧,必是修炼有成,未肯将前身说破。但我既遇恩公,又不可当面错过。看来不能以富贵动之,那妻女之私更不必说了。"想罢,又道:"仙师既不肯说破前因,弟子于心何忍?"正要下礼,只见从人进来禀说:"天色将晚,快请渡河。"雨村正无主意,那道人道:"请尊官速登彼岸,见面有期,迟则风浪顿起。果蒙不弃,贫道他日尚在渡头候教。"说毕,仍合眼打坐。雨村无奈,只得辞了道人出庙。正要渡过,只见一人飞奔而来。未知何事,下回分解。

既不相认,何必言语挑逗,恰似并未看破红尘。

留下后话。

大户人家,气数已尽,其丑陋种种,不亚于平民,而只能是过之。而后糊弄出个甄士隐来,气味略有调剂。

第一百四回

醉金刚小鳅生大浪　痴公子余痛触前情

　　话说贾雨村刚欲过渡,见有人飞奔而来,跑到跟前,口称:"老爷!方才逛的那庙火起了。"雨村回首看时,只见烈焰烧天,飞灰蔽日。雨村心想:"这也奇怪!我才出来,走不多远,这火从何而来?莫非士隐遭劫于此?"欲待回去,又恐误了过河;若不回去,心下又不安。想了一想,便问道:"你方才见这老道士出来了没有?"那人道:"小的原随老爷出来,因腹内疼痛,略走了一走。回头看见一片火光,原来就是那庙中火起,特赶来禀知老爷,并没有见有人出来。"雨村虽则心里狐疑,究竟是名利关心的人,那肯回去看视,便叫那人:"你在这里等火灭了,进去瞧那老道在与不在,即来回禀。"那人只得答应了伺候。雨村过河,仍自去查看,查了几处,遇公馆便自歇下。

　　明日,又行一程,进了都门,众衙役接着,前呼后拥的走着。雨村坐在轿内,听见轿前开路的人吵嚷。雨村问是何事,那开路的拉了一个人过来跪在轿前,禀道:"那人酒醉,不知回避,反冲突过来。小的吆喝他,他倒恃酒撒赖,躺在街心,说小的打了他了。"雨村便道:"我是管理这里地方的,你们都是我的子民。知道本府经过,喝了酒,不知退避,还敢撒赖!"那人道:"我

小把戏。

最后是一片火光,倒也对。

其实"红"并未写出他的名利关心来。

乱臣贼子,到处都有。

喝酒是自己的钱,醉了,躺的是皇上的地,便是大人老爷也管不得。"雨村怒道:"这人目无法纪,问他叫什么名字。"那人回道:"我叫醉金刚倪二。"雨村听了生气,叫人:"打这金刚,瞧他是金刚不是!"手下把倪二按倒,着实的打了几鞭。倪二负痛,酒醒求饶,雨村在轿内笑道:"原来是这么个金刚!我且不打你,叫人带进衙门慢慢的问你。"众衙役答应,拴了倪二,拉着便走。倪二哀求,也不中用。

> 这几句话倒有点人格觉醒之意。

雨村进内复旨回曹,那里把这件事放在心上。那街上看热闹的,三三两两传说:"倪二仗着有些力气,恃酒讹人,今儿碰在贾大人手里,只怕不轻饶的。"这话已传到他妻女耳边,那夜果等倪二不见回家,他女儿便到各处赌场寻觅。那赌博的都是这么说,他女儿急得哭了。众人都道:"你不用着急。那贾大人是荣府的一家。荣府里的一个什么二爷和你父亲相好,你同你母亲去找他说个情,就放出来了。"倪二的女儿听了想一想了:"果然我父亲常说间壁贾二爷和他好,为什么不找他去?"赶着回来即和母亲说了,娘儿两个去找贾芸。

> 大人、老爷多的地方,赖皮、流氓、冒险分子亦多。

> 情面网太可怕了。

那日贾芸恰在家,见他母女两个过来,便让坐。贾芸的母亲便倒茶。倪家母女即将倪二被贾大人拿去的话说了一遍,"求二爷说情放出来。"贾芸一口应承,说:"这算不得什么,我到西府里说一声就放了。那贾大人全仗我家西府里才得做了这么个大官,只要打发个人去一说就完了。"倪家母女欢喜,回来便到府里告诉了倪二,叫他不用忙,已经求了贾二爷,他满口应承,讨个情便放出来的。倪二听了也喜欢。

> 虾帮虾,蟹帮蟹,人际关系都是网状的。

不料贾芸自从那日给凤姐送礼不收,不好

意思进来,也不常到荣府。那荣府的门上原看着主子的行事,叫谁走动,才有些体面,一时来了,他便进去通报;若主子不大理了,不论本家亲戚,他一概不回,支了去就完事。那日贾芸到府上说:"给琏二爷请安。"门上的说:"二爷不在家,等回来,我们替回罢。"贾芸欲要说"请二奶奶的安",生恐门上厌烦,只得回家。又被倪家母女催逼着,说:"二爷常说府上是不论那个衙门,说一声谁敢不依。如今还是府里的一家,又不为什么大事,这个情还讨不来,白是我们二爷了。"贾芸脸上下不来,嘴里还说硬话:"昨儿我们家里有事,没打发人说去,少不得今儿说了就放。什么大不了的事。"倪家母女只得听信。岂知贾芸近日大门竟不得进去,绕到后头,要进园内找宝玉,不料园门锁着,只得垂头丧气的回来。想起"那年倪二借银与我,买了香料送给他,才派我种树;如今我没钱去打点,就把我拒绝。他也不是什么好的,拿着太爷留下的公中银钱在外放加一钱,我们穷本家,要借一两也不能。他打谅保得住一辈子不穷的了,那知外头的声名很不好,我不说罢了;若说起来,人命官司不知有多少呢!"一面想着,来到家中,只见倪家母女都等着。贾芸无言可支,便说道:"西府里已经打发人说了,只言贾大人不依。你还求我们家的奴才周瑞的亲戚冷子兴去才中用。"倪家母女听了,说:"二爷这样体面爷们还不中用,若是奴才,是更不中用了。"贾芸不好意思,心里发急道:"你不知道,如今的奴才比主子强多着呢!"倪家母女听来无法,只得冷笑几声,说:"这倒难为二爷白跑了这几天,等我们那一个出来再道乏罢。"说毕出来,另托人将倪二弄了出来,

有网就有网虫,网牛皮,网诈骗。

贾芸状况亦不佳。留下后患。

各种残渣浮起,破坏性因素汇集,恶兆连连,生变生乱,无宁日矣。

小人不可轻易得罪。自己有疮疤,就更怕得罪人。

某些人的原则:除了不能说实话什么话都可以说。

事物的变化,人际关系的变化,都时时带来新的情况,固不可凝固地看人看事也。

只打了几板,也没有什么罪。

　　倪二回家,他妻女将贾家不肯说情的话说了一遍。倪二正喝着酒,便生气要找贾芸,说:"这小杂种,没良心的东西!头里他没有饭吃,要到府内钻谋事办,亏我倪二爷帮了他。如今我有了事,他不管。好罢咧!若是我倪二闹出来,连两府里都不干净!"他妻女忙劝道:"嗳!你又喝了黄汤,便是这样有天没日头的。前儿可不是醉了闹的乱子,捱了打,还没好呢,你又闹了。"倪二道:"捱了打便怕他不成?只怕拿不着由头!我在监里的时候,倒认得了好几个有义气的朋友。听见他们说起来,不独是城内姓贾的多,外省姓贾的也不少,前儿监里收下了好几个贾家的家人。我倒说这里的贾家小一辈子并奴才们虽不好,他们老一辈的还好,怎么犯了事?我打听打听,说是这里和贾家是一家,都住在外省,审明白了,解进来问罪的,我才放心。若说贾二这小子,他忘恩负义,我便和几个朋友说他家怎样倚势欺人,怎么盘剥小民,怎么强娶有男妇女。叫他们吵嚷出来,有了风声到了都老爷耳朵里头,这一闹起来,叫他们才认得倪二金刚呢!"他女人道:"你喝了酒,睡去罢。他又强占谁家的女人来了?没有的事,你不用混说了。"倪二道:"你们在家里,那里知道外头的事?前年我在赌场里碰见了小张,说他女人被贾家占了,他还和我商量,我倒劝他才了事的。不知这小张如今那里去了,这两年没见。若碰着了他,我倪二出个主意,叫贾老二死,给我好好儿的孝敬孝敬我倪二太爷才罢了!你倒不理我了。"说着,倒身躺下,嘴里还是咕咕嘟嘟的说了一回,便睡去了。他妻女只当是醉话,也不理

各种动机,汇为作乱。

成事不足,败事有余,对泼皮亦不可过于不放在眼里。

既有自上而下的欺压、盘剥办法,便一定有自下而上的折腾、讹诈办法。
这也是相生相克。这也是载舟覆舟。

又回到尤二姐故事上。欠账,迟早必还。

光脚的不怕穿鞋的。

醉话可畏。

他。明日早起,倪二又往赌场中去了,不提。

　　且说雨村回到家中,歇息了一夜,将道上遇见甄士隐的事告诉了他夫人一遍。他夫人便埋怨他:"为什么不回去瞧一瞧?倘或烧死了,可不是咱们没良心。"说着,掉下泪来。雨村道:"他是方外的人了,不肯和咱们在一处的。"正说着,外头传进话来禀说:"前日老爷吩咐瞧火烧庙去的回来了回话。"雨村踱了出来。那衙役打千请了安,回说:"小的奉老爷的命回去,也不等火灭,便冒火进去瞧那个道士,岂知他坐的地方都烧了。小的想着那道士必定烧死了。那烧的墙屋往后塌去,道士的影儿都没有。只有一个蒲团,一个瓢儿,还是好好的。小的各处找寻他的尸首,连骨头都没有一点儿。小的恐老爷不信,想要拿这蒲团瓢儿回来做个证见,小的这么一拿,岂知都成了灰了。"雨村听毕,心下明白,知士隐仙去,便把那衙役打发了出去。回到房中,并没提起士隐火化之言,恐他妇女不知,反生悲感,只说并无形迹,必是他先走了。

　　雨村出来,独坐书房,正要细想士隐的话,忽有家人传报说:"内廷传旨,交看事件。"雨村疾忙上轿进内。只听见人说:"今日贾存周江西粮道被参回来,在朝内谢罪。"雨村忙到了内阁,见了各大人,将海疆办理不善的旨意看了,出来即忙找着贾政,先说了些为他抱屈的话,后又道喜,问一路可好。贾政也将违别以后的话细细的说了一遍。雨村道:"谢罪的本上了去没有?"贾政道:"已上去了。等膳后下来看旨意罢。"正说着,只听里头传出旨来叫贾政,贾政即忙进去。各大人有与贾政关切的,都在里头等着,等

又是一大堆废话。

把"仙去"写得这样俗鄙而又幼稚。

无神鬼之气象,却又装神弄鬼。

又屈又喜,概括得准确。

了好一回，方见贾政出来。看见他带着满头的汗，众人迎上去接着，问："有什么旨意？"贾政吐舌道："吓死人，吓死人！倒蒙各位大人关切，幸喜没有什么事。"众人道："旨意问了些什么？"贾政道："旨意问的是云南私带神枪一案。本上奏明是原任太师贾化的家人，主上一时记着我们先祖的名字，便问起来。我忙着磕头奏明先祖的名字是代化，主上便笑了，还降旨意说：'前放兵部，后降府尹的，不是也叫贾化么？'"那时雨村也在傍边，倒吓了一跳，便问贾政道："老先生怎么奏的？"贾政道："我便慢慢奏道：'原任太师贾化是云南人，现任府尹贾某是浙江湖州人。'主上又问：'苏州刺史奏的贾范，是你一家了？'我又磕头奏道：'是。'主上便变色道：'纵使家奴强占良民妻女，还成么？'我一句不敢奏。主上又问道：'贾范是你什么人？'我忙奏道：'是远族。'主上哼了一声，降旨叫出来了。可不是咤事！"众人道："本来也巧。怎么一连有这两件事？"贾政道："事倒不奇，倒是都姓贾的不好。算来我们寒族人多，年代久了，各处都有。现在虽没有事，究竟主上记着一个'贾'字就不好。"众人说："真是真，假是假，怕什么？"贾政道："我心里巴不得不做官，只是不敢告老，现在我们家里两个世袭，这也无可奈何的。"雨村道："如今老先生仍是工部，想来京官是没有事的。"贾政道："京官虽然无事，我究竟做过两次外任，也就说不齐了。"众人道："二老爷的人品行事，我们都佩服的。就是令兄大老爷，也是个好人。只要在令侄辈身上严紧些就是了。"贾政道："我因在家的日子少，舍侄的事情不大查考，我心里也不甚放心。诸位今日提起，都是至相好，或者听

见君如见虎。

也是自讼开始，虚惊一场。

由讼而至实。

大有大的难处。

这些都是伏线。
大老爷未必好，侄辈更是一塌糊涂。

见东宅的侄儿家有什么不奉规矩的事么?"众人道:"没听见别的,只有几位侍郎心里不大和睦,内监里头也有些。想来不怕什么,只要嘱咐那边令侄,诸事留神就是了。"

众人说毕,举手而散,贾政然后回家。众子侄等都迎接上来,贾政迎着请贾母的安。然后众子侄俱请了贾政的安,一同进府。王夫人等已到了荣禧堂迎接。贾政先到了贾母那里拜见了,陈述些违别的话。贾母问探春消息,贾政将许嫁探春的事都禀明了,还说:"儿子起身急促,难过重阳,虽没有亲见,听见那边亲家的人来,说的极好。亲家老爷太太都说请老太太的安。还说今冬明春,大约还可调进京来。这便好了。如今闻得海疆有事,只怕那时还不能调。"贾母始则因贾政降调回来,知探春远在他乡,一无亲故,心下不悦;后听贾政将官事说明,探春安好,也便转悲为喜,便笑着叫贾政出去。然后弟兄相见,众子侄拜见,定了明日清晨拜祠堂。

贾政回到自己屋内,王夫人等见过,宝玉贾琏替另拜见。贾政见了宝玉果然比起身之时脸面丰满,倒觉安静,并不知他心里糊涂,所以心甚喜欢,不以降调为念,心想"幸亏老太太办理的好。"又见宝钗沉厚更胜先时,兰儿文雅俊秀,便喜形于色。独见环儿仍是先前,究不甚钟爱。歇息了半天,忽然想起:"为何今日短了一人?"王夫人知是想着黛玉,前因家书未报,今日又初到家,正是喜欢,不便直告,只说是病着。岂知宝玉的心里已如刀绞,因父亲到家,只得把持心性伺候。王夫人家筵接风,子孙敬酒。凤姐虽是侄媳,现办家事,也随了宝钗等递酒。贾政便叫:"递了一巡酒,都歇息去罢。"命众家人不必

> 慢慢靠近矛盾要害了。

> 说的写得仍是平平。

> "幸亏……办理的好",无异反讽。

> 前文并未表现贾政亦不甚钟爱贾环,何苦一有机会就贬低环儿?

伺候，待明早拜过宗祠，然后进见。分派已定，贾政与王夫人说些别后的话，余者王夫人都不敢言。倒是贾政先提起王子腾的事来，王夫人也不敢悲戚。贾政又说蟠儿的事，王夫人只说他是自作自受；趁便也将黛玉已死的话告诉。贾政反吓了一惊，不觉掉下泪来，连声叹息。王夫人也掌不住，也哭了。傍边彩云等即忙拉衣，王夫人止住，重又说些喜欢的话，便安寝了。

> 读者早已明的事，又翻来覆去地重复述说，固小说之大忌，幸亏前面许多关节写得好，尚能支撑。

次日一早，至宗祠行礼，众子侄都随往。贾政便在祠旁厢房坐下，叫了贾珍贾琏过来，问起家中事务，贾珍拣可说的说了。贾政又道："我初回家，也不便来细细查问，只是听见外头说起你家里更不比往前，诸事要谨慎才好。你年纪也不小了，孩子们该管教管教，别叫他们在外头得罪人。琏儿也该听听。不是才回家便说你们，因我有所闻，所以才说的。你们更该小心些。"贾珍等脸涨通红的，也只答应个"是"字，不敢说什么。贾政也就罢了。回归西府，众家人磕头毕，仍复进内，众女仆行礼，不必多赘。

> 粗粗一说，只能起使人脸皮一红的表面作用。抓而不紧，等于不抓。

> 齐家治国，贾政是失败者，只说空话时还煞有介事。

只说宝玉因昨贾政问起黛玉，王夫人答以有病，他便暗里伤心，直待贾政命他回去，一路上已滴了好些眼泪。回到房中，见宝钗和袭人等说话，他便独坐外间纳闷。宝钗叫袭人送过茶去，知他必是怕老爷查问工课，所以如此，只得过来安慰。宝玉便借此说："你今夜先睡一回，我要定定神。这时更不如从前，三言可忘两语，老爷瞧了不好。你们先睡罢，叫袭人陪着我。"宝钗听去有理，便自己到房先睡。

宝玉轻轻的叫袭人坐着，央他："把紫鹃叫来，有话问他。但是紫鹃见了我，脸上嘴里总是有气是的，须得你去解释开了他来才好。"袭人

> 与袭人谈紫鹃黛玉，无异对牛弹琴。

道:"你说要定神,我倒喜欢,怎么又定到这上头了?有话你明儿问不得!"宝玉道:"我就是今晚得闲,明日倘或老爷叫干什么,便没空儿。好姐姐,你快去叫他来。"袭人道:"他不是二奶奶叫是不来的。"宝玉道:"我所以央你去说明白了才好。"袭人道:"叫我说什么?"宝玉道:"你还不知道我的心也不知道他的心么?都为的是林姑娘。你说我并不是负心的。我如今叫你们弄成了一个负心人了!"说着这话,便瞧瞧里头,用手一指说:"他是我本不愿意的,都是老太太他们捉弄的。好端端把一个林妹妹弄死了。就是他死,也该叫我见见,说个明白,他自己死了也不怨我。你是听见三姑娘他们说的,临死恨怨我。那紫鹃为他姑娘,也恨得我了不得。你想,我是无情的人么?晴雯到底是个丫头,也没有什么大好处,他死了,我老实告诉你罢,我还做个祭文去祭他。那时林姑娘还亲眼见的。如今林姑娘死了,莫非倒不如晴雯么?死了连祭都不能祭一祭。林姑娘死了还有知的,他想起来不更要怨我么?"袭人道:"你要祭便祭去,要我们做什么?"宝玉道:"我自从好了起来,就想要做一首祭文,不知我如今一点灵机都没了。若祭别人呢,胡乱却使得;若是他,断断俗俚不得一点儿的。所以叫紫鹃来问他姑娘这条心,他打从那里看出来的。我没病的头里还想得出来,一病以后都不记得。你说林姑娘已经好了,怎么忽然死的?他好的时候,我不去,他怎么说?我病的时候,他不来,他也怎么说?所以他有的东西,我诓过来,你二奶奶总不叫我动,不知什么意思。"袭人道:"二奶奶惟恐你伤心罢了,还有什么?"宝玉道:"我不信。既是他这么念我,

道不同不相为谋,宝玉与袭人啰嗦什么。

这话够直接,也够厉害的了。袭人对此无反应,也不规劝。因为"本不愿意"云云,毫无意义。袭人乃至宝钗,要的是名分,不是"愿意"。

毫不同情,毫无反应。作者或续作者,写到这里,也已是一点灵机都没有了。

此回除贾政谢罪略有可警惕者,其他味同嚼蜡,一无可取。醉金刚事亦不过是过场戏。

为什么临死都把诗稿烧了,不留给我作个记念?又听见说天上有音乐响,必是他成了神,或是登了仙去。我虽见过了棺材,到底不知道棺材里有他没有?"袭人道:"你这话益发糊涂了!怎么一个人不死就搁上一个空棺材里当死了人呢。"宝玉道:"不是嘎!大凡成仙的人,或是肉身去的,或是脱胎去的。好姐姐,你到底叫了紫鹃来。"袭人道:"如今等我细细的说明了你的心。他若肯来,还好;若不肯来,还得费多少话。就是来了,见你也不肯细说。据我的主意,明后日等二奶奶上去了,我慢慢的问他,或者倒可仔细。遇着闲空儿,我再慢慢的告诉你。"宝玉道:"你说得也是,你不知道我心里的着急。"

正说着,麝月出来说:"二奶奶说:天已四更了,请二爷进去睡罢。袭人姐姐必是说高了兴了,忘了时候儿了。"袭人听了,道:"可不是,该睡了,有话明儿再说罢。"宝玉无奈,只得含愁进去,又向袭人耳边道:"明儿不要忘了。"袭人笑道:"知道了。"麝月笑道:"你们两个又闹鬼了。何不和二奶奶说了,就到袭人那边睡去?由着你们说一夜,我们也不管。"宝玉摆手道:"不用言语。"袭人恨道:"小蹄子,你又嚼舌根,看我明儿撕你!"回转头来对宝玉道:"这不是二爷闹的?说了四更的话,总没有完。"说到这里,一面说,一面送宝玉进屋,各人散去。

那夜宝玉无眠,到了明日,还思这事。只闻得外头传进话来,说:"众亲朋因老爷回家,都要送戏接风。老爷再四推辞,说唱戏不必,竟在家里备了水酒,倒请亲朋过来,大家谈谈。于是定

与袭人的谈话又臭又长,味同嚼蜡。

不能正常说心里话,干脆胡说。这是自慰,也是文学,还是呓语。

享受尊宠的人是没有自由的。

人心隔肚皮,相隔如隔山。

宠儿最可怜。

联系前文王仁家唱戏的事,可见当时认为听戏是极大的奢靡作孽。

了后儿摆席请人,所以进来告诉。"不知所请何人,下回分解。

此回有点蹊跷,终无趣味。或谓风起云涌,风来自四面八方,包括枯井地穴,包括大小薄厚,包括星星点点,无意中积累起来,风高云黑之势已成。

写一个鲜花普锦、烈火烹油的贾府的灭亡也非易事。有重大关节也有鸡零狗碎,有必然也有偶然,有合情合理也有匪夷所思,高氏的布局能力非同寻常。

第 一 百 五 回

锦衣军查抄宁国府　　骢马使弹劾平安州

回目是"查抄宁国府",但实写的是"荣国府"这边的事。有避实就虚、避重就轻之意。
盖这些情节,写来稍一不慎就牵扯到朝廷、锦衣军,直至"今上",既要写查抄惨状,又不能有微词,既要写查抄的严肃性,又不可写得太狠(必须适当美化),行文实际很难。

话说贾政正在那里设宴请酒,忽见赖大急忙走上荣禧堂来,回贾政道:"有锦衣府堂官赵老爷带领好几位司官,说来拜望。奴才要取职名来回,赵老爷说:'我们至好,不用的。'一面就下车来,走进来了。请老爷同爷们快接去。"贾政听了,心想:"和老赵并无来往,怎么也来?现在有客,留他不便,不留又不好。"正自思想,贾琏说:"叔叔快去罢。再想一回,人都进来了。"

> 恶贯满盈者对自己的不良下场从无丝毫自觉。

正说着,只见二门上家人又报进来,说:"赵老爷已进二门了。"贾政等抢步接去。只见赵堂官满脸笑容,并不说什么,一径走上厅来。后面跟着五六位司官,也有认得的,也有不认得的,但是总不答话。贾政等心里不得主意,只得跟了上来让坐。众亲友也有认得赵堂官的,见他仰着脸不大理人,只拉着贾政的手笑着说了几句寒温的话。众人看见来头不好,也有躲进里间屋里的,也有垂手侍立的。

> 终于闹大了!!!

> 这一"笑着"尤其令人汗毛倒竖。

贾政正要带笑叙话,只见家人慌张报道:"西平王爷到了。"贾政慌忙去接,已见王爷进种种败落,直至贾政降调回来,又在谢罪时遭到质问与警告,但仍然自欺欺人,既无思想与措施准备,到时候又无任何对策,只知"面如土色,满身发颤"。真是酒囊饭袋!

来。赵堂官抢上去请了安,便说:"王爷已到,随来各位老爷们就该带领府役把守前后门。"众官应了出去。贾政等知事不好,连忙跪接。西平郡王用两手扶起,笑嘻嘻的说道:"无事不敢轻造,有奉旨交办事件,要赦老接旨。如今满堂中筵席未散,想有亲友在此未便,且请众位府上亲友各散,独留本宅的人听候。"赵堂官回说:"王爷虽是恩典,但东边的事,这位王爷办事认真,想是早已封门。"众人知是两府干系,恨不能脱身。只见王爷笑道:"众位只管就请。叫人来给我送出去,告诉锦衣府的官员说,这都是亲友,不必盘查,快快放出。"那些亲友听见,就一溜烟如飞的出去了。独有贾赦贾政一干人,唬得面如土色,满身发颤。

> 筵席未散,抄家的就来了。来得"可巧"!

> 不到此时,不想脱身。

> 皇恩能够浩荡,皇威就必然雷霆。

不多一回,只见进来无数番役,各门把守,本宅上下人等一步不能乱走。赵堂官便转过一副脸来,回王爷道:"请爷宣旨意,就好动手。"这些番役都撩衣勒臂,专等旨意。西平王慢慢的说道:"小王奉旨,带领锦衣府赵全来查看贾赦家产。"贾赦等听见,俱俯伏在地。王爷便站在上头说:"有旨意:贾赦交通外官,依势凌弱,辜负朕恩,有忝祖德,着革去世职。钦此。"赵堂官一叠声叫:"拿下贾赦。其余皆看守。"维时,贾赦、贾政、贾琏、贾珍、贾蓉、贾蔷、贾芝、贾兰俱在,惟宝玉假说有病,在贾母那边打闹,贾环本来不大见人的,所以就将现在几人看住。

> 带笑进来,逐步严肃起来了。

> 这种形势下,宝玉当真成了贾府赘疣。

赵堂官即叫他的家人传齐司员,带同番役,分头按房,查抄登账。这一言不打紧,唬得贾政平地一声雷!

居安不思危,居危也不思危,自以为根基功德万年不坏,只知坐享荣华富贵。终有今日了!

上下人等面面相看,喜得番役家人摩拳擦掌,就要往各处动手。西平王道:"闻得赦老与政老同房各爨的,理应遵旨查看贾赦的家资。其余且按房封锁,我们复旨去,再候定夺。"赵堂官站起来说:"回王爷:贾赦贾政并未分家。闻得他侄儿贾琏现在承总管家,不能不尽行查抄。"西平王听了,也不言语。赵堂官便说:"贾琏贾赦两处须得奴才带领去查抄才好。"西平王便说:"不必忙。先传信后宅,且请内眷回避,再查不迟。"一言未了,老赵家奴番役,已经拉着本宅家人领路,分头查抄去了。王爷喝命:"不许罗唣,待本爵自行查看!"说着,便慢慢的站起来要走,又盼咐说:"跟我的人一个不许动,都给我站在这里候着,回来一齐瞧着登数。"

　　正说着,只见锦衣司官跪禀说:"在内查出御用衣裙并多少禁用之物,不敢擅动,回来请示王爷。"一回儿,又有一起人来拦住王爷,就回说:"东跨所抄出两箱房地契,又一箱借票,却都是违例取利的。"老赵便说:"好个重利盘剥!很该全抄!请王爷就此坐下,叫奴才去全抄来,再候定夺罢。"说着,只见王府长史来禀说:"守门军传进来说:'主上特派北静王到这里宣旨,请爷接去。'"赵堂官听了,心里喜欢说:"我好晦气,碰着这个酸王!如今那位来了,我就好施威。"一面想着,也迎出来。只见北静王已到大厅,就向外站着说:"有旨意,锦衣府赵全听宣。"说:"奉旨意:着锦衣官惟提贾赦质审,余交西平王遵旨查办。钦此。"西平王领了好不喜欢,便

顿时人为刀俎,我为鱼肉矣。

西平王脉脉含情,也是贾府、作者对封建权力系统的脉脉含情。

是写西平王的照顾,更是要写查抄中的圣恩!

怕的是一个"查"字,一查就完蛋。
贾府之事,如何能见太阳?

与北静王坐下,着赵堂官提取贾赦回衙。里头那些查抄的人,听得北静王到,俱一齐出来。及闻赵堂官走了,大家没趣,只得侍立听候。北静王便拣选两个诚实司官并十来个老年番役,余者一概逐出。西平王便说:"我正与老赵生气,幸得王爷到来降旨;不然,这里很吃大亏。"北静王说:"我在朝内听见王爷奉旨查抄贾宅,我甚放心,谅这里不致荼毒。不料老赵这么混账。但不知现在政老及宝玉在那里,里面不知闹到怎么样了?"众人回禀:"贾政等在下房看守着,里面已抄得乱腾腾的了。"北静王便吩咐司员:"快将贾政带来问话。"众人领命,带了上来。贾政跪了请安,不免含泪乞恩。北静王便起身拉着,说:"政老放心。"便将旨意说了。贾政感激涕零,望北又谢了恩,仍上来听候。王爷道:"政老,方才老赵在这里的时候,番役呈禀有禁用之物并重利欠票,我们也难掩过。这禁用之物,原办进贵妃用的,我们声明也无碍。独是借券,想个什么法儿才好。如今政老且带司员实在将赦老家产呈出,也就了事;切不可再有隐匿,自干罪戾。"贾政答应道:"犯官再不敢。但犯官祖父遗产并未分过;惟各人所住的房屋有的东西便为己有。"两王便说:"这也无妨,惟将赦老那一边所有的交出就是了。"又吩咐司员等依命行去,不许胡混乱动。司员领命去了。

> 为何没趣?是不是狠大发了才有味道?

> 王爷留情,续作笔下亦极留情。写得太严重了容易见疑,故多留点情面,多称颂圣恩隆渥,多表示罪臣对今上的感激涕零之心。

> 遇到这一类事,可能铁面无私,可能加码逞威,可能多行方便,可能咋唬一气表演一番了事。

> 倒也有打一巴掌揉一揉的意思。
> 老赵发威也是必要的,王爷迟来一步也是必要的。不来,失之刚,来早了,失之柔。什么事都是辩证之至,矛盾统一之至。

> 已成犯官,已被查抄,对皇恩仍是,乃至更是感激涕零。

且说贾母那边女眷也摆家宴。王夫人正在那边说:"宝玉不到外头,恐他老子生气。"凤姐带病哼哼唧唧的说:"我看宝玉也不是怕人,他见前头陪客的人也不少了,所以在这里照应,也是有的。倘或老爷想起里头少个人在那里照

> 值得深思:恰在摆宴的时候查抄者来了。

应,太太便把宝兄弟献出去,可不是好?"贾母笑道:"凤丫头病到这地位,这张嘴还是那么尖巧。"

　　正说到高兴,只听见邢夫人那边的人一直声的嚷进来说:"老太太,太太!不……不好了!多多少少的穿靴带帽的强……强盗来了!翻箱倒笼的来拿东西。"贾母等听着发呆。又见平儿披头散发,拉着巧姐,哭啼啼的来说:"不好了!我正与姐儿吃饭,只见来旺被人拴着进来说:'姑娘快快传进去请太太们回避,外面王爷就进来查抄家产!'我听了着忙,正要进房拿要紧的东西,被一伙人浑推浑赶出来的。咱们这里该穿该带的快快收拾。"王邢夫人等听得,俱魂飞天外,不知怎样才好。独见凤姐先前圆睁两眼听着,后来便一仰身栽倒地下死了。贾母没有听完,便吓得涕泪交流,连话也说不出来。

　　那时,一屋子人,拉那个,扯这个,正闹得翻天覆地。又听见一叠声嚷说:"叫里面女眷们回避,王爷进来了!"可怜宝钗宝玉等正在没法,只见地下这些丫头婆子乱拉乱扯的时候,贾琏喘吁吁的跑进来说:"好了,好了!幸亏王爷救了我们了!"众人正要问他,贾琏见凤姐死在地下,哭着乱叫;又怕老太太吓坏了,急得死去活来,还亏平儿将凤姐叫醒,令人扶着。老太太也回过气来了,哭得气短神昏,躺在炕上,李纨再三宽慰。然后贾琏定神,将两王恩典说明;惟恐贾母邢夫人知道贾赦被拿,又要唬死,且暂不敢明说,只得出来照料自己屋内。一进屋门,只见箱开柜破,物件抢得半空。此时急得两眼直竖,淌泪发呆,听见外头叫,只得出来。见贾政同司员登记物件,一人报说:

是不测风云,坐以待毙,还是自掘坟墓,天网恢恢?

凤姐是贾府的权力、财富、罪恶的集中代表人物。她怕阳光的事最多,最知道事情的严重性!

寄语骄奢者,准备这一天!

只怕这种时候出来救命的王爷少有。

"抢得半空",官盗一体吗?

赤金首饰共一百二十三件,珠宝俱全。珍珠十三挂。饺金盘二件。金碗二对。金抢碗二个。金匙四十把。银大碗八十个。银盘二十个。三镀金象牙箸三把。镀金执壶四把。镀金折盂三对。茶托二件。银碟七十六件。银酒杯三十六个。黑狐皮十八张。青狐皮六张。貂皮三十六张。黄狐皮三十张,猞猁狲皮十二张。麻叶皮三张。洋灰皮六十张。灰狐腿皮四十张。酱色羊皮二十张。猰狸皮二张。黄狐腿二把。小白狐皮二十块。洋呢三十度。哔叽二十三度。姑绒十二度。香鼠筒子十件。豆鼠皮四方。天鹅绒一卷。梅鹿皮一方。云狐筒子二件。貉崽皮一卷。鸭皮七把。灰鼠一百六十张。獾子皮八张。虎皮六张。海豹三张。海龙十六张。灰色羊四十把。黑色羊皮六十三张。元狐帽沿十副。倭刀帽沿十二副。貂帽沿二副。小狐皮十六张。江獭皮二张。獭子皮二张。猫皮三十五张。倭股十二度。绸缎一百三十卷。纱绫一百八十卷。羽线绉三十二卷。氆氇三十卷。妆蟒缎八卷。葛布三捆,各色布三捆。各色皮衣一百三十二件。棉夹单纱绢衣三百四十件。玉玩三十二件。带头九副。铜锡等物五百余件。钟表十八件。朝珠九挂。各色妆蟒三十四件。上用蟒缎迎手靠背三分。宫妆衣裙八套。脂玉圈带一条。黄缎十二卷。潮银五千二百两。赤金五十两。钱七千吊。

　　一切动用家伙攒钉登记,以及荣国赐第,俱一一开列。其房地契纸,家人文书,亦俱封裹。

　　贾琏在旁边窃听,只不听见报他的东西,心里正在疑惑,只闻两家王爷问贾政道:"所抄家资,内有借券,实系盘剥,究是谁行的? 政老据

也是一笔账目,一纸清单,但不是收租,不是送礼或受礼。清单依旧,滋味不同。

从单子上看,一是金珠银玉象牙类,一是皮革、毛皮与其他高级纺织品多。

霸占、窃据这么多财富,怎么能不抄? 怎么能不引起赵堂官和他的人马的抄的兴趣?

实才好。"贾政听了,跪在地下磕头,说:"实在犯官不理家务,这些事全不知道,问犯官侄儿贾琏才知。"贾琏连忙走上,跪下禀说:"这一箱文书既在奴才屋内抄出来的,敢说不知道么?只求王爷开恩。奴才叔叔并不知道的。"两王道:"你父已经获罪,只可并案办理。你今认了,也是正理。如此,叫人将贾琏看守,余俱散收宅内。政老,你须小心候旨,我们进内复旨去了。这里有官役看守。"说着,上轿出门。贾政等就在二门跪送。北静王把手一伸,说:"请放心。"觉得脸上大有不忍之色。

> 凤姐的事终于犯了。

此时贾政魂魄方定,犹是发怔。贾兰便说:"请爷爷进内瞧老太太,再想法儿打听东府里的事。"贾政疾忙起身进内。只见各门上妇女乱糟糟的,不知要怎样。贾政无心查问,一直到贾母房中,只见人人泪痕满面,王夫人宝玉等围住贾母,寂静无言,各各掉泪,惟有邢夫人哭作一团。因见贾政进来,都说:"好了,好了!"便告诉老太太说:"老爷仍旧好好的进来,请老太太安心罢。"贾母奄奄一息的,微开双目,说:"我的儿,不想还见得着你!"一声未了,便嚎啕的哭起来。于是满屋里人俱哭个不住。贾政恐哭坏老母,即收泪说:"老太太放心罢。本来事情原不小,蒙主上天恩,两位王爷的恩典,万般轸恤。就是大老爷暂时拘质,等问明白了,主上还有恩典。如今家里一些也不动了。"贾母见贾赦不在,又伤心起来,贾政再三安慰方止。

> 不忍云云,自欺欺人而已。反正不忍之色也是不需要付出代价的。

> "作"(孽)的时候,贾府是鸡飞狗跳,大难到来的时候,寂静无言。

> 天恩意识,倒也能帮助人们支撑自己,渡过难关。

众人俱不敢走散。独邢夫人回至自己那边,见门总封锁,丫头婆子亦锁在几间屋内,邢夫人无处可走,放声大哭起来。只得往凤姐那边去,见二门傍舍亦上封条,惟有屋门开着,里

> 邢夫人发起了假抄家——搜检大观园。如今尝到了真抄真封的滋味。
> 播种微风的人,会收获暴风的。(欧谚)

头呜咽不绝。邢夫人进去,见凤姐面如纸灰,合眼躺着,平儿在旁暗哭。邢夫人打谅凤姐死了,又哭起来。平儿迎上来说:"太太不要哭。奶奶抬回来觉着像是死的了。幸得歇息一回,苏过来,哭了几声,如今痰息气定略安了安神。太太也请定定神罢。但不知老太太怎样了?"邢夫人也不答言,仍走到贾母那边。见眼前俱是贾政的人,自己夫子被拘,媳妇病危,女儿受苦,现在身无所归,那里禁得住。众人劝慰,李纨等令人收拾房屋,请邢夫人暂住。王夫人拨人服侍。

贾政在外,心惊肉跳,拈须搓手的等候旨意。听见外面看守军人乱嚷道:"你到底是那一边的?既碰在我们这里,就记在这里册上,拴着他交给里头锦衣府的爷们。"贾政出外看时,见是焦大,便说:"怎么跑到这里来?"焦大见问,便号天踏地的哭道:"我天天劝这些不长进的爷们,倒拿我当作冤家!爷还不知道焦大跟着太爷受的苦!今朝弄到这个田地,珍大爷蓉哥儿都叫什么王爷拿了去了,里头女主儿们都被什么府里衙役抢得披头散发,撂在一处空房里,那些不成材料的狗男女却像猪狗似的拦起来了。所有的都抄出来搁着,木器钉得破烂,磁器打得粉碎。他们还要把我拴起来,我活了八九十岁,只有跟着太爷捆人的,那里倒叫人捆起来!我便说我是西府里,就跑出来。那些人不依,押到这里,不想这里也是那么着。我如今也不要命了,和那些人拚了罢!"说着撞头。众役见他年老,又是两王吩咐,不敢发狠。便说:"你老人家安静些。这是奉旨的事,你且这里歇歇,听个信儿再说。"贾政听明,虽不理他,但是心里刀绞似的,便道:"完了,完了!不料我们一败涂地

> 这时候焦大出来得好!一个正在烂掉的府第,岂容忠仆?

> 由焦大介绍东府被抄的情况,特别有味。

> 不给焦大嘴里灌马粪了吗?

如此！"

正在着急听候内信，只见薛蝌气嘘嘘的跑进来说："好容易进来了！姨父在那里？"贾政道："来的好，但是外头怎么放进来的？"薛蝌道："我再三央说，又许他们钱，所以我才能够出入的。"贾政便将抄去之事告诉了他，便烦去打听打听，说："就有好亲，在火头上，也不便送信，是你就好通信了。"薛蝌道："这里的事，我倒想不到；那边东府的事，我已听见说完了。"贾政道："究竟犯什么事？"薛蝌道："今朝为我哥哥打听决罪的事，在衙内闻得有两位御史，风闻得珍大爷引诱世家子弟赌博，这一款还轻；还有一大款是强占良民妻女为妾，因其女不从，凌逼致死。那御史恐怕不准，还将咱们家的鲍二拿去，又还拉出一个姓张的来。只怕连都察院都有不是，为的是姓张的曾告过的。"贾政尚未听完，便跺脚道："了不得！罢了，罢了！"叹了一口气，扑簌簌的掉下泪来。

> 到了这时候，什么都兜出来了！
> 一粒火星，便能引起滔天烈焰。
>
> 腐烂加窝里斗，怎能不垮？

薛蝌宽慰了几句，即便又出来打听去了。隔了半日，仍旧进来，说："事情不好。我在刑科打听，倒没有听见两王复旨的信，但听得说，李御史今早参奏平安州奉承京官，迎合上司，虐害百姓，好几大款。"贾政慌道："那管他人的事！到底打听我们的怎么样？"薛蝌道："说是平安州，就有我们，那参的京官就是赦老爷，说的是包揽词讼，所以火上浇油。就是同朝这些官府，俱藏躲不迭，谁肯送信？就如才散的这些亲友，有的竟回家去了，也有远远儿的歇下打听的。可恨那些贵本家便在路上说：'祖宗挣下的功业，弄出事来了，不知道飞到那个头上，大家也好施威。'"贾政没有听完，复又顿足道："都是我

> 那是自然。

如此如此,这般这般,可将此前书中所写的一切,看作此回的准备铺垫。一步一步,一站一站,终于走到了这一站:这是"红"的条条道路通向的"罗马"。

虽然紧紧勒住了"缰绳",这一回仍然是惊心动魄!读之心惊肉跳。

人皆有不忍之心,读了一百多回了,对贾府也有了点感情了,虽知其黑暗,知道其必败应败——恶贯终将满盈,读到这里,仍然难过。

多少经验,多少教训,多少痛苦,多少血泪!谁能学得更聪明些呢?

| 们大老爷忒糊涂,东府也忒不成事体!如今老太太与琏儿媳妇是死是活,还不知道呢。你再打听去,我到老太太那边瞧瞧。若有信,能够早一步才好。"正说着,听见里头乱嚷出来,说:"老太太不好了!"急得贾政即忙进去。未知生死如何,下回分解。 | 知道怨人,不知责己。贾政也是混账东西。

贾府不亡,是无天理,早知今日,何必当初? |

　　读宝玉与其父母特别是祖母的故事多了,会产生出一种对贾家的亲切感,盖文本也是与贾相亲的,读到查抄一节,令人产生悲戚。其实,这才叫天网恢恢,疏而不失!

第 一 百 六 回

王熙凤致祸抱羞惭　贾太君祷天消祸患

　　话说贾政闻知贾母危急,即忙进去看视,见贾母惊吓气逆,王夫人鸳鸯等唤醒回来,即用疏气安神的丸药服了,渐渐的好些,只是伤心落泪。贾政在旁劝慰,总说:"是儿子们不肖,招了祸来,累老太太受惊。若老太太宽慰些,儿子们尚可在外料理;若是老太太有什么不自在,儿子们的罪孽更重了。"贾母道:"我活了八十多岁,自作女孩儿起,到你父亲手里,都托着祖宗的福,从没有听见过这些事;如今到老了,见你们倘或受罪,叫我心里过得去吗?倒不如合上眼,随你们去罢了。"说着,又哭。

　　贾政此时着急异常,又听外面说:"请老爷,内廷有信。"贾政急忙出来,见是北静王府长史,一见面便说:"大喜!"贾政谢了,请长史坐下,请问:"王爷有何谕旨?"那长史道:"我们王爷同西平郡王进内复奏,将大人的惧怕的心、感激天恩之话都代奏了。主上甚是悯恤,并念及贵妃溢逝未久,不忍加罪,着加恩仍在工部员外上行走。所封家产,惟将贾赦的入官,余俱给还,并传旨令尽心供职。惟抄出借券,令我们王爷查核。如有违禁重利的,一概照例入官;其在定例生息的,同房地文书,尽行给还。贾琏着革去职衔,免罪释放。"贾政听毕,即起身叩谢天恩,又

坏一下,好一下,最后完蛋;
病一下,愈一下,终于死亡。

果然不肖!

此话动人!
到了关键时刻,要摆摆老资格,讲讲古。

依此种写法北静王还算个关照者,前文亦屡写北静王对贾府的好意,到底什么关系,什么背景,则是"红"所回避的了。
天恩如海,宽大处理。

拜谢王爷恩典:"先请长史大人代为禀谢,明晨到阙谢恩,并到府里磕头。"那长史去了。少停,传出旨来,承办官遵旨一一查清,入官者入官,给还者给还。将贾琏放下,所有贾赦名下男妇人等造册入官。

<blockquote>道是无情却有情,是天恩有情,也是北静王有情,更是作(续)者有情,对人世,对王朝,对权贵豪门,哪能毫无眷恋呢?</blockquote>

可怜贾琏屋内东西,除将按例放出的文书发给外,其余虽未尽入官的,早被查抄的人尽行抢去,所存者只有家伙物件。贾琏始则惧罪,后蒙释放,已是大幸,及想起历年积聚的东西并凤姐的体己,不下七八万金,一朝而尽,怎得不疼;且他父亲现禁在锦衣府,凤姐病在垂危,怎得不痛。又见贾政含泪叫他,问道:"我因官事在身,不大理家,故叫你们夫妇总理家事。你父亲所为,固难劝谏,那重利盘剥,究竟是谁干的?况且非咱们这样人家所为。如今入了官,在银钱,是不打紧的,这种声名出去还了得吗!"贾琏跪下说道:"侄儿办家事,并不敢存一点私心,所有出入的账目,自有赖大、吴新登、戴良等登记,老爷只管叫他们来查问。现在这几年,库内的银子出多入少,虽没贴补在内,已在各处做了好些空头,求老爷问太太就知道了。这些放出去的账,连侄儿也不知道那里的银子,要问周瑞、旺儿才知道。"贾政道:"据你说来,连你自己屋里的事还不知道,那些家中上下的事更不知道了。我这回也不来查问你。现今你无事的人,你父亲的事和你珍大哥的事,还不快去打听打听?"贾琏一心委屈,含着眼泪,答应了出去。

<blockquote>不是好来的。不会好去的。种瓜得瓜,种豆得豆。</blockquote>

<blockquote>不敢存私心云云,仍在自欺欺人。</blockquote>

<blockquote>贾政平时装模作样,出了事责备"下级"。</blockquote>

贾政叹气,连连的想道:"我祖父勤劳王事,立下功勋,得了两个世职,如今两房犯事,都革去了。我瞧这些子侄没一个长进的。老天啊,老天啊!我贾家何至一败如此!我虽蒙圣恩格

<blockquote>你就长进?
一代不如一代?
问天何益?莫若问己。</blockquote>

> 贾琏自称"不敢存一点私心",贾政自称可以"对得天"。没有一点认真的反思。不可救药了。

外垂慈,给还家产,那两处食用,自应归并一处,叫我一人那里支撑的住?方才琏儿所说,更加咤异,说不但库上无银,而且尚有亏空。这几年竟是虚名在外,只恨我自己为什么糊涂若此?倘或我珠儿在世,尚有膀臂;宝玉虽大,更是无用之物。"想到那里,不觉泪满衣襟。又想:"老太太若大年纪,儿子们并没有自能奉养一日,反累他吓得死去活来,种种罪孽,叫我委之何人?"

正在独自悲切,只见家人禀报:"各亲友进来看候。"贾政一一道谢,说起:"家门不幸,是我不能管教子侄,所以至此。"有的说:"我久知令兄赦大老爷行事不妥,那边珍哥更加骄纵。若说因官事错误,得个不是,于心无愧。如今自己闹出的,倒带累了二老爷。"有的说:"人家闹的也多,也没见御史参奏。不是珍老大得罪朋友,何重如此!"有的说:"也不怪御史,我们听见说是府上的家人同几个泥腿在外头哄嚷出来的。御史恐参奏不实,所以诓了这里的人去,才说出来的。我想府上待下人最宽的,为什么还有这事?"有的说:"大凡奴才们是一个养活不得的。今儿在这里都是好亲友,我才敢说。就是尊驾在外任,我保不得——你是不爱钱的,——那外头的风声也不好,都是奴才们闹的,你该堤防些。如今虽说没有动你的家,倘或再遇着主上疑心起来,好些不便呢。"贾政听说,心下着忙道:"众位听见我的风声怎样?"众人道:"我们虽没见实据,只闻外面人说你在粮道任上,怎么叫门上家人要钱。"贾政听了,便说道:"我是对得天的,从不敢起这要钱的念头。只是奴才在外

> 罪孽乎?诚罪孽也。"罪孽"是"红"的关键词之一。但与例如托尔斯泰的《复活》或雨果的《悲惨世界》不同,在描写罪孽的同时,"红"描写了那么多充满生命魅力的人物。

> 回避要害,谈论枝节浮面,不可能总结出有意义的教训来。

> 根据前述,贾政是被李十儿说服,有意识地睁一只眼闭一只眼,放纵下属家奴去胡作非为的。
> 还如此不自责。

"红"还是宣扬一种类似报应的观念的。它宣扬的是:好人未必好报(如晴雯、黛玉),恶人却常有恶报。

招摇撞骗,闹出事来,我就吃不住了。"众人道:"如今怕也无益,只好将现在的管家们都严严的查一查,若有抗主的奴才,查出来严严的办一办。"

贾政听了点头。便见门上进来回禀说:"孙姑爷那边打发人来说,自己有事不能来,着人来瞧瞧。说大老爷该他一种银子,要在二老爷身上还的。"贾政心内忧闷,只说:"知道了。"众人都冷笑道:"人说令亲孙绍祖混账,真有些。如今丈人抄了家,不但不来瞧看帮补照应,倒赶忙的来要银子,真真不在理上。"贾政道:"如今且不必说他,那头亲说原是家兄配错的。我的侄女儿的罪已经受够了,如今又招我来。"正说着,只见薛蝌进来说道:"我打听锦衣府赵堂官必要照御史参的办去,只怕大老爷和珍大爷吃不住。"众人都道:"二老爷,还得是你出去来求王爷,怎么挽回挽回才好;不然,这两家就完了。"贾政答应致谢,众人都散。

那时天已点灯时候,贾政进去请贾母的安,见贾母略略好些。回到自己房中,埋怨贾琏夫妇不知好歹,如今闹出放账取利的事情,大家不好,方见凤姐所为,心里很不受用。凤姐现在病重,知他所有什物,尽被抄抢一光,心内郁结,一时未便埋怨,暂且隐忍不言。一夜无话。

次早,贾政进内谢恩,并到北静王府西平王府两处叩谢,求两位王爷照应他哥哥侄儿。两位应许。贾政又在同寅相好处托情。

是生活本身漫画化?
是用笔用"漫"了?

混账之名远扬。

封建王朝处理人事,爱走极端,此次对贾府竟能手下留情,进行"保护性惩戒",不知后面有何潜台词。

且说贾琏打听得父兄之事不很妥,无法可施,只得回到家中。平儿守着凤姐哭泣,秋桐在耳房中抱怨凤姐。贾琏走近旁边,见凤姐奄奄一息,就有多少怨言,一时也说不出来。平儿哭道:"如今事已如此,东西已去,不能复来。奶奶这样,还得再请个大夫调治调治才好。"贾琏啐道:"我的性命还不保,我还管他么!"凤姐听见,睁眼一瞧,虽不言语,那眼泪流个不尽。见贾琏出去,便与平儿道:"你别不达时务了。到了这样田地,你还顾我做什么?我巴不得今儿就死才好。只要你能够眼里有我,我死之后,你扶养大了巧姐儿,我在阴司里也感激你的。"平儿听了,放声大哭。凤姐道:"你也是聪明人。他们虽没有来说我,他必抱怨我的。虽说事是外头闹的,我若不贪财,如今也没有我的事。不但是枉费心计,挣了一辈子的强,如今落在人后头。我只恨用人不当,恍惚听得那边珍大爷的事,说是强占良民妻子为妾,不从逼死,有个姓张的在里头,你想想还有谁?若是这件事审出来,咱们二爷是脱不了的,我那时怎样见人?我要即时就死,又耽不起吞金服毒的。你到还要请大夫,可不是你为顾我,反倒害了我了么。"平儿愈听愈惨,想来实在难处,恐凤姐自寻短见,只得紧紧守着。

　　幸贾母不知底细,因近日身子好些,又见贾政无事,宝玉宝钗在旁,天天不离左右,略觉放心。素来最疼凤姐,便叫鸳鸯:"将我体己东西拿些给凤丫头,再拿些银钱交给平儿,好好的伏侍好了凤丫头,我再慢慢的分派。"又命王夫人照看了邢夫人。又加了宁国府第入官,所有财产房地等并家奴等俱造册收尽,这里贾母命人

> 这种语言倒真是凤姐的丈夫!

> 既有今日,何必当初!

> "枉费心计"四个字,字字重千斤。
> 这里的"用人不当"云云,其实是开脱自己罪责。

> 想起吞金来了么?

> 一下子到了这一步!

> 宝玉宝钗对抄家能无反应么?

胜利、失败、快乐、悲哀都是有传染性的。所以事物发展到一定程度,会产生突然的加速加力现象,胜则势如破竹,败则一败涂地,喜则锦上添花,悲则祸不单行。

将车接了尤氏婆媳等过来。可怜赫赫宁府,只剩得他们婆媳两个并佩凤偕鸾二人,连一个下人没有。贾母指出房子一所居住,就在惜春所住的间壁。又派了婆子四人,丫头两个伏侍。一应饭食起居在大厨房内分送。衣裙什物又是贾母送去。零星需用亦在账房内开销,俱照荣府每人月例之数。

> 越写贾母之照顾周到,越显出宁府的可怜来了。

那贾赦、贾珍、贾蓉在锦衣府使用,账房内实在无项可支。如今凤姐一无所有,贾琏况又多债务满身,贾政不知家务,只说:"已经托人,自有照应。"贾琏无计可施,想到那亲戚里头,薛姨妈家已败,王子腾已死,余者亲戚虽有,俱是不能照应,只得暗暗差人下屯,将地亩暂卖了数千金,作为监中使费。贾琏如此一行,那些家奴见主家势败,也便趁此弄鬼,并将东庄租税也就指名借用些。此是后话,暂且不提。

> 千疮百孔,内外交困,漏洞百出。
> 也是多米诺骨牌效应。

且说贾母见祖宗世职革去,现在子孙在监质审,邢夫人尤氏等日夜啼哭,凤姐病在垂危,虽有宝玉宝钗在侧,只可解劝,不能分忧,所以日夜不宁,思前想后,眼泪不干。一日傍晚,叫宝玉回去,自己扎挣坐起,叫鸳鸯等各处佛堂上香;又命自己院内焚起斗香,用拐拄着,出到院中。琥珀知是老太太拜佛,铺下大红短毡拜垫。贾母上香跪下,磕了好些头,念了一回佛,含泪祝告天地道:"皇天菩萨在上,我贾门史氏,虔诚祷告,求菩萨慈悲。我贾门数世以来,不敢行凶霸道。我帮夫助子,虽不能为善,亦不敢作恶。

> 贾太君祷告,符合其年龄身份,此举动中隐藏着自己能与皇天菩萨交通的自信。

必是后辈儿孙骄佚暴侈，暴殄天物，以致阖府抄检。现在儿孙监禁，自然凶多吉少，皆由我一人罪孽，不教儿孙，所以至此。我今叩求皇天保佑：在监的逢凶化吉，有病的早早安身。总有阖家罪孽，情愿一人承当，只求饶恕儿孙。若皇天见怜我虔诚，早早赐我一死，宽免儿孙之罪。"默默说到此，不禁伤心，呜呜咽咽的哭泣起来。鸳鸯珍珠一面解劝，一面扶进房去。

> 想得未免太便宜了。
> 对罪孽是一笔带过，付出的代价极小极小，所祈求的又极多极多。

只见王夫人带了宝玉宝钗，过来请晚安。见贾母悲伤，三人也大哭起来。宝钗更有一层苦楚：想哥哥也在外监，将来要处决，不知可减缓否；翁姑虽然无事，眼见家业萧条；宝玉依然疯傻，毫无志气。想到后来终身，更比贾母王夫人哭得悲痛。宝玉见宝钗如此大恸，他亦有一番悲戚，想的是："老太太年老不得安心，老爷太太见此光景，不免悲伤；众姐妹风流云散，一日少似一日。追想在园中吟诗起社，何等热闹；自从林妹妹一死，我郁闷到今，又有宝姐姐过来，未便时常悲切。见他忧兄思母，日夜难得笑容。"今见他悲哀欲绝，心里更加不忍，竟嚎啕大哭。鸳鸯、彩云、莺儿、袭人见他们如此，也各有所思，便也呜咽起来。余者丫头们看得伤心，也便陪哭，竟无人解慰。满屋中哭声惊天动地，将外头上夜婆子吓慌，急报于贾政知道。

> 看来宝玉一人如何，宝钗尚能扛得住；整个家族完蛋，宝钗也厚重不下去了。

> 当年一起笑，一起吃喝，一起威风。如今一起哭吧！
> 封建大家庭平日尔虞我诈，勾心斗角，遇到事，毕竟还是命运共同体。

那贾政正在书房纳闷，听见贾母的人来报，心中着忙，飞奔进内。远远听得哭声甚众，打谅老太太不好，急得魂魄俱丧。疾忙进来，只见坐着悲啼，神魂方定，说是："老太太伤心，你们该劝解，怎么的齐打伙儿哭起来了？"众人听得贾政声气，急忙止哭，大家对面发怔。贾政上前安慰了老太太，又说了众人几句。各自心想道：

"我们原恐老太太悲伤,故来劝解;怎么忘情,大家痛哭起来?"

正自不解,只见老婆子带了史侯家的两个女人进来,请了贾母的安,又向众人请安毕,便说:"我们家老爷、太太、姑娘打发我来说,听见府里的事,原没有什么大事,不过一时受惊。恐怕老爷太太烦恼,叫我们过来告诉一声,说这里二老爷是不怕的了。我们姑娘本要自己来的,因不多几日就要出阁,所以不能来了。"贾母听了,不便道谢,说:"你回去给我问好。这是我们的家运合该如此。承你老爷太太惦记,过一日再来奉谢。你家姑娘出阁,想来你们姑爷是不用说的了,他们的家计如何?"两个女人回道:"家计倒不怎么着,只是姑爷长的很好,为人又和平。我们见过好几次,看来与这里宝二爷差不多,还听得说,才情学问都好的。"贾母听了,喜欢道:"咱们都是南边人,虽在这里住久了,那些大规矩还是从南方礼儿,所以新姑爷我们都没见过。我前儿还想起我娘家的人来,最疼的就是你们姑娘,一年三百六十天,在我跟前的日子倒有二百多天。混得这么大了,我原想给他说个好女婿,又为他叔叔不在家,我又不便作主。他既造化配了个好姑爷,我也放心。月里出阁,我原想过来吃杯喜酒的,不料我家闹出这样事来,我的心就像在热锅里熬的似的,那里能够再到你们家去?你回去说我问好,我们这里的人,都请安问好。你替另告诉你家姑娘,不要将我放在心里。我是八十多岁的人了,就死也算不得没福的了。只愿他过了门,两口子和顺百年到老,我便安心了。"说着,不觉掉下泪来。那女人道:"老太太也不必伤心。姑娘过了门,

| 正自不解云云,说明自己已经控制不住自己的情感。

所谓贾薛王史四大家族,只剩下了史家状态尚可。

贾母的怀旧带着预告将终的性质,好比一出话剧,闭幕前又回应了某些开幕时的场面。

其言也善,其鸣也哀。

一部长篇小说,写到最后,要给每个人物搞个结局,确实非常困难。

探春理家,湘云醉卧,曾是多么精彩!探春远嫁,湘云出阁,又写得何等寡淡!

愈是虎头豹腰,就愈容易搞成蛇尾!高鹗如此,即使曹公本人,写到尾部也会深感困难。

其实又岂止小说如此?

等回了九,少不得同姑爷过来请老太太的安,那时老太太见了才喜欢呢。"贾母点头。那女人出去。别人都不理论,只有宝玉听着发了一回怔,心里想道:"如今一天一天的都过不得了,为什么人家养了女儿到大了必要出嫁?一出了嫁就改变。史妹妹这样一个人,又叫他叔叔硬压着配人了。他将来见了我,必是又不理我了。我想一个人到了这个没人理的分儿,还活着做什么!"想到那里,又是伤心;见贾母此时才安,又不敢哭泣,只是闷闷的。

> 贾宝玉的老一套。如果想不出别的词儿来,实不如不写。自己不断重复自己,不但令人觉得作者絮聒,也觉得人物没劲。

一时,贾政不放心,又进来瞧瞧老太太。见是好些,便出来传了赖大,叫他将府里管事家人的花名册子拿来,一齐点了一点。除去贾赦入官的人,当有三十余家,共男女二百十二名。贾政叫现在府内当差的男人共二十一名进来,问起历年居家用度,共有若干进来,该用若干出去。那管总的家人将近年支用簿子呈上。贾政看时,所入不敷所出,又加连年宫里花用,账上有在外浮借的也不少。再查东省地租,近年头交不及祖上一半,如今用度比祖上更加十倍。贾政不看则已,看了急得跺脚道:"这了不得!我打谅虽是琏儿管事,在家自有把持,岂知好几年头里,已就'寅年用了卯年'的,还是这样装好看!竟把世职俸禄当作不打紧的事情,为什么不败呢!我如今要就省俭起来,已是迟了。"想到那里,背着手踱来踱去,竟无方法。

> 不管具体事,不解决任何问题,只知道貌岸然,出了事全不自责。这样的老爷多了怎不败落?

众人知贾政不知理家,也是白操心着急,便

迁怒于奴就更无道理,更没出息。

抄家是晴天霹雳!然后贾母空头祷告,贾政空头起火,凤姐空头等死,众人空头哭啼,一点认真的反省也没有。一个顶用的人也没有。遇事没有一个有主张有见解的。坐享世职,造就了一批废物,一批坏蛋。这也是懒、馋、占、贪、变。

说道:"老爷也不用心焦,这是家家这样的。若是统总算起来,连王爷家还不够。不过是装着门面,过到那里就到那里。如今老爷到底得了主上的恩典,才有这点子家产,若是一并入了官,老爷就不用过了不成?"贾政嗔道:"放屁!你们这班奴才最没有良心的,仗着主子好的时候,任意开销;到弄光了,走的走,跑的跑,还顾主子的死活吗?如今你们道是没有查封是好,那知道外头的名声。大本儿都保不住,还搁得住你们在外头支架子,说大话,诓人骗人?到闹出事来,望主子身上一推就完了。如今大老爷与珍大爷的事,说是咱们家人鲍二在外传播的,我看这人口册子上并没有鲍二,这是怎么说?"众人回道:"这鲍二是不在册档上的。先前在宁府册上,为二爷见他老实,把他们两口子叫过来了。及至他女人死了,他又回宁府去。后来老爷衙门有事,老太太、太太们和爷们往陵上去,珍大爷替理家事,带过来的,以后也就去了。老爷数年不管家事,那里知道这些事来?老爷打量册上有这名字就只有这个人,不知一个人手下亲戚们也有,奴才还有奴才呢!"贾政道:"这还了得!"想去一时不能清理,只得喝退众人,早打了主意在心里了,且听贾赦等事审得怎样再定。一日,正在书房筹算,只见一人飞奔进来,说:"请老爷快进内廷问话。"贾政听了,心下着忙,只得进去。未知吉凶,下回分解。

> 家家这样云云,太刺激了。全面危机。
>
> 其实是套话。
> 贾政听不进真话。
>
> 联系前文写到的鲍二的事。
>
> 造册与实际情况不符。
>
> 本回写作平淡无灵性。

树倒猢狲散，毕竟是猢狲还在，还聚在已倒的烂树周围，即使猢狲将灭，也还有一个灭的过程，不能不努力一一写到，写得虽未见佳，正好与烈火烹油时的诸景象比照。

第一百七回

散余资贾母明大义　复世职政老沐天恩

话说贾政进内,见了枢密院各位大人,又见了各位王爷。北静王道:"今日我们传你来,有遵旨问你的事。"贾政即忙跪下。众大人便问道:"你哥哥交通外官、恃强凌弱、纵儿聚赌、强占良民妻女不遂逼死的事,你都知道么?"贾政回道:"犯官自从主恩钦点学政任满后,查看赈恤,于上年冬底回家,又蒙堂派工程,后又任江西粮道,题参回都,仍在工部行走,日夜不敢怠惰。一应家务,并未留心伺察,实在糊涂。不能管教子侄,这就是辜负圣恩。只求主上重重治罪。"北静王据说转奏。

> 一面托王爷"挽回挽回"(见前回),一面"只求……重重治罪",虚伪、礼貌、忠心、可爱。

不多时,传出旨来,北静王便述道:"主上因御史参奏贾赦交通外官,恃强凌弱。据该御史指出平安州互相往来,贾赦包揽词讼。严鞫贾赦,据供平安州原系姻亲来往,并未干涉官事,该御史亦不能指实。惟有倚势强索石呆子古扇一款是实的,然系玩物,究非强索良民之物可比。虽石呆子自尽,亦系疯傻所致,与逼勒致死者有间。令从宽将贾赦发往台站效力赎罪。所参贾珍强占良民妻女为妾不从逼死一款,提取都察院原案,看得尤二姐实系张华指腹为婚未娶之妻,因伊贫苦自愿退婚,尤二姐之母愿结贾珍之弟为妾,并非强占。再尤三姐自刎掩埋并

> 此事亦有报。

315

未报官一款，查尤三姐原系贾珍妻妹，本意为伊择配，因被逼索定礼，众人扬言秽乱，以致羞忿自尽，并非贾珍逼勒致死。但身系世袭职员，罔知法纪，私埋人命，本应重治，念伊究属功臣后裔，不忍加罪，亦从宽革去世职，派往海疆效力赎罪。贾蓉年幼无干省释。贾政实系在外任多年，居官尚属勤慎，免治伊治家不正之罪。"贾政听了，感激涕零，叩首不及；又叩求王爷代奏忿忧。北静王道："你该叩谢天恩，更有何奏？"贾政道："犯官仰蒙圣恩，不加大罪，又蒙将家产给还，实在扪心惶愧，愿将祖宗遗受重禄，积余置产，一并交官。"北静王道："主上仁慈待下，明慎用刑，赏罚无差。如今既蒙莫大深恩，给还财产，你又何必多此一奏？"众官也说不必。

> 如此曲为洗白，如此具体，不像"主上"的言词。

> 怎能不感激？先是泰山压顶地压下来，再徐徐网开一面。

> 不仅贾政，读者读到这也想叩头流血谢恩。

> 圣恩、天恩，这是必须写的。写到圣威、天威的时候也不能忘记写恩。否则，作者就有对今上心怀不满之嫌。

　　贾政便谢了恩，叩谢了王爷出来，恐贾母不放心，急忙赶回。上下男女人等不知传进贾政是何吉凶，都在外头打听，一见贾政回家，都略略的放心，也不敢问。只见贾政忙忙的走到贾母跟前，将蒙圣恩宽免的事细细告诉了一遍。贾母虽则放心，只是两个世职革去，贾赦又往台站效力，贾珍又往海疆，不免又悲伤起来。邢夫人尤氏听见那话，更哭起来。贾政便道："老太太放心。大哥虽则台站效力，也是为国家办事，不致受苦，只要办得妥当，就可复职。珍儿正是年轻，很该出力。若不是这样，便是祖父的余德亦不能久享。"说了些宽慰的话。

　　贾母素来本不大喜欢贾赦，那边东府贾珍究竟隔了一层，只有邢夫人尤氏痛哭不已。邢夫人想着："家产一空，丈夫年老远出，膝下虽有琏儿，又是素来顺他二叔的，如今是都靠着二叔，他两口子更是顺着那边去了。独我一人孤

> 这种交代不但重复，而且有伤。

苦伶仃,怎么好?"那尤氏本来独掌宁府的家计,除了贾珍,也算是惟他为尊,又与贾珍夫妻相和;如今犯事远出,家财抄尽,依住荣府,虽则老太太疼爱,终是依人门下。又带了偕鸾佩凤,蓉儿夫妇又是不能兴家立业的人。又想着:"二妹妹三妹妹俱是琏二叔闹的,如今他们倒安然无事,依旧夫妻完聚,只留我们几人,怎生度日?"想到这里,痛哭起来。

与贾珍相和吗?
不再犯"心疼"的旧疾了吗?

贾母不忍,便问贾政道:"你大哥和珍儿现已定案,可能回家?蓉儿既没他的事,也该放出来了。"贾政道:"若在定例,大哥是不能回家的。我已托人徇个私情,叫我们大老爷同着侄儿回家,好置办行装,衙门内业已应了。想来蓉儿同着他爷爷父亲一起出来。只请老太太放心,儿子办去。"贾母又道:"我这几年老的不成人了,总没有问过家事。如今东府是全抄了去了,房屋入官不消说的;你大哥那边,琏儿那里,也都抄去了。咱们西府银库东省地土,你知道到底还剩了多少?他两个起身,也得给他们几千银子才好。"贾政正是没法,听见贾母一问,心想着:"若是说明,又恐老太太着急;若不说明,不用说将来,现在怎样办法?"定了主意,便回道:"若老太太不问,儿子也不敢说。如今老太太既问到这里,现在琏儿也在这里,昨日儿子已查了:旧库的银子早已虚空,不但用尽,外头还有亏空。现今大哥这件事,若不花银托人,虽说主上宽恩,只怕他们爷儿两个也不大好,就是这项银子尚无打算。东省的地亩,早已寅年吃了卯年的租儿了,一时也算不转来,只好尽所有蒙圣恩没有动的衣服首饰折变了,给大哥珍儿作盘费罢了。过日的事只可再打算。"贾母听了,又

共哭一个大坟头。
各哭各的坟头。

既有定例(制度)又有私情。
辩证灵活,奥妙无穷。

这些交代对于读者已是车轱辘话了。

不花银不行。
花银与天恩相结合,才好办事。

急得眼泪直淌,说道:"怎样着?咱们家到了这样田地了么?我虽没有经过,我想起我家向日比这里还强十倍,也是摆了几年虚架子,没有出这样事,已经塌下来了,不消一二年就完了。据你说起来,咱们竟一两年就不能支了?"贾政道:"若是这两个世俸不动,外头还有些挪移;如今无可指称,谁肯接济?"说着,也泪流满面,"想起亲戚来,用过我们的,如今都穷了;没有用过我们的,又不肯照应了。昨日儿子也没有细查,只看家下的人丁册子,别说上头的钱一无所出,那底下的人也养不起许多。"

> 自朽、自空、自垮,然后才招来了灾祸的决定性一击。

贾母正在忧虑,只见贾赦、贾珍、贾蓉一齐进来给贾母请安。贾母看这般光景,一只手拉着贾赦,一只手拉着贾珍,便大哭起来。他两人脸上羞惭,又见贾母哭泣,都跪在地下哭着说道:"儿孙们不长进,将祖上功勋丢了,又累老太太伤心,儿孙们是死无葬身之地的了。"满屋中人看这光景,又一齐大哭起来。贾政只得劝解:"倒先要打算他两个的使用。大约在家只可住得一两日,迟则人家就不依了。"老太太含悲忍泪的说道:"你两个且各自同你们媳妇们说说话儿去罢。"又吩咐贾政道:"这件事是不能久待的,想来外面挪移,恐不中用。那时误了钦限,怎么好?只好我替你们打算罢了。就是家中如此乱糟糟的,也不是常法儿。"一面说着,便叫鸳鸯吩咐去了。

> 也只是空话套话。哪有一句触及灵魂的深刻反省?

> 居然能照顾到这一点,难能可贵。

这里贾赦等出来,又与贾政哭泣了一会,都不免将从前任性、过后懊悔、如今分离的话说了一会,各自同媳妇那边悲伤去了。贾赦年老,倒也抛的下;独有贾珍与尤氏怎忍分离?贾琏贾蓉两个也只有拉着父亲啼哭。虽说是比军流减

> 任性、懊悔、分离,这个总结倒很凝练。
> 到这时候,不再张罗讨妾了。平时一个个像乌眼鸡似的。出了事一个个又像蜜里调油似的。

等,究竟生离死别。这也是事到如此,只得大家硬着心肠过去。

　　却说贾母叫邢王二夫人同了鸳鸯等开箱倒笼,将做媳妇到如今积攒的东西都拿出来,又叫贾赦、贾政、贾珍等一一的分派说:"这里现有的银子交贾赦三千两,你拿二千两去做你的盘费使用,留一千给大太太零用。这三千给珍儿,你只许拿一千去,留下二千交你媳妇过日子。仍旧各自度日,房子是在一处,饭食各自吃罢。四丫头将来的亲事,还是我的事。只可怜凤丫头操心了一辈子,如今弄的精光,也给他三千两,叫他自己收着,不许叫琏儿用。如今他还病得神昏气短,叫平儿来拿去。这是你祖父留下的衣服,还有我少年穿的衣服首饰,如今我用不着。男的呢,叫大老爷、珍儿、琏儿、蓉儿拿去分了。女的呢,叫大太太、珍儿媳妇、凤丫头拿了分去。这五百两银子交给琏儿,明年将林丫头的棺材送回南去。"分派定了,又叫贾政道:"你说现在还该着人的使用,这是少不得的,你叫拿这金子变卖偿还。这是他们闹掉了我的,你也是我的儿子,我并不偏向。宝玉已经成了家,我剩下这些金银等物,大约还值几千两银子,这是都给宝玉的了。珠儿媳妇向来孝顺我,兰儿也好,我也分给他们些。这便是我的事情完了。"

　　贾政见母亲如此明断分晰,俱跪下哭着说:"老太太这么大年纪,儿孙们没点孝顺,承受老祖宗这样恩典,叫儿孙们更无地自容了!"贾母道:"别瞎说,若不闹出这个乱儿,我还收着呢。只是现在家人过多,只有二老爷是当差的,留几个人就够了。你就吩咐管事的,将人叫齐了,分

平常是太上皇,乱了就当秘书长。贾母真有两下子!贾府再没有第二个人了。大厦将倾,已倾,谁来支撑一番?谁能且战且退?谁能断后、安抚……只有贾母。

分灶吃饭。

统筹兼顾,妥善安排。安排活人,兼顾死者。

人伦道德情感与自然亲子情感相结合,分外感人。

此前的贾母,一直是一个会享福,专门享福的老太太。恰恰在抄家的大考验中,表现出贾母的另一面:也会"度灾"。她周到,大气,不怨天尤人,不惊慌失措,不迁怒旁人,所言、所行、所思,老练、诚恳、全面。她不愧是见过世面的有经验的"老祖宗",她表现了"帅才"。儿孙辈能不愧死!在后四十回,性格大大焕发了光彩的是贾母。

派妥当。各家有人便就罢了。譬如一抄尽了,怎么样呢?我们里头的,也要叫人分派,该配人的配人,赏去的赏去。如今虽说咱们这房子不入官,你到底把这园子交了才好。那些田地原交琏儿清理,该卖的卖,该留的留,断不要支架子,做空头。我索性说了罢:江南甄家还有几两银子,二太太那里收着,该叫人就送去罢。倘或再有点事出来,可不是他们'躲过了风暴又遇了雨'了么。"贾政本是不知当家立计的人,一听贾母的话,一一领命,心想:"老太太实在真真是理家的人,都是我们这些不长进的闹坏了。"

"交了才好"!贾母此言大智,大悟,响彻云霄。

甄家有事,求贾家。贾家不能自保,又求谁去?

贾政见贾母劳乏,求着老太太歇歇养神。贾母又道:"我所剩的东西也有限,等我死了,做结果我的使用。余的都给我伏侍的丫头。"贾政等听到这里,更加伤感,大家跪下:"请老太太宽怀。只愿儿子们托老太太的福,过了些时,都邀了恩眷,那时兢兢业业的治起家来,以赎前愆,奉养老太太到一百岁的时候。"贾母道:"但愿这样才好,我死了也好见祖宗。你们别打量我是享得富贵受不得贫穷的人哪,不过这几年看着你们轰轰烈烈,我落得都不管,说说笑笑,养身子罢了。那知道家运一败,直到这样!若说外头好看,里头空虚,是我早知道的了,只是'居移气,养移体',一时下不得台来。如今借此正好收敛,守住这个门头,不然,叫人笑话你。你还不知,只打量我知道穷了,就着急的要死。我心里是想着祖宗莫大的功勋,无一日不指望你们

享福受穷,金玉良言。人之将死,其言也善。

比祖宗还强，能够守住也就罢了。谁知他们爷儿两个做些什么勾当。"

贾母正自长篇大论的说，只见丰儿慌慌张张的跑来回王夫人道："今早我们奶奶听见外头的事，哭了一场，如今气都接不上来，平儿叫我来回太太。"丰儿没有说完，贾母听见，便问："到底怎么样？"王夫人便代回道："如今说是不大好。"贾母起身道："嗳，这些冤家，竟要磨死我了！"说着，叫人扶着，要亲自看去。贾政急忙拦住，劝道："老太太伤了好一回的心，又分派了好些事，这会该歇歇。便是孙子媳妇有什么事，该叫媳妇睄去就是了，何必老太太亲身过去呢？倘或再伤感起来，老太太身上要有一点儿不好，叫做儿子的怎么处呢。"贾母道："你们各自出去，等一会子再进来，我还有话说。"贾政不敢多言，只得出来料理兄侄起身的事，又叫贾琏挑人跟去。

这里贾母才叫鸳鸯等派人拿了给凤姐的东西，跟着过来。凤姐正在气厥。平儿哭得眼红，听见贾母带着王夫人宝玉宝钗过来，疾忙出来迎接。贾母便问："这会子怎么样了？"平儿恐惊了贾母，便说："这会子好些。老太太既来了，请进去瞧瞧。"他先跑进去，轻轻的揭开帐子。凤姐开眼瞧着，只见贾母进来，满心渐愧。先前原打算贾母等恼他，不疼他了，是死活由他的，不料贾母亲自来瞧，心里一宽，觉那拥塞的气略松动些，便要扎挣坐起。贾母叫平儿按着："不要动。你好些么？"凤姐含泪道："我从小儿过来，老太太、太太怎么样疼我。那知我福气薄，叫神鬼支使的失魂落魄，不但不能够在老太太跟前尽点孝心，公婆前讨个好。还是这样把我当人，

能屈能伸，能奢能俭。贾母真大场面来的人物也。
宰相肚子里能撑船。越是这时候，越不能狗肚鸡肠，抠抠缩缩。

凤姐的一切光彩与黑暗，都来自贾母的宠惯。

人是何等可怜的动物！都什么时候了，还怕失宠呢！

即使贾母已知凤姐责任,已对凤姐怀疑不满,也不能在这个时候显露出来。他们的首要问题不是追究责任,重组队伍,而是同舟共济,渡过难关。难关渡过了,再赏罚、换人不迟。设想一下,如果贾母也来追究凤姐责任,只能使窝里斗的形势更加凶险恶化,使整个状况更加混乱不堪。

叫我帮着料理家务,被我闹的七颠八倒,我还有什么脸儿见老太太、太太呢?今日老太太、太太亲自过来,我更当不起了,恐怕该活三天的又折上了两天去了。"说着悲咽。贾母道:"那些事原是外头闹起来的,与你什么相干?就是你的东西被人拿去,这也算不了什么呀!我带了好些东西给你,任你自便。"说着,叫人拿上来给他瞧瞧。凤姐本是贪得无厌的人,如今被抄净尽,本是愁苦,又恐人埋怨,正是几不欲生的时候。今儿贾母仍旧疼他,王夫人也不嗔怪,过来安慰他,又想贾琏无事,心下安放好些。便在枕上与贾母磕头,说道:"请老太太放心。若是我的病托着老太太的福好了些,我情愿自己当个粗使丫头,尽心竭力的伏侍老太太、太太罢。"贾母听他说得伤心,不免掉下泪来。宝玉是从来没有经过这大风浪的,心下只知安乐、不知忧患的人,如今碰来碰去都是哭泣的事,所以他竟比傻子尤甚,见人哭他就哭。

> 感情一激动,说出的话都那么善良美好天真无瑕……当真做起事来,又那么自私凶恶狡诈贪婪……这是什么样的"国民性"呀!

凤姐看见众人忧闷,反倒勉强说几句宽慰贾母的话,求着:"请老太太、太太回去,我略好些,过来磕头。"说着,将头仰起。贾母叫平儿:"好生服侍。短什么,到我那里要去。"说着,带了王夫人将要回到自己房中,只听见两三处哭声。贾母实在不忍闻,便叫王夫人散去,叫宝玉:"去见你大爷大哥,送一送就回来。"自己躺在榻上下泪。幸喜鸳鸯等能用百样言语劝解,贾母暂且安歇。

> 宝玉素常是超脱的、反叛的,这时的反应"见人哭他就哭",未免太从俗了。

> 贾母自己并非不悲,但还要负担起安慰帮助各方的责任。

复世职云云,不论作者动机如何忠良,阅读效果则几是反讽。简直是闹剧,丑剧。圣意翻覆,群小起哄,一点严肃性都没有了。

不言贾赦等分离悲痛。那些跟去的人,谁是愿意的?不免心中抱怨,叫苦连天。正是生离果胜死别,看者比受者更加伤心。好好的一个荣国府,闹到人嚎鬼哭。贾政最循规矩,在伦常上也讲究的,执手分别后,自己先骑马赶至城外,举酒送行,又叮咛了好些"国家轸恤勋臣,力图报称"的话。贾赦等挥泪分头而别。

> 贾政只有空话套话,哪有贾母的实在处置?

贾政带了宝玉回家,未及进门,只见门上有好些人在那里乱嚷,说:"今日旨意:将荣国公世职着贾政承袭。"那些人在那里要喜钱,门上人和他们分争,说:"是本来的世职,我们本家袭了,有什么喜报?"那些人说道:"那世职的荣耀,比任什么还难得!你们大老爷闹掉了,想要这个,再不能的了。如今的圣人在位,赦过宥罪,还赏给二老爷袭了,这是千载难逢的,怎么不给喜钱?"正闹着,贾政回家,门上回了,虽则喜欢,究竟是哥哥犯事所致,反觉感极涕零,赶着进内告诉贾母。王夫人正恐贾母伤心,过来安慰,听得世职复还,自是欢喜。又见贾政进来,贾母拉了,说些勤龟报恩的话。独有邢夫人尤氏心下悲苦,只不好露出来。

> 刚刚革去,立即恢复,太快了,其中有"红"临终匆匆草草的因素。

> 猴戏乎?儿戏乎?小儿科乎?翻烙饼穷折腾乎?可喜可贺乎?可笑可厌乎?

> "主上"的心思也与贾母相仿,厌赦喜政。

且说外面这些趋炎奉势的亲戚朋友,先前贾宅有事,都远避不来;今儿贾政袭职,知圣眷尚好,大家都来贺喜。那知贾政纯厚性成,因他袭哥哥的职,心内反生烦恼,只知感激天恩。于第二日进内谢恩,到底将赏还府第园子,备折奏请入官。内廷降旨不必,贾政才得放心回家,以包勇形象,可起一个反衬作用。正好用来衬托众家人的宵小状态。

反过来说,包勇自己的表现,反而没有什么必然性、逻辑依据。读之令人觉得莫名其妙。

后循分供职。

但是家计萧条,入不敷出。贾政又不能在外应酬。家人们见贾政忠厚,凤姐抱病不能理家,贾琏的亏缺一日重似一日,难免典房卖地。府内家人,几个有钱的,怕贾琏缠扰,都装穷躲事,甚至告假不来,各自另寻门路。独有一个包勇,虽是新投到此,恰遇荣府坏事,他倒有些真心办事,见那些人欺瞒主子,便时常不忿。奈他是个新来乍到的人,一句话也插不上,他便生气,每天吃了就睡。众人嫌他不肯随和,便在贾政前说他终日贪杯生事,并不当差。贾政道:"随他去罢。原是甄府荐来,不好意思。横竖家内添这一人吃饭,虽说是穷,也不在他一人身上。"并不叫来驱逐。众人又在贾琏跟前说他怎么样不好,贾琏也不敢自作威福,只得由他。

> 世态如此,不应抱任何幻想。没有忠奴,显不出刁奴来,而贾家生态,已无出现忠奴的可能,只得从甄府引进一名。

忽一日,包勇耐不过,吃了几杯酒,在荣府街上闲逛,见有两个人说话。那人说道:"你瞧,这么个大府,前儿抄了家,不知如今怎么样了?"那人道:"他家怎么能败?听见说,里头有位娘娘是他家的姑娘,虽是死了,到底有根基的。况且我常见他们来往的都是王公侯伯,那里没有照应?便是现在的府尹,前任的兵部,是他们的一家。难道有这些人还护庇不来么?"那人道:"你白住在这里!别人犹可,独是那个贾大人更了不得!我常见他在两府来往,前儿御史虽参了,主子还叫府尹查明实迹再办。你道他怎么样?他本沾过两府的好处,怕人说他回护一家,他便狠狠的踢了一脚,所以两府里才到底抄了。"

> 看看贾府外面的情况,使小说丰满开阔。

> 怎样踢的就不说了。遍地都

贾母明大义是烈火见真金。政老沐天恩则近于脱裤子放屁。
要写败落,要写悲剧,又不忍不敢一味悲下去,一味悲下去,就涉嫌不满朝廷、不满世道了。
所以作者要一次一次地砸烂"红"的美梦,尽写被砸烂后的惊状哭状惧状惨状;又要虚晃一枪,给点空头"光明的尾巴"。续尾——哪怕是续貂的狗尾——也有不得已处。笼统地说什么是续作者思想观念不如雪芹激进所致,一则未必,二则是站着说话不腰疼。

你道如今的世情还了得吗!"两人无心说闲话,岂知旁边有人跟着听的明白。包勇心下暗想:"天下有这样负恩的人!但不知是我老爷的什么人?我若见了他,便打他一个死,闹出事来,我承当去!"那包勇正在酒后胡思乱想,忽听那边喝道而来。包勇远远站着,只见那两人轻轻的说道:"这来的就是那个贾大人了。"包勇听了,心里怀恨,趁了酒兴,便大声的道:"没良心的男女!怎么忘了我们贾家的恩了?"雨村在轿内听得一个"贾"字,便留神观看,见是一个醉汉,便不理会,过去了。

有贾雨村。不足为奇,不足为恨。

　　那包勇醉着,不知好歹,便得意洋洋回到府中,问起同伴,知是方才见的那位大人是这府里提拔起来的,"他不念旧恩,反来踢弄咱们家里,见了他骂他几句,他竟不敢答言。"那荣府的人本嫌包勇,只是主人不计较他,如今他又在外闯祸,不得不回,趁着贾政无事,便将包勇喝酒闹事的话回了。贾政此时正怕风波,听得家人回禀,便一时生气,叫进包勇骂了几句,便派去看园,不许他在外行走。那包勇本是直爽的脾气,投了主子,他便赤心护主,岂知贾政反倒责骂他。他也不敢再辩,只得收拾行李,往园中看守浇灌去了。未知后事如何,下回分解。

"正怕风波"四字老辣。

兴旺发达时期,仍有烂人烂事;没落衰亡时期,仍有耿直忠义。

第一百八回

强欢笑蘅芜庆生辰　死缠绵潇湘闻鬼哭

却说贾政先前曾将房产并大观园奏请入官,内廷不收,又无人居住,只好封锁。因园子接连尤氏惜春住宅,太觉旷阔无人,遂将包勇罚看荒园。此时贾政理家,又奉了贾母之命,将人口渐次减少,诸凡省俭,尚且不能支持。幸喜凤姐为贾母痛惜,王夫人等虽则不大喜欢,若说治家办事,尚能出力,所以将内事仍交凤姐办理。但近来因被抄以后,诸事运用不来,也是每形拮据。那些房头上下人等,原是宽裕惯的,如今较之往日十去其七,怎能周到?不免怨言不绝。凤姐也不敢推辞,扶病承欢贾母。过了些时,贾赦贾珍各到当差地方,恃有用度,暂且自安。写书回家,都言安逸,家中不必挂念。于是贾母放心,邢夫人尤氏也略略宽怀。

一日,史湘云出嫁回门,来贾母这边请安。贾母提起他女婿甚好,史湘云也将那里过日平安的话说了,请老太太放心。又提起黛玉去世,不免大家落泪。贾母又想起迎春苦楚,越觉悲伤起来。史湘云解劝一回,又到各家请安问好毕,仍到贾母房中安歇。言及薛家这样人家,被薛大哥闹的家破人亡,今年虽是缓决人犯,明年不知可能减等。贾母道:"你还不知道呢,昨儿蟠儿媳妇死的不明白,几乎又闹出一场事来。

> 如说凤姐不好,王夫人能没有责任吗?

> 凤姐也与黛玉一样,要死也不是一下子死得了的,还要有一点起伏曲折。

> 这个刚放点心,那个复又挂心。此泪才干,彼泪又落。善享福且又胸怀宽阔如贾母者,也是没有办法。

还幸亏老佛爷有眼,叫他带来的丫头自己供出来了,那夏奶奶才没的闹了,自家拦住相验,你姨妈这里才将裹肉的打发出去了。你说说,真真是'六亲同运'。薛家是这样了,姨太太守着薛蝌过日。为这孩子有良心,他说哥哥在监里尚未结局,不肯娶亲。你邢妹妹在大太太那边,也就很苦。琴姑娘为他公公死了尚未满服,梅家尚未娶去。二太太的娘家舅太爷一死,凤丫头的哥哥也不成人;那二舅太爷也是个小气的,又是官项不清,也是打饥荒。甄家自从抄家以后,别无信息。"湘云道:"三姐姐去了,曾有书字回来么?"贾母道:"自从嫁了去,二老爷回来说,你三姐姐在海疆甚好。只是没有书信,我也日夜惦记。为着我们家连连的出些不好事,所以我也顾不来。如今四丫头也没有给他提亲。环儿呢,谁有功夫提起他来?如今我们家的日子比你从前在这里时候更苦些。只可怜你宝姐姐,自过了门,没过一天安逸日子。你二哥哥还是这样疯疯颠颠,这怎么处呢?"湘云道:"我从小儿在这里长大的,这里那些人的脾气,我都知道的。这一回来了,竟都改了样子了。我打量我隔了好些时没来,他们生疏我;我细想起来,竟不是的。就是见了我,瞧他们的意思,原要像先前一样的热闹,不知道怎么说说就伤心起来了,我所以坐坐就到老太太这里来了。"贾母道:"如今这样日子,在我也罢了;你们年轻轻儿的人,还了得!我正要想个法儿,叫他们还热闹一天才好,只是打不起这个精神来。"湘云道:"我想起来了,宝姐姐不是后日的生日吗?我多住一天,给他拜过寿,大家热闹一天。不知老太太怎么样?"贾母道:"我真正气糊涂了。你不提,

什么叫气数已尽?
各种矛盾都发展到了火候了,说声没救就没救了,癌细胞扩散,癌症已到了晚期了。

到处呈飘零萎落。

原先的热闹,岂能一厢情愿地恢复得起来?

贾母对凤姐的批评,又对又不对。"小器"云云,不无道理。前面已反复交代她的贪财。但她管的事多,结的怨多,捅的娄子多,面临的压力要大得多。不仅邢夫人,而且贾琏、王夫人都在渐渐地嫌她——她已预见到自己的天怒人怨、孤家寡人的下场,乃至有成为整个贾家没落的替罪羊的可能。贾母对她偏爱、宽大,却不可能设身处地地理解她的处境。

我竟忘了。后日可不是他的生日,我明日拿出钱来,给他办个生日。他没有定亲的时候,倒做过好几次,如今他过了门,倒没有做。宝玉这孩子,头里很伶俐,很淘气;如今为着家里的事不好,把这孩子越发弄的话都没有了。倒是珠儿媳妇还好。他有的时候是这么着,没的时候他也是这么着,带着兰儿静静的儿过日子,倒难为他。"湘云道:"别人还不离,独有琏二嫂子,连模样儿都改了,说话也不伶俐了。明日等我来引逗他们,看他们怎么样。但是他们嘴里不说,心里要抱怨我,说我有了……"湘云说到那里,却把脸飞红了。贾母会意道:"这怕什么?原来姊妹们都是在一处乐惯了的,说说笑笑,再别留这些心。大凡一个人,有也罢,没也罢,总要受得富贵、耐得贫贱才好。你宝姐姐生来是个大方的人。头里他家这样好,他也一点儿不骄傲;后来他家坏了事,他也是舒舒坦坦的。如今在我家里,宝玉待他好,他也是那样安顿;一时待他不好,不见他有什么烦恼。我看这孩子倒是个有福气的。你林姐姐,那是个最小性儿,又多心的,所以到底不长命。凤丫头也见过些事,很不该略见些风波就改了样子。他若这样没见识,也就是小器了。后儿宝丫头的生日,我替另拿出银子来,热热闹闹给他做个生日,也叫他喜欢这一天。"湘云答应道:"老太太说得很是。索性把那些姐妹们都请来了,大家叙一叙。"贾母道:

抄家、破败之中,也还要活下去,小说也还要发展下去,便打起精神,再过一回生日。

今非昔比,沧桑一瞬间。

"受得""耐得",提法极佳。世上 hold 不住宝贵也 hold 不住贫贱的太多了。

贾母大气(器)。
不要以为有了银子就能热闹。人的因素呢?

"自然要请的。"一时高兴道:"叫鸳鸯拿出一百银子来,交给外头,叫他明日起,预备两天的酒饭。"鸳鸯领命,叫婆子交了出去。一宿无话。

次日,传话出去,打发人去接迎春。又请了薛姨妈宝琴,叫带了香菱来。又请李婶娘,不多半日,李纹李绮都来了。宝钗本没有知道,听见老太太的丫头来请,说:"薛姨太太来了,请二奶奶过去呢。"宝钗心里喜欢,便是随身衣服过去,要见他母亲。只见他妹子宝琴并香菱都在这里,又见李婶娘等人也都来了。心想那些人必是知道我们家的事情完了,所以来问候的,便去问了李婶娘好,见了贾母,然后与他母亲说了几句话,便与李家姐妹们问好。湘云在旁说道:"太太们请都坐下,让我们姐妹们给姐姐拜寿。"宝钗听了,倒呆了一呆,回来一想,"可不是明日是我的生日吗?"便说:"妹妹们过来瞧老太太是该的,若说为我的生日,是断断不敢的。"正推让着,宝玉也来请薛姨妈李婶娘的安。听见宝钗自己推让,他心里本早打算过宝钗生日,因家中闹得七颠八倒,也不敢在贾母处提起。今见湘云等众人要拜寿,便喜欢道:"明日才是生日,我正要告诉老太太来。"湘云笑道:"扯臊!老太太还等你告诉?你打谅这些人为什么来,是老太太请的。"宝钗听了,心下未信,只听贾母合他母亲道:"可怜宝丫头做了一年新媳妇,家里接二连三的有事,总没有给他做过生日。今日我给他做个生日,请姨太太、太太们来,大家说说话儿。"薛姨妈道:"老太太这些时心里才安,他小人儿家,还没有孝敬老太太,倒要老太太操心。"湘云道:"老太太最疼的孙子是二哥哥,难道二嫂子就不疼了么?况且宝姐姐也配老太太给他

| 这个阵容便像残兵败将了。

| 无私。

| 殊荣。

| 湘云婚后就这般成熟老练了吗?

> 贾母认为不提烦事就可以不烦恼,这种闭眼战略、鸵鸟战术、阿Q精神倒也值得注意。

做生日。"宝钗低头不语。宝玉心里想道:"我只说史妹妹出了阁是换了一个人了,我所以不敢亲近他,他也不来理我;如今听他的话,原是和先前一样的。为什么我们那个过了门,更觉得腼腆了,话都说不出来了呢?"正想着,小丫头进来说:"二姑奶奶回来了。"随后李纨凤姐都进来,大家厮见一番。

> 未必和先前一样。
> 已经"我们那个"了,终于认同了吗?

迎春提起他父亲出门,说:"本要赶来见见,只是他拦着不许来,说是咱们家正是晦气时候,不要沾染其身上。我扭不过,没有来,直哭了两三天。"凤姐道:"今儿为什么肯放你回来?"迎春道:"他又说咱们家二老爷又袭了职,还可以走走,不妨事的,所以才放我来。"说着又哭起来。贾母道:"我原为气得慌,今日接你们来给孙子媳妇过生日,说说笑笑,解个闷儿,你们又提起这些烦事来,又招起我的烦恼来了。"迎春等都不敢作声了。

> 丑类形象,画成漫画别人都会认为是作者夸张失度。实际生活中的丑类,比漫画中的丑类还要"夸张失度"!

凤姐虽勉强说了几句有兴的话,终不似先前爽利,招人发笑。贾母心里要宝钗喜欢,故意的怄凤姐儿说话。凤姐也知贾母之意,便竭力张罗,说道:"今儿老太太喜欢些了。你看这些人好几时没有聚在一处,今儿齐全。"说着,回过头去,看见婆婆、尤氏不在这里,又缩住了口。贾母为着"齐全"两字,也想邢夫人等,叫人请去。邢夫人、尤氏、惜春等听见老太太叫,不敢不来,心内也十分不愿意,想着家业零败,偏又高兴给宝钗做生日,到底老太太偏心,便来了也是无精打彩的。贾母问起岫烟来,邢夫人假说病着不来。贾母会意,知薛姨妈在这里有些不

> "有兴"需要才,更需要环境、氛围、"势"。

> 处处都有忌讳,处处都有埋伏。家道如此,奈凤姐何?

> 一起哭,尚能同心。
> 一起笑,必有偏心。

前两回写哭,很惨。这一回写"强欢笑",欲欢笑而不能,终成苦笑,其惨状比哭有过而无不及。如果演话剧,这一场一定十分动人。

便,也不提了。

一时,摆下果酒。贾母说:"也不送到外头,今日只许咱们娘儿们乐一乐。"宝玉虽然娶过亲的人,因贾母疼爱,仍在里头打混,但不与湘云宝琴等同席,便在贾母身旁设着一个坐儿,他替宝钗轮流敬酒。贾母道:"如今且坐下,大家喝酒。到挨晚儿再到各处行礼去。若如今行起来了,大家又闹规矩,把我的兴头打回去,就没趣了。"宝钗便依言坐下。贾母又叫众人来道:"咱们今儿索性洒脱些,各留一两个人伺候。我叫鸳鸯带了彩云、莺儿、袭人、平儿等在后间去也喝一钟酒。"鸳鸯等说:"我们还没有给二奶奶磕头,怎么就好喝酒去呢?"贾母道:"我说了,你们只管去。用的着你们再来。"鸳鸯等去了。

这里贾母才让薛姨妈等喝酒。见他们都不是往常的样子,贾母着急道:"你们到底是怎么着?大家高兴些才好。"湘云道:"我们又吃又喝,还要怎样?"凤姐道:"他们小的时候儿都高兴,如今碍着脸不敢混说,所以老太太瞧着冷净了。"宝玉轻轻的告诉贾母道:"话是没有什么说的,再说就说到不好的上头来了。不如老太太出个主意,叫他们行个令儿罢。"贾母侧着耳朵听了,笑道:"若是行令,又得叫鸳鸯去。"宝玉听了,不待再说,就出席到后间去找鸳鸯,说:"老太太要行令,叫姐姐去呢。"鸳鸯道:"小爷,让我们舒舒服服的喝一钟罢。何苦来,又来搅什么?"宝玉道:"当真老太太说得,叫你去呢。与我什么相干?"鸳鸯没法,说道:"你们只管喝,我

抄家后贾母表现甚佳,但此事办得主观主义、唯意志论。你总应该多收缩收缩,"蔫忍"一阵子,何强为欢笑!

宝玉何尝呆傻?

去了就来。"便到贾母那边。

老太太道:"你来了,不是要行令吗!"鸳鸯道:"听见宝二爷说老太太叫我,敢不来吗。不知老太太要行什么令儿?"贾母道:"那文的怪闷的慌,武的又不好,你倒是想个新鲜玩意儿才好。"鸳鸯想了想道:"如今姨太太有了年纪,不肯费心,倒不如拿出令盆骰子来,大家掷个曲牌名儿赌输赢酒罢。"贾母道:"这也使得。"便命人取骰盆放在桌上。鸳鸯说:"如今用四个骰子掷去,掷不出名儿来的罚一杯;掷出名儿来,每人喝酒的杯数儿,掷出来再定。"众人听了道:"这是容易的,我们都随着。"鸳鸯便打点儿,众人叫鸳鸯喝了一杯,就在他身上数起,恰是薛姨妈先掷。薛姨妈便掷了一下,却是四个"么"。鸳鸯道:"这是有名的,叫做'商山四皓'。有年纪的喝一杯。"于是贾母、李婶娘、邢、王两夫人都该喝。贾母举酒要喝,鸳鸯道:"这是姨太太掷的,还该姨太太说个曲牌名儿,下家儿接一句《千家诗》。说不出的罚一杯。"薛姨妈道:"你又来算计我了,我那里说得上来?"贾母道:"不说到底寂寞,还是说一句的好。下家儿就是我了,若说不出来,我陪姨太太喝一钟就是了。"薛姨妈便道:"我说个'临老入花丛'。"贾母点点头儿道:"'将谓偷闲学少年'。"

说完,骰盆过到李纹,便掷了两个"四",两个"二"。鸳鸯说:"也有名了,这叫作'刘阮入天台'。"李纹便接着说了个"二士入桃源"。下手儿便是李纨,说道:"'寻得桃源好避秦'。"大家又喝了一口。

骰盆又过到贾母跟前,便掷了两个"二",两个"三"。贾母道:"这要喝酒了。"鸳鸯道:"有

> 文的闷,武的野,世事本难两全。

> 遥想"金鸳鸯三宣牙牌令",而今非昔比矣。悲夫!

> 连结得好。凭空组合,文字游戏,却也能带来某种意味。

名儿的,这是'江燕引雏'。众人都该喝一杯。"凤姐道:"雏是雏,倒飞了好些了。"众人瞅了他一眼,凤姐便不言语。贾母道:"我说什么呢?'公领孙'罢。"下手是李绮,便说道:"'闲看儿童捉柳花'。"众人都说好。

　　宝玉巴不得要说,只是令盆轮不到,正想着,恰好到了跟前,便掷了一个"二",两个"三",一个"么",便说道:"这是什么?"鸳鸯笑道:"这是个'臭'!先喝一杯再掷罢。"宝玉只得喝了又掷。这一掷掷了两个"三",两个"四"。鸳鸯道:"有了,这叫做'张敞画眉'。"宝玉明白打趣他。宝钗的脸也飞红了。凤姐不大懂得,还说:"二兄弟快说了,再找下家儿是谁。"宝玉明知难说,自认:"罚了罢。我也没下家。"

　　过了令盆,轮到李纨,便掷了一下儿。鸳鸯道:"大奶奶掷得是'十二金钗'。"宝玉听了,赶到李纨身旁看时,只见红绿对开,便说:"这一个好看的很!"忽然想起"十二钗"的梦来,便呆呆的退到自己座上,心里想:"这'十二钗'说是金陵的,怎么我家这些人,如今七大八小的就剩了这几个?"复又看看湘云宝钗,虽说都在,只是不见了黛玉。一时按捺不住,眼泪便要下来,恐人看见,便说身上燥的很,脱脱衣服去,挂了筹,出席去了。这史湘云看见宝玉这般光景,打谅宝玉掷不出好的,被别人掷了去,心里不喜欢,便去了;又嫌那个令儿没趣,便有些烦。只见李纨道:"我不说了。席间的人也不齐,不如罚我一杯。"贾母道:"这个令儿也不热闹,不如蠲了罢。让鸳鸯掷一下,看掷出个什么来。"

　　小丫头便把令盆放在鸳鸯跟前。鸳鸯依命,便掷了两个"二",一个"五",那一个骰子在

本想说句玩话,却又碰到了伤疤。

此酒令已超过一些拼死记硬背的诗词竞赛了。

实实的行酒令、庆生辰、强欢笑中,倏地过渡到宝玉当年的神秘旧梦上去了。
此笔真生花也。

不是令儿不热闹,是心儿热不起来。
心儿正是透心凉呢。

盆中只管转。鸳鸯叫道:"不要'五'!"那骰子单单转出一个"五"来。鸳鸯道:"了不得!我输了。"贾母道:"这是不算什么的吗?"鸳鸯道:"名儿倒有,只是我说不上曲牌名来。"贾母道:"你说名儿,我给你诌。"鸳鸯道:"这是'浪扫浮萍'。"贾母道:"这也不难,我替你说个'秋鱼入菱窠'。"鸳鸯下手的就是湘云,便道:"'白萍吟尽楚江秋'。"众人都道:"这句很确。"

> 浪扫浮萍,白萍吟尽楚江秋,萧索落寞之至也。

贾母道:"这令完了,咱们喝两杯,吃饭罢。"回头一看,见宝玉还没进来,便问道:"宝玉那里去了?还不来。"鸳鸯道:"换衣服去了。"贾母道:"谁跟了去的?"那莺儿便上来回道:"我看见二爷出去,我叫袭人姐姐跟了去了。"贾母王夫人才放心。等了一回,王夫人叫人去找来。小丫头子到了新房,只见五儿在那里插蜡。小丫头便问:"宝二爷那里去了?"五儿道:"在老太太那边喝酒呢。"小丫头道:"我在老太太那里,太太叫我来找的,岂有在那里倒叫我来找的理?"五儿道:"这就不知道了,你到别处找去罢。"小丫头没法,只得回来,遇见秋纹,问道:"你见二爷那里去了?"秋纹道:"我也找他,太太们等他吃饭。这会子那里去了呢?你快去回老太太去,不必说不在家,只说喝了酒不大受用,不吃饭了,略躺一躺再来,请老太太、太太们吃饭罢。"小丫头依言回去,告诉珍珠,珍珠依言回了贾母。贾母道:"他本来吃不多,不吃也罢了,叫他歇歇罢。告诉他今儿不必过来,有他媳妇在这里。"珍珠便向小丫头道:"你听见了?"小丫头答应着,不便说明,只得在别处转了一转,说:"告诉了。"众人也不理会,便吃毕饭,大家散坐说话,不提。

> 此节酷似第四十三回凤姐过生日,宝玉溜走去祭金钏。

> 又是人人需编瞎话,会编瞎话,随机应骗信如神。

且说宝玉一时伤心,走了出来,正无主意,只见袭人赶来,问是怎么了。宝玉道:"不怎么,只是心里烦得慌。要不趁他们喝酒,咱们两个到珍大奶奶那里逛逛去。"袭人道:"珍大奶奶在这里,去找谁?"宝玉道:"不找谁,瞧瞧他既在这里,住的房屋怎么样。"袭人只得跟着,一面走,一面说。走到尤氏那边,又一个小门儿半开半掩,宝玉也不进去。只见看园门的两个婆子坐在门槛上说话儿,宝玉问道:"这小门开着么?"婆子道:"天天是不开的。今儿有人出来说,今日预备老太太要用园里的果子,故开着门等着。"

> 宝玉如此。
> 众人皆醉我独醒乎?

> 那边过生日,这边看荒园,有点电影手法。

宝玉便慢慢的走到那边,果见腰门半开。宝玉便走了进去,袭人忙拉住道:"不用去。园里不干净,常没有人去,不要再撞见什么。"宝玉仗着酒气,说:"我不怕那些!"袭人苦苦的拉住,不容他去。婆子们上来说道:"如今这园子安静的了。自从那日道士拿了妖去,我们摘花儿,打果子,一个人常走的。二爷要去,咱们都跟着。有这些人,怕什么!"宝玉喜欢。袭人也不便相强,只得跟着。

宝玉进得园来,只见满目凄凉。那些花木枯萎,更有几处亭馆,彩色久经剥落。还远远望见一丛修竹,倒还茂盛。宝玉一想,说:"我自病时出园,住在后边,一连几个月不准我到这里,瞬息荒凉。你看独有那几竿翠竹菁葱,这不是潇湘馆么?"袭人道:"你几个月没来,连方向都忘了。咱们只管说话,不觉将怡红院走过了。"回过头来用手指道:"这才是潇湘馆呢。"宝玉顺着袭人的手一瞧,道:"可不是过了吗?咱们

> 像空镜头。

> 一边行欢笑酒令,一边悼荒园故人,这是宝玉的一贯行学路径。放到这里写,相当精当。

贾母要乐一乐，要为宝钗过生日，也有挽狂澜于既倒，扭转众人的颓丧之意。她这样做，有难能可贵的一面。但从另一方面来说，事已至此，梦还不醒么？还要接着做团圆美满享福快乐的梦么？再进一步设问，梦醒了又怎么办呢？集体自杀？

既然梦醒了也没有路，便闭上眼睛继续真真假假地做梦吧。说不定，贾母亦知这个欢笑是勉强的，但是，勉强也罢，做假也罢，反正必须欢笑，叫你笑你就得笑。如是这样，贾母就很有政治魄力、政治气势了。

回去瞧瞧。"袭人道："天晚了，老太太必是等着吃饭，该回去了。"宝玉不言，找着旧路，竟往前走。你道宝玉虽离了大观园将及一载，岂遂忘了路径？只因袭人恐他见了潇湘馆，想起黛玉又要伤心，所以用言混过。岂知宝玉只望里走，天又晚，招了邪气，故宝玉问他，只说已走过了，欲宝玉不去，不料宝玉的心惟在潇湘馆内。

> 写得细腻。

袭人见他往前急走，只得赶上。见宝玉站着，似有所见，如有所闻，便道："你听什么？"宝玉道："潇湘馆倒有人住着么？"袭人道："大约没有人罢。"宝玉道："我明明听见有人在内啼哭，怎么没有人？"袭人道："你是疑心。素常你到这里，常听见林姑娘伤心，所以如今还是那样。"宝玉不信，还要听去。婆子们赶上说道："二爷快回去罢，天已晚了。别处我们还敢走走；只是这里路又隐僻，又听得人说，这里林姑娘死后，常听见有哭声，所以人都不敢走的。"宝玉袭人听说，都吃了一惊。宝玉道："可不是。"说着，便滴下泪来，说："林妹妹，林妹妹！好好儿的，是我害了你了！你别怨我，只是父母作主，并不是我负心。"愈说愈痛，便大哭起来。袭人正在没法，只见秋纹带着些人赶来，对袭人道："你好大胆！怎么领了二爷到这里来？老太太、太太他们打发人各处都找到了，刚才腰门上有人说是你同二爷到这里来了，唬得老太太、太太们了不得，

> 不是鬼哭，是宝玉的心在哭。始终有一个袭人在旁干扰，宝玉想一个人难过一会儿亦不可能。
> 袭人果然该死！

> 终于说出了心里的话，心里有话向谁说？

这一回写得很不错,大有雪芹原貌。令人回忆起一次又一次地做生日、行酒令,形式相同而情景全非,尤其是感受全非,抚今思昔,平生慨叹。

过程又写得很充实,合理,可信。中间出现了"金陵十二钗",更是神来之笔。

宝玉席间去大观园,凭吊黛玉故居,而终不能畅其悲,读之令人扼腕叹息。整个一回,为后四十回中难得生动活现者。

骂着我,叫我带人赶来。还不快回去么!"宝玉犹自痛哭,袭人也不顾他哭,两个人拉着就走,一面替他拭眼泪,告诉他老太太着急。宝玉没法,只得回来。

> 如同绑架劫持,可以说,(宝玉的)人生就是被绑架劫持。
> 连哭的权力也没有。

袭人知老太太不放心,将宝玉仍送到贾母那边,众人都等着未散。贾母便说:"袭人,我素常知你明白,才把宝玉交给你,怎么今儿带他园里去?他的病才好,倘或撞着什么,又闹起来,这便怎么处?"袭人也不敢分辨,只得低头不语。宝钗看宝玉颜色不好,心里着实的吃惊。倒还是宝玉恐袭人受委屈,说道:"青天白日怕什么?我因为好些时没到园里逛逛,今儿趁着酒兴走走,那里就撞着什么了呢!"凤姐在园里吃过大亏的,听到那里,寒毛直竖,说:"宝兄弟胆子忒大了。"湘云道:"不是胆大,倒是心实。不知是会芙蓉神去了,还是寻什么仙去了。"宝玉听着,也不答言。独有王夫人急得一言不发。贾母问道:"你到园里可曾唬着么?这回不用说了。以后要逛,到底多带几个人才好。不然大家早散了。回去好好的睡一夜,明日一早过来,我还要找补,叫你们再乐一天呢。不要为他又闹出什么原故来。"

> 湘云此话,残酷无情,以别人的痛苦取乐,很不好。莫非反映了她内心(下意识)中对晴雯、黛玉等的妒嫉?
> 又,湘云何时知道了芙蓉神的事情?

众人听说,辞了贾母出来。薛姨妈便到王夫人那里住下,史湘云仍在贾母房中,迎春便往惜春那里去了。余者各自回去不提。独有宝玉回到房中,嗳声叹气。宝钗明知其故,也不理他，只是怕他忧闷，勾出旧病来，便进里间，叫袭人来，细问他宝玉到园怎么样的光景。未知袭人怎生回说，下回分解。

  黛玉活着的时候，宝玉不能与她尽兴说话，黛玉死了，仍然不能。倾诉倾诉，何其难也！
  如果能写小说呢？不论如何不经不伦，总算能吐出苦水！

第一百九回

候芳魂五儿承错爱　　还孽债迎女返真元

黛玉虽死,余波不绝。

企图一梦,虽不"科学",却也有所等待,反而心安,一夜安眠。人生最苦是不知道等待什么,不知道能做什么,而又无比地痛苦。"魂魄"不曾入梦,益发地远去了,好不怅怅。

怅怅而已。怅怅也就成为一种"淡出"的路子了。

话说宝钗叫袭人问出原故,恐宝玉悲伤成疾,便将黛玉临死的话与袭人假作闲谈,说是:"人生在世,有意有情,到了死后,各自干各自的去了,并不是生前那样个人死后还是这样。活人虽有痴心,死的竟不知道。况且林姑娘既说仙去,他看凡人是个不堪的浊物,那里还肯混在世上?只是人自己疑心,所以招出些邪魔外祟来缠扰了。"宝钗虽是与袭人说话,原说给宝玉听的。袭人会意,也说是:"没有的事。若说林姑娘的魂灵儿还在园里,我们也算好的,怎么不曾梦见了一次?"

宝玉在外间听得,细细的想道:"果然也奇。我知道林妹妹死了,那一日不想几遍,怎么从没梦过?想是他到天上去了,瞧我这凡夫俗子,不能交通神明,所以梦都没有一个儿。我就在外间睡着,或者我从园里回来,他知道我的实心,肯与我梦里一见。我必要问他实在那里去了,我也时常祭奠。若是果然不理我这浊物,竟无一梦,我便不想他了。"主意已定,便说:"我今夜

此话明白。
事事极为明白。反而显得不太明白了。

就在外间睡了,你们也不用管我。"宝钗也不强他,只说:"你不用胡思乱想。你不瞧瞧,太太因你园里去了,急得话都说不出来。若是知道还不保养身子,倘或老太太知道了,又说我们不用心。"宝玉道:"白这么说罢咧,我坐一会子就进来。你也乏了,先睡罢。"宝钗知他必进来的,假意说道:"我睡了,叫袭姑娘伺候你罢。"

宝玉听了,正合机宜。等宝钗睡了,他便叫袭人麝月另铺设下一副被褥,常叫人进来瞧二奶奶睡着了没有。宝钗故意装睡,也是一夜不宁。那宝玉知是宝钗睡着,便与袭人道:"你们各自睡罢,我又不伤感。你若不信,你就伏侍我睡了再进去,只要不惊动我就是了。"袭人果然伏侍他睡下,便预备下了茶水,关好了门,进里间去照应一回,各自假寐,宝玉若有动静,再出来。宝玉见袭人等进来,便将坐更的两个婆子支到外头。他轻轻的坐起来,暗暗的祝了几句,便睡下了,欲与神交。起初再睡不着,以后把心一静,便睡去了,岂知一夜安眠。

直到天亮,宝玉醒来,拭眼,坐起来想了一回,并无有梦。便叹口气道:"正是'悠悠生死别经年,魂魄不曾来入梦'!"宝钗却一夜反没有睡着,听宝玉在外边念这两句,便接口道:"这句又说莽撞了。如若林妹妹在时,又该生气了。"宝玉听了,反不好意思,只得起来,搭讪着往里间走来,说:"我原要进来的,不觉得一个盹儿就打着了。"宝钗道:"你进来不进来,与我什么相干?"袭人等本没有睡,眼见他们两个说话,即忙倒上茶来。已见老太太那边打发小丫头来问:"宝二爷昨夜睡得安顿么?若安顿,早早的同二奶奶梳洗了就过去。"袭人便说:"你去回老太

任是糊涂却动人。

遇到这种罕有的情况,宝钗从容淡定,无忧无惧,不嗔不躁,略有点拨,任其自然够得上战略策略大师级智者了。

啥事都有现成的诗句在,这是语言文化的便利,也是语言文化对于人的一种统制。

这样说话,看着冷,实际反有挑逗意。
至少是逗趣,是两口子的语言。

一边是孙绍祖,一边是夏金桂,倒可以遥相辉映。其实薛蟠何尝比孙好?起码未闻孙有多少条人命血债。不过小说是写贾府及其近亲薛家的,小说实际是站在贾—薛这边的(何况小说有自传性),就突出了孙绍祖、夏金桂的刁悍直至淫乱。
谁能公正客观?

太,说:'宝玉昨夜很安顿,回来就过来。'"小丫头去了。

　　宝钗起来梳洗了,莺儿袭人等跟着,先到贾母那里行了礼,便到王夫人那边起至凤姐,都让过了,仍到贾母处,见他母亲也过来了。大家问起:"宝玉晚上好么?"宝钗便说:"回去就睡了,没有什么。"众人放心,又说些闲话。只见小丫头进来,说:"二姑奶奶要回去了。听见说,孙姑爷那边人来,到大太太那里说了些话,大太太叫人到四姑娘那边说,不必留了,让他去罢。如今二姑奶奶在大太太那边哭呢,大约就过来辞老太太。"贾母众人听了,心中好不自在,都说:"二姑娘这样一个人,为什么命里遭着这样的人!一辈子不能出头,这便怎么好?"说着,迎春进来,泪痕满面,因为是宝钗的好日子,只得含着泪,辞了众人要回去。贾母知道他的苦处,也不便强留,只说道:"你回去也罢了,但是不要悲伤。碰着了这样人,也是没法儿的。过几天我再打发人接你去。"迎春道:"老太太始终疼我,如今也疼不来了。可怜我只是没有再来的时候儿了。"说着,眼泪直流。众人都劝道:"这有什么不能回来的?比不得你三妹妹,隔得远,要见面就难了。"贾母等想起探春,不觉也大家落泪。只为是宝钗的生日,即转悲为喜说:"这也不难。只要海疆平静,那边亲家调进京来,就见的着了。"大家说:"可不是这么着呢。"说着,迎春只得含悲而别。众人送了出来,仍回贾母那里,从

是偶然吗?全然是孙绍祖的过错吗?迎春自己的性格——"二木头"——起了什么作用?

日日有泪落,事事有泪落。

岂止绛珠仙子,人生皆要"还泪"的。

早至暮,又闹了一天。众人见贾母劳乏,各自散了。

独有薛姨妈辞了贾母,到宝钗那里,说道:"你哥哥是今年过了,直要等到皇恩大赦的时候,减了等,才好赎罪。这几年叫我孤苦伶仃,怎么处!我想要与你二哥哥完婚,你想想好不好?"宝钗道:"妈妈是为着大哥哥娶了亲,唬怕的了,所以把二哥哥的事也犹豫起来。据我说,很该就办。邢姑娘是妈妈知道的,如今在这里也很苦。娶了去,虽说我家穷,究竟比他傍人门户好多着呢。"薛姨妈道:"你得便的时候,就去告诉老太太,说我家没人,就要择日子了。"宝钗道:"妈妈只管同二哥哥商量,挑个好日子,过来和老太太、大太太说了,娶过去,就完了一宗事。这里大太太也巴不得娶了去才好。"薛姨妈道:"今日听见史姑娘也就回去了,老太太心里要留你妹妹在这里住几天,所以他住下了。我想他也是不定多早晚就走的人了,你们姊妹们也多叙几天话儿。"宝钗道:"正是呢。"于是薛姨妈又坐了一坐,出来辞了众人,回去了。

却说宝玉晚间归房,因想:"昨夜黛玉竟不入梦,或者他已经成仙,所以不肯来见我这种浊人,也是有的;不然,就是我的性儿太急了,也未可知。"便想了个主意,向宝钗说道:"我昨夜偶然在外间睡着,似乎比在屋里睡的安稳些,今日起来,心里也觉清净些。我的意思,还要在外间睡两夜,只怕你们又来拦我。"宝钗听了,明知早晨他嘴里念诗是为着黛玉的事了,想来他那个呆性是不能劝的,倒叫好他睡两夜,索性自己死了心也罢了,况兼昨夜听他睡的倒也安静,便道:"好没来由。你只管睡去,我们拦你作什么?

> 婚姻大事,办得都匆忙窘迫。这也是没落相。

> 宝玉的希望,令读者更加绝望。
> 宝钗深谙欲收还放之理。

但只不要胡思乱想的招出些邪魔外祟来。"宝玉笑道:"谁想什么?"袭人道:"依我劝,二爷竟还是屋里睡罢。外边一时照应不到,着了风,倒不好。"宝玉未及答言,宝钗却向袭人使了个眼色。袭人会意,便道:"也罢,叫个人跟着你罢,夜里好倒茶倒水的。"宝玉便笑道:"这么说,你就跟了我来。"袭人听了,倒没意思起来,登时飞红了脸,一声也不言语。宝钗素知袭人稳重,便说道:"他是跟惯了我的,还叫他跟着我罢。叫麝月五儿照料着也罢了。况且今日他跟着我闹了一天,也乏了,该叫他歇歇了。"宝玉只得笑着出来。

　　宝钗因命麝月五儿给宝玉仍在外间铺设了,又嘱咐两个人:"醒睡些,要茶要水,都留点神儿。"两个答应着。出来看见宝玉端然坐在床上,闭目合掌,居然像个和尚一般,两个也不敢言语,只管瞅着他笑。宝钗又命袭人出来照应。袭人看见这般,却也好笑,便轻轻的叫道:"该睡了。怎么又打起坐来了?"宝玉睁开眼看见袭人,便道:"你们只管睡罢,我坐一坐就睡。"袭人道:"因为你昨日那个光景,闹的二奶奶一夜没睡。你再这么着,成何事体?"宝玉料着自己不睡,都不肯睡,便收拾睡下。袭人又嘱咐了麝月等几句,才进去关门睡了。

　　这里麝月五儿两个人也收拾了被褥,伺候宝玉睡着,各自歇下。那知宝玉要睡越睡不着,见他两个人在那里打铺,忽然想起那年袭人不在家时,晴雯麝月两个人服事,夜间麝月出去,晴雯要唬他,因为没穿衣服,着了凉,后来还是从这个病上死的。想到这里,一心移在晴雯身上去了。忽又想起凤姐说五儿给晴雯脱了个影

心魔可畏。诛心方可平稳。

为宝玉出家再铺垫一步。任何事实际发生以前先有预兆,这是"红"的"情节发生学"。

啰嗦。
袭人处处摆出一副她对于宝玉负有特殊责任的样子。王夫人二两银子的特殊津贴,真不白给。

复习旧事。

五儿为进宝玉这里当差,费了许多心机,担了许多风险。等最后进来了,当年吸引她"进来"的诸多因素已经不存在了,她的兴致也不是原样了。一切愿望的实现也就是愿望的"走样",愿望的破灭。

儿,因又将想晴雯的心肠移在五儿身上。自己假装睡着,偷偷的看那五儿,越瞧越像晴雯,不觉呆性复发。听了听里间已无声息,知是睡了;却见麝月睡着了,便故意叫了麝月两声,却不答应。五儿听见宝玉唤人,便问道:"二爷要什么?"宝玉道:"我要漱漱口。"五儿见麝月已睡,只得起来,重新剪了蜡花,倒了一钟茶来,一手托着漱盂。却因赶忙起来的,身上只穿着一件桃红绫子小袄儿,松松的挽着一个纂儿。宝玉看时,居然晴雯复生。忽又想起晴雯说的"早知担个虚名,也就打个正经主意了。"不觉呆呆的呆看,也不接茶。

那五儿自从芳官去后,也无心进来了。后来听得凤姐叫他进来伏侍宝玉,竟比宝玉盼他进来的心还急。不想进来以后,见宝钗袭人一般尊贵稳重,看着心里实在敬慕;又见宝玉疯疯傻傻,不似先前丰致;又听见王夫人为女孩子们和宝玉玩笑都撵了;所以把这件事搁在心上,倒无一毫的儿女私情了。怎奈这位呆爷今晚把他当作晴雯,只管爱惜起来。那五儿早已羞得两颊红潮,又不敢大声说话,只得轻轻的说道:"二爷,漱口啊。"宝玉笑着接了茶在手中,也不知道漱了没有,便笑嘻嘻的问:"你和晴雯姐姐好不是啊?"五儿听了,摸不着头脑,便道:"都是姐妹,也没有什么不好的。"宝玉又悄悄的问道:"晴雯病重了,我看他去,不是你也去了么?"五儿微微笑着点头儿。宝玉道:"你听见他说什么

> 有心进来,进不来。
> 无心进来,进来了。
> 事物常常逆心而动。"心"是什么东西?

> 能写到经历了生死离别抄家没落的贾宝玉的各个方面,都还合宜过得去,亦属难能可赞。

了没有?"五儿摇着头儿道:"没有。"

宝玉已经忘神,便把五儿的手一拉。五儿急得红了脸,心里乱跳,便悄悄说道:"二爷,有什么话只管说,别拉拉扯扯的。"宝玉才放了手,说道:"他和我说来着:'早知担了个虚名,也就打正经主意了。'你怎么没听见么?"五儿听了这话明明是轻薄自己的意思,又不敢怎么样,便说道:"那是他自己没脸。这也是我们女孩儿家说得的吗?"宝玉着急道:"你怎么也是这个道学先生!我看你长的和他一模一样,我才肯和你说这个话,你怎么倒拿这些话遭塌他?"

> 如此这般,不算精彩,不无轻薄,但与人物境遇高能相称。人啊人,宝玉就是宝玉,宝玉无法与宝黛乃至宝晴比拟,但宝玉也比宝宝(钗)自然多情。

此时五儿心中也不知宝玉是怎么个意思,便说道:"夜深了,二爷也睡罢,别紧着坐着,看凉着。刚才奶奶和袭人姐姐怎么嘱咐了?"宝玉道:"我不凉。"说到这里,忽然想起五儿没穿着大衣服,就怕他也像晴雯着了凉,便说道:"你为什么不穿上衣服就过来?"五儿道:"爷叫的紧,那里有尽着穿衣裳的空儿?要知道说这半天话儿时,我也穿上了。"宝玉听了,连忙把自己盖的一件月白绫子绵袄儿揭起来递给五儿,叫他披上。五儿只不肯接,说:"二爷盖着罢,我不凉。我凉,我有我的衣裳。"说着,回到自己铺边,拉了一件长袄披上。又听了听,麝月睡的正浓,才慢慢过来说:"二爷今晚不是要养神呢吗?"宝玉笑道:"实告诉你罢,什么是养神!我倒是要遇仙的意思。"五儿听了,越发动了疑心,便问道:"遇什么仙?"宝玉道:"你要知道,这话长着呢。你挨着我来坐下,我告诉你。"五儿红了脸,笑道:"你在那里躺着,我怎么坐呢?"宝玉道:"这个何妨?那一年冷天,也是你麝月姐姐和你晴雯姐姐玩,我怕冻着他,还把他揽在被里握着

> 恰如第三十六回"情悟梨香院",因情忘我。

呢。这有什么的！大凡一个人，总别酸文假醋的才好。"五儿听了，句句都是宝玉调戏之意，那知这位呆爷却是实心实意的话儿。五儿此时走开不好，站着不好，坐下不好，倒没了主意了。因微微的笑着道："你别混说了。看人家听见，这是什么意思？怨不得人家说你专在女孩儿身上用工夫！你自己放着二奶奶和袭人姐姐，都是仙人儿似的，只爱和别人混缠。明儿再说这些话，我回了二奶奶，看你什么脸见人。"

> 时至今日，历经周折，才有宝玉与五儿的一段"错爱"。情缘如此而已。

正说着，只听外面"咕咚"一声，把两个人吓了一跳。里间宝钗咳嗽了一声，宝玉听见连忙努嘴儿，五儿也就忙忙的息了灯，悄悄的躺下了。原来宝钗袭人因昨夜不曾睡，又兼日间劳乏了一天，所以睡去，都不曾听见他们说话，此时院中一响，早已惊醒，听了听，也无动静。宝玉此时躺在床上，心里疑惑："莫非林妹妹来了，听见我和五儿说话，故意吓我们的？"翻来复去，胡思乱想，五更以后，才蒙眬睡去。

> 真的没有听见么？怕是未必。不然，咳嗽得这么巧么？

> 这一段写得还好，也给了五儿一点戏份。

却说五儿被宝玉鬼混了半夜，又兼宝钗咳嗽，自己怀着鬼胎，生怕宝钗听见了，也是思前想后，一夜无眠。次日一早起来，见宝玉尚自昏昏睡着，便轻轻儿的收拾了屋子。那时麝月已醒，便道："你怎么这么早起来了？你难道一夜没睡吗？"五儿听这话又似麝月知道了的光景，便只是赸笑，也不答言。不一时，宝钗袭人也都起来。开了门，见宝玉尚睡，却也纳闷："怎么外边两夜睡得倒这般安稳？"

及宝玉醒来，见众人都起来了，自己连忙爬起，揉着眼睛，细想昨夜又不曾梦见，可是"仙凡路隔"了。慢慢的下了床，又想昨夜五儿说的"宝钗袭人都是天仙一般"，这话却也不错，便怔

> 盖自凡俗的一面看之，爱情不是绝对的也不是专一的。

怔的瞅着宝钗。宝钗见他发怔,虽知他为黛玉之事,却也定不得梦不梦,只是瞅的自己倒不好意思,便道:"二爷昨夜可真遇见仙了么?"宝玉听了,只道昨晚的话宝钗听见了,笑着勉强说道:"这是那里的话?"那五儿听了这一句,越发心虚起来,又不好说的,只得且看宝钗的光景。只见宝钗又笑着问五儿道:"你听见二爷睡梦中和人说话来着么?"宝玉听了,自己坐不住,搭讪着走开了。五儿把脸飞红,只得含糊道:"前半夜倒说了几句,我也没听真。什么'担了虚名',又什么'没打正经主意',我也不懂,劝着二爷睡了。后来我也睡了,不知二爷还说来着没有。"宝钗低头一想:"这话明是为黛玉了。但尽着叫他在外头,恐怕心邪了,招出些花妖月姊来。况兼他的旧病,原在姊妹上情重。只好设法将他的心意挪移过来,然后能免无事。"想到这里,不免面红耳热起来,也就赸赸的进房梳洗去了。

且说贾母两日高兴,略吃多了些,这晚有些不受用;第二天,便觉着胸口饱闷。鸳鸯等要回贾政,贾母不叫言语,说:"我这两日嘴馋些,吃多了点子。我饿一顿就好了,你们快别吵嚷。"于是鸳鸯等并没有告诉人。

这日晚间,宝玉回到自己屋里,见宝钗自贾母王夫人处才请了晚安回来,宝玉想着早起之事,未免赧颜抱惭。宝钗看他这样,也晓得是个没意思的光景。因想着他是个痴情人,要治他的这病,少不得仍以痴情治之。想了一回,便问宝玉道:"你今夜还在外间睡去罢咧?"宝玉自觉没趣,便道:"里间外间都是一样的。"宝钗意欲再说,反觉不好意思。袭人道:"罢呀,这倒是什么道理呢?我不信睡得那么安稳。"五儿听见这

哪里没有爱情? 爱情不是神不是仙,爱情不过是异性之间的相亲相悦……

欲写宝玉终与钗圆房,先写其对黛玉之痴情思念,中间插上五儿、晴雯一节,也算立体推进,恰到好处,倒像是大手笔,而非伪劣续作。
怎么这样老练? 她是精神病医生? 性心理学博士?

宝钗的情仅仅是为宝玉提供的药石么?
这些过程也够得上是煞费苦心。

宝钗永远平稳,事事平稳;永远正确,事事正确。这样,宝钗便成为一种极稳妥健全的理性心理机制的化身,成为这样一种心理机制的理想,而不是活人了。

按当时的标准,宝钗也够得上高、大、全了。

话,连忙接口道:"二爷在外间睡,别的倒没什么,只是爱说梦话,叫人摸不着头脑儿,又不敢驳他的回。"袭人便道:"我今日挪到床上睡睡,看说梦话不说。你们只管把二爷的铺盖铺在里间就完了。"宝钗听了,也不作声。宝玉自己惭愧不来,那里还有强嘴的分儿,便依着搬进里间来。一则宝玉负愧,欲安慰宝钗之心;二则宝钗恐宝玉思郁成疾,不如假以词色,使得稍觉亲近,以为"移花接木"之计。于是当晚袭人果然挪出去。宝玉因心中愧悔,宝钗欲拢络宝玉之心,自过门至今日,方才如鱼得水,恩爱缠绵。所谓"二五之精,妙合而凝"的了。此是后话。

鱼水恩爱,变成了"假以词色"的谋略。

至今日才"如鱼得水",也是绝唱。

男女居室,人之大伦,还有什么爱情不爱情的份儿?

且说次日宝玉宝钗同起,宝玉梳洗了,先过贾母这边来。这里贾母因疼宝玉,又想宝钗孝顺,忽然想起一件东西,便叫鸳鸯开了箱子,取出祖上所遗一个汉玉玦,虽不及宝玉他那块玉石,挂在身上却也希罕。鸳鸯找出来递与贾母,便说道:"这件东西,我好像从没见的。老太太这些年还记得这样清楚,说是那一箱什么匣子里装着。我按着老太太的话一拿就拿出来了。老太太怎么想着拿出来做什么?"贾母道:"你那里知道?这块玉还是祖爷爷给我们老太爷,老太爷疼我,临出嫁的时候叫了我去,亲手递给我的。还说:'这玉是汉时所佩的东西,很贵重,你拿着就像见了我的一样。'我那时还小,拿了来,也不当什么,便撂在箱子里。到了这里,我见咱们家的东西也多,这算得什么!从没带过,一撩便撩了六十多年。今儿见宝玉这样孝顺,他又丢了一块玉,故此,想着拿出来给他,也像是祖上给我的意思。"

> 忽然找出撂了六十多年的心爱旧物送给爱孙,已有诀别之意了。

一时,宝玉请了安。贾母便喜欢道:"你过来,我给你一件东西瞧瞧。"宝玉走到床前,贾母便把那块汉玉递给宝玉。宝玉接来一瞧,那玉有三寸方圆,形似甜瓜,色有红晕,甚是精致。宝玉口口称赞。贾母道:"你爱么?这是我祖爷爷给我的,我传了你罢。"宝玉笑着,请了个安谢了,又拿了要送给他母亲瞧。贾母道:"你太太瞧了,告诉你老子,又说疼儿子不如疼孙子了。他们从没见过。"宝玉笑着去了。宝钗等又说了几句话,也辞了出来。

自此,贾母两日不进饮食,胸口仍是结闷,觉得头晕目眩,咳嗽。邢王二夫人、凤姐等请安,见贾母精神尚好,不过叫人告诉贾政,立刻来请了安。贾政出来,即请大夫看脉。不多一时,大夫来诊了脉,说是有年纪的人,停了些饮食,感冒些风寒,略消导发散些就好了。开了方子,贾政看了,知是寻常药品,命人煎好进服。以后贾政早晚进来请安。一连三日,不见稍减。贾政又命贾琏打听好大夫:"快去请来瞧老太太的病。咱们家常请的几个大夫,我瞧着不怎么好,所以叫你去。"贾琏想了一想,说道:"记得那年宝兄弟病的时候,倒是请了一个不行医的来瞧好了的,如今不如找他。"贾政道:"医道却是极难的,愈是不兴时的大夫倒有本领。你就打发人去找来罢。"贾琏即忙答应去了,回来说道:"这刘大夫新近出城教书去了,过十来天进城一次。这时等不得,又请了一位,也就来了。"贾政

> "红"中多人,都是病、医、死的程序。

听了，只得等着，不提。

　　且说贾母病时，合宅女眷无日不来请安。一日，众人都在那里，只见看园内腰门的老婆子进来回说："园里的栊翠庵的妙师父知道老太太病了，特来请安。"众人道："他不常过来，今儿特地来，你们快请去来。"凤姐走到床前回贾母。岫烟是妙玉的旧相识，先走出去接他。只见妙玉头带妙常髻；身上穿一件月白素绸袄儿，外罩一件水田青缎镶边长背心，拴着秋香色的丝绦；腰下系一条淡墨画的白绫裙；手执麈尾念珠。跟着一个侍儿，飘飘拽拽的走来。岫烟见了问好，说是："在园内住得日子，可以常来瞧瞧你；近来因为园内人少，一个人轻易难出来，况且咱们这里的腰门常关着，所以这些日子不得见你。今儿幸会。"妙玉道："头里你们是热闹场中，你们虽在外园里住，我也不便常来亲近；如今知道这里的事情也不大好，又听说是老太太病着，又惦记着你，并要瞧瞧宝姑娘。我那管你们的关不关，我要来就来；我不来，你们要我来也不能啊。"岫烟笑道："你还是那种脾气。"

　　一面说着，已到贾母房中。众人见了，都问了好。妙玉走到贾母床前问候，说了几句套话。贾母便道："你是个女菩萨，你瞧瞧我的病可好得了好不了？"妙玉道："老太太这样慈善的人，寿数正有呢。一时感冒，吃几贴药，想来也就好了。有年纪人，只要宽心些。"贾母道："我倒不为这些，我是极爱寻快乐的。如今这病也不觉怎样，只是胸膈闷饱。刚才大夫说是气恼所致。你是知道的，谁敢给我气受？这不是那大夫脉理平常么？我和琏儿说了，还是头一个大夫说感冒伤食的是，明儿仍请他来。"说着，叫鸳鸯：

类似用兵，平常妙玉无事，到了节骨眼儿上，她该出场了。

妙玉也来了，情况更不一般。

妙玉忽忽想起贾母来了，还是作者应该想起妙玉来了？

能保持自己的脾气，也很不简单，需要多少主、客观条件！

妙玉并非菩萨，所说的话也不灵验。

好像是故意提醒，她受了"天威"。

"吩咐厨房里办一桌净素菜来,请他在这里便饭。"妙玉道:"我已吃过午饭了,我是不吃东西的。"王夫人道:"不吃也罢,咱们多坐一会,说些闲话儿罢。"妙玉道:"我久已不见你们,今儿来瞧瞧。"又说了一回话,便要走,回头见惜春站着,便问道:"四姑娘为什么这样瘦?不要只管爱画劳了心。"惜春道:"我久不画了。如今住的房屋不比园里的显亮,所以没兴画。"妙玉道:"你如今住在那一所了?"惜春道:"就是你才来的那个门东边的屋子,你要来,很近。"妙玉道:"我高兴的时候来瞧你。"惜春等说着送了出去。回身过来,听见丫头们回说大夫在贾母那边呢,众人暂且散去。

照顾一下惜春。

轻描淡写地交代一下惜春不画。

那知贾母这病日重一日,延医调治不效,以后又添腹泻。贾政着急,知病难医,即命人到衙门告假,日夜同王夫人亲侍汤药。一日,见贾母略进些饮食,心里稍宽,只见老婆子在门外探头。王夫人叫彩云看去,问问是谁。彩云看了是陪迎春到孙家去的人,便道:"你来做什么?"婆子道:"我来了半日,这里找不着一个姐姐们,我又不敢冒撞,我心里又急。"彩云道:"你急什么?又是姑爷作践姑娘不成么?"婆子道:"姑娘不好了!前儿闹了一场,姑娘哭了一夜,昨日痰堵住了。他们又不请大夫,今日更利害了。"彩云道:"老太太病着呢,别大惊小怪的。"王夫人在内已听见了,恐老太太听见不受用,忙叫彩云带他外头说去。岂知贾母病中心静,偏偏听见,便道:"迎丫头要死了么?"王夫人便道:"没有。婆子们不知轻重,说是这两日有些病,恐不能就好,到这里问大夫。"贾母道:"瞧我的大夫就好,快请了去。"王夫人便叫彩云:"叫这婆子去回大

类似全面功能衰减。

这个欲死,那个即死,后四十回已经死得很吃力了。还嫌死得不干净,太不懂小说家了。

太太去。"那婆子去了。

　　这里贾母便悲伤起来,说是:"我三个孙女儿:一个享尽了福死了;三丫头远嫁,不得见面;迎丫头虽苦,或者熬出来,不打谅他年轻轻儿的就要死了。留着我这么大年纪的人活着作什么!"王夫人鸳鸯等解劝了好半天。那时宝钗李氏等不在房中,凤姐近来有病。王夫人恐贾母生悲添病,便叫人叫了他们来陪着,自己回到房中,叫彩云来埋怨:"这婆子不懂事!以后我在老太太那里,你们有事,不用来回。"丫头们依命不言。岂知那婆子刚到邢夫人那里,外头的人已传进来,说:"二姑奶奶死了。"邢夫人听了,也便哭了一场。现今他父亲不在家中,只得叫贾琏快去瞧看。知贾母病重,众人都不敢回。可怜一位如花似月之女,结缡年余,不料被孙家揉搓,以致身亡,又值贾母病笃,众人不便离开,竟容孙家草草完结。

　　贾母病势日增,只想这些孙女儿。一时想起湘云,便打发人去瞧他。回来的人悄悄的找鸳鸯,因鸳鸯在老太太身旁,王夫人等都在那里,不便上去,到了后头,找了琥珀,告诉他道:"老太太想史姑娘,叫我们去打听。那里知道史姑娘哭得了不得,说是姑爷得了暴病,大夫都瞧了,说这病只怕不能好,若是变了个痨病,还可挨过四五年。所以史姑娘心里着急。又知道老太太病,只是不能过来请安。还叫我不要在老太太面前提起,倘或老太太问起来,务必托你们变个法儿回老太太才好。"琥珀听了,"咳"了一声,就也不言语了,半日说道:"你去罢。"琥珀也不便回,心里打算告诉鸳鸯叫他撒谎去,所以来到贾母床前。只见贾母神色大变,地下站着一

各有大限,何必妄言。
也许是贾母确实福气太大了,把后代的福都集中到她身上了。

哭比帮助一个人容易得多。哭没有任何责任,不会面对任何后果。

还能办当年秦可卿的极风光的丧事吗?

接踵而至。

屋子的人,喊喊的说:"瞧着是不好了。"也不敢言语了。

这里贾政悄悄的叫贾琏到身旁,向耳边说了几句话。贾琏轻轻的答应,出去了,便传齐了现在家的一干家人,说:"老太太的事,待好出来了,你们快快分头派人办去。头一件,先请出板来瞧瞧,好挂里子。快到各处将各人的衣服量了尺寸,都开明了,便叫裁缝去做孝衣。那棚杠执事都去讲定。厨房里还该多派几个人。"赖大等回道:"二爷,这些事不用爷费心,我们早打算好了,只是这项银子在那里打算?"贾琏道:"这种银子不用算计了,老太太自己早留下了。刚才老爷的主意,只要办的好,我想外面也要好看。"赖大等答应,派人分头办去。

> 丧事是人之至哀,却又是一种礼仪,一套劳民伤财的俗务。

> 贾母远见,万事不求儿孙。还是自己为自己料理后事更靠得住。

贾琏复回到自己房中,便问平儿:"你奶奶今儿怎么样?"平儿把嘴往里一努,说:"你瞧去。"贾琏进内,见凤姐正要穿衣,一时动不得,暂且靠在炕桌儿上。贾琏道:"你只怕养不住了,老太太的事,今儿明儿就要出来了,你还脱得过么?快叫人将屋里收拾收拾,就该扎挣上去了。若有了事,你我还能回来么?"凤姐道:"咱们这里还有什么收拾的?不过就是这点子东西,还怕什么!你先去罢,看老爷叫你。我换件衣裳就来。"

贾琏先回到贾母房里,向贾政悄悄的回道:"诸事已交派明白了。"贾政点头。外面又报:"太医进来了。"贾琏接入,诊了一回,出来,悄悄的告诉贾琏:"老太太的脉气不好,防着些。"贾琏会意,与王夫人等说知。王夫人即忙使眼色叫鸳鸯过来,叫他把老太太的装裹衣服预备出来。鸳鸯自去料理。贾母睁眼要茶喝,邢夫人终于到了这一天。

贾母虽然管事不多,但仍然是贾家前辈功臣形象的继承者,她说话做事都与偷鸡摸狗者不同;她也是全家的凝聚者,不论有多少窝里斗,多少对于"偏心"的不满,仍然要在她面前维持哪怕是表面的孝悌忠顺;她是贾家光荣历史与繁华福寿的象征。她死了,贾家已不可能再维持下去。原来的赫赫扬扬的贾家,不复存在。宝玉求梦黛玉而不得,移到了五儿身上,算是还了与五儿一段小小情缘。却又因此与宝钗实现了"鱼水和谐"。五儿是承错爱,宝钗算不算承错爱呢?爱而能错,妙极,表现了爱情的真诚神圣却又表现了爱情的滑稽乃至轻薄。然后是死神。一个接一个,旋踵而至。这在艺术处理上也是很困难的,这种一死一大片的情景,写不好,也显得太人为。

死神是文学的重要角色。这样的角色是必须隆重推出的。

> 便进了一杯参汤。贾母刚用嘴接着喝,便道:"不要那个,倒一钟茶来我喝。"众人不敢违拗,即忙送上来。一口喝了,还要,又喝一口,便说:"我要坐起来。"贾政等道:"老太太要什么,只管说,可以不必坐起来才好。"贾母道:"我喝了口水,心里好些,略靠着和你们说说话。"珍珠等用手轻轻的扶起,看见贾母这回精神好些。未知生死,下回分解。

仍有分辨,有主意。

人多事多,病多丧多,大多写得症候贴切,一丝不苟,生死亦大矣,贾母死得也还大气。相比之下,宝玉未死也未病,却整天颓废于必死,未免无聊。

第一百十回

史太君寿终归地府　王凤姐力诎失人心

却说贾母坐起说道："我到你们家已经六十多年了，从年轻的时候到老来，福也享尽了。自你们老爷起，儿子孙子也都算是好的了。就是宝玉呢，我疼了他一场……"说到那里，拿眼满地下瞅着。王夫人便推宝玉走到床前。贾母从被窝里伸出手来拉着宝玉，道："我的儿，你要争气才好！"宝玉嘴里答应，心里一酸，那眼泪便要流下来，又不敢哭，只得站着。听贾母说道："我想再见一个重孙子，我就安心了。我的兰儿在那里呢？"李纨也推贾兰上去。贾母放了宝玉，拉着贾兰，道："你母亲是要孝顺的。将来你成了人，也叫你母亲风光风光。凤丫头呢？"凤姐本来站在贾母旁边，赶忙走到眼前，说："在这里呢。"贾母道："我的儿，你是太聪明了，将来修修福罢！我也没有修什么，不过心实吃亏。那些吃斋念佛的事我也不大干，就是旧年叫人写了些《金刚经》送送人，不知送完了没有？"凤姐道："没有呢。"贾母道："早该施舍完了才好。我们大老爷和珍儿是在外头乐了；最可恶的是史丫头没良心，怎么总不来瞧我。"鸳鸯等明知其故，都不言语。贾母又瞧了一瞧宝钗，叹了口气，只见脸上发红。贾政知是回光返照，即忙进上参汤。贾母的牙关已经紧了，合了一回眼，又睁着

神志清楚。

福已享尽，并无遗憾。
福尽当逝，并无留恋。
其言也善，并无责备。

用语简明。
虽大方向一致，但贾母用语比贾政动人、有人情味得多。
那是自然。

对李纨，其心有戚戚焉。

一语中的。

仍然有隔。

满屋里瞧了一瞧。王夫人宝钗上去,轻轻扶着,邢夫人凤姐等便忙穿衣。地下婆子们已将床安设停当,铺了被褥。听见贾母喉间略一响动,脸变笑容,竟是去了。享年八十三岁。众婆子疾忙停床。

> 最后满屋一瞧,令人肝肠寸断。
>
> 善终,无咎。
> 读之怆然。依依。
> 贾母之死写得简练、得体、有派。就这一段,也非一般二三流笔墨写得出的。

于是贾政等在外一边跪着,邢夫人等在内一边跪着,一齐举起哀来。外面家人各样预备齐全,只听里头信儿一传出来,从荣府大门起至内宅门,扇扇大开,一色净白纸糊了;孝棚高起,大门前的牌楼立时竖起;上下人等登时成服。贾政报了丁忧,礼部奏闻。主上深仁厚泽,念及世代功勋,又系元妃祖母,赏银一千两,谕礼部主祭。家人们各处报丧。众亲友虽知贾家势败,今见圣恩隆重,都来探丧。择了吉时成殓,停灵正寝。

> 圣恩隆重何能势败?"圣恩"云云是礼貌用语,实际要打折扣的。

贾赦不在家,贾政为长,宝玉、贾环、贾兰是亲孙,年纪又小,都应守灵。贾琏虽也是亲孙,带着贾蓉,尚可分派家人办事。虽请了些男女外亲来照应,内里邢王二夫人、李纨、凤姐、宝钗等是应灵旁哭泣的;尤氏虽可照应,他自贾珍外出,依住荣府,一向总不上前,且又荣府的事不甚谙练;贾蓉的媳妇更不必说了;惜春年小,虽在这里长的,他于家事全不知道。所以内里竟无一人支持,只有凤姐可以照管里头的事,况又贾琏在外作主,里外他二人,倒也相宜。凤姐先前仗着自己的才干,原打谅老太太死了,他大有一番作用。邢王二夫人等本知他曾办过秦氏的事,必是妥当,于是仍叫凤姐总理里头的事。凤姐本不应辞,自然应了,心想:"这里的事本是我管的。那些家人更是我手下的人。太太和珍大嫂子的人本来难使唤些,如今他们都去了。银

> 到这时了,还这样想,未免不自量力,难免自取其辱。

写贾母死,可以见出作者对老人家的尊重。他对贾母的形象十分爱惜。虽然也写到她自己并不避讳的"偏心",她的糊涂(贾赦讨妾事埋怨王夫人,凤姐泼醋事埋怨平儿),也偶有一次的恶声恶气(抄检大观园前),但总体来说,这是一个大家风度的老太太形象。

项虽没有了对牌,这种银子是现成的。外头的事又是他办着。虽说我现今身子不好,想来也不致落褒贬,必是比宁府里还得办些。"心下已定,且待明日接了三,后日一早便叫周瑞家的传出话去,将花名册取上来。凤姐一一的瞧了,统共只有男仆二十一人,女仆只有十九人,余者俱是些丫头,连各房算上,也不过三十多人,难以点派差使。心里想道:"这回老太太的事倒没有东府里的人多。"又将庄上的弄出几个,也不敷差遣。

　　正在思算,只见一个小丫头过来说:"鸳鸯姐姐请奶奶。"凤姐只得过去,只见鸳鸯哭得泪人一般,一把拉着凤姐儿,说道:"二奶奶请坐,我给二奶奶磕个头。虽说服中不行礼,这个头是要磕的。"鸳鸯说着跪下,慌的凤姐赶忙拉住,说道:"这是什么礼?有话好好的说。"鸳鸯跪着,凤姐便拉起来。鸳鸯说道:"老太太的事,一应内外,都是二爷和二奶奶办。这种银子是老太太留下的。老太太这一辈子也没有遭塌过什么银钱,如今临了这件大事,必得求二奶奶体体面面的办一办才好!我方才听见老爷说什么'诗云''子曰',我不懂;又说什么'丧与其易,宁戚',我听了不明白。我问宝二奶奶,说是,老爷的意思:老太太的丧事,只要悲切才是真孝,不必糜费,图好看的念头。我想老太太这样一个人,怎么不该体面些?我虽是奴才丫头,敢说什么?只是老太太疼二奶奶和我这一场,临死

综合实力,大不如前,奈凤姐何?

鸳鸯再好,境界有限,显得愚而诚。

了还不叫他风光风光？我想二奶奶是能办大事的，故此我请二奶奶来，求作个主。我生是跟老太太的人，老太太死了，我也是跟老太太的，若是睁不见老太太的事怎么办，将来怎么见老太太呢？"

> 鸳鸯一心一意忠于贾母，为贾母说话，原属应该。只是她太不了解大势了。
> 她未免"单打一"了。

凤姐听了这话来的古怪，便说："你放心，要体面是不难的。况且老爷虽说要省，那势派也错不得。便拿这项银子都花在老太太身上，也是该当的。"鸳鸯道："老太太的遗言说，所有剩下的东西是给我们的，二奶奶倘或用着不够，只管拿这个去折变补上。就是老爷说什么，我也不好违了老太太的遗言。那日老太太分派的时候，不是老爷在这里听见的么？"凤姐道："你素来最明白，怎么这会子那样的着急起来了？"鸳鸯道："不是我着急，为的是大太太是不管事的，老爷是怕招摇的。若是二奶奶心里也是老爷的想头，说抄过家的人家，丧事还是这么好，将来又要抄起来，也就不顾起老太太来，怎么处？在我呢，是个丫头，好歹碍不着，到底是这里的声名。"凤姐道："我知道了。你只管放心，有我呢。"鸳鸯千恩万谢的托了凤姐。

> 是古怪更是预兆，鸳鸯休矣。

> 这里也有山头问题。老太太是总统领，不差，但老太太还有自己的个人生活的小圈子。鸳鸯是圈内人，她要提要求，她要施压力，她要挑毛病，她自认为这是她的使命。当然，鸳鸯也是为自己办后事，是此生最后一次办事。

那凤姐出来，想道："鸳鸯这东西好古怪，不知打了什么主意？论理，老太太身上本该体面些。嗳！不要管他，且按着咱们家先前的样子办去。"于是叫旺儿家的来，话传出去，请二爷进来。不多时，贾琏进来，说道："怎么找我？你在里头照应着些就是了。横竖作主是咱们二老爷，他说怎么着，咱们就怎么着。"凤姐道："你也说起这个话来了，可不是鸳鸯说的话应验了么？"贾琏道："什么鸳鸯的话？"凤姐便将鸳鸯请进去的话述了一遍。贾琏道："他们的话算什

> 应验应验，人生就是应验。

么！才刚二老爷叫我去,说:'老太太的事固要认真办理,但是知道的呢,说是老太太自己结果自己;不知道的,只说咱们都隐匿起来了,如今很宽裕。老太太的这种银子用不了,谁还要么?仍旧该用在老太太身上。老太太是在南边的,坟地虽有,阴宅却没有。老太太的柩是要归到南边去的。留这银子在祖坟上盖起些房屋来,再余下的,置买几顷祭田。咱们回去也好;就是不回去,也叫这些贫穷族中住着,也好按时按节早晚上香,时常祭扫祭扫。'你想这些话可不是正经主意?据你这个话,难道都花了罢?"凤姐道:"银子发出来了没有?"贾琏道:"谁见过银子!我听见咱们太太听见了二老爷的话,极力的撺掇二太太和二老爷说:'这是好主意。'叫我怎么着?现在外头棚杠上要支几百银子,这会子还没有发出来。我要去,他们都说有,先叫外头办了,回来再算。你想,这些奴才们,有钱的早溜了。按着册子叫去,有的说告病,有的说下庄子去了。走不动的有几个,只有赚钱的能耐,还有赔钱的本事么?"凤姐听了,呆了半天,说道:"这还办什么!"

　　正说着,见来了一个丫头,说:"大太太的话,问二奶奶:今儿第三天了,里头还很乱,供了饭,还叫亲戚们等着吗?叫了半天,来了菜,短了饭,这是什么办事的道理?"凤姐急忙进去吆喝人来伺候,胡弄着将早饭打发了。偏偏那日人来的多,里头的人都死眉瞪眼的。凤姐只得在那里照料了一会子,又惦记着派人,赶着出来,叫了旺儿家的传齐了家下女人们,一一分派了。众人都答应着不动。凤姐道:"什么时候,还不供饭?"众人道:"传饭是容易的,只要将里

此话本是大局。
大局下非无私心。

说的含蓄。

却原来,自己为自己安排的后事也是要受制于众的。

实际情况已经如此。运来黄金满地,运去一片荒凉。

死眉瞪眼,由于没有油水,也由于失去往日威势。
无势是无法办事的。想否认也不行。

头的东西发出来,我们才好照管去。"凤姐道:"糊涂东西!派定了你们,少不得有的。"众人只得勉强应着。

凤姐即往上房取发应用之物,要去请示邢王二夫人,见人多难说,看那时候已经日渐平西了,只得找了鸳鸯,说要老太太存的那一分家伙。鸳鸯道:"你还问我呢,那一年二爷当了,赎了来了么?"凤姐道:"不用银的金的,只要那一分平常使的。"鸳鸯道:"大太太珍大奶奶屋里使的是那里来的?"凤姐一想不差,转身就走,只得到王夫人那边找了玉钏彩云,才拿了一分出来,急忙叫彩明登帐,发与众人收管。

> 万事皆有因果。

鸳鸯见凤姐这样慌张,又不好叫他回来,心想:"他头里作事,何等爽利周到,如今怎么掣肘的这个样儿。我看这两三天连一点头脑都没有,不是老太太白疼了他了吗!"那里知邢夫人一听贾政的话,正合着将来家计艰难的心,巴不得留一点子作个收局。况且老太太的事原是长房作主,贾赦虽不在家,贾政又是拘泥的人,有件事便说"请大奶奶的主意。"邢夫人素知凤姐手脚大,贾琏的闹鬼,所以死拿住不放松。鸳鸯只道已将这项银两交了出去了,故见凤姐掣肘如此,便疑为不肯用心,便在贾母灵前唠唠叨叨哭个不了。

> 寅吃卯粮,捉襟见肘,"不够转"了。

> 此一时也彼一时也。
> 人们往往倾向于以事论人,以功过论英雄。其实,事成了,未必是英雄,而是因为具备了天时、地利、人和诸种条件,事不成,也不定是孬种,因为失去了诸种条件。

邢夫人等听了话中有话,不想到自己不令凤姐便宜行事,反说:"凤丫头果然有些不用心。"王夫人到了晚上,叫了凤姐过来,说:"咱们家虽说不济,外头的体面是要的。这两三日人来人往,我瞧着那些人都照应不到,想是你没有盼咐,还得你替我们操点心儿才好!"凤姐听了,呆了一会,要将银两不凑手的话说出,但是银钱

> 王夫人从来是死官僚一个。"上头"不一个心,办事人只能受夹板气。

> 两种丧事观。贾政迂腐,但也考虑到气候,不宜铺张放肆。与秦氏举丧时真如天渊之别。鸳鸯忠主,不惜不顾一切别的条件,只求大张旗鼓,实乃心有余而力不足,不合时宜。邢氏乘机报复,报复贾母也报复凤姐。拉大旗以逞私心。王夫人是要搞什么名堂呢?

是外头管的,王夫人说的是照应不到。凤姐也不敢辨,只好不言语。邢夫人在旁说道:"论理,该是我们做媳妇的操心,本不是孙子媳妇的事,但是我们动不得身,所以托你的。你是打不得撒手的。"凤姐紫涨了脸,正要回说,只听外头鼓乐一奏,是烧黄昏纸的时候了,大家举起哀来,又不得说。凤姐原想回来再说,王夫人催他出去料理,说道:"这里有我们的,你快快儿的去料理明儿的事罢。"

> 凤姐的威势,一半来自家大业大,一半来自贾母宠爱。现在,这两样都没有了,凤姐自觉不自觉地已经支持不住了!

凤姐不敢再言,只得含悲忍泣的出来,又叫人传齐了众人,又吩咐了一会,说:"大娘婶子们可怜我罢!我上头挨了好些说,为的是你们不齐截,叫人笑话,明儿你们豁出些辛苦来罢。"那些人回道:"奶奶办事,不是今儿个一遭儿了,我们敢违拗吗?只是这回的事,上头过于累赘。只说打发这顿饭罢:有的在这里吃,有的要在家里吃;请了那位太太,又是那位奶奶不来。诸如此类,那得齐全?还求奶奶劝劝那些姑娘们不要挑饬就好了。"凤姐道:"头一层是老太太的丫头们是难缠的,太太们的也难说话,叫我说谁去呢?"众人道:"从前奶奶在东府里还是署事,要打要骂,怎么这样锋利,谁敢不依?如今这些姑娘们都压不住了?"凤姐叹道:"东府里的事,虽说托办的,太太虽在那里,不好意思说什么。如今是自己的事情,又是公中的,人人说得话。再者,外头的银钱也叫不灵,即如棚里要一件东西,传了出来,总不见拿进来,这叫我什么法儿

> 这样的声口,可怜!

> 都管事,都比凤姐"大"。却又都不管事,都埋怨凤姐。管事难矣!

> 凤姐明白,明白也无办法。

> 人人说得,更不中用。

凤姐这种地位，弄好了，可以东瞒西挡，左右逢源，正好利用矛盾，发展自己的威权与实力。弄不好，只能挤在当中，到处挨板子。

呢？"众人道："二爷在外头，倒怕不应付么？"凤姐道："还提那个！他也是那里为难。第一件，银钱不在他手里，要一件得回一件，那里凑手？"众人道："老太太这项银子不在二爷手里吗？"凤姐道："你们回来问管事的，便知道了。"众人道："怨不得！我们听见外头男人抱怨说：'这么件大事，咱们一点摸不着，净当苦差！'叫人怎么能齐心呢？"凤姐道："如今不用说了。眼面前的事，大家留些神罢。倘或闹的上头有了什么说的，我和你们不依的。"众人道："奶奶要怎么样，我们敢抱怨吗？只是上头一人一个主意，我们实在难周到的。"凤姐听了也没法，只得央说道："好大娘们！明儿且帮我一天。等我把姑娘们闹明白了，再说罢咧。"众人听命而去。

贾母既死，更加"一人一个主意"了。什么事能办得好？

　　凤姐一肚子的委屈，愈想愈气，直到天亮，又得上去。要把各处的人整理整理，又恐邢夫人生气；要和王夫人说，怎奈邢夫人挑唆。这些丫头们见邢夫人等不助着凤姐的威风，更加作践起他来。幸得平儿替凤姐排解，说是："二奶奶巴不得要好，只是老爷太太们吩咐了外头，不许糜费，所以我们二奶奶不能应付到了。"说过几次，才得安静些。虽说僧经道忏，上祭挂帐，络绎不绝，终是银钱吝啬，谁肯踊跃，不过草草了事。连日王妃诰命也来得不少，凤姐也不能上去照应，只好在底下张罗。叫了那个，走了这个；发一回急，央及一回；胡弄过了一起，又打发一起。别说鸳鸯等看去不像样，连凤姐自己心里也过不去了。

凤姐休矣！贾母一死，权力真空，愈是坏人，愈要乘机做恶、报复、谋私。

邢夫人虽说是冢妇,仗着"悲戚为孝"四个字,倒也都不理会。王夫人落得跟了邢夫人行事,余者更不必说了。独有李纨瞧出凤姐的苦处,也不敢替他说话,只自叹道:"俗语说的,'牡丹虽好,全仗绿叶扶持',太太们不亏了凤丫头,那些人还帮着吗?若是三姑娘在家还好,如今只有他几个自己的人瞎张罗,面前背后的也抱怨,说是一个钱摸不着,脸面也不能剩一点儿。老爷是一味的尽孝,庶务上头不大明白。这样的一件大事,不撒散几个钱就办的开了吗?可怜凤丫头闹了几年,不想在老太太的事上,只怕保不住脸了。"于是抽空儿叫了他的人来,吩咐道:"你们别看着人家的样儿,也遭塌起琏二奶奶来。别打谅什么穿孝守灵就算了大事了,不过混过几天就是了。看见那些人张罗不开,便插个手儿,也未为不可。这也是公事,大家都该出力的。"那些素服李纨的人都答应着说:"大奶奶说的很是,我们也不敢那么着。只听见鸳鸯姐姐们的口话儿,好像怪琏二奶奶的似的。"李纨道:"就是鸳鸯,我也告诉过他。我说琏二奶奶并不是在老太太的事上不用心,只是银子钱都不在他手里,叫他巧媳妇还作的上没米的粥来吗?如今鸳鸯也知道了,所以也不怪他了。只是鸳鸯的样子竟是不像从前了,这也奇怪。那时候有老太太疼他,倒没有作过什么威福;如今老太太死了,没有了仗腰子的了,我看他倒有些气质不大好了。我先前替他愁,这会子幸喜大老爷不在家,才躲过去了;不然,他有什么法儿?"

说着,只见贾兰走来说:"妈妈睡罢。一天倒晚人来客去的也乏了,歇歇罢。我这几天总

邢夫人此种态度,是因为邢本来就不被贾母"待见"。王夫人为何也这样呢?乖谬得很!

李纨毕竟有过"三套马车"的经验。

怪事还在后头。

没有摸摸书本儿。今儿爷爷叫我家里睡,我喜欢的很,要理个一两本书才好,别等脱了孝再都忘了。"李纨道:"好孩子,看书呢,自然是好的。今儿且歇歇罢,等老太太送了殡再看罢。"贾兰道:"妈妈要睡,我也就睡在被窝里头想想也罢了。"众人听了,都夸道:"好哥儿!怎么这点年纪,得了空儿就想到书上?不像宝二爷,娶了亲的人还是那么孩子气。这几日跟着老爷跪着,瞧他很不受用,巴不得老爷一动身就跑过来找二奶奶,不知唧唧咕咕的说些什么。甚至弄的二奶奶都不理他了,他又去找琴姑娘。琴姑娘也远避他,邢姑娘也不很和他说话。倒是咱们本家的什么喜姑娘咧四姑娘咧,'哥哥'长'哥哥'短的和他亲密。我们看那宝二爷除了和奶奶姑娘们混混,只怕他心里也没有别的事,白过费了老太太的心,疼了他这么大,那里及兰哥儿一零儿呢。大奶奶,你将来是不愁的了。"李纨道:"就好也还小。只怕到他大了,咱们家还不知怎么样了呢!环哥儿你们瞧着怎么样?"众人道:"这一个更不像样儿了!两个眼睛倒像个活猴儿是的,东溜溜,西看看。虽在那里嚎丧,见了奶奶姑娘们来了,他在孝幔子里头净偷着眼儿瞧人呢。"李纨道:"他的年纪其实也不小了。前日听见说还要给他说亲呢,如今又得等着了。嗳!还有一件事:咱们家这些人,我看来也是说不清的。且不必说闲话,后日送殡,各房的车辆是怎么样了?"众人道:"琏二奶奶这几天闹的像失魂落魄的样儿了,也没见传出去。昨儿听见我的男人说,二爷派了蔷二爷料理,说是咱们家的车也不够,赶车的也少,要到亲戚家去借去呢。"李纨笑道:"车也都是借得的么?"众人道:

> 贾兰这时大谈摸书本,似有做作,终不自然。

> 整个一部"红",通过人物的口、作者的口把宝玉贬了无数次,宝玉仍有可爱处。

> 李纨不存幻想。

> 对贾环也是老一套的贬。

"奶奶说笑话儿了,车子怎借不得?只是那一日所有的亲戚都用车,只怕难借,想来还得雇呢。"李纨道:"底下人的只得雇,上头白车也有雇的么?"众人道:"现在大太太、东府里的大奶奶小蓉奶奶,都没有车了,不雇,那里来的呢?"李纨听了,叹息道:"先前见有咱们家儿的太太奶奶们坐了雇的车来,咱们都笑话,如今轮到自己头上了。你明儿去告诉你的男人,我们的车马,早早儿的预备好了,省得挤。"众人答应了出去,不提。

> 那时的人已经重视车不车的问题了。

> 一切寒伧、狼狈,都有轮到自己头上的日子。坐雇了的车来,如现在的打的而来。

且说史湘云因他女婿病着,贾母死后,只来的一次,屈指算是后日送殡,不能不去。又见他女婿的病已成痨症,暂且不妨,只得坐夜前一日过来。想起贾母素日疼他;又想到自己命苦,刚配了一个才貌双全的男人,性情又好,偏偏的得了冤孽症候,不过挨日子罢了,于是更加悲痛,直哭了半夜。鸳鸯等再三劝慰不止。宝玉瞅着也不胜悲伤,又不好上前去劝。见他淡妆素服,不敷脂粉,更比未出嫁的时候犹胜几分。转念又看宝琴等淡素妆饰,自有一种天生丰韵。独有宝钗浑身孝服,那知道比寻常穿颜色时更有一番雅致。心里想道:"所以千红万紫,终让梅花为魁。殊不知并非为梅花开的早,竟是'洁白清香'四字是不可及的了。但只这时候若有林妹妹,也是这样打扮,又不知怎样的丰韵呢!"想道这里,不觉的心酸起来,那泪珠儿便直滚滚的下来了,趁着贾母的事,不妨放声大哭。众人正劝湘云不止,外间又添出一个哭的来了。大家只道是想着贾母疼他的好处,所以悲伤,岂知他们两个人各自有各自的心事。这场大哭,不禁

> 宝玉全天候地生活在自己的小宇宙里。
> 他不为贾母之死而悲伤么?

> 哭声喧天,哭声不止。一部

365

并非凤姐力绌。主要是：一、势绌。贾家大势已去,既表现为财政困难,也表现为人心涣散。
二、贾母既死,"上头"一人一个主意,把凤姐挂在当中,夹在当间。
三、凤姐威风有余,人心不足,盛时可以压服,衰时众叛亲离(不是力绌才失了人心,恰是力盛时失了人心)。
四、邢夫人借此来整凤姐,王夫人尤为乖谬,干脆是个混蛋。鸳鸯已立志殉主,只一个肠子,无法理解个中麻烦。
五、凤姐本身,体力不如前,信心不如前。此一时也,彼一时也。固一时之雄也,而今安在哉?
此回写得条条理理,面面俱到。

满屋的人无不下泪。还是薛姨妈李婶娘等劝住。

  次日是坐夜之期,更加热闹。凤姐这日竟支撑不住,也无方法,只得用尽心力,甚至咽喉嚷破,敷衍过了半日。到了下半天,人客更多了,事情也更繁了,瞻前不能顾后。正在着急,只见一个小丫头跑来说:"二奶奶在这里呢!怪不得大太太说:'里头人多,照应不过来,二奶奶是躲着受用去了。'"凤姐听了这话,一口气撞上来,往下一咽,眼泪直流,只觉得眼前一黑,嗓子里一甜,便喷出鲜红的血来,身子站不住,就蹲倒在地。幸亏平儿急忙过来扶住,只见凤姐的血吐个不住。未知性命如何,下回分解。

《红楼梦》,越读下去就越是一片哭声。
又紧紧跟上来了。

末日到矣。

  盛要好好地写,衰与灭更要细细地写、细细地读、细细地想。能把衰与灭读通读透的读者,有戏了。

第一百十一回

鸳鸯女殉主登太虚　狗彘奴欺天招伙盗

一百九回迎春死,一百十回贾母死,一百十一回鸳鸯死,一回死一个,十分密集。加上此前不久的元妃死(九十五回)、黛玉死(九十八回)、探春远嫁(一百回)、金桂死(一百三回)、抄家(一百五回),及凤姐、史湘云夫婿病重将死……呜呼。

死也难。写死也难。写忽喇喇一个接一个地死更难。批评续作死得还不够"真干净"时,应该考虑到写作上的难处这一点。

话说凤姐听了小丫头的话,又气又急又伤心,不觉吐了一口血,便昏晕过去,坐在地下。平儿急来靠着,忙叫了人来搀扶着,慢慢的送到自己房中,将凤姐轻轻的安放在炕上,立刻叫小红斟上一杯开水送到凤姐唇边。凤姐呷了一口,昏迷仍睡。秋桐过来略瞧了一瞧,却便走开,平儿也不叫他。只见丰儿在旁站着,平儿叫他"快快的去回明白了的二奶奶吐血发晕,不能照应"的话,告诉了邢王二夫人。邢夫人打谅凤姐推病藏躲,因这时女亲在内也不少,也不好说别的,心里却不全信,只说:"叫他歇着去罢。"众人也并无言语。只说这晚人客来往不绝,幸得几个内亲照应。家下人等见凤姐不在,也有偷闲歇力的,乱乱吵吵,已闹的七颠八倒,不成事体了。

> 这是把生理问题、心理问题、财务问题、势力问题、管理问题结合成一个死结来写。到了大势已去之时,什么麻烦、晦气都上来了。

到二更多天,远客去后,便预备辞灵,孝幕内的女眷,大家都哭了一阵。只见鸳鸯已哭的昏晕过去了,大家扶住,捶闹了一阵,才醒过来,

> 人之将死,也是千姿百态。

便说"老太太疼我一场,我跟了去"的话。众人都打谅人到悲哭,俱有这些言语,也不理会。到了辞灵之时,上上下下也有百十众余人,只鸳鸯不在,众人忙乱之时,谁去检点。到了琥珀等一干的人哭奠之时,却不见鸳鸯,想来是他哭乏了,暂在别处歇着,也不言语。

辞灵以后,外头贾政叫了贾琏问明送殡的事,便商量着派人看家。贾琏回说:"上人里头,派了芸儿在家照应,不必送殡;下人里头,派了林之孝的一家子照应拆棚等事。但不知里头派谁看家?"贾政道:"听见你母亲说是你媳妇病了,不能去,就叫他在家的;你珍大嫂子又说你媳妇病得利害,还叫四丫头陪着,带领了几个丫头婆子,照看上屋里才好。"贾琏听见了,心想:"珍大嫂子与四丫头两个不合,所以撺掇着不叫他去。若是上头就是他照应,也是不中用的。我们那一个又病着,也难照应。"想了一回,回贾政道:"老爷且歇歇儿,等进去商量定了再回。"贾政点了点头,贾琏便进去了。

谁知此时鸳鸯哭了一场,想到:"自己跟着老太太一辈子,身子也没有着落。如今大老爷虽不在家,大太太的这样行为,我也瞧不上。老爷是不管事的人,以后便'乱世为王'起来了。我们这些人不是要叫他们掇弄么。谁收在屋子里,谁配小子,我是受不得这样折磨的,倒不如死了干净。但是一时怎么样的个死法呢?"一面想,一面走回到老太太的套间屋内。刚跨进门,只见灯光惨淡,隐隐有个女人拿着汗巾子,好似要上吊的样子。鸳鸯也不惊怕,心里想道:"这一个是谁?和我的心事一样,倒比我走在头里了。"便问道:"你是谁?咱们两个人是一样的

> 回扣前文惜春对尤氏的冷言冷语。
> 已经无人可用了。

> "乱世为王"的预计,说明鸳鸯很有政治经验。怕就怕这个"乱世为王",奸雄并起,好人逊退。原有的权力机制解体,新兴的权力机制尚未形成,于是黑道上的人物必兴。

"红"中人物多,事件多,"主线"即中心情节及其发展并不体现在一件事上。

这样,各回各段,各人各事之间,就需要建立一种内在的、因果的与非因果的、重演式或对照式、预兆式或应验式、映比与互为解释式的联系。这种联系似松实紧,似漫实聚。

鸳鸯自尽前后看到可卿的鬼魂(或警幻之妹)便是一例。

这样的联系是不可能事先都安排计划好了的。这样的联系奠基于生活的整体性与作家的概括力,这样的联系直接出自写作过程中的灵机,神来之笔。

从前者说,这是半生经验,十年辛苦的结晶;从后者说,这是文章天成,妙手偶得。

心,要死一块儿死。"那个人也不答言。鸳鸯走到跟前一看,并不是这屋子的丫头。再仔细一看,觉得冷气侵人,一时就不见了。鸳鸯呆了一呆,退出在炕沿上坐下,细细一想,道:"哦!是了。这是东府里的小蓉大奶奶啊!他早死了的了,怎么到这里来?必是来叫我来了。他怎么又上吊呢?"想了一想,道:"是了,必是教给我死的法儿。"

> 既是复习,又是诠解。告诉你可卿是怎样死的。

鸳鸯这么一想,邪侵入骨,便站起来,一面哭,一面开了妆匣,取出那年铰的一绺头发,揣在怀里,就在身上解下一条汗巾,按着秦氏方才比的地方拴上。自己又哭了一回,听见外头人客散去,恐有人进来,急忙关上屋门,然后端了一个脚凳,自己站上,把汗巾拴上扣儿,套在咽喉,便把脚凳蹬开。可怜咽喉气绝,香魂出窍。

> 有所照应,粘合整体。

正无投奔,只见秦氏隐隐在前,鸳鸯的魂魄疾忙赶上,说道:"蓉大奶奶,你等等我。"那个人道:"我并不是什么蓉大奶奶,乃警幻之妹可卿是也。"鸳鸯道:"你明明是蓉大奶奶,怎么说不是呢?"那人道"这也有个缘故,待我告诉你,你自然明白了。我在警幻宫中,原是个钟情的首坐,管的是风情月债;降临尘世,自当为第一情人,引这些痴情怨女,早早归入情司,所以该当悬梁自尽的。因我看破凡情,超出情海,归入情天,

> 此秦氏即蓉大奶奶乎,非乎?红学家争论甚多。这也是亦是亦非。在人间,是。离开人间,非。"红"中类似处理甚多。

> 这句话闪烁其词,简古难索,另有含义。

降临尘世,自当为第一情人——秦可卿是也。她是性爱的象征。一重身份不等于另一重身份,一重身份却又能转化为另一重身份。这就是警幻之妹的可卿与秦氏的异同。

这也是贾宝玉与他脖子上挂的那块玉以及那块玉所由生的大荒山……的那块无材补天的石头直到神瑛侍者与甄宝玉之间的异同。

这也是凤姐与戏曲说书中两次出现的"衣锦荣归"的王熙凤之间的异同。

假做真时真亦假,这是《红楼梦》的基本的本体论、方法论与艺术论。

所以太虚幻境'痴情'一司,竟自无人掌管。今警幻仙子已经将你补入,替我掌管此司,所以命我来引你前去的。"鸳鸯的魂道:"我是个最无情的,怎么算我是个有情的人呢?"那人道:"你还不知道呢。世人都把那淫欲之事当作'情'字,所以作出伤风败化的事来,还自谓风月多情,无关紧要。不知'情'之一字,喜怒哀乐未发之时,便是个性;喜怒哀乐已发,便是情了。至于你我这个情,正是未发之情,就如那花的含苞一样。欲待发泄出来,这情就不为真情了。"鸳鸯的魂听了,点头会意,便跟了秦氏可卿而去。

> 把鸳鸯之死与回顾可卿之死写在一起,很怪,很难,也还有味道,不但有戏剧性,而且有思想。

> 含苞未放是美化的说法,是不肯正视封建势力对人特别是女性的性爱的压制的诡辩。
> 应该说是她们的青春、她们的情感与欲望被扼杀在未萌之时。

这里琥珀辞了灵,听邢王二夫人分派看家的人,想着去问鸳鸯明日怎样坐车,便在贾母的外间屋里找了一遍,不见,便找到套间里头。刚到门口,见门儿掩着,从门缝里望里看时,只见灯光半明不灭,影影绰绰,心里害怕,又不听见屋里有什么动静,便走回来说道:"这蹄子跑到那里去了?"劈头见了珍珠,说:"你见鸳鸯姐姐来着没有?"珍珠道:"我也找他,太太们等他说话呢。必在套间里睡着了罢?"琥珀道:"我瞧了,屋里没有。那灯也没人夹蜡花儿,漆黑怪怕的,我没进去。如今咱们一块儿进去,瞧看有没有。"琥珀等进去,正夹蜡花,珍珠说:"谁把脚凳搁在这里,几乎绊我一跤。"说着,往上一瞧,嗳的"嗳哟"一声,身子往后一仰,"咕咚"的栽在邢、王夫人，贾政、宝玉，各种人等，交口称赞鸳鸯之死。作者也在称赞鸳鸯之死。一些评者也称赞。反抗呀，不屈服呀什么的。却忽略了这种死的悲剧性，这种死的愚昧（殉主）、残酷、无价值的一面。更忽略了这死的行为中的"节烈"意识的作用。不愿被收房，不愿配小子，这里有一种视贞操为至高无上的观点，有一种视性关系为对女子的折磨、糟践至少是玷污的陈腐观点，有一种愚忠殉主的观点，更有一种对于与自己同阶级的"小子"们的蔑视。盛赞鸳鸯殉主的人，是否也自觉不自觉地有这样的观念呢？

琥珀身上。琥珀也看见了，便大嚷起来，只是两只脚挪不动。外头的人也都听见了，跑进来一瞧，大家嚷着，报与邢王二夫人知道。

　　王夫人宝钗等听了，都哭着去瞧。邢夫人道："我不料鸳鸯倒有这样志气！快叫人去告诉老爷。"只有宝玉听见此信，便瞪的双眼直竖。袭人等慌忙扶着说道："你要哭就哭，别憋着气。"宝玉死命的才哭出来了，心想："鸳鸯这样一个人，偏又这样死法。"又想："实在天地间的灵气，独钟在这些女子身上了。他算得了死所，我们究竟是一件浊物，还是老太太的儿孙，谁能赶得上他？"复又喜欢起来。那时，宝钗听见宝玉大哭了出来了，及到跟前，见他又笑。袭人等忙说："不好了，又要疯了！"宝钗道："不妨事，他有他的意思。"宝玉听了，更喜欢宝钗的话："到是他还知道我的心，别人那里知道！"正在胡思乱想，贾政等进来，着实的嗟叹着说道："好孩子！不枉老太太疼他一场。"即命贾琏："出去吩咐人连夜买棺盛殓，明日便跟着老太太的殡送出，也停在老太太棺后，全了他的心志。"贾琏答应出去，这里命人将鸳鸯放下，停放里间屋内。平儿也知道了，过来同袭人莺儿等一干人都哭的哀哀欲绝。内中紫鹃也想起自己终身，一无着落，恨不跟了林姑娘去，又全了主仆的恩义，又得了死所。如今空悬宝玉屋内，虽说宝玉仍

无怪戏曲里的坤角动辄喊一声"苦哇!"

活着时逼鸳鸯，死了夸鸳鸯。奴才的最光辉的前途就是为主子而死。
残忍已极！虚伪已极！

宝玉亦为之喜欢，混账混蛋之至。

常常是肯定死亡而不是肯定生活。
这样的价值观很惊人，却又实难实现。
太不人道了！

主仆恩义云云，是永远套在仆、奴脖子上的枷锁。

从众口交赞的反应看来,鸳鸯必死无疑,鸳鸯有何面目再活下去,鸳鸯不死,何以对人?(袭人后来就没死,所以受到古往今来的无数评者的嘲骂。)

这一节写的是"反人性、反人类、反人道主义的胜利"。

是柔情密意,究竟算不得什么,于是更哭得哀切。

王夫人即传了鸳鸯的嫂子进来,叫他看着入殓,遂与邢夫人商量了,在老太太项内赏了他嫂子一百两银子,还说等闲了将鸳鸯所有的东西俱赏他们。他嫂子磕了头出去,反喜欢说:"真真的我们姑娘是个有志气的,有造化的!又得了好名声,又得了好发送。"傍边一个婆子说道:"罢呀,嫂子!这会子你把一个活姑娘卖了一百银便这么喜欢了;那时候儿给了大老爷,你还不知得多少银钱呢,你该更得意了。"一句话戳了他嫂子的心,便红了脸走开了。刚走到二门上,见林之孝带了人抬进棺材来了,他只得也跟进去,帮着盛殓,假意哭嚎了几声。

> 鸳鸯嫂子也和宝玉一样地喜欢。
> 这个婆子是谁?
> 那么多有名有姓的灵秀人物,没有一个人说得出这个"婆子"的话来么?所有的灵秀郑重清高人物,都沉浸在鸳鸯的人肉筵所引起的盛赞与狂喜之中了么?

贾政因他为贾母而死,要了香来,上了三炷,作了个揖,说:"他是殉葬的人,不可作丫头论,你们小一辈都该行个礼。"宝玉听了,喜不自胜,走上来恭恭敬敬磕了几个头。贾琏想他素日的好处,也要上来行礼,被邢夫人说道:"有了一个爷们便罢了,不要折受他不得超生。"贾琏就不便过来了。宝钗听了,心中好不自在,便说道:"我原不该给他行礼,但只老太太去世,咱们都有未了之事,不敢胡为。他肯替咱们尽孝,咱们也该托托他,好好的替咱们伏侍老太太西去,也少尽一点子心哪!"说着,扶了莺儿走到灵前,一面奠酒,那眼泪早扑簌簌流下来了。奠毕,拜了几拜,狠狠的哭了他一场。众人也有说宝玉的两口子都是傻子,也有说他两个心肠儿好的,

> 邢夫人是报为贾赦讨妾碰壁的"一箭之仇"。

> 难得宝钗与宝玉保持一致。本来一直是宝钗教育宝玉、调理宝玉的模式。

> 到了最混蛋的时候,两人就一致了。

也有说他知礼的，贾政反倒合了意。一面商量定了看家的，仍是凤姐惜春，余者都遣去伴灵。一夜谁敢安眠？一到五更，听见外面齐人。到了辰初发引，贾政居长，衰麻哭泣，极尽孝子之礼。灵柩出了门，便有各家的路祭，一路上的风光，不必细述。走了半日，来至铁槛寺安灵，所有孝男等俱应在庙伴宿，不提。

> 凭什么鸳鸯要去替你们公子小姐"伏侍老太太"？活着当奴婢还不够，死了也要当奴婢吗？

且说家中林之孝带领拆了棚，将门窗上好，打扫净了院子，派了巡更的人，到晚打更上夜。只是荣府规例：一交二更，三门掩上，男人便进不去了，里头只有女人们查夜。凤姐虽隔了一夜，渐渐的神气清爽了些，只是那里动得？只有平儿同着惜春各处走了一走，吩咐了上夜的人，也便各自归房。

却说周瑞的干儿子何三，去年贾珍管事之时，因他和鲍二打架，被贾珍打了一顿，撵在外头，终日在赌场过日。近知贾母死了，必有些事情领办，岂知探了几天的信，一些也没有想头，便嗳声叹气的回到赌场中，闷闷的坐下。那些人便说道："老三，你怎么样，不下来捞本了么？"何三道："倒想要捞一捞呢，就只没有钱么。"那些人道："你到你们周大太爷那里去了几日，府里的钱，你也不知弄了多少来，又来和我们装穷儿了。"何三道："你们还说呢，他们的金银不知有几百万，只藏着不用。明儿留着，不是火烧了，就是贼偷了，他们才死心呢！"那些人道："你又撒谎。他家抄了家，还有多少金银？"何三道："你们还不知道呢。抄去的是摆不了的。如今老太太死，还留了好些金银，他们一个也不使，都在老太太屋里搁着，等送了殡回来才分呢。"

> 照应前文。

> 捕风捉影，事出有因。

这就是"乱世为王"。这就是鸳鸯所预见的情势的一端。内贼外贼,到处是贼!

内中有一个人听在心里,掷了几骰,便说:"我输了几个钱,也不翻本儿了,睡去了。"说着,便走出来,拉了何三道:"老三,我和你说句话。"何三跟他出来。那人道:"你这样一个伶俐人,这样穷,为你不服这口气。"何三道:"我命里穷,可有什么法儿呢?"那人道:"你才说荣府的银子这么多,为什么不去拿些使唤使唤?"何三道:"我的哥哥!他家的金银虽多,你我去白要一二钱,他们给咱们吗?"那人笑道:"他不给咱们,咱们就不会拿吗?"

这也是要求公正。虽然是最原始最粗鄙乃至歪曲了的要求公正。

何三听了这话里有话,问道:"依你说,怎么样拿呢?"那人道:"我说你没有本事,若是我,早拿了来了。"何三道:"你有什么本事?"那人便轻轻的说道:"你若要发财,你就引个头儿。我有好些朋友,都是通天的本事,不要说他们送殡去了,家里剩下几个女人,就让有多少男人也不怕。只怕你没这么大胆子罢咧!"何三道:"什么敢不敢!你打谅我怕那个干老子吗?我是瞧着干妈的情儿上头,才认他做干老子罢咧,他又算了人了?你刚才的话,就只怕弄不来,倒招了饥荒。他们那个衙门不熟?别说拿不来,倘或拿了来,也要闹出来的。"那人道:"这么说,你的运气来了!我的朋友,还有海边上的呢,现今都在这里。看个风头,等个门路,若到了手,你我在这里也无益,不如大家下海去受用,不好么?你若撂不下你干妈,咱们索性把你干妈也带了去,大家伙儿乐一乐,好不好?"何三道:"老大,你别是醉了罢?这些话混说的什么!"说着,拉了那人走到个僻静地方,两个人商量了一回,各人分

这就写到黑社会了。这也是对于"红"前八十回的重要横向扩展,重要补充。

"黑手党","红"已有之。

头而去,暂且不提。

且说包勇自被贾政吃喝,派去看园,贾母的事出来,也忙了,不曾派他差使。他也不理会,总是自做自吃,闷来睡一觉,醒时便在园里耍刀弄棍,倒也无拘无束。那日贾母一早出殡,他虽知道,因没有派他差事,他任意闲游,只见一个女尼带了一个道婆来到园内腰门那里扣门。包勇走来,说道:"女师父,那里去?"道婆道:"今日听得老太太的事完了,不见四姑娘送殡,想必是在家看家。想他寂寞,我们师父来瞧他一瞧。"包勇道:"主子都不在家,园门是我看的,请你们回去罢。要来呢,等主子们回来了再来。"婆子道:"你是那里来的个黑炭头?也要管起我们的走动来了。"包勇道:"我嫌你们这些人,我不叫你们来,你们有什么法儿?"婆子生了气,嚷道:"这都是反了天的事了!连老太太在日还不能拦我们的来往走动呢,你是那里的这么个横强盗,这样没法没天的?我偏要打这里走!"说着,便把手在门环上狠狠的打了几下。

妙玉已气的不言语,正要回身便走,不料里头看二门的婆子听见有人拌嘴是的,开门一看,见是妙玉,已经回身走去,明知必是包勇得罪了走了。近日婆子们都知道上头太太们四姑娘都亲近得很,恐他日后说出门上不放进他来,那时如何耽得住,赶忙走来,说:"不知师父来,我们开门迟了。我们四姑娘在家里,还正想师父呢,快请回来。看园的小子是个新来的,他不知咱们的事。回来回了太太,打他一顿,撵出去就完了。"妙玉虽是听见,总不理他。那经得看腰门的婆子赶上,再四央求,后来才说出怕自己担不

> 贾家已经没有顶用的忠仆了。
> 幸亏有一个包勇,还是从甄家引进的。甄家能有包勇这样的忠仆,证明甄家毕竟比贾家强。

> 包勇及许多正人君子嫌女尼,这里头也有弗洛伊德。

> 妙玉是一个尴尬的高级人物,这样的人不可能自我保护,不可能分辨忠奸,不可能选择准确,才情再高,也是成事不足,败事有余。

是，几乎急的跪下。妙玉无奈，只得随了那婆子过来。包勇见这般光景，自然不好再拦，气得瞪眼叹气而回。

> 一个正经男人看到一个僧不僧俗不俗既美丽又别扭的女尼，只有瞪眼叹气而已。还能怎么样呢？这样的"女尼"是违背人性的，确有招人嫌恶的道理。不是嫌恶本人，而是嫌恶这种人的尴尬角色。

这里妙玉带了道婆走到惜春那里，道了恼，叙些闲话。说起："在家看家，只好熬个几夜，但是二奶奶病着，一个人又闷又是害怕。能有一个人在这里，我就放心，如今里头一个男人也没有。今儿你既光降，肯伴我一宵，咱们下棋说话儿，可使得么？"妙玉本自不肯，见惜春可怜，又提起下棋，一时高兴应了。打发道婆回去取了他的茶具衣褥，命侍儿送了过来，大家坐谈一夜。惜春欣幸异常，便命彩屏去开上年蠲的雨水，预备好茶。那妙玉自有茶具。那道婆去了不多一时，又来了一个侍者，带了妙玉日用之物。惜春亲自烹茶。两人言语投机，说了半天。那时已是初更时候，彩屏放下棋枰，两人对弈。惜春连输两盘，妙玉又让了四个子儿，惜春方赢了半子。

> 呼应"品茶栊翠庵"（第四十一回）。
> 转眼又过七十回矣。

> 小小"红楼"之梦中，已有许多输弈。

这时已到四更，天空地阔，万籁无声。妙玉道："我到五更须得打坐一回，我自有人伏侍，你自去歇息。"惜春犹是不舍，见妙玉要自己养神，不便扭他。正要歇去，猛听得东边上屋内上夜的人一片声喊起。惜春那里的老婆子们也接着声嚷道："了不得了！有了人了！"唬得惜春彩屏等心胆俱裂，听见外头上夜的男人便声喊起来。妙玉道："不好了！必是这里有了贼了。"正说着这里不敢开门，便掩了灯光，在窗户眼内往外一瞧，只见几个男人站在院内，唬得不敢作声，回身摆着手，轻轻的爬下来，说："了不得！外头有几个大汉站着。"说犹未了，又听得房上响声不绝，便有外头上夜的人进来吆喝拿贼。一个人

> 灾变也是立体的，多重的，全方位的。
> 生离死别，衰败疾病，乖异神鬼，一直到飞贼强盗，天灾人祸，不一而足。

> 内忧必生外患，物腐则生虫。

说道:"上屋里的东西都丢了,并不见人。东边有人去了,咱们到西边去。"惜春的老婆子听见有自己的人,便在外间屋里说道:"这里有好些人上了房了。"上夜的都道:"你瞧!这可不是吗?"大家一齐嚷起来。只听房上飞下好些瓦来,众人都不敢上前。

正在没法,只听园里腰门一声大响,打进门来,见一个梢长大汉,手执木棍,众人唬得藏躲不及。听得那人喊说道:"不要跑了他们一个!你们都跟我来。"这些家人听了这话,越发唬得骨软筋酥,连跑也跑不动了。只见这人站在当地,只管乱喊。家人中有一个眼尖些的看出来了——你道是谁?正是甄家荐来的包勇。这些家人不觉胆壮起来,便颤巍巍的说道:"有一个走了!有的在房上呢。"包勇便向地下一扑,耸身上房,追赶那贼。这些贼人明知贾家无人,先在院内偷看惜春房内,见有个绝色女尼,便顿起淫心,又欺上屋俱是女人,且又畏惧,正要蹿进门去,因听外面有人进来追赶,所以贼众上房。见人不多,还想抵挡,猛见一人上房赶来,那些贼见是一人,越发不理论了,便用短兵抵住。那经得包勇用力一棍打去,将贼打下房来。那些贼飞奔而逃,从园墙过去,包勇也在房上追捕。岂知园内早藏下了几个在那里接赃,已经接过好些。见贼伙跑回,大家举械保护。见追的只有一人,明欺寡不敌众,反倒迎上来。包勇一见生气,道:"这些毛贼!敢来和我斗斗!"那伙贼便说:"我们有一个伙计被他们打倒了,不知死活,咱们索性抢了他出来。"这里包勇闻声即打。那伙贼便轮起器械,四五个人围住包勇,乱打起来。外头上夜的人也都仗着胆子只顾赶了来。

居然还带点武侠气。

贾家有焦大,甄家有包勇。也可以调剂一下气氛,衬托一下其他无用无勇阴阴损损的奴才。

没有忠臣正像没有奸臣一样,会使世界寂寞。

众贼见斗他不过,只得跑了。包勇还要赶时,被一个箱子一绊,立定看时,心想东西未丢,众贼远逃,也不追赶,便叫众人将灯照看。地下只有几个空箱,叫人收拾,他便欲跑回上房。因路径不熟,走到凤姐那边,见里面灯烛辉煌,便问:"这里有贼没有?"里头的平儿战兢兢的说道:"这里也没开门,只听上屋叫喊,说有贼呢,你到那里去罢。"包勇正摸不着路头,遥见上夜的人过来,才跟着一齐寻到上屋。见是门开户启,那些上夜的在那里啼哭。

> 也只是战战兢兢而已。"匪"是对腐烂的贵族的必然惩罚。

一时,贾芸林之孝都进来了,见是失盗,大家着急。进内查点,老太太的房门大开,将灯一照,锁头拧折。进内一瞧,箱柜已开。便骂那些上夜女人道:"你们都是死人么?贼人进来,你们不知道的么?"那些上夜的人啼哭着说道:"我们几个人轮更上夜,是管二三更的,我们都没有住脚,前后走的。他们是四更五更,我们的下班儿,只听见他们喊起来,并不见一个人。赶着照看,不知什么时候把东西早已丢了。求爷们问管四五更的。"林之孝道:"你们个个要死!回来再说,咱们先到各处看去。"上夜的男人领着走到尤氏那边,门儿关紧。有几个接音说:"唬死我们了。"林之孝问道:"这里没有丢东西?"里头的人方开了门,道:"这里没丢东西。"林之孝带着人走到惜春院内,只听得里面说道:"了不得了!唬死了姑娘了。醒醒儿罢!"林之孝便叫开门,问是怎样了。里头婆子开门,说:"贼在这里打仗,把姑娘都唬坏了。亏得妙师父和彩屏才将姑娘救醒。东西是没失。"林之孝道:"贼人怎么打仗?"上夜的男人说:"幸亏包大爷上了房把贼打跑了去了,还听见打倒了一个人呢。"包

> 对财富的攫取和积累,最后落了个这等下场!

> 洗劫也是一次又一次的。

> 势在庞然大物,势去不堪一击。

一边是殉主忠奴,一边是欺天狗仆。然而,这是站在主子一边说的。如果站在奴仆一边,鸳鸯的死又有什么价值?贼人偷窃,固不可取,不义之财,取之又有何"狗彘"之有?至少并不比贾府的更"狗彘"。鸳鸯、包勇、周瑞家的干儿子,这三个该怎样比较研究和进行范式选择呢?

只剩一个引进的仆人包勇,还能尽点责,惨矣!

众多主子的特点是欺软怕硬,平日何等威风,真见了"黑手党"可有还手之力么?

勇道:"在园门那里呢。"

贾芸等走到那边,果见一人躺在地下死了,细细一瞧,好像是周瑞的干儿子。众人见了咤异,派一个人看守着,又派两个人照看前后门,俱仍旧关锁着。林之孝便叫人开了门,报了营官,立刻到来查勘贼迹,是从后夹道上屋的,到了西院房上,见那瓦破碎不堪,一直过了后园去了。众上夜的齐声说道:"这不是贼,是强盗。"营官着急道:"并非明火执仗,怎算是盗?"上夜的道:"我们赶贼,他在房上掷瓦,我们不能近前,幸亏我们家的姓包的上房打退。赶到园里,还有好几个贼竟与姓包的打仗,打不过姓包的,才都跑了。"营官道:"可又来,若是强盗,倒打不过你们的人么?不用说了,你们快查清了东西,递了失单,我们报就是了。"

后夹道云云,其实不若写作"西边穿堂"——当年贾瑞受骗呆了一夜的地方。或者写作"房后小过道……"(贾瑞第二夜所在地)也可。

贼已如此,如入无人之境,何况强盗?

封建贵族又是十分脆弱的,怕贼更怕盗。

贾芸等又到上屋,已见凤姐扶病过来,惜春也来。贾芸请了凤姐的安,问了惜春的好,大家查看失物。因鸳鸯已死,琥珀等又送灵去了,那些东西都是老太太的,并没见数,只用封锁,如今打从那里查去?众人都说:"箱柜东西不少,如今一空。偷的时候不小,那些上夜的人管做什么的?况且打死的贼是周瑞的干儿子,必是他们通同一气的。"凤姐听了,气的眼睛直瞪瞪的,便说:"把那些上夜的女人都拴起来,交给营里审问。"众人叫苦连天,跪地哀求。不知怎生发放,并失去的物有无着落,下回分解。

丧葬时不肯动用,如今奉送给贼人。

又是白辛苦一场,为人作嫁!

九十余回以来,不是写死就是写病,不是异兆就是虚惊,不是抄家就是混乱,这样的内容连续起来,非常难写。现在又加上飞贼强盗,也算一个小高潮,换了一下口味,写得也算难能可贵。难为续作者了。

写到狗彘奴,写到一伙强盗,反而产生了开阔感,令人喘出一口气。否则只有老爷少爷、太太小姐与他们的奴婢,而且是愿意殉主的忠诚奴婢,太憋气了。

第一百十二回

活冤孽妙尼遭大劫　死雠仇赵妾赴冥曹

话说凤姐命捆起上夜众女人,送营审问,女人跪地哀求。林之孝同贾芸道:"你们求也无益。老爷派我们看家,没有事是造化;如今有了事,上下都耽不是,谁救得你?若说是周瑞的干儿子,连太太起,里里外外的都不干净。"凤姐喘吁吁的说道:"这都是命里所招,和他们说什么?带了他们去就是了。那丢的东西,你告诉营里去说:'实在是老太太的东西,问老爷们才知道。等我们报了去,请了老爷们回来,自然开了失单送来。'文官衙门里我们也是这样报。"贾芸林之孝答应出去。

惜春一句话也没有,只是哭道:"这些事,我从来没有听见过,为什么偏偏碰在咱们两个人身上!明儿老爷太太回来,叫我怎么见人?说把家里交给咱们,如今闹到这个分儿,还想活着么?"凤姐道:"咱们愿意吗?现在有上夜的人在那里。"惜春道:"你还能说,况且你又病着;我是没有说的。这都是我大嫂子害了我的,他撺掇着太太派我看家的。如今我的脸搁在那里呢?"说着,又痛哭起来。凤姐道:"姑娘,你快别这么想。若说没脸,大家一样的。你若这么糊涂想头,我更搁不住了。"

二人正说着,只听见外头院子里有人大嚷

> 被盗了,能不能报?敢不敢报?应如何报?自古就有这样的问题。

> 惜春遇事只考虑自己、自己的脸,搜检大观园时如此,现在亦如此。
> 是清高、洁身自好,还是绝顶自私?

的说道："我说那三姑六婆是再要不得的！我们甄府里从来是一概不许上门的。不想这府里倒不讲究这个呢！昨儿老太太的殡才出去，那个什么庵里的尼姑死要到咱们这里来。我吆喝着不准他们进来，腰门上的老婆子倒骂我，死央及叫放那姑子进去。那腰门子一会儿开着，一会儿关着，不知做什么。我不放心，没敢睡，听到四更，这里就嚷起来。我来叫门倒不开了。我听见声儿紧了，打开了门，见西边院子里有人站着，我便赶走打死了。我今儿才知道，这是四姑奶奶的屋子，那个姑子就在里头，今儿天没亮溜出去了。可不是那姑子引进来的贼么？"

平儿等听着，都说："这是谁这么没规矩？姑娘奶奶都在这里，敢在外头混嚷吗。"凤姐道："你听见说他甄府里，别就是甄家荐来的那个厌物罢。"惜春听得明白，更加心里过不的。凤姐接着问惜春道："那个人混说什么姑子？你们那里弄了个姑子住下了？"惜春便将妙玉来瞧他，留着下棋守夜的话说了。凤姐道："是他么，他怎么肯这样？是再没有的话。但是叫这讨人嫌的东西嚷出来，老爷知道了，也不好。"惜春愈想愈怕，站起来要走。凤姐虽说坐不住，又怕惜春害怕，弄出事来，只得叫他先别走："且看着人把偷剩下的东西收起来，再派了人看着，才好走呢。"平儿道："咱们不敢收，等衙门里来了，踏看了才好收呢。咱们只好看着。但只不知老爷那里有人去了没有？"凤姐道："你叫老婆子问去。"一回进来说："林之孝是走不开，家下人要伺候查验的，再有的是说不清楚，已经芸二爷去了。"凤姐点头，同惜春坐着发愁。

> 灾难已经来临，各种矛盾、偏见、新仇、旧恨全都浮到表面，一副乱作一团的情状。

> 忠过了头，便成了厌物。此点极重要！

> 凤姐则仍为妙玉说话。

> 芸二爷与何三等不过一丘之貉。

包勇是个好人(按当时观点)。他口口声声大骂"姑子"。这种腔调似与前八十回不甚一致。

妙玉判词云:"欲洁何曾洁？云空未必空……"这是很对的,本来就没有绝对的洁与空。尤其不应把哪怕是隐忍心中的男女之情看作不洁。

妙玉无什么不洁,也没有义务非得空。妙玉无罪！妙玉可怜！最可怜是正统如包勇者,反视妙玉为邪恶的化身。身为女性,动辄为邪恶、不洁。遁入空门亦难逃劫难。

且说那伙贼原是何三等邀的,偷抢了好些金银财宝接运出去,见人追赶,知道都是那些不中用的人,要往西边屋内偷去,在窗外看见里面灯光底下两个美人:一个姑娘,一个姑子。那些贼那顾性命,顿起不良,就要踹进来,因见包勇来赶,才获赃而逃,只不见了何三。大家且躲入窝家,到第二天打听动静,知是何三被他们打死,已经报了文武衙门,这里是躲不住的,便商量趁早归入海洋大盗一处去;若迟了,通缉文书一行,关津上就过不去了。

> 老爷、大人们有老爷、大人的路子,靠皇恩,靠排场……瘪三、游民们有瘪三、游民的路子,偷、抢、凶杀……到底谁更怕谁呢？那时已有"海洋大盗"的活动？

内中一个人胆子极大,便说:"咱们走是走,我就只舍不得那个姑子,长的实在好看。不知是那个庵里的雏儿呢？"一个人道:"啊呀！我想起来了,必就是贾府园里的什么栊翠庵里的姑子。不是前年外头说他和他们家什么宝二爷有原故,后来不知怎么又害起相思病来了,请大夫吃药的,就是他！"那一个人听了,说:"咱们今日躲一天,叫咱们大哥借钱置办些买卖行头。明儿亮钟时候,陆续出关。你们在关外二十里坡等我。"众贼议定,分赃俵散不提。

> 姑子长姑子短,阿Q也是这种观念:"和尚摸得,我为何摸不得？"
> 透露出一些风流信息。婉转地揭露妙玉"丑闻"。

且说贾政等送殡到了寺内,安厝毕,亲友散去。贾政在外厢房伴灵,邢王二夫人等在内,一宿无非哭泣。到了第二日,重新上祭。正摆饭时,只见贾芸进来,在老太太灵前磕了个头,忙忙的跑到贾政跟前,跪下请了安,喘吁吁的将昨只追究或逃避责任,不采取亡羊补牢的措施。抄家后如此,失盗后亦如此。所以紧接着活劫妙玉,盗匪入贾府如入无人之境。可以取物,可以取人,探囊之劳而已。

夜被盗,将老太太上房的东西都偷去,包勇赶贼,打死了一个,已经呈报文武衙门的话说了一遍。贾政听了发怔。邢王二夫人等在里头也听见了,都唬得魂不附体,并无一言,只有啼哭。贾政过了一会子,问:"失单怎样开的?"贾芸回道:"家里的人都不知道,还没有开单。"贾政道:"还好。咱们动过家的,若开出好的来,反耽罪名。快叫琏儿。"

终于到了你们魂不附体的时候了。

不敢据实呈报。种种弊病,正好被匪盗们所利用。

贾琏领了宝玉等去别处上祭未回,贾政叫人赶了回来。贾琏听了,急得直跳,一见芸儿,也不顾贾政在那里,便把贾芸狠狠的骂了一顿,说:"不配抬举的东西!我将这样重任托你,押着人上夜巡更,你是死人么?亏你还有脸来告诉!"说着,望贾芸脸上啐了几口。贾芸垂手站着,不敢回一言。贾政道:"你骂他也无益了。"贾琏然后跪下,说:"这便怎么样?"贾政道:"也没法儿,只有报官缉贼。但只是一件,老太太遗下的东西,咱们都没动。你说要银子,我想老太太死得几天,谁忍得动他那一项银子。原打谅完了事,算了账,还人家;再有的,在这里和南边置坟产的。再有东西也没见数儿。如今说文武衙门要失单,若将几件好的东西开上,恐有碍;若说金银若干,衣饰若干,又没有实在数目,谎开使不得。倒可笑你如今竟换了一个人了,为什么这样料理不开?你跪在这里是怎么样呢!"贾琏也不敢答言,只得站起来就走。贾政又叫道:"你那里去?"贾琏又跪下道:"赶回家去料理清楚,再来回。"贾政哼了一声,贾琏把头低下。

你不忍吗?何三忍得。

你何时料理开过?你何时料理过?

贾政道："你进去回了你母亲,叫了老太太的一两个丫头去,叫他们细细的想了,开单子。"

贾琏心里明知老太太的东西都是鸳鸯经管,他死了问谁?就问珍珠,他们那里记得清楚?只不敢驳回,连连的答应了。起来走到里头,邢王二夫人又埋怨了一顿,叫贾琏快回去问他们这些看家的说:"明儿怎么见我们?"贾琏也只得答应了出来,一面命人套车,预备琥珀等进城;自己骑上骡子,跟了几个小厮,如飞的回去。贾芸也不敢再回贾政,斜签着身子慢慢的溜出来,骑上了马,来赶贾琏。一路无话。

> 你瞒我我瞒你,最后都变成了无头公案。

到了家中,林之孝请了安,一直跟了进来。贾琏到了老太太上屋,见了凤姐惜春在那里,心里又恨,又说不出来,便向林之孝道:"衙门里瞧了没有?"林之孝自知有罪,便跪下回道:"文武衙门都瞧了,来踪去迹也看了,尸也验了。"贾琏吃惊道:"又验什么尸?"林之孝又将包勇打死的伙贼似周瑞的干儿子的话回了贾琏。贾琏道:"叫芸儿!"贾芸进来,也跪着听话。贾琏道:"你见老爷时,怎么没有回周瑞的干儿子做了贼被包勇打死的话?"贾芸说道:"上夜的人说像他的,恐怕不真,所以没有回。"贾琏道:"好糊涂东西!你若告诉了,我就带了周瑞来一认,可不就知道了。"林之孝回道:"如今衙门里把尸首放在市口儿招认去了。"贾琏道:"这又是个糊涂东西!谁家的人做了贼,被人打死,要偿命呢!"林之孝回道:"这不用人家认,奴才就认得是他。"贾琏听了想道:"是啊,我记得珍大爷那一年要打的可不是周瑞家的么?"林之孝回说:"他和鲍二爷打架来着,爷还见过的呢。"

> 贾芸这样做是为了保护王家。前文已说:"若说是……干儿子,连太太起,里里外外的都不干净。"

贾琏听了更生气,便要打上夜的人。林之

邢夫人防范王熙凤，勒着不让动贾母的东西。贾政因孝而不让动。王夫人因死官僚而不动。最后便宜了盗匪。内乱便利了外侮。窝里斗的结果只能如是。

这也是螳螂捕蝉，黄雀在后，乃至是一种物竞天择的淘汰。

孝哀告道："请二爷息怒。那些上夜的人，派了他们，还敢偷懒？只是爷府上的规矩：三门里一个男人不敢进去的，就是奴才们，里头不叫也不敢进去。奴才在外同芸哥儿刻刻查点，见三门关的严严的，外头的门一重没有开，那贼是从后夹道子来的。"贾琏道："里头上夜的女人呢？"林之孝将分更上夜、奉奶奶的命捆着、等爷审问的话回了。贾琏又问："包勇呢？"林之孝说："又往园里去了。"贾琏便说："去叫来。"小厮们便将包勇带来，说："还亏你在这里，若没有你，只怕所有房屋里的东西抢了去了呢。"包勇也不言语。惜春恐他说出那话，心下着急。凤姐也不敢言语。只见外头说："琥珀姐姐等回来了。"大家见了，不免又哭一场。

<blockquote>防男女之事更胜于防盗。</blockquote>

<blockquote>贾琏说了一句表扬包勇的话。此外再无一句人话。</blockquote>

　　贾琏叫人检点偷剩下的东西，只有些衣服、尺头、钱箱未动，余者都没有了。贾琏心里更加着急，想着外头的棚杠银、厨房的钱，都没有付给，明儿拿什么还呢？便呆想了一会。只见琥珀等进去，哭了一会，见箱柜开着，所有的东西怎能记忆，便胡乱想猜，虚拟了一张失单，命人即送到文武衙门。贾琏复又派人上夜。凤姐惜春各自回房。贾琏不敢在家安歇，也不及埋怨凤姐，竟自骑马赶出城外。这里凤姐又恐惜春短见，又打发了丰儿过去安慰。

<blockquote>屋漏更遭连夜雨！</blockquote>

<blockquote>既为之叹息，又觉得活该。</blockquote>

　　天已二更。不言这里贼去关门，众人更加小心，谁敢睡觉？且说伙贼一心想着妙玉，知是孤庵女众，不难欺负。到了三更夜静，便拿了短

<blockquote>失盗后未采取任何补牢措施。</blockquote>

按照作者的可能的观点,"红"众女性中,"金陵十二钗"中,妙玉的下场最惨,最为不堪。

"红"中金桂之死、赵姨娘之死,下场丑恶。但她们是作者厌恶的人物。其他人,即使是晴雯、司棋、金钏,以及迎春之死,也没有这样被污辱。袭人虽为人诟病,仍有所终。

通过包勇之口大骂姑子,此其一。通过坏人之口讲妙玉的(至少在当时近乎)丑闻,此其二。遭劫之前已经心猿意马,修炼不下去乃至发作精神病,此其三。这些都于妙玉的形象有损。

不能排除续作者对这一人物的腹诽。她造得不近人情,故有此下场。

兵器,带了些闷香,跳上高墙。远远瞧见栊翠庵内灯光犹亮,便潜身溜下,藏在房头僻处。

等到四更,见里头只有一盏海灯,妙玉一人在蒲团上打坐。歇了一会,便嗳声叹气的说道:"我自元墓到京,原想传个名的,为这里请来,不能又栖他处。昨儿好心去瞧四姑娘,反受了这蠢人的气,夜里又受了大惊。今日回来,那蒲团再坐不稳,只觉肉跳心惊。"因素常一个打坐的,今日又不肯叫人相伴。岂知到了五更,寒颤起来。正要叫人,只听见窗外一响,想起昨晚的事,更加害怕,不免叫人。岂知那些婆子都不答应。自己坐着,觉得一股香气透入囟门,便手足麻木,不能动弹,口里也说不出话来,心中更自着急。只见一个人拿着明晃晃的刀进来。此时妙玉心中却是明白,只不能动,想是要杀自己,索性横了心,倒也不怕。那知那个人把刀插在背后,腾出手来,将妙玉轻轻的抱起,轻薄了一会子,便拖起背在身上。此时妙玉心中只是如醉如痴。可怜一个极洁极净的女儿,被这强盗的闷香熏住,由着他掇弄了去了。

却说这贼背了妙玉,来到园后墙边,搭了软梯,爬上墙,跳出去了,外边早有伙计弄了车辆在园外等着。那人将妙玉放倒在车上,反打起官衔灯笼,叫开栅栏,急急行到城门,正是开门之时。门官只知是有公干出城的,也不及查诘。

> 心魔已生,在劫难逃。

> 妙玉为什么是这样结果?宝玉——雪芹对众女孩儿是极尊重的,是不会用这等秽笔写一个他所称颂的女孩子的。

> 谁知门官与他们有什么猫腻?

赶出城去，那伙贼加鞭，赶到二十里坡，和众强徒打了照面，各自分头奔南海而去。不知妙玉被劫，或是甘受污辱，还是不屈而死，不知下落，也难妄拟。

　　只言栊翠庵一个跟妙玉的女尼，他本住在静室后面，睡至五更，听见前面有人声响，只道妙玉打坐不安。后来听见有男人脚步，门窗响动，欲要起来瞧看，只是身子发软，懒怠开口，又不听见妙玉言语，只睁着两眼听着。到了天亮，终觉得心里清楚，披衣起来，叫了道婆预备妙玉茶水，他便往前面来看妙玉。岂知妙玉的踪迹全无，门窗大开。心里咤异，昨晚响动，甚是疑心，说："这样早，他到那里去了？"走出院门一看，有一个软梯靠墙立着，地下还有一把刀鞘，一条搭膊，便道："不好了，昨晚是贼烧了闷香了！"急叫人起来查看，庵门仍是紧闭。那些婆子侍女们都说："昨夜煤气熏着了，今早都起不起来，这么早，叫我们做什么？"那女尼道："师父不知那里去了。"众人道："在观音堂打坐呢。"女尼道："你们还做梦呢！你来瞧瞧。"

　　众人不知，也都着忙，开了庵门，满园里都找到了，想来或是到四姑娘那里去了。众人来叩腰门，又被包勇骂了一顿。众人说道："我们妙师父昨晚不知去向，所以来找。求你老人家叫开腰门，问一问来了没来就是了。"包勇道："你们师父引了贼来偷我们，已经偷到手了，他跟了贼去受用去了。"众人道："阿弥陀佛，说这些话的，防着下割舌地狱！"包勇生气道："胡说！你们再闹，我就要打了。"众人陪笑央告道："求爷叫开门，我们瞧瞧；若没有，再不敢惊动你太爷了。"包勇道："你不信，你去找，若没有，回来

居然或有甘受污辱的可能。依作者观点，不是还不如尤三姐吗？
当然也有另一种可能，即妙玉的这些命运安排，违背了曹公原意，表达了续作者的包勇心态。

最"清洁"的人落一个最不"清洁"的下场，个中有什么含义？

她怎么这样内行？

一乱再乱三乱，以至于不堪。

一骂再骂，成见如此之深。包勇有些变态了。
包勇比阿Q还要主观偏激。

妙玉，既非小姐，又非丫头，既非情场角逐者，又非佛门子弟。这样尴尬的角色，这样不堪的下场——依当时的观点，这种下场比金桂、赵姨娘亦不如。这种设计实在太狠辣了。

"红"并不太讲善有善报，恶有恶报，但也不是完全不讲，更不是故意讲天无眼，地无公。为何妙玉下场若此？是否表露了作者潜意识中对这种假佛门以行之的不伦不类的反感？

还有一个芳官，下落不明，估计下场比妙玉好不了。

问你们。"包勇说着，叫开腰门。众人且找到惜春那里。

　　惜春正是愁闷，惦着"妙玉清早去后，不知听见我们姓包的话了没有，只怕又得罪了他，以后总不肯来，我的知己是没有了。况我现在实难见人，父母早死，嫂子嫌我。头里有老太太，到底还疼我些；如今也死了，留下我孤苦伶仃，如何了局？"想到："迎春姐姐折磨死了，史姐姐守着病人，三姐姐远去，这都是命里所招，不能自由。独有妙玉如闲云野鹤，无拘无束。我能学他，就造化不小了。但我是世家之女，怎能遂意？这回看家，大耽不是，还有何颜？在这里，又恐太太们不知我的心事，将来的后事，如何呢？"想到其间，便要把自己的青丝铰去，要想出家。彩屏等听见，急忙来劝，岂知已将一半头发铰去。彩屏愈加着忙，说道："一事不了，又出一事，这可怎么好呢？"

　　正在吵闹，只见妙玉的道婆来找妙玉。彩屏问起来由，先嘿了一跳，说："是昨日一早去了没来。"里面惜春听见，急忙问道："那里去了？"道婆们将昨夜听见的响动，被煤气熏着，今早不见妙玉，庵内软梯刀鞘的话说了一遍。惜春惊疑不定，想起昨日包勇的话来，必是那些强盗看见了他，昨晚抢去了，也未可知。但是他素来孤洁的很，岂肯惜命？"怎么你们都没听见么？"众人道："怎么不听见？只是我们这些人都是睁着

	由妙玉而惜春，令人叹息。
	老太太一死，整个格局打乱，多人有活不下去之感。
	造化岂止不小！
	莫非包勇有预见？还是……

眼,连一句话也说不出。必是那贼子烧了闷香。妙姑一人,想也被贼闷住,不能言语;况且贼人必多,拿刀弄杖威逼着,他还敢声喊么?"

正说着,包勇又在腰门那里嚷说:"里头快把这些混账的婆子赶了出来罢!快关腰门!"彩屏听见,恐耽不是,只得叫婆子出去,叫人关了腰门。惜春于是更加苦楚。无奈彩屏等再三以礼相劝,仍旧将一半青丝笼起。大家商议:"不必声张。就是妙玉被抢,也当作不知,且等老爷太太回来再说。"惜春心里的死定下一个出家的念头,暂且不提。

且说贾琏回到铁槛寺,将到家中查点了上夜的人,开了失单报去的话回了。贾政道:"怎样开的?"贾琏便将琥珀所记得的数目单子呈出,并说:"这上头元妃赐的东西,已经注明;还有那人家不大有的东西,不便开上,等侄儿脱了孝,出去托人细细的缉访,少不得弄出来的。"贾政听了合意,就点头不言。

贾琏进内见了邢王二夫人,商量着:"劝老爷早些回家才好呢,不然,都是乱麻是的。"邢夫人道:"可不是?我们在这里也是惊心吊胆。"贾琏道:"这是我们不敢说的。还是太太的主意,二老爷是依的。"邢夫人便与王夫人商议妥了。

过了一夜,贾政也不放心,打发宝玉进来说:"请太太们今日回家,过两三日再来。家人们已经派定了,里头请太太们派人罢。"邢夫人派了鹦哥等一干人伴灵,将周瑞家的等人派了总管,其余上下人等都回去。一时忙乱套车备马。贾政等在贾母灵前辞别,众人又哭了一场。

都起来正要走时,只见赵姨娘还爬在地下

麻醉学有这样发达吗?

包勇果然忠(正统)得令人生厌。

妙玉出家,并无善果。惜春却更坚决要出家了,逻辑上不很顺。

惜春出家也要分几步走。用分步办法说服读者接受匪夷所思的事态发展,是"红"惯用方法。

死一回人守一回灵,守一回灵出一回事。

享福者,受罪者,害人者,被害者,旁观者,最后都是哭了一场,又一场。

不起。周姨娘打谅他还哭,便去拉他。岂知赵姨娘满嘴白沫,眼睛直竖,把舌头吐出,反把家人唬了一大跳。贾环过来乱嚷。赵姨娘醒来说道:"我是不回去的,跟着老太太回南去!"众人道:"老太太那用你来?"赵姨娘道:"我跟了一辈子老太太,大老爷还不依,弄神弄鬼的来算计我。我想仗着马道婆出出我的气,银子白花了好些,也没有弄死一个,如今我回去了,又不知谁来算计我。"众人听见,早知是鸳鸯附在他身上,邢王二夫人都不言语瞅着。只有彩云等代他央告道:"鸳鸯姐姐,你死是自己愿意的,与赵姨娘什么相干?放了他罢。"见邢夫人在这里,也不敢说别的。赵姨娘道:"我不是鸳鸯,他早到仙界去了。我是阎王差人拿我去的,要问我为什么和马婆子用魇魔法的案件。"说着,便叫:"好琏二奶奶!你在这里老爷面前少顶一句儿罢,我有一千日的不好,还有一天的好呢。好二奶奶,亲二奶奶!并不是我要害你,我一时糊涂,听了那个老娼妇的话。"

正闹着,贾政打发人进来叫环儿。婆子们去回说:"赵姨娘中了邪了,三爷看着呢。"贾政道:"没有的事。我们先走了。"于是爷们等先回。这里赵姨娘还是混说,一时救不过来。邢夫人恐他又说出什么来,便说:"多派几个人在这里瞧着他,咱们先走。到了城里,打发大夫出来瞧罢。"王夫人本嫌他,也打撒手儿。宝钗本是仁厚的人,虽想着他害宝玉的事,心里究竟过不去,背地里托了周姨娘在这里照应。周姨娘也是个好人,便应承了。李纨说道:"我也在这里罢。"王夫人道:"可以不必。"于是大家都要起身。贾环急忙道:"我也在这里吗?"王夫人啐

凑什么热闹!

这个"我"是鸳鸯。
这个"我"是赵姨娘。

鸳鸯为何要附赵的体?二人无亲无故,无冤无仇。鬼魂附体里有迷信,也有心理学,还有小说的包袱儿,可惜这里写得太粗。

姑妄言之,姑妄听之。不经之言,不经写之。

邢夫人怕什么?也要中邪了么?

道:"糊涂东西!你姨妈的死活都不知,你还要走吗?"贾环就不敢言语了。宝玉道:"好兄弟!你是走不得的,我进了城,打发人来瞧你。"说毕,都上车回家。寺里只有赵姨娘、贾环、鹦哥等人。

贾政邢夫人等先后到家,到了上房,哭了一场。林之孝带了家下众人请了安,跪着。贾政喝道:"去罢!明日问你。"凤姐那日发晕了几次,竟不能出接;只有惜春见了,觉得满面羞惭。邢夫人也不理他,王夫人仍是照常,李纨、宝钗拉着手说了几句话。独有尤氏说道:"姑娘,你操心了,倒照应了好几天。"惜春一言不答,只紫涨了脸。宝钗将尤氏一拉,使了个眼色,尤氏等各自归房去了。贾政略略的看了一看,叹了口气,并不言语。到书房席地坐下,叫了贾琏、贾蓉、贾芸吩咐了几句话。宝玉要在书房来陪贾政。贾政道:"不必。"兰儿仍跟他母亲。一宿无话。

次日,林之孝一早进书房跪着,贾政将前后被盗的事问了一遍,并将周瑞供了出来,又说:"衙门拿住了鲍二,身边搜出了失单上的东西,现在夹讯,要在他身上要这一伙贼呢。"贾政听了,大怒道:"家奴负恩,引贼偷窃家主,真是反了!"立刻叫人到城外将周瑞捆了,送到衙门审问。林之孝只管跪着,不敢起来。贾政道:"你还跪着做什么?"林之孝道:"奴才该死,求老爷开恩。"正说着,赖大等一干办事家人上来请了安,呈上丧事账簿。贾政道:"交给琏二爷算明了来回。"吆喝着林之孝起来出去了。

贾琏一腿跪着,在贾政身边说了一句话。贾政把眼一瞪道:"胡说!老太太的事,银两被

> 王夫人处处偏心。如是尊重赵、环的亲子关系,为何前文凤姐教训赵"他(指环)现是主子……横竖有教导他的人,与你什么相干"!(二十回)

> 也是报一箭之仇。呼应"避嫌隙杜绝宁国府"(七十四回)。

> 除了瞪眼,你还会做什么?

贼偷去,难道就该罚奴才拿出来么?"贾琏红了脸,不敢言语,站起来也不敢动。贾政道:"你媳妇怎么样?"贾琏又跪下,说:"看来是不中用了。"贾政叹口气道:"我不料家运衰败一至如此! 况且环哥儿他妈尚在庙中病着,也不知是什么症候。你们知道不知道?"贾琏也不敢言语。贾政道:"传出话去,叫人带了大夫瞧瞧去。"贾琏即忙答应着,出来,叫人带了大夫到铁槛寺去瞧赵姨娘。未知死活,下回分解。

> 问题不在于料不料,而在于你究竟吸收了什么教训。
>
> 赵姨娘是俗鄙之人,故有俗鄙下场,妙玉是"左"性子的清高人,亦有俗鄙下场。但"红"又非俗鄙之书,该怎样写她们二人才能保持格调呢?

在贾母尚在、凤姐掌权,至少表面上家道正常运作期间,出现的黑暗与不义是金钏、晴雯、司棋、芳官等人的遭遇,是赦、珍、琏、蓉、蟠的胡作非为。而当贾府被抄、贾母亡故、凤姐玩不转、家道崩溃混乱以后,连妙玉的存在都不可能,出现的是狗奴猫狂、盗贼横行、坏人坏事肆无忌惮、纷纷出笼,大崩溃、大动乱、大丑恶,比原来的黑暗和不义更沉沦和荒谬。

第一百十三回

忏宿冤凤姐托村妪　释旧憾情婢感痴郎

赵姨娘的病也是精神疾患。贾府的压制机制,足可以培养造就一大批精神病人。
贾府是精神病培养基。
统观"红"对赵姨娘的描写,似乎略无好意。是一个漫画式的畸形人物。但实际生活中确又有这样的人,文化素质与道德素质极低,出口行事,俱是耍丑,愤愤不平,争宠夺利,鼠目寸光,挑拨是非,恶意待人,拉拉扯扯,气急败坏,愚而诈而毒而狠……实际又成为笑柄,成为众人嘲弄乃至侮慢的对象,成为可怜虫。如果说赵姨娘也是一个典型,这着实令人悲哀。

　　话说赵姨娘在寺内得了暴病,见人少了,更加混说起来,唬的众人发怔,就有两个女人挽着赵姨娘双膝跪在地下,说一回,哭一回。有时爬在地下叫饶说:"打杀我了!红胡子的老爷,我再不敢了!"有一时双手合着,也是叫疼。眼睛突出,嘴里鲜血直流,头发披散。人人害怕,不敢近前。那时又将天晚,赵姨娘的声音只管阴哑起来了,居然鬼嚎一般,无人敢在他跟前,只得叫了几个有胆量的男人进来坐着。赵姨娘一时死去,隔了些时,又回过来,整整的闹了一夜。到了第二天,也不言语,只装鬼脸,自己拿手撕开衣服,露出胸膛,好像有人剥他的样子。可怜赵姨娘虽说不出来,其痛苦之状,实在难堪。

极尽其丑恶,以显报应。

　　正在危急,大夫来了,也不敢诊脉,只嘱咐:"办后事罢。"说了,起身就走。那送大夫的家人再三央告,说:"请老爷看看脉,小的好回禀家主。"那大夫用手一摸,已无脉息。贾环听了,然

又死了一个。

赵被阴司拷打,是琏二奶奶告的。这说明琏二奶奶亦不久于人世。妙极。一个是那样威风、精明、得势,一个是那样卑微、愚蠢、丑陋,却又扭结在一起,共存共亡。

斗争的结果有时是与敌共亡。并非一定是一个战胜一个,一个吃掉一个。

后大哭起来。众人只顾贾环,谁料理赵姨娘。只有周姨娘心里苦楚,想到:"做偏房侧室的下场头,不过如此!况他还有儿子的,我将来死起来,还不知怎样呢!"于是反哭的悲切。

> 居然有同情赵的,难得。整个"红",只此一句讲了赵的可怜处境。

且说那人赶回家去回禀了贾政,即派家人去照例料理,陪着环儿住了三天,一同回来。那人去了,这里一人传十,十人传百,都知道赵姨娘使了毒心害人,被阴司里拷打死了。又说是"琏二奶奶只怕也好不了,怎么说琏二奶奶告的呢?"这些话传到平儿耳内,甚是着急,看着凤姐的样子,实在是不能好的了。况且贾琏近日并不似先前的恩爱,本来事也多,竟像不与他相干的。平儿在凤姐跟前只管劝慰。又想着邢王二夫人回家几日,只打发人来问问,并不亲身来看,凤姐心里更加悲苦。贾琏回来也没有一句贴心的话。

> 既是咎由自取,又是众人成见。
> 一个没死完,一个已传凶信。生前一个恨一个,一个整一个,莫非这矛盾还要带到阴司去么?
> 先前恩爱么?

凤姐此时只求速死,心里一想,邪魔悉至。只见尤二姐从房后走来,渐近床前,说:"姐姐,许久的不见了。做妹妹的想念的很,要见不能,如今好容易进来见见姐姐,姐姐的心机也用尽了。咱们的二爷糊涂,也不领姐姐的情,反倒怨姐姐作事过于苛刻,把他的前程去了,叫他如今见不得人。我替姐姐气不平。"凤姐恍惚说道:"我如今也后悔我的心忒窄了。妹妹不念旧恶,还来瞧我。"平儿在旁听见,说道:"奶奶说什么?"凤姐一时苏醒,想起尤二姐已死,必是他来

> 各有各的欠账。

> 难以领情。
> 如今也后悔?倒不是死不悔改。

索命。被平儿叫醒,心里害怕,又不肯说出,只得勉强说道:"我神魂不定,想是说梦话。给我捶捶。"平儿上去捶着,见个小丫头子进来,说是"刘老老来了,婆子们带着来请奶奶的安。"平儿急忙下来,说:"在那里呢?"小丫头子说:"他不敢就进来,还听奶奶的示下。"平儿听了点头,想凤姐病里必是懒待见人,便说道:"奶奶现在养神呢,暂且叫他等着,你问他来有什么事么?"小丫头子说道:"他们问过了,没有事。说知道老太太去世了,因没有报,才来迟了。"小丫头子说着,凤姐听见,便叫:"平儿,你来。人家好心来瞧,不要冷淡人家。你去请了刘老老进来,我和他说说话儿。"平儿只得出来请刘老老这里坐。凤姐刚要合眼,又见一个男人一个女人走向炕前,就像要上炕似的。凤姐急忙便叫平儿,说:"那里来了一个男人,跑到这里来了!"连叫两声,只见丰儿小红赶来,说:"奶奶要什么?"凤姐睁眼一瞧,不见有人,心里明白,不肯说出来,便问丰儿道:"平儿这东西那里去了?"丰儿道:"不是奶奶叫去请刘老老去了么?"凤姐定了一会神,也不言语。

　　只见平儿同刘老老带了一个小女孩儿进来,说:"我们姑奶奶在那里?"平儿引到炕边。刘老老便说:"请姑奶奶安。"凤姐睁眼一看,不觉一阵伤心,说:"老老,你好?怎么这时候才来?你瞧你外孙女儿也长的这么大了。"刘老老看着凤姐骨瘦如柴,神情恍惚,心里也就悲惨起来,说:"我的奶奶!怎么这几个月不见,就病到这个分儿。我糊涂的要死,怎么不早来请姑奶奶的安!"便叫青儿给姑奶奶请安。青儿只是笑。凤姐看了,倒也十分喜欢,便叫小红招呼

> 有仇的报仇,有恩的报恩。刘老老来的是时候。

> 偶行善事,终有善果;偶行恶事,亦有恶报。

> 心里明白了什么了?

> 各人死法不同,死前的感受、状态不同,续作者是下了功夫的。

恶人将死,心必不安么?中国传统小说是这样写的,死前见到平生所害仇人索命等等,屡见不鲜。事实恐怕未必。不要相信良心的惩罚。宁可相信历史——时间的惩罚。

着。刘老老道:"我们屯乡里的人,不会病的,若一病了,就要求神许愿,从不知道吃药的。我想姑奶奶的病不要撞着什么了罢?"平儿听着那话不在理,便在背地里扯他。刘老老会意,便不言语。那里知道这句话倒合了凤姐的意,扎挣着说:"老老,你是有年纪的人,说的不错。你见过的赵姨娘也死了,你知道么?"刘老老咤异道:"阿弥陀佛,好端端一个人,怎么就死了?我记得他也有一个小哥儿,这便怎么样呢?"平儿道:"这怕什么?他还有老爷太太呢。"刘老老道:"姑娘,你那里知道,不好死了,是亲生的,隔了肚皮子是不中用的。"这句话又招起凤姐的愁肠,呜呜咽咽的哭起来了。众人都来解劝。

巧姐儿听见他母亲悲哭,便走到炕前,用手拉着凤姐的手,也哭起来。凤姐一面哭着,道:"你见过了老老了没有?"巧姐儿道:"没有。"凤姐道:"你的名字还是他起的呢,就和干娘一样。你给他请个安。"巧姐儿便走到跟前,刘老老忙拉着道:"阿弥陀佛,不要折杀我了!巧姑娘,我一年多不来,你还认得我么?"巧姐儿道:"怎么不认得?那年在园里见的时候,我还小。前年你来,我还合你要隔年的蝈蝈儿,你也没有给我,必是忘了。"刘老老道:"好姑娘,我是老糊涂了。若说蝈蝈儿,我们屯里多得很,只是不到我们那里去。若去了,要一车也容易。"凤姐道:"不然,你带了他去罢。"刘老老笑道:"姑娘这样千金贵体,绫罗裹大了的,吃的是好东西;到了我们那里,我拿什么哄他玩,拿什么给他吃呢?

有病求神不吃药,也是一种文化(反文化)传统。

也是病急乱投医(巫)。可见刘老老对赵无恶感,亦无意介入贾府的内部矛盾。故云:"好端端……小哥儿……"

刘老老的到来似乎是为了凤姐的托孤送终。

预示。
屯里有广阔的世界,何止蝈蝈儿。
凤姐的预见与战略决策,仍属一流。

凤姐一生强梁好计,唯对刘老老颇有善意。遂有此报。"红"固与一般劝善惩恶小说大不相同,某些环节上,不会背离劝善之意。能以善恶报应解释者便这样解释之。不能这样解释者,便以色空、四大皆空、好就是了解释之。后者是大道理,前者是小道理。

这倒不是坑杀我了么?"说着,自己还笑,他说:"那么着,我给姑娘做个媒罢。我们那里虽说是屯乡里,也有大财主人家,几千顷地,几百牲口,银子钱亦不少,只是不像这里有金的,有玉的。姑奶奶是瞧不起这样人家。我们庄家人瞧着这样大财主,也算是天上的人了。"凤姐道:"你说去,我愿意就给。"刘老老道:"这是玩话儿罢咧。放着姑奶奶这样,大官大府的人家只怕还不肯给,那里肯给庄家人?就是姑奶奶肯了,上头太太们也不给。"巧姐因他这话不好听,便走了去和青儿说话。两个女孩儿倒说得上,渐渐的就熟起来了。

　　这里平儿恐刘老老话多搅烦了凤姐,便拉了刘老老说:"你提起太太来,你还没有过去呢。我出去叫人带了你去见见,也不枉来这一趟。"刘老老便要走。凤姐道:"忙什么?你坐下,我问你:近来的日子还过的么?"刘老老千恩万谢的说道:"我们若不仗着姑奶奶,"说着,指着青儿说:"他的老子娘都要饿死了。如今虽说是庄家人苦,家里也挣了好几亩地,又打了一眼井,种些菜蔬瓜果。一年卖的钱也不少,尽够他们嚼吃的了。这两年,姑奶奶还时常给些衣服布匹,在我们村里算过得的了。阿弥陀佛,前日他老子进城,听见姑奶奶这里动了家,我就几乎唬杀了;亏得又有人说,不是这里,我才放心。后来又听见说这里老爷升了,我又喜欢,就要来道喜,为的是满地的庄稼,来不得。昨日又听见说

进一步预示。
退一步天高地阔。

凤姐临死,对豪门已看透、绝望了。

读者读到这里,也会赞成凤姐对巧姐未来的考虑。

常与老老为善。

"红"的作者、续者当然不是民粹主义者,但他们的笔下,特别是到了此回,还是给人以劳动者身心更健康的展示。

想当初老老与贾母见面时,贾母是怎样的富贵荣华,直如云端真神,而刘老老被林黛玉讥为"母蝗虫"……如今,贾母黛玉俱已作古,贾家风雨飘摇,而刘老老健在如常,并能施恩贾府。

贱者健,贵者脆弱,不堪风雨。

老太太没有了。我在地里打豆子,听见了这话,唬的连豆子都拿不起来了,就在地里狠狠的哭了一大场。我合女婿说:'我也顾不得你们了,不管真话谎话,我是要进城瞧瞧去的。'我女儿女婿也不是没良心的,听见了也哭了一回子。今儿天没亮,就赶着我进城来了。我也不认得一个人,没有地方打听。一径来到后门,见是门神都糊了,我这一唬又不小。进了门,找周嫂子,再找不着,撞见一个小姑娘,说:'周嫂子他得了不是了,撵了。'我又等了好半天,遇见了熟人,才得进来。不打谅姑奶奶也是这么病。"说着,又掉下泪来。

> 当然是有良心的。比贾雨村、孙绍祖辈强似万倍!

> 面目全非。周瑞家的一笔带过。

平儿等着急,也不等他说完,拉着就走,说:"你老人家说了半天,口干了,咱们喝碗茶去罢。"拉着刘老老到下房坐着。青儿在巧姐儿那边。刘老老道:"茶倒不要,好姑娘,叫人带了我去请太太的安,哭哭老太太去罢。"平儿道:"你不用忙,今儿也赶不出城的了。方才我是怕你说话不防头,招的我们奶奶哭,所以催你出来的。别思量。"刘老老道:"阿弥陀佛,姑娘是你多心,我知道。倒是奶奶的病怎么好呢?"平儿道:"你瞧去妨碍不妨碍?"刘老老道:"说是罪过,我瞧着不好。"

正说着,又听凤姐叫呢。平儿及到床前,凤姐又不言语了。平儿正问丰儿,贾琏进来,向炕上一瞧,也不言语,走到里间,气哼哼的坐下。

只有秋桐跟了进去,倒了茶,殷勤一回,不知喊喊喳喳的说些什么。回来,贾琏叫平儿来问道:"奶奶不吃药么?"平儿道:"不吃药,怎么样呢?"贾琏道:"我知道么?你拿柜子上的钥匙来罢。"平儿见贾琏有气,又不敢问,只得出来凤姐耳边说了一声。凤姐不言语。平儿便将一个匣子搁在贾琏那里就走。贾琏道:"有鬼叫你吗!你搁着叫谁拿呢?"平儿忍气打开,取了钥匙,开了柜子,便问道:"拿什么?"贾琏道:"咱们有什么吗?"平儿气得哭道:"有话明白说,人死了也愿意!"贾琏道:"这还要说么!头里的事是你们闹的;如今老太太的还短了四五千银子,老爷叫我拿公中的地账弄银子。你说有么?外头拉的账不开发,使得么?谁叫我应这个名儿!只好把老太太给我的东西折变去罢了,你不依么?"平儿听了,一句不言语,将柜里东西搬出。只见小红过来,说:"平姐姐快走!奶奶不好呢。"平儿也顾不得贾琏,急忙过来。见凤姐用手空抓,平儿用手攥着哭叫。贾琏也过来一瞧,把脚一跺道:"若是这样,是要我的命了!"说着掉下泪来。丰儿进来说:"外头找二爷呢。"贾琏只得出去。

  这里凤姐愈加不好,丰儿等不免哭起来。巧姐听见赶来。刘老老也急忙走到炕前,嘴里念佛,捣了些鬼,果然凤姐好些。一时王夫人听了丫头的信,也过来了,先见凤姐安静些,心下略放心。见了刘老老,便说:"刘老老,你好?什么时候来的?"刘老老便说:"请太太安。"也不及细说,只言凤姐的病,讲究了半天。彩云进来说:"老爷请太太呢。"王夫人叮咛了平儿几句话,便过去了。

没有好气。
贾琏要为凤姐擦屁股,能气顺么?

与此前种种,成为对比照应。

终于落泪。
贾琏固然不好,比珍、蓉辈好一点,比凤也没有那么阴狠。

说是"捣了些鬼",却是正话反说。

不管有多少不理想，刘老老还得算一个健康力量。她毕竟是贾府体制之外的一个庄户人。

凤姐闹了一回，此时又觉清楚些。见刘老老在这里，心里信他求神祷告，便把丰儿等支开，叫刘老老坐在头边，告诉他心神不宁，如见鬼怪的样。刘老老便说我们屯里什么菩萨灵，什么庙有感应。凤姐道："求你替我祷告。要用供献的银钱，我有。"便在手腕上褪下一只金镯子来交给他。刘老老道："姑奶奶，不用那个。我们村庄人家许了愿，好了，花上几百钱就是了，那用这些？就是我替姑奶奶求去，也是许愿，等姑奶奶好了，要花什么，自己去花罢。"凤姐明知刘老老一片好心，不好勉强，只得留下，说："老老，我的命交给你了。我的巧姐儿也是千灾百病的，也交给你了。"刘老老顺口答应，便说："这么着，我看天气尚早，还赶得出城去，我就去了。明儿姑奶奶好了，再请还愿去。"凤姐因被众冤魂缠绕害怕，巴不得他就去，便说："你若肯替我用心，我能安稳睡一觉，我就感激你了。你外孙女儿，叫他在这里住下罢。"刘老老道："庄家孩子没有见过世面，没的在这里打嘴，我带他去的好。"凤姐道："这就是多心了。既是咱们一家，这怕什么？虽说我们穷了，多一个人吃饭也不碍什么。"刘老老见凤姐真情，落得叫青儿住几天，省了家里的嚼吃。只怕青儿不肯，不如叫他来问问，若是他肯，就留下。于是和青儿说了几句。青儿因与巧姐儿玩得熟了，巧姐又不愿他去，青儿又愿意在这里，刘老老便吩咐了几句，辞了平儿，忙忙的赶出城去，不提。

且说栊翠庵原是贾府的地址，因盖省亲园

到了拯救自己的灵魂的时候了。

遇到这当口儿，有对人民的依靠感。

刘老老的到来与白话，总算给了凤姐一些安慰。这也就不白施恩周济她了。

有缘。

子,将那庵圈在里头,向来食用香火,并不动贾府的钱粮。今日妙玉被劫,那女尼呈报到官,一则候官府缉盗的下落,二则是妙玉基业,不便离散,依旧住下,不过回明了贾府。那时贾府的人虽都知道,只为贾政新丧,且又心事不宁,也不敢将这些没要紧的事回禀。只有惜春知道此事,日夜不安。渐渐传到宝玉耳边,说:"妙玉被贼劫去。"又有的说:"妙玉凡心动了,跟人而走。"宝玉听得,十分纳闷:"想来必是被强徒抢去。这个人必不肯受,一定不屈而死。"但是一无下落,心下甚不放心,每日长嘘短叹,还说:"这样一个人,自称为'槛外人',怎么遭此结局!"又想到:"当日园中何等热闹。自从二姐姐出阁以来,死的死,嫁的嫁,我想他一尘不染,是保得住的了,岂知风波顿起,比林妹妹死的更奇!"由是一而二,二而三,追思起来,想到《庄子》上的话,虚无缥缈,人生在世,难免风流云散,不禁的大哭起来。袭人等又道是他的疯病发作,百般的温柔劝解。

　　宝钗初时不知何故,也用话箴规。怎奈宝玉抑郁不解,又觉精神恍惚。宝钗想不出道理,再三打听,方知妙玉被劫,不知去向,也是伤感。只为宝玉愁烦,便用正言解释,因提起:"兰儿自送殡回来,虽上不学,闻得日夜攻苦。他是老太太的重孙。老太太素来望你成人,老爷为你日夜焦心,你为闲情痴意,遭塌自己,我们守着你,如何是个结果?"说得宝玉无言可答,过了一回,才说道:"我那管人家的闲事?只可叹咱们家的运气衰颓。"宝钗道:"可又来,老爷太太原为是要你成人,接续祖宗遗绪,你只是执迷不悟,如何是好?"宝玉听来,话不投机,便靠在桌上睡

> 再次做不利于妙玉的渲染。

> 槛外亦无处容身。

> 呼应前文二十二回("听曲文宝玉悟禅机")。

> 到此时还讲这些一般化的道理,确实无用亦无味。

人的经历多了,沧桑见多了,就会在事后为各种人与事编织出"关系网":此与彼有缘,彼与此有冤,此是彼的预兆,彼是此的应验,愈想愈神奇,愈联系愈有理,鬼使神差,阴差阳错,无心插柳柳成荫,冥冥中一切似乎都有定数,一饮一啄,毫厘不爽。

这是一种文化心理,这是一种心理机制,这是一种事后营建的抽象结构,这是极好的小说脉络。当然,这不是科学。却也不是迷信,除非你硬把它看成了科学。

去。宝钗也不理他,叫麝月等伺候着,自己都去睡了。

宝玉见屋里人少,想起:"紫鹃到了这里,我从没合他说句知心的话儿,冷冷清清撂着他,我心里甚不过意。他呢,又比不得麝月秋纹,我可以安放得的。想起从前我病的时候,他在我这里伴了好些时,如今他的那一面小镜子还在我这里,他的情意却也不薄了。如今不知为什么,见我就是冷冷的。若说为我们这一个呢,他是合林妹妹最好的,我看他待紫鹃也不错。我也不在家的日子,紫鹃原也与他有说有讲的;到我来了,紫鹃便走开了。想来自然是为林妹妹死了,我便成了家的原故。嗳,紫鹃,紫鹃!你这样一个聪明女孩儿,难道连我这点子苦处都看不出来么!"因又一想:"今晚他们睡的睡,做活的做活,不如趁着这个空儿,我找他去,看他有什么话?倘或我还有得罪之处,便赔个不是也使得。"想定主意,轻轻的走出了房门,来找紫鹃。

那紫鹃的下房也就在西厢里间。宝玉悄悄的走到窗下,只见里面尚有灯光,便用舌头舐破窗纸,往里一瞧,见紫鹃独自挑灯,又不是做什么,呆呆的坐着。宝玉便轻轻的叫道:"紫鹃姐姐,还没有睡么?"紫鹃听了,唬了一跳,怔怔的半日,才说:"是谁?"宝玉道:"是我。"紫鹃听着似乎是宝玉的声音,便问:"是宝二爷么?"宝玉

千头万绪,滴水不漏,同时写到哪里都能扣住前八十回的人物、脉络、伏笔,做到无一字无来历,无一句无出处,即使这个结构安排,也非寻常文人能做的。

过犹不及,宝玉情商满溢,令人感动,但也闹心。

宝玉的感慨都不算疯,是人人可能有的感慨。只限于感慨悲叹,就是钻了牛角,走火入魔了。聚终有散,生终有死,固然。散前死前,非散非死,你做什么呢?

在外轻轻的答应了一声。紫鹃问道:"你来做什么?"宝玉道:"我有一句心里的话要和你说说,你开了门,我到你屋里坐坐。"紫鹃停了一会儿,说道:"二爷有什么话,天晚了,请回罢,明日再说罢。"宝玉听了,寒了半截。自己还要进去,恐紫鹃未必开门;欲要回去,这一肚子的隐情,越发被紫鹃这一句话勾起。无奈说道:"我也没有多余的话,只问你一句。"紫鹃道:"既是一句,就请说。"宝玉半日反不言语。

到此时方与紫鹃谈论,似嫌晚了些。
但前边太挤,挤不进去。

紫鹃在屋里,不见宝玉言语,知他素有痴病,恐怕一时实在抢白了他,勾起他的旧病,倒也不好了,因站起来,细听了一听,又问道:"是走了,还是傻站着呢?有什么又不说,尽着在这里怄人。已经怄死了一个,难道还要怄死一个么?这是何苦来呢!"说着,也从宝玉舐破之处往外一张,见宝玉在那里呆听。紫鹃不便再说,回身剪了剪烛花。忽听宝玉叹了一声道:"紫鹃姐姐,你从来不是这样铁心石肠,怎么近来连一句好好儿的话都不和我说了?我固然是个浊物,不配你们理我;但只我有什么不是,只望姐姐说明了,那怕姐姐一辈子不理我,我死了倒作个明白鬼呀!"紫鹃听了,冷笑道:"二爷就是这个话呀,还有什么?若就是这个话呢,我们姑娘在时,我也跟着听俗了;若是我们有什么不好处呢,我是太太派来的,二爷倒是回太太去,左右我们丫头们更算不得什么了!"说到这里,那声儿便哽咽起来,说着,又醒鼻涕。宝玉在外知他伤心哭了,便急的跺脚道:"这是怎么说!我的

岂止紫鹃,读者也听俗了。

犹如二十八回起始时所写宝玉与黛玉的谈话。果然"听俗了"。黛玉虽死而紫鹃犹在,紫鹃的分量不轻。

事情,你在这里几个月,还有什么不知道的?就便别人不肯替我告诉你,难道你还不叫我说,叫我憋死了不成!"说着,也呜咽起来了。

宝玉正在这里伤心,忽听背后一个人接言道:"你叫谁替你说呢?谁是谁的什么?自己得罪了人,自己央及呀,人家赏脸不赏在人家,何苦来拿我们这些没要紧的垫喘儿呢。"这一句话把里外两个人都吓了一跳。你道是谁?原来却是麝月。宝玉自觉脸上没趣。只见麝月又说道:"到底是怎么着?一个赔不是,一个人又不理。你倒是快快儿的央及呀。嗳!我们紫鹃姐姐也就太狠心了,外头这么怪冷的,人家央及了这半天,总连个活动气儿也没有。"又向宝玉道:"刚才二奶奶说了,多早晚了,打谅你在那里呢,你却一个人站在这房檐底下做什么?"紫鹃里面接着说道:"这可是什么意思呢?早就请二爷进去,有话明日说罢。这是何苦来!"

宝玉还要说话,因见麝月在那里,不好再说别的,只得一面同麝月走回,一面说道:"罢了,罢了!我今生今世也难剖白这个心了!惟有老天知道罢了!"说到这里,那眼泪也不知从何处来的,滔滔不断了。麝月道:"二爷,依我劝你死了心罢。白陪眼泪,也可惜了儿的。"宝玉也不答言,遂进了屋子,只见宝钗睡了,宝玉也知宝钗装睡。却是袭人说了一句道:"有什么话,明日说不得?巴巴儿的跑到那里去闹,闹出……"说到这里,也就不肯说,迟一迟,才接着道:"身上不觉怎么样?"宝玉也不言语,只摇摇头儿,袭人一面才打发睡下。一夜无眠,自不必说。

这里紫鹃被宝玉一招,越发心里难受,直直的哭了一夜。思前想后:"宝玉的事,明知他病

宝玉是被包围被重点监护着的。
有此等监护包围,便有随后的一走了之。

永远不得一诉。

可又有什么可诉的呢?
这节有一定可读性,但涉嫌俗气。

紫鹃的概括,堪称警世醒世箴言。"都是痴心妄想"云云,最切最切。当然,不能仅仅是消极地去痴逐妄,痴者明之,妄者实之,通过作为去痴逐妄,更要通过作为去争取那非痴非妄的人生。

凤姐虽孤,犹有刘老老可托。宝玉佼佼,何处觅一知己。

此回预示了凤姐、巧姐的下场,也预示了宝玉的结局。

中不能明白,所以众人弄鬼弄神的办成了;后来宝玉明白了,旧病复发,时常哭想,并非忘情负义之徒。今日这种柔情,一发叫人难受,只可怜我们林姑娘真真是无福消受他。如此看来,人生缘分,都有一定。在那未到头时,大家都是痴心妄想;及至无可如何,那糊涂的也就不理会了,那情深义重的也不过临风对月,洒泪悲啼。可怜那死的倒未必知道,这活的真真是苦恼伤心,无休无了。算来竟不如草木石头,无知无觉,倒也心中干净!"想到此处,倒把一片酸热之心,一时冰冷了。才要收拾睡时,只听东院里吵嚷起来。未知何事,下回分解。

> 紫鹃如此善于总结与思辨。这是一个哈姆雷特式的问题:活着,还是不活?being or not being?

拾遗补阙,也是长篇小说之道。

一个凤姐,一个宝玉,本是贾府的中心人物,这里写的是二人的不叫遗言的遗言。

第一百十四回

王熙凤历幻返金陵　甄应嘉蒙恩还玉阙

凤姐判词"哭向金陵事更哀",后文数次出现王熙凤与金陵字样,到底含义如何,尚待探寻。这里的"历幻返金陵"的交代,未免敷衍搪塞。

却说宝玉宝钗听说凤姐病的危急,赶忙起来,丫头秉烛伺候。正要出院,只见王夫人那边打发人来说:"琏二奶奶不好了,还没有咽气,二爷二奶奶且慢些过去罢。琏二奶奶的病有些古怪,从三更天起,到四更时候,琏二奶奶没有住嘴,说些胡话,要船要轿的,说到金陵归入册子去。众人不懂,他只是哭哭喊喊的。琏二爷没有法儿,只得去糊船轿,还没拿来,琏二奶奶喘着气等呢。叫我们过来说,等琏二奶奶去了,再过去罢。"宝玉道:"这也奇,他到金陵做什么?"袭人轻轻的合宝玉说道:"你不是那年做梦,我还记得说有多少册子,不是琏二奶奶也到那里去?"宝玉听了点头道:"是呀,可惜我都不记得那上头的话了。这么说起来,人都有个定数的了。但不知林妹妹又到那里去了?我如今被你一说,我有些懂得了。若再做这个梦时,我得细细的瞧一瞧,便有未卜先知的分儿了。"袭人道:"你这样的人,可是不可合你说话的,偶然提了一句,你便认起真来了吗?就算你能先知了,你有什么法儿!"宝玉道:"只怕不能先知,若是

古怪得太小儿科。

袭人未忘此册子么?怎么从不见她有什么实际以外的思想?

话里有后话。"红"中的许多话都带有谶语性质。

能了,我也犯不着为你们瞎操心了。"

两人正说着,宝钗走来,问道:"你们说什么?"宝玉恐他盘诘,只说:"我们谈论凤姐姐。"宝钗道:"人要死了,你们还只管议论人。旧年你还说我咒人,那个签不是应了么?"宝玉又想了一想,拍手道:"是的,是的!这么说起来,你倒能先知了。我索性问问你,你知道我将来怎么样?"宝钗笑道:"这是又胡闹起来了。我是就他求的签上的话混解的,你就认了真了。你就和邢妹妹一样的了。你失了玉,他去求妙玉扶乩,批出来的众人不解,他还背地里合我说,妙玉怎么前知,怎么参禅悟道。如今他遭此大难,他如何自己都不知道,这可是算得前知吗?就是我偶然说着了二奶奶的事情,其实知道他是怎么样了,只怕我连我自己也不知道呢。这样下落,可不是虚诞的事,是信得的么?"宝玉道:"别提他了。你只说邢妹妹罢,自从我们这里连连的有事,把他这件事竟忘记了。你们家这么一件大事,怎么就草草的完了?也没请亲唤友的。"宝钗道:"你这话又是迂了。我们家的亲戚,只有咱们这里和王家最近。王家没了什么正经人了;咱们家遭了老太太的大事,所以也没请,就是琏二哥张罗了张罗。别的亲戚虽也有一两门子,你没过去,如何知道?算起来,我们这二嫂子的命和我差不多,好好的许了我二哥哥,我妈妈原想要体体面面的给二哥哥娶这房亲事的。一则为我哥哥在监里,二哥哥也不肯大办;二则为咱们家的事;三则为我二嫂子在大太太那边忒苦,又加着抄了家,大太太是苛刻一点的,他也实在难受。所以我和妈妈说了,便将将就就的娶了过去。我看二嫂子如今倒是安心

宝玉所问,恰恰是他心中郁结之处,并非胡闹。此时他虽未定夺,但已预见到自己不可能从宝钗之愿了。
既知,又不知。能,又不能。不可不信,不可全信。宝钗的话很中庸也很明白实用。

婚事草草,交代得也草草。

比你强多了。

宝钗难得说某某的坏话。不将就又如何可能?

在长篇悲剧性小说中,死神常常是第一主角。死神的到来,死神的威严,死神的法力,死神的结果,一切的绝对过程,不知凡几地写在一部又一部小说里。

而"红",林黛玉死了,贾母死了,再加凤姐死了,它的悲剧故事已经完成了。还剩几个活着的,对于这个家族与这一番故事,已经起不了决定性作用了。当然还有宝玉。宝玉对于这个家族起不了大作用。对于读者,却是首屈一指的人物。故事毕竟是围绕着他来展开、来组织的。

乐意的孝敬我妈妈,比亲媳妇还强十倍呢;待二哥哥也是极尽妇道的,和香菱又甚好。二哥哥不在家,他两个和和气气的过日子,虽说是穷些,我妈妈近来倒安逸好些。就是想起我哥哥来,不免悲伤。况且常打发人家里来要使用,多亏二哥哥在外头账头儿上讨来应付他的。我听见说,城里有几处房子已经典去,还剩了一所在那里,打算着搬去住。"宝玉道:"为什么要搬?住在这里,你来去也便宜些;若搬远了,你去就要一天了。"宝钗道:"虽说是亲戚,到底各自的稳便些。那里有个一辈子住在亲戚家的呢!"

> 又是这种聚散之论。

宝玉还要讲出不搬去的理,王夫人打发人来说:"琏二奶奶咽了气了,所有的人都过去了,请二爷二奶奶就过去。"宝玉听了,也掌不住跺脚要哭。宝钗虽也悲戚,恐宝玉伤心,便说:"有在这里哭的,不如到那边哭去。"于是两人一直到凤姐那里,只见好些人围着哭呢。宝钗走到跟前,见凤姐已经停床,便大放悲声。宝玉也拉着贾琏的手,大哭起来,贾琏也重新哭泣。平儿等因见无人劝解,只得含悲上来劝止了。众人都悲哀不止。贾琏此时手足无措,叫人传了赖大来,叫他办理丧事。自己回明了贾政去,然后行事。但是手头不济,诸事拮据。又想起凤姐素日的好处,更加悲哭不已。又见巧姐哭的死去活来,越发伤心。哭到天明,即刻打发人去请他大舅子王仁过来。

> 忽喇喇大厦倾,糊涂涂天地崩,悲戚戚黄泉近,阴森森末日临!

那王仁自从王子腾死后,王子胜又是无能的人,任他胡为,已闹的六亲不和。今知妹子死了,只得赶着过来哭了一场。见这里诸事将就,心下便不舒服,说:"我妹妹在你家辛辛苦苦当了好几年家,也没有什么错处,你们家该认真的发送发送才是,怎么这时候诸事还没有齐备?"贾琏本与王仁不睦,见他说些混账话,知他不懂的什么,也不大理他。王仁便叫了他外甥女儿巧姐过来,说:"你娘在时,本来办事不周到,只知道一味的奉承老太太,把我们的人都不大看在眼里。外甥女儿,你也大了,看见我曾经沾过你们没有?如今你娘死了,诸事要听着舅舅的话。你母亲娘家的亲戚就是我和你二舅舅了。你父亲的为人,我也早知道的了,只有重别人。那年什么尤姨娘死了,我虽不在京,听见人说花了好些银子。如今你娘死了,你父亲倒是这样的将就办去吗,你也不快些劝劝你父亲?"巧姐道:"我父亲巴不得要好看,只是如今比不得从前了。现在手里没钱,所以诸事省些是有的。"王仁道:"你的东西还少么!"巧姐儿道:"旧年抄去,何尝还了呢。"王仁道:"你也这样说?我听见老太太又给了好些东西,你该拿出来。"巧姐又不好说父亲用去,只推不知道。王仁便道:"哦,我知道了,不过是你要留着做嫁妆罢咧。"巧姐听了,不敢回言,只气得哽噎难鸣的哭起来了。平儿生气说道:"舅老爷,有话等我们二爷进来再说。姑娘这么点年纪,他懂的什么?"王仁道:"你们是巴不得二奶奶死了,你们就好为王了!我并不要什么,好看些,也是你们的脸面。"说着,赌气坐着。巧姐满怀的不舒服,心想:"我父亲并不是没情。我妈妈在时,舅舅

王仁是"红"埋伏的又一定时炸弹。

倒是一针见血。
得宠者忮宠者多有此种"不周到"。

凤姐有这样的哥哥!

巧姐的精神已受到了污染。揭露王仁的面目?似嫌太急了些。

平儿的贤德,贾琏的知情,秋桐的可恶,都显得相当皮相、落套。这些叙述交代,没有深度,没有新意。把人物道德化、类型化,"格"就降下来了。

不知拿了多少东西去,如今说得这样干净!"于是便不大瞧得起他舅舅了。岂知王仁心里想来,他妹妹不知积攒了多少。虽说抄了家,那屋里的银子还怕少吗?"必是怕我来缠他们,所以也帮着这么说。这小东西儿也是不中用的。"从此,王仁也嫌了巧姐儿了。

> 王仁太直露了。
> 书已将完,顾不得步步为营地写了。

　　贾琏并不知道,只忙着弄银钱使用。外头的大事,叫赖大办了;里头也要用好些钱,一时实在不能张罗。平儿知他着急,便叫贾琏道:"二爷也别过于伤了自己的身子。"贾琏道:"什么身子!现在日用的钱都没有,这件事怎么办?偏有个糊涂行子,又在这里蛮缠,你想有什么法儿!"平儿道:"二爷也不用着急。若说没钱使唤,我还有些东西,旧年幸亏没有抄去,在里头,二爷要,就拿去当着使唤罢。"贾琏听了,心想:"难得这样。"便笑道:"这样更好,省得我各处张罗。等我银子弄到手了还你。"平儿道:"我的也是奶奶给的,什么还不还!只要这件事办的好看些就是了。"贾琏心里倒着实感激他,便将平儿的东西拿了去,当钱使用。诸凡事情,便与平儿商量。秋桐看着,心里就有些不甘,每每口角里头便说:"平儿没有了奶奶,他要上去了。我是老爷的人,他怎么就越过我去了呢?"平儿也看出来了,只不理他。倒是贾琏一时明白,越发把秋桐嫌了,一时有些烦恼,便拿着秋桐出气。邢夫人知道,反说贾琏不好,贾琏忍气。不提。

> 人越晦气就越犯小人,越犯小人就越晦气。也是恶性循环。

> 轮到秋桐自掘坟墓了。

　　再说凤姐停了十余天,送了殡。贾政守着

老太太的孝,总在外书房。那时清客相公,渐渐的都辞去了,只有个程日兴还在那里,时常陪着说说话儿。提起"家运不好,一连人口死了好些,大老爷合珍大爷又在外头。家计一天难似一天,外头东庄地亩,也不知道怎么样,总不得了呀!"程日兴道:"我在这里好些年,也知道,府上的人那一个不是肥己的?一年一年都往他家里拿,那自然府上是一年不够一年了。又添了大老爷珍大爷那边两处的费用;外头又有些债务;前儿又破了好些财,要想衙门里缉贼追赃,是难事。老世翁若要安顿家事,除非传那些管事的来,派一个心腹的人各处去清查清查,该去的去,该留的留;有了亏空,着在经手的身上赔补,这就有了数儿了。那一座大的园子,人家是不敢买的,这里头的出息也不少,又不派人管了的。几年老世翁不在家,这些人就弄神弄鬼儿的,闹的一个人不敢到园里,这都是家人的弊。此时把下人查一查,好的使着,不好的便撵了,这才是道理。"贾政点头道:"先生,你所不知,不必说下人,便是自己的侄儿,也靠不住。若要我查起来,那能一一亲见亲知?况我又在服中,不能照管这些了。我素来又兼不大理家,有的没的,我还摸不着呢。"程日兴道:"老世翁最是仁德的人,若在别家的,这样的家计,就穷起来,十年五载还不怕,便向这些管家的要,也就够了。我听见世翁的家人还有做知县的呢。"贾政道:"一个人若要使起家人们的钱来,便了不得了,只好自己俭省些。但是册子上的产业,若是实有还好,生怕有名无实了。"程日兴道:"老世翁所见极是。晚生为什么说要查查呢?"贾政道:"先生必有所闻。"程日兴道:"我虽知道些那些

> 那一个不是肥己的云云,注定了死症!

> 程日兴的话句句在理,讲给贾政却是对牛弹琴。

> 权贵身上的寄生虫而已,吸你的血则可,帮你的忙未免匪夷所思。

管事的神通，晚生也不敢言语的。"贾政听了，便知话里有因，便叹道："我自祖父以来，都是仁厚的，从没有刻薄过下人。我看如今这些人一日不似一日了。在我手里行出主子样儿来，又叫人笑话。"

> 你就"仁厚"着等死吧！说什么"箕裘颓堕皆从敬"，说什么宝玉"不肖天下无双"，贾政究竟有什么用场？他的正统清谈，只能加速败亡！如未获圣恩起复，那就还得说下去么？说什么呢？

两人正说着，门上的进来回道："江南甄老爷到来了。"贾政便问道："甄老爷进京为什么？"那人道："奴才也打听了，说是蒙圣恩起复了。"贾政道："不用说了，快请罢。"那人出去，请了进来。那甄老爷即是甄宝玉之父，名叫甄应嘉，表字友忠，也是金陵人氏，功勋之后。原与贾府有亲，素来走动的。因前年挂误革了职，动了家产；今遇主上眷念功臣，赐还世职，行取来京陛见。知道贾母新丧，特备祭礼，择日到寄灵的地方拜奠，所以先来拜望。

> 真应假。

> 宦海沉浮，非常人能知。

贾政有服，不能远接，在外书房门口等着。那位甄老爷一见，便悲喜交集，因在制中，不便行礼，遂拉着了手叙了些阔别思念的话，然后分宾主坐下，献了茶，彼此又将别后事情的话说了。贾政问道："老亲翁几时陛见的？"甄应嘉道："前日。"贾政道："主上隆恩，必有温谕。"甄应嘉道："主上的恩典，真是比天还高，下了好些旨意。"贾政道："什么好旨意？"甄应嘉道："近来越寇猖獗，海疆一带，小民不安，派了安国公征剿贼寇。主上因我熟悉土疆，命我前往安抚，但是即日就要起身。昨日知老太太仙逝，谨备瓣香至灵前拜奠，稍尽微忱。"贾政即忙叩首拜谢，便说："老亲翁即此一行，必是上慰圣心，下安黎庶。诚哉莫大之功，正在此行。但弟不克亲睹奇才，只好遥聆捷报。现在镇海统制是弟舍亲，会时务望青照。"甄应嘉道："老亲翁与统

> 否极泰来，周而复始。

> 比天高！未说"比海深"，可能国人比较缺乏海洋意识。

> 贾政何等羡慕！

制是什么亲戚?"贾政道:"弟那年在江西粮道任时,将小女许配与统制少君,结缡已经三载。因海口案内未清,继以海寇聚奸,所以音信不通。弟深念小女,俟老亲翁安抚事竣后,拜恩便中请为一视。弟即修数行,烦尊纪带去,便感激不尽了。"甄应嘉道:"儿女之情,人所不免。我正在有奉托老亲翁的事,日蒙圣恩召取来京,因小儿年幼,家下乏人,将贱眷全带来京。我因钦限迅速,昼夜先行,贱眷在后缓行,到京尚需时日。弟奉旨出京,不敢久留。将来贱眷到京,少不得要到尊府,定叫小犬叩见,如可进教,遇有姻事可图之处,望乞留意为感。"贾政一一答应。

那甄应嘉又说了几句话,就要起身,说:"明日在城外再见。"贾政见他事忙,谅难再坐,只得送出书房。贾琏宝玉早已伺候在那里代送,因贾政未叫,不敢擅入。甄应嘉出来,两人上去请安。应嘉一见宝玉,呆了一呆,心想:"这个怎么甚像我家宝玉?只是浑身缟素。"因问:"至亲久阔,爷们都不认得了。"贾政忙指贾琏道:"这是家兄名赦之子琏二侄儿。"又指着宝玉道:"这是第二小犬,名叫宝玉。"应嘉拍手道:"奇!我在家听见说老亲翁有个衔玉生的爱子,名叫宝玉,因与小儿同名,心中甚为罕异。后来想着这个也是常有的事,不在意了。岂知今日一见,不但面貌相同,且举止一般,这更奇了。"问起年纪,"比这里的哥儿略小一岁。"贾政便因提起承属包勇,问及"令郎哥儿与小儿同名"的话述了一遍。应嘉因属意宝玉,也不暇问及那包勇的得妥,只连连的称道:"真真罕异!"因又拉了宝玉的手,极致殷勤。又恐安国公起身甚速,急须预备长行,勉强分手徐行。贾琏宝玉送出,一路又

你家宝玉也会有浑身缟素的一日。

世事无独有偶,常自呼应互映。

"红"写人物的一大特点,是似有人的分裂,又有人的对应、合成:一个王熙凤,另有戏文里的两个王熙凤;一个

正像地球人急急忙忙地寻找另一个有生命的星球（而未得）一样，贾府、宝玉也在急急地寻找自己的对应，自己的映像，自己的伴侣。人是看不见自己的，人是通过对旁人的观察来理解自己的。所以有了贾府，还要有甄府。甄府先抄家，后起复。贾家呢？宝玉亦是如此。他多么希望能找到另一个宝玉呀！

问了宝玉好些的话。及至登车去后，贾琏宝玉回来见了贾政，便将应嘉问的话回了一遍。贾政命他二人散去。贾琏又去张罗，算明凤姐丧事的账目。

> 贾宝玉，另有一个甄宝玉；一个黛玉，跟上一个晴雯，再跟上一个柳五儿。
> 此事颇应一论。

宝玉回到自己房中，告诉了宝钗，说是："常提的甄宝玉，我想一见不能，今日倒先见了他父亲了。我还听得说，宝玉也不日要到京了，要来拜望我老爷呢。又人人说和我一模一样的，我只不信。若是他后儿到了咱们这里来，你们都去瞧去，看他果然和我像不像？"宝钗听了道："嗳，你说话怎么越发不留神了？什么男人同你一样都说出来了，还叫我们瞧去吗！"宝玉听了，知是失言，脸上一红，连忙的还要解说。不知何话，下回分解。

> 孩子话罢了。
> 宝玉也是那种长不大的类型，患有心理不成熟症。

用几何学的眼光来看，"红"的结构类似一个椭圆，贾宝玉是圆心 F，王熙凤是圆心 F′，围绕凤的内容，不比围绕宝玉的内容叙写少，从而构成了情与政两大主题。黛玉死了，宝玉的精神已经崩溃，贾母死了，整个贾家已经失去了来历、威严、气派与地位，凤死了，失去了运转的枢纽，剩下的，一大批乌龟王八蛋，全面覆灭与全面恶化相结合。

第一百十五回

惑偏私惜春矢素志　证同类宝玉失相知

话说宝玉为自己失言,被宝钗问住,想要掩饰过去,只见秋纹进来说:"外头老爷叫二爷呢。"宝玉巴不得一声,便走了去。到贾政那里,贾政道:"我叫你来不为别的。现在你穿着孝,不便到学里去,你在家里,必要将你念过的文章温习温习。我这几天倒也闲着,隔两三日要做几篇文章我瞧瞧,看你这些时进益了没有。"宝玉只得答应着。贾政又道:"你环兄弟兰侄儿我也叫他们温习去了。倘若你做的文章不好,反倒不及他们,那可就不成事了。"宝玉不敢言语,答应了个"是",站着不动。贾政道:"去罢。"宝玉退了出来,正撞见赖大诸人拿着些册子进来。

宝玉一溜烟回到自己房中,宝钗问了,知道叫他作文章,倒也喜欢。惟有宝玉不愿意,也不敢怠慢。正要坐下静静心,见有两个姑子进来,宝玉看是地藏庵的。来和宝玉说:"请二奶奶安。"宝钗待理不理的说:"你们好?"因叫人来:"倒茶给师父们喝。"宝玉原要和那姑子说话,见宝钗似乎厌恶这些,也不好兜搭。那姑子知道宝钗是个冷人,也不久坐,辞了要去。宝钗道:"再坐坐去罢。"那姑子道:"我们因在铁槛寺做了功德,好些时没来请太太奶奶们的安。今日来了,见过了奶奶太太们,还要看四姑娘呢。"宝

"失言"云云,不过是拒绝长大。

重复旧话,毫无二致。

宝钗与包勇所见略同。他们仇视一切异端色彩的东西。

续作者故布疑阵。正像可卿的死有水面上的故事,有水下的"潜故事"一样,妙玉之遭劫,除了表面的故事以外是不是另有"潜故事"呢?

小说一直不停地暗示启发。如今又说到"跟了人去了""假惺惺"之类的话。抑或表明妙玉不仅遭劫,还被诽谤不止呢?

钗点头,由他去了。

那姑子便到惜春那里,见了彩屏,说:"姑娘在那里呢?"彩屏道:"不用提了。姑娘这几天饭都没吃,只是歪着。"那姑子道:"为什么?"彩屏道:"说也话长。你见了姑娘,只怕他便和你说了。"惜春早已听见,急忙坐起,说:"你们两个人好啊!见我们家事差了,便不来了。"那姑子道:"阿弥陀佛,有也是施主,没也是施主,别说我们是本家庵里的,受过老太太多少恩惠呢!如今老太太的事,太太奶奶们都见了,只没有见姑娘,心里惦记,今儿是特特的来瞧姑娘来的。"惜春便问起水月庵的姑子来。那姑子道:"他们庵里闹了些事,如今门上也不肯常放进来了。"便问惜春道:"前儿听见说,栊翠庵的妙师父怎么跟了人去了?"惜春道:"那里的话!说这个话的人堤防着刮舌头。人家遭了强盗抢去,怎么还说这样的坏话。"那姑子道:"妙师父的为人怪僻,只怕是假惺惺罢?在姑娘面前,我们也不好说的。那里像我们这些粗夯人,只知道讽经念佛,给人家忏悔,也为着自己修个善果。"惜春道:"怎么样就是善果呢?"那姑子道:"除了咱们家这样善德人家儿不怕,若是别人家那些诰命夫人小姐,也保不住一辈子的荣华。到了苦难来了,可就救不得了。只有个观世音菩萨大慈大悲,遇见人家有苦难的,就慈心发动,设法儿救济。为什么如今都说'大慈大悲救苦救难的观世音菩萨'呢!我们修了行的人,虽说比夫人

> 有即是没嘛。

> 各各有"事"。

> 又对妙玉贬损。
> 这个观点又与王夫人一致,笨笨的倒好。妙玉聪明,有头脑,终不见容于世。
> 形而下是没有绝对的,追求绝对只有上升到形而上的层次。

小姐们苦多着呢,只是没有险难的了。虽不能成佛作祖,修修来世或者转个男身,自己也就好了。不像如今脱生了个女人胎子,什么委屈烦难都说不出来。姑娘,你还不知道呢,要是人家姑娘们出了门子,这一辈子跟着人,是更没法儿的。若说修行,也只要修得真。那妙师父自为才情比我们强,他就嫌我们这些人俗。岂知俗的才能得善缘呢,他如今到底是遭了大劫了。"

> 一面是宝玉的尊女贬男。一面是姑子们希望来世修成男身。倒也是对照。

惜春被那姑子一番话说得合在机上,也顾不得丫头们在这里,便将尤氏待他怎样,前儿看家的事说了一遍,并将头发指给他瞧,道:"你打谅我是什么没主意恋火坑的人么?早有这样的心,只是想不出道儿来。"那姑子听了,假作惊慌道:"姑娘再别说这个话!珍大奶奶听见,还要骂杀我们,撵出庵去呢!姑娘这样人品,这样人家,将来配个好姑爷,享一辈子的荣华富贵……"惜春不等说完,便红了脸,说:"珍大奶奶撵得你,我就撵不得?"那姑子知是真心,便索性激他一激,说道:"姑娘别怪我们说错了话。太太奶奶们那里就依得姑娘的性子呢?那时闹出没意思来倒不好。我们倒是为姑娘的话。"惜春道:"这也瞧罢咧。"彩屏等听这话头不好,便使个眼色儿给姑子,叫他走。那姑子会意,本来心里也害怕,不敢挑逗,便告辞出去。惜春也不留他,便冷笑道:"打谅天下就是你们一个地藏庵么?"那姑子也不敢答言,去了。

> 人是不可能完全蔑俗脱俗免俗的,大雅大俗,大俗大雅,个中道理值得一思。

> 火坑自不必恋,冰窖呢?

> 并非四大皆空,而是处处挂碍。

彩屏见事不妥,恐耽不是,悄悄的去告诉了尤氏说:"四姑娘铰头发的心头还没有息呢。他这几天不是病,竟是怨命。奶奶堤防些,别闹出事来,那会子归罪我们身上。"尤氏道:"他那里是为要出家?他为的是大爷不在家,安心和我

> 尤氏无法理解惜春。

过不去,也只好由他罢了。"彩屏等没法,也只好常常劝解。岂知惜春一天一天的不吃饭,只想铰头发。彩屏等吃不住,只得到各处告诉。邢王二夫人等也都劝了好几次,怎奈惜春执迷不解。

一个人有一点个性就有了罪,就是安心同这个或那个过不去,就该死。人是多么难以容人啊!

邢王二夫人正要告诉贾政,只听外头传进来说:"甄家的太太带了他们家的宝玉来了。"众人急忙接出,便在王夫人处坐下。众人行礼,叙些寒温,不必细述。只言王夫人提起甄宝玉与自己的宝玉无二,要请甄宝玉进来一见。传话出去,回来说道:"甄少爷在外书房同老爷说话,说的投了机了,打发人来请我们二爷三爷,还叫兰哥儿,在外头吃饭,吃了饭进来。"说毕,里头也便摆饭,不提。

且说贾政见甄宝玉相貌果与宝玉一样,试探他的文才,竟应对如流,甚是心敬,故叫宝玉等三人出来,警励他们;再者,到底叫宝玉来比一比。宝玉听命,穿了素服,带了兄弟侄儿出来,见了甄宝玉,竟是旧相识一般。那甄宝玉也像那里见过的。两人行了礼,然后贾环贾兰相见。本来贾政席地而坐,要让甄宝玉在椅子上坐,甄宝玉因是晚辈,不敢上坐,就在地下铺了褥子坐下。如今宝玉等出来,又不能同贾政一处坐着,为甄宝玉又是晚一辈,又不好竟叫宝玉等站着。贾政知是不便,站着又说了几句话,叫人摆饭,说:"我失陪,叫小儿辈陪着,大家说说话儿,好叫他们领领大教。"甄宝玉逊谢道:"老伯大人请便,侄儿正欲领世兄们的教呢。"贾政回复了几句,便自往内书房去。那甄宝玉反要送出来,贾政拦住。宝玉等先抢了一步,出了书房门槛站立着,看贾政进去,然后进来让甄宝玉

处处时时讲究"座次学"。一切体现秩序的庄严性。

此前虚虚一写,甄宝玉似有魅力。一经落实出场,反而无趣。

如果将此节视为两个人的谈话,则不通,败笔。如果视为宝玉与自己的谈话(即思想斗争)呢?

坐下。彼此套叙了一回,诸如久慕竭想的话,也不必细述。

且说贾宝玉见了甄宝玉,想到梦中之景,并且素知甄宝玉为人,必是和他同心,以为得了知己。因初次见面,不便造次,且又贾环贾兰在坐,只有极力夸赞说:"久仰芳名,无由亲近,今日见面,真是谪仙一流的人物!"那甄宝玉素来也知贾宝玉的为人,今日一见,果然不差,"只是可与我共学,不可与你适道。他既和我同名同貌,也是三生石上的旧精魂了。既我略知了些道理,怎么不和他讲讲?但是初见,尚不知他的心与我同不同,只好缓缓的来。"便道:"世兄的才名,弟所素知的。在世兄是数万人的里头选出来最清最雅的,在弟是庸庸碌碌一等愚人,忝附同名,殊觉玷辱了这两个字。"贾宝玉听了,心想:"这个人果然同我的心一样。但是你我都是男人,不比那女孩儿们清洁,怎么他拿我当作女孩儿看待起来?"便道:"世兄谬赞,实不敢当。弟是至浊至愚,只不过一块顽石耳,何敢比世兄品望高清,实称此两字。"甄宝玉道:"弟少时不知分量,自谓尚可琢磨;岂知家遭消索,数年来更比瓦砾犹贱。虽不敢说历尽甘苦,然世道人情,略略的领悟了好些。世兄是锦衣玉食,无不遂心的,必是文章经济,高出人上,所以老伯钟爱,将为席上之珍;弟所以才说尊名方称。"

贾宝玉听这话头又近了禄蠹的旧套,想话回答。贾环见未与他说话,心中早不自在。倒是贾兰听了这话,甚觉合意,便说道:"世叔所言,固是太谦,若论到文章经济,实在从历练中

是赞他,也是赞己。因为说此话时,他是在两个宝玉之间划了等号的。

一个宝玉试探另一个宝玉。

与其见到另一个"我",不如假设另一个"我"。

宝玉十分警惕"旧套""酸论",偏偏到处都是。贾兰小小年纪也加入了这一大军。这样,宝玉的逆反心理更加强化。

出来的，方为真才实学。在小侄年幼，虽不知文章为何物，然将读过的细味起来，那膏粱文绣，比着令闻广誉，真是不啻百倍的了。"甄宝玉未及答言，贾宝玉听了兰儿的话，心里越发不合，想道："这孩子从几时也学了这一派酸论。"便说道："弟闻得世兄也诋尽流俗，性情中另有一番见解。今日弟幸会芝范，想欲领教一番超凡入圣的道理，从此可以洗净俗肠，重开眼界。不意视弟为蠢物，所以将世路的话来酬应。"甄宝玉听说，心里晓得："他知我少年的性情，所以疑我为假，我索性把话说明，或者与我作个知心朋友，也是好的。"便说道："世兄高论，固是真切。但弟少时也曾深恶那些旧套陈言，只是一年长似一年，家君致仕在家，懒于酬应，委弟接待。后来见过那些大人先生，尽都是显亲扬名的人；便是著书立说，无非言忠言孝，自有一番立德立言的事业，方不枉生在圣明之时，也不致负了父亲师长养育教诲之恩；所以把少时那一派迂想痴情，渐渐的淘汰了些。如今尚欲访师觅友，教导愚蒙。幸会世兄，定当有以教我。适才所言，并非虚意。"

贾宝玉愈听愈不耐烦，又不好冷淡，只得将言语支吾。幸喜里头传出话来，说："若是外头爷们吃了饭，请甄少爷里头去坐呢。"宝玉听了，趁势便邀甄宝玉进去。那甄宝玉依命前行，贾宝玉等陪着来见王夫人。贾宝玉见是甄太太上坐，便先请过了安。贾环贾兰也见了。甄宝玉也请了王夫人的安。两母两子，互相厮认。虽是贾宝玉是娶过亲的，那甄夫人年纪已老，又是老亲，因见贾宝玉的相貌身材与他儿子一般，不禁亲热起来。王夫人更不用说，拉着甄宝玉问

> 除了你，都会这样的。

> 谁能保持天真？谁能永不长大？保持天真是一种病态吗？抑或扼杀天真才是病态呢？

> 这是贾宝玉的榜样也是贾宝玉的前途。

> 然而遭到了此宝玉的拒绝？

> 宝玉找到了宝玉，方知宝玉不是宝玉，或曰宝玉另有宝玉。何为人？何为我？何为一？何为二？人与人争，己就不与己争么？

长问短，觉得比自己家的宝玉老成些。回看贾兰，也是清秀超群的，虽不能像两个宝玉的形象，也还随得上；只有贾环粗夯，未免有偏爱之色。　　　　　　　　　　　　　　　时时不忘贬环。

众人一见两个宝玉在这里，都来瞧看，说道："真真奇事！名字同了也罢，怎么相貌身材都是一样的。亏得是我们宝玉穿孝，若是一样的衣服穿着，一时也认不出来。"内中紫鹃一时痴意发作，便想起黛玉来，心里说道："可惜林姑娘死了，若不死时，就将那甄宝玉配了他，只怕也是愿意的。"正想着，只听得甄夫人道："前日听得我们老爷回来说，我们宝玉年纪也大了，求这里老爷留心一门亲事。"王夫人正爱甄宝玉，顺口便说道："我也想要与令郎作伐。我家有四个姑娘，那三个都不用说，死的死，嫁的嫁了。还有我们珍大侄儿的妹子，只是年纪过小几岁，恐怕难配。倒是我们大媳妇的两个堂妹子，生得人材齐正。二姑娘呢，已经许了人家；三姑娘正好与令郎为配。过一天，我给令郎作媒。但是他家的家计如今差些。"甄夫人道："太太这话又客套了。如今我们家还有什么？只怕人家嫌我们穷罢了。"王夫人道："现今府上复又出了差，将来不但复旧，必是比先前更要鼎盛起来。"甄夫人笑着道："但愿依着太太的话更好。这么着，就求太太作个保山。"

甄宝玉听他们说起亲事，便告辞出来，贾宝玉等只得陪着来到书房。见贾政已在那里，复又立谈几句。听见甄家的人来回甄宝玉道："太太要走了，请爷回去罢。"于是甄宝玉告辞出来。贾政命宝玉、环、兰相送，不提。

更煞风景。
紫鹃之见而已。
"红"对人物，极重相貌。不可忽略。

这样顺口一说，乏味之至。

祝人便是祝己。

甄宝玉是贾宝玉的另一个"我"。一样的长相,一样的出身,一样的经历,最初也是一样的性情。经过历练选择,各走各的路,彼宝玉非此宝玉矣。

任性一时,叛逆一时,最终认同和解,向社会降服,倒也有代表性、概括性。先照镜子后做梦,镜里梦里的那一个宝玉,是何等朦朦胧胧,引人遐想。

两个宝玉一见面,又是客套又是交谈,反而生硬、牵强,令人倒胃口了。

甄贾宝玉互为映像,互为对应,互为陪衬则可。像两个活人一样地见面称兄道弟,则大谬。

换一个思路呢?两个宝玉哪个真?哪个假?假做真时真亦假,那就是说,甄宝玉反是假的。

且说宝玉自那日见了甄宝玉之父,知道甄宝玉来京,朝夕盼望,今儿见面,原想得一知己,岂知谈了半天,竟有些冰炭不投。闷闷的回到自己房中,也不言,也不笑,只管发怔。宝钗便问:"那甄宝玉果然像你么?"宝玉道:"相貌倒还是一样的,只是言谈间看起来,并不知道什么,不过也是个禄蠹。"宝钗道:"你又编派人家了。怎么就见得也是个禄蠹呢?"宝玉道:"他说了半天,并没个明心见性之谈,不过说些什么'文章经济',又说什么'为忠为孝'。这样人可不是个禄蠹?只可惜他也生了这样一个相貌。我想来有了他,我竟要连我这个相貌都不要了。"宝钗见他又发呆话,便说道:"你真真说出句话来叫人发笑,这相貌怎么能不要呢?况且人家这话是正理,做了一个男人,原该要立身扬名的,谁像你一味的柔情私意?不说自己没有刚烈,倒说人家是禄蠹。"宝玉本听了甄宝玉的话,甚不耐烦,又被宝钗抢白了一场,心中更加不乐,闷闷昏昏,不觉将旧病又勾起来了,并不言语,只是傻笑。宝钗不知,只道是"我的话错了,他所以冷笑",也不理他。岂知那日便有些发呆;袭人等怄他,也不言语。过了一夜,次日起来,只是发呆,竟有前番病的样子。

一日,王夫人因为惜春定要铰发出家,尤氏

> 更知自己已呆不下去了,混不下去了。内心矛盾更加尖锐。

> 这倒还有点意思。探索灵与肉、性情与身体的分合这样一个老问题。

> 弄这样一个太太天天教导自己,诲人不倦,一贯正确,确实也够受的。

不能拦阻,看着惜春的样子是若不依他,必要自尽的,虽然昼夜着人看着,终非常事,便告诉了贾政。贾政叹气跺脚,只说:"东府里不知干了什么,闹到如此地位!"叫了贾蓉来说了一顿,叫他去和他母亲说:"认真劝解劝解。若是必要这样,就不是我们家的姑娘了。"岂知尤氏不劝还好,一劝了,更要寻死,说:"做了女孩儿,终不能在家一辈子的。若像二姐姐一样,老爷太太们倒要烦心,况且死了。如今譬如我死了是的,放我出了家,干干净净的一辈子,就是疼我了!况且我又不出门,就是栊翠庵原是咱们家的基址,我就在那里修行。我有什么,你们也照应得着。现在妙玉的当家的在那里。你们依我呢,我就算得了命了;若不依我呢,我也没法,只有死就完了。我如若遂了自己的心愿,那时哥哥回来,我和他说并不是你们逼着我的;若说我死了,未免哥哥回来,倒说你们不容我。"尤氏本与惜春不合,听他的话,也似乎有理,只得去回王夫人。

> 妙玉的路已经不通,惜春还要走下去么?

　　王夫人已到宝钗那里,见宝玉神魂失所,心下着忙,便说袭人道:"你们忒不留神,二爷犯了病,也不来回我。"袭人道:"二爷的病原来是常有的,一时好,一时不好。天天到太太那里,仍旧请安去,原是好好儿的,今日才发糊涂些。二奶奶正要来回太太,恐怕太太说我们大惊小怪。"宝玉听见王夫人说他们,心里一时明白,恐他们受委屈,便说道:"太太放心,我没什么病,只是心里觉着有些闷闷的。"王夫人道:"你是有这病根子,早说了,好请大夫瞧瞧,吃两剂药好了不好?若再闹到头里丢了玉的时候是的,就费事了。"宝玉道:"太太不放心,便叫个人来瞧瞧,我就吃药。"王夫人便叫丫头传话出来请大

> 宝玉见了宝玉,便糊涂了。多研究一下两个宝玉的事,读者也会糊涂的。

> 与社会疏离,与亲人疏离,与自己疏离。果然是病根子。

夫。这一个心思都在宝玉身上,便将惜春的事忘了。迟了一回,大夫看了服药,王夫人回去。

过了几天,宝玉更糊涂了,甚至于饭食不进,大家着急起来。恰又忙着脱孝,家中无人,又叫了贾芸来照应大夫。贾琏家下无人,请了王仁来在外帮着料理。那巧姐儿是日夜哭母,也是病了。所以荣府中又闹得马仰人翻。

一日,又当脱孝来家,王夫人亲身又看宝玉,见宝玉人事不醒,急得众人手足无措,一面哭着,一面告诉贾政说:"大夫回了,不肯下药,只好预备后事。"贾政叹气连连,只得亲自看视,见其光景果然不好,便又叫贾琏办去。贾琏不敢违拗,只得叫人料理。手头又短,正在为难,只见一个人跑进来说:"二爷,不好了!又有饥荒来了。"贾琏不知何事,这一吓非同小可,瞪着眼说道:"什么事?"那小厮道:"门上来了一个和尚,手里拿着二爷的这块丢的玉,说要一万赏银。"贾琏照脸啐道:"我打量什么事,这样慌张!前番那假的你不知道么? 就是真的,现在人要死了,要这玉做什么!"小厮道:"奴才也说了。那和尚说,给他银子就好了。"又听着外头嚷进来说:"这和尚撒野,各自跑进来了,众人拦他拦不住。"贾琏道:"那里有这样怪事?你们还不快打出去呢!"又闹着,贾政听见了,也没了主意了。里头又哭出来,说:"宝二爷不好了!"贾政益发着急。只见那和尚嚷道:"要命拿银子来!"贾政忽然想起:"头里宝玉的病是和尚治好的,这会子和尚来,或者有救星。但是这玉倘或是真,他要起银子来,怎么样呢?"想了一想:"好,且不管他,果真人好了再说。"贾政叫人去请,那和尚已进来了,也不施礼,也不答话,便往里就

没有活路了。
这些描写都为他的日后出家做铺垫。
出家如死,容易吗?
见宝玉而糊涂,可以解读为一种彻骨的孤独感:同名同类乃至同一个人,也非相知,也非伙伴。

"红"的主题就是要给人人预备后事。这一点与宗教相同。

和尚该来了。

重演变奏前文的情节动机,唯更不自然了。
闹神闹鬼,偶一用之,写出人的异感觉来,则佳。重复老一套,则讨嫌矣。

跑。贾琏拉着道："里头都是内眷，你这野东西混跑什么？"那和尚道："迟了就不能救了！"贾琏急得一面走，一面乱嚷道："里头的人不要哭了，和尚进来了！"

王夫人等只顾着哭，那里理会？贾琏走近来又嚷。王夫人等回过头来，见一个长大的和尚，吓了一跳，躲避不及。那和尚直走到宝玉炕前，宝钗避过一边，袭人见王夫人站着，不敢走开。只见那和尚道："施主们，我是送玉来的。"说着，把那块玉擎着道："快把银子拿出来，我好救他。"王夫人等惊惶无措，也不择真假，便说道："若是救活了人，银子是有的。"那和尚笑道："拿来！"王夫人道："你放心，横竖折变的出来。"和尚哈哈大笑，手拿着玉，在宝玉耳边叫道："宝玉，宝玉！你的'宝玉'回来了。"说了这一句，王夫人等见宝玉把眼一睁。袭人说道："好了！"只见宝玉便问道："在那里呢？"那和尚把玉递给他手里。宝玉先前紧紧的攥着，后来慢慢的回过手来，放在自己眼前，细细的一看，说："嗳呀！来迟了。"里外众人都喜欢的念佛，连宝钗也顾不得有和尚了。

贾琏也走过来一看，果见宝玉回过来了，心里一喜，疾忙躲出去了。那和尚也不言语，赶来拉着贾琏就跑。贾琏只得跟着，到了前头，赶着告诉贾政。贾政听了喜欢，即找和尚施礼叩谢，和尚还了礼坐下。贾琏心下狐疑："必是要了银子才走。"贾政细看那和尚，又非前次见的，便问："宝刹何方？法师大号？这玉是那里得的？怎么小儿一见便会活过来呢？"那和尚微微笑道："我也不知道，只要拿一万银子来就完了。"贾政见这和尚粗鲁，也不敢得罪，便说："有。"和

> 情节设计未尝不可，唯写得不见格调，不见神思。

> 没有路了，只有找和尚。

> 又是小儿科伎俩。

> 和尚尚可，姑子不行。也是重男轻女？

这一回写宝玉的,顺便也写了惜春的精神上的孤独。

不但有黛玉、晴雯、芳官的离去,而且有宝钗、袭人、贾政、王夫人的监护包围和无孔不入地教导,再加上甄宝玉已非昨日,已非己类,宝玉精神上彻底崩溃了。

宝玉精神崩溃了,和尚就来了。和尚乘虚而入。就如妙玉精神崩溃了,强盗就来了一样。

(有一种解释可以使甄贾宝玉会面一节化腐朽为神奇。甄宝玉之终归禄蠹,反映的是贾宝玉自己的精神危机。在种种压力下,他面临着内心的严重矛盾,面临着向从袭人到贾政的包围圈屈膝的现实危险,但他终于维护了个性自我,与另一个宝玉的另一种抉择决裂了。)

尚道:"有便快拿来罢,我要走了。"贾政道:"略请少坐,待我进内瞧瞧。"和尚道:"你去,快出来才好。"

> 纠缠一万银子,很有些搅屎棍的"茶包"(英语 trouble)味道。

贾政果然进去,也不及告诉,便走到宝玉炕前。宝玉见是父亲来,欲要爬起,因身子虚弱,起不来。王夫人按着说道:"不要动。"宝玉笑着,拿这玉给贾政瞧,道:"宝玉来了。"贾政略略一看,知道此事有些根源,也不细看,便和王夫人道:"宝玉好过来了,这赏银怎么样?"王夫人道:"尽着我所有的折变了给他就是了。"宝玉道:"只怕这和尚不是要银子的罢?"贾政点头道:"我也看来古怪,但是他口口声声的说要银子。"王夫人道:"老爷出去先款留着他再说罢。"

> 小说不可能全无起哄。
> 神佛大师,低调耍丑,不可轻慢。

贾政出来。宝玉便嚷饿了,喝了一碗粥,还说要吃饭。婆子们果然取了饭来,王夫人还不敢给他吃。宝玉说:"不妨的,我已经好了。"便爬着吃了一碗,渐渐的神气果然好过来了,便要坐起来。麝月上去轻轻的扶起,因心里喜欢忘了情,说道:"真是宝贝!才看见了一会儿就好了。亏的当初没有砸破。"宝玉听了这话,神色一变,把玉一撂,身子往后一仰,未知死活,下回分解。

> 立竿见影。
> 对"宝贝"的幻想,反映出人类童年的儿童心理。

> 此处的描写,其实是写宝玉死了一次又一次。

惜春要出家，先验的天性使然。宝玉要出家，历练与遭遇使然，每个人都面临两个过不去的坎儿，一个是生命的无常，一个是人生的悲苦愤懑。

　　把宝玉二字的文章做足，与甄宝玉、与和尚送还的宝玉、与摔玉的记忆、与木石前盟、与金玉良缘、与病根子。这也大致如西方喜讲的认同（身份）危机：简明地说，就是找不到自己，失落了自己。

第一百十六回

得通灵幻境悟仙缘　送慈柩故乡全孝道

　　话说宝玉一听麝月的话,身往后仰,复又死去,急得王夫人等哭叫不止。麝月自知失言致祸,此时王夫人等也不及说他。那麝月一面哭着,一面打听主意,心想:"若是宝玉一死,我便自尽,跟了他去。"不言麝月心里的事。且言王夫人等见叫不回来,赶着叫人出来找和尚救治,岂知贾政进内出去时,那和尚已不见了。贾政正在咤异,听见里头又闹,急忙进来,见宝玉又是先前的样子,牙关紧闭,脉息全无。用手在心窝中一摸,尚有温热。贾政只得急忙请医,灌药救治。

　　那知那宝玉的魂魄早已出了窍了。你道死了不成?却原来恍恍惚惚赶到前厅,见那送玉的和尚坐着,便施了礼。那知和尚站起身来,拉着宝玉就走。宝玉跟了和尚,觉得身轻如叶,飘飘飖飖,也没出大门,不知从那里走了出来。行了一程,到了个荒野地方,远远的望见一座牌楼,好像曾到过的。正要问那和尚时,只见恍恍惚惚又来了一个女人。宝玉心里想道:"这样旷野地方,那得有如此的丽人?必是神仙下界了。"宝玉想着,走近前来,细细一看,竟有些认得的,只是一时想不起来。见那女人合和尚打了一个照面,就不见了。宝玉一想,竟是尤三姐

宝玉为黛玉,还要死去活来几次。其情亦大矣。
明写麝月有心"殉主",暗写袭人无此"忠贞"。

全都连到一块儿了:从和尚到"太虚幻境"。

正数第五回讲太虚幻境,此回为倒数第五回,亦讲太虚幻境,这种设计,煞费苦心。唯此回幻境直、露、杂、陈(旧),相去远矣。

的样子,越发纳闷:"怎么他也在这里?"又要问时,那和尚早拉着宝玉过了那牌楼,只见牌上写着"真如福地"四大字,两边一副对联,乃是:

> 假去真来真胜假,无原有是有非无。

实与第五回之联含义相反。

转过牌坊,便是一座宫门。门上也横书四个大字道:"福善祸淫"。又有一副对子,大书云:

> 过去未来,莫谓智贤能打破;
> 前因后果,须知亲近不相逢。

所谓"亲近不相逢",要说的仍是天人相隔,此岸与彼岸不能交通。

宝玉看了,心下想道:"原来如此!我倒要问问因果来去的事了。"怎么一想,只见鸳鸯站在那里,招手儿叫他。宝玉想道:"我走了半日,原不曾出园子,怎么改了样子了呢?"赶着要合鸳鸯说话,岂知一转眼便不见了,心里不免疑惑起来。走到鸳鸯站的地方儿,乃是一溜配殿,各处都有匾额。宝玉无心去看,只向鸳鸯立的所在奔去,见那一间配殿的门半掩半开。宝玉也不造次进去,心里正要问那和尚一声,回过头来,和尚早已不见了。宝玉恍惚见那殿宇巍峨,绝非大观园景象,便立住脚,抬头看那匾额上写道:"引觉情痴"。两边写的对联道:

此鸳鸯已非彼鸳鸯,已不知彼鸳鸯矣。

> 喜笑悲哀都是假,贪求思慕总因痴。

试以此联与第五回太虚幻境中相应的一联——"春恨秋悲皆自惹,花容月貌为谁妍。"——相比,高下自见。

宝玉看了,便点头叹息。想要进去找鸳鸯,问他是什么所在。细细想来,甚是熟识,便仗着胆子推门进去。满屋一瞧,并不见鸳鸯,里头只是黑漆漆的,心下害怕。正要退出,见有十数个大橱,橱门半掩。宝玉忽然想起:"我少时做梦,曾到过这样个地方;如今能够亲身到此,也是大幸。"

少时梦到太虚幻境,与如今(其实也非就不"少"了)二至太虚幻境,已经是沧海桑田,今非昔比了。

恍惚间,把找鸳鸯的念头忘了,便壮着胆把

上首的大橱开了橱门一瞧，见有好几本册子，心里更觉喜欢，想道："大凡人做梦，说是假的，岂知有这梦便有这事。我常说还要做这个梦再不能的，不料今儿被我找着了。但不知那册子是那个见过的不是？"伸手在上头取了一本，册上写着"金陵十二钗正册"。宝玉拿着一想道："我恍惚记得是那个，只恨记不清楚。"便打开头一页看去。见上头有画，但是画迹模糊，再瞧不出来。后面有几行字迹，也不清楚，尚可摹拟，便细细的看去，见有什么玉带，上头有个好像"林"字，心里想道："不要是说林妹妹罢？"便认真看去，底下又有"金簪雪里"四字，咤异道："怎么又像他的名字呢？"复将前后四句合起来一念道："也没有什么道理，只是暗藏着他两个名字，不为奇。独有那'怜'字'叹'字不好。这是怎么解？"想到那里，又自啐道："我是偷着看，若只管呆想起来，倘有人来，又看不成了。"遂往后看去，也无暇细玩那画图，只从头看去。看到尾儿，有几句词，什么"相逢大梦归"一句，便恍然大悟道："是了！果然机关不爽，这必是元春姐姐了。若都是这样明白，我要抄了去细玩起来，那些姊妹们的寿夭穷通，没有不知的了。我回去自不肯泄漏，只做一个'未卜先知'的人，也省了多少闲想。"又向各处一瞧，并没有笔砚，又恐人来，只得忙着看去。只见图上影影有一个放风筝的人儿，也无心去看。急急的将那十二首诗词都看遍了，也有一看便知的，也有一想便得的，也有不大明白的，心下牢牢记着。一面叹息，一面又取那"金陵又副册"一看，看到"堪羡优伶有福，谁知公子无缘"，先前不懂，见上面尚有花席的影子，便大惊痛哭起来。

> 续作者的心理也与如今读者、评者一样，欲以第五回诸语为线索推理破译，其实这对于小说，对于文学，并没有那么重要。
> 这样解释就太粗浅了。

> 省了闲想，还有什么意思？

> 不哭元春，不哭钗黛，反大哭花袭人？

设若有轮回,有前生,你也不知前生后世,不知过去未来,不知前因后果,与无无异。

这样,前生后世与无相通,轮回转世与无相通,有即是无,无即是有。如果你认定了无,无便是前生,无便是后世,无中包含了一切。

何待一梦冥冥中——"无"中——自有一切。

  待要往后再看,听见有人说道:"你又发呆了!林妹妹请你呢。"好似鸳鸯的声气,回头却不见人。心中正自惊疑,忽鸳鸯在门外招手。宝玉一见,喜得赶出来,但见鸳鸯在前,影影绰绰的走,只是赶不上。宝玉叫道:"好姐姐!等等我。"那鸳鸯并不理,只顾前走。宝玉无奈,尽力赶去。忽见别有一洞天,楼阁高耸,殿角玲珑,且有好些宫女隐约其间。宝玉贪看景致,竟将鸳鸯忘了。宝玉顺步走入一座宫门,内有奇花异卉,都也认不明白。惟有白石花栏围着一颗青草,叶头上略有红色,但不知是何名草,这样矜贵。只见微风动处,那青草已摆摇不休。虽说是一枝小草,又无花朵,其妩媚之态,不禁心动神怡,魂消魄丧。

  宝玉只管呆呆的看着,只听见旁边有一人说道:"你是那里来的蠢物,在此窥探仙草!"宝玉听了,吃了一惊,回头看时,却是一位仙女,便施礼道:"我找鸳鸯姐姐,误入仙境,恕我冒昧之罪!请问神仙姐姐:这里是何地方?怎么我鸳鸯姐姐到此还说是林妹妹叫我?望乞明示。"那人道:"谁知你的姐姐妹妹?我是看管仙草的,不许凡人在此逗留。"宝玉欲待要出来,又舍不得,只得央告道:"神仙姐姐!既是那管理仙草的,必然是花神姐姐了。但不知这草有何好处?"那仙女道:"你要知道这草,说起来话长着呢。那草本在灵河岸上,名曰'绛珠草'。因那时萎败,幸得一个神瑛侍者日以甘露灌溉,得以

> 颇似狗尾续貂。仍然前文回响。

> 如痴如梦如弥留。

> 人境难见,幻境相逢。
> 人间不可驻足,仙苑或可栖身。

重温太虚幻境。用意却不相同。人生活在两个世界里,一是此岸的尘世,一是彼岸的幻想世界。

贾宝玉尤其如此。他常在此岸怀彼岸之忧,在此岸寻彼岸之果,便呆,便痴,便无比痛苦。

长生。后来降凡历劫,还报了灌溉之恩,今返归真境。所以警幻仙子命我看管,不令蜂缠蝶恋。"宝玉听了不解,一心疑定必是遇见了花神了,今日断不可当面错过,便问:"管这草的是神仙姐姐了。还有无数名花,必有专管的,我也不敢烦问,只有看管芙蓉花的是那位神仙?"那仙女道:"我却不知,除是我主人方晓。"宝玉便问道:"姐姐的主人是谁?"那仙女道:"我主人是潇湘妃子。"宝玉听道:"是了!你不知道:这位妃子就是我的表妹林黛玉。"那仙女道:"胡说!此地乃上界神女之所,虽号为潇湘妃子,并不是娥皇女英之辈,何得与凡人有亲?你少来混说,瞧着叫力士打你出去。"

宝玉听了发怔,只觉自形秽浊。正要退出,又听见有人赶来,说道:"里面叫请神瑛侍者。"那人道:"我奉命等了好些时,总不见有神瑛侍者过来,你叫我那里请去?"那一个笑道:"才退去的不是么?"那侍女慌忙赶出来,说:"请神瑛侍者回来。"宝玉只道是问别人,又怕被人追赶,只得跟跄而逃。

正走时,只见一人手提宝剑,迎面拦住,说:"那里走!"吓得宝玉惊惶无措。仗着胆抬头一看,却不是别人,就是尤三姐。宝玉见了,略定些神,央告道:"姐姐,怎么你也来逼起我来了?"那人道:"你们弟兄没有一个好人,败人名节,破人婚姻。今儿你到这里,是不饶你的了!"宝玉听去话头不好,正自着急,只听后面有人叫道:

茫茫此恨,何以自解?
于是乎有游仙故事。
游仙而终不得通。

接近尾声,全面回顾,这是长篇小说的"回光返照"。

至上界而寻下界之亲之友之情,殆矣!

这个幻境当真成了大杂烩了。

433

"姐姐,快快拦住!不要放他走了。"尤三姐道:"我奉妃子之命,等候已久。今儿见了,必定要一剑斩断你的尘缘。"宝玉听了,益发着忙,又不懂这些话到底是什么意思,只得回头要跑。岂知身后说话的并非别人,却是晴雯。宝玉一见,悲喜交集,便说:"我一个人走迷了道儿,遇见仇人,我要逃回,却不见你们一人跟着我。如今好了,晴雯姐姐,快快的带我回家去罢。"晴雯道:"侍者不必多疑。我非晴雯,我是奉妃子之命,特来请你一会,并不难为你。"宝玉满腹狐疑,只得问道:"姐姐说是妃子叫我,那妃子究是何人?"晴雯道:"此时不必问,到了那里,自然知道。"宝玉没法,只得跟着走。细看那人背后举动,恰是晴雯:"那面目声音是不错的了,怎么他说不是?我此时心里模糊,且别管他。到了那边,见了妃子,就有不是,那时再求他。到底女人的心肠是慈悲的,必定恕我冒失。"

　　正想着,不多时,到了一个所在,只见殿宇精致,彩色辉煌,庭中一丛翠竹,户外数本苍松。廊檐下立着几个侍女,都是宫妆打扮。见了宝玉进来,便悄悄的说道:"这就是神瑛侍者么?"引着宝玉的说道:"就是,你快进去通报罢。"有一侍女笑着招手,宝玉便跟着进去。过了几层房舍,见一正房,珠帘高挂。那侍女说:"站着候旨。"宝玉听了,也不敢则声,只好在外等着。那侍女进去不多时,出来说:"请侍者参见。"又有一人卷起珠帘。只见一女子头戴花冠,身穿绣服,端坐在内。宝玉略一抬头,见是黛玉的形容,便不禁的说道:"妹妹在这里!叫我好想。"那帘外的侍女悄咤道:"这侍者无礼,快快出去!"说犹未了,又见一侍儿将珠帘放下。宝

宝玉亲密鬼魂而疏离活人。

有两个世界就有两个我。所以是晴雯,而不是晴雯。

可惜仍是"宫妆打扮"。那时想象不出稀奇古怪的"外星人"来。

令人联想起《长恨歌》中所写场面。

你不承认你，我不承认我。你不认识我，我不认识你。上界下界，你我他，谁也认不得谁。下界的我，是被下界所确定所铸定所区别出来的。到了上界，还有什么意义？

晴雯非晴雯，黛玉非黛玉，宝玉非宝玉。知此，庶几近道矣。

自黛玉死后，宝玉求一梦而不可得，这是与黛玉"魂魄""相会"的唯一一次。

相逢未必相识。相逢何必曾相识？别有一番悲哀。

二流笔墨写到此处，仍有一等的情思逸出。

玉此时欲待进去又不敢，要走又不舍，待要问明，见那些侍女并不认得，又被驱逐，无奈出来。心想要问晴雯，回头四顾，并不见有晴雯。心下狐疑，只得怏怏出来，又无人引着。正欲找原路而去，却又找不出旧路了。正在为难，见凤姐站在一所房檐下招手。宝玉看见，喜欢道："可好了！原来回到自己家里了。我怎么一时迷乱如此？"急奔前来说："姐姐在这里么，我被这些人捉弄到这个分儿，林妹妹又不肯见我，不知是何原故？"说着，走到凤姐站的地方，细看起来，并不是凤姐，原来却是贾蓉的前妻秦氏。宝玉只得立住脚，要问凤姐姐在那里。那秦氏也不答言，竟自往屋里去了。

凤姐不是在阴司告赵姨娘的状么？"官司"完了，来到这里？

凤姐如何能化为秦氏？这样做梦是可以的，这样"入境"去掌握天机是不可以的。

宝玉恍恍惚惚的，又不敢跟进去，只得呆呆的站着，叹道："我今儿得了什么不是，众人都不理我。"便痛哭起来。见有几个黄巾力士执鞭赶来，说是："何处男人敢闯入我们这天仙福地来，快走出去！"宝玉听得，不敢言语。正要寻路出来，远远望见一群女子说笑前来。宝玉看时，又像有迎春等一干人走来，心里喜欢，叫道："我迷住在这里，你们快来救我！"正嚷着，后面力士赶来。宝玉急得往前乱跑，忽见那一群女子都变作鬼怪形象，也来追扑。

一群女子变做鬼怪形象，殊与曹公原意不合。

宝玉正在情急，只见那送玉来的和尚，手里拿着一面镜子一照，说道："我奉元妃娘娘旨意，

也像一个特异的总结。后四十回，很注意做总结。

太虚幻境,大荒无稽青埂,绛珠神瑛,顽石宝玉,和尚道士,本是不同层次的幻影、意念、想象。续作者驾驭这些形而上的东西的本领远远差于描绘形而下的人情世故,虽此回努力把这不同层次的东西统一起来,贯穿起来,读之仍颇似儿戏。不成样子。

与作品开初几回对照,甚至有佛头着粪之感。这一死(一梦)完成了宝玉出家的精神准备。

偷看了"册上诗句","俱牢牢记住",这样的人是看破红尘的超人,已不是凡俗中人了。

特来救你。"登时鬼怪全无,仍是一片荒郊。宝玉拉着和尚说道:"我记得是你领我到这里,你一时又不见了。看见了好些亲人,只是都不理我,忽又变作鬼怪。到底是梦是真?望老师明白指示。"那和尚道:"你到这里,曾偷看什么东西没有?"宝玉一想,道:"他既能带我到天仙福地,自然也是神仙了,如何瞒得他?况且正要问个明白。"便道:"我倒见了好些册子来着。"那和尚道:"可又来!你见了册子,还不解么?世上的情缘,都是那些魔障。只要把历过的事情细细记着,将来我与你说明。"说着,把宝玉狠命的一推,说:"回去罢!"宝玉站不住脚,一跤跌倒,口里嚷道:"阿哟!"

> 益发啰嗦幼稚。

> 无可解,便只好视为魔障,只好皈依了和尚。
> 这一段虽嫌杂乱,但可称全面温习。
> 写而时习之,不亦说乎?

王夫人等正在哭泣,听见宝玉苏醒来,连忙叫唤。宝玉睁眼看时,仍躺在炕上,见王夫人宝钗等哭的眼泡红肿。定神一想,心里说道:"是了,我是死去过来的。"遂把神魂所历的事呆呆的细想。幸喜多还记得,便哈哈的笑道:"是了,是了!"王夫人只道旧病复发,便好延医调治,即命丫头婆子快去告诉贾政,说是:"宝玉回过来了。头里原是心迷住了,如今说出话来,不用备办后事了。"贾政听了,即忙进来看视,果见宝玉苏醒来,便道:"没福的痴儿,你要唬死谁么?"说着,眼泪也不知不觉流下来了。又叹了几口气,仍出去叫人请医生,诊脉服药。

这里麝月正思自尽,见宝玉一过来,也放了

> 麝月未免自作多情。你算老几?

心。只见王夫人叫人端了桂圆汤,叫他喝了几口,渐渐的定了神。王夫人等放心,也没有说麝月,只叫人仍把那玉交给宝钗给他带上。想起那和尚来,"这玉不知那里找来的?也是古怪。怎么一时要银,一时又不见了?莫非是神仙不成?"宝钗道:"说起那和尚来的踪迹,去的影响,那玉并不是找来的;头里丢的时候,必是那和尚取去的。"王夫人道:"玉在家里,怎么能取的了去?"宝钗道:"既可送来,就可取去。"袭人麝月道:"那年丢了玉,林大爷测了个字,后来二奶奶过了门,我还告诉过二奶奶,说测的那字是什么'赏'字。二奶奶还记得么?"宝钗想道:"是了,你们说测的是当铺里找去,如今才明白了,竟是个和尚的'尚'字在上头,可不是和尚取了去的么?"王夫人道:"那和尚本来古怪。那年宝玉病的时候,那和尚来说是我们家有宝贝可解,说的就是这块玉了。他既知道,自然这块玉到底有些来历。况且你女婿养下来就嘴里含着的。古往今来,你们听见过这么第二么?只是不知终久这块玉到底是怎么着,就连咱们这一个,也还不知是怎么着。病也是这块玉,好也是这块玉,生也是这块玉……"说到这里,忽然住了,又流下泪来。宝玉听了,心里却也明白,更想死去的事,愈加有因,只不言语,心里细细的记忆。

　　那时惜春便说道:"那年失玉,还请妙玉请过仙,说是'青埂峰下倚古松',还有什么'入我门来一笑逢'的话。想起来'入我门'三字,大有讲究。佛教的法门最大,只怕二哥哥不能入得去。"宝玉听了,又冷笑几声。宝钗听了,不觉的把眉头儿忔皱着,发起怔来。尤氏道:"偏你一说,又是佛门了。你出家的念头还没有歇么?"

宝钗亦知天机乎?知天机而犹坚持禄蠹说教,亦"知其不可而为之"也。

便不是以字测命运,而是以已知的经历曲意释字了。

古往今来,这是永远的秘密。关于生命,关于运命,关于前世与来世。

不但预示,而且一再凿实。

惜春笑道："不瞒嫂子说,我早已断了荤了。"王夫人道："好孩子,阿弥陀佛!这个念头是起不得的。"惜春听了,也不言语。宝玉想"青灯古佛前"的诗句,不禁连叹几声。忽又想起一床席一枝花的诗句来,拿眼睛看着袭人,不觉又流下泪来。众人都见他忽笑忽悲,也不解是何意,只道是他的旧病;岂知宝玉触处机来,竟能把偷看册上诗句俱牢牢记住了,只是不说出来,心中早有一个成见在那里了,暂且不提。

> 与袭人感情亦深,叫做生活比感情更感情。
>
> 早有出家成见了。

且说众人见宝玉死去复生,神气清爽,又加连日服药,一天好似一天,渐渐的复原起来。便是贾政见宝玉已好,现在丁忧无事,想起贾赦不知几时遇赦,老太太的灵柩久停寺内,终不放心,欲要扶柩回南安葬,便叫了贾琏来商议。贾琏便道："老爷想得极是。如今趁着丁忧,干了一件大事更好。将来老爷起了服,生恐又不能遂意了。但是我父亲不在家,侄儿呢又不敢僭越。老爷的主意很好,只是这件事也得好几千银子。衙门里缉赃,那是再缉不出来的。"贾政道："我的主意是定了。只为大爷不在家,叫你来商议商议,怎么个办法。你是不能出门的,现在这里没有人;我为是好几口棺材,都要带回去的,一个人怎么样的照应呢?想起把蓉哥儿带了去,况且有他媳妇的棺材,也在里头。还有你林妹妹的,那时老太太的遗言,说跟着老太太一块儿回去的。我想这一项银子,只好在那里挪借几千,也就够了。"贾琏道："如今的人情过于淡薄。老爷呢,又丁忧;我们老爷呢,又在外头。一时借是借不出来的了,只是拿房地文书出去押。"贾政道："住的房子是官盖的,那里动

> 进一步衰败,房地文书也押出去了,这也是"一片白茫茫大地"了。

得?"贾琏道:"住房是不能动的。外头还有几所,可以出脱的,等老爷起复后再赎也使得。将来我父亲回来了,倘能也再起用,也好赎的。只是老爷这么大年纪,辛苦这一场,侄儿们心里却不安。"贾政道:"老太太的事是应该的。只要你在家谨慎些,把持定了才好。"贾琏道:"老爷这倒只管放心,侄儿虽糊涂,断不敢不认真办理的。况且老爷回南,少不得多带些人去,所留下的人也有限了,这点子费用,还可以过的来。就是老爷路上短少些,必经过赖尚荣的地方,可也叫他出点力儿。"贾政道:"自己的老人家的事,叫人家帮什么。"贾琏答应了"是",便退出来,打算银钱。

> 恰恰没有把握。
> 未必。
> 糊涂又怎么认真?

> 空头希望。提一下赖尚荣,前事不忘,后事之痛。

贾政便告诉了王夫人,叫他管了家,自己便择了发引长行的日子,就要起身。宝玉此时身体复元,贾环贾兰倒认真念书,贾政都交付给贾琏,叫他管教,"今年是大比的年头,环儿是有服的,不能入场;兰儿是孙子,服满了也可以考的;务必叫宝玉同着侄儿考去。能够中一个举人,也好赎一赎咱们的罪名。"贾琏等唯唯应命。贾政又吩咐了在家的人,说了好些话,才别了宗祠,便在城外念了几天经,就发引下船,带了林之孝等而去。也没有惊动亲友,惟有自家男女送了一程回来。

> 世俗上进一面也得适当顾及,否则,"红"真成了反叛了。

宝玉因贾政命他赴考,王夫人便不时催逼,查考起他的工课来。那宝钗袭人时常劝勉,自不必说。那知宝玉病后,虽精神日长,他的念头一发更奇僻了,竟换了一种,不但厌弃功名仕进,竟把那儿女情缘也看淡了好些。只是众人不大理会,宝玉也并不说出来。

> 走向佛门。

一日,恰遇紫鹃送了林黛玉的灵柩回来,闷

又一番太虚幻境,温习一下前因后果、已死诸人,完成宝玉的思想发展转变,这种设计不无道理。唯写得杂乱乃至时有鄙俗(尤三姐提剑要砍之类),与第五回相比,欠深度欠高雅欠集中。胡乱闪过,不精粹也未精心剪辑。这样读起来,就更像信口开河了。更像只有"满纸荒唐言",却没有"一把辛酸泪",更没有耐解的真味了。

坐自己屋里啼哭,想着:"宝玉无情,见他林妹妹的灵柩回去,并不伤心落泪;见我这样痛哭,也不来劝慰,反瞅着我笑。这样负心的人,从前都是花言巧语来哄着我们。前夜亏我想得开,不然,几乎又上了他的当。只是一件叫人不解:如今我看他待袭人等也是冷冷儿的。二奶奶是本来不喜欢亲热的,麝月那些人就不抱怨他么?我想女孩子们多半是痴心的,白操了那些时的心,看将来怎样结局!"正想着,只见五儿走来瞧他。见紫鹃满面泪痕,便说:"姐姐又想林姑娘了?想一个人,闻名不如眼见。头里听着宝二爷女孩子跟前是最好的,我母亲再三的把我弄进来。岂知我进来了,尽心竭力的伏侍了几次病,如今病好了,连一句好话也没有剩出来,如今索性连眼儿也都不瞧了。"紫鹃听他说的好笑,便"噗嗤"的一笑,啐道:"呸,你这小蹄子!你心里要宝玉怎么个样儿待你才好?女孩儿家也不害臊!连名公正气的屋里人瞧着他还没事人一大堆呢,有功夫理你去!"因又笑着,拿个指头往脸上抹着,问道:"你到底算宝玉的什么人哪?"那五儿听了,自知失言,便飞红了脸。待要解说不是要宝玉怎样看待,说他近来不怜下的话,只听院门外乱嚷,说:"外头和尚又来了,要那一万银子呢。太太着急,叫琏二爷和他讲去,偏偏琏二爷又不在家。那和尚在外头说些疯话,太太叫请二奶奶过去商量。"不知怎样打发那和尚,下回分解。

> 紫鹃种种怨嗟,未免多余,但不写这些,紫鹃、五儿之属,还有什么戏呢?

> 五儿也来起哄。

> 和尚的事也太啰嗦了。这样的段落,倒真是像续作假托了。

世上有各种学者、医生研究人的死亡、濒死、假死、暂时死亡又复生等等，文学作品中也常有死而复生、一缕香魂回转的描写。这里对于宝玉的死了一遭的描写，虽不细腻，仍然很像是那么回事。

即使有彼岸，仍然难相通，写到此点，令人惊心！

第一百十七回

阻超凡佳人双护玉　欣聚党恶子独承家

话说王夫人打发人来叫宝钗过去商量,宝玉听见说是和尚在外头,赶忙的独自一人走到前头,嘴里乱嚷道:"我的师父在那里?"叫了半天,并不见有和尚,只得走到外面。见李贵将和尚拦住,不放他进来。宝玉便说道:"太太叫我请师父进去。"李贵听了,松了手,那和尚便摇摇摆摆的进去。宝玉看见那僧的形状与他死去时所见的一般,心里早有些明白了,便上前施礼,连叫:"师父,弟子迎候来迟。"那僧说:"我不要你们接待,只要银子拿了来,我就走。"宝玉听来,又不像有道行的话,看他满头癞疮,浑身腌臜破烂,心里想道:"自古说,'真人不露相,露相不真人',也不可当面错过。我且应了他谢银,并探探他的口气。"便说道:"师父不必性急。现在家母料理,请师父坐下,略等片刻。弟子请问师父,可是从太虚幻境而来?"那和尚道:"什么'幻境'!不过是来处来、去处去罢了。我是送还你的玉来的。且我问你,那玉是从那里来的?"宝玉一时对答不来,那僧笑道:"你自己的来路还不知,便来问我!"宝玉本来颖悟,又经点化,早把红尘看破,只是自己的底里未知。一闻那僧问起玉来,好像当头一棒,便说道:"你也不用银子了,我把那玉还你罢。"那僧笑道:"也该

> 又是搅屎棍形象,搅屎笔墨了。

> 外观亦是这样。

> 和尚也可能鄙俗化,低端化。

> 来自大荒,来自女娲淘汰。谁能知道"来路"?

袭人护玉,使人生悲剧变成人生闹剧。使搅屎笔墨变成玩世(愤世、嘲世)笔墨。

这也是以毒攻毒。和尚搅来,袭人搅去,一场沉重的悲剧变成不可以理喻的闹剧,两个浅薄变成了一点深刻,有点"现代意识"了呢。

还我了。"

宝玉也不答言,往里就跑。走到自己院内,见宝钗袭人等都到王夫人那里去了,忙向自己床边取了那玉,便走出来。迎面碰见了袭人,撞了一个满怀,把袭人唬了一跳,说道:"太太说你陪着和尚坐着很好,太太在那里打算送他些银两,你又回来做什么?"宝玉道:"你快去回太太说,不用张罗银两了,我把这玉还了他就是了。"袭人听说,即忙拉住宝玉,道:"这断使不得的!那玉就是你的命,若是他拿了去,你又要病着了。"宝玉道:"如今再不病的了。我已经有了心了,要那玉何用?"摔脱袭人,便要想走。袭人急得赶着嚷道:"你回来,我告诉你一句话!"宝玉回过头来道:"没有什么说的了。"袭人顾不得什么,一面赶着跑,一面嚷道:"上回丢了玉,几乎没有把我的命要了!刚刚儿的有了,他拿了去,你也活不成,我也活不成了!你要还他,除非是叫我死了!"说着,赶上一把拉住。宝玉急了,道:"你死也要还,你不死也要还!"狠命的把袭人一推,抽身要走。怎奈袭人两只手绕着宝玉的带子不放松,哭喊着坐在地下。

里面的丫头听见,连忙赶来,瞧见他两个人的神情不好。只听见袭人哭道:"快告诉太太去!宝二爷要把那玉去还和尚呢!"丫头赶忙飞报王夫人。那宝玉更加生气,用手来掰开了袭人的手,幸亏袭人忍痛不放。紫鹃在屋里听见宝玉要把玉给人,这一急比别人更甚,把素日冷淡宝玉的主意都忘在九霄云外了,连忙跑出来,

和尚搅完袭人搅,袭人一搅,便成了闹剧了。

你死得着么?

果然闹剧场景。

其实没有紫鹃的事。这不是紫鹃的性格,也不是紫鹃的使命。

玉是管得住的，人是管不住的，所以宝钗明决"放了手由他去"，不放手也是做不到的。宝玉反唇相讥："重玉不重人。"其实不是不重人，他们重的是让宝玉符合自己的心愿，成为贾府的合格继承人，复兴家业，光宗耀祖。而不重宝玉这个人的感情、愿望、志趣……

前文评者曾多次论及"红"尚缺少一种人文主义的精神，但此句很不一般，是对人的呼唤，是人对玉——出身、门第、地位、象征物——的抗议。

帮着抱住宝玉。那宝玉虽是个男人，用力摔打，怎奈两个人死命的抱住不放，也难脱身，叹口气道："为一块玉，这样死命的不放，若是我一个人走了，又待怎么样呢？"袭人紫鹃听到那里，不禁嚎啕大哭起来。	居然武斗起来了。文斗升级到武斗，更可笑也更近收场了。
正在难分难解，王夫人宝钗急忙赶来。见是这样形景，便哭着喝道："宝玉！你又疯了吗！"宝玉见王夫人来了，明知不能脱身，只得陪笑道："这当什么，又叫太太着急。他们总是这样大惊小怪的，我说那和尚不近人情，他必要一万银子，少一个不能。我生气进来，拿这玉还他，就说是假的，要这玉干什么？他见得我们不希罕那玉，便随意给他些，就过去了。"王夫人道："我打谅真要还他，这也罢了，为什么不告诉明白了他们？叫他们哭哭喊喊的像什么。"宝钗道："这么说呢，倒还使得。要是真拿那玉给他，那和尚有些古怪，倘或一给了他，又闹到家口不宁，岂不是不成事的么？至于银钱呢，就把我的头面折变了，也还够了呢。"王夫人听了，道："也罢了，且就这么办罢。"宝玉也不回答。	宝玉也来得快，果然练达起来了。 看破红尘方能和光同尘。也是以毒攻毒。 使得怎样？使不得怎样？不成事了怎样？你掉包嫁给宝玉就使得吗？就成事吗？家口就宁了吗？ 人以玉名，玉随人生，玉成人命，人由玉成，护玉护人，献玉献身，乌烟瘴气，人玉皆空。
只见宝钗走上来，在宝玉手里拿了这玉，说道："你也不用出去，我合太太给他钱就是了。"宝玉道："玉不还他也使得，只是我还得当面见他一见才好。"袭人等仍不肯放手。到底宝钗明决，说："放了手，由他去就是了。"袭人只得放手。宝玉笑道："你们这些人，原来重玉不重人	此话有分量。

哪！你们既放了我，我便跟着他走了，看你们就守着那块玉怎么样？"袭人心里又着急起来，仍要拉他，只碍着王夫人和宝钗的面前，又不好太露轻薄，恰好宝玉一撒手就走了。袭人忙叫小丫头在三门口传了焙茗等："告诉外头照应着二爷，他有些疯了。"小丫头答应了出去。

> 疯之有理。

王夫人宝钗等进来坐下，问起袭人来由，袭人便将宝玉的话细细说了。王夫人宝钗甚是不放心，又叫人出去，吩咐众人伺候着和尚说些什么。回来，小丫头传话进来回王夫人道："二爷真有些疯了。外头小厮们说：里头不给他玉，他也没法儿；如今身子出来了，求着那和尚带他去。"王夫人听了，说道："这还了得！那和尚说什么来着？"小丫头回道："和尚说，要玉不要人。"宝钗道："不要银子了么？"小丫头道："没听见说。后来和尚合二爷两个人说着笑着，有好些话，外头小厮们都不大懂。"王夫人道："糊涂东西！听不出来，学是自然学得来的。"便叫小丫头："你把那小厮叫进来。"小丫头连忙出去叫进那小厮，站在廊下，隔着窗户请了安。王夫人便问道："和尚和二爷的话，你们不懂，难道学也学不来吗？"那小厮回道："我们只听见说什么'大荒山'，什么'青埂峰'，又说什么'太虚境''斩断尘缘'这些话。"王夫人听了也不懂。宝钗听了，唬得两眼直瞪，半句话都没有了。

> 不直接描写宝玉与和尚的谈话，而是通过结结巴巴的小厮之口，这是比较聪明的选择。盖这种谈话，就像这块玉的故事一样，只可意会，不可言传。过于"实"地一言传，反而"砸"了。

> 宝钗知道斩断尘缘的危险。

正要叫人出去拉宝玉进来，只见宝玉笑嘻嘻的进来，说："好了，好了！"宝钗仍是发怔。王夫人道："你疯疯癫癫的说是什么？"宝玉道："正经话，又说我疯癫！那和尚与我原认得的，他不过也是要来见我一见。他何尝是真要银子呢，也只当化个善缘就是了。所以说明了，他自己

> 宝玉的尘缘尚余一点点，宝玉的世俗任务尚余一点点。尘缘任务不是割断劈断，是完成后温柔告别。

就飘然而去了。这可不是好了么！"王夫人不信，又隔着窗户问那小厮。那小厮连忙出去问了门上的人，进来回说："果然和尚走了，说请太太们放心，我原不要银子，只要宝二爷时常到他那里去去就是了。诸事只要随缘，自有一定的道理。"王夫人道："原来是个好和尚，你们曾问住在那里？"门上道："奴才也问来着，他说我们二爷是知道的。"王夫人问宝玉道："他到底住在那里？"宝玉笑道："这个地方，说远就远，说近就近。"宝钗不待说完，便道："你醒醒儿罢，别尽着迷在里头！现在老爷太太就疼你一个人，老爷还盼咐叫你干功名长进呢。"宝玉道："我说的不是功名么？你们不知道'一子出家，七祖升天'呢。"王夫人听到那里，不觉伤心起来，说："我们的家运怎么好？一个四丫头口口声声要出家，如今又添出一个来了。我这样个日子，过他做什么！"说着，大哭起来。宝钗见王夫人伤心，只得上前苦劝。宝玉笑道："我说了这句玩话，太太又认起真来了。"王夫人止住哭声道："这些话也是混说的么？"

　　正闹着，只见丫头来回话："琏二爷回来了，颜色大变，说，请太太回去说话。"王夫人又吃了一惊，说道："将就些叫他进来罢，小婶子也是旧亲，不用回避了。"贾琏进来见了王夫人，请了安。宝钗迎着，也问了贾琏的安。回说道："刚才接了我父亲的书信，说是病重的很，叫我就去，若迟了恐怕不能见面。"说到那里，眼泪便掉下来了。王夫人道："书上写的是什么病？"贾琏道："写的是感冒风寒起来的，如今成了痨病了。现在危急，专差一个人连日连夜赶来的，说'如若再耽搁一两天，就不能见面了'，故来回太

不要钱就是好和尚？

宝钗清醒地意识到了乃至预见到了事物发展的趋势。但她也没有别的选择。她的"一贯正确"束缚住了她的手脚，她一无作为，一筹莫展。
想当年未嫁时她还相当厉害呢！
出嫁后唯有"正确"，却无灵机与锋芒了。

一波未平，一波又起。不但又要死人，而且把贾政、贾琏都"支派"出去，使贾府彻底进入无政府无"王法"状态，写其败落就更彻底，更淋漓尽致。

这个完蛋了那个完蛋，还嫌不够干净吗？只能在续作中设一重机枪，见一个射杀一个矣。

太,侄儿必得就去才好。只是家里没人照管。蔷儿芸儿虽说糊涂,到底是个男人,外头有了事来,还可传个话。侄儿家里倒没有什么事。秋桐是天天哭着喊着,不愿意在这里,侄儿叫了他娘家的人来领了去了,倒省了平儿好些气。虽是巧姐没人照应,还亏平儿的心不很坏。姐儿心里也明白,只是性气比他娘还刚硬些,求太太时常管教管教他。"说着,眼圈儿一红,连忙把腰里拴槟榔荷包的小绢子拉下来擦眼。王夫人道:"放着他亲祖母在那里,托我做什么?"贾琏轻轻的说道:"太太要说这个话,侄儿就该活活儿的打死了。没什么说的,总求太太始终疼侄儿就是了。"说着,就跪下来了。王夫人也眼圈儿红了,说:"你快起来,娘们说话儿,这是怎么说?只是一件,孩子也大了,倘或你父亲有个一差二错,又耽搁住了,或者有个门当户对的来说亲,还是等你回来,还是你太太作主?"贾琏道:"现在太太们在家,自然是太太们做主,不必等我。"王夫人道:"你要去,就写了禀帖给二老爷送个信,说家下无人,你父亲不知怎样,快请二老爷将老太太的大事早早的完结,快快回来。"

贾琏答应了"是",正要走出去,复转回来,回说道:"咱们家的家下人,家里还够使唤,只是园里没人,太空了。包勇又跟了他们老爷去了。姨太太住得房子,薛二爷已搬到自己的房子内住了。园里一带屋子都空着,忒没照应,还得太太叫人常查看查看。那栊翠庵原是咱们家的地基,如今妙玉不知那里去了,所有的根基,他的当家女尼不敢自己作主,要求府里一个人管理管理。"王夫人道:"自己的事还闹不清,还

贾政已走,贾琏再去,贾府大不妙矣。

越描越不像了。

这是故意留下空子。第一,巧姐并没有那么大。第二,完全可以与贾琏取得联系。巧姐的婚事本无紧迫感。

这些地方只是交代照应,并无文学性文字。

宝玉、惜春,这是又一股消解体制的势力。虽然只是逃避,却表现了他们对于家族命运的绝望、漠然与蔑视。

搁得住外头的事么?这句话,好歹别叫四丫头知道;若是他知道了,又要吵着出家的念头出来了。你想,咱们家什么样的人家,好好的姑娘出了家,还了得!"贾琏道:"太太不提起,侄儿也不敢说。四妹妹到底是东府里的,又没有父母,他亲哥哥又在外头,他亲嫂子又不大说的上话,侄儿听见要寻死觅活了好几次。他既是心里这么着的了,若是牛着他,将来倘或认真寻了死,比出家更不好了。"王夫人听了点头,道:"这件事真真叫我也难担,我也做不得主,由他大嫂子去就是了。"

> 惜春出家事纠缠过来又纠缠过去,费的笔墨不少,像样的情节、情感、举动描写没有。翻过来掉过去,反正她要出家。反正她留不住。反正也激不起读者留她莫出家的感情。

贾琏又说了几句,才出来,叫了众家人来,交代清楚,写了书,收拾了行装。平儿等不免叮咛了好些话。只有巧姐儿惨伤的不得。贾琏又欲托王仁照应,巧姐到底不愿意;听见外头托了芸蔷二人,心里更不受用,嘴里却说不出来。只得送了他父亲,谨谨慎慎的随着平儿过日子。丰儿小红因凤姐去世,告假的告假,告病的告病。平儿意欲接了家中一个姑娘来,一则给巧姐作伴,二则可以带量他。遍想无人。只有喜鸾四姐儿是贾母旧日钟爱的,偏偏四姐儿新近出了嫁了,喜鸾也有了人家儿,不日就要出阁,也只得罢了。

> 运气丧尽,人气全无。

且说贾芸贾蔷送了贾琏,便进来见了邢王二夫人。他两个倒替着在外书房住下,日间便与家人厮闹,有时找了几个朋友吃个"车轮辘会",甚至聚赌。里头那里知道。一日,邢大舅

> 引狼入室。

大户之家,鼎盛之时饱受奉承羡妒;不知不觉之中,有理无理地不知冷淡、得罪、挫折了多少围上来的人,乃至自己家族中的人。他们其实是在隔膜与敌意的包围之中,其势甚危。

何三——黑道,这是一股反对势力。如今这批人更是可怕,他们是内部的反对势力,只想报复、破坏、掠夺……从内部把这个家族的最后一点尚称美好的东西扼杀干净。

王仁来,瞧见了贾芸贾蔷住在这里,知他热闹,也就借着照看的名儿时常在外书房设局赌钱喝酒。所有几个正经的家人,贾政带了几个去,贾琏又跟去了几个,只有那赖林诸家的儿子侄儿。那些少年,托着老子娘的福吃喝惯了的,那知当家立计的道理?况且他们长辈都不在家,便是"没笼头的马"了。又有两个旁主人怂恿,无不乐为。这一闹,把个荣国府闹得没上没下,没里没外。

那贾蔷还想勾引宝玉。贾芸拦住道:"宝二爷那个人去运气的,不用惹他。那一年我给他说了一门子绝好的亲,父亲在外头做税官,家里开几个当铺,姑娘长的比仙女儿还好看。我巴巴儿的细细的写了一封书子给他,谁知他没造化……"说到这里,瞧了瞧左右无人,又说:"他心里早和咱们这个二婶娘好上了。你没听见说,还有一个林姑娘呢,弄的害了相思病死的,谁不知道!这也罢了,各自的姻缘罢咧。谁知他为这件事倒恼了我了,总不大理。他打谅谁必是借谁的光儿呢!"

> 这一类回溯交代,不写也罢。

> 用贾芸的眼光评宝玉,当然也只有丑闻一串串。

贾蔷听了,点点头,才把这个心歇了。他两个还不知道宝玉自会那和尚以后,他是欲断尘缘,一则在王夫人跟前不敢任性,已与宝钗袭人等皆不大款洽了。那些丫头不知道,还要逗他,宝玉那里看得到眼里。他也并不将家事放在心里。时常王夫人宝钗劝他念书,他便假作攻书,一心想着那个和尚引他到那仙境的机关,心目中触处皆为俗人。却在家难受,闲来倒与惜春闲讲。他们两个人讲得上了,那种心更加准了几分,那里还管贾环贾兰等。那贾环为他父亲不在家,赵姨娘已死,王夫人不大理会,他便入了贾蔷一路。倒是彩云时常规劝,反被贾环辱骂。玉钏儿见宝玉疯癫更甚,早和他娘说了,要求着出去。如今宝玉贾环,他哥儿两个,各有一种脾气,闹得人人不理。独有贾兰跟着他母亲上紧攻书,作了文字,送到学里请教代儒。因近来代儒老病在床,只得自己刻苦。李纨是素来沉静,除了请王夫人的安,会会宝钗,余者一步不走,只有看着贾兰攻书。所以荣府住的人虽不少,竟是各自过各自的,谁也不肯做谁的主。贾环贾蔷等愈闹的不像事了,甚至偷典偷卖,不一而足。贾环更加宿娼烂赌,无所不为。

> 各有各的机遇,如今,芸、蔷、环的时机到来了。
> 渣滓们也有浮上来的时候。

> 谁也不肯做谁的主,这就进入了无政府状态。于是贾府竟成了芸、蔷、邢大舅、王仁等的天下。

一日,邢大舅王仁都在贾家外书房喝酒,一时高兴,叫了几个陪酒的来唱着喝着劝酒。贾蔷便说:"你们闹的太俗,我要行个令儿。"众人道:"使得。"贾蔷道:"咱们'月'字流觞罢。我先说起,'月'字数到那个,便是那个喝酒。还要酒面酒底;须得依着令官,不依者罚三大杯。"众人都依了。贾蔷喝了一杯令酒,便说:"飞羽觞而醉月。"顺饮数到贾环。贾蔷说:"酒面要个'桂'字。"贾环便说道:"冷露无声湿桂花。酒底呢?"贾蔷道:"说个'香'字。"贾环道:"天香云外飘。"大舅说道:"没趣,没趣!你又懂得什么字了,也假斯文起来!这不是取乐,竟是怄人了。咱们都蠲了。倒是搳搳拳,输家喝,输家唱,叫作'苦中苦'。若是不会唱的,说个笑话儿也使得,只要有趣。"众人都道:"使得。"于是乱

> 酒令更加通俗化大众化、是"红"中各酒令中最普及最有生命力(至今原样保持)的一种。

贾母死了，贾府再没有了头。凤姐死了，贾府再没有行政总管。贾政贾琏"出差"，宝玉惜春打算出家，全完了。遗憾的是王夫人屁用不顶。宝钗本参与过管理，如今也不闻不问。

搳起来。王仁输了，喝了一杯，唱了一个，众人道："好！"又搳起来了，是个陪酒的输了，唱了一个什么"小姐小姐多丰彩"。以后邢大舅输了，众人要他唱曲儿。他道："我唱不上来的，我说个笑话儿罢。"贾蔷道："若说不笑，仍要罚的。"邢大舅就喝了一杯，便说道："诸位听着：村庄上有一座元帝庙，旁边有个土地祠。那元帝老爷常叫土地来说闲话儿。一日，元帝庙里被了盗，便叫土地去查访。土地禀道：'这地方没有贼的，必是神将不小心，被外贼偷了东西去。'元帝道：'胡说！你是土地，失了盗，不问你问谁去呢？你倒不去拿贼，反说我的神将不小心吗？'土地禀道：'虽说是不小心，到底是庙里的风水不好。'元帝道：'你倒会看风水么？'土地道：'待小神看看。'那土地向各处瞧了一会，便来回禀道：'老爷坐的身子背后，两扇红门，就不谨慎。小神坐的背后，是砌的墙，自然东西丢不了。以后老爷的背后亦改了墙就好了。'元帝老爷听来有理，便叫神将派人打墙。众神将叹口气道：'如今香火一炷也没有，那里有砖灰人工来打墙？'元帝老爷没法，叫神将作法，却都没有主意。那元帝老爷脚下的龟将军站起来道：'你们不中用，我有主意：你们将红门拆下来，到了夜里，拿我的肚子垫住这门口，难道当不得一堵墙么？'众神将都说道：'好！又不花钱，又便当结实。'于是龟将军便当这个差使，竟安静了。岂知过了几天，那庙里又丢了东西。众神将叫了土地来，说道：'你说砌了墙就不丢东西，怎么

> 此题名可以用到如今的流行歌曲上。

> 邢大舅的诌劲也不小。

如今有了墙还要丢?'那土地道:'这墙砌的不结实。'众神将道:'你瞧去。'土地一看,果然是一堵好墙,怎么还有失事?把手摸了一摸,道:'我打谅是真墙,那里知道是个"假墙"!'"

> 这个笑话的路子恁像宝玉给黛玉讲的"耗子精""林子洞"故事(见第十九回)。

众人听了,大笑起来。贾蔷也忍不住的笑,说道:"傻大舅,你好!我没有骂你,你为什么骂我?快拿杯来罚一大杯。"邢大舅喝了,已有醉意。众人又喝了几杯,都醉起来。邢大舅说他姐姐不好,王仁说他妹妹不好,都说的狠狠毒毒的。贾环听了,趁着酒兴,也说凤姐不好,怎样苛刻我们,怎么样踏我们的头。众人道:"大凡做个人,原要厚道些。看凤姑娘仗着老太太这样的利害,如今'焦了尾巴梢子'了,只剩了一个姐儿,只怕也要现世现报呢!"贾芸想着凤姐待他不好,又想起巧姐儿见他就哭,也信着嘴儿混说。还是贾蔷道:"喝酒罢,说人家做什么?"那两个陪酒的道:"这位姑娘多大年纪了?长得怎么样?"贾蔷道:"模样儿是好的很的,年纪也有十三四岁了。"那陪酒的说道:"可惜这样人生在府里这样人家,若生在小户人家,父母兄弟都做了官,还发了财呢。"众人道:"怎么样?"那陪酒的说:"现今有个外藩王爷,最是有情的,要选一个妃子,若合了式,父母兄弟都跟了去,可不是好事儿吗?"众人都不大理会,只有王仁心里略动了一动,仍旧喝酒。

> 苛刻云云,实际是要求对权力与财富进行再分配。

只见外头走进赖林两家的子弟来,说:"爷们好乐呀!"众人站起来说道:"老大老三,怎么这时候才来?叫我们好等!"那两个人说道:"今早听见一个谣言,说是咱们家又闹出事来了。心里着急,赶到里头打听去,并不是咱们。"众人道:"不是咱们就完了,为什么不就来?"那两个

> 老一辈都还好,子弟都坏。这是实情,也是一面之词。

说道:"虽不是咱们,也有些干系。你们知道是谁?就是贾雨村老爷。我们今儿进去,看见带着锁子,说要解到三法司衙门里审问去呢。我们见他常在咱们家里来往,恐有什么事,便跟了去打听。"贾芸道:"到底老大用心,原该打听打听。你且坐下喝一杯再说。"

> 因嫌纱帽小,致使锁枷扛! 是生活"小儿科"还是小说"小儿科"?

两人让了一回,便坐下喝着酒,道:"这位雨村老爷,人也能干,也会钻营;官也不小了,只是贪财。被人家参了个'婪索属员'的几款。如今的万岁爷是最圣明最仁慈的,独听了一个'贪'字,或因遭塌了百姓,或因恃势欺良,是极生气的,所以旨意便叫拿。若问出来了,只怕搁不住;若是没有的事,那参的人也不便。如今真真是好时候,只要有造化,做个官儿就好。"众人道:"你的哥哥就是有造化的,现做知县,还不好么?"赖家的说道:"我哥哥虽是做了知县,他的行为,只怕也保不住怎么样呢。"众人道:"手也长么?"赖家的点点头儿,便举起杯来喝酒。众人又道:"里头还听见什么新闻?"两人道:"别的事没有,只听见海疆的贼寇拿住了好些,也解到法司衙门里审问。还审出好些贼寇,也有藏在城里的,打听消息,抽空儿就劫抢人家。如今知道朝里那些老爷们都是能文能武,出力报效,所到之处,早就消灭了。"众人道:"你听见有在城里的,不知审出咱们家失盗了一案来没有?"两人道:"倒没有听见,恍惚有人说是有个内地里的人,城里犯了事,抢了一个女人下海去了,那女人不依,被这贼寇杀了。那贼寇正要逃出关去,被官兵拿住了,就在拿获的地方正了法了。"众人道:"咱们栊翠庵的什么妙玉,不是叫人抢去,不要就是他罢?"贾环道:"必是他。"众人道:

> 宦海浮沉,谲云诡。

> 可惜这些段落但见絮叨,不见灵气。

> 模糊化处理。

从某种意义上说,邢大舅、王仁、贾环、贾芸、贾蔷都是无权的、受压的一派。他们对贾家的得势的贾母——王夫人——凤姐(夫妇)充满仇恨,他们应有"造反有理"的一面。

作者基本上还是站在主流派一边写挽歌,也写他们的罪恶——忏悔录。至于"造反派"们,包括何三勾引来的匪盗,则更恶劣,更不择手段。

"你怎么知道?"贾环道:"妙玉这个东西是最讨人嫌的,他一日家捏酸,见了宝玉,就眉开眼笑了。我若见了他,他从不拿正眼瞧我一瞧。真要是他,我才趁愿呢!"众人道:"抢的人也不少,那里就是他?"贾芸道:"有点信儿。前日有见人说他庵里的道婆做梦,说看见是妙玉叫人杀了。"众人笑道:"梦话算不得。"邢大舅道:"管他梦不梦,咱们快吃饭罢,今夜做个大输赢。"

> 以贾环之眼评论妙玉,另有一番言之有理的高论。
> 恐怕情况属实。
> 但也犯不上希望人家死。太狠毒了。

众人愿意,便吃毕了饭,大赌起来。赌到三更多天,只听见里头乱嚷,说是:"四姑娘合珍大奶奶拌嘴,把头发都铰掉了。赶到邢夫人王夫人那里去磕了头,说是要求容他做尼姑呢,送他一个地方;若不容他,他就死在眼前。那邢王两位太太没主意,叫请蔷大爷芸二爷进去。"贾芸听了,便知是那回看家的时候起的念头,想来是劝不过来的了,便合贾蔷商议道:"太太叫我们进去,我们是做不得主的,况且也不好做主。只好劝去,若劝不住,只好由他们罢。咱们商量了写封书给琏二叔,便卸了我们的干系了。"两人商量定了主意,进去见了邢王两位太太,便假意的劝了一回。

> 聚赌,也是传播消息的良机。

无奈惜春立意必要出家,就不放他出去,只求一两间净屋子,给他诵经拜佛。尤氏见他两个不肯作主,又怕惜春寻死,自己便硬做主张,说是:"这个不是,索性我耽了罢。说我做嫂子的容不下小姑子,逼他出了家了,就完了。若说到外头去呢,断断使不得;若在家里呢,太太们都在这里,算我的主意罢。叫蔷哥儿写封书子给你珍大爷琏二叔就是了。"贾蔷等答应了。不知邢王二夫人依与不依,下回分解。

> 惜春人物写得扁平,出家写得寡淡。

护玉也罢,这个、那个要出家也罢,贾环等人的言语也罢,让人意识到恶俗终将吞噬、荡涤高雅。高雅永远不是恶俗的对手,形而上与终极,永远不是形而下与一时的机会主义的对手。

第一百十八回

记微嫌舅兄欺弱女　惊谜语妻妾谏痴人

话说邢王二夫人听尤氏一段话,明知也难挽回。王夫人只得说道:"姑娘要行善,这也是前生的夙根,我们也实在拦不住。只是咱们这样人家的姑娘出了家,不成了事体。如今你嫂子说了,准你修行,也是好处。却有一句话要说,那头发可以不剃的,只要自己的心真,那在头发上头呢?你想妙玉也是带发修行的。不知他怎样凡心一动,才闹到那个分儿。姑娘执意如此,我们就把姑娘住的房子便算了姑娘的静室。所有服侍姑娘的人,也得叫他们来问:他若愿意跟的,就讲不得说亲配人;若不愿意跟的,另打主意。"惜春听了,收了泪,拜谢了邢王二夫人、李纨、尤氏等。王夫人说了,便问彩屏等:"谁愿跟姑娘修行?"彩屏等回道:"太太们派谁就是谁。"王夫人知道不愿意,正在想人。袭人立在宝玉身后,想来宝玉必要大哭,防着他的旧病。岂知宝玉叹道:"真真难得!"袭人心里更自伤悲。宝钗虽不言语,遇事试探,见是执迷不醒,只得暗中落泪。

又说是妙玉"凡心一动"。

王夫人才要叫了众丫头来问,忽见紫鹃走上前去,在王夫人面前跪下,回道:"刚才太太问跟四姑娘的姐姐,太太看着怎么样?"王夫人道:"这个如何强派得人的?谁愿意,他自然就说出

紫鹃挺身而出。
紫鹃埋怨宝玉无情,自己先行无情之事。天(作家)生(写)我材(角色)必有用。恰恰这时,斜刺里杀出一个紫鹃来,除了她,又能是谁呢?

来了。"紫鹃道:"姑娘修行,自然姑娘愿意,并不是别的姐姐们的意思。我有句话回太太:我也并不是拆开姐姐们,各人有各人的心。我服侍林姑娘一场,林姑娘待我,也是太太们知道的,实在恩重如山,无以可报。他死了,我恨不得跟了他去,但是他不是这里的人,我又受主子家的恩典,难以从死。如今四姑娘既要修行,我就求太太们将我派了跟着姑娘,伏侍姑娘一辈子,不知太太们准不准?若准了,就是我的造化了。"

> 既然紫鹃有此情志,何必还搞什么护玉?
> 主子有恩,奴才殉亡。如此看来,主子还是狼心狗肺的好。奴才还是不忠不义的好。
> 这也是天下皆知美之为美,斯有不美矣。

邢王二夫人尚未答言,只见宝玉听到那里,想起黛玉,一阵心酸,眼泪早下来了。众人才要问他时,他又哈哈的大笑,走上来道:"我不该说的。这紫鹃蒙太太派给我屋里,我才敢说:求太太准了他罢,全了他的好心。"王夫人道:"你头里姊妹出了嫁,还哭得死去活来;如今看见四妹妹要出家,不但不劝,倒说'好事'。你如今到底是怎么个意思?我索性不明白了。"宝玉道:"四妹妹修行是已经准的了,四妹妹也是一定主意了?若是真的,我有一句话告诉太太;若是不定的,我就不敢混说了。"惜春道:"二哥哥说话也好笑,一个人主意不定,便扭得过太太们来了?我也是像紫鹃的话,容我呢,是我的造化;不容我呢,还有一个死呢。那怕什么?二哥哥既有话,只管说。"宝玉道:"我这也不算什么泄漏了,这也是一定的。我念一首诗给你们听听罢。"众人道:"人家苦得很的时候,你倒来做诗怄人。"宝玉道:"不是做诗,我到一个地方儿看了来的。你们听听罢。"众人道:"使得。你就念念,别顺着嘴儿胡诌。"宝玉也不分辩,便说道:

> 出家自然不比出嫁。然而出家就能逃离"绞肉机"的运作吗?芳官呢?妙玉呢?以及智能儿呢?

勘破三春景不长,缁衣顿改昔年妆。
可怜绣户侯门女,独卧青灯古佛旁!

> 这样拿出来"背诵",泄露天机,颇觉不伦不类。
> 不像天机,倒像三流文笔的快板。

用洋一点的比喻，这真是一种"绞肉机"效应。所有美好的生命、情感、青春，或被扼杀（黛玉、晴雯），或自杀（尤三姐、司棋、可卿、鸳鸯），或被蹂躏（迎春、香菱），或被迫出家（芳官、惜春，最后还有宝玉）。仅有的完全合作完全正统完全正确的宝钗，也只是"竹篮打水一场空"而已。

天地不仁，以万物为刍狗。贾府不仁，绞去所有的肉。

李纨宝钗听了咤异道："不好了！这人入了迷了。"王夫人听了这话，点头叹息，便问："宝玉，你到底是那里看来的？"宝玉不便说出来，回道："太太也不必问我，自有见的地方。"王夫人回过味来，细细一想，便更哭起来道："你说前儿是玩话，怎么忽然有这首诗？罢了，我知道了，你们叫我怎么样呢？我也没有法儿了，也只得由着你们去罢！但是要等我合上了眼，各自干各自的就完了。"

> 哭得问得都像白痴。

宝钗一面劝着，这个心比刀绞更甚，也掌不住，便放声大哭起来。袭人已经哭的死去活来，幸亏秋纹扶着。宝玉也不啼哭，也不相劝，只不言语。贾兰贾环听到那里，各自走开。李纨竭力的解说："总是宝兄弟见四妹妹修行，他想来是痛极了，不顾前后的疯话，这也作不得准的。独有紫鹃的事情，准不准，好叫他起来。"王夫人道："什么依不依？横竖一个人的主意定了，那也是扭不过来的。可是宝玉说的，也是一定的了。"

> 宝钗出嫁后变得如此无能。

> 王夫人竟偶有不得不承认个人意志之语。
> 恐亦是顺水推舟。不然，"派"谁去跟着惜春出家呢？

紫鹃听了磕头。惜春又谢了王夫人。紫鹃又给宝玉宝钗磕了头。宝玉念声："阿弥陀佛！难得，难得！不料你倒先好了。"宝钗虽然有把持，也难掌住。只有袭人也顾不得王夫人在上，便痛哭不止，说："我也愿意跟了四姑娘去修行。"宝玉笑道："你也是好心，但是你不能享这个清福的。"袭人哭道："这么说，我是要死的了？"宝玉听到那里，倒觉伤心，只是说不出来。

> 自我设计别是一路。岂能泾渭合流？

因时已五更，宝玉请王夫人安歇。李纨等各自散去。彩屏等暂且伏侍惜春回去，后来指配了人家。紫鹃终身伏侍，毫不改初。此是后话。

> 毫不改初、终身伏侍云云，何必说那么久？你一部小说能规定几个人物的"终身"？除非早早送了终——死亡。

且言贾政扶了贾母灵柩一路南行，因遇着班师的兵将船只过境，河道拥挤，不能速行，在道实在心焦。幸喜遇见了海疆的官员，闻得镇海统制钦召回京，想来探春一定回家，略略解些烦心。只打听不出起程的日期，心里又是烦躁。想到盘费算来不敷，不得已，写书一封，差人到赖尚荣任上借银五百，叫人沿途迎上来，应需用。那人去了几日，贾政的船才行得十数里。那家人回来，迎上船只，将赖尚荣的禀启呈上，书内告了多少苦处，备上白银五十两。贾政看了生气，即命家人："立刻送还！将原书发回，叫他不必费心。"那家人无奈，只得回到赖尚荣任所。赖尚荣接到原书银两，心中烦闷，知事办得不周到，又添了一百，央来人带回，帮着说些好话。岂知那人不肯带回，撂下就走了。

> 贾政何必生气，一笑而已。

> 又写了一个侧面。当年是仆因主贵。如今是自顾不暇，自救无方。

赖尚荣心下不安，立刻修书到家，回明他父亲，叫他设法告假，赎出身来。于是赖家托了贾蔷贾芸等在王夫人面前乞恩放出。贾蔷明知不能，过了一日，假说王夫人不依的话，回复了。赖家一面告假，一面差人到赖尚荣任上，叫他告病辞官。王夫人并不知道。

> 人情冷暖，世态炎凉本不足奇。"红"细写这些，还是为了警世。结果仍然警不了什么——因为，世界本来就是这样的么！
> 并不可恼，并不可悲。

那贾芸听见贾蔷的假话，心里便没想头。连日在外又输了好些银钱，无所抵偿，便和贾环相商。贾环本是一个钱没有的，虽是赵姨娘积蓄些微，早被他弄光了，那能照应人家？便想起凤姐待他刻薄，要趁贾琏不在家，要摆布巧姐出气，遂把这个当叫贾芸来上，故意的埋怨贾芸道:"你们年纪又大,放着弄银钱的事又不敢办,倒和我没有钱的人商量。"贾芸道:"三叔,你这话说的倒好笑,咱们一块儿玩,一块儿闹,那里有银钱的事?"贾环道:"不是前儿有人说是外藩要买个偏房,你们何不和王大舅商量,把巧姐说给他呢?"贾芸道:"叔叔,我说句招你生气的话,外藩花了钱买人,还想能和咱们走动么?"贾环在贾芸耳边说了些话,贾芸虽然点头,只道贾环是小孩子的话,也不当事。恰好王仁走来说道:"你们两个人商量些什么,瞒着我吗?"贾芸便将贾环的话附耳低言的说了。王仁拍手道:"这倒是一种好事,又有银子!只怕你们不能。若是你们敢办,我是亲舅舅,做得主的。只要环老三在大太太跟前那么一说,我找邢大舅再一说,太太们问起来,你们齐开伙儿说好就是了。"

> 你有你的打法,我有我的打法。
> 鹰有鹰的路,蛇有蛇的路。也是十年河东,十年河西。

贾环等商议定了,王仁便去找邢大舅,贾芸便去回邢王二夫人,说得锦上添花。王夫人听了,虽然入耳,只是不信。邢夫人听得邢大舅知道,心里愿意,便打发人找了邢大舅来问他。那邢大舅已经听了王仁的话,又可分肥,便在邢夫人跟前说道:"若说这位郡王,是极有体面的。若应了这门亲事,虽说是不是正配,保管一过了门,姊夫的官早复了,这里的声势又好了。"邢夫人本是没主意人,被傻大舅一番假话哄得心动,请了王仁来一问,更说得热闹。于是邢夫人倒叫人出去追着贾芸去说。王仁即刻找了人去到外藩公馆说了。

> 这些叙述,就事论事,没有小说艺术的魅力,既非栩栩如生,也非别开生面,又不起伏跌宕,这可真不像原作了。

那外藩不知底细,便要打发人来相看。贾芸又钻了相看的人,说明:"原是瞒着合宅的,只说是王府相亲。等到成了,他祖母作主,亲舅舅的保山,是不怕的。"那相看的人应了。贾芸便

> "官早复了",打中要害,说到点子上。有些私心,为了官职,什么事情做不出来?给个孙女算什么?岂能把坏事坏名全扣在环、芸之流身上?

贾府前前后后不知买了多少无辜女孩子。如今轮到了巧姐头上。恶也是报应。行恶者遭"恶"之极。恶唤醒了恶,于是乎恶性循环。

送信与邢夫人,并回了王夫人。那李纨宝钗等不知原故,只道是件好事,也都欢喜。

那日,果然来了几个女人,都是艳妆丽服。邢夫人接了进去,叙了些闲话。那来人本知是个诰命,也不敢怠慢。邢夫人因事未定,也没有和巧姐说明,只说有亲戚来瞧,叫他去见。那巧姐到底是个小孩子,那管这些,便跟了奶妈过来。平儿不放心,也跟着来。只见有两个宫人打扮的,见了巧姐,便浑身上下一看,更又起身来拉着巧姐的手又瞧了一遍,略坐了一坐就走了。倒把巧姐看得羞臊,回到房中纳闷;想来没有这门亲戚,便问平儿。平儿先看见来头,却也猜着八九:"必是相亲的。但是二爷不在家,大太太作主,到底不知是那府里的。若说是对头亲,不该这样相看。瞧那几个人的来头,不像是本支王府,好像是外头路数。如今且不必和姑娘说明,且打听明白再说。"平儿心下留神打听。那些丫头婆子都是平儿使过的,平儿一问,所有听见外头的风声都告诉了,平儿便吓的没了主意。虽不和巧姐说,便赶着去告诉了李纨宝钗,求他二人告诉王夫人。

王夫人知道这事不好,便和邢夫人说知。怎奈邢夫人信了兄弟并王仁的话,反疑心王夫人不是好意,便说:"孙女儿也大了。现在琏儿不在家,这件事,我还做得主。况且是他亲舅爷爷和他亲舅舅打听的,难道倒比别人不真么?我横竖是愿意的。倘有什么不好,我和琏儿也抱怨不着别人。"王夫人听了这些话,心下暗暗

李纨、宝钗不知原故,可能。但依宝钗稳重性格,多考虑考虑,多查访查访,至少可以建议等等与贾政、贾琏通气,则都是题中应有之义。如今竟也匆匆忙忙地"欢喜"起来了。欢喜什么?未必是欢喜巧姐嫁给藩王做偏室。倒像是欢喜"复官"的可能性。

看,平儿就能有所查觉。纨、钗却完全糊涂。恐不是智力问题而是"立场"问题了。

幸有平儿。也算幸亏凤姐在世时与平儿处得好。

贾母在时，王夫人得宠，但仍然迎合邢夫人的心意，搞了一回大抄检。如今，王夫人一点咒也没的念了。王夫人的本事一个是严惩漂亮丫鬟，一个是重点津贴袭人，一个是充当邢夫人的应声虫压凤姐，最后一个是不待见赵姨娘母子。除此之外，她一无所长，一无所能。

生气，勉强说些闲话，便走了出来，告诉了宝钗，自己落泪。宝玉劝道："太太别烦恼。这件事，我看来是不成的。这又是巧姐儿命里所招，只求太太不管就是了。"王夫人道："你一开口就是疯话。人家说定了就要接过去。若依平儿的话，你琏二哥可不抱怨我么？别说自己的侄孙女儿，就是亲戚家的，也是要好才好。邢姑娘是我们作媒的，配了你二大舅子，如今和和顺顺的过日子，不好么？那琴姑娘，梅家娶了去，听见说是丰衣足食的，很好。就是史姑娘，是他叔叔的主意，头里原好；如今姑爷痨病死了，你史妹妹立志守寡，也就苦了。若是巧姐儿错给了人家儿，可不是我的心坏？"

正说着，平儿过来瞧宝钗，并探听邢夫人的口气。王夫人将邢夫人的话说了一遍。平儿呆了半天，跪下求道："巧姐儿终身全仗着太太，若信了人家的话，不但姑娘一辈子受了苦，便是琏二爷回来，怎么说呢？"王夫人道："你是个明白人，起来听我说：巧姐儿到底是大太太孙女儿，他要作主，我能够拦他么？"宝玉劝道："无妨碍的，只要明白就是了。"平儿生怕宝玉疯癫嚷出来，也并不言语，回了王夫人，竟自去了。

这里王夫人想到烦闷，一阵心痛，叫丫头扶着，勉强回到自己房中躺下，不叫宝玉宝钗过来，说："睡睡就好的。"自己却也烦闷。听见说李婶娘来了，也不及接待。只见贾兰进来请了安，回道："今早爷爷那里打发人带了一封书子

贾母、凤姐死后与探春走后，贾府是无政府状态，无政府状态常常是最坏的状态。

历数自己捏和婚姻的成绩。最大的成绩却忘了：逼死黛玉，逼"疯"逼傻了宝玉，也完全白白牺牲了宝钗。

宝玉这种预知吉凶的口气，颇不自然。也与他的性格不合。
如表现他的万事皆空，也就说不上什么有妨碍、无妨碍了。

来,外头小子们传进来的。我母亲接了,正要过来,因我老娘来了,叫我先呈给太太瞧,回来我母亲就过来来回太太。还说我老娘要过来呢。"说着,一面把书子呈上。王夫人一面接书,一面问道:"你老娘来作什么?"贾兰道:"我也不知道。我只听见我老娘说,我三姨儿的婆婆家有什么信儿来了。"王夫人听了,想起来还是前次给甄宝玉说了李绮,后来放定下茶,想来此时甄家要娶过门,所以李婶娘来商量这件事情,便点点头儿;一面拆开书信,见上面写着道:

> 近因沿途俱系海疆凯旋船只,不能迅速前行。闻探姐随翁婿来都,不知曾有信否?前接到琏侄手禀,知大老爷身体欠安,亦不知已有确信否?宝玉兰哥场期已近,务须实心用功,不可息惰。老太太灵柩抵家,尚需日时。我身体平善,不必挂念。此谕宝玉等知道。月日手书。蓉儿另禀。

王夫人看了,仍旧递给贾兰,说:"你拿去给你二叔叔瞧瞧,还交给你母亲罢。"正说着,李纨同李婶娘过来,请安问好毕,王夫人让了坐。李婶娘便将甄家要娶李绮的话说了一遍。大家商议了一会儿。李纨因问王夫人道:"老爷的书子,太太看过了么?"王夫人道:"看过了。"贾兰便拿着给他母亲瞧。李纨看了道:"三姑娘出了门好几年,总没有来;如今要回京了,太太也放了好些心。"王夫人道:"我本是心痛,看见探丫头要回来了,心里略好些,只是不知几时才到?"李婶娘便问了贾政在路好。李纨因向贾兰道:"哥儿瞧见了?场期近了,你爷爷惦记的什么是的。你快拿了去给二叔叔瞧去罢。"李婶娘道:"他们爷儿两个又没进过学,怎么能下场呢?"王夫人道:

> 在这种死去活来、不可终日的气氛下念念不忘功名,确是禄蠹声口。

> 这些地方,续作倒还精细,注意"腻缝"。

"他爷爷做粮道的起身时,给他们爷儿两个援了例监了。"李婶娘点头。贾兰一面拿着书子出来,来找宝玉。

却说宝玉送了王夫人去后,正拿着《秋水》一篇在那里细玩。宝钗从里间走出,见他看的得意忘言,便走过来一看,见是这个,心里着实烦闷,细想:"他只顾把这些'出世离群'的话当作一件正经事,终久不妥。"看他这种光景,料劝不过来,便坐在宝玉傍边,怔怔的坐着。宝玉见他这般,便道:"你这又是为什么?"宝钗道:"我想你我既为夫妇,你便是我终身的倚靠,却不在情欲之私。论起荣华富贵,原不过是'过眼烟云';但自古圣贤,以人品根柢为重……"宝玉也没听完,把那本书搁在旁边,微微的笑道:"据你说'人品根柢',又是什么'古圣贤',你可知古圣贤说过'不失其赤子之心'。那赤子有什么好处?不过是无知、无识、无贪、无忌。我们生来已陷溺在贪、嗔、痴、爱中,犹如污泥一般,怎么能跳出这般尘网?如今才晓得'聚散浮生'四字,古人说了,曾不提醒一个。既要讲到人品根柢,谁是到那太初一步地位的?"宝钗道:"你既说'赤子之心',古圣贤原以忠孝为赤子之心,并不是遁世离群、无关无系为赤子之心。尧、舜、禹、汤、周、孔,时刻以救民济世为心,所谓赤子之心,原不过是'不忍'二字。若你方才所说的忍于抛弃天伦,还成什么道理?"宝玉点头笑道:"尧舜不强巢许,武周不强夷齐。"宝钗不等他说完,便道:"你这个话,益发不是了。古来若都是巢、许、夷、齐,为什么如今人又把尧、舜、周、孔称为圣贤呢?况且你自比夷齐,更不成话。伯夷叔齐原是生在殷商末世,有许多难处之事,所

> 宝玉确实不妥。
> 宝钗如何妥呢?
> 试看今日之贾府,谁人能妥?

> 赤子无知无识是对的。无贪无忌,却难讲。当然,小有贪忌,没有成人那么严重。

> 赤子之心自身亦是包含有内在的矛盾的。
> 钗、玉各执一词,谁能说服谁呢?
> 在这样的讨论中,学问显得苍白无力。

以才有托而逃。当此圣世,咱们世受国恩,祖父锦衣玉食;况你自有生以来,自去世的老太太,以及老爷太太,视如珍宝。你方才所说,自己想一想,是与不是?"宝玉听了,也不答言,只有仰头微笑。

> 再次表态,声明作者是良民。

宝钗因又劝道:"你既理屈词穷,我劝你从此把心收一收,好好的用用功,但能博得一第,便是从此而止,也不枉天恩祖德了。"宝玉点了点头,叹了口气,说道:"一第呢,其实也不是什么难事,倒是你这个'从此而止,不枉天恩祖德',却还不离其宗。"宝钗未及答言,袭人过来说道:"刚才二奶奶说的古圣先贤,我们也不懂。我只想着我们这些人,从小儿辛辛苦苦跟着二爷,不知陪了多少小心,论起理来,原该当的,但只二爷也该体谅体谅。况且二奶奶替二爷在老爷太太跟前行了多少孝道,就是二爷不以夫妻为事,也不可太辜负了人心。至于神仙那一层,更是谎话,谁见过有走到凡间来的神仙呢?那里来的这么个和尚,说了些混话,二爷就信了真。二爷是读书的人,难道他的话比老爷太太还重么?"宝玉听了,低头不语。

> 二人务一回虚。

> 宝玉想的却是一种两全的可操作性。

> 袭人以私情感宝玉,尚略有效果(参看二十一回),由她来讲道理,此时此事,益发没用,平添厌烦。有这样一妻一妾成天教育自己——不如出家的好。

袭人还要说时,只听外面脚步走响,隔着窗户问道:"二叔在屋里呢么?"宝玉听了是贾兰的声音,便站起来笑道:"你进来罢。"宝钗也站起来。贾兰进来,笑容可掬的给宝玉宝钗请了安,问了袭人的好,袭人也问了好,便把书子呈给宝玉瞧。宝玉接在手中看了,便道:"你三姑姑回来了?"贾兰道:"爷爷既如此写,自然是回来的了。"宝玉点头不语,默默如有所思。贾兰便问:"叔叔看见爷爷后头写的,叫咱们好生念书了。叔叔这一程子只怕总没作文章罢?"宝玉笑道:

"我也要作几篇熟一熟手,好去诓这个功名。"贾兰道:"叔叔既这样,就拟几个题目,我跟着叔叔作作,也好进去混场。别到那时交了白卷子,惹人笑话。不但笑话我,人家连叔叔都要笑话了。"宝玉道:"你也不至如此。"说着,宝钗命贾兰坐下。

> 诓个功名,逢场作戏而已。也算得"玩科举"吧。

宝玉仍坐在原处,贾兰侧身坐了。两个谈了一回文,不觉喜动颜色。宝钗见他爷儿两个谈得高兴,便仍进屋里去了,心中细想:"宝玉此时光景,或者醒悟过来了。只是刚才说话,他把那'从此而止'四字单单的许可,这又不知是什么意思了。"宝钗尚自犹豫。惟有袭人看他爱讲文章,提到下场,更又欣然,心里想道:"阿弥陀佛!好容易讲《四书》是的才讲过来了!"这里宝玉和贾兰讲文,莺儿沏过茶来。贾兰站起来接了,又说了一会子下场的规矩,并请甄宝玉在一处的话,宝玉也甚似愿意。

> 又做铺垫了。

> "甚似愿意","似"字用得好。

一时,贾兰回去,便将书子留给宝玉了。那宝玉拿着书子,笑嘻嘻走进来,递给麝月收了,便出来将那本《庄子》收了,把几部向来最得意的如《参同契》《元命苞》《五灯会元》之类,叫出麝月、秋纹、莺儿等都搬了搁在一边。宝钗见他这番举动,甚为罕异,因欲试探他,便笑问道:"不看他倒是正经,但又何必搬开呢?"宝玉道:"如今才明白过来了,这些书都算不得什么。我还要一火焚之,方为干净。"宝钗听了,更欣喜异常。只听宝玉口中微吟道:

　　　　内典语中无佛性,金丹法外有仙舟。

宝钗也没很听真,只听得"无佛性""有仙舟"几个字,心中转又狐疑,且看他作何光景。宝玉便命麝月秋纹等收拾一间静室,把那些语

> 宝玉对于内典、金丹,并无多少牵连。是生活这部残忍的教科书,把他引上了出家之路。

宝玉出家这样一个结局,也是步步为营、煞费苦心地写出来的。事已至此,一切皆成定局。

录名稿及应制诗之类,都找出来,搁在静室中,自己却当真静静的用起功来。宝钗这才放了心。

那袭人此时真是闻所未闻,见所未见,便悄悄的笑着向宝钗道:"到底奶奶说话透彻,只一路讲究,就把二爷劝明白了。就只可惜迟了一点儿,临场太近了。"宝钗点头微笑道:"功名自有定数,中与不中,倒也不在用功的迟早。但愿他从此一心巴结正路,把从前那些邪魔永不沾染就是好了。"说到这里,见房里无人,便悄说道:"这一番悔悟过来,固然很好;但只一件,怕又犯了前头的旧病,和女孩儿们打起交道来,也是不好。"袭人道:"奶奶说的也是。二爷自从信了和尚,才把这些姐妹冷淡了;如今不信和尚,真怕又要犯了前头的旧病呢。我想,奶奶和我,二爷原不大理会。紫鹃去了,如今只他们四个。这里头就是五儿有些个狐媚子,听见说,他妈求了大奶奶和奶奶,说要讨出去给人家儿呢,但是这两天到底在这里呢。麝月秋纹虽没别的,只是二爷那几年也都有些顽顽皮皮的。如今算来,只有莺儿二爷倒不大理会,况且莺儿也稳重。我想倒茶弄水,只叫莺儿带着小丫头们伏侍就够了,不知奶奶心里怎么样?"宝钗道:"我也虑的是这些,你说的倒也罢了。"从此便派莺儿带着小丫头伏侍。那宝玉却也不出房门,天天只差人去给王夫人请安。王夫人听见他这番光景,那一种欣慰之情,更不待言了。

到了八月初三这一日,正是贾母的冥寿。

又是欲擒故纵。
以为一路讲究就可以把谁劝明白,这本身就是痴、妄。

也是两难。
肯定生活就要肯定对异性的情爱。
否定这些情爱,却又干脆否定了生活。
宝钗袭人妄图把宝玉的生命、灵性、多感、多情……纳入自己安排的一条小轨道,这不也是要让骆驼钻过针眼吗?

这样写或许不是雪芹原意,但贾宝玉刁钻古怪,而又聪明伶俐,本也不妨玩点花活。

天若有情天亦老。如今是怎样的景象？凤姐一世之雄，而今安在哉？连独生女也保护不了。宝玉已经完成了自己的心路历程。底下的事，随便玩玩，姑妄行之而已。宝钗袭人的劝谏，恐怕只能促使宝玉下定出走的决心。回顾一下并不重要的与莺儿的闲话，既要告别，能不依依？便如贾母临死之前"睁着眼满屋里瞧了一瞧"一样。

各种情节联系起来，形成强烈的反差（包括赖尚荣的小小插曲）。

宝玉早晨过来磕了头，便回去，仍到静室中去了。饭后，宝钗袭人等都和姊妹们跟着邢王二夫人在前面屋里说闲话。见宝玉自在静室，冥心危坐。忽见莺儿端了一盘瓜果进来，说："太太叫人送来给二爷吃的，这是老太太的克什。"宝玉站起来答应了，复又坐下，便道："搁在那里罢。"莺儿一面放下瓜果，一面悄悄向宝玉道："太太那里夸二爷呢。"宝玉微笑。莺儿又道："太太说了，二爷这一用功，明儿进场中了出来，明年再中了进士，作了官，老爷太太可就不枉了盼二爷了。"宝玉也只点头微笑。

> 宝玉过去多是呆笑痴笑，现在有了微笑了，很危险。
> 自己下定了决心，就会镇定得多。哪怕没有做出什么像样的选择。

莺儿忽然想起那年给宝玉打络子的时候宝玉说的话来，便道："真要二爷中了，那可是我们姑奶奶的造化了。二爷还记得那一年在园子里，不是二爷叫我打梅花络子时说的，我们姑奶奶后来带着我不知到那一个有造化的人家儿去呢，如今二爷可是有造化的罢咧。"宝玉听到这里，又觉尘心一动，连忙敛神定息，微微的笑道："据你说来，我是有造化的，你们姑娘也是有造化的，你呢？"莺儿把脸飞红了，勉强道："我们不过当丫头一辈子罢咧，有什么造化呢！"宝玉笑道："果然能够一辈子是丫头，你这个造化比我们还大呢！"莺儿听见这话，似乎又是疯话了，恐怕自己招出宝玉的病根来，打算着要走。只见宝玉笑着说道："傻丫头，我告诉你罢。"未知宝玉又说出什么话来，且听下回分解。

> 一个接一个的回首往事，呼应前文，预示着即将永别。

> 此时谈造化，真是对造化与盼造化者的莫大讽刺。

其实并不是宝玉破坏了、违背了宝钗、袭人宣讲的封建主流意识形态，而是从朝廷到皇亲国戚、达官贵人、文人学士，包括整个贾家的全体，没有谁真正按孔孟之道做，贾政空谈做状，也绝对与修齐治平无干。

第一百十九回

中乡魁宝玉却尘缘　沐皇恩贾家延世泽

中乡魁本是尘缘,然而宝玉是从此了却尘缘。那么,沐皇恩的结果,是延续了还是失落了"世泽"呢?世泽中断,其实不全完决定于皇恩。

　　话说莺儿见宝玉说话,摸不着头脑,正自要走,只听宝玉又说道:"傻丫头,我告诉你罢。你姑娘既是有造化的,你跟着他,自然也是有造化的了。你袭人姐姐是靠不住的。只要往后你尽心伏侍他就是了,日后或有好处,也不枉你跟着他熬了一场。"莺儿听了前头像话,后头说的又有些不像了,便道:"我知道了。姑娘还等我呢。二爷要吃果子时,打发小丫头叫我就是了。"宝玉点头,莺儿才去了。一时,宝钗袭人回来,各自房中去了,不提。

　　且说过了几天,便是场期。别人只知盼望他爷儿两个作了好文章,便可以高中的了,只有宝钗见宝玉的工课虽好,只是那有意无意之间,却别有一种冷静的光景。知他要进场了,头一件,叔侄两个都是初次赴考,恐人马拥挤,有什么失闪;第二件,宝玉自和尚去后,总不出门,虽然见他用功喜欢,只是改的太速太好了,反倒有些信不及,只怕又有什么变故。所以进场的头一天,一面派了袭人带了小丫头们同着素云等给他爷儿两个收拾妥当,自己又都过了目,好好

如是泄露天机,则成败笔。如来自对袭人的了解,则是春秋笔法。
文笔得失,谁能评说?

庸人俗眼,但知高中是喜。又微笑又冷静,都是过去无有的神态,令人忧虑惊心。

对于非正常情况,是应该抱怀疑态度。
也是欲擒故纵,将欲废之必国兴之。

的搁起，预备着；一面过来同李纨回了王夫人，拣家里的老成管事的多派了几个，只说怕人马拥挤碰了。

次日，宝玉贾兰换了半新不旧的衣服，欣然过来见了王夫人。王夫人嘱咐道："你们爷儿两个都是初次下场，但是你们活了这么大，并不曾离开我一天。就是不在我眼前，也是丫头媳妇们围着，何曾自己孤身睡过一夜。今日各自进去，孤孤凄凄，举目无亲，须要自己保重。早些作完了文章出来，找着家人，早些回来，也叫你母亲、媳妇们放心。"王夫人说着，不免伤心起来。贾兰听一句答应一句。只见宝玉一声不哼，待王夫人说完了，走过来给王夫人跪下，满眼流泪，磕了三个头，说道："母亲生我一世，我也无可报答。只有这一入场，用心作了文章，好好的中个举人出来，那时太太喜欢喜欢，便是儿子一辈子的事也完了，一辈子的不好，也都遮过去了。"王夫人听了，更觉伤心起来，便道："你有这个心，自然是好的，可惜你老太太不能见你的面了。"一面说，一面拉他起来。那宝玉只管跪着，不肯起来，便说道："老太太见与不见，总是知道的，喜欢的；既能知道了，喜欢了，便是不见也和见了的一样。只不过隔了形质，并非隔了神气啊。"

李纨见王夫人和他如此，一则怕勾起宝玉的病来，二则也觉得光景不大吉祥，连忙过来说道："太太，这是大喜的事，为什么这样伤心？况且宝兄弟近来很知好歹，很孝顺，又肯用功，只要带了侄儿进去，好好的作文章，早早的回来，写出来请咱们的世交老先生们看了，等着爷儿两个都报了喜，就完了。"一面叫人搀起宝玉来。

半新不旧有理。太新了招摇，太旧了寒伧。

孤孤凄凄，举目无亲，王夫人说中了。
每个人都能无意中预言他人的（或自己的）命运，使命运更加闪烁不定，奥妙无穷。

话里有话。

痛心，通达，超越，别了。

你也不能再见面了。

又是话里有话。

就完了，完成了，完结了，完蛋了。

这一段彼此对话相当富于戏剧效果。好像有许多眼泪,含在眶里,不流出来。宝玉是话里有话,如同诀别。王夫人是又高兴又糊涂又直觉不甚好。李纨朦朦胧胧看到了面临的黑洞,不敢正视。宝钗句句听出了弦外之音却又一筹莫展。而这,又是遵照上下左右的教导去拼搏夺取功名。这些写得相当精彩,不低于前八十回水平。

宝玉却转过身来给李纨作了个揖,说:"嫂子放心,我们爷儿两个都是必中的。日后兰哥还有大出息,大嫂子还要带凤冠穿霞帔呢。"李纨笑道:"但愿应了叔叔的话,也不枉……"说到这里,恐怕又惹起王夫人的伤心来,连忙咽住了。宝玉笑道:"只要有了个好儿子,能够接续祖基,就是大哥哥不能见,也算他的后事完了。"李纨见天气不早了,也不肯尽着和他说话,只好点点头儿。

一副留遗嘱的架势。

此时宝钗听得,早已呆了。这些话,不但宝玉,便是王夫人李纨所说,句句都是不祥之兆,却又不敢认真,只得忍泪无言。那宝玉走到跟前,深深的作了一个揖。众人见他行事古怪,也摸不着是怎么样,又不敢笑他。只见宝钗的眼泪直流下来,众人更是纳罕。又听宝玉说道:"姐姐,我要走了。你好生跟着太太,听我的喜信儿罢。"宝钗道:"是时候了,你不必说这些唠叨话了。"宝玉道:"你倒催的我紧,我自己也知道该走了。"回头见众人都在这里,只没惜春紫鹃,便说道:"四妹妹和紫鹃姐姐跟前,替我说一句罢,横竖是再见就完了。"

祥乎不祥乎?有兆乎无兆乎?夫复何如!

"你倒催的"云云,不能说不是微词。
该走了!该走了!该走了!除了小说中人,谁又能走得开呢?

众人见他的话,又像有理,又像疯话。大家只说他从没出过门,都是太太的一套话招出来的,不如早早催他去了,就完了事了,便说道:"外面有人等你呢,你再闹就误了时辰了。"宝玉仰面大笑道:"走了,走了!不用胡闹了,完了事了!"众人也都笑道:"快走罢。"独有王夫人和宝

仰天大笑出门去,吾辈岂是功名人!

钗娘儿两个倒像生离死别的一般,那眼泪也不知从那里来的,直流下来,几乎失声哭出。但见宝玉嘻天哈地,大有疯傻之状,遂从此出门走了。正是:

　　　　走求名利无双地,打出樊笼第一关。

不言宝玉贾兰出门赴考,且说贾环见他们考去,自己又气又恨,便自大为王,说:"我可要给母亲报仇了。家里一个男人没有,上头大太太依了我,还怕谁!"想定了主意,跑到邢夫人那边请了安,说了些奉承的话。那邢夫人自然喜欢,便说道:"你这才是明理的孩子呢!像那巧姐儿的事,原该我作主的,你琏二哥糊涂,放着亲奶奶,倒托别人去!"贾环道:"人家那头儿也说了,只认得这一门子,现在定了,还要备一分大礼来送太太呢。如今太太有了这样的藩王孙女婿儿,还怕大老爷没大官做么?不是我说自己的太太,他们有了元妃姐姐,便欺压的人难受。将来巧姐儿别也是这样没良心,等我去问问他。"邢夫人道:"你也该告诉他,他才知道你的好处。只怕他父亲在家也找不出这门子好亲事来!但只平儿那个糊涂东西,他倒说这件事不好,说是你太太也不愿意。想来恐怕我们得了意。若迟了,你二哥回来,又听人家的话,就办不成了。"贾环道:"那边都定了,只等太太出了八字。王府的规矩,三天就要来娶的。但是一件,只怕太太不愿意,那边说是不该娶犯官的孙女,只好悄悄的抬了去;等大老爷免了罪,做了官,再大家热闹起来。"邢夫人道:"这有什么不愿意?也是礼上应该的。"贾环道:"既这么着,这帖子太太出了就是了。"邢夫人道:"这孩子又糊涂了!里头都是女人,你叫芸哥儿写了

本来不足为奇,当年宝玉上一回学不也是千叮万嘱吗?唯此次客观上带有永诀性质。

这一段宝玉赶考前的对话,可以一字不易地作为脚本来演话剧。

又提供一个看事的不同角度。
如果坏人——例如贾环执笔写了一部《红楼梦》,一定另辟蹊径,出人意外,别有风光。

坏人窃权,必有灾祸。

一个就是了。"贾环听说,喜欢的了不得,连忙答应了出来,赶着和贾芸说了,邀着王仁到那外藩公馆立文书、兑银子去了。

那知刚才所说的话早被跟邢夫人的丫头听见。那丫头是求了平儿才挑上的,便抽空儿赶到平儿那里,一五一十的都告诉了。平儿早知此事不好,已和巧姐细细的说明。巧姐哭了一夜,必要等他父亲回来作主,大太太的话不能遵;今儿又听见这话,便大哭起来,要和太太讲去。平儿急忙拦住道:"姑娘且慢着。大太太是你的亲祖母,他说二爷不在家,大太太做得主的,况且还有舅舅做保山。他们都是一气,姑娘一个人,那里说得过呢?我到底是下人,说不上话去。如今只可想法儿,断不可冒失的。"邢夫人那边的丫头道:"你们快快的想主意,不然,可就要抬走了。"说着,各自去了。

平儿回过头来,见巧姐哭作一团,连忙扶着道:"姑娘,哭是不中用的,如今是二爷毂不着,听见他们的话头……"这句话还没说完,只见邢夫人那边打发人来告诉:"姑娘大喜的事来了。叫平儿将姑娘所有应用的东西料理出来。若是赔送呢,原说明了等二爷回来再办。"平儿只得答应了回来。又见王夫人过来,巧姐儿一把抱住,哭得倒在怀里。王夫人也哭道:"妞儿不用着急,我为你吃了大太太好些话,看来是扭不过来的。我们只好应着缓下去,即刻差个家人赶到你父亲那里去告诉。"平儿道:"太太还不知道么?早起三爷在大太太跟前说了,什么外藩规矩,三日就要过去的。如今大太太已叫芸哥儿写了名字年庚去了,还等得二爷么?"王夫人听说是三爷,便气得说不出话来,呆了半天,一叠

> 也是老模式。

> 这种事上,邢夫人的丫头站在巧姐这边,说明人心可用。不得人心如邢夫人、贾环者,达不到自己的目的。

声叫人找贾环。找了半日，人回："今早同蔷哥儿王舅爷出去了。"王夫人问："芸哥呢？"众人回说："不知道。"巧姐屋内人人瞪眼，一无方法。王夫人也难和邢夫人争论，只有大家抱头大哭。

> 这一点也很重要，孱弱丑恶如贾环者，也有偶然得势的可能。

有个婆子进来回说："后门上的人说，那个刘老老又来了。"王夫人道："咱们家遭着这样事，那有工夫接待人，不拘怎么回了他去罢。"平儿道："太太该叫他进来，他是姐儿的干妈，也得告诉告诉他。"王夫人不言语。那婆子便带了刘老老进来。各人见了问好。刘老老见众人的眼圈儿都是红的，也摸不着头脑，迟了一会子，便问道："怎么了？太太姑娘们必是想二姑奶奶了。"巧姐儿听见提起他母亲，越发大哭起来。平儿道："老老别说闲话。你既是姑娘的干妈，也该知道的。"便一五一十的告诉了。把个刘老老也唬怔了。等了半天，忽然笑道："你这样一个伶俐姑娘，没听见过'鼓儿词'么，这上头的方法多着呢。这有什么难的！"平儿赶忙问道："老老，你有什么法儿？快说罢。"刘老老道："这有什么难的呢，一个人也不叫他们知道，扔崩一走就完了事了。"平儿道："这可是混说了。我们这样人家的人，走到那里去？"刘老老道："只怕你们不走，你们要走，就到我屯里去。我就把姑娘藏起来，即刻叫我女婿弄了人，叫姑娘亲笔写个字儿，赶到姑老爷那里，少不得他就来了。可不好么？"平儿道："大太太知道呢？"刘老老道："我来，他们知道么？"平儿道："大太太住在后头，他待人刻薄，有什么信，没有送给他的。你若前门走来，就知道了；如今是后门来的，不妨事。"刘老老道："咱们说定了几时，我叫女婿打了车来接了去。"平儿道："这还等得几时呢，你

> 这些地方写得如同在完成任务，反正早已规定好情节发展，便硬着头皮一路写下去好了。天降斯人。

> 天降斯人。

> 老百姓的办法多。
> 又是俗能胜雅。

> "扔崩一走"，好。写了一大堆交待过程的话，只此"扔崩"二字尚有可取。

> 到了这时候，权贵只能向人民求援。

坐着罢。"急忙进去,将刘老老的话,避了旁人告诉了。

王夫人想了半天不妥当。平儿道:"只有这样!为的是太太,才敢说明。太太就装不知道,回来倒问大太太。我们那里就有人去,想二爷回来也快。"王夫人不言语,叹了一口气。巧姐儿听见,便和王夫人道:"求太太救我,横竖父亲回来,只有感激的。"平儿道:"不用说了,太太回去罢。回来只要太太派人看屋子。"王夫人道:"掩密些,你们两个人的衣服铺盖是要的。"平儿道:"要快走了才中用呢,若是他们定了回来,就有了饥荒了。"提醒了王夫人,便道:"是了,你们快办去罢,有我呢。"于是王夫人回去,倒过去找邢夫人说闲话儿,把邢夫人先拌住了。

> 巧姐此话,有乃母之风。

> 王夫人竟混到在自己家搞"地下斗争"这一步。

平儿这里便遣人料理去了,嘱咐道:"倒别避人,有人进来看见,就说是大太太吩咐的,要一辆车子送刘老老去。"这里又买嘱了看后门的人雇了车来。平儿便将巧姐装做青儿模样,急急的去了。后来平儿只当送人,眼错不见,也跨上车去了。原来近日贾府后门虽开,只有一两个人看着,余外虽有几个家下人,因房大人少,空落落的,谁能照应?且邢夫人又是个不怜下人的。众人明知此事不好,又却感念平儿的好处,所以通同一气,放走了巧姐。邢夫人还自和王夫人说话,那里理会?只有王夫人甚不放心,说了一回话,悄悄的走到宝钗那里坐下,心里还是惦记着。宝钗见王夫人神色恍惚,便问:"太太的心里有什么事?"王夫人将这事背地里和宝钗说了。宝钗道:"险得很!如今得快快儿的叫芸哥儿止住那里才妥当。"王夫人道:"我找不着环儿呢。"宝钗道:"太太总要装作不知,等我想

> 由平儿完成这件使命还是合适的。第一,她确实忠于凤姐,道义上应对巧姐的命运负责。第二,她毕竟担任"秘书长助理"多年,能决断也能(敢于)办一些实事。

> 编圆了就是了,无甚可不可,真不真的。

> 得道多助,失道寡助。

后四十回可能由于续作者的思想观念,也由于客观上要结束全书,善恶报应的反应过程加多加快——诸如金桂下毒、赵姨娘死、贾雨村获罪及凤姐托孤、巧姐避难……但过快了就成了儿戏,成了气球,气球吹得鼓胀,"嘭"的一声没弄明白过来已经泄了气。

个人去叫大太太知道才好。"王夫人点头,一任宝钗想人,暂且不言。

且说外藩原是要买几个使唤的女人,据媒人一面之辞,所以派人相看。相看的人回去,禀明了藩王,藩王问起人家,众人不敢隐瞒,只得实说。那外藩听了,知是世代勋戚,便说:"了不得!这是有干例禁的,几乎误了大事!况我朝觐已过,便要择日起程。倘有人来再说,快快打发出去。"这日恰好贾芸王仁等递送年庚,只见府门里头的人便说:"奉王爷的命:再敢拿贾府的人来冒充民女者,要拿住究治。如今太平时候,谁敢这样大胆?"这一嚷,唬得王仁等抱头鼠窜的出来,埋怨那说事的人,大家扫兴而散。

贾环在家候信,又闻王夫人传唤,急得烦躁起来,见贾芸一人回来,赶着问道:"定了么?"贾芸慌忙跺足道:"了不得,了不得!不知谁露了风了。"还把吃亏的话说了一遍。贾环气得发怔,说:"我早起在大太太跟前说的这样好,如今怎么样处呢?这都是你们众人坑了我了!"正没主意,听见里头乱嚷,叫着贾环等的名字说:"大太太二太太叫呢!"两个人只得蹭进去。只见王夫人怒容满面,说:"你们干的好事!如今逼死了巧姐和平儿了,快快的给我找还尸首来完事!"两个人跪下。贾环不敢言语。贾芸低头说道:"孙子不敢干什么。为的是邢舅太爷和王舅爷说给巧妹妹作媒,我们才回太太们的。大太太愿意,才叫孙子写帖儿去的。人家还不要呢。

出现这样的事,固是由于邢、环、芸之恶劣,更是由于贾府之失势。但藩王没有这样浅薄,不可能参与共谋。

这样写最好。没有对藩王不敬的意思。不会给"红"惹出政治上的麻烦。
但这样写,刘老老的救援反没有了实际的意义。

尔虞我诈。你不仁,我不义。

怎么我们逼死了妹妹呢？"王夫人道："环儿在大太太那里说的，三日内便要抬了走。说亲作媒，有这样的么？我也不问，你们快把巧姐儿还了我们，等老爷回来再说。"邢夫人如今也是一句话儿说不出了，只有落泪。王夫人便骂贾环说："赵姨娘这样混账的东西，留的种子也是这混账的！"说着，叫丫头扶了，回到自己房中。

> 种子是贾政的。
> 王夫人的骂人实很下作。

那贾环、贾芸、邢夫人三个人互相埋怨，说道："如今且不用埋怨。想来死是不死的，必是平儿带了他到那什么亲戚家躲着去了。"邢夫人叫了前后的门上人来骂着，问："巧姐儿和平儿，知道那里去了？"岂知下人一口同音，说是："大太太不必问我们，问当家的爷们就知道了。在大太太也不用闹，等我们太太问起来，我们有话说。要打大家打，要发大家都发。自从琏二爷出了门，外头闹得还了得！我们的月钱月米是不给了，赌钱喝酒，闹小旦，还接了外头的媳妇儿到宅里来，这还是爷吗？"说得贾芸等顿口无言。王夫人那边又打发人来催说："叫爷们快找来！"那贾环等急得恨无地缝可钻，又不敢盘问巧姐那边的人。明知众人深恨，是必藏起来了，但是这句话怎敢在王夫人面前说，只得各处亲戚家打听，毫无踪迹。里头一个邢夫人，外头环儿等，这几天闹的昼夜不宁。

> 行得太歪了，下边也能说出话来。再专制也堵不住嘴。

> 报应得极快。
> 按理不可能打听不出来。

看看到了出场日期，王夫人只盼着宝玉贾兰回来。等到晌午，不见回来，王夫人、李纨、宝钗着忙，打发人去到下处打听。去了一起，又无消息，连去的人也不来了。回来又打发一起人去，又不见回来。三个人心里如热油熬煎。等到傍晚，有人进来，见是贾兰。众人喜欢，问道：

对宝玉中举后出走的设计,"红学"家颇多诟病,认为是俗,是脱裤子放屁……得失难较。首先,这是一个极大的反差与讽刺。从贾政到袭人,一直对宝玉谆谆教导,要取功名。偏偏他完成了功名任务后走了。其次,他如何能离开贾府,离开那种众星捧月式的包围呢?入考场最天经地义。入考场的结果不是得中荣归,而是中而走了,又是一种翻案的惊人之笔。再者,如果黛玉前脚死宝玉后脚走,反倒没有戏了。现写宝玉为黛玉之死而极端痛苦,而得了精神病,之后,是整个一个过程,与宝钗亦可相处居室了,袭人也俨然屋里人地教育上来了,他经历了家族的衰微,他经历了自己的小家的初步稳定,他像个傻子样地接受上下左右的教导督促,他像个傀儡似的被牵着线活动,他再次游历了太虚幻境,他经历了波涛起伏终于平静的精神旅程,最后,他又玩了一下功名,逢场做戏地考了个举人,该体验的他全部体验完了,不去做和尚,也就只有去自杀了。但是不,他还有一条出路,把这一切写下来。以出家和自杀的决心写下一部小说来!

"宝二叔呢?"贾兰也不及请安,便哭道:"二叔丢了。"王夫人听了这话,便怔了半天,也不言语,便直挺挺的躺到床上。亏得彩云等在后面扶着,下死的叫醒转来,哭着。见宝钗也是白瞪两眼,袭人等已哭得泪人一般,只有哭着骂贾兰道:"糊涂东西!你同二叔在一处,怎么他就丢了?"贾兰道:"我和二叔在下处是一处吃,一处睡。进了场,相离也不远,刻刻在一处的。今儿一早,二叔的卷子早完了,还等我呢。我们两个人一起去交了卷子,一同出来,在龙门口一挤,回头就不见了。我们家接场的人都问我。李贵还说:'看见的,相离不过数步,怎么一挤就不见了?'现叫李贵等分头的找去。我也带了人,各处号里都找遍了,没有,我所以这时候才回来。"

> 此话无理。按情理,找不到二叔,年纪小的贾兰应认为自己丢了,或二人失散了,应认为二叔已回家才对。
> 略显潦草,终究合情合理,宝玉不走,还能如何?

> 从技术上说,进场、应试、中举是唯一逃跑的路径。

王夫人是哭的一句话也说不出来,宝钗心里已知八九,袭人痛哭不已。贾蔷等不等吩咐,也是分头而去。可怜荣府的人,个个死多活少,空备了接场的酒饭。贾兰也忘却了辛苦,还要自己找去。倒是王夫人拦住道:"我的儿,你叔叔丢了,还禁得再丢了你么?好孩子,你歇歇去罢。"贾兰那里肯走,尤氏等苦劝不止。众人中只有惜春心里却明白了,只不好说出来,便问宝

> 宝钗一心给宝玉办学习班,将宝玉管好改好,结果当然是适得其反。
> 空备了接场的酒饭,空欢喜一场,一厢情愿地准备了一场……人生会有多少种类似的悲喜剧,人是怎样地冒傻气呀!

钗道:"二哥哥带了玉去了没有?"宝钗道:"这是随身的东西,怎么不带?"惜春听了,便不言语。袭人想起那日抢玉的事来,也是料着那和尚作怪,柔肠几断,珠泪交流,呜呜咽咽哭个不住,追想当年宝玉相待的情分:"有时怄他,他便恼了,也有一种令人回心的好处,那温存体贴,是不用说了。若怄急了他,便赌誓说做和尚,那知道今日却应了这句话。"看看那天已觉是四更天气,并没有个信儿。李纨又怕王夫人苦坏了,极力的劝着回房。众人都跟着伺候,只有邢夫人回去。贾环躲着不敢出来。王夫人叫贾兰去了,一夜无眠。次日天明,虽有家人回来,都说:"没有一处不寻到,实在没有影儿。"于是薛姨妈、薛蝌、史湘云、宝琴、李婶娘等接二连三的过来请安问信。

> 毕竟袭人与宝玉是老交情了。

　　如此一连数日,王夫人哭得饮食不进,命在垂危。忽有家人回道:"海疆来了一人,口称统制大人那里来的,说我们家的三姑奶奶,明日到京了。"王夫人听说探春回京,虽不能解宝玉之愁,那个心略放了些。到了明日,果然探春回来。众人远远接着,见探春出挑得比先前更好了,服采鲜明。见了王夫人形容枯槁,众人眼肿腮红,便也大哭起来,哭了一会,然后行礼。看见惜春道姑打扮,心里很不舒服。又听见宝玉心迷走失,家中多少不顺的事,大家又哭起来。还亏得探春能言,见解亦高,把话来慢慢儿的劝解了好些时,王夫人等略觉好些。再明儿,三姑爷也来了,知有这样的事,探春住下劝解。跟探春的丫头老婆也与众姐妹们相聚,各诉别后的事。从此上上下下的人,竟是无昼无夜,专等宝玉的信。

> 招之即来,挥之即去,没写出多少道理来。当然,有丢了的有回来的,有些参差,可以互比。

> 探春这样回来,只是多一个悲剧的目击者而已,丝毫减缓不了悲剧性。

那一夜五更多天，外头几个家人进来，到二门口报喜。几个小丫头乱跑进来，也不及告诉大丫头了，进了屋子，便说："太太奶奶们大喜！"王夫人打谅宝玉找着了，便喜欢的站起身来说："在那里找着的？快叫他进来。"那人道："中了第七名举人。"王夫人道："宝玉呢？"家人不言语。王夫人仍旧坐下。探春便问："第七名中的是谁？"家人回说："是宝二爷。"正说着，外头又嚷道："兰哥儿中了！"那家人赶忙出去，接了报单回禀，见贾兰中了一百三十名。李纨心下喜欢，因王夫人不见了宝玉，不敢喜形于色。王夫人见贾兰中了，心下也是喜欢，只想："若是宝玉一回来，咱们这些人，不知怎样乐呢！"独有宝钗心下悲苦，又不好掉泪。众人道喜，说是："宝玉既有中的命，自然再不会丢的，况天下那有迷失了的举人。"王夫人等想来不错，略有笑容，众人便趁势劝王夫人等多进了些饮食。只见三门外头焙茗乱嚷说："我们二爷中了举人，是丢不了的了！"众人问道："怎见得呢？"焙茗道："'一举成名天下闻'，如今二爷走到那里，那里就知道的，谁敢不送来！"里头的众人都说："这小子虽是没规矩，这句话是不错的。"惜春道："这样大人了，那里有走失的？只怕他勘破世情，入了空门，这就难找着他了。"这句话又招得王夫人等又大哭起来。李纨道："古来成佛作祖成神仙的，果然把爵位富贵都抛了，也多得很。"王夫人哭道："他若抛了父母，这就是不孝，怎能成佛作祖？"探春道："大凡一个人，不可有奇处。二哥哥生来带块玉来，都道是好事；这么说起来，都是有了这块玉的不好。若是再有几天不见，我不是叫太太生气，就有些原故了，只好譬如没有

> 不是没完没了地督促教育奔功名吗？
> 功名倒是有了。人呢？

> 若是贾母不死，若是没有抄家，若是黛玉活着……有多少对于"若是"的盼望，正是王夫人亲手扼杀的呀！天下没有，"红"中有。"红"另有天下也。

> 顺便证明一下，宝玉不搞仕途经济，是不为也，非不能也。

> 李纨的处境，使她看得透一些。

> 王夫人至此还要对宝玉进行上纲上线的批判呢。

生这位哥哥罢了。果然有来头成了正果,也是太太几辈子的修积。"宝钗听了不言语。袭人那里忍得住,心里一疼,头上一晕,便栽倒了。王夫人看了可怜,命人扶他回去。贾环见哥哥侄儿中了,又为巧姐的事,大不好意思,只抱怨蔷芸两个。知道探春回来,此事不肯干休,又不敢躲开,这几天竟是如在荆棘之中。

明日,贾兰只得先去谢恩,知道甄宝玉也中了,大家序了同年。提起贾宝玉心迷走失,甄宝玉叹息劝慰。知贡举的将考中的卷子奏闻,皇上一一的披阅,看取中的文章,俱是平正通达的。见第七名贾宝玉是金陵籍贯,第一百三十名又是金陵贾兰,皇上传旨询问:"两个姓贾的是金陵人氏,是否贾妃一族?"大臣领命出来,传贾宝玉贾兰问话。贾兰将宝玉场后迷失的话,并将三代陈明,大臣代为转奏。皇上最是圣明仁德,想起贾氏功勋,命大臣查复,大臣便细细的奏明。皇上甚是悯恤,命有司将贾赦犯罪情由,查案呈奏。皇上又看到"海疆靖寇班师善后事宜"一本,奏的是"海晏河清,万民乐业"的事。皇上圣心大悦,命九卿叙功议赏,并大赦天下。贾兰等朝臣散后,拜了座师,并听见朝内有大赦的信,便回了王夫人等。合家略有喜色,只盼宝玉回来。薛姨妈更加喜欢,便要打算赎罪。

一日,人报甄老爷同三姑爷来道喜,王夫人便命贾兰出去接待。不多一时,贾兰进来,笑嘻嘻的回王夫人道:"太太们大喜了!甄老伯在朝内听见有旨意,说是大老爷的罪名免了;珍大爷不但免了罪,仍袭了宁国三等世职。荣国世职,仍是老爷袭了,俟丁忧服满,仍升工部郎中。所抄家产,全行赏还。二叔的文章,皇上看了甚

> 又受皇恩关注。

> 如是悯恤,哪里悯恤得过来。

> 或曰,这样续太俗了。
> 诚然。但亦有可取处。第一,小说不可担为犯官立言的名声,最后犯官不是犯官,仍是沐皇恩的皇上的忠奴,政治上才好站住脚步。第二,越这样越

喜。问知元妃兄弟,北静王还奏说人品亦好,皇上传旨召见。众大臣奏称:'据伊侄贾兰回称出场时迷失,现在各处寻访。'皇上降旨,着五营各衙门用心寻访。这旨意一下,请太太们放心,皇上这样圣恩,再没有找不着了。"王夫人等这才大家称贺,喜欢起来。

> 给人以失落感。没了宝玉黛玉凤姐贾母,便再升了爵晋了级又有什么用?
>
> 有些事圣恩如天。有些事圣恩屁事不管。

只有贾环等心下着急,四处找寻巧姐。那知巧姐随了刘老老,带着平儿出了城,到了庄上,刘老老也不敢轻亵巧姐,便打扫上房,让给巧姐平儿住下。每日供给,虽是乡村风味,倒也洁净;又有青儿陪着,暂且宽心。那庄上也有几家富户,知道刘老老家来了贾府姑娘,谁不来瞧,都道是天上神仙,也有送菜果的,也有送野味的,倒也热闹。内中有个极富的人家姓周,家财巨万,良田千顷;只有一子,生得文雅清秀,年纪十四岁,他父母延师读书,新近科试,中了秀才。那日他母亲看见了巧姐,心里羡慕,自想:"我是庄家人家,那能配得起这样世家小姐?"呆呆的想着。刘老老知他的心事,拉着他说:"你的心事我知道了,我给你们做个媒罢。"周妈妈笑道:"你别哄我,他们什么人家,肯给我们庄人?"刘老老道:"说着瞧罢。"于是两人各自走开。

> 此前未见说巧姐美貌。

刘老老惦记着贾府,叫板儿进城打听。那日恰好到宁荣街,只见有好些车轿在那里,板儿便在邻近打听。说是:"宁荣两府复了官,赏还抄的家产,如今府里又要起来了。只是他们的宝玉中了官,不知走到那里去了。"板儿心里喜欢,便要回去。又见好几匹马到来,在门前下马,只见门上打千儿请安,说:"二爷回来了,大喜!大老爷身上安了么?"那位爷笑着道:"好

> 能复的都是身外之物,过眼烟云,俗透了的把戏,自欺欺人而已。
> 不能复的是人,是生命,是青春、爱情、欢乐……

了,又遇恩旨,就要回来了。"还问:"那些人做什么的?"门上回说:"是皇上派官在这里下旨意,叫人领家产。"那位爷便喜欢进去。板儿便知是贾琏了,也不用打听,赶忙回去告诉了他外祖母。

刘老老听说,喜的眉开眼笑,去和巧姐儿贺喜,将板儿的话说了一遍。平儿笑说道:"可不是,亏得老老这样一办,不然,姑娘也摸不着那好时候。"巧姐更自欢喜。正说着,那送贾琏信的人也回来了,说是:"姑老爷感激得很,叫我一到家,快把姑娘送回去。又赏了我好几两银子。"刘老老听了得意,便叫人赶了两辆车,请巧姐平儿上车。巧姐等在刘老老家住熟了,反是依依不舍,更有青儿哭着,恨不能留下。刘老老和他不忍相别,便叫青儿跟了进城,一径直奔荣府而来。

且说贾琏先前知道贾赦病重,赶到配所,父子相见,痛哭一场,渐渐的好起。贾琏接着家书,知道家中的事,禀明贾赦回来,走到中途,听得大赦,又赶了两天,今日到家,恰遇颁赏恩旨。里面邢夫人等正愁无人接旨,虽有贾兰,终是年轻。人报琏二爷回来,大家相见,悲喜交集。此时也不及叙话,即到前厅,叩见了。钦命大人问了他父亲好,说:"明日到内府领赏。宁国府第,发交居住。"众人起身辞别。贾琏送出门去,见有几辆屯车,家人们不许停歇,正在吵闹,贾琏早知道是巧姐来的车,便骂家人道:"你们这班糊涂忘八崽子!我不在家,就欺心害主,将巧姐儿都逼走了。如今人家送来,还要拦阻,必是你们和我有什么仇么?"众家人原怕贾琏回来不

> 贾赦踏实点了么?
> 病了又好了,免了又恢复了,看似脱裤子放屁,实为沧桑浮沉。

> 在我国古代文学作品中,"红"写得够悲惨的了,于是在一些小事上抹得光润一些,未全反怨而不怒、克而不伤的教导。

依,想来少时才破,岂知贾琏说得更明,心下不懂,只得站着回道:"二爷出门,奴才们有病的,有告假的,都是三爷、蔷大爷、芸二爷作主,不与奴才们相干。"贾琏道:"什么混账东西!我完了事,再和你们说。快把车赶进来!"

贾琏进去,见邢夫人也不言语,转身到了王夫人那里,跪下磕了个头,回道:"姐儿回来了,全亏太太!环兄弟太太也不用说他了。只是芸儿这东西,他上回看家,就闹乱儿;如今我去了几个月,便闹到这样。回太太的话,这种人,撵了他不往来也使得的。"王夫人道:"你大舅子为什么也是这样?"贾琏道:"太太不用说,我自有道理。"正说着,彩云等回道:"巧姐儿进来了。"见了王夫人,虽然别不多时,想起这样逃难的景况,不免落下泪来。巧姐儿也便大哭。贾琏谢了刘老老。王夫人便拉他坐下,说起那日的话来。贾琏见平儿,外面不好说别的,心里感激,眼中流泪。自此,贾琏心里愈敬平儿,打算等贾赦等回来,要扶平儿为正。此是后话,暂且不提。

邢夫人正恐贾琏不见了巧姐,是有一番的周折;又听见贾琏在王夫人那里,心下更是着急,便叫丫头去打听。回来说是巧姐儿同着刘老老在那里说话,邢夫人才如梦初觉,知他们的鬼,还抱怨着王夫人:"调唆我母子不和,到底是那个送信给平儿的?"正问着,只见巧姐同着刘老老,带了平儿,王夫人在后头跟着进来,先把头里的话都说在贾芸王仁身上,说:"大太太原是听见人说,为的是好事。那里知道外头的鬼?"邢夫人听了,自觉羞惭,想起王夫人主意不差,心里也服。于是邢王二夫人,彼此心下相安。

也算好人好报,仍令人恶心。

这里似应再敲打敲打,修理修理邢夫人,不能这样草草掩过。

一回双线，一是宝玉赴考中举走失，一是巧姐命运。双线交错写来，颇有趣味。贾赦回来，探春回来，匆匆搞个光明的尾巴，以示小说是"大大的良民"写的，难以厚非。写得不见精神乃至落套拙劣，也是正常的。原要写得次一点的。"红"不甘大团圆，又不可能丝毫不受大团圆模式的影响，遂变成现在的样子——伪大团圆。

> 平儿回了王夫人，带了巧姐到宝钗那里来请安，各自提各自的苦处。又说到："皇上隆恩，咱们家该兴旺起来了。想来宝二爷必回来的。"正说到这话，只见秋纹忽忙来说："袭人不好了！"不知何事，且听下回分解。

这二十几回，写破败衰亡比较生动，比较惊心魄，写沐恩续泽，则只是草草一说，重心自然在于衰败，而不在于恢复延续。

明明是伪团圆、伪皇恩浩荡、伪官复原职、伪兰桂齐芳，偏偏后人竟看不明这个"伪"，白白地把高鹗骂了个不轻。

第一百二十回

甄士隐详说太虚情　贾雨村归结红楼梦

　　话说宝钗听秋纹说袭人不好，连忙进去瞧看。巧姐儿同平儿也随着走到袭人炕前，只见袭人心痛难禁，一时气厥。宝钗等用开水灌了过来，仍旧扶他睡下，一面传请大夫。巧姐儿问宝钗道："袭人姐姐怎么病到这个样？"宝钗道："大前儿晚上，哭伤了心了，一时发晕栽倒了。太太叫人扶他回来，他就睡倒了。因外头有事，没有请大夫瞧他，所以致此。"说着，大夫来了，宝钗等略避。大夫看了脉，说是急怒所致，开了方子去了。

　　原来袭人模糊听见说，宝玉若不回来，便要打发屋里的人都出去，一急，越发不好了。到大夫瞧后，秋纹给他煎药，他各自一人躺着，神魂未定，好像宝玉在他面前，恍惚又像是见个和尚，手里拿着一本册子揭着看，还说道："你别错了主意，我是不认得你们的了。"袭人似要和他说话，秋纹走来说："药好了，姐姐吃罢。"袭人睁眼一瞧，知是个梦，也不告诉人。吃了药，便自己细细的想："宝玉必是跟了和尚去。上回他要拿玉出去，便是要脱身的样子。被我揪住，看他竟不像往常，把我混推搡的，一点情意都没有了。后来待二奶奶更生厌烦。在别的姊妹跟前，也是没有一点情意。这就是悟道的样子。

开水灌心疼，医理不明。

对宝玉的出走，袭人差不多是反应最强烈、最痛苦的。这也对得起她与宝玉初试云雨情的缘分了。尔后自谋出路，不死不疯不当姑子，又有什么可责备的？

怒谁？怒宝玉吗？

人皆一梦。庄生晓梦迷蝴蝶，袭人则迷宝玉——和尚了。

混推混搡，更生厌烦，是你们把宝玉逼成这个样子的呀。

但是你悟了道,抛了二奶奶怎么好?我是太太派我服侍你,虽是月钱照着那样的分例,其实我究竟没有在老爷太太跟前回明,就算了你的屋里人。若是老爷太太打发我出去,我若死守着,又叫人笑话;若是我出去,心想宝玉待我的情分,实在不忍。"左思右想,实在难处。想到刚才的梦,好像和我无缘的话,倒不如死了干净。岂知吃药以后,心痛减了好些,也难躺着,只好勉强支持。过了几日,起来服侍宝钗。宝钗想念宝玉,暗中垂泪,自叹命苦。又知他母亲打算给哥哥赎罪,很费张罗,不能不帮着打算。暂且不表。

且说贾政扶贾母灵柩,贾蓉送了秦氏、凤姐、鸳鸯的棺木到了金陵,先安了葬。贾蓉自送黛玉的灵,也去安葬。贾政料理坟墓的事。一日,接到家书,一行一行的看到宝玉贾兰得中,心里自是喜欢;后来看到宝玉走失,复又烦恼。只得赶忙回来。在道儿上又闻得有恩旨赦的旨意,又接家书,果然赦罪复职,更是喜欢,便日夜趱行。

一日,行到毗陵驿地方,那天乍寒,下雪,泊在一个清静去处。贾政打发众人上岸投帖,辞谢朋友,总说即刻开船,都不敢劳动。船中只留一个小厮伺候,自己在船中写家书,先要打发人起早到家。写到宝玉的事,便停笔。抬头忽见船头上微微的雪影里面一个人,光着头,赤着脚,身上披着一领大红猩猩毡的斗篷,向贾政身下拜。贾政尚未认清,急忙出船,欲待扶住问他是谁。那人已拜了四拜,站起来打了个问讯。贾政才要还揖,迎面一看,不是别人,却是宝玉。

> 此时此地此天气此景,设计得好。

> 微微的雪影,微微的人影,微微的记忆和想象。
> 拜谢了父母的养育之恩,更加庄严,更加决绝。

按照正统观点,"天下无能第一,世上不肖无双"宝玉的走了,贾兰中了,贾政回来了,贾赦后悔了至少是暂时老实了,宝钗守着,成为贾家的重要一员,袭人走了……不是成员更纯洁了吗?可喜可贺,前途光明!

这一段宝玉拜别父亲的场面写得扑朔迷离,比较得体。对于生身父亲,无论如何,确应拜别,否则,感情上、道理上难以通过。宝玉一言未发,无声胜有声。表情"似喜似悲"四字亦形容得恰到好处。这样的描写不能翔实,不能铺陈,一点而过,最好。

当年的宝玉已脱尽形骸,如今的宝玉,又成了一块天地之间、浑浑噩噩的石头。这其实比写其死亡更令人歔欷。睹此无悲无喜的宝玉而思原来的衣锦饫甘、爱爱怨怨、花团锦簇的宝玉,叫人哪得不伤心!什么叫"白茫茫大地真干净"?这就是!并非说人必须死光,家必须不复存在。到那时,谁来见证这悲哀刻骨的经历呢?

贾政吃一大惊,忙问道:"可是宝玉么?"那人只不言语,似喜似悲。贾政又问道:"你若是宝玉,如何这样打扮,跑到这里?"宝玉未及回言,只见船头上来了两人,一僧一道,夹住宝玉说道:"俗缘已毕,还不快走!"说着,三个人飘然登岸而去。贾政不顾地滑,疾忙来赶,见那三人在前,那里赶得上?只听得他们三人口中不知是那个作歌曰:

  我所居兮,青埂之峰;我所游兮,鸿蒙太空。谁与我逝兮,吾谁与从?渺渺茫茫兮,归彼大荒。

贾政一面听着,一面赶去,转过一小坡,倏然不见。贾政已赶得心虚气喘,惊疑不定。回过头来,见自己的小厮也是随后赶来,贾政问道:"你看见方才那三个人么?"小厮道:"看见的。奴才为老爷追赶,故也赶来。后来只见老爷,不见那三个人了。"贾政还欲前走,只见白茫茫一旷野,并无一人。贾政知是古怪,只得回来。

众家人回船,见贾政不在舱中,问了船夫,说是老爷上岸追赶两个和尚一个道士去了。众人也从雪地里寻踪迎去,远远见贾政来了,迎上

"只不言语,似喜似悲",读八字如嚼橄榄。
似喜似悲:弘一法师临终前写下的则是"悲欣交集"四字。

这样的歌词,这样的道理唯大唯初唯空,使得立身扬名、尽忠尽孝的道理反而显得渺小。

大地本来就是白茫茫的。现在,终于恢复了大地的本来面目。
谁说续作里没有写出白茫茫大地来呢?

去接着，一同回船。贾政坐下，喘息方定，将见宝玉的话说了一遍。众人回禀，便要在这地方寻觅。贾政叹道："你们不知道，这是我亲眼见的，并非鬼怪。况听得歌声，大有玄妙。宝玉生下时，衔了玉来，便也古怪，我早知是不祥之兆，为的是老太太疼爱，所以养育到今。便是那和尚道士，我也见了三次：头一次，是那僧道来说玉的好处；第二次，便是宝玉病重，他来了，将那玉持诵了一番，宝玉便好了；第三次，送那玉来，坐在前厅，我一转眼就不见了。我心里便有些咤异，只道宝玉果真有造化，高僧仙道来护佐他的。岂知宝玉是下凡历劫的，竟哄了老太太十九年！如今叫我才明白。"说到那里，掉下泪来。众人道："宝二爷果然是下凡的和尚，就不该中举人了。怎么中了才去？"贾政道："你们那里知道，大凡天上星宿，山中老僧，洞里的精灵，他自具一种性情。你看宝玉何尝肯念书？他若略一经心，无有不能的。他那一种脾气，也是各别另样。"说着，又叹了几声。众人便拿兰哥得中、家道复兴的话解了一番。贾政仍旧写家书，便把这事写上，劝谕合家不必想念了。写完封好，即着家人回去，贾政随后赶回。暂且不提。

> 多说几句生成的、先天的古怪（探春也是这样说的），客观上是种障眼法——都云作者痴，谁解其中味？
> 真味还是含蓄一些的好。何必把疮疤尽行揭开？

> 人生如梦，人生如"哄"（骗），谁哄了谁？不哄又当如何？

> 贾政终于为宝玉所折服。他已无法逞父道之尊严了。

且说薛姨妈得了赦罪的信，便命薛蝌去各处借贷，并自己凑齐了赎罪银两。刑部准了，收兑了银子，一角文书，将薛蟠放出。他们母子姊妹弟兄见面，不必细述，自然是悲喜交集了。薛蟠自己立誓说道："若是再犯前病，必定犯杀犯剐！"薛姨妈见他这样，便要握他嘴，说："只要自己拿定主意，必定还要妄巴口舌血淋淋的起这样恶誓呢！只香菱跟了你受了多少的苦处，你

> 一通百通。一顺百顺。百顺百通，也只能延续一个躯壳，薛府的魂儿已经没有了。

> 早已犯杀犯剐。
> 薛蟠的誓值几个钱？薛姨妈偏要握他的嘴。

称起大奶奶,无人不服,还谦让一番,简直是臭气熏天!薛蟠这样的流氓惯犯,起了誓有什么用?续作者忙着修修补补伪大团圆的结局,忙着给仅有的几个善人以善报,客观效果却更令人感到凄凉。死去的不能复生,出家的不再回来,有情的不能相会,永远的遗憾!

媳妇已经自己治死自己了,如今虽说穷了,这碗饭还有得吃,据我的主意,我便算他是媳妇了。你心里怎么样?"薛蟠点头愿意。宝钗等也说:"很该这样。"倒把香菱急得脸胀通红,说是:"伏侍大爷一样的,何必如此。"众人便称起"大奶奶"来,无人不服。

> 规规矩矩、心甘情愿地做奴才,才能有光明的前途。
> 香菱是"正面"教员,晴雯等则是"反面"教员。

薛蟠便要去拜谢贾家。薛姨妈宝钗也都过来。见了众人,彼此聚首,又说了一番的话。正说着,恰好那日贾政的家人回家,呈上书子,说:"老爷不日到了。"王夫人叫贾兰将书子念给听。贾兰念到贾政亲见宝玉的一段,众人听了,都痛哭起来,王夫人、宝钗、袭人等更甚。大家又将贾政书内叫家内"不必悲伤,原是借胎"的话解了一番:"与其作了官,倘或命运不好,犯了事,坏家败产,那时倒反不好了,宁可咱们家出一位佛爷,倒是老爷太太的积德,所以才投到咱们家来。不是说句不顾前后的话,当初东府里太爷,倒是修炼了十几年,也没有成了仙,这佛是更难成的。太太这么一想,心里便开豁了。"王夫人哭着和薛姨妈道:"宝玉抛了我,我还恨他呢。我叹的是媳妇的命苦,才成了一二年的亲,怎么他就硬着肠子都撂下了走了呢!"薛姨妈听了,也甚伤心。宝钗哭得人事不知。所有爷们都在外头。王夫人便说道:"我为他担了一辈子的惊,刚刚儿的娶了亲,中了举人,又知道媳妇作了胎,我才喜欢些,不想弄到这样结局!早知这样,就不该娶亲,害了人家的姑娘。"薛姨妈道:

> 借胎云云,倒也潇洒。生命只不过是一时借到,到期还给大荒。
> "天地者万物之逆旅,人生者百代之过客。"

> 仙佛杂烩。
> 你怎么知道宝玉成了佛而不是冻馁而死?

> 一切人间幸福、人间痛苦,他都亲尝了,经过了,留下痕迹了。而他自己,无影无踪了。这不是很悲哀么?

> 不是宝玉要娶的。

"这是自己一定的。咱们这样人家,还有什么别的说的吗?幸喜有了胎,将来生个外孙子,必定是有成立的,后来就有了结果了。你看大奶奶,如今兰哥儿中了举人,明年成了进士,可不是就做了官了么?他头里的苦也算吃尽的了,如今的甜来,也是应为人的好处。我们姑娘的心肠儿,姊姊是知道的,并不是刻薄轻佻的人,姊姊倒不必耽忧。"

> 唯官论。
> 宝玉的行为真是对唯官论的一大讽刺。

王夫人被薛姨妈一番言语说得极有理,心想:"宝钗小时候,便是廉静寡欲,极爱素淡的,他所以才有这个事。想来生在世,真有一定数的。看着宝钗虽是痛哭,他端庄样儿一点不走,却倒来劝我,这是真真难得的!不想宝玉这样一个人,红尘中福分,竟没有一点儿。"想了一回,也觉解了好些。又想到袭人身上:"若说别的丫头呢,没有什么难处的,大的配了出去,小的伏侍二奶奶就是了。独有袭人,可怎么处呢?"此时人多,也不好说,且等晚上和薛姨妈商量。

> 也是一种理想,一种极致。

> 为何袭人"独有"起来?你并不知别情。那么,为了你每月二两银子的特殊补贴?

那日薛姨妈并未回家,因恐宝钗痛哭,所以在宝钗房中解劝。那宝钗却是极明理,思前想后:"宝玉原是一种奇异的人,夙世前因,自有一定,原无可怨天尤人。"更将大道理的话告诉他母亲了,薛姨妈心里反倒安了,便到王夫人那里,先把宝钗的话说了。王夫人点头叹道:"若说我无德,不该有这样好媳妇了。"说着更又伤心起来。

> 宝钗是心理自我保健的楷模,是自欺欺人的典范。

薛姨妈倒又劝了一会子,因又提起袭人来,说:"我见袭人近来瘦的了不得,他是一心想着宝玉儿。但是正配呢,理应守的,屋里人愿守也是有的。惟有这袭人,虽说是算个屋里人,到底

> 袭人的尴尬。

红尘福分,宝玉比任何人都多。宠爱、地位、条件、服务,都是不可思议的最高级别的。

尤其是,他处于那么多女孩子的宠爱之下,他爱了那么多女(还有男)孩子,又那样深情地专一地爱上了黛玉。古往今来的读者,谁能不羡慕他的生活与环境?这种福太多了。终于,混推混搡,更生厌烦了。他的人格、他的感情遭到了蹂躏、欺骗、歪曲、压制、漠视。更是由于有福,他才不那么满足于能生存能吃喝能从异性身上满足生理欲望,他才绝望。

这是一部绝望的书。这是一部控诉的书。这是一部无可如何的书。

垮得实实在在,悲悲切切。复得虚虚表表,空空荡荡。

袭人不过一个奴才,断没有为宝玉守节的道理。只是她自己原来调子太高了,似乎是宝玉身边人员中唯一能照顾宝玉保护宝玉引导宝玉健康成长走正路出成绩的。这样,客观上便出卖、打击了别人。她的胜利是实用主义的胜利。旁人的失败是性情主义理想主义的失败。她之所以举保护宝玉健康成长的大旗也是因为这面旗有用——至少为她带来了特殊补贴。这样,以实用主义来考虑,她的选择是必然的也是完全有道理的。

多几个鸳鸯、紫鹃式的人物,又有什么值得称道的呢?

他和宝哥儿并没有过明路儿的。"王夫人道:"我才刚想着,正要等妹妹商量商量。若说放他出去,恐怕他不愿意,又要寻死觅活的;若要留着他也罢,又恐老爷不依,所以难处。"薛姨妈道:"我看姨老爷是再不肯叫守着的。再者,姨老爷并不知道袭人的事,想来不过是个丫头,那有留的理呢?只要姊姊叫他本家的人来,狠狠的吩咐他,叫他配一门正经亲事,再多多的陪送他些东西。那孩子心肠儿也好,年纪儿又轻,也不枉跟了姐姐会子,也算姐姐待他不薄了。袭人那里,还得我细细劝他。就是叫他家的人来,也不用告诉他;只等他家里果然说定了好人家儿,我们还打听打听,若果然足衣足食,女婿长的像个人儿,然后叫他出去。"王夫人听了,道:"这个主意很是。不然,叫老爷冒冒失失的一办,我可不是又害了一个人了么?"薛姨妈听了,点头道:"可不是么?"又说了几句,便辞了王夫人仍到宝钗房中去了。看见袭人泪痕满面,薛姨妈便劝解譬喻了一会。袭人本来老实,不是伶牙利齿	其实大家都尴尬。但别人终有名分。 姐姐(王夫人)待她一直不薄,不止不薄,而且超厚。 你已经知道害了许多人了么?不然,何谓"又害了一个"?

贾赦、贾珍这样不招人待见的行子回来了，谁能安慰呢？贾赦就此死在外头可能反令读者气顺。"圣上"没有因为宝玉中举叛逃而加罪，反而抚慰并创造性地想出了"文妙真人"的雅号送给已不存在的贾政儿子，真是恩重如山。甚至于，可以说"圣上"也颇有幽默感呢。

的人，薛姨妈说一句，他应一句，回来说道："我是做下人的人，姨太太瞧得起我，才和我说这些话。我是从不敢违拗太太的。"薛姨妈听他的话，"好一个柔顺的孩子！"心里更加喜欢。宝钗又将大义的话说了一遍，大家各自相安。

> 大义的话说来说去，无非是要人逆来顺受，安于现状，走到哪儿说到哪儿，控制住自己的情绪的意思。当然，这一套还是有用处的，也是不可少的。

过了几日，贾政回家，众人迎接。贾政见贾赦贾珍已都回家，弟兄叔侄相见，大家历叙别来的景况。然后内眷们见了，不免想起宝玉来，又大家伤了一会子心。贾政喝住道："这是一定的道理！如今只要我们在外把持家事，你们在内相助，断不可仍是从前这样的散漫。别房的事，各有各家料理，也不用承总。我们本房的事，里头全归于你，都要按理而行。"王夫人便将宝钗有孕的话也告诉了，将来丫头们都放出去。贾政听了，点头无语。

> 搞成"独联体"吗？
> 贾政怎么管起这些事来啦？

次日，贾政进内请示大臣们，说是："蒙恩感激，但未服阕，应该怎么谢恩之处，望乞大人们指教。"众朝臣说是代奏请旨。于是圣恩浩荡，即命陛见。贾政进内谢了恩。圣上又降了好些旨意，又问起宝玉的事来。贾政据实回奏。圣上称奇，旨意说，宝玉的文章固是清奇，想他必是过来人，所以如此。若在朝中，可以进用；他既不敢受圣朝的爵位，便赏了一个"文妙真人"的道号。

贾政又叩头谢恩而出，回到家中，贾琏贾珍接着。贾政将朝内的话述了一遍，众人喜欢。

> 果然圣明：是过来人！
> 虽然不伦不类，却也画饼充饥，对付贾政之流的"浊物"，这尾巴已经光明得辉煌耀眼，够用一个历史时期的了。
> 其实各种封号、头衔，细想，都有些幽默处。

一个爱情悲剧与家族衰落败亡的故事。把这样的故事推到尽头,便进入了生命发生、生命意义、爱情发生、爱情命运的领域。进入了终极领域。在这个领域,你见到了原生的大自然,女娲补过的天,你见到了一块石头——晶莹的宝玉——情迷而后豁悟,生活在温柔富贵乡而终于弃绝了温柔富贵的贾宝玉——和尚——被和尚道士带走的宝玉——石头——大自然。

这是宝玉的故事,生命的故事,爱情的故事,也是人类的故事,地球的故事,宇宙的故事。

这样的故事无所不包。这样的故事永垂不朽。

贾珍便回说:"宁国府第,收拾齐全,回明了要搬过去。栊翠庵圈在园内,给四妹妹养静。"贾政并不言语,隔了半日,却吩咐了一番仰报天恩的话。贾琏也趁便回说:"巧姐亲事,父亲太太都愿意给周家为媳。"贾政昨晚也知巧姐的始末,便说:"大老爷大太太作主就是了。莫说村居不好,只要人家清白,孩子肯念书,能够上进。朝里那些官儿,难道都是城里的人么?"贾琏答应了"是",又说:"父亲有了年纪,况且又有痰症的根子,静养几年,诸事原仗二老爷为主。"贾政道:"提起村居养静,甚合我意,只是我受恩深重,尚未酬报耳。"贾政说毕进内,贾琏发请了刘老老来,应了这件事。刘老老见了王夫人等,便说些将来怎样升官,怎样起家,怎样子孙昌盛。

正说着,丫头回道:"花自芳的女人进来请安。"王夫人问几句话,花自芳的女人将亲戚作媒,说的是城南蒋家的,现在有房有地,又有铺面。姑爷年纪略大几岁,并没有娶过的,况且人物儿长的是百里挑一的。王夫人听了愿意,说道:"你去应了,隔几日进来,再接你妹子罢。"王夫人又命人打听,都说是好。王夫人便告诉了宝钗,仍请了薛姨妈细细的告诉了袭人。袭人悲伤不已,又不敢违命呢,心里想起宝玉那年到他家去,回来说的死也不回去的话,"如今太太

面向农村,不再盛气凌人。

贾赦痰症,贴切。民间有这种说法,称一种执拗、乖僻、荒谬的性格为"痰气"。

树倒猢狲散,总比树倒猢狲死或树倒猢狲守更合理。

对于诸女性的命运,本书已写完毕。借士隐雨村之口稍加评论,可以视为严正结论,也可以视为顾左右而言他乃至掩人耳目,甚至于,未尝不可视为是在说反话呢。

已经有千千万万的专家、学者、读者参与到这个甄与贾的谈论中,还要继续谈下去。你同意他们的见解,自可点头称是,你不同意,翻案文章正面做,字字从反面理解,视为激愤之语亦可也。

硬作主张,若说我守着,又叫人说我不害臊;若是去了,实不是我的心愿。"便哭得咽哽难鸣。又被薛姨妈宝钗等苦劝,回过念头想道:"我若是死在这里,倒把太太的好心弄坏了,我该死在家里才是。"于是袭人含悲叩辞了众人。那姐妹分手时,自然更有一番不忍说。

袭人怀着必死的心肠,上车回去,见了哥哥嫂子,也是哭泣,但只说不出来。那花自芳悉把蒋家的聘礼送给他看,又把自己所办妆奁一一指给他瞧,说:"那是太太赏的,那是置办的。"袭人此时更难开口,住了两天,细想起来:"哥哥办事不错。若是死在哥哥家里,岂不又害了哥哥呢。"千思万想,左右为难,真是一缕柔肠,几乎牵断,只得忍住。

> 底下的描写都有反话正说的笔意。

那日已是迎娶吉期,袭人本不是那一种泼的人,委委屈屈的上轿而去,心里另想到那里再作打算。岂知过了门,见那蒋家办事,极其认真,全都按着正配的规矩。一进了门,丫头仆妇,都称"奶奶"。袭人此时欲要死在这里,又恐害了人家,辜负了一番好意。那夜原是哭着不肯俯就的,那姑爷极柔情曲意的承顺。到了第二天开箱,这姑爷看见一条猩红汗巾儿,方知是宝玉的丫头。原来当初只知是贾母的侍儿,益想不到是袭人。此时蒋玉函念着宝玉待他的旧情,倒觉满心惶愧,更加周旋;又故意将宝玉所换那条松花绿的汗巾拿出来。袭人看了,方知这姓蒋的原来就是蒋玉函,始信姻缘前定。袭

> 既然温柔和顺,那就对谁都可以温柔和顺。
> 温柔和顺的实用价值是可以被普遍认同的。温柔和顺的实用性,使之与恪守节操的执着性不相容。

人才将心事说出。蒋玉函也深为叹息敬服,不敢勉强,并越发温柔体贴,弄得个袭人真无死所了。

看官听说:虽然事有前定,无可奈何,但孽子孤臣,义夫节妇,这"不得已"三字也不是一概推委得的。此袭人所以在"又副册"也。正是前人过那桃花庙的诗上说道:

千古艰难惟一死,伤心岂独息夫人!

> 袭人有权利选择又副册。她做的哪一门子孽子孤臣、义夫节妇?
>
> 死不着。

不言袭人从此又是一番天地。且说那贾雨村犯了婪索的案件,审明定罪,今遇大赦,递籍为民。雨村因叫家眷先行,自己带了一个小厮,一车行李,来到急流津觉迷渡口,只见一个道者,从那渡头草棚里出来,执手相迎。雨村认得是甄士隐,也连忙打恭。士隐道:"贾老先生,别来无恙?"雨村道:"老仙长到底是甄老先生!何前次相逢,觌面不认?后知火焚草亭,鄙下深为惶恐。今日幸得相逢,益叹老仙翁道德高深。奈鄙人下愚不移,致有今日。"甄士隐道:"前者老大人高官显爵,贫道怎敢相认?原因故交,敢赠片言,不意老大人相弃之深。然而富贵穷通,亦非偶然。今日复得相逢,也是一桩奇事。这里离草庵不远,暂请膝谈,未知可否?"雨村欣然领命。

> 回到贾雨村、甄士隐这里来,如一圆环,开端与结尾处相连,这是非常中国式的结构。急流觉迷,谈何容易。

> 奇事得逞,也算人生风景,奇事不奇,也算人生智慧。

两人携手而行,小厮驱车随后,到了一座茅庵。士隐让进,雨村坐下,小童献上茶来。雨村便请教仙长超尘的始末。士隐笑道:"一念之间,尘凡顿易。老先生从繁华境中来,岂不知温柔富贵乡中有一宝玉乎?"雨村道:"怎么不知!近闻纷纷传述,说他也遁入空门。下愚当时也曾与他往来过数次,再不想此人竟有如是之决

> 好一个"一念之间"!

站在青埂峰看"红楼",是痴迷一梦,转眼成空。待在"楼"里看青埂峰,渺渺茫茫,深不可测,无休无解,无声无息。而痴自痴,迷自迷,不仅"楼"里人痴,吾辈亦痴亦迷,为之长太息以掩涕。太息过后,回首青埂无稽大荒,一切洪荒,一切说过,一切有定,更觉无喜无悲,极喜极悲。

贾宝玉从"楼"回归"峰",用了十几二十来年。吾辈读者,进而入楼而迷,时而归峰而止,体验了富贵温柔,体验了恩恩怨怨,体验了死去活来,体验了从骄奢淫逸到衰落败亡,最后,我们又体验到了那峰之高,那崖之峻,那山之空濛邈远,安静肃穆,以至于永恒。

感谢《红楼梦》,让我们一次又一次多获得许多次生的体验乃至——死的体验。阿弥陀佛!

绝。"士隐道:"非也。这一段奇缘,我先知之。昔年我与先生在仁清巷旧宅门口叙话之前,我已会过他一面。"雨村惊讶道:"京城离贵乡甚远,何以能见?"士隐道:"神交久矣。"雨村道:"既然如此,现今宝玉的下落,仙长定能知之。"士隐道:"宝玉,即'宝玉'也。那年荣宁查抄之前,钗黛分离之日,此玉早已离世。一为避祸,二为撮合,从此夙缘一了,形质归一。又复稍示神灵,高魁贵子,方显得此玉那天奇地灵锻炼之宝,非凡间可比。前经茫茫大士渺渺真人携带下凡,如今尘缘已满,仍是此二人携归本处,便是宝玉的下落。"雨村听了,虽不能全然明白,却也十知四五,便点头叹道:"原来如此!下愚不知。但那宝玉既有如此的来历,又何以情迷至此,复又豁悟如此?还要请教。"士隐笑道:"此事说来,老先生未必尽解。太虚幻境,即是真如福地。两番阅册,原始要终之道,历历生平,如何不悟?仙草归真,焉有'通灵'不复原之理呢?"雨村听着,却不明白了,知仙机也不便更问。因又说道:"宝玉之事,既得闻命。但是敝族闺秀,如是之多,何元妃以下,算来结局俱属平常呢?"士隐叹息道:"老先生莫怪拙言,贵族之女,俱属从情天孽海而来。大凡古今女子,那'淫'字固不可犯,只这'情'字,也是沾染不得

> 要点题了么?

> 对人间种种故事做出非人间的、超人间的解释,给人以柳暗花明又一村的感觉。

> 不迷情知情何以谈豁悟?不豁悟又何以写情绘情谈情?

> 加上这么一段腐儒之见,使作者的倾向更加含蓄,使小说的解释更加富有空间,也使小说的流传更少受到些压力。

的。所以崔莺苏小,无非仙子尘心;宋玉相如,大是文人口孽。凡是情思缠绵,合那结局就不可问了。"雨村听到这里,不觉扭须长叹。因又问道:"请教老仙翁,那荣宁两府,尚可如前?"士隐道:"福善祸淫,古今定理。现今荣宁两府,善者修缘,恶者悔祸,将来兰桂齐芳,家道复初,也是自然的道理。"雨村低了半日头,忽然笑道:"是了,是了! 现在他府中有一个名兰的,已中乡榜,恰好应着'兰'字。适闻老仙翁说'兰桂齐芳',又道'宝玉高魁子贵',莫非他有遗腹之子,可以飞黄腾达的么?"士隐微微笑道:"此系后事,未便预说。"

> 泛泛一说,聊以安慰庸众。并不影响总的悲剧结局。因此便指责续作,乃至提高到世界观的高度,似乎高鹗必不如雪芹之反封建,未免如本回所说"胶柱鼓瑟""刻舟求剑"了。

雨村还要再问,士隐不答,便命人设具盘飧,邀雨村共食。食毕,雨村还要问自己的终身。士隐便道:"老先生草庵暂歇。我还有一段俗缘未了,正当今日完结。"雨村惊讶道:"仙长纯修若此,不知尚有何俗缘?"士隐道:"也不过是儿女私情罢了。"雨村听了,益发惊异:"请问仙长何出此言?"士隐道:"老先生有所不知,小女英莲,幼遭尘劫,老先生初任之时,曾经判断。今归薛姓,产难完劫,遗一子于薛家,以承宗祧。此时正是缘尘脱尽之时,只好接引接引。"士隐说着,拂袖而起。雨村心中恍恍惚惚,就在这急流津觉迷渡口草庵中睡着了。

这士隐自去度脱了香菱,送到太虚幻境,交那警幻仙子对册。刚过牌坊,见那一僧一道缥缈而来,士隐接着说道:"大士、真人,恭喜,贺喜! 情缘完结,都交割清楚了么?"那僧道说:"情缘尚未全结,倒是那蠢物已经回来了。还得把他送还原所,将他的后事叙明,也不枉他下世一回。"士隐听了,便拱手而别。那僧道仍携了

> 这样从彼岸的观点写香菱在此岸之死,别开生面。试从此岸的观点一看,不能不为香菱的命运叹息。

大悲哀,大潇洒,大解脱。故有"尘梦……山灵……"一联。越说是空的、假的、命中注定了的,你越为之伤肝痛肺,难分难解。越感动就越为这部小说的开头与结尾感到肃穆,开阔,无言。

面对着《红楼梦》就是面对着生,面对着情,面对着人间万象。面对着《红楼梦》就是面对着死,面对着命运,面对着宇宙洪荒。面对着时间,百年千年万年只是它的一瞬的永恒;面对着空间,大观园、荣国府、金陵与海疆,只是它的一粟的沧海。

你面对着的是终极的——上帝。

玉到青埂峰下,将"宝玉"安放在女娲炼石补天之处,各自云游而去。从此后:	安放已矣,确能安否?
天外书传天外事,两番人作一番人。	这就是文学,可以传奇(天外事),可以两番多番人生。
这一日,空空道人又走青埂峰前经过,见那补天未用之石仍在那里,上面字迹依然如旧,又从头的细细看了一遍,见后面偈文后又历叙了多少收缘结果的话头,便点头叹道:"我从前见石兄这段奇文,原说可以闻世传奇,所以曾经抄录,但未见返本还原。不知何时,复有此一佳话?方知石兄下凡一次,磨出光明,修成圆觉,也可谓无复遗憾了。只怕年深日久,字迹模糊,反有舛错,不如我再抄录一番,寻个世上清闲无事的人,托他传遍,知道奇而不奇,俗而不俗,真而不真,假而不假。或者尘梦劳人,聊倩鸟呼归去;山灵好客,更从石化飞来,亦未可知。"想毕,便又抄了,仍袖至那繁华昌盛的地方,遍寻了一番,不是建功立业之人,即系糊口谋衣之辈,那有闲情更去和石头饶舌。直寻到急流津觉迷渡口草庵中,睡着一个人,因想他必是闲人,便要将这抄录的《石头记》给他看看。那知那人再叫不醒。空空道人复又使劲拉他,才慢慢的开眼坐起。便接来草草一看,仍旧掷下道:"这事我已亲见尽知,你这抄录的尚无舛错。我只指与你一个人,托他传去,便可归结这一新鲜公案了。"空空道人忙问何人,那人道:"你须待某年,	字迹不是空。色不是空。此石头——宝玉不是空。业已永志不忘。

故事奇,事理不奇。形态俗,蕴含不俗。感情真,形迹不真。"小说"假,体验不假。 |

归结为"敷衍荒唐"四字。荒唐感不是伤感,不是愤怒,不是留恋,不是宣战也不是和解。荒唐是一个更高的美学范畴。它超越也包括了伤感、愤怒、留恋、宣战与和解。是人生荒唐?家事荒唐?封建制度荒唐?宇宙荒唐?还是小说荒唐呢?荒唐的是"红楼"。荒唐的是宝玉。荒唐的是宝黛爱情。荒唐的是一种终极性。知道了荒唐,您将进入一个新的境界。

某月,某日,某时,到一个悼红轩中,有个曹雪芹先生,只说贾雨村言,托他如此如此。"说毕,仍旧睡下了。

> 贾雨村的境界也不同了。

那空空道人牢牢记着此言,又不知过了几世几劫,果然有个悼红轩,见那曹雪芹先生正在那里翻阅历来的古史。空空道人便将贾雨村言了,方把这《石头记》示看。那雪芹先生笑道:"果然是'贾雨村言'了!"空空道人便问:"先生何以认得此人,便肯替他传述?"见雪芹先生笑道:"说你空,原来你肚里果然空空。既是'假语村言',但无鲁鱼亥豕以及背谬矛盾之处,乐得与二三同志,酒余饭饱,雨夕灯窗之下,同消寂寞,又不必大人先生品题传世。似你这样寻根究底,便是刻舟求剑、胶柱鼓瑟了。"那空空道人听了,仰天大笑,掷下抄本,飘然而去。一面走着,口中说道:"果然是敷衍荒唐!不但作者不知,抄者不知,并阅者也不知。不过游戏笔墨,陶情适性而已!"后人见了这本奇传,亦曾题过四句偈语,为作者缘起之言更转一竿头云:

　　说到辛酸处,荒唐愈可悲。
　　由来同一梦,休笑世人痴!

> 抡几下,砍几下,扯到了作家这里。作家可以与空空道人交通。作家完全了解假语村言的意义。作家可以轻轻松松,把它归入"同消寂寞"的游戏文字行列。

> 不思入流。
> 预先警告劝诫了多少评者!这部小说很注意预应力的功能设置。

> 不痴无梦。无梦不醒。辛酸而又荒唐,这就是小说了。辛酸、荒唐、梦幻、痴迷,这就是人生的终极体验了。
> 感谢《红楼梦》,给了我们迄今为止最深刻、最丰富、最辛酸、最荒唐的人生体验。
> 活下去就会体验下去。就会读下去,就会获得新的体验。"说到辛酸处"四句,与前文"满纸荒唐言"四句配得很好,不让前者。

"寻根究底,便是刻舟求剑,胶柱鼓瑟。"我希望将这十四个字印在各种版本的《红楼梦》与红学文集上,以为鲁鱼亥猪、背谬矛盾的人之戒。

后　记

　　一九九二年，应当时的漓江出版社负责人聂震宁先生之邀，我做了对《红楼梦》的评点，并于一九九五年出版。

　　二〇〇五年，我对评点做了相当的增补，由上海文艺出版社出版。

　　二〇一〇年，结合在山东教育电视台《名家论坛》所做的"王蒙的《红楼梦》讲说"系列讲座，我对此书做了新的整理、补充、修正，增加了各回结束后的评说，并撰写了新版前言，由中华书局以《王蒙的红楼梦（评点本）》书名出版。

　　《红楼梦》底本原用的是冯统一先生校对注疏的程甲本，此次采用的是启功先生等人整理的版本。饮水思源，在此书出版之际，谨对聂震宁先生与冯统一先生的贡献表示铭记与感谢。

　　　　　　　　原名《王蒙评点红楼梦》，漓江出版社1994年初版